पहाड़

निलय उपाध्याय

राधाकृष्ण प्रकाशन

ISBN : 978-81-8361-781-9

पहाड़

पहला संस्करण : 2015
पहली आवृत्ति : 2024

मूल्य : ₹895

प्रकाशक
राधाकृष्ण प्रकाशन प्राइवेट लिमिटेड
जी-17, जगतपुरी, दिल्ली-110 051
शाखाएँ : अशोक राजपथ, साइंस कॉलेज के सामने, पटना-800 006
पहली मंजिल, दरबारी बिल्डिंग, महात्मा गांधी मार्ग, प्रयागराज-211 001
1, अनमोल सोराबजी संतुक लेन, धोबी तलाव, मरीन लाइंस, मुम्बई-400 002
वेबसाइट : www.radhakrishnaprakashan.com
ई-मेल : info@radhakrishnaprakashan.com

मुद्रक
बी.के. ऑफसेट
नवीन शाहदरा, दिल्ली-110 032

PAHAR
Novel by Nilay Upadhyay

अपने प्रिय कवि गोस्वामी तुलसीदास को

यह जो सामने पहाड़ है
इसके पीछे एक और पहाड़ है
जो दिखाई नहीं देता।

—जे. स्वामीनाथन

पटना सचिवालय के सामने का चौराहा।

आजादी के आंदोलन में शहीद हो चुके लड़कों की सप्तमूर्ति पर सूरज अपनी पूरी ऊँचाई से तना था और उनके चेहरों पर शरद की दोपहर की सुहानी धूप चमक रही थी। वसंत की मादकता से भरी हवा अगल-बगल क्यारियों में खिले हुए फूलों को हौले-हौले सहला रही थी।

सप्तमूर्ति की जड़ों के ठीक पास जो चबूतरा था, उस पर एक बूढ़ा बैठा था। बूढ़े का चेहरा शांत था और आँखों में ऐसी चमक थी जो अमूमन उन फकीरों के चेहरे पर होती है जो जीवन का असली रहस्य समझ जाते हैं। दाढ़ी इस कदर पकी थी कि कोमल हो गई थी। चेहरे पर और उसके आस-पास जीवन के अनुभव की बेहिसाब झुर्रियाँ थीं। उस बूढ़े की देह पर खाद वाले प्लास्टिक के बोरे से बनी कमीज थी...पाजामा था और जो टोपी थी वह पुराने जमाने के कबीले के राजाओं के मुकुट की तरह दिखती थी। टोपी को देखकर समझ में आ जाता था कि इसे बनाना बहुत आसान नहीं होगा।

इस वक्त वह बूढ़ा उन लड़कों की ओर एकटक देखते हुए यह सोच रहा था कि ये लड़के अगर आजादी की लड़ाई के दौर में शहीद नहीं हुए होते तो आज क्या होते और उनकी उम्र क्या होती! जरूर वे उनसे बड़े होते मगर शहादत उम्र को रोक देती है।

सदियाँ बीतती चली जाएँगी और ये लड़के ही बने रहेंगे।

कुछ देर तक यों ही बैठे-बैठे सोचते रहने के बाद उसने मन-ही-मन कुछ फैसला किया और उठकर खड़ा हो गया। बढ़ती उम्र में ज्यादा देर तक एक जगह बैठने पर देह अकड़ जाती है। देह की अकड़ खत्म करने के लिए हल्की-सी अँगड़ाई ली...उँगलियाँ चटखाईं जो उसकी आदत थी और चबूतरे से खाद वाले प्लास्टिक के बोरे से बना अपना झोला उठा लिया जो भारी था और चलता हुआ शहीद लड़कों की मूर्ति के ठीक सामने आकर खड़ा हो गया और इस तरह देखा, जैसे कह रहा हो—चलता हूँ भाई। उसे लगा कि लड़के मुस्करा रहे हैं और कह रहे हैं—

भाई, जब कभी पटना आना...जरूर मिलना।

बूढ़े ने मन-ही-मन कहा—जरूर, और तेज कदमों से निकल गया।

कंधों पर वही झोला उठाए भार के कारण आगे की ओर थोड़ा-सा झुका बूढ़ा अब पटना की मुख्य सड़क पर जा रहा था। उसकी आँखों में अब भी किसी जंगली चीते-सी चमक थी और चाल में एक अजीब-सा निश्चय। एक जगह आकर रुका, उसकी निगाहों से यह साफ जाना जा सकता था कि वह सामने की चौड़ी सड़क को पार करना चाहता है। कई बार उसने कोशिश

भी की...मगर आने-जानेवाले वाहनों का सिलसिला इस तरह लगा रहा कि हारकर उसे अपने कदम पीछे खींच लेने पड़े। अंत में उसने सड़क किनारे रुकने और खाली होने पर ही पार करने का मन बना लिया।

जिस तरह वह सड़क के किनारे खड़ा था, लगता था, छोटे कद का कोई जंगली पेड़ हो और वहीं पर सदियों से खड़ा चुपचाप एक नई दुनिया को पल्लवित-पुष्पित होते देख रहा हो। वह जंगली घास की तरह अपने चेहरे पर उग आई दाढ़ी को सहलाता, गौर से आते-जाते लोगों और वाहनों को देर तक देखता रहा।

इस वक्त जो लोग सड़क से गुजर रहे थे, सबके चेहरे पर जल्दी थी...सबके चेहरे पर हड़बड़ी थी...मगर बूढ़े को कोई हड़बड़ी नहीं थी...क्योंकि वह अपने गाँव में कही जानेवाली इस कहावत पर पूरी तरह यकीन करता था कि जिन लोगों को अपने जीवन में कहीं नहीं जाना होता, उन्हें बहुत हड़बड़ी होती है। जानेवाले तो एक कदम सड़क बनाते हैं और एक कदम चलते हैं। गुजर रहे लोगों की गति देख अचानक अपने इस खयाल पर उसे हँसी आ गई और वह तब तक खड़ा रहा जब तक सड़क सूनी और आराम से पार करने लायक नहीं हो गई।

कछुए की तरह धीमी चाल से चलता कई मोड़ों, कई चौराहों को पैदल पार कर अब वह बूढ़ा पटना के उस इलाके में था जहाँ बिहार सरकार के मंत्रियों के लिए आवास बनाए गए थे। बिहार सरकार के एक बड़े मंत्री ने कभी पूरे बिहार की सड़कों को सिनेमा की किसी खूबसूरत हीरोइन के गाल में बदलने का दावा किया था। वे बिहार की तमाम सड़कों को हीरोइन के गाल में तो नहीं बदल पाए पर यह सड़क हमेशा से हीरोइन के गाल की तरह रही है और अब भी है।

सड़क के दोनों ओर ऊँचे-ऊँचे छायादार गुलमोहर के पेड़ खड़े थे जिन पर वसंत पूरी मादकता के साथ उतरा था और राह चलते हुए उनके लाल-लाल फूल मन को मोह लेते थे। पेड़ की जड़ों में कई जगह अब भी लोहे की वह जाली लगी थी जिसे उन पेड़ों के बचपन में सुरक्षा के लिए लगाया गया था।

सड़क के दोनों ओर खास मंत्रियों के घर थे और आम लोगों का आना-जाना बहुत ही कम था। कभी-कभार कोई गाड़ी गुजर जाती। आस-पास के आवासों में भी या तो नौकर-चाकर दिखाई देते या महँगी गाड़ियाँ। सामने किसी घर में एक मोटी-सी बदमिजाज औरत किसी को जोर-जोर से डाँट रही थी और एक लड़का उसके सामने सिर झुकाए खड़ा था। जरूर वह उसका नौकर होगा। तभी अचानक पीछे से किसी गाड़ी के हॉर्न की आवाज आई। बूढ़ा हड़बड़ाकर किनारे हो गया। गाड़ी में लाल रंग की बत्ती लगी थी। जाते-जाते ड्राइवर ने बूढ़े को इस तरह घूरकर देखा, जैसे इतनी चौड़ी सड़क का फैलाव महज उस बूढ़े के चलने के कारण कम पड़ रहा हो।

सड़क जहाँ खत्म होती थी, एक बड़ा, मतलब बहुत बड़ा, काले रंग का लोहे का गेट था। गेट के लोहे का कालापन इतनी मासूमियत से भरा था जैसे उसे रँगा नहीं, आहिस्ता- आहिस्ता प्यार से सहलाकर डाई किया गया हो। गेट के भीतर दूर तक चौड़ी सड़क थी। सड़क के दोनों ओर की क्यारियों की ईंटों को भी गेरू और चूने से रँगा गया था। उसमें बहुत तरह के बड़े-छोटे रंग-बिरंगे फूल खिले हुए थे। उस घर में सब कुछ करीने से सजा दिखता था।

तीन-चार संतरी जिनके कपड़ों में सत्ता के गरम लोहे की चमक थी, चेहरे पर रौब था, और कंधों पर संगीनें लटक रही थीं—वे गेट पर इस तरह मुस्तैद खड़े थे कि उनकी इजाजत के बगैर कोई परिंदा भी पर नहीं मार सके। गेट के दाईं ओर किनारे की दीवार पर एक पीतल की चमकदार पट्टी लगी थी जिसे वह बूढ़ा पढ़ नहीं सका लेकिन उसने मन-ही-मन यह अनुमान जरूर लगा लिया कि उस पर लिखा होगा मुख्यमंत्री, बिहार सरकार।

बूढ़ा अभी गेट के बाहर थोड़ी दूरी पर खड़ा था। गेट के अंदर समाने की उसकी नीयत को न जाने कैसे वहाँ खड़े संतरी भाँप गए, और तेजी से सामने आकर इस तरह सवालों की झड़ी लगा दी, जैसे कुत्ते दूर से आते राहगीर को देख भौंकने लगते हैं और तब तक भौंकते रहते हैं जब तक राहगीर उनकी सरहद से बाहर नहीं निकल जाता। बूढ़े ने संतरियों से कुछ कहा...कई बार कहा...उसके चेहरे पर इस तरह के भाव आए, जैसे वह गिड़गिड़ा रहा हो, याचना कर रहा हो, लेकिन संतरियों को उसकी प्रार्थना स्वीकार नहीं हुई। वह अभी कुछ और कहना चाहता था तभी पीछे से हॉर्न बजाती हुई लाल बत्ती वाली गाड़ियों की लंबी सफेद बगुलों-सी कतार आ गई और संतरियों ने बूढ़े को जल्दी से किसी सामान की तरह किनारे ठेलकर पहले इन गाड़ियों को अंदर समा लेने और उसके बाद बूढ़े से निपटने का निश्चय किया।

गाड़ियाँ अंदर जाती रहीं। काले शीशे के भीतर कौन है, जाने बिना संतरी चेहरे पर बनावटी मुस्कान लाकर सैल्यूट मारते रहे। एक-एक कर सात गाड़ियाँ अंदर समा गईं।

अंदर जाने के बाद एक संतरी ने इत्मीनान से गेट को जब बंद किया तो उसे बूढ़े की याद आई और उसने दूसरे से पूछा—"कहाँ चला गया?"

दूसरे ने चारों ओर देखा और कहा—"पता नहीं।"

दोनों ने चारों ओर—जितनी दूर उनकी निगाह जा सकती थी—देखा, वह बूढ़ा कहीं नहीं था। चला गया होगा, सोचकर निश्चिंत होना ही चाहते थे कि अचानक उनके कानों में अजीब पथरकट-सी आवाज आई।

कैसी आवाज है यह?

किसी पत्थर के कटने जैसी आवाज कहीं नजदीक से ही आ रही थी मगर दोनों की समझ में नहीं आ रहा था कि कहाँ से आ रही है। दूर तक कहीं कुछ दिखाई भी नहीं दे रहा था। एकाएक एक संतरी की निगाह गेट के दाईं ओर लगे खंभे, जिस पर मुख्यमंत्री का नाम खुदा था, के नीचे गई और कुछ देखकर सहसा उसके मुँह से घुटी-सी चीख निकल गई। चीख सुन भीतर से कई संतरी बाहर निकल आए और खंभे की ओर तेजी से लपके।

गेट के दाईं ओर खंभे की जड़ों के पास अब भी वह बूढ़ा बैठा था। उसके चेहरे पर इत्मीनान था। उसके बाएँ हाथ में छेनी थी, दाहिने में हथौड़ा। प्लास्टिक का झोला उसकी बगल में जमीन पर पड़ा था। गेट की जड़ों में छेनी लगा जब वह हथौड़े से जोरदार प्रहार करता तो उसके भीतर पुरानी हड्डियों का दम दीखता था। बूढ़े के दो प्रहारों से खंभे के ऊपर का पलस्तर झड़ गया था और ईंटें दिखाई देने लगी थीं। इससे पहले कि उसकी छेनी का तीसरा प्रहार होता, दौड़ते हुए संतरी उसके पास आ गए और गुस्से में दोनों ओर से उसके कंधों में हाथ लगाकर उसको उठा लिया। तीसरे संतरी ने झट से उसका झोला उठा लिया। कई संगीनें लिये इस तरह खड़े हो गए जैसे उसे घेरकर किसी बड़ी घटना को घटित होने से रोक लिया हो!

छेनी और हथौड़ा अब भी बूढ़े के हाथ में थे। उसके चेहरे पर वही इत्मीनान था। दूसरे संतरियों ने झटपट बूढ़े के झोले की तलाशी ली ताकि सुनिश्चित किया जा सके कि इसमें कोई विस्फोटक सामान तो नहीं! मगर उसमें छेनी और हथौड़े के सिवा कुछ नहीं था। संतरी अब भी नहीं समझ पा रहे थे कि यह आदमी आतंकवादी है या नक्सलाइट, मगर कुछ तो जरूर गड़बड़ है इसके साथ। संतरी मन-ही-मन सोच रहे थे कि भीतर जाने के बाद साले के चूतड़ पर चार डंडे पड़ेंगे और भूत की तरह सब कुछ बक देगा कि कहाँ से आया है और उसकी नीयत क्या है!

मगर इतना सब कुछ होने के बाद भी वह बूढ़ा इस वक्त मुख्यमंत्री आवास के गेट के पास की कुर्सी पर आराम से बैठा मंद-मंद मुस्करा रहा था। वही संतरी जो उसे गुस्से में उठाकर ले आए थे, अब भौंचक होकर देख रहे थे और समझ नहीं पा रहे थे कि यह बूढ़ा कितना रहस्यमय है।

बूढ़े को पकड़कर लाने के बाद संतरियों में से एक ने जाकर जल्दी से अपने से ऊँचे अधिकारी को उसके बारे में बताया। सुनने के बाद उनका अधिकारी चला तो था बड़े ताव से, लगा था कि बिना कोर्ट भेजे ही फाँसी चढ़ा देगा, मगर बूढ़े ने जाने कौन-सी जड़ी सुँघा दी कि उसने संतरियों से उसे आदर के साथ कुर्सी पर बिठाने के लिए कहा और लगभग दौड़ता हुए भीतर मुख्यमंत्री के बँगले की ओर चला गया। संतरी आँखों ही आँखों में एक-दूसरे से पूछ रहे थे मगर उन्हें अपने सवाल का जवाब नहीं मिल रहा था।

आखिर कौन है यह?

जैसी शक्ल-सूरत है, यह कोई बड़ा आदमी तो हो नहीं सकता?

जरूर कोई औघड़, कोई फकीर या कोई... ?

उनकी आँखें तब फटी रह गईं जब देखा कि सफेद कुर्ता-पाजामा पहने सजे- धजे खुद मुख्यमंत्री अपनी खास बैठक छोड़कर मंत्रियों के साथ तेज कदमों से चलते हुए आ रहे हैं तो सबकी धड़कन तेज हो गई। बूढ़े के पास आकर मुख्यमंत्री ने दोनों हाथ जोड़कर उसे प्रणाम किया। दूसरे पल नाराजगी से भरी एक नजर संतरियों पर डाल बोल पड़े—"दिमाग खराब है तुम लोगों का? इनको पहचाना नहीं? अमेरिका से आए हो तुम लोग?"

अब मुख्यमंत्री की बात सुन संतरी क्या कहते, चुप रह गए।

मुख्यमंत्री ने क्षमा याचना के अंदाज में कहा—"आइए बाबा," और आदर के साथ बूढ़े को लेकर अंदर चले गए। बूढ़े के जाने के बाद संतरियों को काठ मार गया। बहुत कठिन होता है किसी ऐसी जगह पर पहरा देना। उन्हें क्या पता कि आनेवाला आदमी कौन है। गलत लोगों और अच्छे लोगों की पहचान आखिर वे कैसे कर सकते हैं, जब तक उनके बारे में उन्हें बताया न जाए?

पिछले साल कई संतरी लापरवाही के कारण यहाँ से हटाए गए थे और आज तक वे निलंबन की त्रासदी झेल रहे हैं। यह दुख बड़ा तो था मगर उनके चेहरे पर कहीं-न-कहीं इस बात की खुशी भी थी कि मुख्यमंत्री के जाते ही उन्हें उस बूढ़े का पूरा परिचय मिल गया था। एक संतरी ने जैसे चहकते हुए कहा—"अरे, ये तो अपने गलहौर के दशरथ माँझी हैं!"

"वही न, जिन्होंने पत्नी के प्रेम में एक किलोमीटर लंबे, साठ फीट ऊँचे और चालीस फीट चौड़े पहाड़ को काटकर रास्ता बना दिया था?"

अब उनके चेहरे पर खुशी थी कि उन लोगों ने उस दशरथ माँझी को अपनी आँखों से करीब से देखा...हाथों से छुआ। मन-ही-मन सोच रहे थे कि वापस लौटते हुए उनसे जरूर माफी माँग लेंगे।

बिहार में पिछले दस साल से कायम सरकार जातीय समीकरणों और अपराधियों के बल अपने को अजर-अमर मानकर चल रही थी, लेकिन 'बड़े बेआबरू होकर तेरे कूचे से हम निकले' की तर्ज पर उसका शासनकाल समाप्त हो चुका था और महज तीन माह पहले नई सरकार का गठन हुआ था। पिछली सरकार के शासनकाल में जातीय युद्ध और वर्चस्व की लड़ाई के कारण कई नरसंहार हुए थे, राज्य में हत्या, लूट और अपहरण सबसे बड़े उद्योग बनकर उभरे थे। इस काल में सबसे अधिक लोगों का बिहार से बाहर के राज्यों में पलायन हुआ था। कहा तो यह जा रहा था कि वही लोग बिहार में रह गए थे जिनके पास या तो सरकारी नौकरी थी या बाहर जाकर काम करने की प्रतिभा नहीं थी।

नई सरकार के आते ही बिहार के लोगों के बीच नई खुशी और नई उमंग का संचार हो गया। जो अपराधी नेता बने बेखौफ घूमते थे, पकड़े जाने लगे और जेल में उनकी जगह सुनिश्चित हो गई। कल तक जो अराजकता सरेआम दिखती थी, वह काफी कम हो गई। अब सब कुछ ठीक चल रहा था। पूरे देश में बिहार में आए इस परिवर्तन की आहट सुनाई दे रही थी और भय के मारे पलायन कर गए लोग वापस आने लगे थे। तभी एक दिन किसी पत्रकार के माध्यम से मुख्यमंत्री को सूचना मिली कि नई सरकार में कानून के नाम पर अफसरों का दबदबा और घूसखोरी बहुत बढ़ गई है। जो काम पिछली सरकार में नेता और गुंडे करते थे, अब अफसर करने लगे हैं। मुख्यमंत्री ने गोपनीय तरीके से इसकी जाँच कराई तो सही पाया। अब इससे कैसे मुक्ति पाई जाए और बिहार को कैसे विकास की पटरी पर ले आया जाए, इसके लिए मुख्यमंत्री के आवास पर आज मंत्रियों की बहुत बड़ी बैठक थी। अखबारों और पत्र-पत्रिकाओं में इस बात की चर्चा थी कि आज की यह बैठक बिहार के भविष्य के लिए निर्णायक साबित होगी। जिस मुद्दे पर मंत्रियों की बैठक होनेवाली थी, वह भले अनिवार्य थी मगर महज दशरथ माँझी के आने के कारण इस वक्त कहीं पीछे छूट गई थी।

इस समय मुख्यमंत्री के कक्ष में बहुत अलग-सा माहौल था। मुख्यमंत्री के साथ सारे के सारे मंत्री खड़े थे...सारी कुर्सियाँ खाली थीं। इतने बड़े कमरे में अकेले दशरथ माँझी ही सबके बीचोबीच बैठे थे...उनके सामने प्लेट में कुछ फल पड़े थे...जिनकी ओर कोई हाथ भी नहीं बढ़ा रहा था।

दशरथ माँझी की आँखों में शरारत थी...चेहरे पर वैसी मुस्कान जैसी अबोध बच्चों के चेहरे पर होती है और बिलकुल वैसी ही मासूमियत।

बातचीत में औपचारिकता की रस्म पूरी हो गई तो एक मंत्री ने पूछा—''बाबा, आप मुख्यमंत्री जी के बँगले की दीवार क्यों काट रहे थे?''

इस प्रश्न की उम्मीद किसी को नहीं थी। सबके चेहरे बाबा की ओर मुड़ गए। सभी सुनना चाहते थे कि आखिर बाबा क्या कहते हैं।

बाबा ने पास खड़े मुख्यमंत्री की आँखों में आँख डालकर देखा...हल्के से मुस्कराए और व्यंग्य को जैसे पैना करते हुए बोल पड़े। लगा, जैसे उनका हथौड़ा दो पत्थरों के जोड़ पर खड़ी छेनी पर पड़ा हो और दीवार धम्म से गिरी हो!

"अंदर आने के लिए रास्ता बना रहा था!"

बाबा का जवाब सुनकर पहले सभी हँसे किंतु दूसरे ही क्षण जब मुख्यमंत्री पर उनकी निगाह पड़ी...सबने उस जवाब के भीतर मुख्यमंत्री के पहाड़ होने की तल्खी को महसूस किया और सहमकर चुप हो गए।

मुख्यमंत्री को यह जवाब समझने में थोड़ी देर लगी। समझ गए तो उनका चेहरा धीरे-धीरे सहज हुआ और जब वे ठठाकर हँसे तो सभी मंत्रीगण मुक्त होकर हँसने लगे और वातावरण एकदम से सहज हो गया।

दशरथ माँझी को सभी जानते थे। अखबारों में, पत्र-पत्रिकाओं में उनके बारे में जमकर लिखा गया था। देश से विदेश तक के लोग उस पहाड़ को देखने के लिए आते थे जिसको काटकर उन्होंने राह बनाई थी। वास्तव में वह जीते-जी बिहार का गौरव बन चुके थे।

एक मंत्री की निगाह उनके कपड़ों पर गई और उसने पूछा—"बाबा, आप ये बोरा क्यों पहनते हैं?"

इस बार बाबा के चेहरे की मुस्कान हँसी में बदल गई। ऐसी हँसी जिसमें चूड़ियों की खनक मिली हो और किसानों का विनोदपूर्ण कौतुक हो। सिर को हिलाकर संगीत के सुर में कहा—"मंत्री जी, बोरा नहीं है यह..."

"तो क्या है?"

"खादी।"

खादी का नाम सुन हँसी का एक फव्वारा फूटा और सबके बीच प्रवाहित होता रहा...सबकी आत्मा को भिगोता रहा।

एक मंत्री ने चुटकी लेते हुए कहा—"बाबा, खादी तो ये है जो हम पहनते हैं।"

कहनेवाले मंत्री को इस बात का गर्व था कि वह अब भी खादी पहनता है और गांधी बाबा की परंपरा का निर्वाह करता है। इस बहाने नए जमाने के नेताओं की उसने चुटकी ली जो जींस और टी शर्ट पहनते हैं और अपने को नेता कहते हैं।

बाबा के चेहरे पर फिर वही मुस्कान उमड़ आई...हँसी में फिर वही खनक, फिर मासूमियत से भरा वैसा ही स्वर, मगर अंदाज कबीर की फक्कड़ी-सा :

काँव बोले तो कौवा...
आँय बोले वो गाय...
और जिसमें खाद रहे वो खादी...

दशरथ बाबा की हाजिरजवाबी विख्यात थी। उनके कहने का अंदाज ही ऐसा था कि सभी अपने पद और गौरव की मर्यादा भूलकर आम आदमी की तरह तेज-तेज हँसने लगे...। उनका तर्क अकाट्य था...किसी के पास उनकी बातों का कोई जवाब नहीं था। माहौल शांत हुआ तो इस बार स्वयं मुख्यमंत्री ने पूछा—"बाबा, आप कितना प्यार करते थे अपनी पत्नी पिंजरी को?"

वहाँ खड़े सभी लोगों के मन में यही जिज्ञासा थी। सबकी कौतुकपूर्ण निगाहें बाबा को घेरने लगीं और यह जानने के लिए सभी व्यग्र हो उठे।

इस सवाल का जवाब देना दशरथ के लिए भी आसान नहीं था। उनके चेहरे का रंग बदल गया। उनके जीवन की हाँड़ी में समय को स्मृतियों की मथनी बिलोने लगी और न जाने कितनी देर तक बिलोती रही। एकाएक उनकी सूनी निगाहें ऊपर उठीं और खिड़की से होती दूर आसमान

में कहीं पर जाकर टिक गईं। आसमान से धीरे-धीरे नीचे उतरीं तो गलहौर पहाड़ के उस दर्रे पर जाकर ठहर गईं जिसे दशरथ ने पिंजरी के लिए काटा था। कटा हुआ पहाड़ उनके लिए किसी नदी की तरह था जिसके दो पाटों के बीच समय अनवरत अबाध गति से प्रवाहित हो रहा था। दशरथ को लगा, जैसे वे इस समय मुख्यमंत्री के कक्ष में नहीं, समय की गतिमान धारा के बीच पिंजरी को अपनी गोद में उठाए गलहौर की पहाड़ी को पार कर रहे हों।

2

आसमान के ऊँचे वितान के नीचे दूल्हा बने दशरथ के सिर पर टीन का छोटा-सा बक्सा था और दुलहन बनी पिंजरी की कमर में लटका खोंइछा। थोड़ी देर पहले बरात की विदाई हुई थी। पिंजरी की माँ, उसके भाई-बहन, जीजा और टोले के कई लोग उन्हें छोड़ने के लिए घर से निकल नहर की सड़क तक आए थे और पानी गिराकर वापस लौट गए थे। जब तक घर के लोग उसके साथ थे, दुलहन जार-बेजार हो रो रही थी मगर उनके जाने के बाद एकदम से चुप हो गई थी लेकिन उसकी चाल में असहजता और घर छोड़ने का दुख अब भी विद्यमान था।

दुलहन को घूँघट में मंथर गति से चलते देख साथ चल रहे दशरथ के दोस्त झौरी और कई बरातियों ने कहा था कि डेढ़ कोस की बात है, तुम दुलहन को लेकर आराम से गाँव आ जाना, हम बढ़ते हैं और पूरी बरात दोनों को अकेला छोड़ तेज कदमों से बढ़ गई थी।

कई लोग तो बरात की विदाई से बहुत पहले ही चले गए थे ताकि जल्दी से घर पहुँचकर अपने-अपने काम पर चले जाएँ और एक दिन का उनका समय बर्बाद न हो। गाँव के लोगों का यह चरित्र है कि उन्हें बरात में जाने की जितनी बेताबी होती है, सुबह वहाँ से भागने का उतना ही उतावलापन होता है। चाहे कुछ भी हो जाए, किसान और योगी अपनी दिनचर्या नहीं छोड़ते।

इस वक्त सड़क पर आगे-आगे दूल्हा चल रहा था, पीछे-पीछे दुलहन। सूरज धीरे-धीरे पूरब के आसमान में चढ़ रहा था। हवा में ठंड नहीं थी किंतु आदत के अनुसार दशरथ ने लाल गमछे को कान में बाँध लिया था। बक्सा छोटा था...इसलिए वह उसे ले नहीं जा रहा था...बल्कि उसके साथ खेलता जा रहा था। कभी तलहथी पर रख उसके वजन का अनुमान लगाता...कभी सिर पर रख बिना हाथ से पकड़े संतुलन बनाता और चलता जाता। आते वक्त सास कजरौटे से काजल निकालकर दशरथ को लगाने आई थी। दूर का रास्ता ठहरा...राह में दामाद को किसी की नजर न लग जाए। दशरथ के चेहरे पर मुस्कान खिल गई।

उसने मजाक में कहा—''एक तो कौवे-सा काला रंग, ऊपर से यह काजल, कैसा दिखेगा सासू जी?''

दशरथ की बात सुनकर औरतें हँस पड़ीं।

किसी ने उसका बुरा नहीं माना क्योंकि गोरा माँझी अपने कुनबे में संदेह की दृष्टि से देखा जाता है।

सबको हँसते देख दशरथ को लगा कि अब बात टल गई, मगर सास के साथ खड़ी दो-तीन औरतों ने इस टोले और रास्ते की डायनों के बारे में बताया तो उसने चुपचाप काजल लगवा लिया और सोचा कि गाँव के बाहर निकलते ही पोंछ देगा। वह गाँव के बाहर आ चुका था किंतु सास के हाथ का काजल अब भी उसकी आँखों में जस-का-तस था।

गलहौर की पहाड़ी आने पर यह नहरवाली सड़क खत्म हो जाएगी और दर्रा आएगा। दर्रा पार करने के बाद वह अपने घर पहुँच जाएगा जहाँ उसकी भौजी टोले की औरतों के साथ बेसब्री के साथ दुलहन का इंतजार कर रही होगी। बराती और उसके साथी पहले पहुँचेंगे और बता देंगे कि दुलहन दशरथ के संग आ रही है। वह भी उनके साथ ही पहुँच जाता किंतु यहाँ तो औरत के डगों से चलना है।

औरत की बात याद आते ही दशरथ ने पीछे मुड़कर देखा। दुलहन पीछे छूट गई थी। उसके मन में दया का भाव उमड़ गया, मर्द के गोड़ से कैसे चल पाएगी बेचारी। वह भी क्या सोचती होगी कि कैसा है उसका मर्द, उसे अकेला छोड़कर आगे इतनी दूर निकल गया! खड़ा होकर पिंजरी को आते देखता रहा और सोचता रहा कि यदि किसी बड़का के घर की बहू होती तो क्या पैदल चलती ? स्साला ई पहाड़ का इलाका नहीं होता और यह सड़क ठीक होती तो वह कम-से-कम दुलहन के लिए एक बैलगाड़ी जरूर कर लेता...मगर यहाँ तो पैदल के अलावा कोई रास्ता ही नहीं।

दुलहन बहुत धीरे-धीरे चल रही थी। उसके पैर जमीन पर टेढ़े पड़ रहे थे। दशरथ ने गौर से दुलहन को देखा। वैसे तो शादी के समय झटके में वह कई बार दिखी थी और उसे इस बात का अनुमान हो गया था कि उसकी दुलहन सुंदर है किंतु गौर से पहली बार देख रहा था।

उसकी दुलहन बहुत सुंदर है। उसके चेहरे पर जो पानी है, वह उसके साँवलेपन में चार चाँद लगा देता है। मन में आया कि पूछ ले, थक गई हो क्या... ? किंतु अभी तक उनके बीच कोई संवाद नहीं हुआ था। मन के भीतर से संकोच की एक लहर-सी उठी और वह लजा गया। अगर वह कह देगी कि हाँ, तो क्या वह उसे कंधों पर बिठाकर ले जाएगा ? ऐसा सवाल क्यों करना, जिसका समाधान उसके पास न हो! वह इस प्रश्न को पूछकर बेवकूफ बने...इससे ज्यादा अच्छा है, कुछ न पूछना। यह सोचते हुए उसे झुरझुरी-सी आई कि आज की रात वह उसकी बाँहों में होगी। आज के बाद उसका भी अपना जीवन होगा। रोज खाना बनाकर वह उसका इंतजार करेगी। दुनिया का सारा सुख लाकर वह उसके कदमों में रख देगा।

वह खड़ा था और दुलहन धीमे कदमों से चलते हुए उसके पास आ गई थी। क्षण-भर के लिए रुकी...लंबी साँस ली और दशरथ को निहारा। वह मुस्कराना चाहती थी, मुस्कराई भी...किंतु उसके चेहरे की थकान और परेशानी में उसकी मुस्कान कहीं गुम हो गई।

भीतर से मन मसोसकर रह गया दशरथ। दुलहन के चेहरे का तनाव उसके भीतर तक उतरता चला गया। दशरथ ने बक्सा जमीन पर रख दिया। वह कुछ बोल नहीं सका, किंतु बक्सा जमीन पर रखने में यह संकेत था कि थोड़ी देर तक यहाँ आराम कर लेते हैं...फिर चलेंगे।

दुलहन ने दशरथ के इस आशय को पूरी तरह समझा...चप्पल उतारी और किनारे होकर संकोचवश अपना रुख दूसरी तरफ फेरकर बैठ गई।

दशरथ ने फिर उसे गौर से देखा...उसका चेहरा इतना भावहीन था कि संवाद करने की इच्छा को भीतर-भीतर दबा गया और दूसरी ओर देखने लगा।

थोड़ी देर बाद उसने बक्से को इस तरह उठाया कि हल्की-सी आवाज हुई। इस आवाज का सीधा अर्थ था—चलो...जिसे दुलहन ने ग्रहण किया, उसने अपनी चप्पल पहनी...शॉल को सीधा किया...साड़ी का पल्लू दुरुस्त किया...पहला डग भरने से पहले उसके चेहरे पर मुस्कराहट खिली।

दशरथ प्रत्युत्तर में मुस्कराया जरूर लेकिन मुँह से कोई शब्द नहीं फूट सका।

दुलहन कोई गबदू नहीं थी। वह दशरथ से भी तेज चल सकती थी मगर इस समय जो चप्पल उसके पाँव में थी, हाई हील की, वह चलने में कठिनाई पैदा कर रही थी। यह चप्पल खरीदकर जब उसका जीजा ले आया तो पूरे माँझी टोल में यह चर्चा की चीज बन गई थी कि हाई हील की चप्पल आई है। हाई हील की चप्पल पहनकर ससुराल जानेवाली माँझी टोल की वह पहली लड़की थी।

माँझी टोल के लिए भले यह गर्व की बात हो मगर अब तक के जीवन में दुलहन को इस तरह की चप्पल पहनने का कोई अभ्यास नहीं था और उसे वह चप्पल दुश्मन लग रही थी। चलते हुए कई बार तलवे टेढ़े पड़ गए थे और वह गिरते-गिरते बची थी। दूल्हे के साथ चलते हुए वह कहीं गिर न पड़े, इस अपमान से बचना चाहती थी और रुक-रुककर चलती थी। पाँव उठाती, आहिस्ते से जमीन पर रखती और जब तलवे का चप्पल सीधा पड़ने का यकीन हो जाता तब अगला कदम। कई बार मन में आया, चप्पल को हाथ में ले ले, मगर दूल्हा क्या सोचेगा?

दूसरी परेशानी थी साड़ी। इस समय जिस लाल साड़ी को पहनकर पिंजरी चल रही थी, वह सिल्क की थी। जब कदम बढ़ाती, लगता—फिसलकर देह से गिर जाएगी। ऐसा नहीं था कि उसे साड़ी पहनने का अनुभव नहीं था, मगर वह हमेशा सूती साड़ी पहनती थी। इस सिल्क वाली साड़ी का आँचल कंधों पर टिकता ही नहीं था। देह के ऊपर पीले गोटे से भरा शॉल उसने इस तरह ओढ़ लिया था कि आँचल के सरकने की संभावना से पूरी तरह मुक्त हो गई थी मगर भीतर-भीतर उसके सरकने का अहसास लगातार हो रहा था। कमर के हिस्से के पास साड़ी जब भी कहीं ढीली लगती, हाथ बढ़ा कमर में खोंस लेती। खोंसने के क्रम में साड़ी घुटनों से ऊपर आ जाती तो फिर पेट को ढीला कर नीचे खींचकर ले जाती। यह सब कुछ इतने गोपनीय ढंग से करती और लगातार इस बात का खयाल रखती कि उसके दूल्हे को इसकी भनक तक नहीं लगे। चप्पल और साड़ी से वह इस तरह घिरी थी कि अपनी ससुराल पहुँच पाएगी, इसमें उसे संदेह लग रहा था और इसी भय के कारण उसके चेहरे पर बार-बार पसीने की बूँदें चुहचुहा जाती थीं। दशरथ उसे औरत समझकर बहुत धीरे-धीरे लगभग उसी की चाल से चल रहा था और दुलहन की पेशानी पर चुहचुहा आए पसीने की बूँदों को ध्यान से देख रहा था।

सड़क से इक्के-दुक्के गुजरनेवाले राहगीर उनको गौर से देखते और गुजर जाते। राह में पड़नेवाले ताड़ के दरख्त भी हाथ हिलाकर नव दंपती को जैसे भावी जीवन की शुभकामना दे रहे थे। हवा में धूप के रूखेपन को सूरज की किरणें और बढ़ा रही थीं। काफी देर चलते रहने के बाद भी घर की दूरी अब भी कोस-भर से कम नहीं थी। एकाएक दशरथ को लगा कि दो लोग जब साथ हैं तो इतने लंबे इस रास्ते में चुप-चुप चलने का क्या मतलब है, कुछ बात करनी चाहिए।

पीछे चल रही दुलहन उसकी पत्नी है...भरे समाज में उसने उसका हाथ पकड़ा है...जीवन-भर साथ निभाने का वादा किया है...ऐसे ही नहीं सबने अकेला उसके साथ आने के लिए छोड़ दिया। वह कुछ भी कहने के लिए स्वतंत्र है। रास्ता कटने में बहुत आसानी होगी, अगर वे बात करते हुए चलें।

दशरथ कई बार अपने दोस्त छेदी और झौरी के साथ दस-दस कोस का रास्ता किस्सा-कहानी कहते हुए तय कर लेता था और रास्ता कैसे कट गया, इसका पता भी नहीं चलता। उसके

मन में यह निश्चय दृढ़ हो गया कि बात पहले वही करेगा। उसने कोशिश भी की, लेकिन क्या बात करे, सोचकर उसे झुरझुरी-सी आ गई।

बात ?...बात की क्या कमी है! वह यही पूछे कि तुम्हारा नाम क्या है!

फिर उसे अपने आप पर हँसी आ गई।

यह भी कोई बात हुई! यह तो बुद्धू बननेवाली बात हुई। कैसा मर्द है...शादी करके अपनी दुलहन को ले आ रहा है और उसका नाम तक नहीं जानता! पिंजरी नाम तो वह उस समय से जानता है जब शादी पक्की हुई थी। वह पूछे—तुम्हारा नाम क्या है, और वह बता दे। इसके बाद बात खत्म हो जाएगी। बात कुछ ऐसी होनी चाहिए जिसमें उसे कुछ बोलने का मौका मिले और बढ़ाने की गुंजाइश बने। कुछ वह सुनाए, कुछ उसका सुने और इस तरह एक-दूसरे से परिचय भी हो और रास्ता भी कटे।

दशरथ ने एक बार फिर अपनी दुलहन को निहारा।

चौड़े साँवले ललाट पर लाल बिंदी चमक रही थी। चेहरा गोल...आँखें बड़ी-बड़ी...कजरारी...देह की आकृति बिलकुल लंबे कद्दू की तरह...शरीर का अंग-अंग पुष्ट और रंग हल्का साँवला। दुलहन के चेहरे पर पसीना फिर चुहचुहा आया था जिसे पोंछने का अथक प्रयास करती वह अब भी बहुत सँभल-सँभलकर चल रही थी।

पिंजरी का हाल देख दशरथ को दया आ गई। बेचारी थक गई है। दिन न होता तो उसे कंधों पर या पीठ पर पिठैया बिठाकर तय कर लेता एक कोस की दूरी। मगर आते-जाते लोगों का लिहाज था और वह भी क्या स्वीकार करेगी—कंधों पर बैठकर जाना? लेकिन इस वक्त उसे कुछ करना चाहिए। बेचारी पसीना-पसीना हो रही है और वह निर्दयी-सा आगे-आगे चलता जा रहा है। उसने अपने मन को कड़ा किया। इस बार जरूर कुछ बात करेगा। मात्र इस खयाल से उसके चेहरे पर मुस्कान की रेखा खिंच आई और पहली बार उसने गौर से अपनी पत्नी को निहारा। बक्से का हाथ बदला। पत्नी की कमर से लटका खोंइछा झूल रहा था। उसे खोंइछा पर भी गुस्सा आया। एक तो कोस-भर का रास्ता, ऊपर से सेर भर चावल बाँध देते हैं।

"पानी पियोगी...?"

जैसे सृष्टिकर्ता ने प्रकृति से पहला प्रश्न पूछा हो...!

जीवन का पहला संवाद—उसके भीतर से जुबान पर ये शब्द कैसे आ गए, उसे पता भी नहीं चला। मगर जिस संकट से वह अब तक जूझता आ रहा था, वह पूरी तरह हल हो चुका था।

मात्र दो शब्द उचारने के बाद सृष्टिकर्ता प्रकृति की ओर हसरत से देख रहा था और जानना चाहता था कि उस पर कैसी प्रतिक्रिया होती है! इसकी आँच कैसी है! इसी के सहारे...इसी की धार पर कसेगा उसका भावी जीवन।

और सारे बंधन खोलकर प्रकृति ने सुना, पहली बार सुना—'पानी पियोगी?'

बरसों से तपती पृथ्वी को जैसे मेघों का संगीत सुनाई पड़ा हो! उसके अंग-अंग को रस की बारिश में डुबो देनेवाला संगीत...! जीवन की धाराओं में अंतहीन दूरी तक बहा ले जानेवाला संगीत...हवा की लहरों पर उड़ा ले जानेवाला संगीत...जिसमें गति भी थी...ऊर्जा भी थी और जीवन को नए सिरे से रचने का सम्मोहन भी था।

दुलहन ने अपनी बड़ी-बड़ी आँखें ऊपर उठाकर आसमान को इस तरह देखा, जैसे इन दो शब्दों के लिए विराट नभ को धन्यवाद दे रही हो! उसके चेहरे पर मुस्कान खिल उठी...लगा,

सूरज ने अपनी सारी खुशियों को उसके चेहरे पर उलट दिया हो...लाज के लाल-लाल डोरे उसकी आँखों में झिलमिला उठे। मगर शब्द नहीं फूट सके।

दुलहन तो कब से चाहती थी कि उसका दूल्हा उससे कुछ कहे। पानी के बारे में ही नहीं, वह तो लगातार यह सोच रही थी कि उसका दूल्हा यह कह दे कि चप्पल हाथ में ले लो...गाँव के पास चलकर पहन लेना तो वह धन्य हो जाए। मगर दूल्हे ने चप्पल के बारे में नहीं...पानी के लिए पूछा था।

उसने दूल्हे की ओर देखा और हल्का-सा सिर हिला दिया।

सिर हिलाने के क्रम में सबसे पहले उसकी लाल टिकुली में गति आई, सिर पर रखा पीला गोटेदार शॉल नीचे फिसलकर गर्दन तक आ गया, यह स्वीकृति प्रकृति की पहली इच्छा थी।

दशरथ सोच में पड़ गया। पूछ तो दिया मगर अब कहाँ से पानी ले आए वह? जेठ का महीना था...ऊपर सूरज तप रहा था, नीचे धरती जल रही थी। सड़क नहर के कगार पर थी मगर नहर में एक बूँद पानी नहीं था। नहर के बीच मिट्टी में दरारें इस तरह उभर आई थीं, जैसे दाँत चियारकर पानी के लिए खुद याचना कर रही हों! अगल-बगल कटे हुए धान के खेत थे और दूर-दूर तक कहीं कोई जलाशय या कुआँ नहीं था।

दशरथ के चेहरे पर चिंता की लकीरें उभर आईं और उसने आसमान की ओर देखा। निगाहें नीचे उतरीं तो दूर एक बड़ा-सा पेड़ दिखाई दिया। पेड़ के ऊपर बादल झुके हुए से दिखाई दे रहे थे...धरती और आकाश के बीच कुछ धुँधला-सा पसरा था...। घाघ-भड्डरी की कहावत याद आई तो यकीन हो गया कि वहाँ जरूर पानी होगा, लेकिन हो सकता है कि गड्ढे में हो!

क्या उसकी दुलहन गड्ढे का पानी पिएगी... ?

सोचकर सिहर गया, मगर दूसरे ही पल लगा कि इसके अलावा कोई दूसरा रास्ता उसके पास नहीं है...अपनी झेंप मिटाने के लिए उसने मुड़कर पिंजरी को देखा और कई पंक्तियाँ खुद से कहने के बाद मुस्कराते हुए कहा—''बाहर के पानी में कोई दोष नहीं होता और बधार का ठहरा हुआ पानी तो अमृत तुल्य होता है।''

दुलहन ने उसकी ओर देखा, मगर कोई जवाब नहीं दिया।

''सामने जो पेड़ दिखाई दे रहा है, वहीं पानी पिएँगे और सुस्ताएँगे।''

इस बार दुलहन ने सिर हिलाया, सामने पेड़ की ओर देखा और सँभलकर चलने लगी। दुलहन के गोटदार शॉल पर फिसलती सूरज की किरणें उसे अच्छी लगीं। पेड़ के नीचे पानी होगा, यह तो महज दशरथ का अनुमान था। अगर पानी नहीं हुआ तो क्या होगा? दशरथ पानी खोजने के लिए अब जैसे उड़कर जल्दी से पेड़ के पास पहुँच जाना चाहता था।

कुछ पल बाद वे पीपल के घने और छायादार पेड़ के नीचे थे। दशरथ ने पेड़ की जड़ों पर बक्सा टिका दिया और कंधे से गमछा उतारा। पृथ्वी की हथेलियों पर दशरथ ने जीवन में पहली बार शादी का अपना लाल गमछा बिछा बैठने का इशारा कर दुलहन को सम्मान दिया और खुद खड़ा रहा। दुलहन ने कातर निगाहों से चप्पल की ओर देखा, झट से उतार दिया और बैठ गई। चप्पल उतारने के बाद उसने उसे गौर से निहारा और मन-ही-मन कहा—'बाप रे बाप...चप्पल तो पैर तोड़ देगी!'

उसने अपने पैर को हथेलियों से सहलाया और दबी नजर से दूल्हे की ओर देखा। दशरथ की निगाहें इस वक्त पानी की तलाश कर रही थीं। अचानक थोड़ी दूर पर जब एक गड्ढा-सा दिखा तो उसके चेहरे पर चमक आ गई।

''तुम यहीं रुको, पानी कहाँ है, मैं देखकर आता हूँ।'' कहकर दशरथ सामने लपका।

दुलहन उसे जाते हुए देखती रही। जब पूरी तरह यकीन हो गया कि उसका दूल्हा दूर चला गया है तो उसकी अनुपस्थिति का लाभ उठा दुलहन चट से खड़ी हुई। इसके पहले कि वह आ जाए, जल्दी-जल्दी अपनी साड़ी का उलझा हुआ चून ठीक कर लिया और शॉल को आराम से कंधों पर इस तरह डाल लिया जैसे कुछ हुआ ही न हो! इस बार उसने इत्मीनान से दशरथ को देखा।

दशरथ इस वक्त सामने के बगीचे में चलता जा रहा था। उसका अनुमान बिलकुल सही निकला था। वहाँ एक गड्ढा था जिसमें पानी भरा था। सामने महुए का एक पेड़ था और छाया घनी थी। जगह साफ-सुथरी थी। अगल-बगल घास उगी थी और धरती के उर्वर होने का संकेत दे रही थी। बाईं ओर दूर-दूर तक पसरे परती खेत थे।

पानी के तल की मिट्टी और घास की जड़ें साफ-साफ दिख रही थीं। इसका मतलब था कि वहाँ पानी ज्यादा नहीं था और साफ था। दशरथ पानी देखकर दुलहन की ओर चल पड़ा मगर भीतर से संतुष्ट इसलिए नहीं था कि पानी गड्ढे में था। जीवन-भर उसे इस बात का मलाल रहेगा कि पहली बार उसने दुलहन को गड्ढे का पानी पिलाया। उसके चेहरे पर चिंता की रेखाएँ थीं। जब वह पास पहुँचा, तो दुलहन ने आँख उठाकर दूल्हे की ओर देखा, मानो पूछ रही हो—क्या हुआ? बुझे मन से दशरथ ने पिंजरी को अपनी ओर आने का इशारा किया और वापस गड्ढे की ओर बढ़ गया। दुलहन ने उसका इशारा नहीं समझा और खड़ी हो गई। जब खड़ी ही रही तो दशरथ ने कहा—''आ जाओ। पानी एकदम साफ है, पीने के लायक।''

दुलहन ने चप्पल को देखा तो उसका मन जाने कैसा तो हो गया। उसने अपने आँचल को सँभाला। कंधों से शॉल उतारा और इत्मीनान से गमछे पर रख दिया। उसे लगा कि सिल्क की साड़ी फिर कुछ अस्त-व्यस्त हो गई है। उसने उसका चून ठीक नहीं किया बल्कि साये के जरबन में अच्छी तरह खोंस लिया ताकि बंधन ढीला नहीं पड़े और चल पड़ी।

दशरथ गड्ढे के पास पहुँच किनारे में उगी घास को दबाकर, जगह को बैठने लायक बना दिया। अब वहाँ बैठकर इत्मीनान से पानी पिया जा सकता था। दुलहन उस जगह पर जाकर बैठी। पानी में गौर से निहारा तो उसका चेहरा दिखाई पड़ा। उसने हाथों को सटाकर चुल्लू बनाया और ज्योंही चुल्लू पानी में डालकर पानी निकालने को हुई कि जमीन की तली पर कुछ सरकता हुआ-सा प्रतीत हुआ। उसने गौर से निहारा...आँखों से उसकी गति का अनुमान किया...चुल्लू खोलकर हथेलियों को उलटा...हौले से एक पाँव पानी में डाला और हाथ को मिट्टी में दबा दिया।

दशरथ कौतुकपूर्ण निगाहों से दुलहन को निहार रहा था। उसकी साड़ी का सिरा भीग गया था। हाथ कीचड़ से सन गए थे और उँगलियों की मजबूत पकड़ के बीच एक मछली कसमसा रही थी। उसने हाथों की मिट्टी साफ की...मछली को पहले उसने गौर से देखा फिर अपने दूल्हे को...मुस्कराई और बोल पड़ी—''गरई है...''

दुलहन का यह पहला शब्द दशरथ के कान से टकराया। उसकी खनकती आवाज के माधुर्य से वह पूरी तरह भीग गया। देर तक उसके मुँह का यह शब्द कान में झंकृत होता रहा।

उसकी दुलहन सिर्फ सुंदर ही नहीं, समझदार और गिहथिन भी है, यह बात दशरथ की समझ में आ गई। अब उसका जीवन आराम से कटेगा, इसमें संदेह की कोई गुंजाइश नहीं थी।

दुलहन ने चंद पलों में अपने शौर्य का परिचय दे दिया था और अब मछली को दशरथ की ओर बढ़ा रही थी।

दशरथ ने मुग्ध भाव से दुलहन का पहला उपहार स्वीकार किया।

अब दुलहन आराम से पानी पीने का यत्न करने लगी।

दशरथ ने पूछा—"तुम्हें मछली अच्छी लगती है?"

दुलहन ने सिर हिलाकर कहा—"हाँ..."

दूल्हा मुखर हुआ—"मुझे तो सबसे अधिक अच्छी लगती है मछली।"

दुलहन मुस्कराई। उसके मन में आया कि कह दे, बढ़िया मछली बने तो तीन पाव चावल वह अकेले चटकर जाती है, मगर नहीं कहा।

"इसमें बहुत मछली है।" कहकर दुलहन ने दशरथ को देखा और दशरथ ने गड्ढे की ओर।

गड्ढे में मछलियाँ खेल रही थीं। इससे पहले कि वह कुछ सोच पाता, दुलहन की आवाज सुनाई पड़ गई—"मेरे गाँव में होता तो... ?"

दूल्हे को यह वाक्य अपने पौरुष के लिए चुनौती-सा प्रतीत हुआ...वह अब गड्ढे के दूसरे छोर पर बैठकर निहारने लगा और अचानक एक मछली सरकी तो पकड़कर उसने भी अपनी जाँबाजी का परिचय दिया। मुड़कर देखा, दुलहन दशरथ के पास आ गई थी।

दशरथ को मछली पकड़ते देख उसे भीतर से संतोष हुआ कि उसका दूल्हा भी ऐसा-वैसा नहीं है। उनकी रुचियाँ और स्वाद आपस में मिलते-जुलते हैं।

दशरथ ने भी हाथ की मिट्टी धोकर मछली को गौर से देखा और उसे दुलहन की ओर बढ़ाया।

दुलहन मुस्कराई। उसने हाथ नहीं, अपना आँचल...जिसमें खोंइछा बँधा था, पसार दिया।

दशरथ ने मछली उसके आँचल में डाली। मछली आँचल में नन्ही बगेरी-सी फुदक रही थी।

दुलहन ने उसे कुशल गृहिणी की तरह सहज अपनी दोनों आँखों से छुवाया, फिर आँचल को इस तरह कमर में खोंस लिया कि मछली गिरे नहीं।

दशरथ का दुलहन के लिए यह पहला उपहार था जिसे दुलहन ने खुशी के साथ स्वीकार किया। इसके बाद दशरथ ने दुलहन वाली मछली उठाई और हाथ बढ़ाया। दुलहन ने उसे हाथ में लिया और लेने के क्रम में दशरथ का हाथ उसके हाथ से छू गया। दोनों के बीच यह पहला स्पर्श था जो सनसनाहट बनकर पूरे शरीर में समा गया। दो मछलियाँ इस वक्त उनके लिए दुनिया की सबसे अनमोल संपदा थीं।

"कुछ और मिल जाए तो शाम का चखना हो जाता।" दूल्हा बोला।

दुलहन ने चौंककर दूल्हे को देखा—"दारू पीते हो... ?"

"क्यों?"

दुलहन को लगा कि कुछ गलत तो नहीं पूछ दिया? दारू नहीं पिए तो माँझी कैसा! सहज हो गई और मुस्कराकर कहा—"ऐसे ही?"

"क्यों, तुम्हें अच्छी नहीं लगती... ?"

"मेरे बाबू पीते थे, मैंने सिर्फ एक बार चखी थी।"

"क्यों, अच्छी नहीं लगी थी... ?"

"नहीं, गरदन जल रही थी।...लगा, उलटी कर दूँगी... ।" दुलहन यह कहकर चुप हो गई।

उसकी बात सुन दशरथ समझ गया कि उसकी पत्नी को दारू-ताड़ी अच्छी नहीं लगती। वह भी तो मजबूरी में ही पीता है। चखना की बात अपने लिए नहीं, भैया के लिए कर रहा था। आगे बात बढ़ाने के लिए अब दशरथ बेताब था।

"क्या सोच रही हो ?" अचानक दूल्हे ने कहा तो दुलहन सकपका गई।

"कुछ नहीं।"

"मैं बता दूँ, तुम क्या सोच रही हो ?"

"बता दो।"

"यही कि दो मछलियों में क्या होगा! पहले ही दिन मछली के लिए हम दोनों में झगड़ा हो जाएगा!" कहकर दशरथ हँसा। हँसी में एक ऐसी पौरुषेय आक्रामकता थी जो अमूमन औरतों को अच्छी लगती है।

दुलहन दशरथ की बात सुन मुस्कराई।

"झगड़ा क्यों होगा...तुम्हीं खा लेना।" कहकर दुलहन ने एक कुशल गृहिणी की उदारता का परिचय दिया। मगर दशरथ कुछ और सोचता गड्ढे के पास टहल रहा था।

"नहीं, क्यों न कुछ और मछली मार लें ?"

दुलहन को उसका प्रस्ताव अच्छा लगा।

"हाँ, इसमें मछलियाँ बहुत हैं।"

पिंजरी की बात सुनकर दशरथ का उत्साह और बढ़ गया। वह भूल गया कि आज ही उसकी शादी हुई है और वह दुलहन को लेकर घर जा रहा है। उसने जरा भी इंतजार नहीं किया...पहले कमीज उतारी, फिर धोती उतारी...गंजी उतारते वक्त उसने दुलहन को देखा और अधिकार के साथ पिंजरी को थमा डोरीवाली पैंट पहने इस तरह मुस्कराकर चला, जैसे वह किला फतह करने जा रहा हो! दुलहन उसके पीछे चलती गई और कपड़ा किनारे रख गड्ढे के पास पालथी जमाकर मालकिन की तरह इत्मीनान से बैठ गई।

गड्ढे का घेराव बहुत बड़ा नहीं था। दशरथ पानी में घुसकर गड्ढे का एक चक्कर लगा आया। पानी बहुत कम था। उसने गड्ढे के बीचोबीच एक मेड़ तैयार की। बगल में टूटी हुई हाँड़ी की खपरी पड़ी थी। खपरी उठाकर उसने पानी उलीचना शुरू किया। दुलहन किनारे बैठी आवश्यक निर्देश देती रही। थोड़ी देर में दशरथ ने सारा पानी मेड़ के दूसरी ओर फेंक दिया। मछलियाँ सुरक्षित स्थान की ओर भागने लगीं। उसने मिट्टी को पैर से हेंगना शुरू किया तो मिट्टी पानी में घुलकर मस्त हो गई।

अब उसने एक सिरे से अपना हाथ गड़ा-गड़ाकर टोह लेना शुरू किया। मछलियाँ पकड़ में आतीं तो दुलहन की ओर फेंकता। दुलहन भी कम नहीं थी। बिना दशरथ के कहे मछली रखने के लिए किनारे एक गहरा और छोटा-सा गड्ढा बना चुकी थी। उसमें थोड़ा-सा पानी था और मछलियों के निकल भागने का खतरा नहीं था। दुलहन दशरथ की फेंकी मछलियाँ उठाती और उसे गड्ढे में डालती जाती। इस तरह जब उस भाग की पूरी टोह लेकर दशरथ दूसरी ओर की मेड़ काटने को तत्पर हुआ कि दुलहन ने रोका और कहा—"उस तरफ दो-तीन मछलियाँ गई हैं!"

"किधर?"

दशरथ ने हाथ लगाया।

"इधर नहीं, उधर...उधर?"

"किधर?" दशरथ झल्लाया—"किधर?"

इस बार दुलहन ने आव देखा न ताव...साड़ी को सरकाया...चून के हिस्से को हाथों से पकड़ा और पोंछटा खोंस लिया। साड़ी जंघे तक आ गई। कमर के ऊपर वाले आँचल के सिरे को सिर से उतारा और बेल्ट की तरह कमर से बाँध लिया और बगैर किसी उत्तर के वह कीचड़ में उतरती चली गई। मिट्टी में हाथ लगाया और जल्दी ही वे तीन मछलियाँ निकल आईं जिन्हें उसने दूल्हे को थमा दिया। दूल्हे की टोही गई मिट्टी से भी उसने बारह मछलियाँ निकालीं।

"तुम तो पूरी उस्ताद हो!" दूल्हे ने खुश होकर कहा।

दुलहन मुस्कराई और दूल्हे को इस तरह देखा जैसे कह रही हो कि तुम भी कुछ कम नहीं हो।

सारी मछलियाँ निकालकर दूल्हे ने मेड़ काटा और पानी बहना आरंभ हुआ तो दुलहन ने कटे भाग पर घास का जाल लगा दिया ताकि मछलियाँ निकल न पाएँ। फिर दशरथ से खपरी माँगकर खुद पानी उलीचने लगी।

दशरथ अब हथेलियों से गड्ढे में कीचड़ का लेव बनाने लगा। जल्द ही दूसरा गड्ढा तैयार हो गया। दो की जगह अब चार अनुभवी हाथ मिट्टी में गहरे समाते और मछलियाँ निकल आतीं।

सूरज गरम होकर सिर पर चढ़ आया। हवा लू बनकर तेज चलने लगी। आते-जाते राहगीर दूल्हा-दुलहन को मछली मारते देखते तो मन-ही-मन मुस्कराते, कुछ देर रुककर देखते और आखिर में चले जाते। इन सबसे बेखबर वे मछली मारने के काम में लगे रहे। उन्हें किसी की परवाह नहीं थी।

जब गड्ढे से सारी मछलियाँ निकाली जा चुकीं तो दुलहन ने गृहस्थ औरत की तरह दशरथ से कहा—"अब छोड़ दो और हाथ-पाँव धो लो।"

दशरथ ने कहा—"पहले तुम।"

दशरथ की बात मान वह दूसरे गड्ढे की ओर बढ़ गई। जब वह हाथ और पाँव की मिट्टी धो रही थी, दशरथ ने उसकी ओर देखकर कहा—"ठीक से धो लेना," कहकर अपनी बात ठीक से समझाने की गरज से कहा—"दुलहन हो न, गाँव-भर की औरतें तुम्हें देखने के लिए आई होंगी।"

दुलहन ने इस तरह मुस्कराकर देखा, जैसे कह रही हो कि यह बात उसे मालूम है।

दुलहन के बाद जब दशरथ अपने हाथ-पैर की मिट्टी धोकर आया तो दुलहन ने अपने आँचल की मछली दूल्हे को इस तरह दिखाई, जैसे गोद में निकला हुआ उनकी पहली कमाई का सूरज हो!

मछली देखकर दूल्हा जैसे भाव-विभोर होते हुए बोल पड़ा—"दो किलो से कम नहीं होगा।"

दुलहन मुस्कराई और अपना आँचल समेट लिया।

सामने दूर-दूर तक पसरी वही सड़क थी। दूल्हे के हाथ में अब भी वही शादी का बक्सा था, कंधों पर वही लाल गमछा, मगर अब उनकी चाल वह न थी। बगैर किसी औपचारिकता के सहयात्री की तरह अब दोनों तेज कदमों से चल रहे थे। न तो दशरथ के चेहरे पर कोई संकोच था, न ही पिंजरी के। अब दोनों एक-दूसरे को जान चुके थे और पूरी तरह एक-दूसरे से संतुष्ट थे।

यह कोई दिखावे की संतुष्टि नहीं थी बल्कि इसका सरोकार मछली मारने के क्रम में श्रम के साथ बना था इसलिए उसकी परख बहुत गहरी और आत्मा के साथ थी। दुलहन ने बेफिकर होकर शॉल को दुलहन की तरह ओढ़ने के बजाय गमछे की तरह गर्दन में लपेट लिया था। उसकी बेतरतीब-सी सिल्क की साड़ी के आँचल में मछलियाँ थीं। आगे-आगे दशरथ, उससे कदमताल मिलाती दुलहन। वह मन-ही-मन अपने कुलदेवता गोराई बाबा को धन्यवाद देती जा रही थी, कि उसने उसे दशरथ जैसा पति दिया।

कुछ दूर चलने के बाद पिंजरी ने पूछा—"अभी और कितनी दूर है तुम्हारा गाँव ?"

दशरथ कहना चाहता था कि आधा कोस से कम नहीं होगा, मगर कह नहीं सका। उसने पहले दुलहन के थकान से भरे चेहरे को देखा, फिर सामने देखने लगा। लंबी ऊँची बाड़ की तरह गहलौर की पहाड़ी दूर-दूर तक फैली हुई थी। पहाड़ दूर हो तब भी देखने में नजदीक लगता है। उसने उँगली का इशारा करके बताया—"वह जो पहाड़ी दिख रही है—बस, उसी के पार।"

दुलहन ने सिर उठाकर पहाड़ की ऊँचाई को देखा, फिर दशरथ को। दशरथ को लगा, कहीं थक न गई हो, पूछ लिया—"थक गई हो क्या ?"

पिंजरी ने इस बार हँसकर कहा—"बाभन की बिटिया हूँ जो डेढ़ कोस में थक जाऊँगी!"

दशरथ ने मामले को सँभालने की गरज से कहा—"नहीं, औरत का गोड़ है।"

पिंजरी ने दशरथ को चुनौती देने के अंदाज में कहा—"जरा मरद के गोड़ से चल के दिखाओ तो... ?"

और उसके बाद दशरथ को लगा, जैसे दुलहन के पैरों में पंख निकल आए हों—बाप रे, ये तो खरहा की तरह भाग रही है!

दुलहन को आगे निकलता देख दशरथ भी तेज कदमों से चल पड़ा। एक-दूसरे से होड़ लगा चलते हुए न तो पिंजरी की देह पर कहीं थकान के लक्षण थे, न दशरथ के चेहरे पर शिकन। दोनों जैसे उड़ते हुए पहाड़ के पास आ गए।

पहाड़ के सिरे पर ढलान के पास बाईं ओर जहाँ दो पेड़ आपस में सटकर कुछ अजीब-सी आकृति बना रहे थे, दशरथ ने पिंजरी को दिखाकर बताया—"यही हमारे गोरैया बाबा का स्थान है।"

दुलहन खड़ी हो गई और हाथ जोड़कर गोरैया बाबा को प्रणाम किया। जाने के लिए मुड़ी तो अचानक दुलहन को कुछ खयाल आया...पहाड़ी के ठीक उस पार दशरथ का गाँव है और वहाँ सभी दुलहन का इंतजार कर रहे होंगे। उसे इसी वक्त अपने कपड़े ठीक कर लेने चाहिए, वरना इस हालत में उसे देखकर कोई क्या कहेगा! उसने दशरथ से कहा—"मैं कपड़े ठीक कर लूँ ?"

दशरथ के मन में आया कि दर्रा पार करने में सारा कपड़ा इसी तरह हो जाएगा। उसने संयत स्वर में कहा—"उस पार चल के कर लेना।"

"उस पार?"

"हाँ, दर्रा पार करने के बाद।"

"और उधर तुम्हारे गाँव का कोई दिख गया तो?"

दुलहन की शंका वाजिब थी। 'ठीक कर लो' कहकर दशरथ किनारे खड़ा हो गया। दुलहन एक पत्थर की ओट में जाकर कपड़ा ठीक करने को तत्पर हुई मगर यह देखकर कि दशरथ उसे खड़ा घूर रहा है, वह रुक गई।

दशरथ ने पूछा—"क्या हुआ?"

"तुम अपना मुँह उधर फेर लो..." कहकर दुलहन मुस्कराई।

"क्यों?"

"ऐसे ही...चलो, उधर देखो..."

जिस तरह थोड़े-से नखरे के साथ मुस्कराकर कहा था, दशरथ के पोर-पोर में सिहरन-सी फैल गई। दुलहन की भाषा में अधिकार का एक बोध था जो उसने इतनी दूरी साथ यात्रा करने में अर्जित किया था। अनुशासित बच्चे की तरह दूसरी ओर मुँह कर दशरथ पूरा घूम गया मगर तिरछी निगाहें दुलहन को लगातार देख रही थीं।

दुलहन ने पहले कंधों से लिपटा शॉल उतारा और सामने के पत्थर पर रख दिया। पहले तो लगा कि सिर्फ चून ठीक करने से काम चल जाएगा पर साड़ी इतनी बेतरतीब हो चुकी थी कि बिना पूरी तरह खोले उसे ठीक नहीं किया जा सकता था। उसने एक बार दशरथ की ओर देखा जो अब दूसरी ओर देख रहा था। मछली जमीन पर रखकर उसने पूरी साड़ी उतार दी। उसकी देह पर अब ब्लाउज और साया था। साड़ी में कहीं-कहीं मिट्टी लग गई थी जिसे रगड़कर पूरी तरह झाड़ दिया।

दुलहन ने साड़ी पहन इत्मीनान से मछली को उसी तरह आँचल में उठाकर रखा और ऊपर से पीले गोटेवाला शॉल ओढ़ लिया। अब वह बिलकुल वैसी ही लग रही थी जैसे दुलहन बनकर अपने घर से चली थी...उसके सिर पर आँचल का बित्ता भर लंबा घूँघट भी था।

पहाड़ का सबसे निचला सिरा बारिश का पानी उतरने के कारण समतल हो गया था मगर अगल-बगल पत्थर बिखरे पड़े थे। पत्थरों के बीच लोगों के आने-जाने के कारण रास्ता बन गया था। उसी रास्ते पर आगे-आगे दशरथ चल रहा था, पीछे-पीछे उसका अनुसरण करती दुलहन। घूँघट के कारण उसे पूरी पहाड़ी नहीं दिखती थी...मगर उसकी नजर दशरथ के पाँवों पर टिकी रहती। जहाँ-जहाँ उसके पाँव पड़ते, वहीं पर अपना पाँव रोपती। यह चढ़ाई पार हो गई, अब दर्रा सामने था।

दर्रे के द्वार पर दो चट्टानों के बीच एक सूराख था जिसे देखकर कोई नहीं कह सकता कि इसमें आदमी समा सकता है। दशरथ आकर वहाँ रुक गया और दुलहन को देखा, मानो कह रहा हो कि इसी में समाना है।

दुलहन को दर्रा रहस्यमय लगा। वह भीतर से सहम गई मगर चेहरे पर जाहिर नहीं होने दिया।

दर्रे में समाने के कुछ नियम थे। दुलहन को यह बताने के लिए कि इसमें कैसे समाते हैं, दशरथ ने पहले अपने शरीर को झुका दिया और सूराख में पहले अपना बायाँ पाँव डाला। पत्थरों से बचाते हुए पूरा सिर और देह को अंदर घुसा दिया। इसके बाद उसने दाहिना पाँव उसमें नहीं

डाला बल्कि बाहर उसी ओर निकल गया जिधर दुलहन खड़ी थी। दुलहन को देखकर कहा—''बिलकुल ऐसे ही समाना है इसमें।''

दुलहन अच्छी तरह समझ गई थी कि दर्रे में कैसे प्रवेश करना है।

दुलहन ने पूछा—''और कोई दूसरा रास्ता नहीं है?''

दशरथ ने मुस्कराकर कहा—''है, मगर चालीस कोस घूम के आना पड़ता है।''

चालीस कोस की दूरी सुनकर दुलहन ने व्यंग्य से मुस्कराकर कहा—''चलो...हम आ जाएँगे।''

जिस तरह दुलहन ने कहा, उसकी बात सुन दशरथ को हँसी आ गई। पिंजरी ने जमीन पर पड़ा बक्सा दशरथ के हाथ में थमा दिया।

पिंजरी दर्रे में समाने की हिम्मत कर रही थी मगर सच तो यह था कि वह भीतर-ही-भीतर डर गई थी।

दशरथ ने पहले बक्से को दर्रे में हाथ बढ़ाकर डाल दिया। पहले बायाँ पाँव...फिर देह और फिर दाहिना पाँव। चेहरा डालने से पहले दुलहन को देखा मानो पूछ रहा हो कि आ जाओगी न!

दुलहन ने उसी का अनुसरण किया और पहला पाँव भीतर डाला तो साड़ी उठकर जंघे तक आ गई। एक नजर बाहर देखा, कोई दूसरा नहीं था, बस झटके से दूसरा पाँव भी डाल दिया। भीतर जाते थोड़ी लड़खड़ाई मगर खुद को सँभाल लिया।

दर्रे में समाकर दुलहन ने राहत की साँस ली कि दशरथ वहीं खड़ा मुस्करा रहा था।

दशरथ ने दुलहन का हाथ पकड़ना चाहा तो दुलहन ने मना कर दिया मगर भीतर का हाल देख दुलहन के मन में एक भय अनजाने ही पैठ गया था। भीतर की जगह तो डरावनी लग रही थी। दर्रा भीतर से ऐसा लग रहा था, जैसे कोई पत्थर का चिमटा या गुलेल उलटकर रख दिया गया हो!

दर्रे के नीचे का भाग बहुत सँकरा था और उसमें एक आदमी से अधिक समा ही नहीं सकता था। नीचे का भाग पैर रखने भर भी समतल नहीं था। वहाँ दीवार पकड़कर चलने में भी दिक्कत होती थी। अगर चलते हुए कहीं ऊपर से कोई चट्टान लुढ़की तो आदमी का बचना मुश्किल हो जाएगा। जितनी जल्दी हो सके, वह इस भयावह सुरंग से निकल जाना चाहती थी।

गनीमत थी कि दर्रे की यह दूरी बहुत लंबी नहीं थी। जल्दी ही वह अपेक्षाकृत खुले भाग में आ गई। आगे का दर्रा चौड़ा तो बहुत था मगर ऊबड़-खाबड़ था। वह हिस्सा निकल गया तो दर्रे में चढ़ाई आ गई। उसके बाद का हिस्सा फिर सँकरा था। इस बार पिंजरी को भय लगा। उसकी हिम्मत जवाब दे रही थी। उसने इस बार जरा भी संकोच नहीं किया और दशरथ से कहा—''सुनो।''

और दशरथ उसकी बात सुनने के लिए जब रुका तो दुलहन ने अपने हाथ बढ़ा दिए—''बगैर तुम्हारे सहारे के यह दर्रा पार नहीं होगा मुझसे।''

दशरथ ने हाथ पकड़ लिये तो उसका सारा भय जाता रहा। साजन के हाथों में हाथ हो तो भय कैसा, भले सामने पहाड़ ही क्यों न हो!

दशरथ के साथ पिंजरी दर्रे से बाहर निकल आई और मुड़कर दर्रे को देखा तो उसके मुँह से अनायास निकल गया—''बाप रे!''

उसकी निगाह पहाड़ पर गई। सामने दूर तक ऊँची-नीची, ऊबड़-खाबड़, पसरी पहाड़ियों का ऐसा विस्तार था जिस पर कहीं कोई पेड़ नहीं था...एक घास भी नहीं थी, यह विस्तार किसी बड़े दैत्य के मुँह की तरह लग रहा था, जिसमें गौर से देखने पर भी किसी नए आदमी के लिए दर्रे के बारे में पता करना मुश्किल था।

पिंजरी ने कहा—"मुझे तो यकीं ही नहीं होता कि मैं इस दर्रे को पार कर आई हूँ।"

दशरथ अब भी खड़ा होकर दूर-दूर तक पसरे पहाड़ों के बीच दर्रे की हल्की-सी लीक को देख रहा था।

दुलहन ने पूछा—"तुम्हारा गाँव कौन सा है?"

"मुड़ के देखो।"

दुलहन ने मुड़कर देखा तो सामने दूर तक पसरी हुई गलहौर बस्ती दिखाई दे रही थी। उसने ललक भरी निगाहों से गाँव को देखा। मंदिर का गुंबद, दूर-दूर तक पसरा मैदान, बीच-बीच में पेड़, घरों का अनवरत सिलसिला। पिंजरी को पहली नजर में ही पसंद आ गया दशरथ का गाँव।

धान के बीजड़े की तरह होती हैं लड़कियाँ।

बीज किसी खेत में डाला जाता है, रोपाई किसी और खेत में होती है, बाली किसी और खेत में लगती है। दुलहन ने हाथ जोड़ गाँव के अज्ञात और अनाम देवी-देवताओं को प्रणाम किया। अब उसे इसी गाँव में रसना-बसना है। उसका जन्म चाहे जहाँ हुआ, उसकी चिता यहीं सजेगी। आज से यही गाँव उसका अपना है।

दशरथ ने कहा—"चलें!"

दुलहन ने फिर से घूँघट निकाल लिया और चल पड़ी।

दशरथ की आँखों में शरारत-सा कुछ आया और बोल पड़ा—"तुम्हारी चप्पल कहाँ गई?"

चप्पल की बात सुन पिंजरी को धक से लगा। अब क्या जवाब दे वह? मगर इतनी देर में दशरथ के साथ जो आत्मविश्वास पैदा हुआ था, उसके चलते उसने साफ-साफ कह दिया—"पहनकर चला नहीं जा रहा था।"

"वो तो ठीक है मगर गई कहाँ?"

"मैंने जान-बूझकर गड्ढे वाले पेड़ के नीचे ही छोड़ दिया था।"

पिंजरी की बात सुन दशरथ मुस्कराया और कंधे से गमछा उठा पीछे वाला बँधा भाग दिखाया जिसमें पिंजरी की चप्पल थी।

पिंजरी ने चप्पल देखी तो मन-ही-मन माथा पीट लिया। उसके चेहरे पर दृढ़ता आई और इससे पहले कि दशरथ पहनने के लिए कहे, उसने अधिकार के साथ साफ लहजे में कहा—"मैं ये चप्पल नहीं पहनूँगी।"

दशरथ ने जिद नहीं की, इतना ही कहा—"अभी नहीं, गाँव के पास पहुँचकर पहन लेना।"

पिंजरी ने कोई आपत्ति नहीं प्रकट की और दोनों दोहरे आत्मविश्वास के साथ चल पड़े।

कुछ दूर आने के बाद एकाएक दुलहन को कुछ याद आया—"सुनो जी!"

दशरथ ने मुड़कर देखा—"क्या हुआ?"

"मेरे आँचल में बधा खोंइछा?"

दशरथ के चेहरे पर मुस्कान खिल आई—"उसे मैंने ही खोलकर गिरा दिया था।"

दुलहन के चेहरे पर भी मुस्कान खिल गई।

पहाड़ से नीचे उतर सड़क के पास आए तो दशरथ ने गमछे से चप्पल खोल दुलहन के पाँव की ओर देखा—"अब तो ये चप्पल पहन लो!"

आज्ञाकारी पत्नी की तरह पिंजरी ने चप्पल पहन ली। दोनों ने पहली बार एक-दूसरे की आँखों में देखा और हँस पड़े। अब गाँव सामने था। दुलहन के चेहरे पर परेशानी के भाव तैर गए।

"मगर भौजी खोंइछा खोलने आएँगी तो क्या होगा?"

"हम हैं न।"

दुलहन को लगा कि जब दूल्हा उसके साथ है तो क्या डरना!

महज कुछ घंटों की यात्रा में दशरथ और पिंजरी एक-दूसरे के इतने करीब आ गए थे, जैसे अब तक का सारा जीवन एक साथ जिया हो!

3

गया से राजगीर की ओर फैली पहाड़ियों की दिशा में साठ किलोमीटर दूरी पर बसा है गलहौर गाँव। गाँव के दक्षिणी-पश्चिमी सिरे पर पहाड़ के बिलकुल पास है दशरथ का माँझी टोल। पहाड़ के समानांतर जाती सड़क से उत्तर की ओर एक लंबी गली गाँव की ओर बढ़ती है जिसके दोनों ओर माँझियों के मकान बने हैं। अधिकांश मकान फूस के हैं।...कुछ-कुछ मिट्टी के, जिन पर खपरैल छप्पर लगा हुआ है। मिट्टी के खपरैल छप्पर वाले घर में रहनेवाले माँझी इज्जतदार माने जाते हैं। दशरथ का घर भी गलहौर के इज्जतदार घरों में एक है। दशरथ के बाबूजी जिंदा नहीं हैं पर बड़े भाई जूना का माँझियों के बीच खासा सम्मान है। गली जहाँ जाकर चौड़ी और गोल हो जाती है, वहीं बाईं ओर दशरथ का घर है। उनके घर के ठीक बाहर नीम का बड़ा-सा एक छायादार पेड़ है जो माँझी टोल के बीचोबीच में पड़ता है। फुरसत के समय पूरा माँझी टोल वहीं पर जमा रहता है।

दशरथ की बरात कई घंटे पहले वापस आ चुकी थी। लोग अब दशरथ और पिंजरी के आने का इंतजार कर रहे थे। नीम के पेड़ के नीचे दो खाटें बिछी थीं जिन पर कंबल पड़ा था। खाट पर इस वक्त जितिया बाबा अकेले बैठे दशरथ की शादी की बुँदिया फाँक रहे थे।

जितिया बाबा गाँव के माँझियों में सबसे उम्रदराज हैं। चेहरा अनगिनत झुर्रियों से भरा है...सौ साल की उम्र पार कर चुके हैं मगर उनके हाथों में अब भी इतनी ताकत है कि किसी जवान का गट्टा पकड़ लेते हैं तो छूटता नहीं। उम्रदराज होने के कारण अक्सर शादी-ब्याह जैसे मामलों में माँझी टोल में उनको ही सबसे अधिक सम्मान मिलता है। जितिया माँझी खाते हुए बड़बड़ा रहे थे जिसे कोई सुन नहीं रहा था।

"इतनी अच्छी बुँदिया कितने साल पहले खाई थी, याद भी नहीं आता।"

दशरथ की बरात आने के बाद वे खुद ही आकर दरवाजे पर बैठ गए और जूना से कहा कि 'बरात नहीं गए तो क्या हुआ, दशरथ की ससुराल की मिठाई दो।'

जब उनको पता चला कि दशरथ की ससुराल में बुँदिया बनी थी और एक दउरा आया है तो खुश होकर कहा, 'जल्दी ले आओ भाई,' और उदारता से जूना ने एक पत्तल पर दो अँजुरी बुँदिया उनके सामने रख दी थी।

दूसरी ओर नीम के पेड़ के नीचे जूना के साथ मुहल्ले के आठ-दस लोग एक नई-नवेली भैंस के पास खड़े थे जिसके सींग और देह में सरसों का तेल मलकर चमकाया गया था। भैंस की ही चर्चा चल रही थी। यह भैंस दशरथ की ससुराल से दहेज में मिली थी।

जब दशरथ के बड़े भाई जूना लड़की को पूजने के लिए गए थे तभी से उनकी नजर इस भैंस पर थी। भैंस भी इतनी छोटी और चुनमुनिया थी कि जूना को क्या, किसी को पहली नजर में पसंद आ जाती। लड़की वालों ने उस वक्त तो कुछ नहीं कहा लेकिन समझ गए कि जूना क्या चाहते हैं। जूना के साथ सभी भौचक रह गए जब बरात की विदाई के समय वे माड़ो का बाध खोलने गए तो पिंजरी के भाई ने जूना को भैंस का पगहा थमा दिया और हाथ जोड़ कहा था—'जब सोने जैसी बहन पिंजरी दे दी तो क्या नहीं दे सकते!'

जीतन माँझी भी दशरथ की बरात में गए थे, भैंस को सहलाते हुए कहा—"जूना भैया, माँझी के दरवाजे पर बकरियाँ दिखाई दे जाती हैं, सुअर दिखाई दे जाते हैं, भैंस का दिखना सचमुच बड़ी बात है!"

जूना माँझी सबकी बात सुन मन-ही-मन खुशी से इतरा रहे थे क्योंकि माँझी के दरवाजे पर भैंस, यह गलहौर माँझी टोल की पहली घटना थी।

जोगी माँझी ने कहा—"जूना भाई, माँझी समाज में जहाँ लड़के वालों को ही लड़कियों के लिए रकम चुकानी पड़ती है वहाँ लड़की वालों ने भैंस देकर सचमुच आपकी इज्जत को गाँव के बबुआनों जैसा कर दिया है।"

इसके बाद सभी गर्व से बरात में हुई खातिरदारी का जिक्र करने लगे जो अक्सर माँझी समाज में नहीं दिखता। जो दारू और चखना ये लोग यहाँ से लादकर ले गए थे, उसे जस-का-तस गलहौर वापस लाना पड़ा था। लड़की वालों ने उसे खोलने ही नहीं दिया। जितने लोग बरात में गए थे, इस बात पर सबकी सहमति थी कि जितना खातिर-सम्मान लड़की वालों ने किया है उतना तो बड़ी जाति के लोगों में भी नहीं होता। लड़की वालों की खातिरदारी की बात खत्म भी नहीं हुई थी कि दशरथ का दोस्त झौरी आ गया और बातचीत के संदर्भ से परिचित हुए बिना बोल पड़ा—"जूना भैया, मुखिया को जलन हो गई है।"

"क्यों?"

"भैंस के कारण।"

झौरी दशरथ का दोस्त था और किसी भी बात का बयान रस लेकर करता था।

सभी यह सुनकर चौंक गए कि मुखिया को जलन हो गई है। उसी तरह रस लेते हुए झौरी ने अपनी बात आगे बढ़ाई—"हाँ, जूना भैया, रास्ते में मिल गया। साला मुझको सुनाकर राजबरन से कह रहा था कि 'माँझी-मुसहर दूध थोड़े पीते हैं, उनको तो दोनों टाइम दारू चाहिए। ए राजबरन, दशरथवा की भैंस लेकर बँधवा दो मेरे दरवाजे पर। भादों में जब खर्ची घटेगी तो हमहीं काम आएँगे।'"

मौला माँझी, जो अब तक चुप थे, ने चिढ़कर कहा—"भादों हो या जेठ, जूना के घर कब खर्ची घटी है कि वो देगा?"

जीतन ने रोष में आकर कहा—"जूना को छोड़िए, गाँव में किसको खर्ची देता है मुखियवा?"

जूना माँझी के चेहरे पर मुखिया के प्रति हल्की-सी खीझ उभरी मगर यह सोचकर खुश हो गए कि अगर मुखिया जी उनसे जलते हैं तो इससे गाँव में उनकी प्रतिष्ठा तो बढ़ेगी ही। कहने से भैंस उनके या किसी के दरवाजे पर थोड़े चली जाएगी।

जूना के बाबू जूना और दशरथ के दूध पीने के लिए एक भैंस पालना चाहते थे मगर जिंदा रहते उनकी चाहत पूरी नहीं हो सकी। जूना को लग रहा था कि उनके बाबू जहाँ भी होंगे, देखकर उनकी आत्मा खुश हो रही होगी।

इससे पहले कि इस बात पर आगे चर्चा चलती, भीतर से बड़बड़ाती हुई जूना की पत्नी धनिया आ गई और खड़े लोगों पर एक नजर डाल हलकी नाराजगी से भरी कहने लगी—"खाली खड़ा होके आप लोग बतकूचन कर रहे हैं।"

जूना ने धनिया की आवाज का अनुकरण कर जैसे मजाक बनाते हुए कहा—"तो का करें?"

धनिया की भाषा में उनकी बात सुन सभी हँसने लगे तो धनिया को बुरा लगा। उसने उसी अंदाज में जवाब दिया—"आप लोगों को आए तीन घंटा से बेसी हो गया, दशरथ अभी तक दुलहन लेकर नहीं आया। आप लोगों को ये नहीं समझ में आता कि दू कदम आगे बढ़कर देख लें!"

बात पते की थी। धनिया की बात सुन सभी चुप हो गए।

जूना को लगा कि कितना अच्छा माहौल आकर खराब कर दिया। उन्होंने अपनी पत्नी से मजाक करते हुए कहा—"याद करो, जब तुमको हम दुलहन बनाकर ले आए थे तो घर आने में रात हो गई थी। तू तो कह रही थी कि इधरे कहीं रात बिताकर चलें।"

धनिया यह सुनकर लजा गई और खड़े लोग हँस पड़े।

झौरी ने नहले पर दहला मारा—"सच्च बात है भौजी?"

धनिया ने गुस्से से जूना को देखा—"बोलिएगा झूठ, हम कहे थे..."

इस बार जूना ने समझाने के अंदाज में अपनी पत्नी से कहा—"अरे महारानी जी, औरत के गोड़ से चलकर आना पड़ता है। जाकर तुम अपनी तैयारी करो। थोड़ी देर और देख लेते हैं। अगर दशरथ नहीं आया तो झौरी को देखने के लिए भेजेंगे या अपने जाएँगे। अभी रात थोड़े हो गई है!"

उनकी बात पूरी भी नहीं हुई थी कि उधर दूर से राजबरन पासी चिल्लाता आता दिखाई पड़ गया। राजबरन को आते देख सबके चेहरे पर उल्लास की लहर दौड़ गई। जूना को भी लगा कि विस्तार से पता चलेगा कि मुखिया क्या कह रहे थे। मगर राजबरन ने आते ही पूछा—"ए जूना...हमरा जुतवा कब मिलेगा?"

झौरी ने इस तरह पूछा जैसे व्यंग्य कस रहा हो—"कैसा जूता राजबरन भैया?"

जैसा कि गाँव में किसी को चिढ़ाने का सामान्य-सा नियम है कि चिढ़नेवाले की बात सुनो और मजा लो...उसका जवाब मत दो...सभी जो वहाँ खड़े थे, सुनना चाहते थे कि अब राजबरन क्या कहते हैं। उन्हें जरा-सा सुलगाकर उनकी बातों का मजा लेना गाँव के लोगों की दिनचर्या में शामिल था।

दरअसल दो दिन पहले राजबरन पासी ने साल भर की ताड़ी के लिए ताड़ का एक पेड़ बेचा था और मिले पैसों से दशरथ की बरात में जाने के लिए ही चमरुआ जूता खरीदा था। बरात जाते हुए जब उन्हें लगता कि रास्ता खराब है तो झौरी कह देता कि नया जूता है राजबरन भैया, पहन के चलेंगे तो खराब हो जाएगा, और वे जूते को हाथ में ले लेते। बरात पहुँचने के बाद भी झौरी उन्हें डराने लगा कि राजबरन भैया, बरात में जूता बहुत चोरी होता है। इसका परिणाम यह हुआ कि राजबरन पासी बरात दरवाजे पर लगाने गए तब भी, शादी के लिए मड़वा में गए तब भी, खाने के लिए गए तब भी...जूता उनके गमछे में बँधा हाथ में रहा और पूरे बरातियों के लिए मनोरंजन बना रहा। इस मनोरंजन को चरम पर पहुँचाने के लिए झौरी ने ही उनका जूता उस समय चुरा लिया जब वे सोए थे। सुबह जब उनकी नींद खुली और जूता नहीं देखा तो सब कुछ भूलकर गालियों पर उतर आए। हारकर जूना माँझी को हाथ जोड़कर यह कहना पड़ा कि मेरी बरात में जूता गुम हुआ है...हम आपको नया जूता खरीदकर देंगे। राजबरन पासी अब उसी जूते के लिए आए थे।

कुछ भी उलटी-पलटी बात होने पर राजबरन की चिल्लाहट से बचने के लिए जूना माँझी ने राजबरन को समझाते हुए कहा—"राजबरन भाई, अभी तो बरात वापस आई है। दूल्हा-दुलहन भी नहीं आए हैं। थोड़ा सब्र कीजिए। कहे हैं कि खरीदवा देंगे तो खरीदवा देंगे।"

राजबरन को थोड़ी तसल्ली हुई मगर मन में हुदबुदी अब भी जारी थी। बोले—"जूना भाई, आप तो जानते हैं कि जूता हम गया से खरीदे थे।"

जूना ने यकीन दिलाया—"गया चलकर ही खरीदेंगे भाई।"

जूना को पता था कि जूता झौरी के ही पास है इसलिए राजबरन की शर्त को मान लेने में कोई दिक्कत नहीं थी।

भैंस की चर्चा खत्म हो चुकी थी। राजबरन को झौरी अभी और चढ़ाने की कोशिश कर रहा था ताकि कुछ बोले और बात बढ़े जिससे यहाँ सबका मनोरंजन हो। तभी बाहर कुछ लड़कों की तेज-तेज आवाजें सुनाई पड़ीं :

ए कनिया दूगो धनिया द
अपना भतार के नाम बताव...

हँसी-मजाक का यह सिलसिला अचानक थम गया और जीतन का बेटा कलिया तेजी से 'कनिया आ गई, कनिया आ गई' चिल्लाता और भागता हुआ नीम के पेड़ की ओर आ गया। सभी की निगाहें रास्ते की ओर उठ गईं जिधर से दशरथ को आना था।

सड़क से नीचे गली में दशरथ आगे-आगे चल रहे थे और पीछे-पीछे लाल साड़ी पर पीला गोटेदार शॉल ओढ़े उनकी पत्नी पिंजरी। उन्हें आता देख लोगों को वहीं खड़ा छोड़ जूना माँझी तेजी से अपने घर के दरवाजे के पास गए और अपनी पत्नी को आवाज देकर कहा—"सुनती हो, दशरथ बहू को लेकर आ गया!"

जूना माँझी की बात सुनकर धनिया ने बाहर निकल अपना आँचल ठीक किया। तेजी से आगे बढ़ी...नीम के पेड़ के पास खड़ी होकर आस-पास के घरों की ओर देखा और कोयल की तरह कूककर कहा—"ए रमिया भौजी...ए मुनिया के माई...ए फगुनी, ए मुनरी!" और

विविध नामों से पुकारकर मुहल्ले की औरतों को एक ही झटके में जता दिया कि दशरथ बहू के साथ आ गया है, तुम लोग भी जल्दी आ जाओ।

और इससे पहले कि दशरथ पत्नी को लेकर नीम के पेड़ के नीचे पहुँचते, वहाँ टोले की औरतों की भीड़ लग गई। टोले की इतनी सारी औरतें कब और कैसे आईं और दरवाजे के बाहर खड़ी समूह में कैसे गीत गाना शुरू कर दिया, किसी को पता नहीं चला। औरतों को आया देख पुरुषों ने वहाँ की जगह खाली कर दी और खाट पर जाकर जम गए मगर उनकी निगाहें दशरथ पर ही टिकी थीं। छोटे-छोटे नंग-धड़ंग बच्चे भी किनारे आकर जम गए थे और उत्सुकता से दशरथ को कनिया के साथ आते देख रहे थे।

दुलहन के साथ दशरथ जब नीम के पेड़ के पास आ गए तो औरतों ने उनके और दुलहन के पैर पर पानी गिराया। सबकी निगाहें दुलहन को बाहर से परखने लगीं—उसकी साड़ी कैसी है? उसका शॉल कैसा है?

मुनरी ने चौंककर कहा—"कनिया तो 'हाई हील' पहनकर आई है!"

रमिया और सगुनी के साथ धनिया ने भी पानी गिराते हुए दुलहन के हाई हील वाली चप्पल पर गौर किया।

पानी गिराकर औरतों ने डाक बाबा का गीत गाया और जगह को लीप दिया जिसका मतलब था कि अगर रास्ते में कोई भूत-प्रेत उनके संग चला आया हो तो वह पानी की धार से गिरकर वहीं पर रह जाए।

दशरथ की पत्नी के पाँव पर पानी डालते हुए रमिया भौजी सोच रही थी कि दशरथ की पत्नी के पाँव में न तो एक ठेला है, न बेवाई...वह तो किसी बड़े घर की बेटी लगती है और दुलारी भी। अगर मेहनत-मजूरी करनेवाली होती तो पैर ऐसे नहीं होते।

धनिया भौजी घर के भीतर से बाँस की दो डलियाँ लेकर आ गई थी जिन्हें जगह-जगह लाल और पीले रंगों से रँगा गया था। डलिए में धान डालकर भौजी ने दशरथ को आने के लिए कहा।

जब दशरथ डलिए में आकर खड़े हो गए तो उसी डलिए में खड़ी होने के लिए उनकी पत्नी को भी धनिया ने बुलाया—"तू भी आ जा।"

जिस फुर्ती के साथ दुलहन चट से डलिए में खड़ी हुई और असंतुलित होने पर दशरथ की पीठ का सहारा ले लिया तो खड़ी औरतें हँस पड़ीं।

रमिया भौजी ने हँसते हुए कहा—"दुलहन तो बहुत तेज है।"

किसी ने मजाक किया—"और अनुभवी भी।"

इस मजाक का आशय यह था कि दुलहन की भी कहीं यह दूसरी शादी तो नहीं है? कई औरतें आँखों-आँखों में एक-दूसरे को देख इस मजाक पर हँस पड़ीं क्योंकि दूसरी शादी तो दशरथ की हो रही थी।

अब दूसरी डलिया आगे रखी गई। दशरथ पाँव बढ़ाकर दूसरी डलिए में आ गए तो उनकी पत्नी भी आ गई। पीछे की डलिए को आगे लाया गया और घर तक महज बीस-पच्चीस कदम की दूरी डलिए में डेग डालते आधे घंटे में तय हुई। गीत गाती औरतों ने दुलहन के परिवारवालों को जी भर के गालियाँ दीं और अपना गला बिठा लिया।

दशरथ के घर की देहरी और आँगन को गोबर से लीप-पोतकर चिकना किया गया था और वह बहुत सुंदर लग रहा था। कहा जाता है कि माँझी अगर मन से घर लीप दे तो वह संगमरमर से भी ज्यादा चिकना हो जाता है। घर के नाम पर आँगन में मिट्टी से बने दो कमरे थे। सामने खाली जगह थी। खाली जगह के बाद बाँस का एक बाड़ था जिस पर सेम की लतर चढ़ी थी। आँगन के बीचोबीच हरिस, (हल का वह भाग जो बैलों के कंधों पर आता है) मिट्टी में गड़ा था। हरिस के निचले भाग में आम के पल्लव बँधे थे, उसके बगल में मिट्टी का एक घड़ा था जिस पर दीपक रखा गया था। मुनरी ने आगे बढ़कर दीपक जला दिया।

घड़े के ठीक सामने दशरथ अपनी पत्नी के साथ बैठे थे।

पिंजरी की साड़ी का छोर दशरथ के गमछे से बँधा था। औरतें पूरा दम लगाकर गीत गा रही थीं और गीतों में अब वे दशरथ की पत्नी या उसके घरवालों को गालियाँ नहीं दे रही थीं बल्कि मुहल्ले की ननद और भौजाइयों के बीच ही दो अलग-अलग समूह बन गए थे और वे आपस में ही जैसे गालियों की प्रतिस्पर्धा पर उतर आई थीं। दशरथ की भौजी बगल में चौके पर अपना आँचल पसारे बैठी थी।

रमिया भौजी ने दशरथ की पत्नी से कहा—"दुलहिन, भौजी के आँचल में खोंइछा दे दो।"

पिंजरी के लिए यह सबसे कठिन क्षण था। वह समझ नहीं पा रही थी कि क्या करे।

घूँघट के भीतर से बार-बार दशरथ की ओर देखती, मानो कह रही हो कि उस समय तो खोलकर गिरा दिया अब तुम्हीं बचाओ। जब कुछ समझ में नहीं आया तो साड़ी के भीतर से ही दशरथ को धीरे से चिकोटी काटकर सुझाया।

चिकोटी से एकाएक दशरथ की तंद्रा टूटी और इस बार दशरथ ने पिंजरी का इशारा समझ धनिया भौजी की ओर देखा।

"भौजी...भौजी..."

"क्या है?"

दशरथ ने धनिया भौजी को इस तरह इशारा किया, जैसे कान में कुछ कहना चाहते हों!

दशरथ की बात सुनने के बाद धनिया भौजी खी-खी करके हँसने लगी।

दोनों के बीच क्या बात हुई, किसी को कुछ समझ में नहीं आया। धनिया भौजी ने किसी से थाल लाने के लिए कहा। एक छोटा-सा लड़का दौड़ा हुआ गया और जस्ते का एक बड़ा-सा थाल लेकर आ गया। रमिया भौजी ने पूछा—"ई का कर रही हो, थाल में खोंइछा लोगी?"

धनिया भौजी हँसने लगी—"दुलहन के गाँव में खोंइछा में चावल नहीं, मछली मिलती है।"

सुनकर पहले तो औरतें हँसीं फिर चुप हो गईं।

रमिया ने कहा—"मतलब हम लोगों से अच्छे माँझी हैं!"

मुनरी ने अपने को गौरवान्वित करने के खयाल से कहा—"मेरे गाँव में भी खोंइछा में मछली ही मिलती है।"

पिंजरी ने उनके बीच होनेवाली बातचीत सुन राहत की साँस ली। जहाँ वह अपमानित होने से डर रही थी वहीं दशरथ की इस चालाकी के कारण औरतों के बीच में उसका सम्मान बढ़ गया—दुलहन के परिवारवाले यहाँ के माँझियों से अच्छे माँझी हैं।

इस रस्म से अलग दो बच्चे आँगन के कोने में खड़े हसरत से दूल्हा-दुलहन को देख रहे थे। उनमें एक जो लड़का था, जिसकी उम्र पाँच साल की थी, नया कुर्ता तो पहने था लेकिन

नीचे पैंट नहीं थी। उसकी बगल में तीन साल की लड़की ने पैंट पहनी थी मगर ऊपर कमीज या फ्रॉक नहीं था। एकाएक दशरथ की भौजी की नजर उन बच्चों पर गई। सबसे पहले उन्होंने रमिया भौजी से उन बच्चों को कपड़ा पहनाने को कहा। रमिया भौजी कपड़ा पहनाकर दोनों बच्चों को सामने ले आई। पहले लड़के को दुलहन की गोद में डाला गया।

धनिया भौजी ने दुलहन से कहा—"इसे अपनी छाती छुला दो।"

दुलहन ने लड़के को कलेजे से लगा लिया।

शादी के पहले ही पिंजरी को यह बात मालूम थी कि जिससे उसकी शादी हो रही है, वह 'दोआह' है...उसकी पहली पत्नी मर चुकी है और दो बच्चे भी हैं। पहली बार सुनकर उसे गुस्सा आया था, मगर उसकी अपनी बुआ ने, जिसकी भतीजी से दशरथ की पहली शादी हुई थी, जब उसे दशरथ के बारे में विस्तार से बताया था तो उसने सब कुछ भूलकर दशरथ को पति के रूप में स्वीकार कर लिया था। और मजबूरी पिंजरी की भी थी। पिंजरी के पिता की मौत बचपन में ही हो चुकी थी। भाई उम्र में पिंजरी से छोटा था। शादी का सारा खर्च उसके जीजा ने दिया था जो कलकत्ता में रहता है। वही उसके लिए हाई हिल की चप्पल भी लेकर आया था। जब शादी ही संकट में हो तो नवाह क्या और दोआह क्या!

बच्चे को उसने इस तरह अपने सीने से चिपका लिया, जैसे अपना बच्चा हो और सोच रही थी कि कभी इन बच्चों को इस बात का एहसास नहीं होने देगी कि पिंजरी उनकी सौतेली माँ है।

लड़का जब गोद से अलग हुआ तो भौजी ने गुड़ की भेली दुलहन को थमा दी और लड़के को देने के लिए कहा।

दुलहन ने गुड़ की भेली लड़के के हाथ में थमा दी जिसे खाता हुआ वह थोड़ी दूर गया और पैंट खोलकर अलग फेंक दी जिसे देख सभी औरतें हँस पड़ीं।

धनिया भौजी ने अपने को अपमानित महसूस किया और खड़ी हँस रही औरतों को जताया—"क्या करें...बुधुआ पैंट पहनना ही नहीं चाहता।"

अब बारी थी तीन साल की उस बच्ची सनीचरी की, जो माँ की गोद में जाने की ललक से अपनी बारी का इंतजार कर रही थी। रमिया भौजी ने दशरथ की बेटी को गोद में उठा लिया और लाकर दुलहन की गोद में दे दिया। सनीचरी अब तक यह समझ नहीं पा रही थी कि अगर वह उसकी माँ है तो घूँघट क्यों निकाल रखा है? मगर उसे अपने इस प्रश्न का उत्तर नहीं मिल पा रहा था।

पिंजरी की गोद में आने के बाद उसने सबसे पहले घूँघट उठाकर दुलहन का मुँह देखा और बिजली की गति से छिटककर पिंजरी की गोद से अलग हो गई। जाते हुए हरिस से टकराई और मिट्टी के कलश पर जल रहा दीया उलट गया। वह जलने से बाल-बाल बची। किसी की समझ में नहीं आ रहा था कि उसने ऐसा क्यों किया। अब वह थोड़ी दूर पर जा जमीन पर लोटकर बुरी तरह हाथ-पाँव चला-चलाकर रो रही थी और कह रही थी—"ये मेरी माँ नहीं है...ये मेरी माँ नहीं है..."

एक मिनट पहले जहाँ हँसी-खुशी और उत्सव का माहौल था, सनीचरी के विलाप ने उसे करुणा से भर दिया। सबके मन में दशरथ की पहली पत्नी की मौत की घटना की याद उभर आई।

जब दशरथ की दूसरी शादी तय हुई थी तभी सनीचरी को यह बताया गया था कि भगवान के यहाँ से उसकी माँ वापस आ रही है। तभी से वह अपनी माँ का इंतजार कर रही थी। लेकिन यह उसकी माँ नहीं, कोई और थी। अपनी माँ को नहीं देखकर उसका दिल टूट गया था। कई लोगों ने उसे समझाने की कोशिश की, मगर वह समझने के लिए तैयार ही नहीं थी। अब वह और तेज आवाज में रो रही थी कि 'मेरी माँ को ले आओ, ये मेरी माँ नहीं है!'

जब धनिया उसे गोद में लेकर समझाने लगी तो उसने उसके बाल पकड़ लिये और इस तरह नोचने लगी जैसे जड़ से उखाड़कर दम लेगी। घूँघट के भीतर पिंजरी हतप्रभ थी।

उसने कोहनी मारकर दशरथ से कहा—"आप क्यों नहीं ले आते?"

बच्ची को रोती देख ऊपर से दशरथ भले ही सहज थे मगर उनकी आत्मा रो रही थी। पिंजरी की बात सुन उन्हें राहत मिली और वह उठ खड़े हुए। बच्ची अभी भी भौजी के बाल पकड़े चीख रही थी। दशरथ ने भौजी के हाथ से बच्ची को अपनी गोद में ले लिया, बच्ची की चीख कम कराने के लिए डाँट लगाई तो बच्ची चुप हो गई।

"काहे रोती हो?"

"ई मेरी माँ नहीं है।"

दशरथ ने बच्ची को समझाया—"पागल है तू। देख, भगवान दूसरी बार किसी को धरती पर भेजते हैं तो उसका रूप वही नहीं रहता, जो पहले था।"

लड़की ने दुलहन की ओर देखा फिर दशरथ को।

दशरथ ने कहा—"पूछ ले तू ही।"

सनीचरी ने पिंजरी की ओर देखा तो उसने बिना पूछे ही घूँघट के भीतर से सिर हिलाकर हाँ कहा और गोद में लेने के लिए हाथ बढ़ा दिया। इस बार दशरथ ने पिंजरी की गोद में बच्ची को इस तरह दे दिया, जैसे वे अपनी सारी जिम्मेदारियाँ दे रहे हों और तेजी से चलते हुए बाहर निकल गए।

पहले ही दिन पिंजरी के इस व्यवहार से सारी औरतें प्रभावित हो गई थीं। अब उनके मन में जल्दी से दुलहन का मुँह देखने की ललक बस गई थी कि उसकी सीरत तो देख ली मगर सूरत कैसी है।

दुलहन मिट्टी के एक घर में थी। घर बहुत बड़ा नहीं था। एक किनारे अनाज रखनेवाले मिट्टी के दो बड़े-बड़े बर्तन, जिन्हें क्षोण कहा जाता है, खड़े थे। दूसरे सिरे पर जाँता था, जिसे गेहूँ पीसने के काम में लाया जाता था। कमरे के पिछले हिस्से में अलगनी बँधी थी, जिस पर कपड़े लटक रहे थे। एक बड़ी-सी खाट थी जिस पर कंबल बिछा था। कंबल के ऊपर वह छोटा-सा बक्सा पड़ा था जिसे दशरथ अपने साथ लेकर आए थे। दुलहन कमरे के फर्श पर बैठी थी और उसके बगल में दशरथ की भौजी। आस-पास गाँव की सारी औरतें मुँह-दिखाई के लिए खड़ी थीं।

धनिया भौजी ने धीरे से दुलहन से कहा—"जब मैं घूँघट उठाऊँ, आँख बंद कर लेना।"

दुलहन ने सिर हिलाया जैसे वह पहले से जानती हो। धनिया भौजी ने शॉलीनता के साथ दुलहन का घूँघट उठाया।

दुलहन की आँखें बंद थीं। चेहरा शांत, सौम्य और सहजता से भरा था। माथे पर लाल बिंदी, बिंदी के नीचे जंगली हिरनी की छलाँग-सी भौंहें, भौंहों के नीचे बुद्धत्व की मुद्रा में बंद

आँखें...सुग्गे के ठोर जैसी नुकीली नाक, कमल की पँखुड़ियों से अब खिले तब खिले होंठ और पानीदार साँवला रंग... । औरतें एकटक, अपलक, निर्निमेष और मुग्ध भाव से पिंजरी को निहार रही थीं, जैसे वह दुलहन नहीं, वनकन्या हो! ऐसा लग रहा था कि जैसे देखने के लिए खड़ी औरतों का मन ही नहीं भर रहा। दशरथ की भौजी को अंत में कहना पड़ा—''अब आप लोग जाइए...दुलहन दूर से मरद के गोड़ से पैदल चलकर आई है...कुछ भी खाया-पिया नहीं!''

औरतों ने उसकी बात मान ली और मन मारकर धीमे कदमों से दुलहन की ही चर्चा करती बाहर निकल गईं।

औरतों के बाहर निकलने के बाद धनिया भौजी ने पिंजरी को ताड़ का एक पंखा थमा खाट पर बैठने के लिए कहा और बाहर निकल गई।

बाहर भीड़ छँट चुकी थी। दरवाजे पर जूना माँझी भैंस को धो रहे थे और सामने खड़े आदमी से कह रहे थे कि धोकर इसके सींग में और पूरी देह में जब असली करुआ तेल लगाऊँगा तो गाँव के मुखिया रामजतन सिंह की भैंस से भी सुंदर दिखने लगेगी...।

उनकी बात अभी पूरी भी नहीं हो पाई कि भीतर से उनकी पत्नी धनिया निकलकर बाहर आ गई और कहने लगी—''सुबह से दशरथ ने कुछ नहीं खाया... कहाँ है?''

जूना माँझी ने अपने दिमाग पर थोड़ा जोर दिया—''वो तो छेदी के यहाँ उसी समय निकल गया था।''

धनिया ने झल्लाकर कहा—''शादी है न उसकी बहन की; वहाँ भी बारह बजे से पहले खाना नहीं मिलेगा। आप जानते हैं कि दशरथ को भूख बर्दाश्त नहीं होती फिर भी जाने दिया!''

मगर दशरथ तो जा चुके थे।

उसका सारा गुस्सा अपने पति पर निकाल धनिया जिस तेजी के साथ बाहर आई थी उसी तेजी के साथ अंदर चली गई। उसे खयाल आ गया था कि इस वक्त दुलहन घर में अकेली है।

4

दशरथ पहाड़ी बाबा के आश्रम की ओर जा रहे थे।

माँझी टोल गाँव के दक्षिण में था और पहाड़ी बाबा का आश्रम गाँव के उत्तर की ओर। पहाड़ी बाबा वहाँ के छोटे-से मठ के महंत थे। सरल स्वभाव, सहज व्यक्तित्व और ज्ञान के भंडार। कुछ भी कहते तो बात भीतर आत्मा तक उतर जाती।

पहाड़ी बाबा बसुरिया बाबा के शिष्य थे। बसुरिया बाबा के बारे में गाँव में ही नहीं, इलाके में कहा जाता है कि वे बहुत चमत्कारी थे। गाँव के जमींदार रमेसर सिंह को बच्चा नहीं हो रहा था। तीरथ-व्रत और भागवत सुनने का भी कोई लाभ नहीं हुआ। उन्होंने बसुरिया बाबा के पैरों पर गिरकर भिक्षा माँगी कि, 'बाबा हमको पुत्र होने का आशीर्वाद दे दीजिए वरना वंश डूब जाएगा।' बाबा ने उन्हें पुत्र होने का आशीर्वाद दिया। डेढ़ साल के भीतर उनकी पत्नी की गोद भर गई। चाँद-सा सलोना लड़का हुआ। नहौना के बाद बच्चे को लेकर बाबा के पास गए और आशीर्वाद लेने के बाद उसका नाम रखने को कहा। बसुरिया बाबा ने प्यार से बच्चे को गोद में लेकर कहा—'झिंगुरी।'

रमेसर सिंह का सूखता हुआ वंश-वृक्ष हरा हुआ था। बाबा के ना-ना करने के बाद भी बदले में रमेसर सिंह ने खुशी-खुशी पचास बिगहा खेत मठ के नाम लिखकर गाँव में मठ की स्थापना करा दी और बड़ा उत्सव कराया था। उसके बाद से बसुरिया बाबा गलहौर में ही रहने लगे।

बसुरिया बाबा एक दिन पहाड़ की राह से गुजर रहे थे। अचानक उन्हें एक बच्चे के रोने की आवाज सुनाई पड़ी। बसुरिया बाबा उसके पास गए तो बच्चा चुप हो गया। बच्चे को देखा तो बसुरिया बाबा के मन में स्नेह उमड़ आया और वे उसे लेकर आश्रम पर आ गए। पहाड़ पर मिलने के कारण उसका नाम पहाड़ी रख दिया। उसे बेटे की तरह पाला-पोसा, अपना सारा ज्ञान दिया। उनकी मौत के बाद पहाड़ी ही पहाड़ी बाबा बनकर इस मठ के महंत बन गए।

इस इलाके में ऐसे महंतों की भी कमी नहीं है जिनके पास आज लाखों की संपत्ति है। गाड़ी में चलते हैं और उनका रौब जमींदारों की तरह है। मगर पहाड़ी बाबा उनसे बहुत अलग थे और अपना ज्यादा समय पढ़ने-लिखने, ज्ञान-दान और पूजा-पाठ में बिताते थे। जरूरत पड़ने पर हर किसी का यथासंभव सहयोग भी करते थे। गाँव के माँझियों, पासी, दुसाधों और गरीब तबकों के लिए तो वे साक्षात् जीवित देवता थे।

दशरथ से पहाड़ी बाबा को बड़ा गहरा लगाव था। दशरथ ने पहली पत्नी की मौत के बाद दूसरी शादी करने से इनकार कर दिया था। दशरथ के बड़े भाई जूना माँझी ने जाकर पहाड़ी बाबा से कहा और दशरथ ने शादी पहाड़ी बाबा के कहने पर की थी, वरना वे पहाड़ी बाबा का चेला बनकर संन्यासी की तरह बाकी समय गुजार देना चाहते थे।

पहाड़ पार करने के बाद ही दशरथ ने मन-ही-मन तय कर लिया था कि पिंजरी जैसी पत्नी मिली, यह जरूर पहाड़ी बाबा का ही आशीर्वाद है, इसलिए वे सबसे पहले जाकर उनसे आशीर्वाद लेंगे। पिंजरी को भी लेकर आने का उनका मन था मगर जिस तरह बच्ची रो रही थी, आते समय उनका मन अशांत हो गया था। सोचा, जब काम- धाम के लिए पिंजरी बाहर निकलने लगेगी तो एक दिन पहाड़ी बाबा के पास आशीर्वाद लेने जरूर लेकर आएँगे।

दशरथ पहाड़ी बाबा के आश्रम के पास पहुँचे तो शाम होने को थी। बगल के बँसवार में मैना चहक रही थी। मंदिर के पुजारी सगुनी पंडित पूजा की तैयारी कर रहे थे। दशरथ को दूर से ही देखकर सगुनी पंडित ने पूछा—''का दशरथ, कनिया आ गई ?''

''जी बाबा!''

अब दशरथ की निगाहें पहाड़ी बाबा को खोजने लगीं।

सगुनी पंडित ने इशारे से बता दिया कि पहाड़ी बाबा इस वक्त अपनी पंचवटी में हैं। पंचवटी में पाँच तरह के पेड़ होते हैं—आम, पाकड़, बरगद, पीपल और नीम। ये हर मौसम को अपनी तरह से पकड़कर रखते हैं। गर्मी के दिनों में पहाड़ी बाबा अक्सर वहीं रहते। दशरथ और सगुनी पंडित की बातें पहाड़ी बाबा को सुनाई पड़ गई थीं और वे इस तरह तेजी से बाहर निकलकर आए, जैसे दशरथ के इंतजार में ही बैठे हों! दशरथ को देखते ही पहाड़ी बाबा ने चौंककर कहा—''छेदी के यहाँ नहीं गए दशरथ ?''

दशरथ ने सामने जमीन छूकर पायलगी की—''सोचा, आपका आशीर्वाद ले लूँ।''

''हमारा आशीर्वाद तो हमेशा तुम्हारे साथ है मगर जाओ अभी, छेदी बहुत संकट में है और उसे तुम्हारे सहयोग की बहुत जरूरत है।''

दशरथ समझ नहीं पाए कि बाबा क्या कह रहे हैं—"कैसा संकट बाबा?"

बाबा ने जब विस्तार से बताया तो एकबारगी दशरथ को यकीन ही नहीं हुआ और वह तेज कदमों से छेदी के घर की ओर चल पड़े।

गाँव में बचपन से ही छेदी, झौरी और दशरथ की मित्रता विख्यात रही है। एक साथ खाते-पीते-खेलते कैसे सयाने हो गए, किसी को पता ही नहीं चला। उम्र बढ़ने के बाद भी उनकी दोस्ती में कोई अंतर नहीं आया था। एक के बिना दूसरे और दूसरे के बिना तीसरे को चैन नहीं मिलता। गाँव के लोग मजाक में यहाँ तक कहते कि ये तीनों एक ही गाँड़ से हगते हैं।

दशरथ को मालूम था कि आज छेदी की बहन की बरात आनेवाली है, इसलिए वह उनकी बरात से सुबह में उसी समय उठकर चला आया था जब अँधेरा था और बरात की विदाई नहीं हुई थी। दशरथ ने तो उसे मना भी किया था कि तुम बरात मत जाओ। बहन की शादी की व्यवस्था देखो। पहले तो वह मान गया कि जब दो घरों में आग लगती है तो सभी अपने घर की आग बुझाते हैं। लेकिन दोस्ती की बात थी, उससे रहा नहीं गया और अपना जरूरी काम छोड़कर बरात में शामिल हुआ था।

दूर से छेदी के आँगन में गड़ा हुआ मड़वा का बाँस दिख रहा था। उसमें बँधे हरे आम के पत्तों की फुनगी पर लाल महाबीरी झंडा लहरा रहा था।

छेदी का घर मिट्टी का था, जिसकी दीवार पर औरतों ने बरात के स्वागत में गेरू से तरह-तरह के चित्र बनाए थे। दरवाजे पर कनेर के पत्ते का बड़ा-सा गेट बना था और उसके चारों ओर रंगीन कागज की झंडियाँ और झालरें झिलमिला रही थीं। लाल एकरंगे पर लिखा था 'स्वागतम्', जिसके एक छोर की रस्सी खुल गई थी।

जब दशरथ वहाँ पहुँचे तो दरवाजे पर चारों ओर मातम की तरह सन्नाटा पसरा था। दशरथ ने पूछा—"कहाँ है छेदी?"

किसी ने जवाब दिया—"आँगन में।"

छेदी के घर में दशरथ का अंदर तक आना-जाना था। किसी से कोई परदा नहीं था। वह तेजी से अंदर समा गए। बरामदा पार करते ही देखा कि छेदी, उसकी विधवा माँ और झौरी के साथ कई लोग मंडप में खड़े थे। सबका चेहरा तनाव से भरा था। छेदी की बहन जिसकी शादी होनेवाली थी, जिसकी देह पर हल्दी लगे कपड़े थे, छेदी से हाथ जोड़कर कह रही थी—"भैया, हमारी बात मानिए और बरात लौटा दीजिए।"

दशरथ ने देखा—कहते हुए उसकी आँखें भर आई थीं।

दशरथ को आया देख छेदी को बहुत सुकून मिला। बहन दशरथ, छेदी और झौरी को एक साथ राखी बाँधती थी। कई बार तो ऐसा भी हुआ था कि छेदी कहता था कि उसकी बहन उससे अधिक दशरथ को मानती है। दशरथ को देख जब बहन फूटकर रो पड़ी तो दशरथ ने प्यार से एक चपत लगाकर कहा—"काहे रोती है रे पगली!"

बहन फूट पड़ी—"भैया, उस घर में जाकर जिंदगी भर यह ताना सुनने से कि बरात को भी नहीं खिला पाया इसका भाई, अच्छा है कि शादी न हो।"

दशरथ को पहाड़ी बाबा विस्तार से यह बता चुके थे कि लड़के वाले छेदी को नीचा दिखाने के लिए इतने बराती लेकर आए हैं जिन्हें अपनी तैयारी के आधार पर भोजन कराना संभव नहीं होगा। बाबा के यहाँ से निकलने के बाद दशरथ सीधे जनवासे में जाकर खुद देख आए थे—

बरातियों की संख्या हजार से कम नहीं होगी। दशरथ तो शादी तय करने से लेकर तैयारी तक में छेदी के साथ रहे थे, उनको जल्दी ही इसका कारण भी समझ में आ गया।

लड़के वालों ने छेदी से तिलक में पंद्रह से बीस आदमी लाने के लिए कहा था मगर तिलक की बरात चली तो बिना कहे पचास से अधिक लोग चले गए। गाँव की बात थी, किसको मना करे वह। उस वक्त तो लड़के वालों ने कुछ नहीं कहा था मगर मन–ही–मन उन्होंने सोच लिया था कि इसका बदला वे जरूर निकालेंगे और इसलिए बिना किसी सूचना के वे इतनी संख्या में बराती लेकर आए थे कि उसको बेइज्जत किया जा सके।

दशरथ के चेहरे पर भी चिंता की लकीरें तैर गईं लेकिन अब तो किसी तरह इस मामले को सँभालना था। बहन की राखी का कर्ज उतारना था। दशरथ ने किसी तरह बिलखती बहन और माँ को समझाकर अंदर कमरे में भेजा और छेदी के साथ बाहर निकल गए।

बाहर आकर हलवाई को बुलाकर पूछा—"क्या उपाय हो सकता है भाई ?"

हलवाई भी चिंता से भरा था और अपना दिमाग पहले से चला रहा था कि क्या हो सकता है। उसने कहा—"डालडा के बजाय हम बर्रे के तेल में पूड़ी निकाल देंगे। तरकारी में आलू और टमाटर मिलाकर इतना रसदार और तीखा बना देंगे कि काम चल जाएगा मगर सबसे जरूरी चीज है आटा। उसकी व्यवस्था तो आप लोगों को ही करनी पड़ेगी।"

गाँव में गेहूँ का इंतजाम तो किया जा सकता था मगर इतनी जल्दी उन्हें पिसवा पाना मुश्किल काम था क्योंकि आटा पत्थर के जाँते में हाथ से पीसा जाता था। गलहौर के माँझी टोल, पासी टोल और दुसाध टोल में कुल मिलाकर बस तीन ही जाँते थे। उन पर पीसने के लिए छह औरतों को अभी से बिठा भी दिया जाए तो जितना समय बचा है उसमें दो पसेरी से ज्यादा आटा नहीं निकल पाएगा।

"आज गाँव में छेदी की बेइज्जती तय है दशरथ!" कहकर फफक पड़ा छेदी।

दशरथ ने छेदी को डाँटा—"काहे तय है? तीन दिन बाद मुखिया जी के लड़के का तिलक आनेवाला है। उन्होंने भोज के लिए तैयारी की होगी। अगर उनसे चलकर कहा जाए तो संभव है, आटा मिल जाए। बरात चले जाने के बाद तीन दिन में हम पिसवाकर आटा वापस कर देंगे।"

झौरी के चेहरे पर चमक आ गई। अब लगा कि इज्जत बच जाएगी। दशरथ की बात सबको पसंद आई और सबने जैसे राहत की साँस ली। आटा मिल जाने की उम्मीद इसलिए भी थी कि छेदी मुखिया जी का अपना लोहार था। उनका हल–फाल वही ठीक करता था। पिछले साल का जवरा भी अभी तक मुखिया जी के यहाँ बकाया था। बिना समय गँवाए दशरथ, झौरी और छेदी मुखिया के घर की ओर निकल गए।

गलहौर मुख्य रूप से किसानों का गाँव था। गाँव में छोटी जोत के कई किसान थे मगर बड़ी जोत के दो ही किसान थे--झिंगुरी सिंह और कामता सिंह। दोनों के बीच संबंध अच्छे नहीं थे। कामता सिंह कभी कहीं जमीन खरीदने के लिए भाव तय करते तो बीघा पर पाँच रुपया बढ़ाकर झिंगुरी सिंह खरीद लेते। झिंगुरी सिंह तय करते तो कामता सिंह खरीद लेते। कभी मजदूरों को लेकर, कभी किसी बात को लेकर दोनों के बीच में आपस में हमेशा ठनी रहती थी। जब से कामता सिंह मुखिया बन गए, यह खाई और बढ़ गई थी। पिछले साल झिंगुरी सिंह ने अपने

बेटे की शादी बहुत धूमधाम से की थी। इस साल मुखिया अपने बेटे की शादी कर रहे थे और अधिक खर्च कर उनको नीचा दिखाने की योजना बना चुके थे।

मुखिया जी ने बेटे की शादी के लिए नया दालान बनवाया था और पुराने दालान को मवेशी बाँधने के बथान में बदल दिया था। पूरे घर पर चूने में नील डालकर दोहरी पुताई हुई थी और घर चमक रहा था। अपने दरवाजे पर मुखिया जी बबुली सिंह और गोरख सिंह के साथ बैठे थे। बबुली सिंह छोटी जोत के एक बैल वाले किसान थे। मुखिया के साथ इसलिए लगे रहते कि उनके साथ इनका भी सारा काम हो जाता था और साथ रहने के कारण गाँव में सम्मान भी मिलता था। इसके विपरीत गोरख सिंह को जब कभी मुखिया से लाभ नजर आता, उनकी ओर हो जाते और जब कभी झिंगुरी सिंह से लाभ नजर आता, उनकी ओर हो जाते। इस वक्त मुखिया जी के दरवाजे पर यह चर्चा चल रही थी कि बनारस के राजघाट से अगर लस्सी बनानेवाले को बुलाया जाए तो उनके बेटे के तिलक में चार चाँद लग जाएगा। बनारस से कुछ मिठाइयाँ भी मँगवाई जा सकती हैं। बात तय हो गई कि बबुली सिंह किसी आदमी को लेकर बनारस जाएँगे। अभी उनकी योजना आखिरी रूप ले रही थी कि दशरथ छेदी के साथ मुखिया जी के दरवाजे पर पहुँच गए। गाँव में सारी सूचनाएँ जल्दी ही एक-दूसरे तक पहुँच जाती हैं। मुखिया जी को पता चल गया था कि छेदी एकाएक संकट में पड़ गया है। मुखिया जी को देख छेदी ने हाथ जोड़ लिये।

"मुखिया जी, अब हमारी इज्जत आपके हाथ में है।"

अनजान बनते हुए मुखिया जी ने कहा—"का हुआ?"

छेदी ने विस्तार से तिलक से विवाह तक की एक-एक बात का हवाला देकर अपना संकट समझाया।

पूरी बात सुनने के बाद मुखिया जी ने कहा—"परेशान मत हो। जो हमसे बन पड़ेगा, हम जरूर करेंगे।"

छेदी के चेहरे पर संतोष के भाव आए। दशरथ ने भी राहत की साँस ली कि चलो, संकट टल गया।

छेदी मुखिया जी को समझा रहा था—"सरकार, आलू हमारे पास बहुत है। डालडा की जगह बरैं के तेल का इंतजाम हो गया है। बस, दो मन आटा का इंतजाम हो जाए तो हमारी इज्जत बच जाएगी। हम दो दिन में किसी भी तरह पिसवाकर आपको वापस कर देंगे।"

गाँव के इस तरह के मामलों में मुखिया जी अक्सर मौखिक सहानुभूति से काम चला लेते थे मगर समझ गए थे कि अब यहाँ मौखिक सहानुभूति से काम नहीं चलनेवाला। उनके चेहरे पर तनाव की एक बारीक-सी रेखा तैर गई मगर तुरंत ही उन्हें लगा कि इस उदारता में कोई घाटा नहीं है। और छेदी तो अपना रैयत है। आटा ले जाएगा, उसे वापस भी कर देगा। मुफ्त का यश भी मिलेगा। उसकी मदद कर देनी चाहिए! छेदी अब भी हाथ जोड़े उनके सामने खड़ा था।

मुखिया जी ने कहा—"काहे परेशान होते हो! वैसे भी बेटी तो किसी एक की नहीं, पूरे गाँव की होती है।" कहकर मुखिया जी घर के भीतर समा गए।

लेकिन मुखिया जी ने जाकर जब अपनी पत्नी से कहा तो उनकी पत्नी बात सुनते ही उबल पड़ी—"का बात कर रहे हैं?"

मुखिया जी ने गिड़गिड़ाकर कहा—"फेरा में पड़ गया है छेदिया। अपना परजा है।"

उनकी पत्नी और तमतमा गई—''छेदिया फेरा में नहीं पड़ा है, आप पगला गए हैं। साल भर से नरमा गेहूँ का बड़ा-बड़ा दाना बीन के तीन-तीन पानी धोवा के छत पर सुखा के आटा पिसवाए हैं, ऊ लोहार का बरात खाएगा? छेदिया जो आटा वापस करेगा, वह पता नहीं किस गेहूँ का होगा। धोया-पोंछा गया होगा कि नहीं, ऊ आटा का सूखी-सूखी पूड़ी हमारे बेटे के तिलकहरू और हमारे मेहमान खाएँगे, सोचिए तो, आपकी इज्जत कहाँ रह जाएगी!''

पत्नी की बात सुन मुखिया जी को भी पहली बार यह बात समझ में आई कि मुखिया होने के बाद भी उनका अनुभव कितना कम है।

उनकी पत्नी ने इनकार का आखिरी कील ठोककर कहा—''मैं उसमें से एक पाव भी आटा नहीं दूँगी।''

''ठीक है, मैं सँभाल लूँगा।'' कहकर मुखिया जी बाहर निकल गए।

मुखिया के दरवाजे पर खड़े दशरथ और छेदी के चेहरे पर राहत के भाव थे। मुखिया ने जिस तरह आश्वासन दिया था, लगा कि संकट टल गया। वे आपस में इस विषय पर बात कर रहे थे कि तीन जाँतों में कितनी देर तक कितनी औरतें पिसाई करेंगी कि मुखिया का दो मन आटा इनके परोजन के पहले वापस कर दिया जाए, तभी मुखिया जी बाहर निकल आए। मगर दरवाजे की ओट से उनकी पत्नी अभी भी यह सुनने के लिए झाँक रही थी कि मुखिया जी क्या कहते हैं। मुखिया जी जब आकर सामने खड़े हो गए तो उनका चेहरा देख दशरथ को लगा कि कुछ गड़बड़ है।

छेदी ने ललक के साथ मुखिया को देखा—''का हुआ मुखिया जी?''

''का बताएँ छेदी! हमको घर का कुछ बात मालुमे नहीं रहता है...आटा मशीन से पिसवाने के लिए गया में भेजा है, वो अभी तक आया ही नहीं, वह कल पहुँचाएगा।''

मुखिया की बात सुन उसे सही साबित करने के लिए चापलूसी के अंदाज में बबुली सिंह बोल पड़े—''वही तो हम सोच रहे थे कि आपने कैसे देने के लिए कह दिया, आटा तो आया ही नहीं!''

बबुली सिंह ने एक बार फिर मुखिया की बात पर मुहर लगा विश्वसनीय बना दिया तो मुखिया जी ने कहा—''कल गया से आटा भिजवाकर बनारस जाइएगा।''

उनकी बात सुन दशरथ, और छेदी का चेहरा लटक गया।

दशरथ को मालूम था कि आटा पिसाने के लिए गेहूँ गया में नहीं गया है बल्कि मुखिया को न देना पड़े, इसलिए यह बहाना बना दिया है। एक महीना पहले से रमिया भौजी उनके घर आटा पीसने रोज सुबह में उठकर जाती थी। थोड़ी देर के लिए उम्मीद की जो किरण उनके चेहरे पर आई थी, एकाएक बुझ गई। अब क्या किया जाए, सबसे बड़ा संकट यह था।

जब वे मुखिया के घर से वापस लौट रहे थे, झौरी राह में खड़ा उनका इंतजार कर रहा था। झौरी झिंगुरी सिंह का कारिंदा था। दोनों के बीच संबंध अच्छे नहीं थे। उसे लग रहा था कि उसके जाने के बाद काम बनने के बजाय बिगड़ जाएगा इसलिए वह रास्ते में ही रुक गया था।

आते ही उसने लपककर पूछा—''क्या हुआ?''

जवाब में जब छेदी की आँख भर आई तो आगे कुछ कहने की जरूरत नहीं पड़ी।

झौरी ने मुखिया को गालियाँ देकर कहा—''हमको मालूम था कि यही होगा। गुह निकालने के लिए भी साले के गाँड़ में बाँस डालना पड़ता है।''

दशरथ ने झौरी से पूछा—"झिंगुरी सिंह के घर होगा आटा?"

झौरी ने कहा—"उनके घर होता तो मैं काढ़कर ला चुका होता। ऊ और उनकी बहू केतना रोटी खाते हैं, दस सेर में महीना चल जाता है।" अचानक झौरी को कोई उपाय सूझ गया—"एक उपाय है!"

सभी झौरी की ओर देखने लगे—"हम एक नपना लेकर गाँव के हर घर में चलें और जिसके घर जितना आटा, उतना ही माँगें। देखते हैं कि कितना मिलता है। हो सकता है कि हमारे काम भर आटा मिल जाए!"

दशरथ ने झौरी की ओर इस तरह देखा जैसे उसके बचकानेपन पर हँसी आ रही हो—"अरे झौरी, गाँव के माँझी, पासी और दुसाध के घर शादी-ब्याह में ही रोटी बनती है। वे दोनों जून भात ही खाते हैं।"

झौरी ने सुना तो उसे लगा कि दशरथ ठीक कह रहा है।

दशरथ ने छेदी से कहा—"देख यार, तू अब इसकी चिंता मत कर, जाकर शादी की और तैयारी देख। हम कहते हैं, इज्जत नहीं जाएगी। तुमने जितने लोगों के खाने की तैयारी की है उतना जाकर बनवाओ, हम बाकी का इंतजाम कर आते हैं।"

"कैसे कर लोगे..."

"वो हम नहीं बताएँगे। जैसा कहते हैं, वैसा तुम करो।" यह कहकर दशरथ झौरी को लेकर निकल गए।

कहाँ गए, इसका पता किसी को नहीं चला। मन में उदासी का बोझ लेकर छेदी अपने घर आ गया।

छेदी को इस बात पर पूरा भरोसा था कि दशरथ जो कहता है, उसे जरूर करता है। कहीं-न-कहीं से वह आटा का जुगाड़ करके जरूर ले आएगा। मगर चूल्हे के पास बैठे हलवाइयों की अलग परेशानी थी। वे कह रहे थे कि आटा आते ही तेल में छानने के लिए फेंक तो नहीं दिया जाएगा। उसे सानना पड़ेगा, लोइयाँ बनानी पड़ेंगी, बेलना और छानना पड़ेगा। दो मन आटा पकाना खेल नहीं है। समय पर नहीं आया तो लाने का कोई फायदा नहीं होगा।

छेदी उनकी बातें सुनता तो निराशा से भर जाता मगर चूँकि आश्वासन दशरथ ने दिया था इसलिए मन में भरोसा था। मगर जैसे हालात हैं, इसमें दशरथ या कोई भी क्या कर लेगा?

जैसे आदमी की अपने समाज में मर्यादा होती है, वैसे ही गाँव में कई पेड़ों की भी अपनी मर्यादा होती है। वे संकटकाल में बड़े सहायक होते हैं। बगल के गाँव बिहूपुर में आम का एक बहुत बड़ा पेड़ था जिसे लोग कटहरिया कहते थे। वह आम इतना स्वादिष्ट था कि इलाके के लोग उस पेड़ का एक आम खाने के लिए तरस जाते। मिल जाता तो समाचार की तरह कहते कि आज कटहरिया आम खाया। इलाके की लड़कियाँ ससुराल जातीं तो मायके खबर भेजतीं कि कटहरिया आम जरूर भेजना। उस आम पर भी जैसे भगवान की कृपा थी, हर साल टिकोरों से लद जाता, कभी बंझा नहीं हुआ।

कुछ दूर जाकर दशरथ ने छेदी से कहा—"झौरी, अगर कटहरिया पर से आम तोड़कर लाया जाए तो बराती पूड़ी छोड़कर आम खाएँगे और छेदी की इज्जत बच जाएगी।"

झौरी को उसकी बात पसंद आई—"मगर कैसे होगा?"

उस आम का मालिक भी बड़ा चौकस और कंजूस था। आम की रखवारी के लिए दिन भर खुद रहता था और रात के लिए मचान गाड़कर लाठी-भाला और टॉर्च देकर पूरे मौसम के लिए दो पहलवान किस्म के पहरेदार रखता था।

झौरी के साथ दुसाध टोल के पाँच और लठैत थे जो झिंगुरी सिंह के लिए काम करते थे। सबका मेट झौरी ही था। झौरी को लगा कि यह काम ताकत के बल पर किया जा सकता है।

''दू लाठी बजा कि सब भाग जाएँगे।''

''उसके बाद क्या होगा?''

''छेदी की इज्जत बच जाए, उसके बाद जो होगा, सोचेंगे।''

मगर दशरथ इस काम को सफलतापूर्वक अंजाम देने के लिए अपनी अलग योजना बना चुके थे। उनकी योजना सुनकर झौरी भी खुश हो गया।

तय योजना के अनुसार छेदी और झौरी नंगे बदन, पूरी देह में भस्म लपेटे, लाल लँगोटा पहने, सिर पर बया चिड़िया का घोंसला लगाए आम के पेड़ से थोड़ी दूर पर खड़े पहरेदारों को देख रहे थे। इस वक्त उन्हें देखकर भी कोई पहचान नहीं सकता था कि कौन है। इनसे अलग दुसाध टोल के पंद्रह लोग हाथ में खाँची लिये दूर खड़े थे। किसी अन्य तरह की परिस्थिति से निपटने के लिए लाठी लेकर झौरी के लठैत भी खड़े इंतजार कर रहे थे।

कटहरिया आम के पहरेदार खाना खाकर जब खैनी बनाने लगे तो दशरथ ने झौरी को इशारा किया। वे बिना आवाज किए रेंगते हुए पेड़ की जड़ों के पास पहरेदार के दूसरी ओर आ गए और पंजा दबाकर खड़े हुए। दशरथ के कहने पर झौरी पेड़ की जड़ों के पास खड़ा हो गया और गिलहरी की तरह रेंगकर चढ़ गया। अब दशरथ पेड़ का इस तरह चक्कर लगाने लगे कि आवाज न हो। पहरेदारों को इस बात की भनक तक नहीं लगी कि कोई है। चाँदनी रात थी मगर पेड़ इतना घना था कि उसके नीचे अँधेरा पसरा हुआ था।

इस बार दशरथ जब पहरेदारों के सामने आए तो रुककर उन्हें देखा और अपनी ओर ध्यान आकर्षित करने के लिए नाक से आवाज निकालते हुए कहा—''खैनी दो।''

पहरेदारों ने मुड़ के देखा तो उनके होश उड़ गए।

जब तक वे कुछ समझ पाते, उनके ठीक ऊपर की डाल से झौरी भी नीचे कूद गया और दशरथ की तरह नाक से बोलने लगा—''खैनी दो।''

आम के इस पेड़ से गिरकर बहुत पहले कभी दो लोगों की मौत हुई थी और उनके बारे में प्रचारित था कि वे भूत बन गए हैं और कभी-कभी पेड़ से उतर खैनी माँगते हैं। पहरेदारों को सोचने का वक्त ही नहीं मिला। उन्हें लगा कि वे भूत उतर आए हैं। वे डर के मारे लाठी, भाला और टॉर्च छोड़कर चिल्लाते हुए बिहूपुर की ओर भागे।

शाम होते ही दरवाजे पर बरात आ गई। द्वारपूजा हुई तो छेदी के दरवाजे पर पाँव रखने की भी कहीं जगह नहीं रही। औरतों के गीत गाने में उत्साह नहीं था क्योंकि वे असली चिंता से वाकिफ थीं। पंडित के मंत्र में उत्साह नहीं था क्योंकि वे भी चिंता से वाकिफ थे। द्वारपूजा के बाद जब बरात जनवासे लौट गई तो सबने छेदी से पूछा कि कैसे होगा। छेदी के पास उसका कोई जवाब नहीं था। बस, उम्मीद दशरथ पर टँगी थी। चार घंटे से ऊपर हो गए थे दशरथ को गए। वह

अभी तक लौटकर नहीं आए थे। और जब गुरहथी हो गई तो नाई कहने लगा कि बरात से एक आदमी आया है।

छेदी ने पूछा—"किसलिए?"

"बरात में जो बच्चे आए हैं, उनको नींद आ रही है। उनका खाना जनवासे में भिजवाने के लिए कह रहा है।"

"कितने बच्चे हैं?"

"पचास के आस-पास।"

"ठीक है, आप जाइए मैं भिजवाता हूँ।"

छेदी ने भंडार में जाकर देखा, जितना कुछ बना था, उसमें आधी बरात भी नहीं खा सकती। उसे मालूम था कि बरात में बच्चों के नाम पर जो खाना मँगवाया जाता है, वह अगली सुबह नाश्ते के काम आता है। अगर खाना भिजवा दिया तो बरात को कैसे खिलाएगा? भंडार से बाहर निकल छेदी सिर पर हाथ रखकर बैठ गया। पहली बार छेदी के मन में दशरथ के प्रति नाराजगी तैर गई। राजबरन पासी ने यह कहकर उसकी नाराजगी और बढ़ा दी कि दशरथ पर आज भरोसा मत करना। वह सुहागरात मना रहा होगा। छेदी को यकीन था कि वह ऐसा नहीं कर सकता मगर अब दशरथ आटा लेकर आ भी जाए तो क्या होगा? ठीक है, कहीं आटा नहीं मिला होगा मगर दशरथ को तो आ जाना चाहिए था। अभी छेदी तय नहीं कर पा रहा था कि क्या करे, तभी कुछ लोगों के आने की आहट सुनाई दी। उसने चौंककर देखा, सामने तीस-चालीस लोग खाँची में कुछ लेकर आ रहे थे।

छेदी उठकर खड़ा हो गया।

सबसे आगे दशरथ थे, कहा—"छेदी, कोई कमरा खाली करवा दो।"

अभी छेदी को कुछ समझ में नहीं आ रहा था—"क्या है यह?"

"बिहूपुर के कटहरिया को झाड़कर ले आ रहे हैं।"

कटहरिया आम का नाम सुनते ही छेदी खुश हो गया। भंडारघर के बगल एक कमरे का फर्श पूरी तरह आम से भर गया और सबके चेहरे से चिंता गायब हो गई।

छेदी ने कहा—"बरात से खाना का आदेश हुआ है।"

दशरथ ने कहा—"बरात में खाना भेजने की जरूरत नहीं है, वे लोग आम खा रहे हैं।"

छेदी ने राहत की साँस ली।

झौरी हँस-हँसकर छेदी को बता रहा था कि दशरथवा का दिमाग कितना खुराफाती है। किस तरह दोनों ने भूत बनकर कटहरिया आम की रखवाली करनेवाले दो लोगों को भगाया। जल्दी से पेड़ पर चढ़कर सारा आम झाड़ दिया और लेकर आ गए।

इधर जब वे बातें कर रहे थे, शामियाने में खिला रहे झौरी के लोग बचे हुए आम लेकर आ गए। एक ने हँसते हुए कहा—"बरात वालों का कहना है कि पूड़ी के पहले यही आम चलना चाहिए।"

झौरी ने कहा—"खिलाएँगे। मुँह और गाँड़ दूनो से खिलाएँगे सालों को।"

छेदी ने दशरथ की ओर देखा तो उसकी आँख भर आई और उसने दशरथ को गले लगा लिया।

शादी के लिए दूल्हा आँगन में चला गया तो बरात को खाने के लिए बुलाया गया। बरातियों के आदेश पर पत्तल पर पूड़ी के पहले आम चलाया गया। एक बार आम का स्वाद बरातियों

को मिल ही चुका था। आम खाने की बेताबी इस तरह थी कि उन्होंने पूड़ी चलने का इंतजार ही नहीं किया और आम खाने लगे।

खाना खाकर बरात वापस चली गई तो भी इतना खाना बचा था कि अभी सौ लोगों को खिलाया जा सके।

छेदी ने दशरथ से कहा—''जाओ, आज तुम्हारी सुहागरात है। पिंजरी तुम्हारा इंतजार कर रही होगी।''

ना-ना कहने पर भी पिंजरी और भैया-भौजी के लिए छेदी ने पूड़ियाँ बाँध दीं।

जब दशरथ घर लौट रहे थे तो रात के दो बज चुके थे। मुहल्ले के सारे लोग सो गए थे...। दशरथ को रात-बिरात आने की आदत थी। दरवाजे पर चढ़ते ही खाट पर लेटे-लेटे भैया ने आवाज दी—''दशरथ, कहाँ रह गए थे?''

''छेदी की बहन की शादी थी न...वहीं चला गया था।''

उनकी बात सुन धनिया भौजी बाहर निकल आई और दशरथ को देख जैसे राहत की साँस ली।

दशरथ ने हाथ की पूड़ी की पोटली धनिया भौजी के हाथ में थमा दी।

धनिया भौजी ने पूड़ी की पोटली देखी तो चौंककर पूछा—''सुना, बरात बहुत आ गई थी! लोग गाँव में घूमकर आटा खोज रहे थे और आप इतनी पूड़ी लेकर आए हैं!''

दशरथ ने उनकी बात का कोई जवाब नहीं दिया और घर के अंदर समा गए।

पिंजरी दशरथ के इंतजार में अभी तक जगी थी। दोनों बच्चे देर तक उसी के पास सोए थे। थोड़ी देर पहले मना करने के बाद भी धनिया भौजी उन्हें ले गई थी। देर होने के कारण कई अनजाने सवाल उसके मन में उठ रहे थे और यह दशरथ अब उसे रास्ते के अनुभव से अलग लग रहे थे।

दरवाजे पर जूना माँझी ने भी आज टोले के बहुत सारे माँझियों को बुलाया था और वह सब पिलाते-खिलाते रहे थे, जो दशरथ की बरात से वापस लौटकर आया था। इसलिए उन्हें लग रहा था कि दशरथ भी कहीं अपने दोस्तों के बीच दारू पी रहा होगा। पिंजरी को उनके आने की सूचना मिली तो वह खड़ी हो गई और बगैर किसी संकोच के कहा—''दारू पीने चले गए थे न!''

दशरथ ने खाट पर बैठते हुए कहा—''नहीं।''

पिंजरी दशरथ के पास आ गई और अधिकार से कहा—''झूठ बोल रहे हैं आप?''

दशरथ खड़े हो गए और अपना चेहरा पिंजरी के सामने करके कहा—''मेरा मुँह सूँघ लो।''

पिंजरी ने अपनी नाक उनके मुँह से सटा दी और उसका चेहरा खिल गया। दशरथ सच बोल रहे थे।

एक मादा गंध दशरथ के पोर-पोर में उतरती चली गई और मन बेकाबू-सा होने लगा। दशरथ ने उसे बाँहों में भर लिया।

अब दोनों बिस्तर पर थे और एक-दूसरे की ओर चेहरा किए आपस में छेदी की बहन की बरात का किस्सा बतिया रहे थे। दशरथ ने पिंजरी को बताया कि किस तरह उन्होंने भूत बनकर आम के पेड़ के नीचे सोए पहरेदार को चकमा दिया। जब वे यह बता रहे थे, हँसते-हँसते पिंजरी का पेट फूल गया था। पिंजरी समझ गई कि उसके पति ऐसे-वैसे नहीं हैं।

सोने के पहले दशरथ के गले में अपनी दोनों बाँहें डाल मुस्कराते हुए पिंजरी ने कहा—"आपके लिए हम हर साल करमा खेलते थे।"

"सच!"

"हाँ..." कहकर पिंजरी मुस्कराई तो लगा, जैसे बाहर नीम के पेड़ की हवा करमा के स्वर पर थिरक रही हो!

5

पिंजरी दशरथ के घर दुलहन बनकर जेठ के महीने में आई थी, जब धरती तप रही थी। उसके बाद असाढ़, सावन, भादों जैसे महीने, जो गलहौर के निवासियों, खासकर माँझियों के लिए पहाड़ की तरह होते हैं, बीत चुके थे। इन पाँच महीनों में पिंजरी दशरथ के परिवार में सबकी आदत, सबकी रुचि और माँझी टोल के किन-किन परिवारों से उनके कैसे संबंध हैं, भली-भाँति परिचित हो गई थी। वह जान गई थी कि जूना भैया के मन में दशरथ के प्रति अपार स्नेह था मगर धनिया भौजी ऊपर से जैसी दिखती थी, वैसी भीतर से नहीं थी। अपने पति जूना माँझी को हाड़ खटाकर काम करते और दशरथ को आराम से गाँव में घूमते देख धनिया भौजी की छाती पर साँप लोटते थे। वह दशरथ से कुछ काम करने के लिए कह-कह के हार गई थी, मगर दशरथ पर इसका कोई प्रभाव नहीं पड़ा था। भौजी की बात एक कान से सुनते और दूसरे से निकाल देते, इस कारण घर का माहौल इन दिनों थोड़ा तनावपूर्ण था।

दिनोंदिन दशरथ और पिंजरी के बीच बढ़ता प्यार देख धनिया भौजी को यकीन हो गया था कि पिंजरी अगर दशरथ से काम करने के लिए कह दे तो वह कभी इनकार नहीं करेगा। दशरथ को काम पर भेजने का यह दबाव तभी आरंभ हो गया था जब पिंजरी के हाथ की मेहँदी भी नहीं छूटी थी। आते ही धनिया भौजी ने दशरथ के बारे में जो कुछ बताया था, उसे सुनकर पिंजरी भीतर से हिल गई थी। बात ही कुछ ऐसी थी कि पिंजरी क्या, कोई भी औरत अपने पति के बारे में इस तरह की बातें सुनकर विचलित हो जाएगी।

धनिया भौजी ने समझाते हुए कहा था कि 'देखो पिंजरी, एक औरत के रूप में तुम्हारा पहला काम है दशरथ को अपने वश में रखना, नहीं तो वह जिस पहड़िया के चक्कर में पड़े हैं वो किसी-न-किसी दिन मति मारकर इनको साधु-संन्यासी-फकीर बनवा देगा। दो बार घर से भाग चुके हैं और इनको वहाँ से पकड़वाकर मँगाया गया है। तुम्हारी सौत जो मेरी छोटी बहन थी, जब मरी थी, तब खबर मिलने के बाद भी दशरथ घर नहीं आए थे।' उसके बाद धनिया भौजी बड़े प्यार से असली बात पर आ गई और समझाया कि 'देखो, दशरथ कुछ काम-धाम नहीं करते। अब बताओ, दो बेकत तुम लोग, ऊपर से दो लड़के, सबका खर्च हम लोगों को चलाना पड़ता है। भैया अकेले की कमाई से इज्जत-आबरू बचाकर रखे हैं। अब तुम ऐसा कुछ करो जिससे दुनियादारी में दशरथ का मन लगने लगे। बाल-बच्चा, परिवार को वह अपना परिवार समझें। जैसे माँझी टोल में और लोग रहते हैं, काम करते हैं, वैसे ही काम करें। टोल के दूसरे लोगों की बेगारी करने में उनका बहुत मन लगता है मगर घर का कोई काम होगा तो जाकर बैठ जाएँगे छेदिया के पास या कोई ऐसा बहाना बनाएँगे कि जवाब ही नहीं होगा तुम्हारे पास।'

पिंजरी घर में नई-नई आई थी। दशरथ को भी अभी कम ही जानती थी। उसने धनिया भौजी की इन बातों के जवाब में कुछ कहा तो नहीं मगर बहुत डर गई।दशरथ अपनी पहली

पत्नी की मौत पर भी घर नहीं आए थे, इस बात ने उसे अंदर तक झकझोर दिया था। लेकिन जब रमिया भौजी ने बताया कि दशरथ की पहली पत्नी धनिया भौजी की सगी छोटी बहन थी और धनिया भौजी हमेशा उसको उकसाकर दशरथ को अपनी शर्तों पर रास्ते पर लाने और काम पर भेजने की कोशिश करती थी जिसके कारण दशरथ को अपनी पहली पत्नी और घर से विरक्ति हो गई थी तो असली बात उसकी समझ में आ गई। अब धनिया भौजी की शंका उसे निर्मूल और निराधार लगने लगी।

उसके उकसावे और प्रयासों के बाद भी पिंजरी ने कभी दशरथ से काम करने के मामले में कुछ नहीं कहा। इस कारण वह मन-ही-मन पिंजरी से भी नाराज रहने लगी। लेकिन पिंजरी अच्छी तरह जान गई थी कि दशरथ के सोचने का तरीका कुछ और था, घर के लोगों का कुछ और। दोनों के बीच ताल-मेल की संभावना दूर-दूर तक नहीं थी।

पिंजरी सोचती, दशरथ को वश में रखना किसी भी औरत के लिए बहुत आसान नहीं होगा। वह आम माँझियों की तरह नहीं हैं, कुछ अलग ही मिट्टी के बने हुए हैं। उनके साथ अलग तरीके से पेश आना होगा, प्यार से उन्हें समझाना होगा। इसलिए उसने सोच-समझकर अपने लिए बीच के रास्ते का चुनाव किया, जो घर में उसके साथ दशरथ की भी रक्षा कर सके। दशरथ के हिस्से का काम भी उसने अपने सिर पर उठा लिया ताकि किसी को यह शिकायत नहीं रह जाए कि उसका पति काम नहीं करता।

पिंजरी ने दूसरे महीने से अपनी दिनचर्या पूरी तरह बदल दी। नई बहू होने के बाद भी सुबह अपने घर में सबसे पहले जागती और बर्तन उठा पानी के लिए निकल जाती। पानी मुखिया के कुएँ से लाना होता या गड्ढे में से। मुँह-अँधेरे उसके जाने का फायदा यह होता कि वह कुएँ का ही पानी लेकर आती। दिन निकलने के बाद वहाँ मुखिया के कारिंदे आ जाते। वे माँझी टोल की औरतों से हँसी-मजाक करते। कई बार छेड़खानी पर भी उतर आते। जो औरत विरोध करती, उसे मना कर देते और हारकर उसे गड्ढों के पानी से संतोष करना पड़ता। पिंजरी वहाँ से पानी लेकर लौटती तो झाड़ू उठाकर घर से बाहर तक साफ कर देती। भैंस का गोबर उठा जब कंडे थाप लेती तब आसमान में सूरज निकलता। तब चौके को माटी से लीपती...नहाती तब जाकर चूल्हे में आग सुलगाती।

आम माँझियों के घर में सुबह का खाना नहीं बनता। वे शाम को ही इतना खाना बना लेते कि सुबह का भी काम चल जाए। सुबह खाना खाकर वे मजदूरी के काम पर जल्दी ही निकल जाते थे। घर में जो बूढ़े होते, वे बच्चों की देखभाल करते थे। काम करने के बाद मालिकों से उन्हें दोपहर में जो खाना मिलता, लेकर घर आ जाते और बूढ़े-बच्चों के साथ मिल-बाँटकर खाते और फिर जल्दी से दूसरी पाली में अपने काम पर चले जाते। शाम को लौटकर आते तो मजदूरी के रूप में हर आदमी को एक सेर धान मिलता, जिसे औरतें जल्दी से कूटने में लग जातीं। कूटने के बाद चावल का कुछ भाग भात बनाने के लिए होता और कुछ भाग राजबरन पासी के पास चला जाता जो सुबह में पचासों लबनी ताड़ी उतारकर उसे धूप में पकने के लिए छोड़ देता था ताकि ताड़ी शाम तक नशीली हो जाए।

औरतें चूल्हे पर चावल चढ़ा देतीं। मर्द ताड़ी भरी लबनी ले आते। खाना खाते हुए मर्द-औरत साथ बैठकर ताड़ी पीते। आपस में हँसते-बोलते। लड़ते-झगड़ते। नीम के पेड़ के नीचे पूरे माँझी टोल का शोरगुल जैसे बाजार में बदल जाता। खा- पीकर वे इस हालत में आ जाते

कि उन्हें इस बात की भी सुध नहीं रहती कि वे कहाँ हैं। कई बार पति–पत्नी नीम के पेड़ के नीचे ही सो जाते और सुबह होने पर अपने घर जाते।

दशरथ का परिवार पिंजरी के आने के बाद ऐसा पहला माँझी परिवार बन गया, जहाँ रोज सुबह का खाना बनता था। उनकी पत्नी सुबह का खाना बनाती, सबको खिलाती और धनिया या रमिया भौजी के साथ खेतों में काम पर चली जाती। गाँव के सभी किसान उसके काम की प्रशंसा करते। धान की रोपनी में वह बिजड़ों को ऐसे रोपती थी जैसे उसके पास दो बिजड़ों के बीच की दूरी को मापने का स्केल हो! धनरोपनी का गीत जब कढ़ाती तो सभी कहने लगते कि पिंजरी गाँव की आम माँझी औरतों से अलग है। सौतेले बच्चों को अपने बच्चे की तरह अपना लेने के बाद गाँव की प्रशंसा वह पहले ही पा चुकी थी। अब खेती के कामों में भी उसकी चारों ओर प्रशंसा हो रही थी।

पिंजरी धनिया भौजी के साथ काम से लौटकर आती। जेठ–जेठानी जहाँ नीम के पेड़ के नीचे ताड़ी पीने में मशगूल हो जाते, वह धान कूटती, खाना बनाती और सबको खिलाती। जब कभी दिन में बाहर का काम नहीं होता, वह लकड़ी चुनने चली जाती और इतना बड़ा गट्ठर लाती कि एक दिन की चुनाई में पूरे एक हफ्ते का जलावन निकल आता। जूना और धनिया भौजी पिंजरी के काम से बहुत खुश थे। पिंजरी के आने के बाद धनिया भौजी का काम काफी कम हो गया था और बैठकर वह सिर्फ यही हिसाब जोड़ती कि अगर जूना की तरह दशरथ भी काम करते तो घर की हालत कैसी होती।

जब सीधे–सीधे समझाने का कोई फायदा नहीं हुआ तो वह पिंजरी को इस तरह ताना मारने लगी जैसे वही नहीं चाहती कि दशरथ कोई काम करें। पिंजरी भी दशरथ की तरह उसे बाएँ कान से सुनती और दाएँ से निकाल देती। उसने तय कर लिया था कि इसके लिए चाहे जो हो जाए, वह काम कभी नहीं करेगी जो धनिया भौजी अपनी बहन से करवाती थी।

इसके बाद धनिया भौजी ने जूना माँझी पर दबाव बनाना आरंभ किया और इन दिनों वे हाथ धोकर दशरथ के पीछे पड़े थे।

गाँव के गोरख सिंह की लड़की का गौना होनेवाला था और वे दरवाजे पर आकर दशरथ से सुतली का पटिहाट बुनने की आरजू कर रहे थे। गाँव में सबसे अच्छी खाट दशरथ ही बुनते थे। जब भी किसी के घर इस तरह का सार्वजनिक काम होता, लोग दशरथ को ही बुलाते। बगल में खड़े जूना माँझी सब कुछ सुन रहे थे.। दशरथ ने कहा कि आप बाजार से सुतली मँगवा दीजिए, मैं रोज दोपहर में आ करके गज की बुनाई कर दूँगा। ससुराल वाले खुश हो जाएँगे कि लड़की गज पर बुना पटिहाट लेकर आई है। बुनाई के बदले में क्या लेंगे, जब दशरथ ने इसकी बात नहीं की तो जूना माँझी गुस्से में तेजी से घर के भीतर आ गए और अपनी पत्नी के सामने पिंजरी को सुनाकर दशरथ को बेगार के लिए कोसने लगे।

''कल ही समझाया था मैंने दशरथ को, मगर उसे बेगार की आदत पड़ गई है। गज पर खाट बुनाई के लिए गया में लोग तीन–तीन रुपए लेते हैं।''

धनिया भौजी को भी दशरथ की यह आदत पसंद नहीं थी। मौका मिला तो वह जूना से भी अधिक गुस्से में आ गई और पिंजरी को ताना देने के अंदाज में उसकी ओर देख, हाथ चमकाकर कहा—''सुनाते किसको हैं...किसी पर असर नहीं पड़नेवाला! जो कहना हो, उन्हीं को बुलाकर कहिए।''

जूना माँझी भी परोक्ष रूप से यह सब पिंजरी को ही सुना रहे थे और कहना चाह रहे थे कि वह दशरथ को समझा दे। पिंजरी ने तब भी उनकी बातों का कोई जवाब नहीं दिया और चुपचाप अपने कमरे में इस तरह चली गई जैसे सुना ही नहीं। उसे इस तरह जाते देख जूना माँझी को भी बुरा लगा और उनका गुस्सा बढ़ गया।

धनिया भौजी का तीर निशाने पर लगा—"काहे अपना जबान खराब कर लेते हैं, फैसला काहे नहीं कर लेते!"

और जूना माँझी को भी लगा कि इसी वक्त यह फैसला कर लेना चाहिए। उन्होंने बगल में खड़े अपने बेटे बुधुआ से कहा—"जा, दशरथ को बुला ला, आज फैसला कर लेते हैं।"

धनिया भौजी ने उनके भीतर जल रही आग में घी डाला—"मैं तो कहती हूँ कि अलग कर दीजिए, दो दिन में सबको आटा-दाल का भाव पता चल जाएगा।"

कमरे में बैठी पिंजरी सब कुछ सुन रही थी। समझ रही थी कि ये बातें उसी को लक्ष्य करके कही जा रही हैं। जवाब देने का मन हुआ मगर यह सोचकर चुप हो गई कि दशरथ आएँगे तो बात करेंगे। उसे क्या जरूरत कि दो भाइयों के बीच दखल दे।

बुधुआ बाहर गया और जल्दी ही दशरथ के साथ भीतर आ गया। दशरथ ने विनम्रता से पूछा—"क्या बात है भैया?"

जूना माँझी गुस्से में थे। उनकी आवाज में तल्खी थी—"जाकर खाट बुनो, उससे हमको दिक्कत नहीं है, लेकिन ये बात पहले तय कर लो कि बुनाई ऊ लोग क्या देंगे। कल हमने समझाया था कि नहीं?"

दशरथ ने मुस्कराते हुए कहा—"लड़की का गवना है भैया।"

जूना माँझी ने गुस्से में कहा—"तुम्हारी लड़की है?"

"लड़की किसी के घर की थोड़े होती है, वह तो गाँव की होती है।"

दशरथ की बात सुनकर जूना माँझी चाहे जितना गुस्साएँ, पिंजरी के मन में दशरथ के लिए बहुत खास जगह बन गई। सही तो कह रहे हैं दशरथ।

जूना माँझी अब चिल्ला- चिल्लाकर कह रहे थे—"चलो, मान लिया, लड़की किसी के घर की नहीं होती लेकिन जो खाना खाते हो वो किसी के घर का है कि नहीं?"

दशरथ ने सिर झुकाकर कहा—"है।"

"और जो कपड़ा पहनते हो वो किसी के घर का है कि नहीं?"

"है।"

"उसके लिए किसी का पैसा लगता है या नहीं?"

"लगता है।"

"तो हम करज नहीं खाए हैं तुम्हारा कि चार-चार बेकत का खरचा उठाएँ। जाओ, अब तुम अपना कमाओ-खाओ।"

कमरे से झाँककर पिंजरी ने देखा। दशरथ उनकी बातों को सिर झुकाकर इस तरह सुन रहे थे जैसे उनके पास इन बातों का कोई जवाब नहीं हो। पिंजरी की आँखें भर आईं। महीनों से यह बात सुनते-सुनते उसके कान पक गए थे। आज दशरथ का हाल देख उससे रहा नहीं गया, बाहर निकल आई और बहुत विनम्रता से कहा—"भैया जी, घर से बाहर तक मैं इतना काम इसीलिए करती हूँ कि कम-से-कम इनको उलाहना न मिले कि ई काम नहीं करते।"

पिंजरी की बात सुन धनिया भौजी चिल्लाई—"गलहौर का पहाड़ तोड़ती हो तुम... ?"

"कोई पहाड़ नहीं तोड़ता भौजी, काम ही करता है।"

"इतना काम हम भी करते थे जब तुम नहीं आई थीं। काम वाली बनती हैं!"

पिंजरी के मन में आया कि वह चाहे जितना भी काम करे, उसके काम को काम नहीं समझा जाता। इससे अधिक वह क्या करे ? जान भी दे दे तो उसे समझा नहीं जाएगा। उसने भौजी की ओर घूरकर देखा।

"अगर आपको लगता है कि आप हमारा खर्च-खेवा उठाते हैं तो आज से मत उठाइए।"

धनिया भौजी को पिंजरी से यह उम्मीद नहीं थी, चिल्लाकर बोली—"क्या कहा ?"

"हमको अलग कर दीजिए।"

पिंजरी की बात सुन जूना माँझी को जैसे काठ मार गया।

दशरथ को भी पिंजरी से यह उम्मीद नहीं थी। धनिया भौजी तो माथा पीटकर हाय-हाय करने लगी—"हाय रे, बचपन से दशरथ को मैंने पाला-पोसा...खिलाया-पिलाया, बच्चों का गू-मूत किया...चार दिन भी नहीं हुए, और आते ही रानी बन गई..." ऐसी बातों का सहारा ले नाम ले-लेकर पिंजरी को कोसने लगी।

माँझी टोल के लगभग हर घर में से लोगों के आपस में लड़ने-झगड़ने की आवाज आती रहती थी और यह आम बात थी, लेकिन दशरथ के घर में धनिया भौजी की चीख पहली बार सुनाई दे रही थी। टोले की औरतें, मर्द और बच्चे दशरथ के घर आने लगे और पूछने लगे कि क्या हुआ। जूना माँझी किसी तरह धनिया भौजी को डाँट-डपटकर कमरे में ले गए। बिना किसी के कहे पिंजरी भी हालात समझकर अपने कमरे में आ गई।

पिंजरी को अच्छी तरह इस बात का एहसास था कि वह अकेली जितना कमाती है, वह उसके चार बेकत के लिए बहुत काफी है। इससे पहले वह अपना घर चलाकर देख चुकी थी। इसके अलावा उसके आने के बाद जिस तरह खाने-पीने और बच्चों की चिंता से बेखबर धनिया भौजी बैठकर राज कर रही है, वह कभी उसे अलग नहीं करेगी। अगर पिंजरी को उन लोगों ने कुछ भी कहा होता तो वह चुपचाप सह लेती लेकिन चाहे जो हो, दशरथ का अपमान उससे नहीं सहा जाएगा।

रमिया भौजी ने एक दिन पिंजरी को बताया था कि अपनी बहन से एक दिन धनिया ने दशरथ का खाना ही बंद करा दिया था और बेचारा चुपचाप उठकर चला गया था। ऐसा अगर वह पिंजरी से करवाना चाहे तो यह नहीं हो सकता और अब तो वह बात भी बर्दाश्त नहीं करेगी।

थोड़ी देर बाद कमरे में दशरथ आकर बिना कुछ कहे खाट पर बैठ गए और भरी निगाहों से पिंजरी को देखा। पिंजरी दशरथ के मन का हाल समझ गई। इस समय चुप रहना ही बेहतर था। लंबी चुप्पी के बाद दशरथ ने पिंजरी से कहा—"क्या तुम्हें भी लगता है कि मैं कामचोर हूँ ?"

एक पल में सब कुछ भूल पिंजरी दशरथ की पत्नी से माँ बन गई।

"नहीं।"

दशरथ एकटक पिंजरी का मुँह देखते रहे।

"क्या मैं नहीं जानती कि गाँव में जब कोई सामूहिक काम होता है, तुम बढ़-चढ़कर हिस्सा लेते हो। किसी की तबीयत खराब होती है तो रात में अकेले तीन कोस जाकर ओझा-वैद्य को बुला लाते हो। टोले या गाँव में किसी के पास कोई संकट होता है तो उसके समाधान के लिए

लोग सिर्फ और सिर्फ तुम पर ही यकीन करते हैं। मैं ऐसा कैसे सोच सकती हूँ तुम्हारे बारे में ? कोई दूसरा फल्गु में खड़ा होके भी कहे तो मैं उस पर भरोसा नहीं कर सकती।''

अब तक का दुख जो भैया, भौजी और पिंजरी की बातों से दशरथ के भीतर उपजा था और पहाड़ सीने पर बढ़ता जा रहा था, पिंजरी के इस संबोधन से एकाएक भरभराकर गिर पड़ा और उनका मन हल्का हो गया। मगर पिंजरी ने भैया की बातों का जवाब दिया था और कहा था कि अलग कर दीजिए।

''तुमने भैया की बातों का इस तरह जवाब क्यों दिया ?''

पिंजरी चुप हो गई।

''कहीं भैया ने सचमुच अलग कर दिया तो क्या होगा ?''

''कुछ नहीं होगा। तुम उसकी चिंता मत करो।''

''मगर कैसे ?''

पिंजरी समझ गई कि दशरथ क्या चाहते हैं। उसने सिरे से पन्ना ही पलट दिया—''मैं अभी जाकर भैया-भौजी से माफी माँग लेती हूँ।'' और बगैर किसी झिझक और संकोच के वह माफी माँगने के लिए कमरे से बाहर निकल गई।

जूना माँझी के घर में यह पहली घटना थी जब इस तरह का माहौल उपस्थित हुआ था। दूसरे कमरे में सिर पकड़ बैठे जूना और धनिया के चेहरे पर तनाव था और वे सोच रहे थे कि अब क्या किया जाए। धनिया नहीं चाहती थी कि पिंजरी अलग हो लेकिन अलग होने की बात तो उसी ने ही शुरू की थी, इसका उसे अफसोस हो रहा था। वह पिंजरी को डराना चाहती थी मगर उसने इस तरह जवाब दिया था कि अब कोई रास्ता नहीं बचा।

हारकर जूना माँझी ने कहा—''माँझी टोल का तो नियम ही है शादी के बाद अलग हो जाना, अब दशरथ को अलग कर देता हूँ, अपना देखे-समझे।'' कहते हुए उनकी आँख भर आई।

सच तो यह था कि दशरथ चाहे जो हों, जैसे हों, उनसे अलग होने की कल्पना भी उन्हें भीतर से दहला देती थी।

उनकी बात अभी पूरी भी नहीं हुई थी कि पिंजरी अंदर आ गई, माथे पर पल्लू डाल खड़ी हो गई। जूना माँझी और धनिया को लगा कि लड़ने आई है। धनिया ने कुछ कहना चाहा तो जूना माँझी ने रोक दिया और पूछा—''क्या बात है पिंजरी ?''

''हमसे गलती हो गई भैया, हमको माफ कर दीजिए।''

जवाब में जूना माँझी भौंचक हो उसे देखते रहे—''भैया, मैं तो किसी दूसरे घर से आई हूँ, भाई-भाई का प्रेम समझ नहीं पाई।''

सुनकर जूना माँझी का कलेजा ठंडा हो गया।

जूना माँझी सरल स्वभाव के आदमी थे। दिन भर खटते, और जो कुछ मिलता, लाकर पत्नी के हाथ में रख देते। उन्हें घर के बारे में वही पता रहता जो उनकी पत्नी धनिया बताती। पिंजरी का भी तो वही हाल था। वह भी जो कुछ कमाती, सब उन्हीं के पास रखती। पिंजरी के आने के बाद घर में कमाई कैसे बढ़ी है और कितना जमा हुआ है, धनिया के अलावा कोई नहीं जानता।

जूना माँझी को चुप देख पिंजरी ने दुहराया—''माफ कर दीजिए न भैया, गलती मेरी है, वे आपके बिना नहीं रह सकते।''

जूना माँझी को भी इस बात का अहसास हुआ कि पिंजरी ठीक कह रही है। दशरथ उनके बिना नहीं रह सकते। बचपन से अगर दशरथ की काम करने की आदत नहीं बनी तो उसके कारण तो वे खुद हैं। आज भी वे कितना बोल गए! दशरथ ने उनकी किसी बात का एक जवाब तक नहीं दिया। पहाड़ी बाबा ने कहा था—'मिलहु न जगत सहोदर भ्राता', ऐसा भाई नहीं मिलेगा जूना। जरूर वही जाकर समझाया होगा पिंजरी को कि मैंने उसे किस दुलार से पाला है, तभी वह माफी माँगने के लिए आई है।

जूना माँझी ने पिंजरी को माफ कर दिया।

पिंजरी के जाने के बाद जूना माँझी अपनी पत्नी को देखा—"अब का करें?"

धनिया को तो जैसे जीवन मिल गया था। सुबह पानी भरने से, रात का खाना बनाने की झंझट से मुक्ति मिली। उसने झट से कहा—"अब काहे अलग कर देंगे? कहेगी कि हम तो माफी माँग लिये थे। उसको और उसके बेटों को पोसने में मेरी जवानी गल गई और अब आराम का समय आया तो अलग कर देंगे?"

जूना माँझी का भी मन हल्का हो गया था—"ठीक कहती हो, गलती सबसे हो जाती है। माफी माँगने के लिए आई, यह भी बड़ी बात है।"

धनिया को जूना माँझी की यह बात अच्छी नहीं लगी। मगर मूल संकट तो जस-का-तस था। धनिया उसे छोड़ना नहीं चाहती थी। उसने इस बार जूना माँझी को समझाने के लिए कहा—"बड़ी बात, छोटी बात छोड़िए। आप ई सोचिए कि दशरथ को कैसे काम पर लगाया जाए!"

जूना माँझी के चेहरे से लगता था कि वे अब परेशान नहीं हैं। महज धनिया की बातों का जवाब देने के लिए कहा—"मुझे लगता था कि पिंजरी के आने के बाद सिर पर जब जिम्मेदारी का बोझ पड़ेगा तो दशरथ की आदत सुधर जाएगी मगर ऐसा नहीं हो सका। अब हम क्या करें?"

धनिया पिंजरी को माफ करने के मूड में नहीं थी। उसने माथा ठोककर कहा—"ई मेहर होने दे, तब न! इसके आने के बाद दशरथ और बेलगाम हो गया है। पहले बकरी और भैंस चराने का जो काम कर देता था, वह भी करना छोड़ दिया।"

जूना माँझी का चेहरा चिंता से भर गया—"अभी यह सब छोड़ो..."

"छोड़ने का ही तो नतीजा है!"

"नहीं तो बताओ कि कैसे आएगा वह रास्ते पर?"

"अपने से नहीं आएगा, लाना पड़ेगा। पके हुए घड़े पर मिट्टी नहीं चढ़ती है। हमारी भी शादी हुई थी, मगर आपका ये हाल तो नहीं था। जब देखो, मेहर के साथ मुँह में मुँह सटा के न जाने क्या-क्या बतियाता रहता है! जब वह काम पर चली जाती है तो जाकर छेदी लोहार की भाथी पर बैठ जाता है। दशरथ के लिए कहीं काम ठीक कर दो। देखते हैं, कैसे नहीं जाएगा! नहीं जाएगा तो दूसरा उपाय है हमारे पास।"

इस घटना के बाद सब कुछ सहज हो गया था मगर अचानक उभरी इस कड़वाहट को खत्म करने के लिए पिंजरी ने तय कर लिया कि वह दूने वेग से काम में लग जाएगी। मगर दशरथ के मन पर जैसे कोई बोझ पड़ गया था। वे कमरे से बाहर नहीं निकले।

काम करने की बात जाने कितनी बार और कितनी तरह से भैया और भौजी द्वारा कही गई थी मगर उन पर कोई प्रभाव नहीं पड़ा था लेकिन पिंजरी ने जिस तरह कहा था कि जाकर

माफी माँग लेती हूँ, वह उनके मन पर बैठ गई थी। दशरथ से यह शिकायत सिर्फ जूना को ही नहीं, उनके दोस्त छेदी और झौरी को भी थी।

छेदी इलाके का सबसे मशहूर लोहार था और सुबह में उसकी भाथी जलती तो उसके पास इलाके के लोगों की कतार लग जाती। साल में पाँच बिगहा की खेती करनेवाले किसी किसान से अधिक जवरा उसके पास पहुँच जाता।

झौरी के घर में परंपरागत पहलवानी का काम था। पहले वे लोग मुखिया के यहाँ लठैत के रूप में काम करते थे। किसी बात पर मुखिया से विवाद हो गया तो गाँव के दूसरे बड़े किसान झिंगुरी सिंह ने उन्हें अपना लठैत बना लिया। झौरी का परिवार बड़ा था। पाँच भाई थे झौरी के। बदल-बदलकर तीन लोग झिंगुरी सिंह के साथ रहते थे, खाने-पीने को अच्छा मिलता, ऊपर से अच्छी आमदनी भी हो जाती थी।

दशरथ हर मामले में छेदी और झौरी से आगे थे मगर यहीं आकर कमजोर पड़ जाते कि उसके पास आय का कोई साधन नहीं था। आस-पास माँझियों के लिए जो काम था, उसमें कभी दशरथ का मन ही नहीं लगा।

जूना माँझी जब भी छेदी और झौरी से मिलते, यही कहते कि जैसे तुम लोग अपना काम करते हो, दशरथ से करने के लिए क्यों नहीं कहते? वे दशरथ से कई बार काम करने के लिए कहते मगर दशरथ पर उसका कोई प्रभाव नहीं पड़ता। कई बार ऐसा लगता कि दशरथ को उनकी बातें अच्छी नहीं लग रही हैं और वे चुप हो जाते।

दशरथ अक्सर शाम को पहाड़ पर झौरी और छेदी के साथ बैठते थे। यह रोज का उनका नियम था। आज मिले तो दशरथ ने विस्तार से बताया कि क्या-क्या हुआ था घर में। सारी बात ध्यान से सुनने के बाद छेदी ने कहा—"मालूम था मुझे।"

दशरथ चौंके—"कैसे?"

"जूना भैया आए थे, उन्होंने बताया।"

"क्या कहा?"

"यही कि 'दशरथ को तुम लोग समझाओ'।"

दशरथ ने कहा—"तो समझा दो।"

इस बार झौरी के बजाय छेदी ने कहा—"सोए आदमी को जगाया जाता है दशरथ, एक बार सोचकर देखो।"

"क्या?"

"पिंजरी इतना काम करती है पर क्या पिंजरी के मन में यह खयाल कभी नहीं आता होगा कि कैसा मरद है, बीवी और बच्चों को पालने की भी चिंता नहीं है उसे!"

यह तो कभी सोचा ही नहीं था दशरथ ने।

झौरी ने कहा—"कहे या न कहे, सोचती तो जरूर होगी।"

छेदी ने झौरी की बात पकड़ ली—"मान लो, उसकी जगह पर तुम होते तो क्या सोचते?"

इसके बाद तीनों के बीच चुप्पी पसर गई। सोचकर देखा तो दशरथ को जीवन में पहली बार खुद पर शर्मिंदगी महसूस होने लगी। और वे अब बार-बार यही सोचते कि उनके बारे में आखिर क्या सोचती होगी पिंजरी!

रात में कमरे में दशरथ बिस्तर पर बार-बार करवट बदल रहे थे, बगल में पिंजरी लेटी थी। उनके मन में बार-बार छेदी और झौरी की बातें गूँज रही थीं। करवट बदलकर पिंजरी ने पूछा—"नींद नहीं आ रही है?"

दशरथ उठकर बैठ गए।

पिंजरी ने पूछा—"क्या हुआ?"

"ए पिंजरी, तुम्हें नहीं लगता कि मुझे भी कमाना चाहिए।"

पिंजरी उठकर बैठ गई। उसने दशरथ को इस तरह देखा, जैसे उसे इस सवाल की अपेक्षा ही नहीं थी—"हम अलग हैं क्या?"

"नहीं, अलग की बात नहीं है।"

"तुम नहीं करते तो क्या हुआ, मैं तो करती हूँ।"

"लेकिन मेरा भी तो कुछ फर्ज बनता है।"

"देखो, जब तुम्हारी सोच सही है, विचार सही है, अन्य माँझियों की तरह दारू- ताड़ी की आदत नहीं है, तो साफ है कि तुम इसलिए काम नहीं करते कि तुम्हारे मन के लायक काम नहीं मिलता। जिस दिन तुम्हारे मन के लायक काम मिल जाएगा, हमको मालूम है, तुम उसे पूरा करने के लिए रात-दिन एक कर दोगे।"

दशरथ पिंजरी की बात सुन दंग रह गए। कितना समझती है पिंजरी उनको!

दशरथ की हालत बिलकुल उस बच्चे की तरह हो गई, जो बार-बार सफाई देने की कोशिश कर रहा हो कि उसने कोई गलती नहीं की है। दशरथ ने कहना चाहा कि 'जानती हो पिंजरी, गाँव में सबके लिए अपने अलग काम हैं जिसका सम्मान है। धोबी का काम है कपड़ा धोना, नाई का बाल काटना, हर जाति पेशे पर आधारित है लेकिन माँझी, इनके लिए कोई काम नहीं...बस, मजदूरी! और मजदूरी के काम इतना थका देते हैं कि आदमी कुछ करने लायक नहीं रह जाता। पेट भी नहीं भरता। तुम्हीं सोचो, दिन-भर जानवर की तरह काम करने पर महज एक सेर धान मिलता है। कूटने पर पाव भर घट जाता है। तीन पाव चावल में एक आदमी तीन बार खाना नहीं खा सकता तो ऐसा काम क्या करना जिससे पेट भी नहीं भरे?' मगर कह न सके। पिंजरी एकटक दशरथ को देखती रही।

"क्या देख रही हो?"

पिंजरी मुस्कराई—"एक-न-एक दिन तुम जरूर कोई बड़ा काम करोगे।"

दशरथ को यकीन ही नहीं हुआ कि पिंजरी उनके मन के इतने करीब है। पिंजरी जैसी समझदार पत्नी का मिलना सचमुच भाग्य की बात है। जितना पिंजरी उनको समझती है, उतना वह खुद को नहीं समझते। उसकी बातों का जवाब तो नहीं दिया पर दशरथ पर ऐसा प्रभाव हुआ कि उन्होंने सोच लिया कि वह कल से काम की तलाश शुरू करेंगे और जो भी जैसा भी काम मिलेगा, जरूर करेंगे।

6

गलहौर और आस-पास के गाँव के ऊँची जाति के किसान साल में एक बार कोल्ह बाबा की पूजा जरूर करते हैं। कोल्ह बाबा खेत में फसलों की रक्षा करते हैं। फसलों में आए दानों को पुष्ट करते हैं और अच्छी फसल उनकी ही कृपा के कारण होती है।

नर से नारायण बने थे कोल्ह बाबा। वह एक माँझी थे जो किसी बड़े किसान के यहाँ काम करते थे। रात-दिन खटते, लेकिन भर पेट भोजन नहीं मिलता। एक दिन खेत की पहरेदारी करते हुए उनकी मौत हो गई। उनकी मौत के बाद गाँव में अकाल पड़ गया। पहले तो लोगों ने इसे प्राकृतिक प्रकोप समझा लेकिन जब बैरिया गाँव का नामी भगत आया तो उसने गाँव के लोगों को बताया कि कोल्ह बाबा देवता बन गए हैं और गाँव में फसल तब तक अच्छी नहीं होगी जब तक ऊँची जाति के लोग सुअर की बलि देकर उनकी पूजा नहीं करेंगे। कोई नहीं जानता कि कोल्ह बाबा किसके यहाँ काम करते थे और यह घटना कब घटी, लेकिन कोल्ह बाबा को पूजने की परंपरा गाँव में तभी से चली आ रही है।

कोल्ह बाबा की पूजा का खास विधान है। गाँव का बड़ा किसान अपने घर के चौखट के बाहर आटा गूँथकर कोल्ह बाबा की एक प्रतिमा बनवाता है और उसकी पूजा गाँव के माँझियों से करवाता है। कोल्ह बाबा देवताओं की कोटि में शायद दुनिया के अकेले उदाहरण हैं कि पूजनेवाले उनके सामने सिर नहीं झुकाते। उनको प्रणाम तक नहीं करते। यही नहीं, उसका प्रसाद भी ग्रहण नहीं करते, देवता होने के बाद भी माँझी ही मानते हैं। पूजा का काम गाँव का जो माँझी आकर करता है, उसको ही आटा और सुअर का सारा प्रसाद मिल जाता है और वह उसे अपने घर ले जाता है।

दशरथ के लिए कहीं कोई काम ठीक करने के बारे में रात को जूना माँझी और धनिया की काफी देर तक बात हुई थी। अगले दिन ही गाँव के मुखिया के यहाँ से कोल्ह बाबा की पूजा करने का निमंत्रण आ गया था।

जब जूना माँझी जाने लगे तो उनकी पत्नी धनिया ने उन्हें समझाया कि मुखिया बड़े आदमी हैं। उनके यहाँ काम पर बहुत लोग लगे रहते हैं। अगर मौका मिले तो दशरथ के काम के लिए बात जरूर चलाना।

जूना माँझी को भी लगा कि धनिया ठीक कह रही है, मौका निकालकर वह दशरथ के लिए जरूर बात करेंगे।

मुखिया जी के दरवाजे पर कोल्ह बाबा की पूजा समाप्त होने के बाद प्रसाद झोली में बाँध, किनारे रख जूना माँझी मुखिया जी के पास गए जो दालान के बरामदे में कुर्सी पर बैठे बबुली सिंह से बात कर रहे थे। मुखिया जी इलाके में चलती वाले आदमी थे। उन्हें यकीन था कि अगर मुखिया जी के यहाँ कोई काम न हुआ तो भी वे कहीं-न-कहीं दशरथ को काम पर लगवा देंगे। जूना माँझी को बड़े लोगों से बात करने की अच्छी तमीज थी, जाकर बड़े ही अदब से कहा—"सलाम मालिक!"

"का हाल है जूना? पूजा हो गई?"

"जी मालिक!"

"भइंस कैसी है तुम्हारी?"

"पाल खा लिया है मालिक, चइत-बइसाख तक बच्चा देगी।" कुछ देर की चुप्पी के बाद जूना माँझी ने कहा—"मालिक, एक गुजारिश है।"

"बोलो?"

"मालिक, दशरथ का शादी हो गया, उसका दो-दो बाल-बच्चा है। उसके लिए कुछ काम की व्यवस्था हो जाती तो...बड़ा अहसान होता!"

जूना की बात सुन मुखिया जी चुप रहे मगर बबुली सिंह हँस पड़े—"अरे, दशरथवा से काम होगा, ऊ तो नेता बनेगा!"

बबुली सिंह की बात जूना को अच्छी नहीं लगी मगर इसका जवाब मुखिया जी ने ही दिया—"करनेवाले के लिए काम की कमी कहाँ है जूना! मेरे दरवाजे पर छह बैल हैं, दो गाय और एक भैंस जिन्हें सँभालने के लिए एक चरवाहे की दरकार है। जब घर में काम है तो बाहर क्या खोजना! भेज दो दशरथवा को कल से ही।"

जूना माँझी ने घर आकर धनिया को बताया कि उन्होंने मुखिया के यहाँ दशरथ के लिए चरवाही का काम ठीक कर दिया है।

उनकी बात सुनकर धनिया को राहत मिली। मगर तत्काल ही उसके मन में यह सवाल आया—"कहीं दशरथ ने ना कह दिया तो... ?"

"ना क्यों कहेगा ?"

"पिंजरी उसे चरवाही का काम करने देगी ?"

"काहे नहीं करने देगी ?"

"बोझाडी है।" कहकर हँस पड़ी धनिया।

[आदिवासी समुदाय में जो औरत अपने पति को बोझ नहीं उठाने देती, उसे बोझाडी कहते हैं।]

देर तक जूना और धनिया के बीच विमर्श चलता रहा कि दशरथ को काम पर भेजने के लिए आखिर कौन से हथकंडे अपनाए जाएँ, जो अचूक हों।

अंत में धनिया ने फुसफुसाकर कहा—"यह बात पिंजरी को तब बताई जाएगी जब दशरथ को काम पर जाने के लिए राजी कर लिया जाएगा।"

रात को आठ बजे के आस-पास लौटकर जब दशरथ दरवाजे पर आए और सीधा घर के अंदर जाने लगे तो जूना माँझी ने आवाज दी। दशरथ के घर की ओर बढ़ते कदम रुक गए—"का भैया ?"

"आज मैं मुखिया जी के यहाँ गया था।"

"जी..."

"उनके यहाँ जो चरवाहा है किसना, उसके पैर पर घरगैया का खुर पड़ गया था। वह घाव के कारण काम नहीं कर पा रहा है। कह रहे थे कि कुछ दिन कोई सँभाल देता तो... ।"

दशरथ के चेहरे पर कोई प्रतिक्रिया न देख उनका स्वर विनीत हो गया, जैसे याचना कर रहे हों—"का बताएँ, उनकी परेशानी देख मेरे मुँह से निकल गया, आप चिंता मत कीजिए, दशरथ है न, सँभाल देगा।"

बात को इस तरह रखने की योजना भौजी ने बनाई थी। धनिया ने दशरथ को बचपन से देखा था और उनको मालूम था कि दशरथ से कैसे काम कराया जाता है। एक बार वह फँस गया तो निकल नहीं पाएगा।

भैया की अधूरी बात भौजी ने अपनी आवाज में मक्खन लगाकर पूरी की—"साल का नौ मन धान देने के लिए तैयार हैं बबुआ। पाँच-छह मन पर माँझी टोल के लोग काम खोज रहे हैं, कहाँ मिलता है इतना! ऊपर से खाना और कपड़ा भी देंगे। कर लो बबुआ।"

दशरथ भी आज यही तय करके निकले थे कि कहीं-न-कहीं काम खोजेंगे। उनके चलते बेचारी पिंजरी को ताने सुनने पड़ते हैं। एक जगह मकान बन रहा था, उसमें छेदी के कहने पर मजदूरी की बात चली थी। झौरी भी कई जगह बात कर चुका था। कल पता चलनेवाला था कि कहाँ और कौन-सा काम दशरथ को मिलेगा। दशरथ ने मन-ही-मन हिसाब मिलाया—अगर मजूरी करने जाते हैं तो सेर भर रोज का मिलेगा। मतलब साल में तीन सौ साठ सेर...मतलब नौ मन, सौदा घाटे का नहीं है। मजदूरी का क्या ठिकाना! रोज मिलेगी कि नहीं, इसमें भी संदेह है और यहाँ तो साल भर का काम है। मुखिया के बारे में गाँव के लोगों की तरह उनकी राय भी अच्छी नहीं थी मगर वह काम करने के लिए इसलिए तैयार हो गए कि गाँव का काम है—दिन भर काम करो, रात में पिंजरी का साथ रहेगा।

जूना माँझी ने दशरथ को देखा—"का सोच रहे हो दशरथ?"

"ठीक है भैया।"

जब दशरथ काम करने के लिए तैयार हो गए तो भैया ने भौजी को और भौजी ने भैया को इस तरह देखा, जैसे उनको अभी भी यकीन नहीं हो रहा हो और दशरथ सोच रहे थे कि जिस काम की तलाश में आज कहाँ-कहाँ मारे फिरे, वह घर में ही मिल गया।

दशरथ घर के भीतर आए तो बच्चे सो चुके थे। पिंजरी सारा काम खत्म कर दशरथ का ही इंतजार कर रही थी। दशरथ के चेहरे पर काम मिल जाने की खुशी दमक रही थी। दशरथ ने पिंजरी के चेहरे को हथेलियों में लेकर जैसे चहकते हुए कहा—"जानती हो पिंजरी, मुझे काम मिल गया है।"

अब चौंकने की बारी पिंजरी की थी—"काम... ?"

"हाँ।"

"कहाँ?"

"मुखिया जी के यहाँ, चरवाही का काम।"

पिंजरी के चेहरे पर संदेह की रेखा तैर गई। दोपहर को जूना भैया जब मुखिया जी के यहाँ से आटा और प्रसाद लेकर आए थे तो भौजी से दशरथ के बारे में ही कुछ बातें कर रहे थे। अचानक पिंजरी उधर से निकल आई तो उसे देख दोनों एकाएक चुप हो गए थे। पिंजरी को संदेह उसी समय हो गया था। मगर अब समझ में आई कि वह बात क्या थी। मगर इसके बारे में उसने दशरथ से कुछ नहीं जताया और मुस्कराकर कहा—"आप काम करेंगे?"

"हाँ, और चरवाही तो समझो कि आराम का काम है।"

"कब से जाना है?"

"बस, कल सुबह से। खुश हो न तुम?"

पिंजरी ने मुस्कराकर उसका स्वागत किया मगर कहीं-न-कहीं गहरी कसक से भर गई। दशरथ खाना खाकर जल्दी ही सो गए मगर पिंजरी को नींद नहीं आई। चरवाही की खबर सुन उसका चेहरा उड़ गया था।

बड़ी बहन हिंजरी की शादी के एक साल बाद पिंजरी के पिता की मौत हो गई थी। भाई टूलू पिंजरी से तीन साल छोटा था। पिता के श्राद्ध के बाद संकट खड़ा हो गया कि घर का खर्च कैसे चलेगा। सुगन माँझी जो उसके पिता के मित्र थे, उसने टूलू—जिसकी उम्र महज बारह साल थी—को ले जाकर पाँच मन धान पर कहीं चरवाही पर लगा दिया था। टूलू खुशी-

खुशी काम करने चला गया। उसका काम मुँह-अँधेरे शुरू हो जाता—जानवरों को बथान से बाहर निकाल नाँद पर बाँधना। भूसा डाल उसमें खरी-खुद्दी और जूठन चलाना। यह काम पूरा होते ही दूध निकालनेवाला ग्वाला आ जाता और वह गाय-भैंसों का दूध निकालने में ग्वाले की मदद कर निकला हुआ दूध घर के भीतर पहुँचा देता। मालिक के घर की औरतें उसे रात का बासी भोजन देतीं, जो उससे खाया नहीं जाता...मगर क्या करता!...मजबूरी में खाना ही पड़ता। खाना खाने के बाद हलवाहों के साथ बैलों को पहुँचाने के लिए खेत में जाना पड़ता। जब हल नाध दिया जाता तो वहाँ से वह उन खेतों में जाता, जहाँ मवेशियों के लिए चारा उगाया जाता था। वहाँ चारा काटता और लेकर घर आ जाता। चारे को मशीन में डालकर काटता। इसके बाद हलवाहे का खाना ले जाने का समय हो जाता और वह खाना खाकर खेत पर काम करनेवाले हलवाहे और अन्य मजदूरों के लिए खाना ले जाता और इस तरह कब शाम हो जाती, उसे पता नहीं चलता। शाम को मवेशी आ जाते, उन्हें खिलाना...बथान में बाँधना। दरवाजे पर पानी छिड़ककर बुहारना। मवेशियों के गोबर का कंडा थपवाना उसकी दिनचर्या में शामिल था।

और उस दिन को तो वह भूल ही नहीं सकती जब भादों में उसके दोनों पैर सड़ गए थे। एक दिन तो एक मामूली-सी गलती के लिए मालिक खंभे से बाँधकर उसकी पिटाई करनेवाला था। पिंजरी को पता चला तो दौड़ी-दौड़ी गई और आरजू-मिन्नत करके काम छुड़ाकर उसे वापस ले आई। क्या दशरथ से हो सकेगा इतना सब? इसी उधेड़बुन में उसे रात भर नींद नहीं आई। भोर पहर उसकी जरा-सी आँख लगी।

एकाएक उसे लगा कि टूलू की जगह दशरथ किसी खंभे से बँधे हैं और कुछ लोग उनकी बेतरह पिटाई कर रहे हैं। दशरथ जोर-जोर से चीख रहे हैं। जगह-जगह खून निकल रहा है। बावरी बनी पिंजरी दौड़कर दशरथ की ओर जाने और उसे बचाने की कोशिश कर रही है मगर हर बार मुखिया के वे कारिंदे, जो कुएँ पर पानी भरने से रोकते थे, सामने आकर पिंजरी को रोककर अलग धकेल देते हैं।

'ऐसे नहीं मानेगी।' कहकर कारिंदों ने पिंजरी को उठाया और कंधे पर रखकर किसी ओर चल पड़े। दशरथ खंभे में बँधे कसमसाते हुए चीख रहे थे मगर कुछ कर पाने की हालत में नहीं थे। पिंजरी समझ नहीं पा रही थी और कंधों पर जाते हुए लगातार चीख रही थी। चारों ओर लोग खड़े थे और कोई उसकी मदद नहीं कर रहा था। एकाएक उसकी नींद खुली तो देखा दशरथ उसे जगा रहे थे। पिंजरी जाड़े की रात में पसीने से तर-बतर थी और सहज होने की कोशिश कर रही थी।

दशरथ ने पूछा—"सपना देख रही थी पिंजरी?"

उसे यह जानकर राहत मिली कि यह सपना था मगर आगे क्या होगा, यह सोचकर सहम गई। पिंजरी दशरथ को मना करना चाहती थी मगर नहीं किया। हर आदमी अपने अनुभव से निर्णय लेता है। गाँव के किसानों के यहाँ चरवाही का काम दो ही लोग कर सकते हैं—एक वह, जिसकी बुद्धि जानवर की तरह हो और दूसरा वह, जिसका रोवाँ गिरा हुआ हो और उसके पास कोई विकल्प न हो।

मुखिया जी के यहाँ दशरथ को सात बजे जाना था। उस दिन रमिया भौजी के साथ पिंजरी को भी कहीं मजूरी का काम करने जाना था। एक तो रात भर सो नहीं पाने के कारण उसका

मन भारी लग रहा था, दूसरे दशरथ को पहली बार कहीं भी काम पर जाना था, इसलिए वह उसे अपने हाथ से खिला-पिलाकर विदा करना चाहती थी। पता नहीं, कैसा खाना खिलाएँगे! चरवाहों को लोग अक्सर बचा-खुचा खाना ही देते हैं।

सवेरे जागकर पिंजरी ने दशरथ का मनपसंद खाना बनाया—करमी का साग और भात। रमिया भौजी सुबह-सुबह काम पर ले जाने आई तो उसको मना कर दिया कि आज वह काम पर नहीं जाएगी। पूरी बात जानकर रमिया खुश हो गई कि चलो, आखिर दशरथ राह पर आ ही गया।

पिंजरी से बात करने के बाद रमिया जब बाहर निकली तो धनिया दरवाजे पर कंडे थाप रही थी। घर से उसे अकेले निकलते देख धनिया का माथा ठनका। क्या पिंजरी नहीं जाएगी काम पर वह समझ गई कि कुछ तो जरूर गड़बड़ है। दूर से ही पूछा—"का हुआ रमिया, अकेले जा रही हो?"

रमिया ने चलते-चलते जवाब दिया—"आज पिंजरी काम पर नहीं जाएगी भौजी।"

"क्यों?"

रमिया का दिल पिंजरी से मिलता था। वह जानती थी कि दशरथ को खिलाकर भेजने की बात धनिया को नहीं पचेगी और गोबर पाथना छोड़ वह जाकर पिंजरी से बहस करेगी इसलिए टालने की गरज से कहा—"उसकी तबीयत ठीक नहीं है आज।"

धनिया झल्लाकर उठ खड़ी हुई—"का हुआ उसकी तबीयत को?"

जूना माँझी भैंस के लिए घास गढ़ने गए थे। धनिया ने अपने दिमाग पर जोर दिया तो उसको पिंजरी का असली तिरिया चरित्तर समझ में आ गया। मतलब कि अब पिंजरी अपना असली रूप दिखा रही है। अगर दशरथ काम पर जाएगा तो वह नहीं जाएगी। दोनों में से कोई एक ही काम करेगा। इसी वक्त इस मामले को सुलझाया नहीं गया तो वह भी नया दशरथ बन जाएगी। वह तेजी से उठकर घर में समा गई।

आँगन के बीचोबीच दशरथ खाने के पीढ़े पर बैठे थे और रसोई में पिंजरी दाल-भात, गरम-गरम करमी का साग और आलू का चोखा निकाल रही थी। पिंजरी की रईसी देख उसका दिमाग सनसना गया। दशरथ को काम के एवज में जब मुखिया के यहाँ खाना मिलना तय था तो इतनी सुबह काम छोड़कर खाना बनाने की जरूरत क्या थी? यह काम पर भी नहीं जाएगी और अनाज भी लुटाएगी।

पिंजरी खाना लेकर आई तो धनिया भौजी बरस पड़ीं—"पिंजरी, काम पर क्यों नहीं गई?"

पिंजरी दशरथ के आगे साग-भात रख बैठ गई और विनम्रता से कहा—"तबीयत ठीक नहीं लग रही थी।"

"खाना क्यों बनाया? दशरथ का खाना तो मुखिया जी के यहाँ मिलता ही!"

पिंजरी भीतर से गुस्से से भरी थी, मगर सिर झुकाकर जवाब दिया—"पहले दिन काम पर जा रहे हैं तो सोचा, अपने हाथ से बनाकर खिला दूँ।"

यह सुनकर भौजी का पारा गरम हो गया—"एक पाव चावल का मतलब क्या होता है, जानती हो?"

पिंजरी को काठ मार गया। रोज अपना जाँगर खटाकर एक सेर कमाती है और अपने मरद को पाव भर चावल नहीं खिला सकती?

दशरथ अब तक चुप सब कुछ देख रहे थे। धनिया की यह बात दशरथ को भी बुरी लगी और वह बिना खाए थाल उसी तरह छोड़ उठकर गुस्से में घर से बाहर निकल गए। पिंजरी पीछे दौड़ी, उन्हें रोकने की कोशिश की—"सुनिए!" पिंजरी बदहवास-सी उनके पीछे दरवाजे तक गई और दुबारा आवाज दी—"सुनिए न!" मगर दशरथ नहीं रुके। मुड़कर देखा भी नहीं।

आहत मन से पिंजरी लौटकर आई और गुस्से में घूरकर धनिया भौजी को देखा। मन हुआ कि कहे—तुम्हारी कमाई नहीं खिला रही थी, मगर चुप लगा गई। धनिया अब भी बड़बड़ा रही थी।

गनीमत थी कि अपनी पत्नी की आवाज सुन जूना माँझी भी घर में आ गए और पूरी बात समझने के बाद अपनी पत्नी को ही डाँटने लगे। भौजी अपने बचाव में अब रो-रोकर यह जताने लगी थी कि एक-एक चावल का दाना बचाकर उसने इस घर को बनाया है और कहाँ से कहाँ तक पहुँचाया है। जिसे लुटाने का मन हो, लुटा दे, आज के बाद वह कुछ नहीं बोलेगी।

भौजी के नखरे को पिंजरी सबसे अधिक समझती थी। उसके भीतर तो जैसे आग लगी थी। कुछ देर तक सोचती रही कि क्या करे। उससे सहा नहीं जा रहा था। एकाएक जाने मन में क्या आया कि उठी और सारा खाना लेकर बाहर निकल गई।

खाना लेकर निकलते देखा तो भौजी रोना छोड़ पूछने लगी—"कहाँ ले जा रही हो?"

पिंजरी ने कोई जवाब नहीं दिया। मुड़कर देखा भी नहीं।

दरवाजे के पास जूना और धनिया खड़े हो देख रहे थे कि पिंजरी ने बाहर जाकर भैंस की नाँद में सारा खाना डाल दिया। लौटी तो सामने खड़े जूना और भौजी को इस तरह देखा, जैसे कह रही हो कि जब मेरे दशरथ ने खाना नहीं खाया तो घर में कोई नहीं खाएगा आज।

धनिया कुछ बोलना चाहती थी मगर वक्त की नजाकत को समझते हुए जूना ने उसे रोक दिया।

7

मुखिया के दालान पर गाँव के कई किसान जमा थे, जैसे किसी उत्सव का माहौल हो! बबुली सिंह ने विस्तार से पता कर लिया था कि मुखिया जी के प्रतिद्वंद्वी झिंगुरी सिंह अपने किस-किस खेत में कौन-कौन सी फसल बो रहे हैं। अब मुखिया जी को तय करना था कि किस खेत में क्या बोएँ। पिछले साल मुखिया जी ने जहाँ चना बोया था, वहीं झिंगुरी सिंह ने गेहूँ बो दिया था। इसका परिणाम यह हुआ कि मुखिया जी के खेत का आधा चना कचरी और होरहा में ही खत्म हो गया था। इस बार वे कोई रिस्क नहीं लेना चाहते थे। गाँव के कई किसान उनके दरवाजे पर यही जानने के लिए आए थे कि मुखिया जी इस साल अपने किस खेत में कौन-कौन सी फसल बो रहे हैं।

मुखिया जी इलाके के बड़े किसान थे। अन्य किसान उन्हीं के आधार पर अपने खेतों में फसल की बुआई की योजना बनाते थे क्योंकि सिंचाई के लिए साधन मुखिया जी के ही पास थे जिससे कई लोगों का काम चलता। यह परंपरा बरसों से चली आ रही थी और इसमें सारे किसानों का फायदा था। झिंगुरी सिंह के उलट मुखिया जी सबको गोपनीयता की शर्त पर अपने खेत के अनुसार यह योजना बता चुके थे और सभी किसान संतुष्ट होकर बस चाय पीने का

इंतजार कर रहे थे जो अभी उनके घर से बनकर नहीं आई थी। अब सबके चेहरे पर जल्दी थी क्योंकि अब उन्हें भी घर जाकर मुखिया जी के आधार पर खेती की अपनी योजना बनानी थी, हल-बैल और बीज की व्यवस्था देखनी थी।

कार्तिक का महीना किसानों के लिए सबसे बड़ा सगुन होता है। खेती की नए सिरे से शुरुआत होती है। बारिश के दिनों में पानी के कारण खेती का सारा काम पूरी तरह ठप पड़ जाता है। हल-बैल बैठ जाते हैं, सब कुछ थम जाता है। कई किसान इसी दौर में अपने बैल बदलते हैं, हलवाहे और चरवाहे बदलते हैं। पहले दिन जब जुताई की शुरुआत होती है तो खेत में किसान और हलवाहे मिलकर 'हर-हर महादेव' का उद्घोष करते हैं और शाम को घर में भात के संग बरी, फुलौरी, कढ़ी का भोज होता है। इसे इलाके में नवान्न का पर्व कहते हैं जिसे अलग-अलग किसान अपनी हैसियत के हिसाब से अलग-अलग दिन मनाते हैं।

मुखिया जी के यहाँ नवान्न का उत्सव अगले सप्ताह था मगर उसकी तैयारी अभी से आरंभ हो चुकी थी। इस बरसात में मुखिया जी ने घरगैया की जोड़ी बेचकर मैनी बैलों की जोड़ी खरीदी थी जिसकी इलाके में चर्चा थी। चरवाहे के रूप में दशरथ की नई नियुक्ति हुई थी। मुखिया जी जानते थे कि एक बार अगर दशरथवा सध गया तो मनेजर बना देंगे मगर उसके अभी तक न आने से मन-ही-मन कुढ़ रहे थे। कई बार उनको इस बात पर संदेह हो रहा था कि दशरथवा आएगा भी कि नहीं। इस कारण किसानों की बातचीत में शामिल होकर भी कहीं और थे। अंत में उनकी शंका निराधार साबित हुई और सामने से दशरथ आता दिखाई पड़ गया।

दशरथ को देख मुखिया जी का चेहरा खिल गया—"आ गए दशरथ ?"

दशरथ ने मुस्कराकर जवाब दिया—"जी।"

मुखिया जी को दशरथ की यह भाषा खटक गई। न प्रणाम, न सलाम और जवाब में बस—'जी'। आमतौर पर घर में काम करनेवाले हलवाहे, चरवाहे और नौकर 'जी' की जगह 'जी मालिक' कहते हैं। मन-ही-मन सोचा—अभी नया बछड़ा है, बैल बनने में समय लगेगा। धीरे-धीरे रंग में आ जाएगा। मुखिया जी ने मुस्कराकर दशरथ का स्वागत किया और सामने बैलों को दिखाकर कहा—"दशरथ, मैनी की जोड़ी को जरा अच्छे से खली-खुद्दी देकर चला दो। ये ही नवान्न के सगुन हैं।"

मैनी की जोड़ी को नाँद पर चढ़ाकर दशरथ ने खाँची उठाई और उस घर की ओर बढ़ गए जिसमें भूसा रखा जाता था। यह घर मुखिया जी के घर के दक्षिणी छोर पर और जानवरों के बथान से सटा था। दशरथ खाँची लेकर भूसा घर में समा गया।

भूसा लेकर निकल ही रहे थे कि भूसे के ढेर का एक हिस्सा भड़भड़ाकर नीचे आ गिरा और सारे कमरे में भूसे की धूल पसर गई। दशरथ दरवाजे की ओर बढ़े ही थे कि उन्हें उसी कमरे में किसी की खाँसी की आवाज सुनाई पड़ी। मुड़कर देखा तो भूसे की गर्द में कुछ दिखाई नहीं दिया। दशरथ चिल्लाए—"कौन है ?"

कोई जवाब तो नहीं आया लेकिन घुटी हुई खाँसी की आवाज लगातार उनके कानों में आती रही।

थोड़ी देर में जब भूसे की गर्द जमीन पर बैठ गई तो कमरे में दशरथ को एक कोने में कुछ हिलता हुआ प्रतीत हुआ। तेजी से चलकर पास गए तो देखा, वह मुखिया जी का पहला चरवाहा

किसना था। कोने में बैलों को ओढ़ाए जानेवाले चट पर औंधा पड़ा हुआ था। उसकी निस्तेज आँखें दशरथ को घूर रही थीं।

"अरे, किसन, तुम ?"

किसन का शरीर पूरी तरह सूज गया था। उसका बायाँ पैर तो सूजकर ओखल की तरह हो गया था। दशरथ को देख वह बड़ी मुश्किल से उठकर बैठा।

"का हो गया है किसन ?"

"सब किस्मत की बात है दशरथ भैया...घरगैया का खुर एक दिन गोड़ पर पड़ गया। उस समय कुछ भी समझ में नहीं आया, अब देखो।"

किसना ऐसे बोल रहा था, जैसे उसे बोलने में भी तकलीफ हो रही हो!

"कुछ दवाई नहीं किया ?"

"बहुत किया भैया..." कहकर रुक गया। लंबी साँस ली और हाँफते हुए कहने लगा—"जब तक पैर से चला जाता था, रोज नीम के पानी से धोता था। गेना के फूल की पतई-हरदी पीस कर बहुत लगाया मगर भगवान का का कहें, जो किस्मत में लिखा है वो तो भोगना ही पड़ेगा!"

"कब की बात है ?"

"असाढ़ की...घरगैया को लेकर लेव लगाने गए थे मिल्की में, वहीं पर...ई समझो भैया कि मेरे ही कारण मालिक ने घरगैया को बेच भी दिया।"

किसना की हालत देख दशरथ का मन विचलित हो गया था। मालिक ने उसकी दवा नहीं कराई, इसका कोई मलाल नहीं था उसे, इसका गर्व था कि उसके कारण मालिक ने घरगैया बैल बेच दिया।

"किसी डॉक्टर को नहीं दिखाया ?"

"चरवाहा तो जानवर होता है भाई। जो नाँद में डाल दो, वही खाएगा। और अब तो हम चल भी नहीं सकते...मालिक बोले कि खरभुसिया दवाई से तो बड़ा-बड़ा रोग ठीक हो जाता है।"

किसना के पैर में यह चोट असाढ़ में लगी थी मतलब कि असाढ़, सावन, भादों, कुवार, कातिक चल रहा है। किसना की यह हालत होने में पाँच महीने लगे हैं। उसके जवाब ने दशरथ को अंदर से विचलित कर दिया क्योंकि वह मुखिया के दरवाजे पर किसना की ही जगह लेने आए हैं।

किसना आदर्श चरवाहा था। गाँव में यह बात कुछ दिनों पहले तक प्रचारित थी कि चरवाहा हो तो किसना जैसा। गाँव में कोई भी किसान अगर नया चरवाहा रखता तो उसे किसना के बारे में बताता और वैसा ही बनने की हिदायत देता। क्या दशरथ का भी वही हाल होगा जो किसना का है? मगर यह सोचकर टाल गए कि इसके लिए किसना भी कम जिम्मेदार नहीं है। उनके मन में यह बात जरूर आई कि यदि सब कुछ ठीक रहा तो एकाध दिन में वह किसी डॉक्टर-वैद्य को बुलाकर उसे जरूर दिखा देंगे।

दशरथ इसी गाँव के निवासी थे। किसना को देख बहुत सारी ऐसी बातें समझ गए जिसे आमतौर पर समझाने की जरूरत नहीं पड़ती। वे यह भी समझ गए कि लंबे समय तक उनका यहाँ टिकना मुश्किल होगा। मगर दूसरे ही पल खयाल आया कि कहीं भी तो उन्हें यही सब काम करना होगा। माँझियों के लिए कौन स्वर्ग की सीढ़ियाँ लगाकर रखता है।

बैलों को खिला-पिलाकर दशरथ ने जब बथान के बाहर बाँध दिया तो मुखिया जी कहीं से चलकर आए और कहा—"दशरथ, खाना खा के आए हो न?"

दशरथ ने जब कोई जवाब नहीं दिया तो खुद ही बोल पड़े—"समझ गए, खाना खाकर नहीं आए हो। वैसे तो पहले दिन चरवाहे को दिन का खाना नहीं दिया जाता लेकिन तुम झौरी के भाई हो, जाकर खा लो। और सुनो, खाना खाने के बाद मिल्की पर चले जाना जहाँ रहँट की गड़ाई हो रही है।"

दशरथ के चेहरे पर झिझक देख मुखिया ने लगे हाथ अपने बड़े बेटे सुनील को भी निर्देश दिया कि वह दशरथ को द्वारखोल में ले जाकर खाना खिला दे।

मुखिया के घर के भीतर घुसने पर जो घर राह में पड़ता था, उसे ही वे लोग द्वारखोल कहते थे। उसी में छत पर जाने की सीढ़ी थी। सीढ़ी के ठीक नीचे जाँता था। जाँते के ठीक सामने दशरथ माँझी जमीन पर चुका-मुका बैठे थे। एक नौकरानी आई और कहा—"अपना थाल उतारकर धो लो, कई दिनों से उसमें कोई खाया नहीं है।"

दरवाजे के पास एक ड्योढ़ी थी जिस पर जस्ते का एक थाल और कटोरा पड़ा था। दशरथ थाल उतारकर बाहर ले गए और उसे मल-मलकर धोया और लेकर जमीन पर बैठ गए। धोने के बाद भी थाल में जगह-जगह काला धब्बा दिख रहा था।

नौकरानी आई और अल्यूमिनियम के कटोरे में दूध भर दिया और बगल में नेनुए की सब्जी और आठ मोटी-मोटी रोटियाँ डाल दीं। खाना देखकर दशरथ को पिंजरी के खाने—भात और करमी के साग—की याद आई लेकिन दूध देखकर संतोष हुआ कि अपने आदमियों को अच्छा खाना खिलाते हैं मुखिया जी।

तभी दूसरी ओर से मुखिया की पत्नी निकल आई और कटोरे में भरा दूध देख नौकरानी को डाँटने लगी—"दूध क्यों दे दिया?"

नौकरानी ने मुखिया की पत्नी को बार-बार चुप रहने का इशारा किया, जैसे कुछ समझाना चाहती हो। जब वह उसका इशारा नहीं समझ पाई तो वह उठकर चली गई। बरामदे में किनारे ले जाकर फुसफुसाकर कहा—"दूध को बिल्ली ने जूठा कर दिया था तो छोटी मालकिन ने कहा कि ले जाकर चरवहवा को दे दो...। फेंकने से अच्छा है..."

मुखिया जी की पत्नी यह बात सुनकर चुप हो गई मगर दशरथ ने उनकी बात सुन ली थी। खाना उठाकर इस तरह बाहर निकल गए जैसे खाने के लिए ले जा रहे हों और बाहर जब कोई नहीं दिखा तो सारा खाना बैलों की नाँद में डाल दिया।

मिल्की के खेत में रहँट का काम चल रहा था। गया से मिस्त्री आए थे। रहँट की लकड़ी बरसात के पानी से भीगती रही थी। मिस्त्री जहीन थे, शाम होते-होते बैलों को नाधकर पानी निकाल दिया। दशरथ दिन भर उनके साथ काम में लगे रहे मगर उनके जेहन में कभी किसना का चेहरा घूम जाता और कभी नौकरानी की आवाज सुनाई दे जाती। सुबह से कुछ खाया नहीं था। चार बजे मिस्त्री के लिए भूँजा और गुड़ आया था तो ना-ना करने के बाद उसी में से थोड़ा-सा खाया और काम में लगे रहे। काम खत्म हुआ तो बैलों को लेकर वहाँ से चल पड़े। एक बार फिर मवेशियों को खाना देना पड़ेगा। भूसा के लिए उसी कमरे में जाना पड़ेगा जहाँ किसना है। किसना का रूप और पूरी घटना याद आते ही सारे बदन में सिहरन सी दौड़ गई। दशरथ नहीं समझ पा रहे थे कि किसना की नजरों का सामना कैसे कर पाएँगे!

दशरथ जब बैलों के साथ मुखिया के दरवाजे पर पहुँचे तो देखा कि वहाँ माँझी टोल के लोगों की भीड़ लगी है। पहली नजर में वे समझ नहीं पाए कि आखिर क्या माजरा है! दूसरे पल मन में आया कि कुछ भी हो, उन्हें क्या? भीड़ पर ध्यान देने के पहले बैलों को नाँद पर चढ़ाना जरूरी था। आते ही बैलों को नाँद पर चढ़ाया, पानी पिलाकर आए तो देखा कि भीड़ के बीच किसना का बाप जोगी माँझी अपने तेरह- चौदह साल के लड़के सुगना को मुखिया की ओर बढ़ाते कलपते हुए कह रहा था—"मालिक, किसना की जगह पर इसको रख लीजिए।"

मुखिया ने लड़के को गौर से देखा और मुस्कराते हुए कहा—"बकरी से मुखिया का हल चलेगा रे जोगिया!"

जोगी गिड़गिड़ाया—"उमर कम है मालिक, पर बड़ी फुर्ती से काम करता है सुगना।"

अब तक दशरथ बिलकुल उनके पास आ गए थे और यह देखकर उनकी आँखें फटी रह गईं कि जहाँ वे लोग बात कर रहे थे, उसके ठीक बगल में सफेद गमछे से ढँकी किसना की लाश पड़ी थी।

एकाएक उनको धक से लगा—"अरे, किसना मर गया!"

यह कितना अजीब था कि किसना के बाप जोगी को उसके मरने का गम जरा भी नहीं था। अपने दूसरे बेटे सुगना को मुखिया के यहाँ चरवाही के काम पर रखवाना उसकी पहली प्राथमिकता थी।

मुखिया ने पास खड़े दशरथ को दिखाते हुए कहा—"दशरथवा को रख लिया है मैंने...अब गाँती तो नहीं बाँधूँगा न!"

जोगी के साथ सबकी निगाहें दशरथ की ओर मुड़ गईं। सुगना ने जिस करुणा भरी निगाह से दशरथ को देखा, उसकी नजर दशरथ के सीने में गहरे चुभती चली गई। दशरथ की उससे आँख मिलाने की हिम्मत नहीं हुई। सभी समझ गए कि दशरथ जैसे चरवाहे को हटाकर अब सुगना को कौन काम पर रखेगा। इसके बाद जोगी ने कुछ नहीं कहा, सीधे किसना के शव के पास आया और साथ आए लोगों को देखा—"चलो, उठाओ।"

उसके साथ आए लोग शव के पास आ गए। सबने मिलकर शव को उठाया और चल पड़े।

दशरथ की निगाहें तब तक उनका पीछा करती रहीं जब तक वे लोग नजरों से ओझल नहीं हो गए।

शाम हुई तो रोज की आदत के मुताबिक छेदी पहाड़ पर पहुँचा। झौरी भूँजा लेकर वहाँ पहले से बैठा हुआ था और फाँक रहा था। दशरथ के मुखिया के यहाँ काम पर जाने की सूचना दोनों को मिल चुकी थी और दोनों परेशान थे। उनके लिए आश्चर्य की बात थी कि दशरथ ने बिना किसी सलाह-मशवरे के काम पकड़ लिया था। छेदी के आते ही झौरी ने झल्लाकर कहा—"सुने हो कि नहीं, दशरथवा मुखिया के यहाँ चरवाही करने गया है।"

छेदी ने बैठते हुए कहा—"उसको दुनिया में और किसी जगह काम नहीं मिला तो क्या करे!"

"बकरा के गोड़ी जैसा चूसकर छोड़ देगा मुखियवा।"

झौरी की बात सुन छेदी मुस्कराया—"अभी देखो तो, दशरथवा कितना दिन टिकता है!"

तभी कुछ देखकर उनकी आँखें फटी रह गईं। देखा तो सचमुच यकीन ही नहीं हुआ। दशरथ मंद-मंद मुस्कराते हुए चले आ रहे थे।

छेदी ने व्यंग्य से पूछा—"का दशरथ, मिल गई नौकरी..."

दशरथ मुस्कराए—"मिल भी गई और खत्म भी हो गई।"

दशरथ ने सामने पड़ा भूँजा देख बड़ा-सा मुट्ठा लगाया और यह कह फाँकने लगे कि बड़ी भूख लगी है। दशरथ ने बातों-बातों में किसना की और खाना वाली बात बता दी। उनकी बात सुन झौरी और छेदी बहुत दुखी हुए मगर राहत की साँस ली क्योंकि वे काम छोड़कर आ गए थे।

छेदी ने कहा—"जो हुआ, अच्छा हुआ। भगवान ने हाथ दिया है तो काम की कमी नहीं होगी।"

दशरथ ने झौरी से पूछा—"मकानवाले काम का क्या हुआ?"

"साले, तुम्हारे लिए लोग बैठे रहेंगे क्या, कि दशरथ जी आएँगे तो काम लगाया जाएगा? दूसरे को रख लिया।"

दशरथ इत्मीनान से दोनों के बगल में बैठ गए। वह अभी नहीं समझ पा रहे थे कि घर जाने के बाद क्या होगा। भैया-भौजी की प्रतिक्रिया क्या होगी। इसलिए छेदी और झौरी के सामने कहा—"लेकिन काम करना है भाई...जल्दी कुछ इंतजाम करो तुम लोग।"

छेदी ने हँसकर कहा—"इतना जरूरी हो गया?"

"भाई, और किसी के लिए नहीं, पिंजरी के लिए काम करना है।"

झौरी के मालिक झिंगुरी सिंह ने बोधगया में कहीं जमीन खरीदी थी और होटल बनवानेवाले थे। झौरी ने कहा—"मैंने बात कर लिया है, दो-तीन दिन में तुम्हारा बुलावा आ जाएगा।"

छेदी ने कहा—"इसका मतलब दशरथ को रहना वहीं पड़ेगा!"

"काम करना है तो रहना ही पड़ेगा।"

"दशरथ का दिन कहीं हो, रात पिंजरी के साथ।"

"ये तो मुझे खयाल ही नहीं रहा।"

तीनों इस बात पर हँसे और हँस-हँसकर पिंजरी के बारे में बात करते रहे।

एकाएक झौरी को कुछ खयाल आया। झौरी अपने साथ एक कंबल लेकर आया था। कंबल दशरथ की ओर बढ़ाते हुए कहा—"कंबल तुम्हारे लिए पहाड़ी बाबा ने दिया है।"

"सत्संग से आ गए क्या?"

"हाँ।"

दशरथ को याद आया कि पहाड़ी बाबा ने दशरथ से एक साल पहले कहा था कि तुम्हारे लिए अगली बार भेड़ के असली बाल वाला कंबल मँगाएँगे। कंबल को गौर से देखा, भारी है...अब रात में ठंड नहीं लगेगी। पिंजरी ने लेवा पर साड़ी का खोल लगा दिया था और उसे ही वे ओढ़ते थे। यह सोचकर वे मन-ही-मन खुश हो गए कि अब बच्चों के लिए अलग ओढ़ना होगा।

रात ढल चुकी थी। नीम के पेड़ के नीचे सारा माँझी टोल जमा था और सभी बैठकर ताड़ी पी रहे थे। चूँकि किसना की मौत हुई थी इसलिए चारों ओर अव्यक्त सूनापन पसरा था। जूना माँझी की लबनी जस-की-तस पड़ी थी। धनिया के साथ दरवाजे पर बैठे दशरथ का इंतजार कर रहे थे। जूना माँझी आज कुछ ज्यादा ही परेशान थे।

दशरथ के जाने के बाद आदमी भेजकर जूना माँझी को मुखिया जी ने अपने घर बुलाया था और थोड़ी देर पहले ही वे वहाँ से लौटकर आए थे। वहाँ जाने के बाद पता चला कि काम छोड़कर आने से पहले दशरथ और मुखिया जी के बीच गरमागरम बहस भी हुई थी। जूना माँझी की बात सुन धनिया कुछ ज्यादा ही परेशान थी। बाण बाण गया नौ हाथ का पगहा भी ले गया। जिस राह पर अब तक दशरथ चल रहे थे, अब तो पिंजरी भी उसी राह पर चलने लगी थी, आगे की राह मुश्किल लग रही थी।

दिन का सारा खाना भैंस की नाँद में डालने के बाद पिंजरी सुबह अपने कमरे में गई तो आज पूरे दिन बाहर निकली ही नहीं। बच्चे जब भूख से रोने लगे तो भी नहीं। लंबे समय तक इंतजार करने के बाद जूना माँझी के कहने पर आज धनिया ने खाना बनाया, बच्चों को खिलाया। दोनों के बीच पिंजरी की बात चल रही थी। जूना माँझी गंभीर थे और नहीं समझ पा रहे थे कि आगे क्या होगा।

उन्होंने धनिया से पूछा—"पिंजरी चाहती क्या है?"

"मैं क्या जानूँ?"

अभी उनकी बात पूरी भी नहीं हुई थी कि सामने से दशरथ आते हुए दिखाई पड़ गए। दोनों ने दशरथ को देखा और जूना माँझी ने अनजान बनते हुए पूछा—"क्या हुआ?"

"भैया, मैंने काम छोड़ दिया..."

"क्यों?"

"मैं सोचता था कि दिन भर का काम है। मुखिया जी कहते हैं कि रात को भी यहीं रहना पड़ेगा।"

इस बार जूना माँझी ने कहा—"चरवाही में तो रहना ही पड़ता है।"

"मैं दिन भर कहीं भी रह सकता हूँ, रात को नहीं..."

इस बार जूना माँझी ने जताया कि वह सब कुछ जानते हैं—"काम छोड़ दिए, कोई बात नहीं, मगर छोड़ने के पहले मुखिया जी से झगड़ा करने की क्या जरूरत थी?"

दशरथ भैया को समझाना चाहते कि क्या हुआ, मगर भैया जिस तरह की भाषा का प्रयोग कर नसीहत देते जा रहे थे, उनको अच्छा नहीं लगा। उनकी आँच कम होती तो बीच-बीच में भौजी फूँक मार देती। अब दशरथ के लिए सुनना मुश्किल हो गया। उन्होंने सख्त लहजे में कहा—"भैया, उनके यहाँ दिन भर खटकर काम किया। चूँकि आगे काम नहीं करना था इसलिए शाम को मजदूरी माँगी तो क्या गलत किया?"

इस बार जूना माँझी तमतमाकर खड़े हो गए—"गलती तुम्हारी नहीं है, गलती मुखिया की भी नहीं है। सारी गलती मेरी है। तुमको आठ बरिस की उमिर में जब बाबू मरे थे, उसी समय चरवाही पर लगा दिए होते तो आज हमारा ई हाल नहीं होता!"

धनिया ने हाँ में हाँ मिलाया—"मौका-बे-मौका काम आते थे मुखिया जी। किसी फेरा में पड़ने पर इस गाँव में कोई साथ भी नहीं देनेवाला।"

दशरथ ने भैया और भौजी की इन बातों का कोई जवाब नहीं दिया लेकिन मुखिया जैसे आदमी का पक्ष लेते देख गहरी घृणा से भर गए। बस, इतना ही कहा—"भैया, आप चिंता मत कीजिए, मैं जल्दी ही दूसरा काम खोज लूँगा।" और जवाब का इंतजार किए बिना दशरथ घर की ओर चल पड़े।

8

इस बार कातिक में ही इस तरह ठंड पड़ने लगी है, जैसे अगहन-पूस का महीना हो! जब तक खेतों में हल नहीं चले जाएँगे, तब तक खेती के काम की शुरुआत नहीं होगी। सारा गाँव अपने-अपने जुगाड़ में लगा है। किसी के पास एक बैल है तो वह दूसरे बैल के लिए भाँज खोज रहा है। किसी के हलवाहे को किसी ने ज्यादा जवरा देकर काम पर रख लिया। किसी को बीज की चिंता है, किसी को खाद की। सब लोग किसी-न-किसी रूप में व्यस्त हैं। छेदी को आजकल दम मारने की फुरसत नहीं मिलती। किसी के हल का फाल ठीक करना है तो किसी के खुरपी में बेंट लगाना है। दिन भर उनकी भाथी जलती ही रहती।

दशरथ के काम का जुगाड़ अभी तक नहीं हुआ था। वह नियमित रूप से काम की तलाश कर रहे थे और नहीं मिलने के कारण कहीं-न-कहीं भीतर एक दबाव-सा महसूस कर रहे थे। दशरथ लगातार यह भी सोच रहे थे कि काम करनेवालों के लिए सब जगह तो यही हाल है। क्या महज दो जून की रोटी पाने के लिए उनको भी जानवर में बदलना पड़ेगा? दशरथ काम के लिए गाँव के बाहर भी कई जगह गए, आश्वासन तो मिले मगर काम नहीं मिला। झौरी द्वारा बताई गई जगहों पर मजदूरों की संख्या पहले ही अधिक थी और वहाँ से खाली हाथ आना पड़ा। उन लोगों ने दशरथ को दो दिन पहले बुलाया था। अब दूसरे मजदूर आकर उनकी जगह ले चुके थे।

दशरथ कहीं से लौटकर आते तो घर जाने का मन नहीं करता। भैया ने बात करना ही बंद कर दिया था और भौजी के उलाहनों का तो कहीं कोई अंत ही नहीं था। पिंजरी ने एक बार मुँह खोला था और बताया था कि भैया-भौजी को यकीन हो गया है कि वही दशरथ को काम करने देना नहीं चाहती मगर अब वह भी चुप रहने लगी थी। घर की संभावित किचकिच से परेशान दशरथ छेदी के यहाँ रोज ही आ जाते थे और रात ढलने के बाद ही घर जाते।

इस वक्त दशरथ छेदी की भट्ठी में थे। बातों-बातों में मुखिया जी का चरित्र-चित्रण चल रहा था। बात करते हुए छेदी ने एक खुरपी का बेट लगाकर बगल में रखा तभी सामने से मुखिया का हलवाहा आता दिखाई पड़ गया। छेदी ने घूरकर हलवाहे को आते देखा और दशरथ से कहा—"तुम सिखा चुके, आज मैं मुखिया को सबक सिखाता हूँ।" कहने के बाद छेदी के चेहरे पर एक क्रूर मुस्कान तैर गई।

हलवाहा चलता हुआ छेदी के पास आया। एक नजर दशरथ पर डाल हल के फाल को छेदी की ओर बढ़ाकर रौब से कहा—"हल का फाल ठीक कर दो।"

छेदी ने हाथ में लेकर हल के फाल को देखा और कहा—"रख दो।"

हलवाहे को इस बात का गर्व था कि वह मुखिया जी का हलवाहा है। उसने रौब के साथ कहा—"मुखिया जी ने भेजा है, बैठने की फुर्सत नहीं है, पहले ठीक कर दो, बाद में गाँव के किसी आदमी का काम करना। सगुन का फाल है।"

छेदी ने सारा काम छोड़कर इस तरह मुखिया जी के हलवाहे के लोहे के फाल को भट्ठी में गरम किया जैसे उनका अदब कर रहा हो लेकिन उसके बाद चिमटे से पकड़ निहाई पर रख ऐसा हथौड़ा मारा कि खट से बजा और लोहे का फाल टेढ़ा हो गया और कहा—"ले जा अब।"

हलवाहा पहले तो समझ नहीं पाया कि यह क्या हो गया और जब समझा तो उसने छेदी से गुस्से में कहा—"ये क्या कर दिया?"

छेदी ने कहा—"जाकर अपने मालिक मुखिया जी से बोल दो।"

हलवाहा पहले तो गुस्साया फिर जब उसे महसूस हुआ कि छेदी से बहस कर वह अपना संबंध क्यों खराब करे, यह काम उसके वश का नहीं है, मुखिया जी का काम है, वो समझें। बस, उनको बता देना होगा। वह दौड़ता हुआ वहाँ से चला गया।

हलवाहे के जाने के बाद छेदी ने हँसते हुए दशरथ से कहा—"मुखिया के यहाँ से पिछले साल का जवरा नहीं मिला अभी तक। बहन के ब्याह का सबक मालूम है ही। जवरा माँगने के लिए गया था तो ऐसे बोला था मुखिया, जैसे भीख माँगने गए हों। साल भर इनके घर के हँसुए का दाँत बनाओ, खुरपी पीटो और कुदाल का बेंट लगाओ। हल का फाल ठीक रखो। ऊपर से इनके घर की औरतें भी पहसुल भेज देती हैं कि चले जाओ छेदी लोहार के यहाँ, बढ़िया-सा बेंट लगवा लो ललमुनिया...देखना अब कैसे मरिचा परपराएगा और दौड़े हुए आएँगे। कमीना मुफ्त में काम कराना चाहता है।"

गाँव में यजमानी का चलन था। खेती से जुड़े लोगों को खेत और हल के अनुसार जवरा मिलता था।...मतलब जब फसल कटकर घर आती, उसी में हल और खेत के अनुसार उनका सालाना हिस्सा बनता। गाँव में नाई, लोहार, कोहार और ऐसी कई जातियाँ थीं जो पूरे साल काम करतीं और फसल आने के बाद अनाज के रूप में अपना मेहनताना लेतीं। मुखिया के तीन हल चलते थे और उसके अनुसार नौ मन जवरा होता था।

छेदी अपनी उसी रौ में दशरथ से कह रहा था—"पिछले तीन साल से कभी सूखा, कभी बारिश का बहाना बनाकर मुखिया नौ मन के बदले छह मन-सात मन देता आ रहा है। इस बार तो एकदमे गायब हो गया। अब देखना..."

वह कुछ और कहना चाहता था तभी सामने से मुखिया का बड़ा बेटा सुनील आ गया। आते ही उसने गुस्से में ऐसी बबुआनी घुड़की दिखाई, जैसे छेदी को खा जाएगा—"का छेदिया, का कर दिए ई?"

तेज आवाज सुनकर कई लोग पास आ गए। छेदी ने भाथी में जल रहे अंगारे जैसी लाल आँख कर उसको देखा—"ई बहुत पहले करना चाहिए था हमको।"

जब मुखिया के बेटे ने दशरथ को वहाँ बैठा देखा तो समझ गया कि बात कुछ और है, दशरथ भी काम छोड़ते समय एक दिन की मजदूरी के लिए मुखिया जी से काफी बहस कर निकले थे दरवाजे से। उनकी दोस्ती तो सब जानते हैं...मतलब यह कि दोनों की मिली-जुली साजिश है यह।

लगभग दूने गुस्से से छेदी की ओर देखकर चिल्लाया—"दिमाग होश में है कि नहीं रे छेदिया..."

"आप होश में रहकर बात कीजिए।"

और उसके बाद लोगों के सामने ही छेदी ने बिना लाग-लपेट के जवरा से बहन की शादी वाली बात तक उघट दी तो मुखिया जी के बेटे की देह में जैसे आग लग गई। उसने गालियाँ बकना आरंभ कर दिया—"मादर चो...साला लोहार..."

छेदी खड़ा हुआ। उसके हाथ में भट्ठी में तपा हुआ लाल हँसिया था—"ए, गाली नहीं।"

"क्या करेगा?"

"भाथी में डाल पीटकर हँसुआ जैसा कर देंगे।"

"क्या कहा?"

छेदी इस बात को अच्छी तरह जानता था कि आस-पास के तीन गाँवों के बीच वह अकेला लोहार है। तीसरे गाँव में फाल बनवाने जाएँगे तो हलवाहे के दिन भर का काम वहीं हो जाएगा। ऊपर से दो-दो सनकाह बैल रखे हैं। एक तो हराई में ऐसा टेढ़ा चलता है कि फाल माटी में छुपे किसी-न-किसी पत्थर से टकराएगा ही।

"हमको आपका काम नहीं करना। जाइए, आपके यहाँ का बाकी जवरा मैंने कनटहा को दान कर दिया।"

उस इलाके में कनटहा पांडे ब्राह्मण होते थे, जो अमूमन श्राद्ध के मौकों पर ही बुलाए जाते। भाषा में उनका प्रयोग किसी की मौत की गाली होती थी और लोग उसका बुरा मानते थे।

सुनील को छेदी की यह बात लग गई—"तुम्हारा इलाज करना पड़ेगा।"

छेदी जरा भी नहीं दबा—"जा-जा, जिसे जी चाहे, बुला ला..."

"अभी बताता हूँ," कहकर सुनील गुस्से में पाँव पटकता चला गया।

जिस मुद्रा में सुनील छेदी के यहाँ से गया था, दशरथ को उसके लक्षण अच्छे नहीं दिखे। गाँव में कई मजदूरों की वह छोटी-छोटी बात पर पिटाई कर चुका था। यहाँ उसको लगा होगा कि हाथ छोड़ा तो दशरथ और छेदी दोनों मिलकर उसे छोड़ेंगे नहीं। वह जरूर बबुली सिंह और दुसाध टोल के अपने कारिंदों को लेकर आएगा। जाने के बाद दशरथ ने छेदी से कहा—"ऊ बबुलिया को लेकर आएगा।"

"अरे, कुछ नहीं करेगा।"

"मान ले, कर दिया तो...?"

छेदी के पास इन बातों का कोई जवाब नहीं था। दशरथ ने कहा—"मैं जाकर झौरी को देखता हूँ।"

इस बार छेदी ने दशरथ की बातों का विरोध नहीं किया। दशरथ उठकर तेजी से झौरी को खोजने के लिए दुसाध टोल की ओर चले गए।

दशरथ के जाने के बाद छेदी ने सोचा तो लगा कि कुछ ज्यादा ही हो गया। उसे सगुन का फाल नहीं टेढ़ा करना चाहिए था। अज्ञात आशंका से भयभीत छेदी भाथी बुझाकर मन-ही-मन दशरथ और झौरी का इंतजार करने लगा। आवाज सुनकर आस-पास के कई लोग आ गए थे और पूछने पर छेदी सबको समझा रहा था कि क्या हुआ। सभी छेदी को डरा रहे थे कि तुमने अनजाने ही साँप के बिल में हाथ डाल दिया है।

लोगों की आशंका बिलकुल सच निकली और कुछ समय बाद सुनील बबुली सिंह और चार-पाँच लठैतों के साथ आ गया। छेदी उन्हें देखकर डर गया।

बबुली सिंह ने गाली देते हुए छेदी से कहा—"का रे लोहरा...बहुत दिमाग चढ़ गया है? सगुन का फाल टेढ़ा करेगा?"

सुनील ने दाँत किटकिटाकर कहा—"हाल मत पूछिए बबुली चाचा...सोंटवाइए साले को...भाथी में डालकर हँसुआ बनाएगा हमको! बात बाद में करेंगे।"

मारपीट का एक सामान्य-सा नियम है कि पहले बात नहीं करनी चाहिए क्योंकि बातचीत में कई बार मामले सुलझ जाते हैं और मार-पीट की नौबत ही नहीं आती। लोहे के फाल से बड़ी बात सुनील के अपमान की थी। गाँव का रेजा मजूर इस भाषा में उसके परिवार से बात करने लगे तो यहाँ इस गाँव में रहना ही मुश्किल हो जाएगा। यह घटना एक सबक होनी चाहिए ताकि गाँव में दूसरा कोई दुबारा सिर उठाने की हिम्मत नहीं कर सके। अगर कल ही दशरथवा को दरवाजा पर बाँध के दू-चार हाथ लगा दिया गया होता तो आज छेदिया की यह बोलने की हिम्मत नहीं होती।

सुनील के इशारे पर पीछे खड़े कंगालू ने लाठी तानकर छेदी पर दे मारा। इससे पहले कि वह लाठी छेदी की देह पर गिरे, न जाने कहाँ से बिजली की तरह बीच में झौरी आ गया और लाठी पकड़ ली। पीछे उसके लठैत भी थे और दशरथ भी।

झौरी चिल्लाया—"ए मुखिया के बेटा, ठीक नहीं होगा।"

बबुली सिंह की नजरों पर बहुत दिन से चढ़ा था झौरिया। मन-ही-मन उसे खोज रहे थे और आज मिल गया था। बचपन में दोनों एक साथ पहलवानी करते थे और हर बार बबुली सिंह झौरी से मात खा जाते थे। बबुली सिंह जब मुखिया से आकर सटे तो साला जाकर झिंगुरी सिंह से चिपक गया। उनकी शह पर ही वह मुखिया जी को भी जद-बद बोलता रहता है। आज इसको निपटा देना चाहिए। इसका सबसे बड़ा फायदा होगा कि झौरी भी निपट जाएगा और झिंगुरी सिंह भी।

'ए मुखिया के बेटा, ठीक नहीं होगा।' झौरी का यह कहना था कि छेदी को छोड़कर मुखिया के साथ आए लठैतों और बबुली सिंह की लाठियाँ झौरी पर बरसने के लिए बेताब होने लगीं।

झौरी ने नीचे झुककर पहला वार बचाया और बाहर निकल अपने साथ आए आदमियों को ललकारते हुए कहा—"सोंट सालों को।"

देखते-ही-देखते छेदी का दरवाजा जंग के मैदान में तब्दील हो गया और चारों ओर से देखनेवालों की भीड़ लग गई। घर के दरवाजों पर, खिड़की पर जहाँ से छेदी का दरवाजा नजर आता, लोग खड़े होकर देख रहे थे।

गाँव में जिसे भी सूचना मिली, वह छेदी के दरवाजे की ओर दौड़ पड़ा। आए लोग तमाशबीन की तरह देख रहे थे और सावधान भी थे कि कहीं उनकी ओर लाठियाँ आएँ तो वे जान बचाकर भाग भी सकें।

मामला इस हद पर पहुँच जाएगा, इसकी न तो दशरथ को उम्मीद थी, न ही छेदी को। अब क्या किया जाए, उनकी समझ में नहीं आ रहा था। पूरे बीस मिनट तक यह युद्ध चलता रहा। कोई किसी से कम नहीं था। कई लोग ऐसे में बीच-बचाव करने भी पहुँच जाते हैं मगर लाठियों की इस सनसनाहट में बीच-बचाव कर कौन अपना माथा फोड़वाए। एक लठैत के ऊपर लाठी गिरी, सिर बचाया तो पीठ पर जा लगी, कर्र से उसकी पीठ की चमड़ी फट गई और फच्च-फच्च कर खून के साथ मांस बाहर निकल आया। दूसरे के सर पर लाठी लगी,

भभककर खून निकल पड़ा, वह तेजी से भागा और सिर पर गमछा बाँध जब लाठी लिये दौड़ा तो उसका गमछा खून से भीग गया। उसने लाठी भी सिर पर मारी लेकिन छिटककर सामनेवाले के कंधे पर लगी और वह वहीं बैठ गया। एक के पैर में लाठी लगी और वह गिरकर छटपटाने लगा। ऐसा लगा, जैसे उसके ऊपर लाठियों की बरसात शुरू हो जाएगी। तभी एक ओर से मुखिया जी और दूसरी ओर से झिंगुरी सिंह दौड़ते हुए आ गए।

मुखिया ने बबुली सिंह को रोका और झिंगुरी सिंह ने झौरी को। लाठियाँ बंद हो गईं तो गालियाँ शुरू हो गईं। किसी तरह मामला शांत हुआ।

अब दोनों तरफ के लठैत जमीन पर पड़े थे और अपने शरीर को देख अनुमान कर रहे थे कि उन्हें कितनी चोट आई है।

मामला शांत होते ही झिंगुरी सिंह ने छेदी को डाँटा—"का छेदी, आग लगाओगे गाँव में?"

जो तमाशबीन थे, वे सिमटकर आ गए थे और अब न्याय देखना चाहते थे।

छेदी ने भावुक होकर कहा—"नहीं सरकार, अब हम गाँव छोड़ के ही चले जाते हैं।"

छेदी के गाँव छोड़ने की बात सुन सभी परेशान हो गए। झिंगुरी सिंह भी सहम गए। गाँव में लोहार न होने का मतलब सबको पता था। उन्होंने छेदी से इस बार बदले हुए स्वर में कहा—"काहे, बात क्या है?"

छेदी ने हाथ जोड़कर कहा—"आपका काम करें तो कोई बात नहीं, जवरा माँगें तो बदले में गाली सुनें, लाठी खाएँ, इससे अच्छा है मालिक कि किसी और गाँव में जाकर मेहनत-मजूरी करें।" कहकर छेदी ने मुखिया की ओर देखा।

झिंगुरी सिंह समझ गए कि मामला क्या है। मुखिया को अपमानित करने का कोई मौका वे हाथ से जाने देना नहीं चाहते थे। उन्होंने छेदी को देखा—"कितने दिन का जवरा बाकी है?"

"दू साल का सरकार..."

इस बार झिंगुरी सिंह ने मुखिया की ओर देखा—"का मुखिया जी, भेजवा दीजिएगा कि हम भेजवा दें अपने घर से..."

मुखिया ने उसी रौब से कहा—"ज्यादा अनाज वाला बनते हैं!"

झिंगुरी सिंह ने कहा—"आप ज्यादा अनाज वाले हैं तो भेजवाते काहे नहीं हैं? परजा-पवनी को काहे परेशान किए हैं?"

बात बदल गई थी। झिंगुरी सिंह छेदी के पक्ष से खड़े हो गए हैं, जानकर मुखिया ने वहाँ से हटने में अपनी भलाई समझी।

मुखिया ने उसी रौब से कहा—"जिसका जवरा आप पर बाकी है, आप उसका चुकाइए, मेरी चिंता छोड़ दीजिए। छेदी, शाम को आके जवरा ले जाना।" कहकर मुखिया जी मुड़े और अपने लोगों को देखकर कहा—"चल रे..."

जमीन पर पड़े उनके लठैत कराहते हुए उठे और चल पड़े।

झौरी को भी चोट लगी थी, मगर वह डरा हुआ था क्योंकि यह फैसला उसने अपने आप लिया था। उसे राहत मिली जब झिंगुरी सिंह ने कुछ नहीं कहा और जमीन पर पड़े कारिंदों की चोट देखने लगे। फसलों की बुआई का समय सामने था, झिंगुरी सिंह समझ गए कि इस घटना का लाभ उनको बुवाई से कटाई तक के मौसम में मिलेगा।

यह लड़ाई शुरू हुई थी मुखिया के बेटे और छेदी के बीच लेकिन मातम का माहौल कई दिनों तक दुसाध टोल में रहा। कंगालू के कंधे की हड्डी टूट गई थी और मुखिया ने इलाज के लिए उसे गया भेज दिया था। लोग कह रहे थे कि उस पर पलस्तर चढ़ेगा। ठीक होने में कम-से-कम दो महीने लगेंगे। झौरी के साथ जो लोग गए थे और जो लोग मुखिया के बेटे की तरफ से गए थे और छेदी के दरवाजे पर एक-दूसरे पर जानी दुश्मन की तरह लाठियाँ बरसा रहे थे, अब वे एक साथ पीपल के पेड़ के नीचे बैठकर कराहते दिखाई दे रहे थे।

एक की पीठ फट गई थी, दूसरे का सर। एक की छाती में दर्द था तो दूसरे की कमर में। झौरी से ठीक से चला नहीं जा रहा था। उनकी आपस में कोई दुश्मनी नहीं थी। एक की पत्नी पानी गरम करती तो दूसरी को सेंकने के लिए दे देती। कंगालू की माँ चोट-साजी मिलाकर सबकी हल्दी एक साथ गरम करती थी और बड़बड़ाती रहती थी—आपस में मर मिटेंगे, दूसरे राज करेंगे। जाकर दूसरा कोई काम काहे नहीं खोजते ? बकरा की तरह देह पर दूसरों के खाने के लिए मांस की खेती कर रहे हैं।

दशरथ और छेदी नियम से दुसाध टोल में जाते। दशरथ कंगालू की माँ की बात सुनकर महसूस करते थे कि यह भी तो इनका काम ही है, यह भी तो इनकी नौकरी ही है। भले ही ये लड़ाई छेदी के लिए शुरू हुई हो मगर लठैत तो कामता सिंह और झिंगुरी सिंह के थे। अगर लड़ाई सचमुच उनके बीच शुरू हो जाए तो उनका बाल बाँका भी नहीं होगा और यह दुसाध टोल बरबाद हो जाएगा। ये लोग तो महज उनके हाथों के हथियार हैं। उनके एक इशारे पर जानवरों की तरह अपने हित-अहित का खयाल किए बिना मर मिटेंगे।

अनजाने ही यह बात सबक की तरह उनकी गाँठ में बँध गई।

9

जख्म के निशान भर जाने के बाद भी महीनों तक गाँव में छेदी की भट्ठी पर मचे महाभारत की चर्चा चलती रही और आँच बनी रही। चारों ओर से घूम-फिरकर सारा आरोप आकर दशरथ पर लग जाता। सभी कहते कि पहले खुद जाकर दशरथ ने मुखिया से झगड़ा किया और जब उससे मन नहीं भरा तो नमक-मिर्च मिलाकर छेदिया को भी लड़ा दिया। उनके कहने पर ही छेदिया ने मुखिया जी का फाल टेढ़ा कर खेती का सगुन खराब किया। इसे तो कोई साधारण किसान भी बरदास नहीं करेगा, मुखिया जी तो मुखिया जी हैं।

कई लोग कहते कि बदला निकालने के लिए मुखिया जी दशरथ को फँसाने की तैयारी कर चुके हैं।

इससे अलग कुछ लोगों का कहना था कि जो हुआ, बहुत अच्छा हुआ। गाँव के राजपूतों को काम कराते मजा आता है,जवरा देते नानी मरती है।

मगर एक बात साफ थी, इस बहाने गाँव के मजदूरों का आकर्षण झिंगुरी सिंह की तरफ हो चुका था और कातिक की बुवाई में उन्होंने जमकर उसका फायदा भी उठाया। मगर दशरथ को अब अपने गाँव में कहीं भी काम मिलने की संभावना पूरी तरह समाप्त हो गई।

एक दिन घर आते ही दशरथ चौंक गए। उनका साला टूलू नीम के पेड़ के नीचे खाट पर अकेला बैठा था। टूलू पर एक नजर डाल दशरथ मुस्कराए। टूलू उम्र में छोटा

था, आकर पाँव छू लिया। बड़े संस्कारी हैं ससुराल वाले...वरना माँझी–मुसहर में कौन किसका पाँव छूता है!

"हम आपका ही इंतजार कर रहे थे पहुना..."

"हमारा... ?" दशरथ चौंके।

"जी...हम दीदी को ले जाने के लिए आए हैं।"

"कुछ बात हो गई का ?"

"माई की तबीयत खराब हो गई है और वह दीदी को देखना चाहती है।"

दशरथ के मन में एक हूक सी उभरी कि इस तनाव–भरे माहौल में अगर पिंजरी चली जाएगी तो वे कैसे रह पाएँगे ? मगर दूसरे ही पल सास की बीमारी की बात उनके जेहन में आई और उन्होंने अपने लगाव को सिरे से झटक दिया। कहीं पिंजरी की माँ को कुछ हो गया तो जीवन भर के लिए कलंक हो जाएगा।

"अब तक हम निकल गए होते...आपका ही इंतजार कर रहे थे।"

दशरथ ने कुछ नहीं कहा। एक नजर टूलू को देखा और तेजी से चलते हुए घर में समा गए।

दशरथ ने आँगन में पहुँचकर देखा। भैया–भौजी अपने कमरे में बैठकर कुछ बातें कर रहे थे। आते हुए दशरथ को देखा तो चुप हो गए। ऐसा लग रहा था, जैसे वे उनसे कुछ छुपा रहे हों! उनकी परवाह किए बगैर दशरथ सीधे अपने कमरे में समा गए।

पिंजरी लाल साड़ी पहनकर बैठी थी और आलता से पाँव की उँगली रँग रही थी। दशरथ को आते देखा तो उठकर खड़ी हो गई। उसके चेहरे पर मुस्कान थिरक आई किंतु वह अपनी आँखों में भरे आँसुओं को छिपा नहीं पाई—"आपके लिए ही रुकी थी..."

"चली जाती...आखिर माँ की बात है!"

"कैसे चली जाती ?" कहकर उसने सिर झुका लिया, जैसे कुछ कहना चाहती हो और कह नहीं पा रही हो। उसने खाट पर पड़ा वही छोटा–सा बक्सा उठाकर दरवाजे के पास रख दिया जिसे लेकर ससुराल आई थी।

दशरथ ने अलगनी से कंबल उतारा और पिंजरी की ओर बढ़ाते हुए कहा—"इसे भी लेती जाओ, ठंड बहुत है आजकल।"

पिंजरी ने कंबल को देखा—"नहीं, इसे तुम ही रखो, मैं जरा भैया–भौजी से मिलकर आती हूँ।" और मुस्कराती कमरे से बाहर निकल गई।

एक पल में कमरे में ही दशरथ को सन्नाटे का स्वर सुनाई देने लगा। कमरे में एक–एक चीज पर पिंजरी के स्पर्श के निशान दिखाई देने लगे। दशरथ के भीतर हूक सी उठी और यह सोचना भी उनके लिए मुश्किल हो गया कि वह पिंजरी के बिना कैसे रह पाएँगे। उनके कलेजे के भीतर कुछ सन–सन करके बज रहा था और समझ नहीं पा रहे थे कि क्या करें।

"क्या हुआ..."

पिंजरी की आवाज से उनकी तंद्रा टूटी। वह भैया और भौजी से विदा लेकर कमरे में आ गई थी।

दशरथ ने कहा—"कुछ नहीं।"

दोनों के बीच सन्नाटा पसरा रहा। दशरथ पूछना चाहते थे कि कब तक अपने गाँव रहोगी किंतु माँ की तबीयत खराब है, सोचकर कुछ कह न सके।

तभी पिंजरी का भाई टूलू आ गया—"दीदी, जल्दी निकलें, नहीं तो अबेर हो जाएगा।"

पिंजरी ने बक्सा उठा टूलू को थमा दिया—"चलो, आती हूँ।"

भाई बक्सा लेकर दरवाजे पर चला गया।

पिंजरी ने दशरथ की आँखों में देखा, मुस्कराई—"कुछ बोलते क्यों नहीं ?"

दशरथ की आँखों में झिलमिलाती बूँदों को वह साफ देख रही थी। हल्के से मुस्कराई और बोल पड़ी—"दशरथ, चलकर मुझे वो दर्रा पार करा दो...तुम्हारे साथ पार कर लूँगी...वरना उसी में रह जाऊँगी।"

दशरथ ने जवाब में कुछ कहने की बजाय कदम बढ़ा दिये।

कुछ ही समय बाद दशरथ पिंजरी के साथ दर्रे के सामने ठीक वहीं पर खड़े थे जहाँ पहली बार पिंजरी के साथ आते हुए खड़े हुए थे और पिंजरी ने उनके गाँव को देखा था। पिंजरी के भीतर पहली बार जो गाँव का चित्र बना था, वह पूरी तरह बदल चुका था। पिंजरी मुड़ गई और पहाड़ के साथ दर्रे को देखा।

दूर तक पसरी ऊँची-नीची...ऊबड़-खाबड़...पहाड़ियों का ऐसा विस्तार दिखाई पड़ रहा था जिस पर कहीं कोई पेड़ नहीं था...बारिश का मौसम बीत जाने के बाद भी घास नहीं उगी थी और किसी बड़े दैत्य के मुँह की तरह खुला था। पिंजरी को लगा कि वह पहाड़ को नहीं, गलहौर गाँव को देख रही है। पिंजरी के कहने पर उसका भाई बक्सा लेकर दर्रे में समा चुका था। इस बार दशरथ ने पिंजरी की ओर देखा।

दशरथ को कब से लग रहा था कि पिंजरी कुछ कहना चाहती है मगर कह नहीं पा रही है।

"शायद तुम कुछ कहना चाहती हो ?"

"हाँ, मगर मेरी कसम...यह बात आप किसी को बताएँगे नहीं।"

"मतलब... ?"

इस बार चुप हो गई पिंजरी और सिर झुका लिया। पैरों के अँगूठे से पत्थरों को खुरचती हुई उसकी निगाहें ऊपर उठीं तो आँखें भरी थीं।

"का हुआ ?"

"मेरी माँ की तबीयत खराब नहीं है।"

दशरथ ने पिंजरी को देखा...। जैसे पहाड़ से एक बड़ी-सी चट्टान लुढ़की और दूसरी चट्टान से टकराकर चूर-चूर हो गई।

"आपके भैया ने धान की लदनी करनेवाले बनिया से खबर देकर मेरे भाई को बुलवाया था।"

"लेकिन तुम्हें कैसे पता चला ?"

"भाई तो मेरा ही है न...घर में आया तो सब कुछ हमको साफ-साफ बता दिया। उन्हें लगता है कि मेरे कारण तुम कुछ काम नहीं कर रहे हो। मैं चली जाऊँगी तो तुम..."

इसके बाद कुछ कह नहीं पाई पिंजरी। उसने अपना सिर दशरथ की छाती पर टिका दिया। आँसू की बूँदें उसकी आँखों से गिरने लगीं। जिस आवेग को अब तक उसने सँभालकर रखा था, अब फूट गया था और आँखों से निकल रहा था।

दशरथ ने दृढ़ता से कहा—"अब तुम कहीं नहीं जाओगी।"

"ससुराल तो छूट रहा है, नैहर भी छोड़ाओगे क्या...? अब तो मुझे जाना ही होगा।" अपने आवेग को जबरन रोककर पिंजरी मुस्कराई।

दर्रे में दशरथ आगे-आगे चल रहे थे, उसके पीछे-पीछे पिंजरी...मगर न तो वह दशरथ थे, न वह पिंजरी थी। वे यात्रा की चढ़ाई पर थे मगर ऐसा लग रहा था कि किचकिच से भरे अपने घर में हों!

पिंजरी ने दशरथ की ओर हाथ बढ़ाया जिसे दशरथ ने थाम लिया। दर्रा चौड़ा था किंतु लोगों के आने-जाने के कारण पत्थर चिकने हो गए थे और बार-बार पाँव फिसलते थे...इसलिए पत्थर की दीवार का सहारा लेना और झुककर चलना जरूरी था। जब वे खुले भाग में पहुँचे, पिंजरी ने दशरथ की आँखों में देखा और एक पल के लिए वहीं रुक गई। उसके भीतर कोई था जो जाने से रोक रहा था। दशरथ इस बात को समझ रहे थे मगर जैसे हालात थे, उनका कोई वश नहीं था। पिंजरी ने हाथ छुड़ाकर आहिस्ते से कहा—"मुझे तुमसे ये बात नहीं कहनी चाहिए थी।"

"क्यों?"

"ऐसे ही।"

इसके बाद पिंजरी ने कुछ नहीं कहा और चल पड़ी। दोनों ओर पत्थर ऊबड़- खाबड़ और बेतरतीब थे कि सँभलकर नहीं चलने पर गिरने का खतरा था। दोनों के भीतर कुछ चल रहा था...दोनों चुप थे। जब दर्रा खत्म होने को आया, दशरथ ने पिंजरी का हाथ पकड़ लिया। पिंजरी ने दशरथ की आँखों में देखा—"मुझे ले आने के लिए आओगे?"

पिंजरी की ओर देखने की हिम्मत नहीं हुई दशरथ की—"कह नहीं सकता।"

"क्यों...?"

पिंजरी समझ गई कि भैया-भौजी दशरथ को उसके गाँव जाने और ले आने की तब तक इजाजत नहीं देंगे जब तक वह कुछ काम नहीं करने लगेंगे।

"लेकिन होली में हम आपका इंतजार करेंगे।"

दशरथ ने उसकी बातों का कोई जवाब नहीं दिया। आगे दो चट्टानों के बीच सूराख था जिससे निकलने के बाद ही दर्रा खत्म होता था। दशरथ आकर वहाँ रुक गए और पिंजरी को देखा। पिंजरी ने मुस्कराकर दशरथ को चलने का इशारा किया। दशरथ ने सूराख में पहले अपना बायाँ पाँव डाला। पत्थरों से सिर को बचाते हुए पूरा सर और देह को अंदर घुसा दिया। इसके बाद उन्होंने दाहिना पाँव उसमें नहीं डाला बल्कि बाहर उसी ओर निकल गए।

पिंजरी ने भी वैसा ही किया। दर्रे के मुँह पर आ चुकी पिंजरी की नजर एक पल के लिए दशरथ पर गई...उसका सिर ऊपर उठा और एक उभरी हुई चट्टान से जाकर टकराया—"बाप रे..."

हलकी-सी कराह कजरी के मुँह से निकली और उसने माथा पकड़ लिया। हाथ हटाया तो गोली जैसा गिलट निकल आया था।...दशरथ को लगा, जैसे यह गिलट उनके दिल पर उभर आया हो! अब यहाँ से दोनों को अलग होना था।

पिंजरी ने दशरथ को देखा और बोल पड़ी—"होली में आओगे न...जरूर आना..."

दशरथ ने उसकी बातों का कोई जवाब नहीं दिया। जाते हुए पिंजरी ने इस तरह अधिकार के साथ देखा, जैसे कह रही हो, कैसे नहीं आओगे?

पिंजरी के चले जाने के बाद दशरथ देर तक खड़े उसे जाते देखते रहे। पिंजरी भाई के साथ जाते हुए हर दस कदम बाद मुड़कर देखती कि दशरथ खड़े उसे जाते हुए देख रहे हैं। जब वह नजरों से ओझल हो गई, दशरथ ने इस तरह घूरकर उस चट्टान को देखा जिससे पिंजरी का सर टकराया था, मानो आँखों से उसे चूर-चूर कर देना चाहते हों...और दर्रे में समाने के बजाय ऊपर के टीले पर चढ़कर बैठ गए।

पहली बार दशरथ अपने को बुरी तरह पराजित और अपमानित महसूस कर रहे थे। अब यह अपमान का मौका दुबारा नहीं आएगा। वे काम करेंगे। खूब मेहनत से काम करेंगे और कुछ करके दिखा देंगे। रात-दिन काम करेंगे। इस गाँव में न सही, किसी और गाँव में करेंगे।

एकाएक उनकी आँखों के आगे किसना का चेहरा तैर गया। उनका मन कसैला हो गया। ठीक कहती है पिंजरी। उसके अलावा दशरथ को इस दुनिया में कोई नहीं समझ सका। पिंजरी की बातें उनके कानों में गूँजने लगीं : 'एक-न-एक दिन तुम जरूर कोई बड़ा काम करोगे...।' भैया और भौजी की याद आई तो मन फिर कड़वा हो गया। उन लोगों ने इसलिए पिंजरी को जबरन भेजा क्योंकि उन्हें लगता है कि पिंजरी मुझे काम करने देना नहीं चाहती। उन्हें क्या पता कि वे काम करने के लिए तैयार हैं तो पिंजरी के कारण। लगातार काम की तलाश कर रहे हैं तो पिंजरी के कारण।...कैसे शाम ढलकर रात में बदल गई दशरथ को इसका पता ही नहीं चला। पहाड़ी से नीचे उतरे तो तय कर लिया था कि भले ही उनका हाल किसना जैसा हो मगर वे काम करेंगे क्योंकि पिंजरी की वापसी का रास्ता ऐसे ही निकलेगा।

गए रात जब वे घर आए, बच्चे सो गए थे। भैया-भौजी जगे उनके बारे में ही बात कर रहे थे। जब उन्हें अनुमान हुआ कि दशरथ आ गए हैं तो उनको सुनाने के लिए ताने दिए जाने लगे। मुखिया की चरवाही के उलाहने तो बरस ही रहे थे, छेदी और मुखिया की लड़ाई के लिए दशरथ को ही जिम्मेदार माना जा रहा था। यह सब सुनकर उनके मन में बस यही आ रहा था कि बेकार घर चले आए...उधर ही कहीं रह जाते।

रात को खाना देते समय भौजी जमीन पर थाल पटककर बोली—''रोज चार-चार आदमी का खाना दें...कपड़ा दें...हमसे अब नहीं होगा, अपना रास्ता देखो।''

दशरथ समझ गए कि फिर से उनको घेरने की तैयारी चल रही है। दशरथ खाना छोड़कर उठ गए और सीधे पिंजरी के घर में समा गए।

दोनों बच्चे बिस्तर पर लेटे जरूर थे मगर सोए नहीं थे। पिंजरी के जाने से वे भी बहुत दुखी थे। सनीचरी ने सहमते हुए पूछा—''बाबू, माँ कब आएगी ?''

दशरथ के पास उसके सवाल का कोई जवाब नहीं था।

''जानते हो बाबू, आपके आने के पहले माँ बहुत रो रही थी। मैंने पूछा, क्यों रो रही हो तो पहले कुछ नहीं बोली और जोर-जोर से रोने लगी, फिर कहा कि तुम लोगों को छोड़कर जा रही हूँ न, इसलिए।'' कहते हुए लड़की की आँखें भर आईं—''बाबू, हमको माँ के पास पहुँचा दो।''

''चली क्यों नहीं गई माँ के साथ ?''

इस बार सनीचरी के बजाय बुधुआ ने गुस्से में कहा, जैसे अब तक वह नाराजगी के कारण ही चुप था—''माँ तो ले जा रही थी, ई सब नहीं ले जाने दिया।''

दशरथ की नजर दरवाजे के पास गई। सामने भैया और भौजी खड़े थे। भौजी बच्चों की बात सुन कोसने लगी—''ई देखो, बचपन से गू-मूत मैंने किया आ चार महीना में ऊ माई हो गई!''

बुधुआ पहले से गुस्से में था, चिल्लाकर कहा—''तू माई नहीं है।''

दोनों पिंजरी के नहीं, धनिया भौजी की सगी बहन के बेटे थे। भौजी ने बहन की मौत के बाद सगे बेटों की तरह पाला था। इस तरह बात सुन उसका पारा चढ़ गया—''ज्यादा माई वाला बनेगा तो जीभ पकड़ खींच लूँगी।''

बुधुआ भी कम नहीं था। बराबर जबान में दशरथ के पास आकर चिल्लाया—''खींच तो!'' और दशरथ के पीछे छिप गया।

धनिया मारने के लिए आगे बढ़ी तो इस बार जूना ने डाँटा—''क्या बच्चों के मुँह लगती है? किस काम से आई और क्या करने लगी!''

भौजी को इस बात का अहसास हुआ तो चुप हो गई। दशरथ समझ गए कि वे किस काम से आए हैं तो उनका मन और भन्ना गया। उन्होंने हाथ जोड़कर कहा—''भैया, मेरा मन ठीक नहीं है। जो बात करनी हो, कल कर लीजिएगा।''

दशरथ की बात सुन भौजी ने व्यंग्य से कहा—''जाते ही का हो गया है मन में?''

उसका इशारा पिंजरी की ओर था।

भैया ने आँखें तरेरीं तो भौजी चुप हो गई। जूना ने शांति से कहा—''इस गाँव में रहने दोगे कि नहीं दशरथ?''

दशरथ के भीतर एक चिनगारी सी उठी और मन किया कि घर छोड़कर चले जाएँ और कभी न लौटें। सामने दो बच्चों को देखा और पिंजरी का खयाल आया तो मन मसोसकर रह गए।

भैया ने इस बार आत्मीयता से कहा—''बोलते काहे नहीं दशरथ? मैं तेरा दुश्मन नहीं, भाई हूँ। मेरी एक बात मानोगे?''

दशरथ कुछ नहीं बोले। केवल डबडबाई आँखें जूना के चेहरे पर टिका दीं।

जूना ने उसी आत्मीयता से कहा—''देखो, इस गाँव में अब तुमको कोई काम देगा नहीं। बसई मेट से कहकर मैंने तुम्हारे लिए ईंट-भट्ठे पर काम ठीक कर दिया है। चले जाओ। दू पैसा हाथ में रहेगा तो आदमी बनकर रहोगे।''

दशरथ को लगा जैसे एक नया रास्ता मिल गया। ईंट के भट्ठे पर दशरथ ने महज इसलिए जाना स्वीकार कर लिया कि भैया-भौजी के इस जेल और रोज-रोज के तानों से मुक्ति मिलेगी और सबसे बड़ी बात कि पिंजरी उनके साथ रहेगी।

10

गाँव के जिन माँझियों को गाँव के किसानों का काम रास नहीं आता था, वे ईंट-भट्ठों पर काम करने के लिए बाहर गाँव जाते थे। हर साल गलहौर में बरसात के ठीक पहले गंगा के मैदानी इलाकों से मलिकान आते और रेवड़ी की तरह पैसा बाँटते। उनके आने के पहले गाँव के बसई मेट गाँव में उनके आने और पैसा बँटवाने की पूरी भूमिका तैयार रखते। जिस

मजदूर की किसानों से जरा भी खटपट होती, वे जाकर उससे कहते कि छोड़ो, इस गाँव के काम में क्या रखा है! गाँव के मजदूरों को भट्ठे और नगद पैसों के सब्जबाग दिखा बातचीत पक्की कर तैयार रखते।

मलिकान आते, भूखे माँझियों को जाड़े से गर्मियों तक काम करने के लिए औने- पौने दाम पर मजदूरी तय कर लेते और एवज में एडवांस कुछ रुपए भी दे जाते। इन रुपयों से उन माँझियों के भादों का खर्च निकल जाता। भादों बीतते ही क्वार-कार्तिक में वे एक बार फिर आते ताकि वे सुनिश्चित कर सकें कि उनके माँझियों को कोई तकलीफ तो नहीं है और जाने से कोई आनाकानी तो नहीं कर रहा है। इस बार भी वे उन्हें मस्ती से कुछ दिन जीने के लिए कुछ और रुपए दे जाते। कई बार ऐसा होता कि कुछ माँझी जिनकी स्वीकृति पहली बार नहीं मिली होती, दूसरी बार में मिल जाती। बसई मेट उन्हें तैयार कर लेते। बसई मेट मलिकानों की अनुपस्थिति में उनका प्रतिनिधित्व करते थे और संकटकाल में मदद भी करते थे, इस कारण माँझियों के बीच उनका बड़ा रौब था।

मलिकानों के यहाँ मजदूरों की दो खेप जा चुकी थी। किसी मलिकान ने एक और नया भट्ठा खोला था, उसके लिए नए मजदूरों की जरूरत थी। बसई मेट गाँव में थे। जूना ने बसई मेट की पैरवी की कि आप किसी तरह दशरथ को भी यहाँ से ले जाइए, क्योंकि मुखिया जी उनके पीछे पड़े हैं। झिंगुरी सिंह का तो कुछ नहीं बिगाड़ सकते, लेकिन किसी केस में दशरथ को फँसाकर मुखिया जी अपना बदला पूरा करेंगे।

गाँव में दशरथ के साथ जो कुछ हुआ था, उससे बसई मेट अच्छी तरह परिचित थे। दशरथ भले यहाँ काम न करते हों किंतु युवकों के बीच बहुत लोकप्रिय थे। बसई अपनी बाजार-बुद्धि से समझ गए कि दशरथ के जाने का मतलब कि नए भट्ठे के लिए जितने मजदूर चाहिए, सारे गाँव में ही मिल जाएँगे।

वह भी किसी समय मुखिया के विरोध के कारण ही भट्ठे पर गए थे और आज मलिकानों के विश्वासी मेट थे। वे दशरथ को दिमाग वाला मानते थे और उनका मानना था कि दशरथ वहाँ एक बार टिक गए तो मलिकान उन्हें जीवन भर छोड़ेंगे नहीं। जल्दी ही उसी की तरह वह भी मेट बन जाएँगे। बिना किसी शंका के मेट दशरथ को भट्ठे पर ले जाने के लिए तैयार हो गए। यही नहीं, वह दशरथ के लिए बीस रुपया एडवांस भी देने को तैयार हो गए।

पहले तो जूना ना-ना करते रहे मगर धनिया के यह कहने पर ले लिया और कहा, अगली खेप में भट्ठे पर काम करने के लिए दशरथ जरूर जाएगा।

अक्सर माँझी अपनी पत्नी और बाल-बच्चों के साथ भट्ठे पर काम करने जाते थे, खासकर जिनकी नई शादी होती वे भट्ठे पर जरूर जाते। उनके लिए यह अघोषित हनीमून होता। दशरथ को यकीन था कि भट्ठा पर जाने से पहले भैया-भौजी पिंजरी को जरूर बुलवा देंगे या जाकर ले आने के लिए कहेंगे। वे पिंजरी और अपने बच्चों को साथ लेकर चले जाएँगे, आगे जो होगा देखा जाएगा। इसलिए भट्ठे के हर संकट को जानते हुए भी बिना किसी आनाकानी के जाने के लिए वे तैयार हो गए।

जूना ने धनिया से कहा कि पिंजरी को बुलाकर दशरथ के साथ भट्ठे पर भेज दिया जाए, दोनों कमाएँगे मगर धनिया को यह मंजूर नहीं था। धनिया का विचार था कि एक भाई घर पर रहकर इज्जत-बरोह, घर-मकान की देख-रेख करेगा... यहाँ मजदूरी कर अपना काम चलाएगा।

दूसरा भाई ईंट-भट्ठे से साल में सैकड़ों रुपए कमाकर लाएगा। घर की शान बनी रहेगी और आर्थिक अभाव नहीं झेलना पड़ेगा। पिंजरी के रहते घर में जो आराम उसे मिला था, वह उसे गँवाना नहीं चाहती थी। उसने पिंजरी को इसलिए उसके गाँव भेज दिया था कि जब दशरथ भट्ठे पर चले जाएँगे तो जूना जाकर उसे ले आएँगे। वह अगर घर में रहेगी तो दशरथ कभी भट्ठे पर नहीं जाएँगे।

पहाड़ों की तराई में अगहनी मोथा घास पर फूल फूटने लगे तो लोगों को यकीन हो गया कि अब मलिकानों की गाड़ी आनेवाली है। गाँव के जिन लोगों ने इस खेप के लिए पैसा लिया था, वे मन-ही-मन समझ गए कि उन्हें ले जाने के लिए कभी भी मलिकान के ट्रैक्टर आ सकते हैं। वे मन-ही-मन तैयार थे।

दशरथ का हाल अजीब था। जैसे-जैसे दिन बीतते जा रहे थे, दशरथ के भीतर का भय बढ़ता जा रहा था। एक तो काम करने की आदत नहीं, दूसरे अभी तक भैया न तो पिंजरी को लाने के लिए गए और न ही दशरथ को लाने के लिए भेजा। काम करना...वो भी भट्ठे पर काम करना...बाप रे...मिट्टी काटो...लेव बनाओ, ईंटा पाथो...सूखने के लिए पसारो, अब सूखने पर भट्ठे की आँच में तपाओ और एवज में प्रति एक हजार ईंट मात्र दस रुपए। दशरथ यह भी जानते थे कि भट्ठे पर जाने के कारण गाँव में कई माँझियों को टीबी हो गई थी। वे चल बसे थे या अपनी झोंपड़ी के बाहर बैठे खों-खों करके बलगम उगलते रहते। दशरथ ने मन-ही-मन तय कर लिया कि उनके जाने से पहले अगर पिंजरी नहीं आई तो वे भट्ठे पर नहीं जाएँगे।

अंततः वह दिन जल्दी ही आ गया जब मलिकानों के ट्रैक्टर गाँव की कच्ची सड़क पर बाघ की तरह गुरगुराते खड़े थे। माँझी टोल के लड़के अपने-अपने परिवारवालों से विदा ले रहे थे मानो कह रहे हों, अब आठ महीने के बाद ही भेंट होगी। परिवारवाले उन्हें अश्रुपूरित नजरों से विदा दे रहे थे।

जिन-जिन लोगों ने बसई मेट से एडवांस लिया था, सभी अपने वायदे के अनुसार आकर ट्रैक्टर के डाले में बैठ चुके थे। बसई मेट हाथ में बहीखाता लेकर हिसाब मिला रहे थे कि कितने लोग आ गए और कौन-कौन नहीं आए हैं। तभी मौला माँझी आ गया और मेट के आगे हाथ जोड़ कहा—"बसई मेट!"

"क्या है?"

"हमारा पइसवा दिलवा दो मलिकान से।"

बीच में एकाएक मौला के आ जाने से बसई मेट जानेवाले माँझियों की अपनी गिनती भूल गए थे। उन्होंने गुस्सैल निगाहों से मौला को देखा जैसे सोच रहे हों कि ये कमबख्त कहाँ से आ गया।

मौला ने कातर होकर कहा—"आप ही बोले थे कि दूसरा खेप में आएँगे तो..."

मेट ने उसे टालते हुए कहा—"मलिकान से बात करने की याद नहीं रही...जाओ अभी..."

"तो अभी कर लो!"

"मलिकान नहीं आए हैं, उनका ड्राइवर आया है।"

मौला माँझी देख रहा था कि मलिकान भी मोटर साइकिल लेकर खड़े हैं। उसके अनुनय-विनय का बसई पर कोई प्रभाव नहीं पड़ा। मौला को किसी तरह किनारे कर बसई ने ट्रैक्टर के डाले में बैठे एक-एक आदमी को देखा-परखा. नए सिरे से हिसाब मिलाया तो अभी एक

आदमी कम लग रहा था। उन्होंने दिमाग पर जोर डाला कि कौन नहीं आया है तभी मौला माँझी फिर से मेट के सामने आकर खड़ा हो गया। दूसरी बार बसई मेट अपना हिसाब भूल गए।

मौला माँझी का बेटा दो साल पहले बसई के कहने पर भट्ठे पर काम करने गया था। दो महीने बाद उसकी लाश आई थी और मलिकानों ने अब तक उसकी मजदूरी का पैसा भी नहीं दिया था, आज-कल करके टरका रहे थे।

मौला ने इस बार गुस्से में कहा—''दू साल से आप ऐसे ही कह रहे हैं!''

बसई ने झल्लाकर कहा—''का करें?''

''पइसा देने का मन है कि नहीं...साफ-साफ बता दीजिए।''

एक आदमी के कम होने के कारण मेट पहले से झल्लाए हुए थे, मौला की बात सुन बसई इस बार गुस्से में आ गए—''दिने में दारू पी लिये हो का? जाओ, जिसने काम किया था उसको पैसा के लिए भेजो। तुमको नहीं देंगे।'' कहकर बसई ने मौला को धक्का दे दिया।

मौला जमीन पर गिर पड़ा और कातर निगाहों से मेट को देखने लगा, जैसे मान लिया हो कि बेटा गया, अब पैसा नहीं मिलेगा। सबको भीतर जाने का ऐसा उत्साह था कि किसी को मौला का गिरना जैसे दिखा ही नहीं। वह रो-रोकर बसई को शाप देता रहा।

मौला से बेखबर मेट ने फिर एक बार नए सिरे से कागज पर लिखे नाम को देखा तो पता चला, दशरथ अभी तक नहीं आया है। मेट ने जल्दी से एक आदमी को बुलाने के लिए दशरथ के घर भेजा और देर होती देख खुद भी ट्रैक्टर से उतर दशरथ के घर की ओर चल पड़े।

माँझी समुदाय के लोग अमूमन झूठ नहीं बोलते। जो भी कहते हैं, उस पर अंतिम दम तक कायम रहते हैं। बसई जाते हुए दशरथ को इस बात के लिए भी कोस रहे थे—''ई लौंडा माँझी समाज की इज्जत में बट्टा लगाएगा। अब आगे से कोई उसकी जुबान पर भरोसा नहीं करेगा।''

जूना को इस बात का पता पहले ही चल चुका था कि दशरथ घर से तभी से गायब है जब से मलिकानों का ट्रैक्टर गाँव में आया है। धनिया ने दशरथ के जाने की पूरी तैयारी की थी। राह के लिए खाना बनाया था और सारा सामान बाँधकर रख दिया था, जो जस-का-तस पड़ा था। जूना परेशान थे और दशरथ को खोजने के लिए उनके दोनों दोस्त छेदी और झौरी के घर से घूमकर आ चुके थे लेकिन उनका कहीं पता नहीं चला था। मठिया पर गए तो वहाँ भी नहीं मिले। लौटते हुए राह में राजबरन पासी मिला था, उसने बताया—''दशरथ कुल-बोरन है भैया...भट्ठा पर नहीं जाएगा, लिखकर ले लो।''

जूना को कुछ समझ में नहीं आया—''क्यों नहीं जाएगा? कुछ कह रहा था क्या?''

राजबरन पासी मुस्कराया, वह अपने धंधे में माहिर था। इस बात का आँकड़ा रखता कि इस साल कौन-कौन से माँझी ईंट के भट्ठे पर जा रहे हैं। वह जाने के पहले एक दिन सबको मुफ्त की ताड़ी पिलाता। मुफ्त की ताड़ी पिलाने की खास वजह थी। वह जानता था कि ये माँझी पूरी सर्दी और गर्मियों में ईंट के भट्ठे पर काम करेंगे और जब लौटकर आएँगे, उनके पास पैसे होंगे। वह हरेक माँझी को अलग-अलग ताड़ी लबनी के हिसाब से नहीं, पेड़ के हिसाब से बेच देगा और वह मुफ्त में पूरे मौसम ताड़ी पीता रहेगा। उनके लौटकर आने के बाद पेड़ों से मिली रकम एकमुश्त होती थी और उसके वही पैसे बचत होते थे। उसे जब पता चला कि

दशरथ भी भट्ठे पर जा रहे हैं, उसने एक दिन दशरथ से चापलूसी के अंदाज में कहा था—'ए दशरथ, इस बार आपके लिए मक्खन वाला ताड़ बचाकर रखूँगा।'

दशरथ मुस्कराए और बोल पड़े—'हम उन माँझियों में नहीं हैं जो भट्ठे पर खटकर काम करेंगे और गाढ़ी कमाई का रुपया तुमको ताड़ी के लिए दे देंगे।'

उसी दिन राजबरन पासी समझ गया था कि दशरथ भट्ठे पर नहीं जाएँगे।

अब क्या करें, जूना की समझ में कुछ नहीं आ रहा था। तभी मेट दो-तीन माँझियों के साथ जूना के दरवाजे पर आ गए—''ए जूना, दशरथवा कहाँ है?''

जूना को काटो तो खून नहीं। क्या जवाब दें!

जब मेट को यह पता चला कि ट्रैक्टर के आने के पहले से ही दशरथ घर से गायब है तो उनकी त्योरियाँ चढ़ गईं और गुस्से में अनाप-शनाप बकने लगे—''बेइज्जत करवाने के लिए एडवांस लिया था? अब बताओ, मलिकान को हम कौन-सा जवाब दें?''

क्या करते जूना, हाथ जोड़ लिये।

''हाथ जोड़ने से काम नहीं चलेगा। तुमको तो मालूम है कि हर माँझी को मलिकान एडवांस देते हैं और हम अपना रिस्क पर तुमको दिये थे। तुम तो हमारा विश्वास खत्म कर दोगे!''

''का करें बसई?''

मेट जो अब तक विनम्रता से बात कर रहे थे, अपनी पर उतर आए थे—''तो ठीक है, हमारे पैसे वापस कर दो।''

जूना ने धनिया की ओर देखा। हालाँकि वे जानते थे कि धनिया की गाँठ में जो पैसा गया, उसे निकलवा पाना पत्थर पर दूब जमाने के बराबर है। धनिया ने एक पल गँवाए बिना कहा—''पैसे तो कब के खर्च हो चुके?''

जूना माँझी ने हाथ-पैर जोड़ बसई मेट को किसी तरह यह समझाकर वापस कर दिया—''यह दशरथ की नहीं, माँझी समाज की इज्जत की बात है। मैं वादा करता हूँ कि दशरथ के आने पर मैं उसे लेकर आपके भट्ठे पर आ जाऊँगा।''

जूना की बातों में सच्चाई थी। सभी उनकी बातों का यकीन करते थे। मेट भी दशरथ को खोना नहीं चाहते थे। मेट ने जूना का यकीन कर लिया और कहा—''लेकर आने की जरूरत नहीं है। दो दिन बाद फिर ट्रैक्टर आनेवाला है, उनके साथ जाने के लिए तैयार रखिएगा। मैं अपने साथ ले जाऊँगा।''

और जब ट्रैक्टर गाँव के सीवान से बाहर जा रहा था, दशरथ गया की ओर जानेवाली पहाड़ी पर बैठे उसे देख रहे थे। उन्हें अच्छी तरह इस बात का एहसास था कि ट्रैक्टर खुलने के पहले पूरे गाँव में उनकी खोज हुई होगी। उनके बारे में तरह-तरह की बातें हो रही होंगी। भैया और भौजी नाराज होंगे। घर पहुँचने पर किस परिस्थिति का सामना करना पड़ेगा, इसके लिए वे खुद को मन-ही-मन तैयार कर चुके थे। भले ही गाँव में जूना की बेइज्जती हुई हो, लेकिन दशरथ को इसका कोई अफसोस नहीं था।

दिन भर इधर-उधर भटकने के बाद रात होने पर दशरथ घर आ गए। जूना और धनिया परेशान थे और जैसे उनके ही इंतजार में थे। जूना को लग रहा था कि दशरथ ने गाँव में बनी-बनाई उनकी इज्जत का बंटाधार कर दिया। जूना की पत्नी की चिंता थी कि दशरथ नहीं गया

तो अब बसई मेट के पैसे भी वापस करने पड़ेंगे। दशरथ को आते देख जूना ने दुखी होकर कहा—''आ गए दशरथ?''

दशरथ ने कोई जवाब नहीं दिया।

जूना ने इस बार नाराजगी से अपनी बात ही दुहराई—''अरे, बोलते क्यों नहीं?''

जूना की पत्नी के भीतर ज्वालामुखी फूटने के लिए बेताब था—''मुँह है बोलने का। बीस रुपया के लिए मेटवा दरवाजा चढ़कर कितना बोल कर गया। बनी-बनाई इज्जत माटी में मिल गई।''

जूना ने पत्नी की ओर देखा तो वह चुप हो गई। वे किसी तरह दशरथ को दुबारा जाने के लिए तैयार करना चाहते थे। दशरथ को देखकर विनम्रता से कहा—''बात पैसों की नहीं है दशरथ। मुखिया के यहाँ की गई तुम्हारी हरकत से गाँव में कोई तुम्हें काम देने को तैयार नहीं है और मुखिया किसी तरह फँसाने के चक्कर में है। अब तो बाहर वाले नाक रगड़ने पर भी पूछेंगे नहीं। मैं तो यह सोचकर परेशान हूँ कि तुम्हारा जीवन कैसे पार लगेगा! खैर, जो हुआ सो हुआ। दो दिन बाद फिर ट्रैक्टर आएगा। इस बार कोई बखेड़ा मत खड़ा करना, समझ गए? मैंने बसई को जबान दिया है।''

दशरथ को लगा कि बला अभी टली नहीं है। इस वक्त अगर चुप रह गए तो कभी नहीं कह सकेंगे। उन्होंने साफ इनकार कर दिया—''भैया, हम काम करने के लिए भट्ठे पर नहीं जाएँगे।''

दशरथ की बात सुन जूना और धनिया का मुँह खुला रह गया और इस बार दशरथ बिना जवाब का इंतजार किए घर के भीतर समा गए।

उनके पीछे गुस्से में चलती हुई धनिया सामने आ गई—''कैसे नहीं जाओगे?''

''एक बार कह दिया कि नहीं जाऊँगा तो नहीं जाऊँगा।''

''तो आज से घर में तुम्हारा और तुम्हारे बच्चों का खाना बंद—कमाओ या भाड़ में जाओ।'' कहकर भौजी पाँव पटकती चली गई।

भौजी के जाने के बाद दशरथ को ऐसा लगा कि उनके तलवे के नीचे से धरती ही सरक गई है। अगर इस वक्त पिंजरी यहाँ होती तो उन्हें इस बात की जरा भी चिंता नहीं होती। वह जरूर कोई-न-कोई रास्ता निकाल लेती। अगर सचमुच भौजी ने अलग कर खाना-पानी बंद कर दिया तो क्या करेंगे? फिर भी तय कर लिया—चाहे जो हो जाए, इस बार झुकेंगे नहीं।

तभी उनकी बेटी सनीचरी भागती हुई कमरे में आ गई और चारों ओर देखकर जब उसे यकीन हो गया कि कोई नहीं है तो धीरे से कहा—''जानते हो बाबू, इसने भैया को मारा।''

''क्यों?''

''जब भैया ने कहा कि माँ को भी भेज दिया और अब बाबू को भी भेज रहे हो तो चट से मार दिया। भैया ने आज दिन भर कुछ नहीं खाया।'' कुछ देर तक चुप रहने के बाद उसकी आँख भर आई—''बाबू, तुम जाकर माँ को ले आओ।''

दशरथ ने सनीचरी को गोद में उठा लिया और उनकी भी आँख भर आई। पता नहीं, कल क्या होगा? मन में दृढ़ता से यह विचार आया कि अब और नहीं सहेंगे। जो होगा, देखेंगे। अगर

कोई रास्ता नहीं रहा तो कल ही बच्चों को लेकर पिंजरी के पास चले जाएँगे और कभी गलहौर लौटकर नहीं आएँगे।

"रो रहे हो बाबू?"

अभी उसकी बात पूरी भी नहीं हुई थी कि जूना अपनी पत्नी धनिया के साथ कमरे में आ गए। इस बार उन्हें आते देख दशरथ के मन में गुस्से की तेज लहर-सी उठी और सनसनी-सी देह में लहरा गई। जब एक बार भौजी फैसला करके चली गई तो बार-बार उसे परेशान करने का क्या मतलब है? एक घंटा बैठकर बिना मतलब के दिमाग चाटेंगे। इस बार कुछ कहेंगे तो दशरथ साफ कह देंगे कि अलग कर दो।

दशरथ ने जूना को आते देखकर साफ-साफ कहा—"भैया, अब मुझे समझाने की कोई जरूरत नहीं है।"

दशरथ की बात सुन और कठोर रुख देख जूना नरम पड़ गए—"हमको अब कुछ नहीं समझाना है बाबू, हम तो हार गए। तुम्हारे दोस्त छेदी और झौरी आए हैं, वे तुमसे कुछ बात करना चाहते हैं। हम तो बस खबर देने आए हैं।"

छेदी और झौरी का नाम सुन दशरथ के पाँव में कुछ झुनझुनी-सी उठी और सिर तक चढ़ गई। उनकी औकात, वे समझाएँगे। हालाँकि दशरथ यह भी समझ गए कि छेदी और झौरी खुद नहीं आए होंगे। भैया उनके पास जाकर रोना रोए होंगे और कहे होंगे कि चलकर दशरथ को समझा दो कि इज्जत का सवाल है। दो दिन बाद भट्ठे पर चले जाओ। क्या दशरथ इतना बेवकूफ है?

छेदी और झौरी भले ही दशरथ के गहरे मित्र हों मगर इस समय उनका आना दशरथ को अखर गया। वे सबसे बड़े दुश्मन की तरह दिखाई देने लगे। सनीचरी को गोद से उतारकर तेजी से इस तरह बाहर निकल गए, जैसे आज उनसे भी दो हाथ करने में कोई हर्ज नहीं है।

जूना ने जाते देखा तो समझ गए कि दशरथ का मूड उखड़ा हुआ है। वे भी तेजी से उनके पीछे लपके।

घर के बाहर नीम के पेड़ तले माहौल उत्सव की तरह था। मलिकानों का पैसा आज कुछ ज्यादा ही खनक रहा था। माँझी टोल के पचासों लोग अपनी लबनी, अपनी ताड़ी और अपना खाना लेकर बैठे थे और चारों ओर मस्ती का आलम था। नीम के पेड़ से थोड़ी दूर पर दो खाट लगी थीं जिनमें से एक पर छेदी और दूसरे पर झौरी बैठे थे।

किसी अदृश्य प्रत्यंचा से निकले तीर की तरह सनसनाते हुए दशरथ दोनों खाटों के बीच आ खड़े हुए। छेदी और झौरी उनकी गति देखकर समझ गए कि दशरथ सहज नहीं हैं और उठ खड़े हुए।

दशरथ ने आते ही चिल्लाना आरंभ कर दिया—"छेदी, तुम समझाओगे हमको?"

"नहीं..." कहकर छेदी एक कदम पीछे हट गया।

दशरथ ने झौरी को देखा—"झौरी, तुम समझाओगे हमको?"

"नहीं..." कहकर झौरी भी एक कदम पीछे हट गया।

दोनों हाथों से अपना सिर थाम दशरथ जोर से चिल्लाए—"कौन समझाएगा हमको? अरे, कोई तो समझाओ!"

दशरथ की तेज आवाज सुन नीम के पेड़ के नीचे का शोर थम गया था। टोले के लोग नहीं समझ पा रहे थे कि आज दशरथ को क्या हो गया है। दशरथ तो कभी चिल्लाकर बात भी नहीं करता था। जूना और भौजी को भी, यहाँ तक कि छेदी और झौरी को भी दशरथ से यह उम्मीद नहीं थी।

दशरथ अभी भी चिल्ला रहे थे—"अरे कोई तो समझाओ कि हम का करें!"

दशरथ इस बार छेदी की ओर मुड़े और उसे दिखाकर कहने लगे—"छेदी लोहार है, मेरी आँखों के सामने इसने मुखिया के हल का फाल टेढ़ा कर दिया और इलाके के सबसे बड़े जमींदार मुखिया को झुका दिया...गाँव का नाई जंगली तीन महीने के लिए गाँव छोड़कर चला गया और गाँव भर के चेहरे को जंगल में बदल दिया। गाँव में नाई, धोबी, लुहार, सोनार, कोहार सबके पास अपना कोई-न-कोई काम है, इसलिए उनके काम की इज्जत है...रजा है, आप लोग हमसे पहले यह बताइए कि माँझी का इस समाज में क्या काम है? तब हम काम करेंगे, नहीं तो नहीं करेंगे।"

दशरथ का यह रुख कभी किसी ने देखा ही नहीं था। पहले तो सबने मजा लेने के अंदाज में देखा था मगर जब बात समझ में आई तो सबका ताड़ी का नशा उतर गया और सभी नए सिरे से सोचने लगे कि दशरथ ठीक कह रहा है, यहाँ समाज में माँझी का तो कोई काम ही नहीं है। जूना भी हतप्रभ थे।

एकाएक दशरथ के मन में न जाने क्या आया कि तेज-तेज कदमों से नीम के पेड़ के चक्कर लगाने लगे। लोगों की समझ में नहीं आ रहा था कि वे क्या करने जा रहे हैं। जिसके बगल से गुजरते, वह घूरकर दशरथ को देखता। दशरथ मौला माँझी के पास जाकर रुके। मौला उठ खड़ा हुआ।

दशरथ ने मौला को दिखाकर कहा—"इनका जवान लड़का मजदूरी करने के लिए भट्ठा पर गया था। पीट-पीट कर मार डाला था उसे इन्हीं मलिकानों ने। लाश भिजवा दी मगर मजदूरी नहीं दी।"

मौला पहले ही भीतर से भरा था, फूट पड़ा और रोकर कहने लगा—"बसई मेट कह गया है कि अपने मरे लड़के को भेजो। कहाँ से ले आएँ हम बेटवा को? बेटवा होता तो आज हमारा ई हाल नहीं होता दशरथ!"

उसे रोता छोड़ दशरथ आगे बढ़ गए और किसना के बाप जोगी माँझी के पास जाकर रुके जो इस तरह ताड़ी पी रहा था, जैसे इन बातों से कोई मतलब नहीं हो! लोगों की नजर किसना के बाप पर गड़ गई।

दशरथ ने जोगी को दिखाकर कहा—"इसका बेटा किसना कभी नाज था माँझी टोल का। जब मैं मुखिया के घर में चरवाही के लिए गया तो उस घर में पड़ा था जिसमें भूसा रखा जाता है। उस चट पर सोया था जो जाड़े में बैलों को ओढ़ाया जाता है। उसका पैर सूजकर ओखल की तरह हो गया था। अषाढ़ में घवाहिल हुआ और कातिक तक भूसा-घर में सड़ता रहा। मुखिया ने काम कराया, दवा नहीं कराई और वह मर गया। सामने उसकी लाश पड़ी थी और इसे किसना की मौत की चिंता नहीं थी। हाथ जोड़कर मुखिया से कह रहा था कि 'किसना के बदले सुगना को काम पर रख लीजिए, उमिर कम है मगर बहुत फुर्ती से काम करता है' और तब भी मुखिया ने इनकार कर दिया।"

दशरथ की बात सुन चारों ओर सन्नाटा छा गया था। किसना का बाप जोगी पहले तो चुपचाप दशरथ को देखता रहा और कुछ ही पलों में जब फफककर रोने लगा तो माहौल में अजीब-सी करुणा पसर गई।

दशरथ ने जूना की ओर देखकर कहा—"अगर इस गाँव में मेहनत से, ईमानदारी से काम करने का मेहनताना यही है तो मुझे काम नहीं करना। किसी के यहाँ काम नहीं करना।"

इस बार अजीब-सी घृणा से छेदी और झौरी को देखा और कहा—"जो लोग सलाह देना चाहते हैं, वे पहले यह बताएँ कि माँझी का काम क्या है? क्या माँझी का मतलब जानवर होना होता है? अगर होता है तो मैं जानवर होना नहीं चाहता। मैं यह गाँव छोड़कर चला जाऊँगा या जान दे दूँगा।" कहने के बाद दशरथ लोगों की भीड़ को चीरते हुए निकल गए। कहाँ जा रहे हैं, किसी को पता नहीं चला।

11

पहाड़ी बाबा के आश्रम में रोज शाम ढलने के बाद प्रवचन होता था, फिर भजन जिसमें गाँव और अगल-बगल के गाँव के लोग भाग लेते थे। पहाड़ी बाबा का प्रवचन समाप्त हो चुका था। गायन मंडली अपनी जगह ले चुकी थी और भजन आरंभ हो चुका था। सभी आनन्द की चरम अवस्था में थे।

ऐसा लो
नहिं तैसा लो
के विधि कथौ, गंभीरा लौ

भीतर कहूँ तो जगमग लाजै
बाहर कहूँ तो झूठा लौ

बाहर भीतर सकल निरंतर
गुरु परतापै दीठा लौ

भजन खत्म हुआ तो सबने देखा, पहाड़ी बाबा के आसन के पास अजीब सूरत लिए दशरथ खड़े थे। उनकी आँखें लाल थीं, चेहरा सूजा हुआ था। ऐसा लग रहा था, जैसे उनकी आत्मा से उनके जिस्म का पोर-पोर तक चीत्कार कर रहा हो।

पहाड़ी बाबा ने घबराकर पूछा—"क्या बात है दशरथ?"

बाबा के सहानुभूति-भरे शब्दों को सुनकर दशरथ जैसे बिलख पड़े और पहाड़ी बाबा के कदमों के पास जमीन पर लेटकर कहा—"मुझे कंठी दे दीजिए बाबा।"

बाबा को समझ में नहीं आ रहा था कि दशरथ आज ऐसी बातें क्यों कह रहा है। इतना जरूर समझ गए कि चोट कहीं अंदर तक लगी है। बात भी सही थी, जब से पिंजरी गई थी अपने घर में, दशरथ का जीवन नरक बन चुका था और उससे निकलने का दशरथ के पास यही आखिरी मार्ग था। आखिर बात क्या है, पहाड़ी बाबा दशरथ से यह जानना चाहते थे इसलिए दशरथ के भीतर की भावना के उबाल के शांत होने का इंतजार कर रहे थे।

तभी पीछे से छेदी और झौरी आ गए। वे बहुत घबराए--से थे। कई जगहों पर दशरथ की तलाश करने के बाद वहाँ पहुँचे थे। दशरथ को बाबा के पास देख उन्हें राहत मिली। दशरथ के पास जाकर छेदी ने माफी माँगने के अंदाज में कहा—"दशरथ, असल में हम जूना भैया के बुलाने पर गए थे।"

झौरी ने भी कहा—"हमारी नीयत यह नहीं थी।"

पहाड़ी बाबा अब भी नहीं समझ पा रहे थे कि क्या हुआ था। पूछने पर संक्षेप में उन लोगों ने बाबा को सारा हाल सुना दिया। बाबा को यह सुनकर अजीब-सा लगा। दशरथ से उनको यह अपेक्षा नहीं थी। उन्होंने उपेक्षा के साथ दशरथ को देखा—"कंठी कायर लोगों की चीज नहीं है दशरथ! घर का बोझ नहीं उठता और दुनिया का बोझ उठाओगे! पहले खुद उठो।"

जवाब में दशरथ बच्चे की तरह फूटकर रो पड़े।

यह हाल देख बाबा ने उनको रात में वहीं विश्राम करने के लिए कहा और छेदी-झौरी को यह कहकर भेज दिया कि जाओ, जूना भी परेशान होगा, उससे कह देना कि दशरथ मेरे पास है। और हाँ, कल सुबह जूना को मेरे पास आने के लिए जरूर कह देना।

दशरथ के जाने के बाद माँझी टोल में हलचल पसर गई थी कि दशरथ आखिर कहाँ चले गए। जिस हाल में वे निकले थे, कइयों ने छाती पर हाथ रख लिया था कि किसी कुइयाँ-गड़हा में कूदकर अपनी जान न दे दें। इस तरह के हालात में आदमी कुछ भी कर लेता है। खुद जूना इतने परेशान थे कि समझ में नहीं आया कि क्या करें।

जब छेदी और झौरी जूना के पास आए और बताया कि दशरथ पहाड़ी बाबा के पास हैं तो उनकी जान में जान आई। पहाड़ी बाबा पर उनको भी बहुत यकीन था।

रात भर जूना दशरथ के बारे में ही सोचते रहे और उनकी बातें उनके कान में गूँजती रहीं। इसका परिणाम यह हुआ कि सुबह होने के बाद जूना भी अब वह जूना नहीं रहे जो कल थे। रात को जब दशरथ की बात सुनी थी, उनका दिल पसीज गया था। उनको भी पहली बार समझ में आया था कि दशरथ क्यों काम नहीं करना चाहते। जूना को अपने जीवन में काम के कई अनुभव याद आए जब उनके साथ काम करते हुए जानवरों-सा सलूक हुआ था और मन मारकर वे चुप हो गए थे।

जूना और दशरथ की उम्र में पंद्रह साल का अंतर था। दशरथ को उनके पिता ने नहीं, जूना ने ही पाला था। कहने के लिए वे दशरथ के बड़े भाई थे मगर हमेशा पिता का फर्ज निभाया था। आज तक कभी दशरथ ने जूना की बातों का जवाब नहीं दिया था। जूना भीतर-भीतर पछता रहे थे कि बेकार ही लछ्मन जैसे भाई को पत्नी के कहने पर इतनी तकलीफ दी।

सुबह होते-होते दशरथ की रात की बात की चर्चा माँझी टोल से होते पूरे गाँव में फैल चुकी थी। ऊँची जाति के लोगों के बीच यह चर्चा चलने लगी थी कि दशरथवा का संबंध जरूर नेक्सलाइटों से हो गया है और वह मजदूरों को भड़का रहा है। इस तरह की बातें वही बोलते हैं। आगे से उस पर नजर रखनी पड़ेगी, नहीं तो अपने गलहौर का हाल भी भोजपुर के एकवारी जैसा हो जाएगा।

अगली सुबह बाबा जगे तो देखा, दशरथ ने पानी छिड़ककर खरहर से पूरे आश्रम में झाड़ू लगा दिया है और कुएँ से पानी निकालकर लगे फूलों की सिंचाई कर दी है। वे समझ गए कि दशरथ अब सहज है और उससे बात की जा सकती है।

बाबा ने एक नजर आश्रम पर डालकर दशरथ से कहा—"तुम तो जोगी हो, कर्मजोगी। कैसे कहते हैं लोग कि तुम काम नहीं करते?"

दशरथ ने बाबा की बातों का कोई जवाब नहीं दिया।

बाबा ने एक नींबू देकर कहा—"जाकर चाह बनाओ दशरथ।" बाबा हमेशा नींबू की ही चाय पीते थे।

दशरथ चाय बनाकर ले आए तो बाबा अब भी अपनी चौकी पर बैठे सुबह की धूप का सेवन कर रहे थे। दशरथ बाबा को चाय देकर वहीं जमीन पर बैठ गए। कल रात की बात का पूरा ब्यौरा बाबा ने दशरथ से काफी देर तक इत्मीनान से सुना था। चाय का एक घूँट लेकर बोले—"जानते हो दशरथ, बसुरिया बाबा कहते थे कि माँझियों का जीवन गलहौर के पहाड़ के दर्रे को पार करने की तरह है।" कहकर बाबा ने अगला घूँट लिया और उनकी निगाहें आसमान पर टिक गईं।

कुछ देर तक आसमान को इस तरह देखते रहे जैसे कुछ खोज रहे हों।

"समाज में जब वर्ण-व्यवस्था बनी थी तो काम के आधार पर जातियों का विभाजन हुआ था। उस दौर में तुम्हारा माँझी समुदाय इस समाज का हिस्सा नहीं था। अगर वो हिस्सा होता तो उसके काम की व्यवस्था जरूर होती। माँझी समाज गाँव में तब आकर बसा जब जंगल कम होने लगे। माँझी समाज के आने के बाद भी माँझियों के लिए काम के निर्धारण का जोखिम किसी ने नहीं लिया और उचित जगह नहीं दी। इस समाज में उसके लिए कोई काम नहीं था और वह जिंदा रहने के लिए अपने आप मजदूर हो गया।"

दशरथ बहुत गौर से बाबा की बातों को सुन रहे थे।

"और तुमको क्या लगता है कि इस गाँव में नाऊ, धोबी, कुम्हार, लोहार, अपने लिए काम करते हैं? अगर ऐसा सोचते हो तो भ्रम है तुम्हारा। इस गाँव में दो ही लोग हैं दशरथ। कामता सिंह और झिंगुरी सिंह। मेहनत तो सभी लोग करते हैं लेकिन उसका सारा लाभ उनके घर जाता है। अगर कभी ध्यान से देखोगे तो तुम्हें मेरी बात समझ में आ जाएगी।"

बाबा चुप हो गए तो दशरथ ने पूछा—"मैं क्या करूँ बाबा?"

बाबा का चेहरा स्थिर और शांत था—"तुम किसी के यहाँ मजदूरी करना नहीं चाहते?"

"नहीं बाबा।"

"चरवाही करना नहीं चाहते?"

"नहीं बाबा।"

"तो मत करो, मगर एक बार अपने भीतर झाँककर यह पता करो कि तुम क्या करना चाहते हो और क्यों करना चाहते हो। जब तक तुम्हें इस बात का पता नहीं चल जाता, बाहर का कोई काम मत करो। किसी की बात मत सुनो। इस बात का पता करना भी एक बहुत बड़ा काम है। जिस दिन उस काम का पता तुमको मिल जाएगा, किसी और की मजदूरी करने की जरूरत नहीं रह जाएगी और देख लेना, एक दिन बहुत बड़ा काम करोगे तुम। इससे तुम्हारा भी भला होगा, समाज का भी भला होगा और पूरी दुनिया का भी।"

बाबा की बातों से दशरथ को बहुत राहत मिली। उनके अंदर की उथल-पुथल और बेचैनी, जिसके कारण परेशान थे,काफी हद तक शांत हो गई थी। और ठीक उसी समय दशरथ को पिंजरी की याद आई। वह भी तो यही कहती थी। बाबा भी वही कह रहे हैं, बिलकुल वही।

दशरथ को इस दुनिया में या तो पिंजरी समझती है या बाबा।

बाबा ने दशरथ को चुप देखकर कहा—"समझ रहे हो मेरी बात?"

"जी, बाबा।"

"वैसे भी कहा गया है कि उत्तम खेती मध्यम बान, निषिध चाकरी भीख निदान। चाकरी तो निषिध होती ही है। विधि के विधान का क्या भरोसा! यह सब इसलिए हो रहा है कि कोई बड़ा काम तुम्हारी प्रतीक्षा कर रहा है। तुम परेशान मत होना। अभी मैं यह बात जूना को बुलाकर समझा दूँगा। जूना समझदार है, धीरे-धीरे सब ठीक हो जाएगा।"

बाबा से बात करने के बाद लगा, जैसे दशरथ के मन का बोझ उतर गया हो! वे पिंजरी के जाने के बाद पहली बार अपने को सहज महसूस कर रहे थे। अगर पिंजरी होती तो अभी जाकर सारी बात उसे बताते। कहते कि उस दिन तुम्हारी बात मान ली होती तो ये नौबत ही नहीं आती क्योंकि ये सारा विवाद तभी से आरंभ हुआ, जब उन्होंने मुखिया के यहाँ चरवाही पर जाने की स्वीकृति दी। अगर नहीं दी होती तो आज पिंजरी भी नहीं गई होती और भट्ठा पर जाने और न जाने से उठे विवाद की भी नौबत नहीं आती।

दिन चढ़ा तो जूना भी आ गए। दशरथ को वहाँ से हटाकर पहाड़ी बाबा ने जूना को विस्तार से समझाया—"यह बात नहीं है कि दशरथ काम करना नहीं चाहता। वह आम माँझी की तरह मजदूरी नहीं करना चाहता। उसे ऐसा काम दो जिसमें किसी की चाकरी न हो और कुछ कमाई होती रहे। एक-न-एक दिन दशरथ अपना रास्ता जरूर खोज लेगा। दशरथ के कारण समाज में तुम्हारा भी नाम ऊँचा होगा।"

जूना कल के अनुभव से परिचित थे ही, पहाड़ी बाबा के समझाने पर अच्छी तरह समझ गए कि दशरथ के सोचने का तरीका क्या है। वे समझ गए कि दशरथ से काम करवाने के एवज में पिंजरी को उसके गाँव भेजना उनकी बहुत बड़ी गलती थी। एक मर्द से अधिक तो वह खुद कमाती थी। पूरे घर का काम अपने सिर पर उठा रखा था। उन्हें अपनी पत्नी पर गुस्सा आ रहा था कि उसके दिमाग में दशरथ से काम कराने के अलावा कोई काम नहीं है।

पहाड़ी बाबा से बात करने के बाद जूना दशरथ को साथ लेकर चल पड़े।

दोनों भाइयों को घर की ओर आते देख माँझी टोल को राहत मिली कि दोनों भाइयों के बीच आपस का झगड़ा सुलट गया है, मगर सभी यह सोच रहे थे कि अब दशरथ भट्ठे पर जाएँगे या नहीं जिसके चलते झगड़ा आरंभ हुआ था।

टोले के जो लोग कल उनकी बात सुन चुके थे, उन्हें यकीन था कि अब दशरथ नहीं जाएँगे। अब किसकी हिम्मत होगी कि वह दशरथ से मजदूरी और चरवाही करने के लिए कहे। किंतु जो लोग जूना की पत्नी को जानते थे और उसकी आदतों से परिचित थे, वे कह रहे थे कि जूना की बीवी भी हार माननेवाली औरतों में नहीं है। चमड़ी जाए मगर दमड़ी नहीं जाने देगी, या तो वह उनको भट्ठे पर भेजेगी, नहीं तो चूल्हा-चौका अलग कर देगी।

दशरथ घर आते ही अपनी आदत के अनुसार घर में समा गए। जूना की पत्नी ने दशरथ को इस तरह घूरकर अंदर जाते हुए देखा मानो अनुमान लगा रही हो कि अब भी ये भट्ठा पर जाएगा कि नहीं। जब उसे कुछ समझ में न आया तो जूना के पास आ गई।

दशरथ के आने की खबर सुन टोले के कई लोग भी दरवाजे पर आ गए थे जिससे भीड़-सी बन गई थी। धनिया ने जूना से पहला सवाल किया—"क्या हुआ?"

जूना समझ नहीं पाए कि वह क्या पूछ रही है।

"अरे दशरथ भट्ठा पर जाएगा कि नहीं?"

जूना ने गंभीर होकर कहा—"नहीं"

जूना की बात सुनकर टोले के लोगों ने राहत की साँस ली और समझ गए कि जूना खुद झुककर दशरथ को ले आए हैं लेकिन धनिया का चेहरा कसैला हो गया। उसने लगभग गरजते हुए कहा—"नहीं जाएगा, तो पइसा कहाँ से वापस करेंगे?"

जूना ने घूरकर धनिया को देखा—"उसकी जरूरत नहीं पड़ेगी।"

"क्यों, सदाबरत में दिया है बीस रुपया जो उनका मुँह देखकर छोड़ देगा? दरवाजे पर कितना बोलकर गया था मेट!"

जूना ने दृढ़ता के साथ कहा—"दशरथ की जगह मैं जाऊँगा।"

जूना के भट्ठे पर जाने की बात सुन ऊपर से नीचे तक धनिया की देह में जैसे तितकी लग गई। वह तड़पकर बोली—"जवान आदमी घर में बैठकर खाएगा और तुम जाओगे बुढ़ापा में भट्ठा पर काम करने!"

जब जूना ने उसकी बातों का कोई जवाब नहीं दिया तो अब वह दशरथ की जगह जूना को ही कोसने लगी—"दशरथ का मन बढ़ाने में तुम्हारा भी कम हाथ नहीं है। तुम ठीक रहते तो कपार पर चढ़कर मूतने की उसकी हिम्मत नहीं होती।"

जूना ने इस बार डाँटकर कहा—"बहस मत करो। मैंने तय कर लिया है कि मैं भट्ठे पर जाऊँगा।"

धनिया ने चीखकर कहा—"नहीं, तुम नहीं जाओगे।"

टोले के लोग यह देख रहे थे कि जूना की पत्नी के मन में दशरथ को भट्ठा पर भेजने की कितनी बेताबी थी, और जूना का नाम आते ही कैसे पलट गई! इसी को कहते हैं—अपना और गैर!

पास खड़ी रमिया भौजी से रहा नहीं गया, बोल पड़ी—"काहे नहीं जाएँगे? टोला में जूना के उमिर के आदमी नहीं गए हैं भट्ठा पर?"

रमिया भौजी के बारे में धनिया की राय पहले से ही अच्छी नहीं थी। पिंजरी आने के बाद धनिया से अधिक रमिया से जुड़ गई थी जिसे देख उसकी देह में आग लग जाती थी। वह जो पिंजरी का विरोध करती थी, उसका बड़ा कारण रमिया थी। धनिया रमिया पर ऐसे टूट पड़ी, जैसे सारा गुस्सा उसी पर निकाल लेना चाहती हो—"हाँ, तू तो यही चाहती है कि दशरथ बैठ के खाए और ई बुढ़ापा में हम अपना हाड़ ठेठाएँ।"

रमिया को लगा, जैसे वह कुछ और कहना चाहती थी लेकिन मुँह से कुछ और निकल गया—"भौजी, मेरे कहने का मतलब ई नहीं था।"

रमिया जरा-सा दबी नहीं कि जूना की पत्नी को उस पर चढ़ने का मौका मिल गया। पलटकर उस पर ऐसा वार किया कि रमिया तिलमिला गई—"तुम्हारे कहने का मतलब क्या

है रमिया,मैं अच्छी तरह से समझती हूँ और आज से नहीं, बीस साल से समझ रही हूँ। अपने घर में दशरथ से पानी भरवाएगी तो वह काम नहीं होगा और दशरथ भट्ठा पर जाए तो वह काम हो गया। दूसरे का घर फोड़ने में सबको मजा आता है।''

एक हद के बाद रमिया के लिए भी चुप रहना मुश्किल हो गया। दोनों के बीच बात बढ़ती हुई जब विवाद का रूप लेने लगी तो शांत करने के लिए जूना ने धनिया को डाँटा। रमिया के पति ने रमिया को।

रमिया तो शांत हो गई मगर डाँट का धनिया पर कोई असर नहीं हुआ और वह उसी तरह बोलती रही।

इस बार जूना से और सहा नहीं गया। उसने गुस्से में जब मारने के लिए सोंटा उठा लिया, बेबस हो धनिया गालियाँ बकती और रोती हुई अंदर समा गई।

पहली बार जूना ने धनिया से साफ-साफ कह दिया—''आज के बाद दशरथ क्या करेगा, क्या नहीं, मैं सोचूँगा, तुमको उस बारे में बोलने और सलाह देने की जरूरत नहीं है।''

एक बार आदमी के सोचने का तरीका बदल जाए तो उसका जीवन बदल जाता है। पहाड़ी बाबा की बात जूना के जेहन में बहुत गहरे बैठ गई थी और उन्हें अपनी गलती का अहसास हो गया था। उन्होंने दशरथ को समझने में अगर गलती की थी तो धनिया के कारण और अब उन्होंने धनिया को सख्ती से हिदायत दे दी थी कि दशरथ के बारे में उनसे कोई बात न करे। दशरथ का हर फैसला वे स्वयं करेंगे। उसके बाद जूना निरंतर ऐसे किसी रास्ते की खोज में लगे रहे जो दशरथ के अनुकूल हो और जीवनयापन के लिए उपयुक्त हो सके। उनका मन कई जगह भटका, कई लोगों से सलाह भी ली, मगर कुछ हाथ नहीं आया।

बहुत दिन तक सोचते रहने के बाद एक दिन अचानक जूना को कुछ खयाल आया और उम्मीद की एक किरण दिखी। एक साल पहले जूना की ससुराल से एक बकरी आई थी और धनिया ने धीरे-धीरे उसे एक से पाँच कर लिया था। जूना ने दशरथ को बुलाकर कहा कि जब तक तुम अपने लिए किसी काम के बारे में नहीं सोच पाते तब तक इन बकरियों को ले जाकर पहाड़ की तलहटी में चराया करो और इनको व्यवसाय की तरह आगे बढ़ाओ। बकरी साल में दो बार बियाती है और हर बार तीन-चार बच्चे देती है। इस तरह अगर सही ढंग से काम चला तो साल में पंद्रह- सोलह बकरियाँ हो जाएँगी। सबसे बड़ी बात कि बकरियों के लिए ग्राहक खोजने की जरूरत नहीं पड़ती। चिक घर आते हैं और चिरौरी करते हैं कि बकरी बेच दो। बकरियों के हिसाब से अगर आमद का लेखा-जोखा लगाया जाए तो यह घाटे का सौदा नहीं है। बच्चों को दूध मिलेगा अलग से।

दशरथ को बकरियों का यह व्यवसाय पसंद नहीं था क्योंकि किसी भी जानवर को पालते हुए उसके साथ आदमी भावनात्मक ढंग से जुड़ जाता है। प्यार से पाली हुई बकरियों को दूसरे लोग काटकर खा जाएँ, यह उन्हें अच्छा नहीं लगेगा। लेकिन इस वक्त समय काटने और चौबीसों घंटों भौजी की चुप्पी से भरी चुभती निगाहों से बचने के खयाल से यह काम अच्छा लगा और वे उसे करने के लिए तैयार हो गए। इस काम में किसी मालिक का कोई दबाव नहीं था, केवल अपनी मर्जी थी।

अब दशरथ बकरियों के साथ रोज सुबह-सुबह खाना खाकर पहाड़ पर निकल जाते। बकरियों के साथ दिन भर उधर ही रहते।

झौरी और छेदी को भी जब कभी फुरसत मिलती तो उधर ही आ जाते वरना शाम को पहाड़ पर साथ बैठकर भूँजा फाँकना तो तय ही था।

पहाड़ दशरथ को बचपन से ही प्रिय था मगर अब ऐसा लगता, जैसे पहाड़ के साथ उनका जनम-जनम का रिश्ता हो!

जब भी वे पहाड़ के दर्रे को देखते, उन्हें पहाड़ी बाबा की बात याद आ जाती कि माँझियों का जीवन गलहौर के पहाड़ के दर्रे को पार करने की तरह है। यह बात याद आते ही वे एक अजीब-सी नई अनुभूति से भर जाते। अक्सर उनको लगता कि वे पहाड़ पर नहीं, गलहौर के माँझी टोल में हैं। गलहौर के समाज में माँझियों के लिए उतना ही पतला, सँकरा, ऊबड़-खाबड़, चढ़ाई और जोखिम से भरा जीवन का रास्ता है। एक-एक पत्थर जो उनकी राह में आते, वे कभी मुखिया की तरह लगते, कभी चिमनी-भट्ठे से आनेवाले मलिकान की तरह और हर पल उनके भीतर एक बात तैरती रहती कि इस समाज में प्रवेश करने के लिए माँझियों के पास एक सुगम रास्ता होना ही चाहिए। इस तरह संकल्पों-विकल्पों से गुजरते जाने कब पतझड़ आकर गुजर गया और कब हवा में बसंत का रंग घुल गया, उनको पता भी नहीं चला।

आसमान में आज का सूरज निकला जरूर था मगर अपनी दयनीयता से उबर नहीं पा रहा था। दिन का पहला पहर अपने अंतिम पड़ाव पर था। राजगीर की पहाड़ियों से होकर सनसनाती हुई हवा आती और कानों में समा जाती। अचानक दशरथ की नजर सामने गई और चौंक गए। उनकी बकरियाँ जो यहीं सामने चर रही थीं, एकाएक कहाँ चली गईं! दशरथ ने देखा तो दूर तक नहीं दिखीं। थोड़ा और आगे निकलकर देखा फिर भी नहीं दिखीं। आखिर कहाँ चली गईं! बकरियों की खोज में दशरथ अब तेजी से पहाड़ के ऊपर चढ़ने लगे। इस बार हवा का सर्द झोंका आया तो गमछे को कान में कसकर गुलबंद की तरह बाँध लिया। पहले आधी चढ़ाई पार कर चारों ओर नजर दौड़ाई, क्या पता, यहीं से दिख जाएँ... मगर बकरियों का दूर-दूर तक कहीं पता नहीं था।

ये बकरियाँ भी अजीब होती हैं। अगर पहाड़ आसमान की ऊँचाई तक तना हो तो घास के लिए वहाँ तक भी पहुँच जाएँगी। सब जानते हैं कि गलहौर की पहाड़ियों पर कहीं घास नहीं होती। घास अगर थोड़ी-बहुत मिलती है तो इसकी तलहटी में ही। लेकिन इन बकरियों को कौन समझाए...कैसे समझाए...उनको इस बात का यकीन ही नहीं होता। उन्हें लगता है कि यहाँ नहीं मिली, कोई बात नहीं... थोड़ी और ऊँचाई पर घास मिलेगी और वे चढ़ती हुई शिखर पर पहुँच जाती हैं। कई बार इसी तलाश में वे इतनी ऊँचाई पर चली जाती हैं कि रास्ता भूल जाती हैं और जंगल के जानवरों का निवाला बन जाती हैं। मिरगा की नाभि में कस्तूरी होता है...उसको गंध उसकी नाभि से मिलती है मगर उसके लिए वह जंगल-जंगल भटकता रहता है। बेचारी बकरियों को तो घास की गंध भी नहीं मिलती और वह महज घास की उम्मीद में पहाड़-पहाड़ घूमती रहती हैं। रोजी-रोटी के मामले में गलहौर के माँझी भी बिलकुल इन बकरियों की तरह हैं।

इस वक्त वे गहलौर की सबसे ऊँची पहाड़ी पर खड़े थे और उनकी आँखें दूरबीन की तरह चारों ओर घूम रही थीं। इस ऊँचाई पर वे कई बार आए थे। यहाँ से दूर-दूर तक फैले

गाँव दिखते जो अति सुंदर दिखाई पड़ते...पेड़ बौने दिखाई पड़ते और राजगीर की ओर जंगल घास की चादर की तरह बिछा दिखाई देता। हवा तो ऐसे आती, जैसे कह रही हो कि क्या रखा है इस दुनिया में, मेरे संग सैर पर चलो! एकाएक उन्हें लगा कि वे तो बकरियों को देखने आए हैं, ये क्या देखने लगे!

घाटी में कभी-कभी जानवर आ जाते हैं और बकरियों को उठा ले जाते हैं। अगर ऐसा कुछ हुआ तो उनकी खैर नहीं है। घर पहुँचते ही भौजी ताना मारेगी, कहेगी कि बकरी तो दस साल के लड़के भी चरा लेते हैं। तुम से वह भी नहीं होता दशरथ...। बकरियों की तलाश में तेजी से नीचे घाटी में उतरने लगे। एक जगह कुछ देखकर ठिठके और उनको हँसी आ गई जब उन्होंने देखा कि एक चट्टान की ओट में बैठी बकरियाँ आराम से पत्थर पर सिर टिकाए पागुर कर रही हैं। उन्होंने उन्हें छेड़ना उचित नहीं समझा और एक पत्थर पर बैठ गए।

इस बार तेज हवा का बासंती झोंका आया तो पिंजरी की याद आ गई। पिंजरी की याद आई तो याद आ गया कि दो दिन बाद ही होली है। पिंजरी की बातें उनके कानों में गूँजने लगीं--'होली में हम आपका इंतजार करेंगे।'

पिंजरी जरूर उनका इंतजार करेगी। पता नहीं, क्या हाल होगा बेचारी का! गई तब से कोई खबर भी नहीं मिली, कोई हाल-चाल नहीं मिला। कई बार उनके मन में आया कि वे पिंजरी के पास अपनी ससुराल चले जाएँ मगर कुछ सोचकर रुक गए।

चूँकि जूना ने उसके भाई को खबर देकर बुलाया था इसलिए उनकी ससुराल में अभी भी यह बात पसरी होगी कि पिंजरी का मरद दशरथ नकारा है...कुछ काम-धाम नहीं करता।

झौरी और छेदी ने भी कहा था कि देखो, अभी खाली हाथ ससुराल जाने से न जाना ही अच्छा है। जाना हो तो तैयारी के साथ जाओ—सास और साले के लिए कुछ कपड़ा लेकर। थोड़ी-सी मिठाई लेकर जाओगे तो ससुराल वालों को कम-से-कम इस बात का सुकून मिलेगा कि भले ही पिंजरी जब गलहौर में थी, दशरथ कुछ नहीं करते थे लेकिन उसके आने के बाद से वे रास्ता चेत गए हैं और काम करने लगे हैं। और अब ससुराल में उनकी बेटी को कोई तकलीफ नहीं होगी।

दशरथ इस बारे में जितना ही सोचते, उतना ही उलझते जाते। मन-ही-मन कई बार कपड़ों का दाम जोड़ा...मिठाई का दाम जोड़ा...ससुराल जाने के लिए कम-से-कम दस रुपए चाहिए...दस रुपये तो वे अपने को भी गलहौर में बेच दें तो मिलनेवाले नहीं हैं।

पहाड़ी बाबा ने कहा है कि मन के लायक काम की तलाश करो। पता नहीं, कब यह तलाश पूरी होगी! कब काम करेंगे और उसके बाद कब रुपए आएँगे! ऐसे तो जिंदगी बीत जाएगी और वे पिंजरी से मिल ही नहीं पाएँगे।

एकाएक उनके मन में आया कि दशरथ से अधिक बेहतर तो दशरथ के बारे में पिंजरी सोचती है। अगर वह रहे तो उन्हें अपने मन के लायक काम ढूँढ़ने में सहूलियत होगी। मगर पिंजरी कैसे आएगी?

भैया मान भी सकते हैं मगर भौजी को मनाना मुश्किल है।

दशरथ भौजी से नहीं डरते मगर वह जिस तरह घर में कलह पसारने लगती है, उससे तो भगवान भी डर जाए।

पिंजरी से मिलने के लिए बेताब मन थोड़ी देर के लिए ठंडा पड़ गया। उनकी निगाह बकरियों पर गई जो अब भी आराम से बैठकर पगुरा रही थीं। उनके मन में आया कि आदमी होने से ज्यादा अच्छा है जानवर होना। उन्हें खिलाने के बाद कोई उलाहना तो नहीं देता, और अपने ही खयालों में कहीं खो गए।

उन्हें लगा, जैसे पिंजरी कह रही हो—'हम आपका इंतजार करेंगे।'

तभी सामने कुछ देखकर उनकी आँखें फैलती चली गईं। एक मर्द और एक औरत दूर से आते हुए दिखाई पड़े। नजदीक आए तो दशरथ समझ गए कि ये कुदन कुम्हार हैं। कुदन कुम्हार को देख एकाएक उनकी आँखों में चमक आ गई। उन्हें लगा कि पिंजरी के पास जाने का संयोग बन रहा है। आज अगर चूक गए तो पिंजरी उनकी राह देखती रह जाएगी और वे खुद को कोसते रह जाएँगे। अब उनको पिंजरी से मिलने से कोई नहीं रोक पाएगा। अब तो पिंजरी के साथ ही वे तय करेंगे कि क्या करना चाहते हैं।

कुदन कुम्हार पहाड़ी के उस पार के गाँव में रहते थे और कुम्हारी का काम करते थे। उनके दो लड़के थे। दोनों की शादी हो चुकी थी। घर में नाती-पोते सब थे। उनकी पत्नी पाँच साल पहले मर गई थी। बाल-बच्चे सब अपने में मगन रहते थे। अकेलापन उन्हें खलता था इसलिए बाल-बच्चों का विरोध सहकर तीन महीने पहले उन्होंने दूसरी शादी की थी। उनकी उम्र पचास के पार की थी और उनकी दुलहन महज पंद्रह साल की।

उनके बेटे शादी के विरोध में थे मगर कुदन को शादी करने से रोक न सके। जिसकी लड़की थी, उसने कुदन कुम्हार से कुछ रुपया कर्ज लिया था और कुदन ने शादी के नाम पर माफ कर दिया था। शादी कर पत्नी को लाने के बाद उनके बेटों ने शह देना शुरू किया तो गाँव के मनचले लड़कों की भीड़ कुदन कुम्हार के घर के आस-पास मँडराने लगी। पत्नी को इन मनचलों से कैसे बचाएँ, उन्हें समझ में नहीं आ रहा था। हारकर कुदन ने गलहौर आकर बसने का निर्णय ले लिया।

गलहौर में कोई कुम्हार नहीं था। वहाँ के लोग बर्तन लाने के लिए पहाड़ को पार कर उनके गाँव जाते और बर्तन ले आते। उन्हें जब पता चला कि कुदन कुम्हार यहाँ बसना चाहते हैं तो बहुत आसानी से उन्हें जमीन मिल गई और उन्होंने घर बनवाया...आवा और चाक की जगह बनाई और आज ही वे अपनी पत्नी के साथ पूरी तरह गहलौर में आ रहे थे।

कुदन कुम्हार जरा तेज बोलते थे। आदमी बहुत जहीन थे। अपनी जिंदगी में बहुत कुछ देखा था और पैसों का महत्त्व भी अच्छी तरह जानते थे। कहनेवाले यह कहते हैं कि कुदन ने जितना पैसा कुम्हारी से नहीं कमाया है, उससे अधिक पैसा सूद से कमाया है। सूद के अलावा भी उनके रोजगार थे। गाँव का कोई आदमी जब भी पैसों के लिए किसी मुसीबत में पड़ता तो वे उसकी गाय-भैंस से लेकर मुर्गा-मुर्गी, बर्तन तक औने-पौने दाम पर ले लेते और एक-दो दिन बाद उसे पूरी कीमत लेकर बेचते। इस काम में उन्हें काफी मुनाफा हुआ था और इस वक्त उनके पास सोने-चाँदी की मुहरें थीं, जिन्हें वे जमीन में गाड़कर रखते थे। यह बात गाँव ही नहीं, इलाके में सभी जानते थे।

कुदन कुम्हार जब अपनी नई नवेली पत्नी के साथ दर्रे के मुँह पर आए तो वहाँ दशरथ मन में पूरी योजना बनाकर अपनी बकरियों के साथ खड़े थे। पहले तो कुदन को इस बात का

शक हुआ कि यह भी कोई मजनू ही है उनके गाँव का, यहाँ आकर खड़ा है...गौर से देखा तो दशरथ थे। दशरथ भी युवा थे और हो सकता है, उनके बेटों ने इनको भी शह दिया हो! सोचकर उनका पारा गरम हो गया मगर कुदन कुम्हार को जब इस बात का पता चला कि दशरथ उनको बहुत कम दाम पर अपनी बकरियाँ बेचना चाहते हैं तो उनके चेहरे पर मुस्कराहट तैर गई। अब वे यह सोच रहे थे कि गलहौर में आते ही उनकी अच्छी बोहनी हुई।

उन्होंने दशरथ से कहा—"एक मिनट," और अपनी पत्नी को लेकर किनारे चले गए। एक पत्थर की ओट में पत्नी को बिठाया और कहा—"तुम्हारे पाँव शुभ हैं। तुम यहीं रुको, मैं अभी आता हूँ।"

उनकी पत्नी उनको जाते देखती रही और वे जल्दी-जल्दी दशरथ के पास आ गए।

दशरथ कुदन का स्वभाव जानते थे। मोल-भाव देर तक चला। दशरथ को बकरियों के बदले कुदन ने दस रुपए देना मंजूर किया तो दशरथ को लगा, जैसे अब उनको पिंजरी से मिलने से कोई नहीं रोक सकता।

बकरियों की रस्सी पकड़ कुदन अपनी पत्नी के साथ जब दर्रे के बजाय पहाड़ पर चढ़ नजरों से ओझल हो गए तब दशरथ को याद आया कि वे पिंजरी के पास जा रहे हैं, कम-से-कम उन्हें इसकी सूचना छेदी को या झौरी को भिजवा देनी चाहिए। पहले उन्होंने सोचा कि गाँव की ओर कोई और जाता दिखेगा तो कह देंगे। फिर दूसरे ही पल उन्हें खयाल आया कि अगर भैया-भौजी को पता चल गया कि वे ससुराल गए हैं तो भौजी भैया को अगले ही दिन बकरी के पैसों के लिए वहाँ भेज देगी...इसलिए इस बात को किसी से भी बताना ठीक नहीं है।

बासंती हवा का एक झोंका आया। उन्होंने गमछे को हवा में लहराया और नीचे उतर गए। उनका अगला कदम नीचे की ओर बढ़ा ही था कि अचानक उन्हें में-में की आवाज सुनाई पड़ी। उन्होंने पीछे मुड़कर देखा तो एक पाठा खड़ा था। वे चौंक गए—"अरे...ये कैसे बच गया?"

इसका मतलब कि जब बकरियों का मोल-भाव चल रहा था, यह बच्चा इत्मीनान से पहाड़ी के पीछे ही बैठा रह गया था।

अब इसका क्या करें?

यह एक नई मुसीबत थी। अगर उसे पहुँचाने घर जाते हैं तो नया लफड़ा शुरू हो जाएगा। किसी के हाथ भिजवाते हैं तो भी पूछताछ आरंभ हो जाएगी। और बकरी के बच्चे को लेकर ससुराल जाने पर लोग हँसेंगे। यह सोच उन्होंने पाठे को गोद में उठा लिया। जब इतनी बकरियाँ बिक गईं तो ये भी कहीं-न-कहीं बिक जाएगा! लंबी साँस ली और उन्मुक्त भाव से पहाड़ की तलहटी में उतरते चले गए। अब उन्हें समझ में आ रहा था कि अगर वे पिंजरी के पास नहीं जाते तो क्या होता। संभव था कि पिंजरी उनको माफ कर देती मगर वे खुद को कभी माफ नहीं कर पाते। उनकी आँखों के आगे पिंजरी का चेहरा घूम गया। दस रुपए का नोट अब तक के उनके जीवन की सबसे अमूल्य थाती थी। उन्होंने पाठे से पूछा—

"बोल...ससुराल में अब तो कोई नहीं कहेगा कि पिंजरी का मरद काम नहीं करता?"

पाठे ने कहा—में-में...नहीं-नहीं।

दशरथ को लगा कि अपने गाँव में पिंजरी जरूर हमारा इंतजार कर रही होगी।

पाठे ने फिर कहा—में-में।

दशरथ को लगा, जैसे वह उनकी बात का समर्थन कर रहा हो—हाँ-हाँ।

पाठा इस तरह उनके साथ जुड़ गया था कि अब चाहे कुछ भी हो जाए, उन्होंने उसे नहीं बेचने का निर्णय ले लिया—"चल, तुझे भी आज ससुराल घुमा ही देते हैं।" वे उसे गोद में उठाकर पहाड़ से नीचे उतरते चले गए।

12

शादी के बाद ससुराल की पहली यात्रा आदमी के जीवन में उत्सव की तरह होती है। दशरथ शादी के बाद पहली बार अपनी ससुराल जा रहे थे। गाँव का आम रिवाज है कि ससुराल जाने के पहले हर आदमी खास तरह की तैयारियाँ करता है, उस तैयारी में उसका पूरा परिवार शरीक होता है। ससुराल वालों के लिए और अपने लिए नए- नए कपड़े खरीदता है, जूते खरीदता है और नया गमछा ले इस तरह बन-ठनकर जाता है, जैसे वह वहाँ के लिए कोई आम आदमी नहीं बल्कि सबसे खास हो। ससुराल जाने पर उसे लोग उसके नाम से नहीं, पत्नी के पति के नाम से जानते हैं और उसका चेहरा, कपड़ा और बोल-चाल देखकर गाँव के लोग इस बात का अनुमान करते हैं कि शादी के बाद लड़की जिस परिवार में गई है, वह कैसा है।

दशरथ के बारे में तो उनकी ससुराल के लोग अब तक तो यही जानते थे कि वह कुछ काम नहीं करता, नकारा है और जिस हाल में वे अभी जा रहे थे, देखकर लोग जरूर समझेंगे कि पिंजरी का भाग्य फूट गया जो ऐसे मरद के साथ उसकी शादी हुई। कुछ दूर जाने के बाद दशरथ के भीतर पिंजरी के पास जाने का उत्साह ठंडा पड़ गया। जब समझ में नहीं आया कि क्या करें तो बैठकर विचार करने लगे।

दशरथ ससुराल जाने के लिए तो घर से निकले नहीं थे, निकले थे बकरी चराने। जो कपड़े उनकी देह पर थे, वे चरवाही के थे। घुटनों तक धोती, अधकटी कुर्ता की तरह गंजी, पैरों में फटी हुई टायरों की चप्पल, चेहरे पर बेतरतीब झाड़ियों-सी उग आई दाढ़ी और ऊपर से बकरी का एक बच्चा। क्या कोई इस तरह अपनी ससुराल जाता है?

ससुराल में तो जाते ही शोर पसरेगा कि पिंजरी का दूल्हा आ गया। मुहल्ले की औरतें-मर्द और बच्चे उन्हें देखने के लिए जमा हो जाएँगे। शादी के दिन दूल्हा दिखता है, उसके अंदर का आदमी तो दूसरी-तीसरी बार जाने पर ही दिखता है। इस हाल में गाँव में क्या पिंजरी की नाक नहीं कट जाएगी? गाँव वाले कहेंगे कि बाप नहीं था इसलिए पिंजरी की शादी भिखारी से कर दी गई।

दशरथ दुखी हो गए, और मन-ही-मन ससुराल जाने का इरादा छोड़ दिया और वापस लौटने का मन बना लिया। जब उन्हें खयाल आया कि बकरियाँ तो उन्होंने कुदन कुम्हार के हाथ बेच दी हैं, घर में भौजी जरूर आसमान सिर पर उठाए खड़ी होगी, अब अगर वे दस रुपए वापस भी करें तो कुदन बकरियाँ वापस नहीं करेगा। इस हालत में घर जाना तो ससुराल जाने से भी बड़ा संकट था। अब करें तो क्या करें?

ससुराल जाने पर पिंजरी से रक्षा की उम्मीद थी, घर पर तो वह भी नहीं। अब जाएँ तो कहाँ जाएँ! एक तरफ कुआँ था तो दूसरी तरफ खाई थी। अब दोनों में से किसी एक का चयन तो करना ही था।

कई बार आदमी अनिर्णय की अवस्था में सिक्का उछालकर निर्णय लेता है। कई बार अपनी उँगली दूसरे से पकड़वाता है ताकि उसका फैसला नियति करे। दशरथ ने अपने को नियति के सहारे छोड़ दिया। बकरी के बच्चे को सड़क पर रख दिया और सोचा कि जिस ओर वह जाएगा, उधर की ही राह लेंगे। अगर वह गाँव की ओर मुड़ता है तो गाँव चले जाएँगे, भले ही भौजी की जली-कटी सुननी पड़े। अगर ससुराल की ओर मुड़ा तो वहीं चले जाएँगे। पहुँचने के बाद जो भी होगा, देखा जाएगा।

बकरी का बच्चा सड़क पर इस तरह जाकर खड़ा हो गया, जैसे निर्णय लेना उसके लिए भी आसान नहीं हो! जैसे उसे कहीं जाने की इच्छा नहीं! दशरथ को लगा कि जैसे अब तक उनका जीवन भी इसी तरह के अनिर्णय के व्यूह में फँसा रहा है और वे तय नहीं कर पाए हैं कि क्या करें, किधर जाएँ। अभी वे विकल्प के बारे में सोच ही रहे थे कि बकरी का बच्चा धीमे कदमों से उनकी ससुराल की दिशा में चल पड़ा। दशरथ के चेहरे पर मुस्कराहट तैर गई और वे उसके पीछे चल पड़े।

सामने दूर-दूर तक पसरी लंबी सड़क थी। हवा में थोड़ी-सी नमी थी। पैसे उनके पास थे, मगर क्या करें? अगर गया वाले रास्ते से निकलते तो बाजार से अपने लिए कुछ कपड़े-जूते खरीद सकते थे, दाढ़ी भी बनवा सकते थे। पिंजरी के लिए, साले और सास के लिए कुछ कपड़े, कुछ मिठाइयाँ खरीद सकते थे, मगर मात्र उतने के लिए घूमकर चालीस कोस की दूरी तय करनी पड़ती और वे आज नहीं,अगले दिन ही ससुराल पहुँच पाते। मन में आया, जब नियति ही लेकर जा रही है तो क्या सोचना, चलते रहो। जो सामने आएगा, देखा जाएगा।

थोड़ी दूर आगे बढ़े तो बाईं ओर की पगडंडी से एक आदमी आता हुआ दिखा जो पीले रंग की धोती और सफेद रंग का कुरता पहने हुए था। दशरथ के मन में आया, अगर यह आदमी कुछ पैसे लेकर अपने कपड़े दे देता तो उनका काम बन जाता। यह सोचकर निराश हो गए कि कोई आदमी अपने कपड़े क्यों देगा, खासकर वे कपड़े, जिन्हें पहनकर चल रहा हो? दशरथ को यह देख अच्छा लगा जब वह पगडंडी पार कर सड़क पर आया और दशरथ के साथ चलने लगा।

पैदल यात्रा का भी एक अलग आनंद है। बात करते हुए राह कैसे कट जाती है, पता ही नहीं चलता। राह में साथ चलते हुए दो अपरिचित लोग भी जल्दी ही दोस्त बन जाते हैं। दशरथ के भीतर ललक थी। थोड़ी दूर की यात्रा में परिचय भी हो गया।

पहल उसी आदमी ने की। उसने दशरथ से पूछा--"कहाँ मकान है भाई जी?"

दशरथ ने कहा—"गलहौर।"

"अच्छा, अच्छा, जहाँ पहाड़ में दर्रा है?"

वह आदमी उस पहाड़ के दर्रे से एक बार गुजर चुका था। बताने लगा कि किस तरह पार करते हुए उसकी साँस टँग गई थी।

थोड़ी दूर चलने के बाद दशरथ को समझ में आ गया कि यह आदमी अच्छा है। हो सकता है कि अपनी मजबूरी बताने पर उनका काम बन जाए। लेकिन इसकी जरूरत नहीं पड़ी। बातों-बातों में दशरथ को यह पता चल गया कि वह उनकी ससुराल के इलाके के किसी गाँव का नाई था, और किसी लड़की की शादी का सगुन लेकर गया था। लड़के वालों ने उसकी बड़ी

खातिर की थी और नई धोती और नया कुर्ता दिया था। वह जो कपड़े पहनकर गया था, वे उसके झोले में हैं। दशरथ समझ गए कि काम बन सकता है अगर तरीके से बात की जाए।

दशरथ ने पूछा—"आप लोगों को तो साल में बहुत कपड़े मिलते रहते होंगे?"

"नाई हैं, हमेशा दूसरों की रिश्तेदारी में जाना पड़ता है और साल में दर्जनों धोती और कुर्ते मिलते रहते हैं।"

"क्या करते हैं इतने कपड़ों का?"

"कितना पहनेंगे, बेच देते हैं?"

बहुत संकोच के साथ दशरथ ने जब उसे अपना संकट बताया तो वह बिना किसी झिझक के दो रुपए में कुर्ता और धोती दोनों देने के लिए तैयार हो गया। राह चलते दो रुपए का ग्राहक मिल जाने से वह भी खुश था। अचानक उसकी नजर दशरथ की दाढ़ी पर गई—"आपकी तो दाढ़ी भी बढ़ी हुई है!"

दशरथ ने पूछा—"बनाने का सामान है क्या?"

नाई ने मुस्कराकर कहा—"हाँ,असल नाई अपना हथियार नहीं छोड़ते। बिस्कर्मा हैं हमारे। आप अब चिंता मत कीजिए। आपको तो हम अब हीरो बनाकर ही ससुराल भेजेंगे। सामने के बगीचे में चलकर आपका दाढ़ी-बाल बना देते हैं और वहीं आप कपड़ा भी बदल लीजिएगा। जो मैं पहनकर गया था, पहन लूँगा। आपका चेहरा ऐसा खिल जाएगा कि ससुराल में जाने के बाद बीवी को छोड़िए, सालियाँ भी आपकी देह पर लोटने लगेंगी। कितनी सालियाँ हैं आपकी?"

"मेरी पत्नी इकलौती लड़की है।"

नाई ने कहा—"कोई बात नहीं, गाँव में तो होंगी न?"

नाई कहकर जोर से हँस पड़ा तो दशरथ के चेहरे पर भी हँसी तैर गई।

दशरथ खुश थे। अब तक जिन चीजों को लेकर परेशान थे, वे सब सहज ही और अपने-आप सुलभ हो गई थीं। इसी को कहते हैं—जहाँ चाह वहाँ राह! अगर वे लौट गए होते तो कितना बड़ा अनर्थ हो गया होता! पाठे को प्यार से इस तरह देखा जैसे सब कुछ उसी के कारण संभव हुआ हो और बगीचे में पहुँचने के बाद चरने के लिए छोड़ दिया—"जा बेटा, तू भी कुछ खा ले।"

बगीचे में नाई का झोला जमीन पर पड़ा था। जगह साफ थी, बैठ गए। सोच रहे थे कि थोड़ी देर में उनके बाल और उनकी दाढ़ी कट चुकी होगी। नाई के नए-नए कपड़े उनकी देह पर होंगे। चप्पल वही होगी मगर चप्पल कौन देखता है! एक बार मन में आया कि पाठा नाई को दे देंगे मगर दूसरी बार लगा कि वह पाठा ही उनकी यात्रा का सगुन है, उसे नहीं देंगे।

नाई कटोरी में पानी लेने गया था, आ गया और दशरथ के सामने बैठ गया।

नाई स्वभाव से बातूनी होते हैं और किसी भी आदमी का मन पढ़ना जानते हैं। दो रुपए के लालच में नाई मजा लेकर अपनी पहली ससुराल-यात्रा का अनुभव दशरथ को सुना रहा था और हिदायतें भी दे रहा था कि वहाँ क्या करना चाहिए और क्या नहीं करना चाहिए।

दशरथ के सिर के बाल कट चुके थे और नाई अब बड़े ही प्यार से उनकी दाढ़ी के बाल भिगो रहा था। दाढ़ी भिगो लेने के बाद उस्तरे को चमौटी पर रगड़कर धार दिया, और दाढ़ी बनाना आरंभ कर दिया। नाई सधा हुआ कलाकार था। दशरथ के चेहरे पर उसका उस्तरा

इतनी मुलायमियत के साथ चल रहा था कि उन्हें एहसास भी नहीं हो रहा था कि उनकी दाढ़ी बन रही है।

सब कुछ सुखद था तभी एकाएक पीछे से किसी जानवर के हकड़ने की भयानक आवाज सुनाई पड़ी। पहली बार उन्होंने उसे सुनकर भी अनसुनी कर दी मगर दूसरी बार जब वही आवाज आई और ऐसा लगा कि आवाज उनकी ओर बढ़ रही है तो दशरथ ने नाई को रोक अपनी गरदन घुमाकर आवाज की दिशा में देखा।

दो लंबी-लंबी सींग, चौड़ी देहयष्टि, लाल-लाल अंगूरी आँखें...यमराज की तरह भयानक एक काला साँड़ उधर से दौड़ता हुआ उनकी ओर ही आ रहा था। उसके खुर हवा में उठते तो उसकी भयानकता को और बढ़ा देते।

दशरथ ने खतरे को भाँपकर नाई की ओर देखा—''इधर ही आ रहा है।''

नाई ने साँड़ को आते देख मासूमियत के साथ कहा—''काहे परेशान होते हैं! वे सरेह के राजा हैं, निकल जाएँगे।''

''और आ गया तो?''

''हमने क्या बिगाड़ा है उनका, आप निश्चिंत रहिए।''

और इत्मीनान से दशरथ की दाढ़ी बनाने लगा। मगर होनी कुछ और ही थी। साँड़ दौड़ता हुआ उनकी ओर ही बढ़ता चला आ रहा था। नाई और दशरथ दोनों चौकन्ने होकर खड़े हो गए। वे कुछ सोचते, इसके पहले साँड़ नाई के पास पहुँच गया। फिर तो नाई ने सब कुछ भूलकर दौड़ लगा दी।

भागते हुए नाई चिल्ला रहा था—''जान छोड़िए राजा साहेब!''

नाई जिस गति से भाग रहा था, उसी गति से साँड़ भी उसके पीछे भागता जा रहा था। बगीचे में खड़े होकर दशरथ नाई का पीछा करते साँड़ को देख रहे थे और हालात कुछ ऐसे बन गए थे कि वे हँस रहे थे।

देखते-देखते नाई और साँड़ दोनों दिशाओं के अंतहीन विस्तार में न जाने कहाँ जाकर गुम हो गए। दशरथ ने पहले पैर उचकाकर देखा फिर पेड़ की डाल पर चढ़कर देखा, दूर-दूर तक उनका कोई पता नहीं था। अब कपड़े कहाँ से लाएँगे? थोड़ी देर पहले उम्मीद की जो किरण रोशनी लेकर आई थी, अब वहाँ अँधेरा पसर गया था। दशरथ का हाथ जब अपने चेहरे पर गया तो अचानक से उनको जैसे भक मार गया।

चौबे जी गए थे छब्बे जी बनने, मगर दूबे जी कहाँ, वे तो उपाध्याय जी बन गए थे। दशरथ के चेहरे के एक तरफ दाढ़ी पूरी तरह बन चुकी थी मगर दूसरी तरफ झाड़ियों से बाल अब भी लहरा रहे थे। दशरथ ने अपना सिर पीट लिया। धोती भी नहीं मिली, कुर्ता भी नहीं मिला और जो मिला, वह न मिला होता तो ज्यादा अच्छा होता।

इस हालत में तो अब वे ससुराल जा ही नहीं सकते। ससुराल के लोग इस हालत में देख यही कहेंगे कि जरूर कोई बड़ी गलती की है, जिसके एवज में दंडस्वरूप आधी दाढ़ी काटकर छोड़ दिया गया है और यह शरण पाने के लिए भागकर यहाँ आया है। पैसे पास में थे लेकिन दयनीय बनकर जेब में पड़े थे। बहुत देर तक दशरथ ने नाई का इंतजार किया कि शायद लौटकर आ जाए लेकिन जब वह वापस नहीं आया तो उस दिशा में चल पड़े। काफी दूर तक जाकर नाई को खोजा मगर कुछ पता नहीं चला। आस-पास कोई गाँव भी नहीं था। अब क्या करें?

रास्ते में चलते हुए आते-जाते लोगों की नजरों से बचने के लिए गमछे से उन्होंने अपना चेहरा इस तरह बाँध लिया, जैसे औरतें घूँघट निकाल एक फाँक आँख और एक फाँक नाक के सहारे अपना काम चलाती हैं।

13

इधर गलहौर में भी शाम ढल रही थी। पहाड़ की ओर चरने के लिए गई सारी बकरियाँ और सूअर लौटकर आ गए थे और अपने-अपने बाड़ों में समा चुके थे। घरों के छप्पर से धुआँ उठकर आसमान को काला कर रात के उतरने का रास्ता बना चुका था। हवा में फागुन की बतास थी।

नीम के पेड़ के नीचे माँझी-समुदाय जमा होने लगा था।

माँझी टोल का हर आदमी अपने रंग में रँगने के लिए तैयार था। अलग-अलग तरह से सभी अपनी शाम को सजाने का यत्न कर रहे थे। इतने सारे लोगों के बीच अगर कोई एक आदमी परेशान था तो वे थे जूना। ताड़ी की भरी-पूरी लबनी उनके ठीक सामने पड़ी थी और गिलास हाथ से उठ नहीं रहा था। धनिया सामने बैठी लगातार बड़बड़ा रही थी। दशरथ के दो और जूना के तीन बच्चों ने खाना नहीं खाया था और बुधुआ तेज-तेज रो रहा था। इसका कारण यह था कि सुबह में खाना खाकर बकरी चराने गए दशरथ अभी तक लौटकर घर नहीं आए थे...बकरियाँ भी नहीं आई थीं। अमूमन दशरथ बकरी चराकर गाँव में सबसे पहले अपने घर आ जाते थे और माँझी टोल के लोगों के बैठने के पहले छेदी या पहाड़ी बाबा के यहाँ चले जाते थे।

जूना ने छेदी और झौरी के पास जाकर देख लिया था, वे वहाँ नहीं थे। पहाड़ी बाबा के यहाँ भी नहीं थे। पहाड़ का भी एक चक्कर मार आए थे।...कई लोगों से पूछा भी था मगर दशरथ का कहीं पता नहीं चला था। किसी ने दशरथ के बारे में कोई सूचना नहीं दी थी। बकरियों के दूध के साथ बच्चे भात खाते थे। भात बन गया था मगर बुधुआ बगैर दूध के खाने के लिए तैयार नहीं था।

जब बुधुआ की रुलाई नहीं थमी तो भौजी गुस्से में उठी और दशरथ के अभी तक न आने का गुस्सा निकालते हुए कहा—"मेरा मांस खा लो...चैन आ जाएगा।"

जब बुधुआ पर इसका कोई प्रभाव नहीं पड़ा तो तड़ातड़ तमाचे लगा दिए। बुधुआ और जोर-जोर से रोने लगा।

सनीचरी खाना खा रही थी। बुधुआ को रोते देख खाना छोड़कर वह भी रोने लगी।

दशरथ को लेकर जूना आश्वस्त थे कि एक-न-एक दिन वह राह पर आ जाएगा मगर उनकी पत्नी धनिया कुछ और सोच रही थी। वह कुछ दिनों से चुप जरूर थी मगर उसका कहना था, बाँस अगर काँच में नहीं झुका तो पकने पर नहीं झुकेगा, टूट जाएगा। जूना की यह सहानुभूति दशरथ को और निकम्मा बना देगी। छेदी, झौरी, पिंजरी और पहाड़ी बाबा के साथ टोले में जिनकी भी सहानुभूति दशरथ के साथ थी, सबको वह खुलेआम कोसती और कहती कि आप लोग दशरथ का भला नहीं कर रहे हैं। किसी की बात का उस पर कोई असर नहीं होता।

ताड़ी की पहली खेप पहुँचा देने के बाद राजबरन पासी माँझी टोल का एक चक्कर और लगाता ताकि किसी को अगर कम पड़े तो उसे लाने के लिए जाना नहीं पड़े।

दूसरी खेप में बच्चों के रोने की आवाज सुन राजबरन पासी पूछने लगा—''काहे बच्चों को मार रही हो भौजी?''

जब उसने देखा कि जूना के ताड़ी की लबनी जस-का-तस पड़ी है तो उसका माथा ठनका।

राजबरन अपने फन में पूरा उस्ताद था। किसी को अपनी ताड़ी पीते हुए देखता तो उसे वही सुख मिलता जो माँ को बेटे को खाना खाते देखकर मिलता है। इसकी एक बड़ी वजह थी। माँझियों को पहली लबनी तक इस बात का आभास रहता कि ताड़ी कैसी है। वह बिलकुल असली और दिन भर धूप में पका माल देता किंतु जब पहली लबनी समाप्त हो जाती, उसके बाद तीन दिन का सड़ा हुआ पानी मिलाकर देता। वह जूना के पास दूसरी लबनी के लिए पूछने आया था, मगर यहाँ तो आरंभ भी नहीं हुआ था। 'बच्चों को काहे मार रही हो भौजी' में जो सहानुभूति थी, उसका कारण यही था।

उसकी सहानुभूति से पसीजकर धनिया ने गुस्से में बता दिया—''अभी तक दशरथ बकरी चराकर नहीं लौटा है, इन सबके लिए कहाँ से दूध लाएँ?''

''बकरी चराकर नहीं आया?''

बकरी का नाम सुनते ही राजबरन पासी कहीं खो सा गया।

दिमाग पर जोर डाला तो उसके चेहरे पर अजीब-सी चमक उभरी। उसे लगा कि कहीं उसने बकरियों को देखा है। एकाएक उसे कुछ याद आया।

जब उसे गाँव में कुदन कुम्हार के आने की सूचना मिली थी तो वह खुश हो गया कि उसका एक और ग्राहक बढ़ा। शाम होने के पहले ही वह कुदन कुम्हार के घर जा पहुँचा और गाँव में स्वागत करते हुए एक लबनी ताड़ी मुफ्त में थमा दी।

कुदन कुम्हार मुफ्त की ताड़ी देख खुश हो गए और कहा—'राजबरन, किसी अच्छे ताड़ की एक लबनी ताड़ी रोज पहुँचा दिया करना।'

राजबरन ने भी खुश होकर कहा—'आपको रोज मक्खन वाले ताड़ की ताड़ी पहुँचाऊँगा।'

राजबरन के पास मक्खन वाला एक ही ताड़ था जिसके नाम पर सारी ताड़ी बेच लेता। जब वह कुदन के घर से बाहर निकला तो उसे दरवाजे के बाहर कुछ बकरियाँ दिखीं जो कटहल के पत्ते खा रही थीं। बकरियाँ जानी-पहचानी लगीं। उसने अपने दिमाग पर जोर देकर याद करने की कोशिश की और जब याद नहीं आया तो चल पड़ा। अभी जब धनिया ने बताया कि दशरथ अभी तक बकरी चराकर नहीं आया तो उसे याद आ गया कि वे बकरियाँ तो जूना की थीं।

''अरे भौजी, आपकी बकरी तो हमने अभी थोड़ी देर पहले कुदन कुम्हार के दरवाजे पर बँधी देखी है।''

उसकी बात सुन भौजी चौंकी—''कुदन कुम्हार के घर! वहाँ कैसे चली गई?''

''वो तो मैं नहीं जानता पर आपकी बकरियाँ ही थीं, चितकबरी से पहचाना मैंने।''

राजबरन लगाने-बुझानेवाला आदमी था। दशरथ दारू-ताड़ी बहुत कम पीता था और राजबरन का विरोध करता था इसलिए राजबरन उसे नकली माँझी कहता था।

जूना माँझी को राजबरन की बात पर यकीन नहीं हुआ—''नहीं, ऐसा नहीं हो सकता।''

"जाकर देख लीजिए भैया। साँच को आँच क्या! आप अपनी नजरों से देख लेंगे तो भरोसा हो जाएगा।"

राजबरन ने यकीन दिलाने के लिए जब हाथ में पड़ी मिट्टी की लबनी की कसम खाई तो जूना को यकीन हुआ मगर यह नहीं समझ सके कि उसके पास बकरियाँ कैसे गईं।

"मैं देखकर आता हूँ," कहकर जूना कुदन कुम्हार के घर की ओर चल पड़े।

बच्चों को उसी तरह छोड़कर धनिया भी उनके पीछे चल पड़ी।

कुदन कुम्हार को गाँव में रहने की जो जगह दी गई थी, वह बबुआन टोल और माँझी टोल के बीच में कुएँ के पास थी। कुदन कुम्हार अपने दरवाजे के बाहर कटहल के पेड़ के नीचे नई-नई बुनी गई बाँस की खाट पर बैठे थे और अनुमान लगा रहे थे कि खपड़ा-नरिया की पथाई किस ओर हो और आवाँ कहाँ लगाया जाए। मन-ही-मन एक जगह देख तय कर लिया कि यही ठीक रहेगा, यहाँ पथाई होगी। आवाँ के बारे में बाद में सोचा जाएगा। अचानक खयाल आया कि क्यों नहीं पत्नी से भी इस पर विचार कर लिया जाए। उन्होंने आवाज देकर अपनी पत्नी को बुलाया—"कनेउआ...कनेउआ!"

कुदन कुम्हार जरा तेज बोलते थे। उनके 'कनेउआ' कहने में एक खास तरह का सुर था, जिससे उनकी प्रफुल्लता और यह बात जाहिर होती थी कि वह अपनी नई पत्नी कैली को बहुत प्यार करते हैं।

उनकी नई नवेली पत्नी कैली दरवाजे पर आई। दरवाजे की ओट से घूँघट से एक फाँक आँख...एक फाँक नाक दरवाजे के बाहर निकली और बहुत ही कोमल स्वर उभरा—"जी, क्या बात है?"

पत्नी की आवाज सुनकर कुदन कुम्हार जैसे गद्‌गद हो गए—"अ...हा...हा...हा... क्या कर रही हो?"

"सब्जी काट रही हूँ..."

"अ...हा...हा...हा...सब्जी...जाओ, काटो।"

जब भी वे कुछ काम कर रहे होते, अपनी पत्नी को पुकारते।...एक पल के लिए पत्नी की सूरत देख खुश हो जाते।...आवाज सुनकर खुश हो जाते। पत्नी को देख कुदन कुम्हार इस तरह खुश हो गए कि पत्नी चली गई तो उन्हें याद आया कि उन्होंने उसे आवाँ और पथाई की जगह पर बात करने के लिए बुलाया था। दूसरी बार बुलाना चाहा तो सामने देखा, कोई आ रहा था।

पहले कुदन कुम्हार को डर हुआ कि यहाँ भी मजनुओं की लाइन तो नहीं लग गई! मगर उन्हें यह देखकर राहत हुई कि आनेवाला आदमी अकेला नहीं था। उसके साथ एक औरत भी थी। पास आने पर पता चला कि वह आदमी जूना माँझी था और साथ में उसकी पत्नी धनिया थी।

दशरथ ने ही कुदन कुम्हार को बकरियाँ बेची थीं। सारा माजरा उनकी समझ में आ गया। अपनी तेज आवाज को मुलायम बनाते हुए बोले—"का बात है जूना?"

जूना और उनकी पत्नी की नजरें चारों ओर अपनी बकरियों को तलाश कर रही थीं। धनिया को कटहल के पेड़ के दूसरी ओर बँधी बकरियाँ दिख गईं और वह भागती हुई उनकी ओर गई। जाने-पहचाने कदमों की आहट मिली तो बकरियाँ उठकर खड़ी हो गईं और में-में करके धनिया का स्वागत किया। चितकबरी धनिया को चाटने लगी, जैसे कह रही हो कि हमें घर ले चलो।

सारी बकरियाँ जस-की-तस थीं—बस, एक नन्हकी पाठा नहीं था। जूना भी धनिया के पास आ गया। दोनों को बकरियों के पास आया देख कुदन कुम्हार सोच रहे थे कि अगर जूना इन बकरियों को ले जाने के लिए कहे तो कितना दाम माँगना चाहिए? मन-ही-मन उन्होंने अनुमान लगाया कि तीस रुपया माँगेंगे और पच्चीस रुपया तक दे देंगे। वह भी आकर जूना और धनिया की बगल में खड़े हो गए।

"आ-हा-हा...ये जानवर तो इनसान से भी अच्छे हैं। मुआर के पाँव की आहट भी पहचान लेते हैं और देखो, कैसे में-में करने लगे, जैसे बच्चा माँ को देखकर चिल्लाने लगता है!"

जूना ने बकरियों से नजर हटा कुदन कुम्हार को देखकर पूछा—"कुदन भाई, ये बकरियाँ आपके पास कैसे आईं?"

कुदन के चेहरे पर इस तरह मुस्कराहट फैल गई, जैसे शिकार को अपनी ओर आते देख शिकारी के चेहरे पर फैलती है—"अरे भाई जूना, धूप में बाल नहीं पकाया है तुमने भी। पंख तो हैं नहीं कि उड़कर आ जाएँगी। गरदन में पगहा है। इतना तो तुमको भी पता होगा कि कुदन कुम्हार चोर नहीं है। किसी ने रोकड़ा लेकर पगहा थमाया है कुदन को, तब आई हैं।"

'किसी ने' का मतलब साफ था। सुनकर जूना को काठ मार गया। धनिया के चेहरे पर हवाइयाँ उड़ने लगीं। उसने जान-बूझकर नाम उगलवाने के लिए जोर देकर पूछा—"किसने?"

कुदन भी कम उस्ताद नहीं था—"अब मुँह काहे खुलवाती हो धनिया, अकलमंद के लिए तो इशारा ही काफी होता है।"

धनिया के भीतर से गुस्से की तेज लहर उठी, आखिर आ ही गया दशरथ अपनी असली औकात पर। जूना ने साफ-साफ पूछा—"दशरथ ने बेचा बकरियों को?"

"हाँ।"

इस बार धनिया ने पूछा—"कितने में?"

कुदन के चेहरे पर फिर वही मुस्कान तैर गई—"अरे भौजी, आपके लिए बकरी होगी, मेरे लिए तो हाथी है। और हाथी की खरीद के दाम का खुलासा नहीं किया जाता। तुम्हारी बकरियाँ हैं, तुम्हारे बच्चे इसके साथ हिले-मिले होंगे, ले जाना चाहती हो, ले जाओ। तीस रुपए दे दो, मुझे भी पैसों की बड़ी जरूरत है। गाँव में नया आया हूँ, तुम लोगों के लिए ही आवाँ लगाना है।"

कुदन की बात सुन जूना को धक से लगा और लगा कि धनिया वहीं आपे से बाहर हो जाएगी। मगर जूना ने उसे रोक लिया। जूना बकरियों के पंद्रह रुपए देने को तैयार थे मगर कुदन पच्चीस से कम किसी भी हाल में करने को तैयार नहीं थे। उलटे इस तरह चढ़ा रहे थे कि ताव में जूना पैसे निकालकर दे दें।

"अरे जूना भैया, पच्चीस रुपए तो कसाई भी आकर दे जाएँगे इन बकरियों के।"

जूना ने कहा—"अभी पैसा लेकर नहीं आए हैं। कल सुबह आते हैं। एक बार फिर इस पर बात करेंगे।"

जब जूना आश्वासन देकर लौटने लगे तो कुदन ने उसी धृष्टता के साथ कहा—"ज्यादा देर मत करना जूना भाई...हमको भी पैसे की बहुत जरूरत है। कल अगर न आए तो मुझे कोई-न-कोई फैसला लेना पड़ेगा।"

जूना सोच रहे थे कि अब तक के जीवन में दशरथ ने इस तरह का कोई काम नहीं किया। आज अगर उसने ऐसा किया तो क्या उसे पैसों की कोई सख्त जरूरत थी? क्या उसने कोई

नया काम करने का मन बना लिया है? अगर ऐसा ही था तो उसने जूना से माँगा क्यों नहीं? कुदन ने तो उससे औने-पौने दाम पर बकरियाँ ली होंगी। तुरंत उन्हें खयाल आया, हो सकता है, धनिया की कलह की वजह से दशरथ को जूना से कहने की हिम्मत नहीं हुई हो! वहीं धनिया सिरे से इस बात पर कायम थी कि माटी का पापड़ बेलते रहिए, दशरथ बकरी बेचकर होली खेलने ससुराल गया है।

लौटकर जब वे घर आए तो लोगों ने बकरियों के बारे में पूछा और पलक झपकते चारों ओर यह बात फैल गई कि दशरथ कुदन कुम्हार को बकरी बेचकर जाने कहाँ गायब हो गया है। कहाँ गया होगा, इस बात के कयास लगाए जा रहे थे। माँझी टोल के मर्द जूना की ओर और औरतें धनिया की ओर आकर जानने का प्रयत्न कर रही थीं कि आखिर क्या हुआ था। जूना को ही नहीं, गाँव में किसी को भी यह यकीन नहीं हो रहा था कि दशरथ ऐसा भी कर सकता है।

वहीं धनिया के दिमाग में जैसे बिजली कड़क रही थी। बकरी उसके गाँव से मिली थी...कैसे-कैसे एक बकरी से पाँच किया था...मौका-बे-मौका बकरी ही वह ताकत थी जिसे बेचकर अचानक आनेवाली किसी भी कठिनाई से वह निकल जाती थी। बकरियाँ उसके सुखी जीवन का शृंगार थीं तो दुखी जीवन के लिए उपकार। वह रो नहीं रही थी मगर हर साँस के साथ उसकी आँखों से खून टपक रहा था। बकरियों के बिकने की खबर से अधिक जूना के व्यवहार ने उसे पागल कर दिया था। वह नहीं समझ पा रही थी कि कल ही अगर कोई मुसीबत आ जाए तो क्या करेगी? ऊपर से जब वह गाँव वालों की बात सुनती कि दशरथ ऐसा नहीं कर सकता तो उसके गुस्से की आग में जैसे घी पड़ जाता।

धनिया की हालत को जूना समझ रहे थे। वह औरतों के बीच जिस तरह अपना दुख प्रकट कर रही थी, वह देखकर जूना उसके पास आए और कहा—"अपने ऊपर काबू रखो धनिया।"

जूना की बात का धनिया के ऊपर उल्टा असर हुआ—"कितना काबू रखें? तुम कपार पर चढ़ाओ और हम काबू रखें? जब घर में दस पैसा घटता था, मुखिया मदद करते थे। उनके यहाँ चरवाही तो छोड़ो ही, छेदी से हल का फाल टेढ़ा करवाकर उसने दुश्मनी मोल ली और हम काबू रखें? मलिकान का बीस रुपया दंड भी दें और काबू भी रखें? तुम्हारी नजर में दशरथ लाट साहब होगा, मेरी नजर में दू कौड़ी का आदमी नहीं है।"

"बकवास बंद करो।"

"बकवास कर रही हूँ मैं?" उसने सामने पड़ा चाकू उठा लिया और जूना के हाथ में थमाते हुए कहा—"लो, मेरी गरदन रेत दो। तब हम काबू में आएँगे। जीते-जी हमसे अब ई सब नहीं सहा जाएगा।"

जूना भी नहीं समझ सके कि अब क्या कहें। जूना को चुप देख उसने चाकू एक ओर फेंका और उसी जगह बैठ जोर-जोर से, चिल्ला-चिल्लाकर, छाती पीट-पीटकर रोने लगी। जितना ही वह रोती उतना ही दशरथ को कोसती। उसे रोते देख माँझी टोल की औरतें उसके पास सिमट आईं। आनेवाली औरतों में रमिया भौजी भी थी। रमिया को आया देख धनिया जैसे और जल उठी। अब वह सुना-सुनाकर टोले की उन औरतों को गाली बकने लगी जो दशरथ से प्यार से बोलकर, फुसलाकर बेगारी कराती थीं और पीठ पीछे उनकी प्रशंसा करती थीं, जिसके कारण उनका मन बढ़ा था।

रमिया ने महसूस किया कि ये सारी बातें उसी को लक्ष्य करके कही जा रही हैं मगर उसके मरद ने जबान पर ताला लगाने का इशारा कर दिया था जिससे वह चुप लगा गई थी।

तभी अचानक मुनिया की माई ने सामने आकर कहा—"ए जूना बो...दशरथ तुम्हारा देवर है। उसकी कमाई तुम खाओ या अपनी कमाई उसको खिलाओ, गाँव को गाली क्यों दे रही हो?"

धनिया की देह में जैसे आग लग गई—"का करके खिलाया है हमको...आज तक कोई कह दे तो...घर के लिए आज तक एक बाल्टी पानी नहीं लाया होगा...पानी किसी और के लिए लाता है।" कहते हुए उसकी नजर रमिया पर गड़ी थी।

कुछ दिन पहले रमिया के बच्चे की तबीयत खराब थी। घर में अकेली थी। उसने दशरथ से कहा था कि ए बबुआ जी, एक बाल्टी पानी ला दीजिए, छोटका की तबीयत खराब है और दशरथ ने पानी ला दिया था। संयोग से दशरथ की भौजी ने दशरथ को पानी लाते देख लिया। उस समय तो उसने कुछ नहीं कहा मगर अब गुस्से में वही बात रमिया को सुना रही थी।

धनिया पहले भी कई बार यह बात सुना चुकी थी।

वैसे भी वह रमिया से नाराज रहती थी। जब भी घर में दशरथ को उनके भाई जूना या वह कुछ समझाना चाहती तो वे घर से निकल जाते और सीधा रमिया की झोंपड़ी में जाकर बैठ जाते। उसका मानना था कि दशरथ को बिगाड़ने में गाँव में पहाड़ी बाबा, छेदी और झोरी का हाथ है तो माँझी टोल में रमिया का।

गुस्से में धनिया यह भी भूल गई कि वह क्या कह रही है—"हाँ, हाँ...हम यह बात उन लोगों को भी सुनाकर कह रहे हैं जो दशरथ को अपनी झोंपड़ी में ले जाकर खसम बना के रखते हैं।"

अब तक रमिया चुप थी मगर कितना चुप रहती! दशरथ को तब से देखा है जब उसकी भौजी यहाँ नहीं आई थी। बचपन से उसको देखा था...बच्चे की तरह उसके साथ लगा रहता था। 'भौजी, तुम बहुत अच्छा तरकारी बनाती हो,' कहता तो खाते समय एक कलछुल तरकारी उसके थाल में डाल आती। भंसार से लौटती तो दो मुट्ठी भूँजा दे देती। कहीं जाना होता तो कहती—'ए दशरथ, देख न ताला हमसे बंद नहीं होता है।'

दशरथ चुपचाप आता, हाथ से ताला-चाभी लेकर ताला लगा देता। बस, इतना करने के कारण यह राँड़ बेटा जैसे दशरथ को खसम बना रही है! इसका तो झोंटा पकड़ के सूअर के बाड़ में बाँध देना चाहिए।

वह तमतमाकर सामने आकर खड़ी हो गई—"लाज-शरम एकदमे घोर के पी गई हो! बेटा जैसे दशरथ को खसम बना रही हो! दशरथ कुछ नहीं करता, उसकी मेहरिया तो दिन-रात खटती थी और तू नीम के पेड़ के नीचे बैठकर चबेना फाँकती थी, उ सब भूल गई? जितना उघट रही हो, उससे दुगना कर के गई है। खसम बनाने की बात बोली तो बोली, आगे से मत बोलना।"

धनिया भी आज उसे बकसने की मूड में नहीं थी। नहले पर दहला मारते हुए बोल पड़ी—"जब कवनो बात नहीं है, खसम बनाकर नहीं रखा है तो मरिचा काहे लग रहा है? हम गारी दे रहे हैं अपना देवर को।"

रमिया पहली बार अपना आँचल कमर में खोंस तनकर खड़ी हो गई—"बड़ा देवर वाली भौजाई बनती है! कहते हुए शरम भी नहीं आती। हमही नहीं, पूरा माँझी टोल के लोग साँझे से देख रहे हैं कि बिना माई-बाप के बच्चा को खाना माँगने पर मार-मार के रोवा रही है।"

धनिया ने रमिया के मुँह से बच्चों की बात सुनी तो उसके पैरों से एक चिनगारी-सी उठी और उसके दिमाग तक पहुँच गई। उसने बच्चे को मारा जरूर था लेकिन यह सोचकर नहीं मारा था कि वह दशरथ के बच्चे को मार रही है। उसकी जगह उसका अपना भी बच्चा होता तो वह उसके साथ वही सलूक करती मगर ये राँड़ कैसे कह रही है, जैसे रोज-रोज उनको वही खिलाती है, वही गाँड़ धोती है! दशरथ का बेटा भी पिंजरी के आने के बाद जिस तरह बदल गया था, उसके लिए अविश्वसनीय था। वह लड़ने के लिए तत्पर हो गई और गुस्से में दशरथ के दोनों बच्चों, सनीचरी और बुधुआ का हाथ पकड़ लगभग घसीटती हुई रमिया के पास ले गई और कहा—''तेरा खसम है न, ले जा, तू ही पाल उसके बच्चों को।''

बच्चों को उसकी ओर धकेल जैसे धिराते हुए कहा—''आज के बाद मेरे दरवाजे का रुख किया तो मुँह में जलता हुआ कोयला ठूँस दूँगी।''

दोनों बच्चों ने अभी तक कुछ खाया नहीं था। घर में वे अचानक उपजे इस तनाव को समझने की कोशिश कर रहे थे और चुप थे। धनिया जब उन्हें घसीटकर ले जा रही थी तब भी वे चुप थे मगर मुँह में कोयला ठूँसने की बात सुनी तो रमिया से चिपटकर दोनों जोर-जोर से रोने लगे।

रमिया ने दोनों बच्चों को अपनी ओर खींच सीने से लगा लिया और अपने मरद से कहा—''ले जाकर खिला दो, साँझे से भूखे मर रहे हैं बेचारे।''

जीतन को लगा कि रमिया रहेगी तो लड़ेगी और बात बढ़ेगी। उसने झगड़ा टालने की गरज से कहा—''तुम्हीं ले जाकर खिला दो।''

रमिया ने बच्चों का हाथ पकड़ा और धनिया पर एक नजर डाल व्यंग्य से कहा—''दशरथ मेरा खसम है तो ये बच्चे मेरे ही हुए। अब इनके बारे में अगर कुछ कहा तो वही जलता कोयला मैं तुम्हारे मुँह में ठूँस दूँगी।'' और वह खाना खिलाने के लिए अंदर झोंपड़ी में लेकर चली गई।

बच्चों के जाने के बाद धनिया पर जैसे पागलपन सवार हो गया। अब झगड़ा मुहल्ले से निकलकर पति-पत्नी के बीच आ गया। धनिया जोर-जोर से चिल्ला रही थी—'हमारी बकरी नहीं आई तो आज घर में आग लगा दूँगी।'

14

दशरथ शाम ढलने से पहले ससुराल की सरहद में पहुँच चुके थे। चलते-चलते अब वे नहर के उस भाग पर पहुँचे जहाँ शादी के समय पिंजरी को उसके घरवाले छोड़कर गए थे। यहाँ से एक पतली सड़क पुलिया को पार कर पिंजरी के गाँव जाती थी। वे वहीं रुक गए। उनके सामने सबसे बड़ा संकट था कि इस हाल में ससुराल कैसे जाएँ। पहला संकट उनकी आधी कटी दाढ़ी थी और दूसरा संकट बकरी का बच्चा।

काफी देर तक विचार करने के बाद उन्होंने तय कर लिया था कि शाम के ढलने तक यहीं बैठकर समय काट लेंगे और जब रात हो जाएगी तो ससुराल जाएँगे। इस तरह न तो कोई उनकी दाढ़ी देख पाएगा, न ही बकरी के बच्चे को।

एक बार पिंजरी से मुलकात हो जाए तो वह अपने आप सब कुछ सँभाल लेगी। अब उन्हें लग रहा था कि बकरी के बच्चे को साथ लाकर उन्होंने गलती की थी...मगर दाढ़ी बनवाने में तो कोई उनकी गलती नहीं थी। अब तो जो होना था, हो चुका है।

कई बार मन में आता कि पिंजरी कहीं से आती हुई दिख जाती तो कितना मजा आता! एक बार मन हुआ कि किसी से खबर देकर पिंजरी को यहीं बुलवा लेते हैं। ऐसा हो सकता था मगर बात गोपनीयता के साथ अगर पिंजरी के पास नहीं पहुँची तो मामला बनने के बजाय बिगड़ सकता है और आधा चेहरा छुपाए यहाँ किसी से कहेंगे कि पिंजरी को बुला दो तो वह क्या समझेगा? इस हालत में बात तो सबके पास पहुँच ही जाएगी। रात होने का इंतजार करना ही उनके लिए सबसे बेहतर विकल्प है। वे आराम से नहर की पुलिया पर बैठ गए।

रात उतर आई और आसमान में तारे निकल आए तो दशरथ ने सोचा कि अब चलना चाहिए। माँझी समुदाय के लोग शाम ढलते ही दारू-ताड़ी पीने में मशगूल हो जाते हैं। अब वे पीना शुरू कर चुके होंगे। उनके पहुँचने तक तो वे नशे में एकदम धुत्त हो चुके होंगे। तब पहुने को दरवाजे पर बिठाकर पानी पिलाने या हाल-चाल पूछने की औपचारिकता नहीं रहेगी और सीधा उन्हें घर के भीतर ले जाया जाएगा। अगर किसी ने पूछा कि चेहरा क्यों बाँध रखा है तो कह देंगे कि दाँत में बहुत दरद है। एक बार पिंजरी को झोला थमाते हुए बता देंगे कि बकरी का बच्चा भी उसमें है और रास्ते में कैसे उनके साथ ये सब घटित हुआ तो फिर उनका सारा संकट समाप्त हो जाएगा। यह सोचकर उन्होंने पुलिया को पार किया और धीरे-धीरे गाँव की ओर बढ़ चले।

उनका चेहरा अब भी गमछे से बँधा था और पाठे को उन्होंने सँभालकर नाई के उस झोले में डाल दिया था जो साँड़ के पीछा करने पर छोड़कर भाग गया था। ऊपर से नाई के पुराने कपड़े इस तरह रख दिये थे कि उसे साँस लेने में कोई परेशानी न हो। झोले में रखने से पहले उन्होंने सख्ती से हिदायत दी थी कि रास्ते में बोलना मत और चलते हुए वे अपने हाथ को हमेशा इतनी दूरी पर रख सहलाते रहे थे कि जब कभी वह बोले तो उसका मुँह बंद किया जा सके। पता नहीं, क्या हाल हुआ होगा उस बेचारे नाई का, जब यह सोचा तो उनके चेहरे पर मुस्कराहट तैर गई।

दशरथ गाँव में बचकर चल रहे थे। रास्ते में अगर किसी ने बात करने की कोशिश भी की तो वे उसे भरसक टालेंगे। उनका पहला मकसद था पिंजरी से मिलना।

जीवन की गति अजीब है। हमेशा वही नहीं होता जो आदमी सोचकर चलता है। दशरथ अभी गाँव में प्रवेश कर थोड़ी दूर ही गए थे कि पीछे से आती हुई एक तेज आवाज सुनाई पड़ी—"ए भाई..."

दशरथ को आवाज तो सुनाई पड़ी मगर उन्हें लगा कि कोई किसी और को आवाज दे रहा है इसलिए अनसुनी कर चलते गए। मगर जब दूसरी बार वही आवाज आई, और सामने कोई दूसरा नहीं दिखा तो समझ गए कि यह आवाज और किसी के लिए नहीं बल्कि उनके लिए ही थी। दशरथ रुक गए और मुड़कर देखा।

रात में चेहरा तो पहचान में नहीं आया मगर लगा, एक मर्द, एक औरत और एक बच्चा पीछे से लगभग दौड़ते हुए उनकी ओर ही आ रहे थे। दशरथ के पास दो विकल्प थे—या तो वे भाग खड़े हों या रुक जाएँ। भागने का कोई कारण नहीं था, दशरथ ने यह विचार छोड़ दिया। जब वे दौड़ते हुए पास आ गए तो लड़के ने पहले पहचानने की कोशिश की और मुँह पर गमछा बँधा देख बेअदबी से अपनी माँ से दशरथ को दिखाकर कहा—"माँ, यही आदमी है, जिसने हमारा पाठा चुराया है।"

यह वही लड़का था जो पुलिया पर मिला था और देखकर भाग गया था। दशरथ समझ गए कि कुछ गडबड़ है। अब उनको काटो तो खून नहीं। औरत, मर्द और बच्चा अब कुछ पीछे हटकर दशरथ को देख जोर-जोर से 'चोर-चोर' चिल्ला रहे थे ताकि गाँव के अन्य लोग भी आ जाएँ। पता नहीं, जान बचाने के लिए चोर भाग न जाए या आक्रमण न कर दे!

'चोर-चोर' की आवाज देने और सुनने का एक नियम है। जब कोई गाँव में इस तरह आवाज देता है तो हर सुननेवाला जहाँ है, वहीं से आवाज देता है कि 'आ रहे हैं...घेरो, भागने ना पाए।'

औरत और मर्द की आवाज के जवाब में अब चारों ओर से आवाजें आने लगी थीं और दौड़ती हुई टॉर्च की रोशनी निरंतर दशरथ के करीब आती जा रही थी। जब लोगों ने दशरथ को चारों ओर से घेर लिया तो औरत गाली देते हुए कहने लगी—"नासपीटा, मुँह छुपाकर गाँव में घुस रहा था।"

दरअसल उस औरत की बकरियाँ चरने के लिए गाँव के सरेह में गई थीं। उसका लड़का बकरियों को चराने के लिए लेकर गया था। सारी बकरियाँ चरकर वापस लौट आई थीं मगर बकरी का एक बच्चा बीच में से अचानक पता नहीं कहाँ गायब हो गया था जिसकी तलाश वह शाम से ही कर रहा था।

जब दशरथ पुलिया पर थे, उस औरत का लड़का बकरी के बच्चे की तलाश में ही निकला था। वहाँ से दौड़ता हुआ अपने घर आया और अपनी माँ को बताया कि गाँव के बाहर गमछा से मुँह बाँधे एक आदमी को हमने अपने पाठे के साथ देखा है। वह उसे झोले में रखकर कपड़े से उसका मुँह ढँक रहा था। यह सुनकर उस औरत का शक यकीन में बदल गया। बिना समय गँवाए वह अपने पति और बच्चे के साथ दौड़ती हुई नहर पर पहुँची। देखा, वहाँ कोई नहीं था। अब उसे वहाँ जो भी आते-जाते मिलता, सबसे पूछना आरंभ किया। खेत से लौटते एक आदमी ने बताया कि बकरी को मैं नहीं जानता पर गमछा से मुँह बाँधे एक आदमी को मैंने गाँव की ओर जाते देखा है। वहीं से दौड़ते हुए वे गाँव की ओर भागे और गाँव में प्रवेश करने के ठीक पहले उन्होंने दशरथ को पकड़ लिया था और अब हल्ला सुनकर पूरे गाँव के लोग जुट गए थे और चारों ओर से घेर चुके थे।

और अब भी चिल्ला-चिल्लाकर कह रही थी—"इसी ने मेरा पाठा चुराया है।"

तभी न जाने कैसे पाठा का मुँह ढँक गया और वह साँस लेने के लिए झोले के भीतर ही में-में करने लगा था। बकरी के बच्चे की आवाज सुन लोगों को पूरी तरह यकीन हो गया कि पाठा इसी ने चुराया है। चेहरा बँधा था इसलिए लोगों को उनके चोर होने का संदेह भी पूरी तरह यकीन में बदल गया था।

औरत ने चिल्लाकर कहा—"झोला दिखाओ!"

दशरथ को काठ मार गया था। वह समझ नहीं पा रहे थे कि क्या करें। अब तक जो होना था, हुआ ही, जो कुछ बाकी रह गया है, अब पूरा होगा। जरूर संकट उनके साथ चल रहा है।

अभी लोगों की बात चल ही रही थी तभी हाथ में लाठी लिये एक मोटा-तगड़ा पहलवान किस्म का आदमी भीड़ को चीरते हुए दशरथ के सामने आकर खड़ा हो गया—"मुँह छुपाता है साले...चल, चेहरा दिखा!"

दशरथ की हालत अजीब थी। वह समझ नहीं पा रहे थे कि क्या करें।

पहलवान ने अपना काला मोटा हाथ जब दशरथ की ओर चेहरे से गमछा खींचने के लिए बढ़ाया तो एक कदम पीछे हट दशरथ समझ गए कि अब अगर चुप रहे तो उनकी पिटाई भी तय है—"सुनिए, मैं..."

उन्होंने कुछ कहना चाहा मगर उनकी जबान को जैसे लकवा मार गया था, मुँह से शब्द ही नहीं निकले।

पहलवान के हाथ गमछे तक आ चुके थे और ज्योंही गमछा उनके चेहरे से अलग हुआ, एक साथ कई टॉर्च की रोशनी उनके चेहरे पर पड़ी और एक क्षण के लिए लोगों का गुस्सा उनकी शक्ल देखने के बाद हँसी में तब्दील हो गया। एक ऐसी हँसी जिसका उपयोग अक्सर दूसरों का मजाक उड़ाने में होता है।

दशरथ ने अपमान के मारे आँखें बंद कर लीं। तभी किसी चमत्कार की तरह पिंजरी, टूलू और वह नाई हाथ में लाठी और टॉर्च लेकर उनको ही खोजने जा रहे थे। भीड़ देखकर पल भर के लिए रुके और इससे पहले कि दशरथ को गाँव के नाराज लोग चोर समझ पीटना शुरू करें, पिंजरी ने दशरथ को पहचान लिया और वह उनके सामने आकर खड़ी हो गई—"रुको..."

पिंजरी गाँव की बेटी थी। उसके चिल्लाने पर लोगों के उठे हाथ रुक गए।

एक पल के लिए लोग समझ नहीं पाए कि पिंजरी ने ऐसा क्यों किया। पहलवान ने पिंजरी के मना करने के बाद भी दशरथ के झोले से पाठे को निकालकर इस तरह देखा, जैसे कसाई जिबह करनेवाली निगाह से देखते हैं। जिस औरत का पाठा गुम हुआ था, वह तेजी से आगे बढ़ी और पाठे को देखकर पहली नजर में ही कह दिया—"पाठा मेरा नहीं है।"

नाई अब दशरथ को देखकर मुस्करा रहा था, जैसे कह रहा हो कि जब साँड़ मेरे पीछे पड़ा था तो बच्चू बहुत हँस रहे थे।

साँड़ से किसी तरह पीछा छुड़ाने के काफी देर बाद जब नाई बगीचे में आया तो देखा, दशरथ गायब हैं। उस्तरा के सिवा दाढ़ी बनाने का उसका सारा सामान वहीं झोले में छूट गया था, जिसे उसने लगभग पंद्रह दिन पहले तीन रुपए में खरीदा था। विदाई के मिले पाँच रुपए उसी झोले में रखी पुरानी धोती की गाँठ में बँधे थे। और दो रुपए का सौदा नई धोती और नई कमीज को लेकर था। पूरे दस रुपए का मामला था। गनीमत थी कि दशरथ ने बातचीत के क्रम में उसे अपनी ससुराल के बारे में बता दिया था।

नाई ने वहाँ से बीच का रास्ता पकड़ा और पिंजरी के घर आ गया। पिंजरी और उसके भाई टूलू से सारी बातें बता दीं। कुछ देर तक वे लोग दशरथ के आने का इंतजार करते रहे मगर जब रात हो गई तो पिंजरी का धीरज जवाब दे गया और वह दशरथ को खोजने के लिए निकल गई।

यह जानने के बाद कि दशरथ पिंजरी के पति हैं और पाठा उन्होंने नहीं चुराया है, पहलवान इस तरह मन मसोसकर चला गया, जैसे कोई शिकार हाथ से निकल गया हो! गाँव के लोगों ने दशरथ से अपने इस व्यवहार के लिए क्षमा माँगी और पिंजरी दशरथ को लेकर घर चल पड़ी।

मगर उनके जाते ही कई लोग हँसने भी लगे। उनकी आवाज दशरथ को साफ सुनाई दे रही थी—'इस हुलिया में कोई दामाद पहली बार गाँव में आया है।'

'ऐसा स्वागत भी तो पहली बार ही हुआ था।'

लोगों के हँसने की आवाज ठीक उसी तरह दशरथ के कानों तक पहुँची थी जिस तरह पिंजरी के कानों तक। पिंजरी समझ रही थी कि इस समय दशरथ के मन में क्या चल रहा होगा।

दशरथ अब पिंजरी के दरवाजे पर बैठे थे। उनकी दाढ़ी साफ हो चुकी थी। देह पर हजाम की पीली धोती और सफेद कुरता था। नाई अपना झोला, अपना उस्तरा, अपना पैसा लेकर जा चुका था और गाँव के कुछ लोग उनसे अब भी इस बात के लिए माफी माँग रहे थे कि वह आदमी जो उनका दामाद है, जिसे उन्होंने भरे समाज के सामने पूजा है, आज चोर समझ लिए।

दशरथ क्या कहते! गाँव के लोगों के व्यवहार से वे उतने दुखी नहीं थे जितने आज घटित होनेवाले संजोगों के कारण। दशरथ ने गाँव वालों को दिल से माफ कर दिया था मगर जो कुछ आज हुआ और जिस तरह हुआ, ऐसा किसी की जिंदगी में हुआ हो, यह सुना तक नहीं था। वे खुद से नाराज थे।

एक बड़ा तूफान आकर गुजर गया था। उसकी राह में दशरथ एक ऐसे पेड़ की तरह खड़े थे जिसका न तो कोई पत्ता टूटा था, न फल झड़े थे और न ही उसकी डाल टूटी थी, लेकिन वह अपनी जड़ों समेत उखड़ गया था और अब भी उसी तूफान में हवा की लहरों पर उड़ा जा रहा था।

माफी माँगना तो औपचारिकता है, लोग माँग ही लेते हैं। उस आदमी की आवाज उनकी कानों में बार-बार गूँज रही थी कि 'इस हुलिया में कोई दामाद पहली बार आया है।...ऐसा स्वागत भी तो पहली बार ही हुआ है।' इस गाँव के इतिहास में जब भी कोई दामाद आएगा, दशरथ के हुलिए की जरूर चर्चा होगी और लोग दशरथ को इसी कारण याद करेंगे कि वे आधी दाढ़ी बनवाकर आए थे और गाँव में घुसते ही उन्हें बकरी-चोर समझ लिया गया। वे हमेशा मजाक के पात्र बने रहेंगे।

पिंजरी दशरथ की इस मन:स्थिति को बहुत अच्छी तरह समझ रही थी। उसने सबसे कहा था कि कोई दशरथ से इस बारे में बात न करे। गाँव की कुछ लड़कियाँ भी यह घटना सुनने के बाद आई थीं और दामाद देखने के बहाने दशरथ से बात करना चाहती थीं। इसीलिए उसने सबको बात करने से मना कर दिया था।

पिंजरी ने दशरथ से कहा था कि तुम होली में जरूर आना। दशरथ ने उसकी बात की लाज रखी। जिस हुलिए में वह आए हैं, पिंजरी समझ गई थी कि या तो भैया-भौजी को पता नहीं होगा कि वे ससुराल जा रहे हैं या झगड़ा करके आए होंगे, वरना इस तरह कौन ससुराल जाता है! बिना सूचना दिये आए हों, या झगड़ा करके आए हों तब भी पिंजरी के लिए यह गर्व की बात थी कि दशरथ उसके पास आए। इस बार वह दशरथ के साथ जरूर जाएगी और जीवन में उन्हें कभी अकेला नहीं छोड़ेगी। बीते महीनों में न जाने दशरथ को किन-किन हालात से होकर गुजरना पड़ा हो! पहली बार उसके मन में दशरथ के लिए जिस तरह प्रेम उमड़ा, वह पत्नी से माँ बन गई थी।

दशरथ गाँव से पाठा लेकर यहाँ क्यों आए, यह भी एक रहस्य था, मगर पिंजरी ने दशरथ से पूछना उचित नहीं समझा। जब दशरथ सहज हो जाएँगे तो अपने-आप बता देंगे। अभी किस

तरह से उनको सहज किया जाए, वह इसी बारे में सोच रही थी। इसी कारण उन्होंने दशरथ का मनपसंद भोजन भात और करमी का साग बनाने की तैयारी की थी।

जब खाना बनकर तैयार हो गया, उसने अपने भाई टूलू से कहा—"दशरथ को खाना खाने के लिए बुला दो।"

जब टूलू चला गया तो पिंजरी अपनी माँ की ओर मुड़ी—"माँ, दशरथ से इस वक्त तुम भी कुछ मत पूछना।"

उसे मालूम था कि खाना खाते समय औपचारिक तौर पर औरतें दामाद से गाँव और घर का हाल-चाल पूछती हैं। माँ तो पिंजरी की ही माँ थी, सब समझ गई।

आँगन को गोबर और मिट्टी से लीपकर चौका बनाया गया था। चौके के बीचोबीच लकड़ी का बड़ा-सा पीढ़ा रखा गया था। पीढ़े के सामने चमचम चमकता फुलहा लोटा और पानी से भरा गिलास रखे थे और पिंजरी दशरथ का इंतजार कर रही थी।

जल्दी ही टूलू दशरथ को लेकर आँगन में आ गया।

दशरथ ने किसी के कुछ कहने का इंतजार नहीं किया और जाकर भोजन के पीढ़े पर बैठ गए। पिंजरी रसोईघर से खाना लेकर निकली, मुस्कराकर दशरथ को देखा और खाना रख दिया। जवाब में दशरथ के चेहरे पर मुस्कान उभरी मगर एकाएक लुप्त हो गई। पिंजरी दशरथ के मन का हाल समझ गई।

दशरथ ने खाना शुरू किया तो पिंजरी ने माहौल को सहज बनाने के लिए मुस्कराकर कहा—"आजकल हाथ नहीं धोते क्या, खाना खाने के पहले?"

दशरथ ने पिंजरी को देखा और एक चुल्लू पानी लेकर हाथ धो लिया।

पिंजरी ने इस सिलसिले को आगे बढ़ाते हुए माँ को देखकर कहा—"जानती है माई, ससुराल का पानी बचा रहे हैं, नहीं तो दो लोटा पानी से हाथ धोते हैं और एक बालटी पानी से गोड़।"

माँ के चेहरे पर मुस्कराहट उभरी, सहज भाव से कहा—"पहुना को मालूम है कि पानी दूर से लाना पड़ता है।"

पिंजरी ने दशरथ को देखा, पिंजरी की माँ ने भी दशरथ को देखा। दशरथ के चेहरे का पत्थर जस-का-तस था। धीरे-धीरे कैसे उन्हें सहज किया जाए, पिंजरी सोच रही थी मगर उसे भी कोई राह नहीं मिल रही थी।

तभी वह औरत, जिसने दशरथ पर चोरी का इल्जाम लगाया था, आ गई। वह दशरथ के लिए कटहल की सब्जी बनाकर ले आई थी। उसने बिना पूछे दशरथ के सामने रख दिया। जो कुछ हुआ था, उसके लिए वह पछता रही थी, बार-बार माफी माँग रही थी। दशरथ उसकी भावना समझ रहे थे मगर पिंजरी को यह अच्छा नहीं लग रहा था।

खाना खाते हुए दशरथ ने उस औरत से पूछा—"आपकी बकरी का बच्चा मिला?"

औरत का चेहरा उतर गया। उसकी आँख भर आई—"क्या बताएँ पाहुन...एक महीने में तीन-तीन पाठे चोरी हो गए। गाँव में दो महीने में कम-से-कम बकरी के पचास बच्चे चोरी हो गए हैं, मगर पता ही नहीं चलता कि चोर कौन है।"

दशरथ ने उस औरत के चेहरे को देखा—"आप लोगों को किसी पर शक है?"

औरत फट पड़ी—"अरे पहुना, चोर बाहर से थोड़े आएगा! वह जरूर इसी गाँव का है। उसे मालूम है कि किसकी बकरियाँ कहाँ बँधती हैं और कहाँ-कहाँ चरने जाती हैं। ऐसे घात लगाता है कि किसी को पता ही नहीं लगता।" कहते हुए उस औरत की आँखें भर आईं।

उस औरत की करुणा पूरी तरह दशरथ के सीने में उतर आई।

रात का दूसरा पहर आरंभ हो चुका था। दशरथ सोने के कमरे में थे। औरत की बातें उनके कानों में गूँज रही थीं। अचानक उनके मन में कुछ खयाल आया और लगा कि अपने भीतर के इस अपमान-बोध से मुक्त होने का एक ही रास्ता है कि वे गाँव के बकरी-चोर का पता लगा दें।

राजबरन पासी ने रमिया भौजी की मुर्गी चुराई थी तो दशरथ ने ही पता लगाया था। अगर दशरथ उस बकरी-चोर का पता लगा दें तो यह सारा अपमान सम्मान में बदल जाएगा। उनके जाने के बाद गाँव के लोग जब इस बात की चर्चा करेंगे कि आधी दाढ़ी बढ़ाकर दामाद आया था तो इस बात की भी चर्चा करेंगे कि दो महीनों से गाँव के लोग जिस चोर को नहीं पकड़ पाए थे, उसे उस दामाद ने पकड़कर दिखा दिया।

पिंजरी जब कमरे में लोटे में पानी लेकर आई तो इस बार दशरथ ने मुस्कराकर उसका स्वागत किया और कहा—"लोटा दो..."

पिंजरी ने चौंककर देखा—"का हुआ?"

दशरथ ने मुस्कराकर अपने पेट को दोनों हाथों से ठोका—"पेट भारी लग रहा है, होकर आता हूँ।"

पिंजरी ने लोटा थमा दिया और कहा—"टॉर्च लेकर आती हूँ।"

लोटे का पानी और टॉर्च लेकर जब दशरथ घर से बाहर निकल गए तो पिंजरी को खयाल आया कि जब दशरथ आए थे तब उनका चेहरा लटका हुआ था। वह ठीक से बात भी नहीं कर रहे थे। अभी मुस्कराए थे। अचानक उनमें यह बदलाव कैसे आ गया? जरूर उनके मन में कुछ और चल रहा है।

गाँव में कुछ और नया न घटित हो जाए, यह सोचकर पिंजरी भी उनके पीछे घर से बाहर निकल गई। पिंजरी गली में पहुँची तो चारों ओर अँधेरा पसरा हुआ था। पहले वह बधार की ओर गई जो उसके घर से सटा था। अमूमन शौच के लिए लोग उधर ही जाते थे। दशरथ को उसने उधर ही जाने को कहा था। पिंजरी ने चारों ओर देखा।

देर तक बधार में जब कहीं से टॉर्च जलने की रोशनी नहीं आई तो पिंजरी समझ गई कि दशरथ इधर नहीं आए हैं। उसके मन में एक सवाल उठा और जब उसका जवाब मिला, तो वह काँप गई।

गाँव दशरथ के लिए अनजाना था मगर वे बिना किसी भय के गाँव की गलियों में चक्कर लगा रहे थे। आज किस घर में बकरी का मांस बना है, वे जानना चाहते थे। गाँव बहुत छोटा था। एक सड़क थी और पाँच-छह गलियाँ। वे गाँव के तीन चक्कर लगा चुके थे मगर कुछ भी सुराग नहीं मिला।

उन्हें खयाल आया कि क्या इस गाँव में कुत्ते नहीं हैं? रात में किसी भी गाँव में निकलो तो कुत्ते राह नहीं चलने देते और ऐसा कैसे हो सकता है कि इस गाँव में कुत्ते नहीं हैं? अब वे कुत्तों की टोह में लग गए।

कुछ दूर और आगे बढ़े तो उन्हें एकाएक दूर कहीं कुत्तों के भौंकने की आवाज सुनाई दी। वे दबे पाँव आवाज की दिशा में बढ़ते चले गए। आवाज की दिशा में चलते हुए वे एकाएक यह देखकर चौंके कि वे उसी जगह पर खड़े हैं जहाँ गाँव के लोगों ने उन्हें चोर समझकर घेर लिया था। वहाँ से ठीक दाहिनी ओर कुत्तों के भौंकने की आवाजें आ रही थीं। अब दशरथ उसी ओर बढ़ते चले गए।

चाँदनी रात थी। चाँद की रोशनी में जर्रा-जर्रा नहाया हुआ था। खेतों से काटकर लाए गए सरसों की फसल खलिहान में लदी पड़ी थी। खलिहान पार कर कुछ दूर जाने के बाद वे कुत्ते दिखाई देने लगे। उनकी संख्या दस से कम नहीं होगी। अब वे लड़ नहीं रहे थे बल्कि सामने के घर की ओर इस तरह ललक-भरी निगाहों से देख रहे थे, जैसे कोई उनके लिए खाना लेकर आनेवाला हो! दशरथ सरसों के डंठलों के पीछे आड़ लेकर छुप गए। थोड़ी देर तक वे सोचते रहे कि अब क्या करना चाहिए।

कुत्तों के सामने एक घर था, जो उन्हें रहस्यमय लग रहा था। उन्होंने घर को बहुत गौर से देखा। घर के चारों ओर आदमी की गर्दन तक ऊँची मिट्टी की चहारदीवारी थी और भीतर एक कमरा था। कमरे के ठीक पीछे वाले हिस्से में कुत्ते खड़े थे। एकाएक कुत्तों में हलचल हुई और वे दीवार के करीब आ मुँह उठा देखने लगे।

दशरथ की साँस टँग गई। चाँद की रोशनी में दीवार के पार एक आदमी की सायानुमा गर्दन दिखी। उस आदमी ने हाथ बढ़ाकर बाहर कुछ फेंका और कुत्ते उस पर टूट पड़े। एक पल बाद उसी तरह भौं-भौं कर आपस में लड़ने लगे। एक कुत्ता तेजी से कुछ लेकर भागा और दूसरे कुत्ते ने उसका पीछा किया। दशरथ ने टॉर्च जलाकर देखा तो वह बकरे के नाल की हड्डी थी जिसे छोड़कर दोनों कुत्ते आपस में बुरी तरह लड़ रहे थे।

अब दशरथ का संदेह यकीन में बदल गया और वे इत्मीनान से चलते हुए चहारदीवारी के पास पहुँच गए। कान लगाया तो भीतर से कुछ लोगों के हँसने की आवाजें आ रही थीं। आवाज से ऐसा प्रतीत होता था कि वे लोग नशे में हैं। नई जगह थी, सुरक्षा के खयाल से दशरथ ने दीवार से सटे चहारदीवारी का एक चक्कर लगाया और दरवाजे के पास खड़े हो गए।

घर का मुख्य दरवाजा बाँस का था। दो बाँसों के बीच इतनी फाँक थी कि भीतर का सब कुछ साफ-साफ नजर आ रहा था। दशरथ दरवाजे के पास छुप गए ताकि देख सकें कि भीतर क्या चल रहा है।

चहारदीवारी के भीतर कमरे के ठीक सामने तीन लोग एक ही चौकी पर बैठे कुछ खा रहे थे। बगल में शराब की बोतल और गिलास भी दिखाई दे रहे थे। जिस तरह वे बैठे थे, दो लोगों की पीठ दशरथ की ओर थी और एक का चेहरा। चेहरा देखकर दशरथ चौंक गए। यह वही काला और मोटा आदमी था जिसने दशरथ के मुँह से कपड़ा खींचा था और पाठे को हाथ में लेकर कसाई की तरह घूर रहा था। अब दशरथ ने उनकी आवाज सुनने का प्रयत्न किया कि वे लोग क्या बात कर रहे हैं।

काला और मोटा आदमी कह रहा था—''देख लिए हो न, कहाँ बँधा है!''

सामने बैठे आदमी ने जवाब दिया—''हाँ, हाँ...जिस खाट पर टूलू सोया है, उसी के पाये से बकरी का बच्चा बँधा है।''

दूसरे आदमी ने कहा—"भोर पहर जब सभी गाढ़ी नींद में होंगे, उसी समय जाएँगे और उठा लाएँगे।"

दशरथ उनकी बात सुनकर चौंक गए कि वे तो उन्हीं के पाठे के बारे में बात कर रहे थे।

मोटा आदमी कह रहा था, "झोले से निकालकर हाथ में लिया तो मन किया कि कच्चा खा जाऊँ, इतना मुलायम था।"

दूसरे की हँसी का स्वर सुनाई पड़ा—"घबराइए मत पहलवान जी, होली के दिन उसी का चखना होगा।"

दशरथ को चोरों का पता तो चल गया, अब उन्हें पकड़वाने की योजना बनानी होगी। वे भोर पहर उनके पाठे को चुराने के लिए आएँगे। उस समय कुछ लोगों को तैयार रखना होगा, ताकि वे उन्हें रँगे हाथ पकड़ सकें। इसके लिए उन्हें पिंजरी और टूलू की मदद की जरूरत होगी। वे जाने के लिए उठ खड़े हुए और मुड़े तो यह देख भौंचक रह गए कि पिंजरी उनके पीछे खड़ी थी और उसके साथ गाँव के दस बारह लोग हाथों में डंडा लिये खड़े थे। दशरथ ने ही नहीं, उन लोगों ने भी सारी बातें सुन ली थीं।

एक ने फुसफुसाकर कहा—"आपका बहुत-बहुत अहसान पहुना। आपने चोर पकड़वा दिया।"

लोग गुस्से में चिल्लाते हुए घर में समा गए।

पिंजरी ने मुस्कराकर दशरथ को देखा—"अब घर चलें?"

पहली बार पिंजरी की देह की गंध दशरथ के नथुनों में भर गई।

अगली सुबह जब सूरज निकला तो दशरथ के मुँह छुपाकर आने की बात पूरी तरह समाप्त हो गई थी और पूरे गाँव में यह चर्चा पसर गई थी कि किस तरह पाहुन ने गाँव के बकरी-चोर को पकड़वाकर इस समस्या से छुटकारा दिलवाया।

अब दशरथ ससुराल में नायक थे।

दशरथ आने से पहले यह सोच रहे थे कि नैहर में उनके कारण पिंजरी मुँह छिपाकर जी रही होगी लेकिन यहाँ पर पिंजरी ने जिस तरह से उनके बारे में बताया था, वे मन-ही-मन गद्‌गद थे।

भूत बनकर आम तोड़ने की घटना को इस गाँव में बच्चा-बच्चा जानता था। बकरी वाली चर्चा हँसी-मजाक में लगातार चलती रही। किसी ने पूछा, "पहुना, इ पाठा काहे लेकर चले?"

इससे पहले कि दशरथ कुछ कहें, पिंजरी ने कहा—"राह में मेरे लिए पाठा खरीद लिया था।"

पिंजरी ने गाँव की लड़कियों, औरतों और बच्चों को खाने के लिए जब जलेबियाँ दीं तो वे और खुश हो गए। समझ गए कि दशरथ ऐसे-वैसे पहुना नहीं हैं, ससुराल में मिठाई लेकर आए हैं।

सब कुछ सहज हो गया था। दोपहर के बाद जब वे खाना खाकर सोने की तैयारी कर रहे थे तभी उनका साला टूलू आया। उसके चेहरे पर घबराहट के भाव थे।

पिंजरी ने पूछा—"क्या हुआ?"

उसने जैसे हकलाते हुए कहा—"जूना पाहुन आए हैं।"

भैया के आने की खबर सुन दशरथ काँप गए। पिंजरी भी घबरा गई।

रात में दशरथ ने पिंजरी को विस्तार से सब कुछ बता दिया था।

पिंजरी ने जल्दी से गुड़ का शर्बत बनाकर दरवाजे पर भिजवाया। टूलू जब शरबत लेकर चला गया तो दशरथ ने पिंजरी से पूछा—"अब क्या होगा?"

पिंजरी भी समझ नहीं पा रही थी कि क्या करे! अगर जूना भैया ने सारी बातें कह दीं तो गाँव में उनकी इज्जत बिगड़ जाएगी।

उसने जल्दी से अपनी उस बुआ को बुलवाया जो शादी में अगुआ थी। उसकी रिश्तेदारी जूना भैया की ससुराल में थी। पिंजरी ने सोचा था कि बुआ से सारी बातें साफ-साफ बता देगी और बुआ को ही जूना भैया को सँभालने के लिए कहेगी।

तभी फिर टूलू आ गया—"भैया आपको बुला रहे हैं। उन्हें जल्दी जाना है।'

अब क्या करें दशरथ! वे जानते थे कि जूना भैया को जल्दी गुस्सा नहीं आता है मगर आ गया तो पगला जाते हैं। जब ओखल में सिर पड़ा है तो मूसल से क्या डरना! वे बाहर निकल गए।

बाहर आए तो पूरा माहौल ही बदला हुआ था। दशरथ को बहुत राहत मिली कि जूना भैया के आने की खबर सुन गाँव के लोग आकर जम गए थे और बकरी-चोर को पकड़वाने के लिए दशरथ की प्रशंसा कर रहे थे। ऐसे में जूना माँझी समझ नहीं पा रहे थे कि अब वे क्या कहें।

उन्होंने दशरथ से मात्र इतना ही पूछा—"गाँव कब आओगे?"

दशरथ ने कहा—"होली के बिहान।"

और उसके बाद जूना माँझी बिना कुछ कहे लौट गए।

15

औरतों के बारे में कहा जाता है कि वे अनुकूल हों तो घर को स्वर्ग बना देती हैं लेकिन प्रतिकूल हो जाएँ तो वही घर नरक में तब्दील हो जाता है। इस समय जूना से अधिक इस बात को और कोई नहीं समझ सकता था। पिछले तीन दिनों में धनिया जिस तरह उनके साथ पेश आई थी, यह तो वे कभी सपने में भी नहीं सोच सकते थे। हालाँकि इसमें सारी गलती धनिया की ही है, ऐसा नहीं कहा जा सकता था।

धनिया आरंभ से ही कह रही थी कि दशरथ बकरी बेचकर अपनी ससुराल गया है। अंत में उसकी बात सच निकली। औने-पौने दाम पर उसकी बकरियाँ बेचकर ससुराल में कोई मौज उड़ाए, इसे धनिया क्या, कोई भी औरत सह नहीं पाएगी। उसी के जोर देने पर जूना दशरथ की ससुराल भी गए थे मगर वहाँ जिस तरह के हालात थे वे पूछ भी नहीं पाए कि बकरी कितने में बेची ताकि उसे कुदन कुम्हार के यहाँ से वापस लाने का प्रयत्न किया जाए।

यहाँ आए तो कुदन कुम्हार कसाई के हाथ बकरी बेच चुका था।

जूना का मानना था कि धनिया की नाराजगी की वजह तो वाजिब थी लेकिन उसे यह भी तो सोचना चाहिए कि दशरथ कोई गैर नहीं है और गलती-सही सबसे हो जाती है। एक बार दशरथ आ जाए, सामने बिठाकर बात कर लें फिर सोचा जाएगा कि अगला कदम क्या होगा।

मगर धनिया के सोचने का तरीका ही अलग है। अगर आँख मूँदकर उसकी बात जूना मानकर चले होते तो बहुत पहले यह घर दो फाड़ हो गया होता। ऐसी ही औरतें एक लाद के भाई को जानी दुश्मन बना देती हैं।

होली का त्योहार बीत चुका था। जूना के अब तक के जीवन में ऐसी होली कभी नहीं आई थी। सबके घर में होली के व्यंजन और पकवान बने थे। सबने नए-नए कपड़े पहने थे। मगर धनिया ने तो चूल्हा ही नहीं जलाया। बच्चों के लिए खरीदकर लाए गए नए कपड़े भी नहीं पहनने दिए। अजीब-सी मनहूसियत के साथ बैठी रही, जैसे किसी की मौत का मातम मना रही हो! आस-पड़ोस के लोग अच्छे थे कि कम- से-कम बच्चों को बुलाकर पुआ-पूड़ी खिला दिया।

घर में निरंतर कलह के बीच होली का त्योहार बीत गया था और कहे के अनुसार आज दशरथ अपनी ससुराल से आनेवाले थे। इस बारे में जूना से उन्होंने कुछ कहा तो नहीं था पर कयास यही लगाया जा रहा था कि वे इस बार पिंजरी के साथ ही लौटेंगे।

जूना चाहते थे कि जो होना था, हो चुका, मगर दशरथ वापस आएँ तो कम-से- कम उनके बच्चे जिन्हें रमिया अपने घर ले गई थी और अब भी वहीं पर थे,अपने घर पर रहें।

उन्होंने धनिया को समझाते हुए कहा—"देखो, जो हुआ सो हुआ, जाकर बच्चों को रमिया के यहाँ से ले आओ।"

धनिया ने साफ-साफ कह दिया—"कुछ भी हो जाए, मैं दशरथ के बच्चों को अब अपने घर में नहीं लाऊँगी।"

जूना ने फिर समझाने की कोशिश की—"देखो, इसमें बच्चों का क्या कसूर! एक बार दशरथ को आ जाने दो फिर जो मन आए, करना।"

इतना कहना था कि धनिया बरस पड़ी। इतनी जोर से चिल्लाई कि जूना भी सुनकर हतप्रभ रह गए—"एक बार कह दिया न, इस घर में दशरथ के बच्चे नहीं आएँगे।"

जूना को गुस्सा आया मगर गुस्से को पी गए और कहा—"ठीक है, तुम न जाओ, मैं जाकर ले आता हूँ।"

धनिया यह सुनकर और भड़क गई—"ठीक है, जाकर ले आओ, मैं यह घर छोड़कर चली जाती हूँ।"

जूना से सहा नहीं गया—"जाना हो तो जाओ, मैं जाकर बच्चों को ले आऊँगा। मैं भी देखता हूँ कि तुम्हारा गुजारा कहाँ और कितने दिन होता है!" कहकर जूना निकल गए।

बच्चे उसी दिन से रमिया के पास थे। जूना रोज ही जाकर बच्चों से मिलते थे, बात भी करते थे। सनीचरी में तो उनके प्राण ही बसते थे। होली के दिन जाकर उन्हें पैसे भी दिये थे मगर इस तरह कि धनिया को पता न चले।

रमिया जूना को अपनी झोंपड़ी में आया देख खुश हो गई। बैठने के लिए पीढ़ा देकर पूछा—"क्या हाल है भैया?"

क्या कहते जूना और क्या सुनती रमिया! उनके घर में जो हो रहा था, वह पूरा माँझी टोल जान रहा था।

बात करते हुए जब जूना की आँख भर आई तो रमिया ने समझाया—"जूना भैया, धनिया बुरी औरत नहीं है। अभी गुस्से में है। जब उसका गुस्सा ठंडा हो जाएगा, तब बच्चों को ले जाना। बच्चे कहीं पानी में थोड़े भींज रहे हैं!"

जूना को अच्छी तरह पता था कि धनिया का विरोध बच्चों को लेकर नहीं है। दशरथ की पहली पत्नी उसकी सगी बहन थी और वह उसके बच्चों को अपने बच्चे की तरह ही मानती

थी किंतु जिस रात रमिया उनको ले गई, उसका उसे बहुत बुरा लगा था और वह इसलिए उन पर नाराज थी कि बच्चे रमिया के यहाँ क्यों गए।

रमिया ने जूना से कहा—"क्या कहूँ भौजी के गुस्से का, वो तो मुझ पर भी आरोप लगा रही हैं कि रमिया पूरे माँझी टोल में घूम-घूमकर कहती फिर रही है कि धनिया सौत का खीस कठौत पर निकाल रही है। मतलब दशरथ का गुस्सा बच्चों पर निकाल रही है।"

जूना ने कहा—"अब जाने दो, लोगों की बात छोड़ो। वह तो मुझसे कह रही थी कि रमिया घूम-घूमकर कह रही है कि पता नहीं कितने दिन के भूखे थे लड़के! इतना खाना खाया कि उनके खाने के बाद उसे फिर से खाना बनाना पड़ा।"

रमिया ने सामने बैठे अपने बेटे के सिर पर हाथ रखकर कहा—"अपने बेटे के सिर पर हाथ रख कसम खाकर कहती हूँ भैया कि एक लफ्ज किसी से कुछ कहा हो। माँझी टोल में यह बात मैंने किससे कहा है, ये साबित हो जाए तो मैं माँझी टोल छोड़कर चली जाऊँगी। और कुछ भी हो, रमिया मगर लबार नहीं।"

रमिया से बातें करके जूना का मन थोड़ा हल्का हो गया। मन शांत हुआ तो घर लौट आए।

रमिया के यहाँ से लौटते हुए जूना सोच रहे थे कि भाग्य से किसी-किसी को अच्छी पत्नी मिल जाती है। कितनी सुलझी हुई औरत है रमिया! अगर धनिया ऐसी होती तो कोई संकट ही नहीं होता।

जूना जब घर लौट रहे थे,एकाएक लगा कि इस वक्त अगर वे घर गए तो धनिया इस बात के लिए भी कोसेगी कि वे रमिया के यहाँ क्यों गए थे। वह यह भी कह सकती है कि रमिया ने माँगने के बाद भी दशरथ के बच्चों को दिया ही नहीं। उनका मन कई दिनों से अशांत था और आज दशरथ भी आनेवाले थे। उनके आने पर न जाने घर में क्या होगा! मन को शांत रखा जा सके इसलिए घर जाने के बजाय गली पकड़कर पहाड़ की ओर निकल गए।

दोपहर ढलने के बाद जूना अपने घर लौट आए। एकाएक यह देखकर उनका माथा ठनका कि उनकी भैंस अपने खूँटे पर नहीं है। पहले लगा कि हो सकता है, धनिया ने उसे नाँद पर बाँध दिया होगा। जाकर देखा तो भैंस नाँद पर भी नहीं थी। सोचा, अक्सर मवेशी भूख लगने पर खूँटा उखाड़ देते हैं या पगहा तोड़ देते हैं मगर खूँटा तो सही-सलामत था और पगहा नहीं दिख रहा था। जब कुछ समझ में नहीं आया तो जूना ने आवाज दी—"धनिया..."

कई बार चिल्लाने के बाद भी जब धनिया की आवाज नहीं आई तो जूना ने धनिया के चक्कर में न पड़ भैंस की तलाश करना उचित समझा और गली में उतर गए।

जूना को घर की किसी एक चीज पर नाज था तो वह थी उनकी भैंस। भैंस के कारण माँझी टोल ही नहीं, गाँव के बबुआन भी उनसे ईर्ष्या करते थे। जूना रोज सुबह शौच के लिए जाते तो बोरा और खुरपी लेकर जाते और एक बोरा हरी दूब लेकर आते और धोकर भैंस को खिलाते। दो महीने बाद भैंस बच्चा देनेवाली थी। भैंस ने थन छोड़ना आरंभ कर दिया था और बड़ी भैंस बनती जा रही थी।

जूना ने सोचा था कि एक बियान तक भैंस का दूध अगर बच्चों को पिलाएँगे तो उनका शरीर फूटेगा, वे बाँका जवान बनकर निकलेंगे। जूना के बाबू की बड़ी इच्छा थी कि वे एक भैंस पालें और जूना और दशरथ को उसका दूध पिलाएँ। मगर जीते-जी उनकी साध पूरी नहीं हो सकी। जूना के मन में यह साध तभी से बनी थी और अब जाकर उनका सपना सच होनेवाला था।

गली में उतरकर झूना ने चारों ओर मैदान की ओर देखा, भैंस कहीं नहीं थी। सामने से सिनाथ आ रहा था, पूछा—"ए सिनाथ, मेरी भैंस को देखा क्या?"

सिनाथ ने व्यंग्य से हँसते हुए कहा—"का जूना भाई...बेवकूफ बनाने के लिए हम ही मिले थे!"

जूना उसकी बातों का मतलब नहीं समझ पाए—"काहे भाई... ?"

"अरे गोदी में लइका और नगर ढिंढोरा! आपकी पत्नी तीन दिन से गाँव में घूम-घूमकर भैंस का गेंहकी ढूँढ़ रही थी और आपको कुछ पते नहीं है!"

जूना चौंक गए—"क्या?"

"हाँ। राजबरन पासी के साथ गोविंदपुर के खटाल वाले यादव जी आए थे और साठ रुपया नगद आपकी पत्नी के हाथ में देके भैंस ले गए हैं। मैं यादव जी के साथ आपकी भैंस को गोविंदपुर पहुँचाकर आ रहा हूँ। कल आपकी भैंस कलकत्ता जाएगी।"

सिनाथ की बात सुन जूना तड़पकर रह गए।

लगा, जैसे उनकी धमनियों में खून खौलते हुए रेंग रहा हो! वे अरमान जो उनके नहीं, उनके पुरखों के थे, एक ही झटके में भरभराकर जमीन पर आ गिरे। एक शब्द बोले बिना घर की ओर मुड़ गए।

धनिया इस वक्त चूल्हे के पास बैठकर इस बात का हिसाब कर रही थी कि दशरथ के कारण उसे कई बार और कितना-कितना घाटा उठाना पड़ा है और भैंस की बिक्री के बाद सब कुछ बराबर हुआ या नहीं। हिसाब बराबर होने के इत्मीनान के बाद वह पहली बार खाना बनाने बैठी थी। जूना के लड़के वहीं आस-पास बैठे खाना बनने का इंतजार कर रहे थे।

चूल्हे में कोई गीली लकड़ी पड़ गई थी जिसके कारण आग से लपट कम, धुआँ ज्यादा निकल रहा था। उसने फूँक मारी तो पूरा धुआँ आकर आँखों में समा गया और तेज खाँसी उभर आई। आँख मलकर फिर से फूँक मारने का निश्चय किया तभी उसकी नजर सामने गई। देखा, लाल-लाल आँखें किए जूना सामने खड़े थे।

"भैंस कहाँ है... ?"

चूल्हे में फूँक मारते हुए धनिया ने जवाब दिया—"बेच दिया मैंने।"

"काहे... ?"

"दशरथ ने मेरी बकरी बेची, मैंने उसकी भैंस बेच दी। मामला बराबर।"

गुस्से की एक लहर जूना के भीतर उठी मगर गुस्सा करने से ज्यादा जरूरी था पाँच रुपया ज्यादा देकर भी भैंस को वापस लाना।

जूना ने थोड़ा नरम होकर कहा—"चल, पैसा निकाल।"

"का करोगे?"

"भैंस वापस ले आएँगे।"

चूल्हा छोड़कर धनिया उठ खड़ी हुई—"भैंस वापस ले आने के पहले जाकर मेरी बकरी वापस लाओ। मेट को जो बीस रुपए दंड दिए हैं, वे जाकर वापस लाओ तो भैंस के पैसे माँगना।"

धनिया ने किसी भी कीमत पर भैंस का पैसा देना स्वीकार नहीं किया तो जूना पहली बार आपे से बाहर हो गए। उन्होंने बगल में पड़ा लबदा उठा लिया और दनादन धनिया पर बरसाने लगे।

धनिया भी कम नहीं थी, जोर-जोर से चिल्लाकर जूना को गालियाँ देने लगी। जूना के लड़के जो खाने के इंतजार में बैठे थे, एकाएक यह देख रोने लगे और जूना के पाँव पकड़ माँ को छोड़ने के लिए कहने लगे। मगर जूना पर जैसे आज भूत सवार हो गया था। वे बार-बार पैसे माँग रहे थे और मारते जा रहे थे। पूरे टोल में हलचल मच गई। कुछ लोग तमाशा देखने के लिए पहुँचे तो कुछ लोग समझाने। टोले के कई लोग आकर जूना को पकड़ने की कोशिश करने लगे। आखिरकार लोगों ने जूना को पकड़ लिया और लबदा उनके हाथ से छूटकर गिर गया।

गुस्से में जूना ने कहा—"आज आप लोग छोड़ दीजिए मुझे...आज या तो भैंस आएगी और नहीं तो ये जाएगी। चल, पैसा निकाल..."

धनिया भी जूना को लगातार गालियाँ दे रही थी—"अरे मुँहझौंसा, अरे नासपीटा, जान निकाल ले लेकिन भैंस का पैसा नहीं निकलेगा।"

अब धनिया टोले के लोगों को सुना-सुनाकर कहने लगी—"आप लोग भी सुन लीजिए...सबके सामने कह रही हूँ, हमारी बकरी ले जाकर दशरथवा बेच दिया तो कोई बात नहीं, और मैंने उसकी भैंस बेच दी तो बहुत बड़ी गलती कर दी। यह चाहता है कि हम मर जाएँ और ये भाई, भावह को लेकर आराम से रहें।"

जूना ने सुना तो दोबारा उनकी देह में न जाने कहाँ से ताकत आ गई कि उन्होंने पकड़कर खड़े लोगों को एकाएक झटक दिया और तेजी से धनिया की ओर बढ़कर दूसरी बार उसकी धुनाई शुरू कर दी...।

टोले के लोग जूना का हाथ पकड़ते तो उनकी लात चलने लगती, पैर पकड़ते तो वे हाथ चलाने लगते। आखिर में तेजी से मुड़े और चूल्हे में जलता लकड़ी का टुकड़ा, जिसका अगला सिरा दहक रहा था, लेकर धनिया की ओर बढ़े। मगर लोगों ने उन्हें पकड़ लिया।

धनिया ने उनके हाथ में लकड़ी का जलता हुआ टुकड़ा देखा तो फट पड़ी—"भाई के लिए मुझे जलाएगा...मुझे जलाएगा...जो तू चाहता है, अब मैं ही वो करके दिखाती हूँ।"

धनिया तेजी से उठी और दीवार में लगे दिराखे के पास गई जिस पर किरासन के तेल से भरी तीन-तीन डिबरियाँ रखी थीं। झटके से मुँह खोल किरासन तेल अपने शरीर पर उलट दिया और माचिस उठा ली। सभी यह देखकर सन्न रह गए। इससे पहले कि वह माचिस जलाती, कई औरतों ने आकर उसे पकड़ लिया। माचिस हाथ से छीनकर दूर फेंक दी मगर धनिया एक दूसरी और उससे भी अधिक लपटों वाली आग में जलने लगी। उसका चेहरा और गुस्से से भर गया।

सामने पिंजरी के साथ दशरथ आकर खड़े हो गए थे और उनके साथ कुटनी रमिया भी थी। इस वक्त दशरथ के मुँह में पान था और पिंजरी ने कढ़ाईवाली गोटेदार लाल साड़ी पहनी थी। धनिया को तुरंत खयाल आया कि ये साज-सिंगार उसके अपने नहीं बल्कि उसकी बकरी के पैसे से किए गए हैं।

दशरथ और पिंजरी आते ही समझ गए कि अब तक यहाँ क्या हो रहा होगा। मामले को सँभालने और रोकने की गरज से दशरथ तेजी से चलते हुए धनिया के पास गए—"भौजी..."

धनिया के भीतर जो आग धधक रही थी, दशरथ को देखकर मानो उसमें घी पड़ गया। धनिया ने बिफरकर चिल्लाते हुए कहा—"खबरदार जो हमको भौजी कहा! हमारी बकरी बेचकर

पान कचर रहे हैं, बीवी लाल गोटेदार साड़ी पहनकर चल रही है और हम भइंस बेच दिए तो लबदा खा रहे हैं...लात खा रहे हैं...मुक्का खा रहे हैं...ई मुँहझौंसा हमको जलाने के लिए आ रहा है!''

दशरथ के सामने उसने एक बार फिर जूना को ललकारा—''आ...जला, उलट लिये हैं किरासन तेल। काहे नहीं आगे बढ़ता है?''

पिंजरी कुछ बोलना चाहती थी मगर जिस तरह का माहौल था, उसने चुप रहना ही मुनासिब समझा।

दशरथ ने उनकी बातों का कोई जवाब नहीं दिया। क्या देते! बकरी के बिके पैसे दशरथ के पास नहीं थे। वे सब खर्च हो चुके थे।

पिंजरी भौजी और भैया की नाराजगी का सामना करने के लिए तैयार थी। वह योजना बनाकर आई थी कि इस बार वह यहाँ आकर सब कुछ सँभाल लेगी मगर यहाँ तो सब कुछ बदल गया था।

तभी बाहर से पिंजरी के दोनों बच्चे उसकी ओर दौड़े आए और लिपटकर रोने लगे। पिंजरी ने सनीचरी को गोद में उठा लिया और बुधुआ उसका आँचल पकड़कर खड़ा रहा।

जब दशरथ को कुछ समझ में नहीं आया कि क्या करें तो वे जूना के पास गए और दोनों हाथ जोड़ लिये। उनकी आँखें भर आई थीं और मुँह से शब्द नहीं फूट सके। दशरथ की आँखों में आँसू देख जूना ने जलती हुई लकड़ी जमीन पर फेंक दी और बाहर निकल गए। दशरथ भी उनके पीछे चले गए।

जूना और दशरथ को साथ जाते देख धनिया जोर से चिल्लाई—''हो गई सारी मरदानगी...काहे सिर झुकाकर चल दिए...आ, मार...आकर मारता क्यों नहीं, कान खोल के सुन लो, आज के बाद इस घर में दशरथ के लिए कोई जगह नहीं है। जाकर उसके लिए अलग एक घर बनवा और उसमें उन्हीं के साथ रह। मैं अपने बच्चों को मेहनत-मजूरी करके पोस लूँगी।''

जूना माँझी एक बार फिर गुस्से में मुड़े लेकिन इस बार खुद दशरथ ने उन्हें पकड़ लिया।

रमिया ने अक्ल से काम लिया और पिंजरी तथा दोनों बच्चों को लेकर अपने घर चली गई। जब वह जा रही थी, धनिया के जोर-जोर से चीखने की आवाज सुनाई दे रही थी। पिंजरी समझ नहीं पा रही थी कि क्या करे। यहाँ अब तक जो कुछ हुआ था, रमिया उसे विस्तार से बता चुकी थी। आने के बाद हालात इस तरह बदल गए थे कि कोई अकल काम नहीं कर रही थी।

रमिया ने पिंजरी को मटके से निकालकर गुड़ और लोटे में पानी दिया। दो कोस पैदल चलकर आई थी पिंजरी, थकी थी और प्यास भी लगी थी मगर उससे पानी नहीं पिया गया।

पिंजरी को उदास देख दोनों बच्चे सिमटकर उसके पास आ गए। पिंजरी ने रमिया को देखा—''अब क्या करें दीदी... ?''

इससे पहले कि रमिया कुछ कहे, सनीचरी रो-रोकर कहने लगी—''बड़ी अम्मा ने हमें बहुत मारा और खाना भी नहीं दिया।''

पिंजरी ने उसे सीने से सटा लिया।

बुधुआ ने कहा—''माँ, अब कभी हमें छोड़कर नहीं जाना।''

पिंजरी ने दोनों बच्चों को अपने सीने से लगा लिया और फफककर रो पड़ी—"नहीं जाऊँगी।...अब कभी तुम्हें छोड़कर नहीं जाऊँगी...!"

धनिया किसी भी कीमत पर दशरथ और उनकी पत्नी को घर में जगह देने के लिए अब भी तैयार नहीं थी। उसके पास अब कोई तर्क नहीं था—बस, एक जिद थी, जो किसी भी औरत का आखिरी अस्त्र होता है, जिसके सामने अब जूना ने भी अपने हथियार डाल दिये थे। अब सवाल था कि दशरथ कहाँ जाएँ, क्या करें?

नीम के पेड़ के नीचे माँझी टोल के लोग जमा थे और क्या किया जाए, इस पर चर्चा चल रही थी। दशरथ और जूना दोनों चुप थे।

माँझी टोल के सबसे बड़े बुजुर्ग जितिया माँझी धनिया से बात करने और समझाने के लिए गए थे कि आगे क्या हो। वे जल्दी ही आ गए और कहा—"ए जूना, धनिया सनक गई है। वह बात करने के लिए तैयार नहीं है। इस तरह विवाद में पड़कर अपना चैन खोने से अच्छा है कि आप लोग अपनी-अपनी हँड़िया अलग कर लें।"

यह तो दुनिया का नियम ही है। एक-न-एक दिन सबको अलग होना ही पड़ता है। साथ रहकर चैन खोने से अलग रहकर चैन से रहना अच्छा है।

माँझी टोल के लोगों की यही राय थी। सबको जितिया का यह प्रस्ताव अच्छा लगा। जब सभी यही राय देने लगे तो जूना को भी समझ में आ गया कि अब इसके अलावा कोई चारा नहीं है। जूना ने दशरथ को बच्चे की तरह पाला था, अलग करने के खयाल से ही उनका दिल रो पड़ा।

जूना ने दशरथ को देखा—"का करें दशरथ...अब हमारी अकल काम नहीं करती!"

दशरथ ने कुछ नहीं कहा और सर झुका लिया तो आँख पोंछते हुए जूना ने सबकी ओर देखा और हाथ जोड़कर कहा—"ठीक है, जब आप सब लोगों की राय यही है तो मुझे भी मंजूर है मगर मेरी एक शर्त है।"

सभी जूना की ओर देखने लगे।

"दशरथ और उनकी भौजी मिलकर आपस में बँटवारा कर लें। जीते-जी मुझसे ये नहीं होगा..." कहते हुए उनकी आँखें भर आईं।

दशरथ ने सुना तो फफक-फफककर रो पड़े। जूना से दशरथ का रोना नहीं देखा गया और वे उठकर वहाँ से चले गए।

जितिया ने दशरथ से कहा—"हिम्मत से काम लो दशरथ। एक माई के पेट से पैदा होता है आदमी मगर अलग-अलग होता है। चूल्हा अलग होने से प्रेम अलग नहीं होता। मरद बनो,समस्या का समाधान निकालो।"

दशरथ ने कहा—"मेरी भी हिम्मत नहीं होती कि भौजी जिसने माँ की तरह पाला है, उसके साथ बैठकर बँटवारा करूँ। आप समाज के लोग भौजी के साथ बैठ जाइए और भौजी जो कुछ हमें दे देगी, हमें मंजूर होगा।"

जब दशरथ ने बँटवारे के लिए साथ बैठने से इनकार कर दिया तो टोले के लोग पिंजरी के पास गए। उसने भी यही कहा कि जब दशरथ ने कह दिया तो मैं कौन होती हूँ! मुझे भी भौजी का फैसला मंजूर होगा।

अब फैसला अकेले धनिया को करना था मगर मुहल्ले के पाँच लोग बैठे। वे पाँच लोग ऐसे थे जिन्हें धनिया चाहती थी। यह दिखाने के लिए कि धनिया की नीयत में कोई खोट नहीं है, एक-एक चीज का हिसाब हुआ। भैंस और बकरी के पैसों से लेकर भट्ठा पर जाते हुए एडवांस लिये गए पैसों का हिसाब हुआ। अंत में दशरथ को घर का एक कमरा...एक गुदड़ा...दो-तीन जस्ते के बर्तन और कर्ज के पाँच रुपए चुकाने की जिम्मेदारी मिली।

बँटवारे के बाद गाँव में लोगों ने कहा कि धनिया ने दशरथ के साथ बेईमानी की है। कुछ लोगों ने यह भी कहा कि इसमें जूना भी मिला हुआ था इसीलिए खुद गायब होकर सब कुछ धनिया पर छोड़ दिया, मगर न तो दशरथ ने कुछ कहा, न ही पिंजरी ने। उन्होंने पंचों की आज्ञा का पालन कर जो मिला, वह ले लिया और बाकी का कर्ज देना भी स्वीकार कर लिया।

दशरथ के अब तक के जीवन की यह सबसे जटिल शाम थी। वह पिंजरी और अपने दो बच्चों के साथ कमरे में बैठकर मन-ही-मन इस बात पर विचार कर रहे थे कि अब क्या होगा! घर में न तो अन्न का एक दाना था, न खाना बनाने के लिए चूल्हा, न पानी रखने के बर्तन। इतनी जल्दी क्या कर सकते हैं! आज का खाना कैसे पकेगा?

दूसरी ओर धनिया बीच आँगन में माँड़ पसाकर भात परोसते हुए अपने बच्चों से कह रही थी—"देख, ये चावल का नहीं, चाँदी का भात है और ये अरहर की नहीं, सोने की दाल है।"

उनकी बातें सुन दशरथ के बच्चों की आँखों में भूख उतर आई। पिंजरी ने बच्चों की आँखों में देखा और उठकर कमरे का दरवाजा सटा दिया।

दशरथ के लड़के ने कहा—"माँ, हम भी चाँदी का भात खाएँगे।"

दशरथ ने कमरे में देखा। जस्ते के तीन-चार बर्तन और एक गुदड़ा पड़ा था, इसी के सहारे दशरथ को जीवन की नई यात्रा आरंभ करनी थी।

लड़का अब रोने लगा था—"हम भी चाँदी का भात खाएँगे।"

लड़की भी इस तरह पिंजरी को देख रही थी, जैसे खाना माँग रही हो।

दशरथ से देखा नहीं गया और वे बाहर निकलने के लिए खड़े हो गए।

पिंजरी ने पूछा—"कहाँ जा रहे हैं?"

दशरथ ने उसकी बातों का कोई जवाब नहीं दिया और बाहर निकल गए।

पिंजरी ने एक बार फिर उनको रोकने की कोशिश की मगर वे नहीं रुके।

दशरथ घर से निकलकर सीधे छेदी के यहाँ आ गए। कोई था, जो ऊपर से सहज था मगर दशरथ की छाती के भीतर चीख-चीखकर रो रहा था। छेदी पक्का यार था। उसको देख दशरथ की आँख भर आई।

छेदी ने पूछा—"क्या हुआ?"

दशरथ से कुछ कहा नहीं गया।

दशरथ का हाल देख छेदी समझ गया कि जरूर कोई बात है—"बोलते क्यों नहीं?"

"भैया से अलग हो गए हम," कहकर दशरथ दोनों हाथों से अपना चेहरा ढँककर फूट पड़े।

छेदी जानता था, दशरथ भीतर से बहुत डरा हुआ है। उसके भीतर इस बात का आत्मविश्वास नहीं है कि वह अपनी पत्नी और बच्चों का खर्च उठा सके।

"घर में राशन है?"

दशरथ ने ना में सिर हिलाया।

छेदी समझ गया कि अब उसे क्या करना है।

थोड़ी देर बाद जब दशरथ और छेदी सिर पर बोरे में चावल, दाल, आलू लेकर घर पहुँचे तो चौंक गए। देखा, आँगन में पिंजरी के कमरे के पास मिट्टी खोदकर चूल्हा बना था। चूल्हे में आग जल रही थी और पिंजरी बच्चों को भात और दाल परोस रही थी। दोनों एक पल के लिए दरवाजे पर रुक गए।

दशरथ के दोनों बच्चे बहुत खुश थे। लड़के ने दूसरी ओर मुँह लटकाए बैठी धनिया को देखकर कहा—"माँ, ये चाँदी का भात है?"

सिर झुकाए पिंजरी ने कहा—"नहीं बेटा, भात तो चावल का होता है।"

"और ये सोने की दाल?"

"नहीं बेटा, दाल तो अरहर की होती है।"

एकाएक पिंजरी की नजर दरवाजे के पास खड़े दशरथ और छेदी पर पड़ी तो आगे बढ़कर सिर से बोरा उतारा।

दूसरे कमरे में बैठी धनिया बड़बड़ाने लगी—"अपना पर पड़ा तो कइसे इंतजाम हो रहा है!"

पिंजरी ने धनिया को सुना मगर कुछ नहीं कहा। बोरे का चावल ले जाकर अंदर रख दिया। बाहर आकर कहा—"कुछ खा लीजिए, सुबह से कुछ नहीं खाया।"

तभी कहीं से आवाज आई—"हम भी खाएँगे भौजी!"

सबके चेहरे पर मुस्कराहट खिल गई जब देखा कि उधर से झौरी एक बोरा में कुछ अनाज लिये आ रहा है और उसका सिर पूरी तरह बोरे में धँस गया है।

16

पति-पत्नी के संबंध के बारे में ज्ञानीजन कहते हैं कि यह प्रकृति और पुरुष का संबंध है। आम जीवन में लोग कहते हैं कि जन्म-जन्मांतर का संबंध है। इस संबंध की चाहे जितनी परिभाषाएँ दी गई हों और चाहे जितनी दी जानी शेष हों, उससे अलग मिट्टी के बने थे दशरथ और पिंजरी। जूना से अलग होने के बाद दशरथ डर गए थे कि अब क्या होगा। चौबीसों घंटे उनके मन में यही विचार आता कि क्या फिर से उन्हें मुखिया जैसे किसी आदमी के यहाँ चरवाही करने जाना होगा? क्या फिर किसी भट्ठे पर मजदूरी करने जाना होगा या बड़े भाई जूना की तरह किसानों के यहाँ खेतों में मजदूरी करनी होगी? ऊपर मे धनिया भौजी का गुस्सा अभी भी कम नहीं हुआ था। वह तो घूम-घूमकर टोले में व्यंग्य से कहती फिर रही थी—'देखना, अब कैसे काम करता है दशरथ!'

भौजी की बात अलग थी,अब तो माँझी टोले के लोग भी चर्चा करने लगे थे कि दशरथ को जितना राज करना था, भाई की कमाई पर कर लिया, अब तो काम करना ही पड़ेगा।

जितने मुँह, उतनी बातें।

दशरथ सिर झुकाकर बाहर निकलते और सिर झुकाए घर में समा जाते। जो हालात थे, उसमें कहने को क्या बचा था!

उस दिन दशरथ के जाने के बाद पिंजरी रमिया भौजी के यहाँ से बच्चों को खिलाने के लिए चावल और दाल पैंचा माँगकर लाई थी। छेदी और झौरी भी अपने-अपने घर से राशन पहुँचा गए थे। दस से पंद्रह दिन का राशन घर में आ गया था मगर उसके बाद क्या होगा? दशरथ को कुछ तो करना ही पड़ेगा ताकि घर चल सके। मगर क्या करें... ? इस समाज में दशरथ के करने लायक क्या था? अब तो गाँव में कोई काम भी नहीं देगा और दशरथ के भीतर जरा भी आत्मविश्वास नहीं था कि वे अपने घर का खर्च चला पाएँगे।

लेकिन पिंजरी? वह जरा भी नहीं डरी और न ही विचलित हुई। दशरथ को उधेड़- बुन में फँसा देख पिंजरी ने उनके मन का हाल समझ लिया और बच्चे की तरह समझाया—"देखो दशरथ, जब मेरे बाबू मरे थे तब घर का यही हाल था, बल्कि इससे भी बुरा हाल था। श्राद्ध खत्म होने के बाद दीदी जीजा के संग चली गई थी। घर में माँ थी, छोटा भाई था और मैं थी। घर का खर्च चलाने के लिए छोटा भाई चरवाही करने जाता, दिन-भर जानवर की तरह खटता मगर मिलता कुछ नहीं। एक दिन किसी छोटी-सी गलती पर बबुआनों ने उसे बहुत मारा। पता चला तो जबरन मैं जाकर उसे ले आई और गाँव में काम करके अकेले पूरे परिवार का खर्च चार साल तक चलाया। यहाँ जो भी हुआ है, मेरे लिए यह नया नहीं है। मुझे इसकी आदत है इसलिए कहती हूँ कि तुम चिंता मत करो। तुमको कुछ करने की जरूरत नहीं है, चिंता करने की भी नहीं। जानते हो, तुम परेशान दिखोगे तो मैं परेशान हो जाऊँगी और कुछ नहीं कर पाऊँगी।"

दशरथ ने पिंजरी की बात सुन तो ली मगर वे शब्द मात्र थे। अंदर से उनकी परेशानी जरा भी कम नहीं हुई।

अगली सुबह पिंजरी ने अपना अभियान चालू कर दिया। पहले की तरह मुँह अँधेरे उठी। दशरथ के मन में जूना भैया के लिए जगह है इसलिए अलग होने के बाद भी भैया और भौजी के जमीन का हिस्सा भी उसी ने बुहारा, पानी भी भर दिया। फिर काम का वही पुराना क्रम। नहा-धोकर चूल्हा जलाया,रसोई बना बच्चों को खिला दिया और बचा खाना दशरथ के लिए रख, खा लेने की हिदायत देकर रमिया भौजी के साथ खेतों में काम करने चली गई।

दिन भर काम करने के बाद शाम को एक सेर धान लेकर आ गई। पूरे एक सप्ताह तक खेतों में अनवरत काम करते रहने के बाद उसने एक दिन रमिया से कहा—"दीदी, गाँव में किसी के घर बर्तन-बासन का काम मिलेगा?"

रमिया भौजी गुस्सा गई—"क्या कहती हो? माँझी किसी का जूठन नहीं धोते।"

अजीब-सी सूरत बनाकर पिंजरी ने कहा—"दीदी, मैं धोऊँगी।"

अपने गाँव में काम के अनुभव से पिंजरी जानती थी कि गाँव में किसानों की पत्नियाँ उनकी अपेक्षा ज्यादा उदार होती हैं। पिंजरी की जिद पर रमिया भौजी को झुकना पड़ा और उसने उसे गाँव के एक किसान के घर में महीने में दो पसेरी धान पर रखवा दिया।

जल्दी ही पिंजरी ने एक घर से पाँच घरों के काम पकड़ लिये और खेत की मजदूरी के बराबर महीने की कमाई तय कर ली। इसमें उसका फायदा होता कि घर से सुबह निकलती और दो बजे तक अपना काम खत्म कर वापस आ जाती। दूसरा और सबसे बड़ा फायदा यह था कि अब उसके पास साल भर का काम था। खेती का मौसम नहीं रहने पर भी खाली नहीं

बैठना पड़ता। अब शाम का पूरा समय उसका अपना था जिसका इस्तेमाल दशरथ और बच्चों को सँभालने में कर सकती थी।

काम आरंभ करने के थोड़े ही दिनों में गाँव के किसानों की औरतों के साथ पिंजरी के संबंध बहुत अच्छे हो गए। कभी किसी के बाल से जूँ निकाल देती, कभी किसी के बाल बना देती। किसी के सेर-दो सेर आटा बेगारी में पीसकर निकाल देती। कई बार लोगों को लगता कि वह यह सब मुफ्त में कर रही है लेकिन इसके पीछे उसका अपना खास मकसद था जिसे उसने कभी किसी को नहीं बताया था।

एक दिन आँगन में भीगे कपड़े अलगनी पर डालते हुए उसने दशरथ से कहा—''घर में एक जाँता लगवा दोगे?''

दशरथ चौंक गए—''जाँता?''

''हाँ, शाम के बाकी समय में कुछ लोगों के गेहूँ और सत्तू पीस दिया करूँगी। उससे कुछ आमद बढ़ जाएगी, बैठकर क्या करूँगी!''

दशरथ भौंचक होकर पिंजरी को देखते रहे।

''का देख रहे हो?''

''कुछ नहीं।''

दशरथ को पिंजरी पर गर्व हो आया। उनकी समझ में आ गया कि पिंजरी अगर टोले की और माँझी औरतों की तरह खेत में काम करती तो बस एक सेर धान ही मिलता मगर उसने अपने लिए अलग काम की तलाश की। वह अब अपनी शर्त पर काम करेगी, इसलिए उसका मान बढ़ेगा और काम करने की स्वतंत्रता भी होगी। यह उसने खुद की सोच से ईजाद किया है।

दशरथ की आँखों में चमक आ गई।

यही तो कहा था पहाड़ी बाबा ने दशरथ से। पिंजरी भी तो यही कहती आ रही थी उनसे। आज तक उनके दिमाग में यह बात आई क्यों नहीं? जो बात दशरथ के लिए कही गई थी, पिंजरी ने कर दिखाया और उनकी समझ में नहीं आई। पिंजरी की इस पहल से एक बार फिर उनके भीतर यह आत्मविश्वास जगा कि अब वे अपना रास्ता, अपना काम जरूर ढूँढ़ लेंगे। लगा, जैसे उसी देह में दशरथ का नया जन्म हुआ हो!

पिंजरी सिर्फ पत्नी नहीं, दशरथ की गुरु भी है। दशरथ को कहीं और गुम देख पिंजरी ने कहा—''का हुआ?''

''आयँ...''

''मैंने जाँता लगाने के लिए कहा था। क्या सोचने लगे?''

दशरथ की तंद्रा टूटी। उन्होंने पिंजरी को इस बात का अहसास होने नहीं दिया कि वे क्या सोच रहे हैं। मुस्कराकर कहा—''सोच रहा था कि पहाड़ से पत्थर काट के जाँता मैं खुद ही बना दूँ।''

दशरथ को याद आया कि बचपन में जब गाँव में पथरकट आते तो वे दिन भर उनके साथ रहते। पथरकट का एक बेटा था। पता नहीं, क्या नाम था उसका! उनका दोस्त हो गया था। कई बार वे उसके साथ खाना भी खा लेते और वहीं रह जाते थे। अभी तक जाँता बनाया तो नहीं था मगर कैसे बनता है, जानते थे।

उनकी बात सुन पिंजरी हँस पड़ी—''तुम बनाओगे?''

''हाँ, मुझे मालूम है कि कैसे और कहाँ के पत्थर से जाँता बनता है।''

पिंजरी को जरा भी संदेह नहीं हुआ। वह जानती है कि कैसे तमाम काम जो और कोई नहीं कर सकता, उसका हुनर दशरथ के भीतर छुपा है।

''छेनी-हथौड़ी कहाँ से लाओगे?''

''है न अपना यार छेदी।''

और आठ दिनों की कड़ी मेहनत के बाद दशरथ ने जब सचमुच एक बड़ा-सा जाँता बना दिया तो पिंजरी को वह दुनिया का सबसे नायाब जाँता लगा। जाँता देख जितनी खुश थी, उतनी खुश तो वह पहले कभी दिखी ही नहीं। जाँता की प्रशंसा करते नहीं थकती। जो भी मिलता, कहती कि यह जाँता गाँव के अन्य जाँतों से कितना बड़ा है और चलने में कितना हल्का! दशरथ ने उसके लिए अपने हाथ से बनाया जबकि वह खरीदने के लिए पैसा देने के लिए तैयार थी।

पिंजरी को यकीन हो गया कि अन्य लोगों की तरह भले ही नहाने के लिए बाल्टी में पानी नहीं लाएँ दशरथ, मगर मौका पड़े तो जाकर गया से फल्गु नदी को उठा लाएँगे। औरत के मर्द नहीं हैं दशरथ, मर्दों के मर्द हैं।

आँगन में जहाँ खाना बनाने का चूल्हा था, वहीं पर जाँता लग गया। पिंजरी काम करने जाती तो गाँव के किसानों के घर से तौलकर पिसाई के लिए गेहूँ ले आती। जाँता इतना हलका चलता कि एक बार गेहूँ पीसने बैठती तो चार पसेरी आटा निकल आता।

दशरथ रोज सुबह उठते तो पहले जाँते की टुँगाई कर देते,ताकि आटा महीन हो। जाँता से पिसाई का सिलसिला आरंभ हुआ और आमदनी बढ़ी तो दशरथ ने छेदी से कहकर धान कूटने के लिए लकड़ी की एक ढेंकी भी लगवा दी।

अभी तक कमरा एक ही था, धान-गेहूँ रखने में जगह कम पड़ती थी। दशरथ ने दिन-रात मेहनत करके कमरे के आगे एक बड़ा-सा बरामदा बनवा दिया जिसमें अनाज रखा जा सके और बारिश के दिनों में भी पिंजरी का काम नहीं रुके, पिंजरी को कोई परेशानी नहीं हो।

पिंजरी को पता था कि बड़े घर की औरतें खाना तो बना लेती हैं मगर कुटनी- पिसनी का काम उनसे नहीं होता, इसलिए वे परेशान रहती हैं। पिंजरी धान कूटने में माहिर थी, आटा पीसने में उसका कोई जोड़ नहीं था। पिंजरी ने गाँव के किसानों की औरतों की परेशानी कम करने को ही अपना पेशा बना लिया। लोगों को उसका काम पसंद आया और धीरे-धीरे बर्तन-बासन का सारा काम अपने-आप छूटता चला गया। जाँता पर पिसाई तथा ढेंकी पर धान कूटने का उसका काम चल निकला। काम बढ़ा तो रमिया भौजी के साथ अपनी जोड़ी बना ली। धान मिलाने के लिए एक बुढ़िया को रख लिया। दोनों ढेंकी पर बैठकर गीत गाते हुए जब धान कूटना शुरू करतीं तो पता नहीं चलता, कैसे चार पसेरी धान चावल में बदल गया।

कुछ ही दिनों में यह हाल हो गया कि गाँव में किसी को भी धान कुटवाना हो या आटा पिसवाना हो तो वे रमिया भौजी और पिंजरी को ही खोजते। पहले वे लाने जाती थीं, अब लोग गेहूँ और धान घर पर पहुँचाने लगे। दिन भर में छह पसेरी धान तो वे आसानी से कूट लेतीं। कूटने के बाद सूप से धान को फटककर चावल निकाल देतीं। ढेंकी के मूसर के मुँह पर जरा-सा घी लगा, धीमे-धीमे मूसर गिरा मल देती तो लोगों को मिलता एकदम चमचम चावल। खाने का स्वाद बढ़ जाता। मर्द भात खाते तो अपनी औरतों की बड़ाई करते और औरतें निहाल हो जातीं। धान का भूसा अलग से बिकता क्योंकि उसमें टूटे हुए चावल होते।

लोगों को चावल और आटा की जरूरत रोज घर में होती है। इसके अलावा उसकी सबसे बड़ी जरूरत शादी–ब्याह में होती। गाँव के लोग चाहे जितने कंजूस हों, शादी–ब्याह में शाहखर्च हो जाते हैं। कौन नहीं चाहता कि उनके रिश्तेदारों को अच्छा चावल मिले, अच्छे गेहूँ का आटा मिले! गाँव में परोजन का धान कुटवाने की तैयारी लोग दो–तीन माह पहले से करते। इसके बदले में पिंजरी आठ पसेरी पर एक पसेरी धान लेती। कोई कहता कि अन्य माँझिन तो बारह पसेरी में एक पसेरी लेती है तो वह साफ कह देती कि जाकर उसी से कुटवाइए। अगर कोई अपने घर पर बुलाकर कुटवाता या आटा पिसवाता तो भाव और बढ़ जाता। इस तरह घर में दशरथ को अब गमकउआ चावल का ही भात मिलता। उन चावलों को बेचकर कई बार घर के जरूरी सामान खरीदे जाते।

घर में पिंजरी है तो दशरथ को कोई चिंता नहीं। बालू से भी तेल निकाल लेगी। माटी को छू देगी तो सोना हो जाएगा। और अगर सामने दशरथ है तो बेर के फल की तरह चाँद–तारे तोड़कर ले आ देगी पिंजरी। दशरथ के चेहरे पर जरा–सी भी मायूसी दिख जाए तो धरती को पलटकर रख देगी। जीवन के आसमान में विपत्ति के काले–काले बादल उमड़े जरूर थे मगर दशरथ के चेहरे की एक मुस्कान के लिए पिंजरी की हवा ने उसे दूर धकेल दिया था और अब वे माँझी टोल के अन्य लोगों की अपेक्षा अधिक सुखी थे। पिंजरी ने जो कुछ कहा था, कर दिखाया था। घर में अनाज का एक भी दाना नहीं था मगर उस दिन के बाद आज तक घर में दाने की कभी कमी नहीं हुई। अनाज के दानों से आज बोरा और क्षोण भरा पड़ा है। माँझी टोल में किसी के यहाँ दाल बनती है तो सब्जी नहीं बनती और पिंजरी दाल–भात–सब्जी के साथ रोटी भी बनाती है। कोई पैंचा–उधार माँगने के लिए कभी आता तो ना नहीं कहती।

जीवन में अब सब कुछ सहज था। कहीं कोई तनाव नहीं था। कहीं कोई झिक–झिक नहीं थी। उसी खाट पर अच्छा तोशक लग गया था। तोशक पर बेड–सीट भी बिछी थी। दोनों बच्चों के सोने के लिए दशरथ ने अलग खाट बुन दी थी और अब वे उसी कमरे में अपनी खाट पर सोते थे। अलग होने के बाद भी जूना भैया नजर लगाए रहते कि पिंजरी क्या बना रही है। जब वे खाना खाने के लिए बैठते तो पिंजरी उदारता से उनके सामने कटोरी में दाल और तरकारी लाकर सामने रख देती।

जूना पूरे गाँव में कहते फिरते कि धनिया ने मेरे घर का नाश कर दिया।

पिंजरी की गाँव में चलती और व्यवहार देखकर अब भौजी भी पछता रही थी कि उसको क्यों अलग कर दिया। बँटवारे के पाँच रुपए के कर्ज को उसी महीने के भीतर उसने वापस कर दिया था।

इतना करने के बाद भी रमिया भौजी की तरह पिंजरी दशरथ पर कोई अनुशासन नहीं रखती। वह तो उससे दिल खोलकर दारू–ताड़ी के बारे में पूछती,आग्रह भी करती मगर दशरथ ज्यादातर ना ही कर देते। इतनी मेहनत से कमाए गए उसके चावलों को वे दारू–ताड़ी में बर्बाद करें, यह उन्हें अच्छा नहीं लगता।

दशरथ काम नहीं करना चाहते...कामचोर हैं––पिंजरी ने सिरे से इस सवाल को ही खत्म कर दिया था।

लेकिन पिंजरी के इस तरह बढ़-चढ़कर काम करने से दशरथ के ऊपर दबाव ज्यादा बढ़ गया था। जैसे नदी की धार भीतर-भीतर तट को काटती है, वैसे ही कोई धार उनको भीतर-भीतर काट रही थी। पिंजरी के बहाने जब से यह बात समझ में आई थी कि काम की तलाश कैसे की जाती है, उनके भीतर की खलबली कम होने की बजाय बढ़ती जा रही थी। उन्हें हर वक्त लगता कि पिंजरी अकेले इतना कुछ करती है और वे कुछ भी नहीं करते। पिंजरी ने बिना किसी के कहे अपना रास्ता खोज लिया मगर दशरथ को कई लोगों के समझाने और खुद के समझने के बाद भी आज तक कोई रास्ता नहीं मिला। दशरथ नए काम की तलाश उसी तरह कर रहे थे जिस तरह पिंजरी ने की थी। दशरथ जी-जान से लगे थे और पिंजरी दशरथ के इस मनोभाव को बहुत अच्छी तरह समझ रही थी।

एक दिन उसने दशरथ को समझाने की कोशिश की—"देखो दशरथ, मैं जाँता पीसती हूँ, वो किसने बनाया है—तुमने। रोज सुबह उसकी टुँगाई तुम करते हो। ये ढेंकी तुमने लगाई। ये काम तो हम दोनों मिलकर करते हैं। तुमको ऐसा क्यों लगता है कि मैं ये सारा काम अकेली करती हूँ?"

दशरथ पिंजरी की बात सुनकर चुप हो गए। दशरथ को कभी ऐसा नहीं लगा कि पिंजरी के काम में उनका कोई योगदान है।

दशरथ जानते थे कि आदमी के जीवन में जितनी जरूरतें हैं, उनके बीच ही कोई रास्ता मिलेगा, जिसे तलाशने की धुन हमेशा उन पर सवार रहती। बहुत सोचने के बाद कुछ समझ में नहीं आता तो कई बार उन पर चिड़चिड़ापन भी हावी होने लगता।

पिंजरी नहीं समझ पाती कि क्या करे! उसने सोच लिया कि काम के बारे में अब दशरथ से कभी कुछ नहीं पूछेगी। कभी कुछ नहीं करेगी। दशरथ जिसमें खुश रहें, वही करेगी।

बच्चे दशरथ की पहली पत्नी के थे, मगर पिंजरी उनके लिए जान देने को तत्पर रहती। दिन को खाना बनाकर रख देती मगर शाम को नहलाती और उन्हें अपने हाथ से खिलाती। रात में रोज का उसका नियम था, खाना खाकर वह सोती थी बच्चों के साथ, और उनके सो जाने पर दशरथ के पास आ जाती थी।

बच्चे अपनी खाट पर माँ को नहीं देखते तो सुबह उठकर पूछते थे—

"हमें अकेला छोड़कर तू बाबू की खाट पर क्यों चली जाती है?"

पिंजरी मुस्कराकर दशरथ को देखती और दोषी बनाकर कहती—"क्या करूँ, जब मैं सो जाती हूँ तो तुम्हारे बाबू मुझे उठाकर अपने बिस्तर पर ले आते हैं। मुझे तो इसका पता भी नहीं चलता।"

बच्चों को यकीन हो जाता।

बुधुआ गुस्से में दशरथ से कहता—"बाबू, अब से ऐसा मत करना।"

दशरथ हँसते हुए उनकी बात मान भी लेते मगर हर दिन वही होता।

बुधुआ रोज कह-कहकर तंग आ चुका था। उसे समझ में नहीं आ रहा था कि किससे कहे। जूना से कह नहीं सकता। एक दिन उसने तय किया, जितिया से कहेगा क्योंकि दशरथ जितिया की हर बात मानते थे।

जितिया माँझी नीम के पेड़ के नीचे माँझी टोल के कई लोगों के साथ बैठे थे। बुधुआ ने जितिया के पास जाकर दशरथ की शिकायत की। उसकी बात सुनकर वहाँ बैठे सारे लोग हँसने लगे

तो जितिया ने सबको डाँट दिया और समस्या का समाधान करने की नीयत से बुधुआ से पूछा—"बुधुआ, कितने दिनों से है ऐसा?"

"जब से नई खाट बुनी गई है तब से बाबा।"

जितिया ने गंभीरता से कहा—"बताओ, हम क्या करें?"

"आप बाबू को डाँटिए कि अब से ऐसा न करें।"

जितिया ने खबर भेजकर दशरथ और पिंजरी को बुलाया। पिंजरी रमिया के साथ ढेंकी पर काम कर रही थी, नहीं आई। दशरथ आए तो पूरी बात बताकर मन-ही-मन मजा लेते हुए दशरथ को डाँटते हुए जितिया ने पूछा—"दशरथ, क्यों करते हो ऐसा?"

दशरथ मुस्कराकर रह गए। समझ में नहीं आया कि क्या कहें। तभी कहीं से दौड़ती हुई उनकी लड़की सनीचरी आई और बुधुआ से कहा—"अरे भैया, माँ झूठ बोलती है।"

बुधुआ ने यकीन से कहा—"नहीं, माँ झूठ नहीं बोलेगी।"

सनीचरी ने गला छूकर कहा—"अरे भैया, कल रात मैंने देखा था, बाबू नहीं ले गए थे। माँ तो अपने-आप बाबू की खाट पर चली गई थी।"

सारे लोग जोर-जोर से हँसने लगे।

जितिया ने कहा—"कुछ और तो नहीं देखा?"

और इस बार सभी जोर से हँस पड़े। दशरथ से भी कुछ जवाब देते नहीं बना।

दशरथ के मन में कई बार यह बात जानने की इच्छा हुई थी कि जंगल में माँझी समाज कैसे रहता था, क्या खाता था और क्या करता था। यह बात उन्हें जितिया ही बता सकते हैं।

अपनी आदत के अनुसार जितिया बाबा ने जेब से चुनौटी निकाल दशरथ को थमाया और तंबाकू लगाने को कहा।

दशरथ हथेलियों पर तंबाकू मलते हुए जितिया से बोले—"बाबा, जंगल की बातें याद हैं आपको... ?"

जितिया बाबा ने स्मृतियों पर जोर दिया और बताया—"बहुत कुछ याद नहीं है।" खैनी होंठ में डालते ही जैसे कुछ याद आ गया हो, बोले—"जब मेरी उमर तुम्हारे बड़े लड़के जैसी थी, नंगे घूमते थे तभी बाबू और दादा के साथ इस गाँव में आए थे।"

"वहाँ का करते थे आप?"

"सब काम तो वे लोग करते थे जो बड़े थे। हम तो चूहा मारते थे, पंछी मारते थे, आज भी हमारा निशाना अचूक है।" कहकर गर्व के साथ मुस्कराए।

"बाबा, हम लोग कहाँ से आए थे... ?"

दशरथ की आँखों में एक ऐसा प्रश्न था जो उन्हें अपनी जड़ों की ओर ले जा रहा था। जंगल में वे कहाँ और किस तरह रहते होंगे, क्या खाते होंगे, पीने के लिए पानी कहाँ से लाते होंगे, उनकी रोज की दिनचर्या क्या होगी—ऐसे असंख्य सवाल अब उनकी आँखों में तैरने लगे थे।

सुख आकर चले जाते हैं, दुखों की स्मृतियाँ भी सुख देती हैं। जितिया अपने पुराने दिनों में खोते चले गए। बात बढ़ी तो धीरे-धीरे जितिया को भी उसमें मजा आने लगा। वे खड़े हो गए और राजगीर की पहाड़ियों की ओर इशारा कर के बताया—"उधर से, तब ई सब ऐसा थोड़े था। ई पहाड़ एकदम कच्च हरा था। दीकुओं ने सब बरबाद कर दिया।"

"दीकू?"

जितिया बाबा ने हँसकर बताया—"तब हम लोग गाँव में रहनेवालों को दीकू कहते थे। दीकुओं से हमारे बाबू-चाचा लोग बहुत डरते थे। कहते थे कि गाँव में रहने जाओगे तो दीकू ले जाकर दखिन में बसाएगा। सेवा करवाएगा। बीवी-बच्चों पर बुरा नजर डालेगा। हमारा हाल अब के जैसा नहीं था। माँझी और बाघ जंगल के राजा होते थे। गाँव में आने के बाद सब खत्म हो गया।"

जितिया बाबा की बूढ़ी आँखों में आँसुओं की झिलमिलाहट तैर गई। दशरथ को जितिया बाबा के चेहरे पर यह दुख साफ दीख रहा था लेकिन दशरथ की आँखें चमक रही थीं।

"बाबा, रोजी-रोटी कैसे चलती थी?"

"रोजी-रोटी की चिंता किसे थी! जंगल में इतना फल होता था, शिकार करते थे...हाँ, हमारे बाबू और दादा रोज इस गाँव में लकड़ी ले आते थे और बदले में नमक और अनाज ले जाते थे।"

दशरथ ने पूछा—"बाबा, हम लोग लकड़ी काटते थे?"

जितिया बाबा गुस्से में आ गए—"लकड़हारा लकड़ी काटता है।" धीरे-धीरे शांत होकर समझाने के अंदाज में कहा—"हम लकड़ी काटते नहीं थे, हम तो जंगल साफ करते थे। जंगल हमारा घर था। जंगल में हमारे देवता थे। जैसे खेत में मकई के संग मोथा निकल आता है वैसे ही जंगल में बरसात के बाद कई पेड़ निकल आते हैं और बड़े पेड़ों की खुराक खा जाते हैं। हम उनको साफ करते थे ताकि पेड़ बड़े हों। सूखे पेड़ इसलिए काटते थे कि नए पेड़ों के लिए जगह बने। पेड़ की बनराई डालों को इसलिए काटते थे कि तना मजबूत हो। लकड़हारा जंगल का हत्यारा होता है, हम रखवार होते थे। जब जंगल में कोई लकड़हारा हरा पेड़ काटता मिल जाता तो माँझी लोग पकड़कर बड़ी पिटाई करते थे इसलिए वे हमसे बहुत डरते थे।" कहकर एक पल के लिए जितिया बाबा रुक गए। उनके चेहरे पर गहरी हताशा फैल गई।

"इसी लकड़ी काटने के कारण दीकुओं से हमारी लड़ाई हो गई। हरा पेड़ कटने के कारण गोरैया बाबा हम सबसे नाराज हो जंगल छोड़कर चले गए और हमारी गति जो होनी थी, हुई ही, ससुर इस पहाड़ को भउरा फूट गया, आज तक पेड़ नहीं उगा।"

"उसके बाद क्या हुआ बाबा?"

गहरी और लंबी साँस लेकर जितिया बाबा ने बताया—"एक रात बाबू ने सपना देखा कि गोरैया बाबा आए हैं और कह रहे हैं कि हम जंगल छोड़कर जा रहे हैं, हमारा पेड़ दीकू काट रहा है और तुम लोग कुछ नहीं कर रहे हो।

"सुबह बाबू ने सबको बताया और सब माँझी गोरैया बाबा को जाने से रोकने के लिए जंगल में पेड़ पर चढ़कर तीर-कमान लेकर पहरा देने लगे। कोई लकड़हारा दिखता तो पकड़कर पिटाई करते और कहते कि अब जंगल में मत आना। लकड़हारा भी मजदूरी पर काम करनेवाला था, उसे भी दीकू ही भेजते थे। उसके बाद दीकू हमसे डरने लगे और जंगल में आना बंद कर दिया।

"हम सब खुश हो गए कि अब दीकू नहीं आएँगे। मगर दीकू सब धोखेबाज थे। एक रात जब हम सभी सोए थे, एकाएक दीकुओं ने हमारी बस्ती को घेर लिया। बड़ी जबरजस्त

लड़ाई हुई। उ सब गोली-बंदूक लेकर आए थे, हमारी ओर के बहुत लोग मारे गए। जो बच गए, किसी तरह जान बचाकर भागे।'' कहकर चुप हो गए जितिया बाबा और उनकी आँखें भर आईं। धीरे-धीरे सहज हुए और कहने लगे—''इस गाँव में झिंगुरी सिंह के बाबा को हमारे बाबू लकड़ी देते थे। उनको आकर अपना सारा हाल सुनाया। उन्होंने बसा दिया। तब से हम सब यहीं हैं।''

इसके बाद जितिया बाबा से कुछ कहा नहीं गया। चुपचाप उठकर चल दिए।

दशरथ चुपचाप उनको जाते देखते रहे।

जितिया बाबा की बातों से दशरथ के भीतर मची हलचल को एक विराम मिल गया था। उन्हें समझ में आ गया था कि उनके पुरखों ने किस तरह जंगल से गाँव की यात्रा की थी और उनकी यात्रा कितनी खौफनाक थी। आज गाँव में उनके साथ जो सुलूक हो रहा है, इसका कारण और कुछ नहीं, वही पराजय है। आज भी उनकी जड़ें गाँव में नहीं हैं। आज भी राजगीर की ओर के संथाल-माँझी लकड़ी ही काटते हैं और उनकी औरतें भारी-भारी लकड़ी का गट्ठर उठा गाँव में घूमकर बेचती हैं। इस खयाल के आते ही उनके भीतर एकाएक बिजली-सा कुछ कौंध गया और वे खुशी से झूम उठे।

रात को जब पिंजरी और बच्चे सो रहे थे, दशरथ जाग रहे थे। उन्होंने पिंजरी को जगाया और कहा—''पिंजरी, मुझे राह मिल गई है।''

पिंजरी नींद में थी, उसे कुछ समझ में नहीं आया—''क्या... ?''

''हाँ, पिंजरी, अब मेरी समझ में आ गया है कि मुझे क्या करना है।''

पिंजरी उठकर बैठ गई—''क्या करोगे ?''

''जंगल जाकर लकड़ी काटूँगा। संथाल-माँझी का पुश्तैनी काम यही है।''

''क्या होगा लकड़ी का ?''

''बेचूँगा।''

लकड़ी काटने की बात मन में आई तो दोनों की बातचीत के दौरान लकड़ी की एक बहुत बड़ी दुनिया उनके भीतर पसरती चली गई। जलावन से लेकर खुरपी-हँसिया की बेंट और घर के दरवाजे-खिड़की और खाट से चौकी तक जिसका विस्तार था और जिसके बगैर समाज का काम नहीं चल सकता।

बातचीत खत्म हुई तो पिंजरी के चेहरे पर गर्व था—''कहती थी न, एक दिन तुम बड़ा काम करोगे।''

दशरथ ने खुश होकर कहा—''कल ही छेदी से कहता हूँ कि लकड़ी काटने के लिए कुल्हाड़ी बना दे।''

पिंजरी ने दशरथ के सीने पर सिर टिका दिया—''दशरथ!''

''बोलो ?''

''तुम्हारी पहली कमाई से तागपाट बनवाऊँगी, जो गाँव की औरतें पहनती हैं।''

''और ?''

''उसमें सोने का एक लर होगा।''

''और ?''

"जानते हो, तागपाट किसके लिए होता है? मरद के लिए। औरत के गर्दन में तागपाट रहता है न...जब भी वो उसे देखती है, उसे लगता है कि उसका मरद उसके साथ है।"

और पिंजरी का सिर सहलाते दशरथ ने तय कर लिया कि वे पहली कमाई से पिंजरी का तागपाट जरूर बनवाएँगे।

17

लकड़ी काटने की पूरी तैयारी के साथ दशरथ गलहौर की पहाड़ी का दर्रा पार कर रहे थे। पहले जब कभी वे यह दर्रा पार करते, उन्हें लगता कि वे दर्रे में नहीं, अपने गाँव में चल रहे हैं। पत्थरों को देखते तो उन्हें लगता कि वे पत्थरों को नहीं, गाँव के लोगों को देख रहे हैं। कभी कोई पत्थर मुखिया की तरह नजर आता, कभी मलिकान की तरह। कभी कोई पत्थर छेदी की तरह दिखता तो कभी कोई झौरी की तरह और कोई-कोई पत्थर राजबरन पासी और कुदन कुम्हार की तरह दिखाई देने लगता। लेकिन आज यह दर्रा उनको जंगल की तरह प्रतीत हो रहा था और कई पत्थर जितिया बाबा द्वारा कहे गए उन पेड़ों की तरह दिख रहे थे जिनकी सफाई करना जंगल के स्वास्थ्य के लिए जरूरी होता है। दर्रे में चलते हुए इस तरह के पत्थरों को दशरथ कुल्हाड़ी के लोहे वाले हिस्से से इस तरह ठोंकते, जैसे कह रहे हों कि इस्स...तुम्हारी सफाई भी बहुत जरूरी है।

दर्रा पार करने के बाद दशरथ ने शुभ के लिए पहाड़ के दूसरी ओर गौरैया बाबा के स्थान को प्रणाम किया और पहाड़ का सिरा पकड़ राजगीर की ओर चल पड़े। यों तो इस राह से होकर वे कई बार गुजरे थे मगर आज उधर जाने का कुछ अलग ही जोश था।

घंटा भर पैदल चलने पर सामने जंगल आ गया। जंगल को देख दशरथ का चेहरा खिल गया। यह जंगल भी आज पूरी तरह बदला हुआ और नया जंगल था। इसी जंगल में जन्म हुआ था उनके पुरखों का। इसी जंगल ने सदियों तक उन्हें अपना बनाकर रखा। अगर यह नहीं होता तो वे भी नहीं होते। दशरथ खुश थे कि वे अपने पुरखों की विरासत जंगल से जुड़कर उनकी सफाई करेंगे। यहाँ रोजी कमाने में जो आनंद होगा, उसकी कल्पना भी उन्हें आज सुखद लग रही थी। पहली कमाई से पिंजरी के लिए तागपाट बनवाने के सुखद अहसास के साथ मिट्टी में मिल चुके अपने पुरखों को हाथ जोड़ नमस्कार किया और जंगल में समा गए।

जंगल यहाँ से आरंभ होकर राजगीर की पहाड़ियों तक पसरा हुआ था। एक आदमी की पूरी जिंदगी बीत जाएगी और यह खजाना खत्म नहीं होगा। न किसी की डाँट न फटकार, न छल न साजिश। एक सीधा-सरल जीवन, प्रकृति साथ। वे इस बात को लेकर मन-ही-मन पछता रहे थे कि यह बात उनके दिमाग में पहले क्यों नहीं आई।

दशरथ के हाथ में कुल्हाड़ी थी जिसे छेदी ने बनाया था और एक रस्सी। जंगल का नियम है कि खाली हाथ मत चलो। वे धीमे कदमों से जंगल में बढ़ते जा रहे थे। तेज हवा चल रही थी। सूखे पत्तों पर उनके पाँव पड़ते, चरमर की आवाज होती और लगता, जैसे पत्ते उनका स्वागत कर रहे हों! आगे बढ़े तो एकाएक किसी की आवाज सुनाई पड़ी—"रुको, आगे मत जाओ...!"

दशरथ ने मुड़कर देखा, वहाँ कोई नहीं था। गौर से देखा तो एक आदमी पेड़ के तने के पीछे छुपा था। दशरथ कुछ समझ नहीं पाए। दूसरी बार उस आदमी ने लगभग चीखकर कहा—''जल्दी भागो!''

इस बार दशरथ बिना सोचे-समझे उस आदमी की ओर बढ़े। सामने नजर गई तो मधुमक्खियों का गोल-गोल वर्तुल की तरह उड़ता हुआ झुंड दिखाई पड़ा। अब दशरथ को समझ में आ गया कि वह आदमी क्यों चिल्ला रहा था। मधुमक्खियाँ जिस तरह उड़ रही थीं, दशरथ को यह समझते देर नहीं लगी कि मधुमक्खियों के छत्ते पर कहीं-न-कहीं आक्रमण हुआ है।

हो सकता है, इधर भालू आए हों! भालुओं को शहद से बहुत प्यार है। उनकी देह पर इतने बाल होते हैं कि मधुमक्खियाँ उनमें उलझ जाती हैं और उनका कुछ नहीं बिगाड़ पातीं मगर उसके बाद आने-जानेवालों को उसकी सजा भुगतनी पड़ती है।

मधुमक्खियाँ कुछ देर तक गुस्से में भिनभिनाईं फिर जाने कहाँ गायब हो गईं! शायद सोच लिया कि शहद निकालनेवाले पर गुस्सा करने से ज्यादा बेहतर है नए सिरे से शहद की तैयारियों में जुट जाना। जंगल का यह स्वाभाविक-सा नियम है। उस आदमी ने दशरथ से कहा—''चलें!''

और दोनों वहाँ से निकल गए।

जंगल के बीच पतला महीन-सा रास्ता था जो आदमी के पैरों के चलने से बना था। दोनों ओर झाड़ थे। वह आदमी भी अब दशरथ के साथ चल रहा था। दशरथ ने देखा, उस आदमी की दाहिनी बाँह नहीं थी। बात बढ़ाने की गरज से चलते हुए दशरथ ने पूछा—''क्या नाम है आपका?''

''महीपत।''

दशरथ की निगाह उसकी दाहिनी बाँह पर टिक गई जहाँ खाली कमीज की बाँह झूल रही थी—''ये कैसे हुआ?''

''पहले मैं भी लकड़ी काटता था। एक दिन पेड़ की एक डाल मेरे ऊपर गिर पड़ी। सबसे ज्यादा चोट इसी बाँह पर लगी थी। कुछ दिनों तक लगा कि मामूली चोट है लेकिन चोट गहरी थी। भीतर ही भीतर पूरी बाँह ही सड़ गई और इसे कटवा देना पड़ा।''

''ओह!'' गहरे अफसोस के साथ दशरथ ने उसे देखा।

थोड़ी दूर की यात्रा में दशरथ और महीपत में गहरा परिचय हो गया। दशरथ को समझ में आ गया कि महीपत मामूली आदमी नहीं है। अक्सर इधर आता है और जंगल के बारे में उसकी जानकारी बहुत गहरी है, उससे बहुत कुछ मालूम किया जा सकता है। दशरथ भी आज जंगल में लकड़ी काटने के बजाय जंगल को समझना चाहते थे कि आगे से काम की शुरुआत कैसे करें। जंगल में घूमना और जंगल के वर्तमान का जायजा लेना उनका प्राथमिक काम था। कई जगह जंगल को देखकर दशरथ को लगता कि यहाँ सफाई की जरूरत है। एक सूखा पेड़ दिखा तो मन हुआ, काम आरंभ कर दें। अब तो जीवन भर यही करना है तो उतावलापन क्यों? वे महीपत के साथ बातों ही बातों में जानकारी हासिल करते, बिना सोचे-समझे चलते जा रहे थे।

अभी थोड़ी दूर ही गए होंगे कि अचानक सामने की एक झाड़ी हिली और रहस्यमय ढंग से लकड़ी का एक गट्ठर दिखाई पड़ा। कुछ और आगे बढ़े तो देखा कि आठ-दस

आदिवासी, जिनमें औरतें भी थीं और मर्द भी थे, सिर पर लकड़ी का बड़ा-बड़ा गट्ठर लिये आ रहे थे। उन्हें देखकर दशरथ का चेहरा खिल गया। ये लोग पुरखों की विरासत को सँभालकर रखे हुए हैं। इन लोगों से मिलना और इनके काम का तरीका जानना ही उनकी प्राथमिकता थी। मगर उनके पीछे चलते दो पुलिसवालों को देखा तो उनके मन में संशय की लहर उठ गई। महीपत पुलिसवालों को पहचानता था। बायाँ हाथ उठाकर कहा—"सलाम साहब...!"

कटी बाँह की झूलती कमीज ने इशारा कर दिया कि चापलूसी कर रहा है।

उनके गुजर जाने के बाद दशरथ ने महीपत से पूछा—"जंगल में ये पुलिसवाले?"

महीपत ने अजीब तरह से दशरथ को घूरकर देखा और समझ गया कि दशरथ जंगल का पुराना लकड़हारा नहीं है और पहली बार लकड़ी काटने जंगल में आया है। उसने पूछा—"पहली बार लकड़ी काटने आए हो?"

"हाँ..."

"ओ...समझ गया!" पच्च से जमीन पर थूककर कहा, "इन सालों के बाप-दादे जंगल में रहते थे। इनको आज भी लगता है कि जंगल इनकी बपौती है। कितना भी समझाओ, इनको समझ में ही नहीं आता कि जंगल अब इनके बाप का नहीं, सरकार का है।"

महीपत की बात सुन दशरथ को गुस्सा आ गया, शरीर में एक सिहरन-सी उठी और पोर-पोर में फैल गई। उनका चेहरा उड़ गया। अब वे क्या करेंगे?

दशरथ समझ गए कि यह जंगल अब उनका नहीं रहा। दशरथ ने अपनी कल्पना में जो महल खड़ा किया था, सहसा भरभराकर गिर पड़ा। कितनी हसरतों से दशरथ ने अपना सपना बुना था, कैसी तैयारियाँ की थीं मगर सब कुछ जंगल में आते ही पानी के बुलबुले की तरह फूट गया था।

महीपत दशरथ में आए परिवर्तन को भाँप गया और पूछा—"क्या हुआ?"

दशरथ ने सहज होते हुए पूछा—"क्या पुलिसवाले इन सबको जेल में डाल देंगे?"

महीपत ठठाकर हँसा—"जेल में आजकल इतनी जगह कहाँ है?"

"तो क्या करेंगे इनका?"

"थाने पर ले जाएँगे। लकड़ी रख लेंगे और इन सबको भगा देंगे। इनके जाने के बाद अगल-बगल के दुकानदार को बुलाकर रुपए-दो रुपए में बेच देंगे। और इनमें कोई अगर अच्छी हुई तो...समझ रहे हो न..." कहकर बड़े ही अश्लील ढंग से हँसने लगा, "आजकल सबने कमाई का अपना-अपना रास्ता खोज लिया है।"

महीपत की बात सुन दशरथ को पहले गुस्सा आया फिर चेहरे पर निराशा फैल गई। उनका मन हुआ कि वहीं से वापस लौट जाएँ मगर जब सूचना लेने ही निकले हैं तो पूरी सूचना लिए बगैर लौटना सही नहीं होगा। अब जंगल का हाल देखकर ही वापस लौटेंगे। अब वे महीपत के साथ महज इसलिए जा रहे थे कि उनके पुरखों की संपदा किस हाल में है, अपनी नंगी आँखों से देख सकें।

कुछ दूर आगे बढ़ने के बाद महीपत ने दशरथ से पूछा—"किसके ठेहा पर जाओगे?"

दशरथ को यह बात समझ में आ गई कि जंगल में एक नहीं, कई ठेहा हैं।

"अभी तय नहीं किया है।"

"तुम परेशान मत हो। वैसे तो यहाँ सभी मुझे जानते हैं पर एक ठेकेदार का मुनीम मेरा पक्का दोस्त है और मैं उससे कहकर तुमको काम दिला दूँगा। मेहनत से काम करनेवाले लोगों की ठेकेदारों के यहाँ हमेशा जरूरत होती है।"

बातों-बातों में दशरथ को अच्छी तरह यह पता चल गया कि अब ये जंगल और पहाड़ सरकार की संपत्ति हैं। सरकार ठेकेदार नियुक्त करती है जो वन विभाग के अधिकारियों की देख-रेख में जंगल कटवाता है। इस जंगल में कटाई के काम में पाँच से अधिक ठेकेदार लगे हुए हैं। कानून के अनुसार सूखे पेड़ काटने हैं पर सभी हरे पेड़ काटते हैं और बदले में ठेकेदार सबको कमीशन देता है। पेड़ काटनेवालों को वे सबसे कम पैसे देते हैं।

महीपत अब भी लगातार बोलता जा रहा था मगर दशरथ को उसकी बातें सुनाई नहीं दे रही थीं।

महीपत किसी आरा मिल पर काम करता था और लकड़ी के लिए हमेशा उसे जंगल में ठेकेदारों के पास आना पड़ता था। मुनीम को कुछ ले-देकर अपने मालिक के लिए चोरी से लकड़ियाँ ले जाता था।

उसकी पूरी बात सुनने के बाद दशरथ को जो माहौल समझ में आया, वह तो गाँव के काम से भी बुरा था। उन्होंने तय कर लिया कि वे इस जंगल में किसी ठेकेदार के यहाँ काम नहीं करेंगे। ठेकेदार जरूर गाँव के मुखिया की तरह ही होगा, भट्ठे पर आनेवाले मलिकानों की तरह ही होगा। एक नरक से निकलकर दूसरे नरक में फँसने का क्या मतलब है?

थोड़ी दूर चलने के बाद लकड़ी पर चलनेवाली कुल्हाड़ी की आवाजें सुनाई पड़ने लगीं तो दशरथ समझ गए कि अब वे कटाई वाले स्थान के पास हैं।

सामने के जंगल में मैदान की तरह एक साफ इलाका दिखाई दे रहा था। वहाँ लकड़ियों का ढेर लगा था। पेड़ के मोटे तनों की लकड़ियाँ एक तरफ सजाकर रखी गई थीं और कटे हुए हिस्से पर रंगीन कूची से कुछ लिखा गया था। महीपत ने बताया कि ये सारी लकड़ियाँ आरा मशीन पर जाएँगी। दूसरी ओर चूल्हे में झोंकी जा सकनेवाली कम मुटाई की लकड़ियाँ थीं। महीपत ने बताया, ये सारी लकड़ियाँ ईंट-भट्ठे पर जाएँगी। तीसरी ओर झलास का बेतरतीब अंबार था। दशरथ समझ गए कि इनका उपयोग जलावन में होगा।

चलते-चलते महीपत रुक गया और दशरथ से कहा—"यहीं रुको, मैं मुनीम से तुम्हारे काम के बारे में बात करके आता हूँ।"

दशरथ ने सिर हिलाकर अपनी सहमति दी।

"मैं तुमको ज्यादा पैसा दिलवाने की कोशिश करूँगा। बस, एक दिन की मजूरी मेरी होगी।"

दशरथ ने उसकी बातों का जवाब नहीं दिया और महीपत तेज कदमों से चलता चला गया जिधर छोटा-सा लकड़ी का घर बना था। घर के सामने कुछ कुर्सियाँ लगी थीं जिन पर बैठकर कुछ लोग बातें कर रहे थे। दशरथ समझ गए कि वे या तो ठेकेदार होंगे या ठेकेदार के आदमी। दशरथ ने अब इत्मीनान से मुड़कर उस ओर देखा जिधर से लकड़ी कटने की आवाजें आ रही थीं।

सामने देख उनकी आँखें फटी रह गईं कि वहाँ पचासों लकड़हारे पेड़ काटने के काम में लगे थे। जंगल के पेड़ इस तरह कतार से काटे जा रहे थे, जैसे मक्के और अरहर की फसल कटती है। अचानक उनकी छाती में धक से लगा और न चाहते हुए भी उनके कदम उस ओर

बढ़ गए। अपने पुरखों की विरासत की यह दुर्दशा देखकर उनकी आँखें भर आईं। दशरथ समझ गए कि जंगल की सफाई और कटाई के बीच क्या फर्क है। तभी अचानक एक ओर कुछ लकड़हारे भागते हुए दिखाई पड़े—"भागो..."

इसके पहले कि दशरथ कुछ समझ पाएँ, एक भारी-भरकम हरा पेड़ हाथी की तरह चिंघाड़ता हुआ अरराकर जमीन पर झुका और तेज आवाज के साथ पेट के बल लेट गया। पेड़ के गिरने की आवाज ने दशरथ को भीतर से दहला दिया। दशरथ तेजी से पेड़ के पास गए। जैसे मुर्गे की गरदन काट देने के बाद उसका पूरा जिस्म थरथराता रहता है, पूरा पेड़ थरथरा रहा था। गिरने के बाद उसकी कई शाखें टूट गई थीं और वह अंतिम साँस ले रहा था।

दशरथ की नजर अपने पाँव के पास गई। वहाँ पेड़ की किसी फुनगी से टँगा एक सुंदर-सा घोंसला जमीन पर गिरा था। घोंसले से दो अंडे बाहर निकलकर फूट गए थे और पीला तरल पदार्थ बाहर निकल गया था। एक अभी भी उसमें शेष था।

दशरथ के सिर के ठीक ऊपर मादा चिड़िया चीख-चीखकर रो रही थी। दशरथ का मन भर गया था। लगा, कोई उनकी छाती में घुसकर चीख-चीखकर रो रहा हो! अब उन्होंने महीपत का इंतजार नहीं किया और वापस लौट गए।

जंगल से लौटते हुए दशरथ को अब जितिया बाबा की बात समझ में आ रही थी। दशरथ उस रात के बारे में सोच रहे थे कि किस तरह धोखे से अँधेरे में दीकुओं ने जंगल में माँझी टोल पर आक्रमण किया होगा और किस तरह माँझी मारे गए होंगे और किस तरह जान बचाकर गाँव में शरण ली होगी।

गाँव में माँझियों का कुछ नहीं। जंगल में भी माँझियों का अब कुछ नहीं। गाँव जमींदारों का है, जंगल सरकार का। अब क्या करें माँझी? कहाँ जाएँ? क्या इस दुनिया में उनके लिए कोई जगह नहीं? जानवर की तरह किसी मुखिया, किसी मलिकान और किसी ठेकेदार के खूँटे से बँध जाना उनकी मजबूरी है। दशरथ को लगा कि वह काली रात जब दीकुओं ने माँझियों पर आक्रमण किया था, अब भी खत्म नहीं हुई है। अभी जाने कितनी लंबी है वह रात!—सोचते हुए दशरथ का दिल बुरी तरह डूबने लगा। पहाड़ी बाबा ने सच ही कहा था कि माँझियों का जीवन गलहौर पहाड़ी का दर्रा पार करने की तरह है।

दशरथ घर लौटकर आए तो माँझी टोल के लोगों के बीच जैसे हाहाकार मचा हुआ था। दशरथ के घर के सामने पानी का बर्तन लिये माँझी टोल की औरतों की भीड़ लगी थी। वे समझ नहीं पाए कि क्या हुआ है।

भीड़ देखकर दशरथ ने पिंजरी से पूछा—"क्या हुआ पिंजरी?"

दशरथ को आया देख पिंजरी एक पल के लिए खुश हुई और उनके दिन का अनुभव जानना चाहा मगर दूसरे ही पल उसका चेहरा उतर गया। दरअसल आज सुबह टोल के लोग पानी लाने कुआँ पर गए थे तो मुखिया के कारिंदों ने पानी देने से मना कर दिया। सब अपना खाली घड़ा, खाली बर्तन लेकर लौट आए। पिंजरी सुबह में ही पानी भर के लाई थी, इसलिए टोले के लोग थोड़ा-सा पीने भर पानी माँगने के लिए आए हैं। इस समय उसके पास भी इतना पानी तो नहीं है कि पूरे टोल को दे सके। पिंजरी अगर पानी दे भी दे तो कितने लोगों को दे पाएगी?

दशरथ नहीं समझ पाए कि आखिर मुखिया ने ऐसा क्यों किया।

पिंजरी ने बताया कि कुएँ की जगत के पास सुबह किसी ने पैखाना कर दिया था। मुखिया का कहना था कि यह माँझी टोल के किसी आदमी का काम है इसलिए अब माँझी टोल, पासी टोल, दुसाध टोल का कोई भी आदमी कुएँ से पानी नहीं भरेगा। इसकी गंभीरता का अंदाजा इस बात से लगाया जा रहा था कि कंगालू, जो मुखिया का लठैत था, उसकी माँ कुलहड़िया भी बरतन लेकर पानी के लिए गई थी और मना करने के बाद कंगालू को गाली बकती वापस आ गई थी।

माँझी टोल की औरतें जो कुएँ पर से लौटकर आई थीं, सफाई दे रही थीं—"यह काम जरूर उसी के किसी आदमी ने किया होगा। जो आदमी उस कुएँ का पानी पीता है, वह ऐसा क्यों करेगा?"

जोरन माँझी की पत्नी रो-रोकर कहने लगी—"का बताएँ बबुआ, बेटे की तबीयत खराब है। महज एक बाल्टी पानी के लिए रकटती रह गई बबुआ मगर उनके कारिंदों का दिल नहीं पसीजा। कोढ़ फूटेगा ऊ सब को! बस, एक लोटा पानी दिलवा दो पिंजरी से कि दवा खिला सकें," और रोते हुए वह मुखिया को बद्दुआ देने लगी।

पिंजरी ने उसे पानी दे दिया और वह लेकर चली गई मगर असली संकट था कि क्या होगा अब? इतने सारे लोगों के लिए पानी कहाँ से आएगा? कई लोगों के घर अभी तक खाना नहीं बना था। गाँव में जो कुआँ है, वह बड़ी जाति के लोगों का है। उस कुएँ पर अछूत माँझियों और पिछड़ी जाति के लोगों को गाँव के लोग चढ़ने नहीं देंगे। पानी लाने के लिए तीन कोस जाना पड़ेगा। अगर पानी लाने में ही सारा समय बीत गया तो काम कब करेंगे? खाएँगे क्या?

रमिया भौजी ने दशरथ से कहा—"बबुआ, तुम जाकर पहाड़ी बाबा से बात करो। अगर वे मान जाएँ तो उनके कुएँ से कम-से-कम आज लोगों को पानी मिल सकता है। कल जो होगा, देखा जाएगा।"

रमिया की बात सुन पिंजरी ने कहा—"जब गाँव के लोग अपने कुएँ पर नहीं चढ़ने दे रहे हैं तो पहाड़ी बाबा मान जाएँगे?"

बात सही थी। सबके चेहरे उतर गए मगर दशरथ की आँखों में उम्मीद की रोशनी तैर गई। दशरथ कई बार पहाड़ी बाबा के उस कुएँ से पानी निकाल चुके हैं और मठिया के पौधों को पटाया है। कई बार मठिया में पानी छिड़क झाड़ू लगाया है। कई बार पहाड़ी बाबा को चाह बनाकर पिलाया है। इसका मतलब, वे छूत-अछूत नहीं मानते।

"मैं पहाड़ी बाबा से जाकर बात करता हूँ।"

दशरथ पहाड़ी बाबा के पास जा रहे थे और सोच रहे थे कि कैसा जीवन मिला है उन्हें और उनके जैसे लोगों को! जंगल में जो कुछ उन्होंने देखा था, उनका आत्मविश्वास हिल गया था और अब गाँव में जो कुछ हो रहा था, इसके बाद बस यही राह बची थी कि यह गाँव छोड़कर चले जाएँ। मगर कहाँ जाएँ? किसी भी गाँव की हालत इससे अलग नहीं है।

तेज कदमों से चलते हुए दशरथ जब पहाड़ी बाबा के पास पहुँचे तो वे बाहर बैठकर कोई किताब पढ़ रहे थे। जंगल जाने से पहले दशरथ ने पहाड़ी बाबा से भी सलाह ली थी और पहाड़ी बाबा ने वहाँ जाकर स्थिति समझने के लिए कहा था।

दशरथ को देखकर पहाड़ी बाबा जंगल का अनुभव जानना चाहते थे मगर चेहरा उतरा देख समझ गए कि कुछ और बात है। दशरथ ने हमेशा की तरह जमीन छूकर दंडवत किया तो बाबा ने पूछा—"का बात है दशरथ?"

"मुखिया ने माँझी टोल, पासी टोल और दुसाध टोल का पानी बंद कर दिया है।"

"क्यों?"

और विस्तार से पूरी बात बताने के बाद दशरथ ने पहाड़ी बाबा से यह भी पूछ लिया कि वे संकट के इस समय माँझी, पासी और दुसाध टोल के लोगों को अपने कुएँ से पानी भरने देंगे कि नहीं।

दशरथ की बात सुनकर पहाड़ी बाबा बहुत दुखी हुए और कुछ देर चुप रहने के बाद कहा—"जाओ, सब लोगों से कह दो कि आकर जितना चाहें, पानी ले जाएँ।"

पहाड़ी बाबा की बात सुन सुगनी पंडित, जो मंदिर के पुजारी थे, बोल पड़े—"क्या कह रहे हैं बाबा! हम कैसे पानी पिएँगे इस कुएँ का?"

पहाड़ी बाबा पर उनकी बातों का कोई असर नहीं पड़ा। सुगनी पंडित को टका-सा जवाब दे दिया—"आप अपने घर से पानी पीकर आइएगा।"

सुगनी पंडित अपना-सा मुँह लेकर रह गए।

जब दशरथ मठिया पर जा रहे थे तो माँझी टोल में किसी को यकीन नहीं था कि वहाँ काम बनेगा। पहाड़ी बाबा की बात जब दशरथ ने आकर टोले में बताई तो सुनकर सबके बीच खुशी की लहर दौड़ गई। माँझी टोल के लोगों ने अपनी नैतिकता से तय किया कि कोई माँझी, कोई पासी, कोई दुसाध पहाड़ी बाबा के कुएँ पर नहीं चढ़ेगा। कोई पियहा जो कुएँ को छू सकता है, वही पानी निकालेगा और लाकर सबके बरतन में पानी भरेगा। इससे सबको पानी भी मिल जाएगा और पहाड़ी बाबा का धरम भी भ्रष्ट नहीं होगा।

रास्ता बबुआन टोल से होकर गुजरता था। माँझी टोल की औरतें जब बर्तन लेकर लंबी कतार में पहाड़ी बाबा के मठिया की ओर चलीं तो सबके कलेजे पर साँप लोटने लगे।

गाँव के लोगों को पहले ही सगुनी पंडित बता चुके थे कि पहाड़ी बाबा ने दशरथ को पानी देने का वादा किया है और गाँव के लोग कुनमुनाकर आपस में बहस कर रहे थे। पानी का संकट था, मुखिया ने गलत किया है, गाँव में सभी सहमत थे मगर किसी को यह यकीन नहीं था कि छूतहों को पानी पिलाने के लिए पहाड़ी बाबा अपने जीवन का संचित धर्म दाँव पर लगा देंगे। मठिया गाँव के खर्चे और जवरा से चलता है, माँझियों से नहीं। एक बार माँझी और दुसाध पानी भरने लगे तो लोग वहाँ का पानी नहीं पी सकेंगे। गाँव के कई लोगों ने माँझियों और दुसाधों के पहले मठिया पर पहुँचकर बाबा से ऐसा न करने का आग्रह किया था।

मठिया गाँव के बाहर होने कारण लोग जब खेत में जाते, पीने के लिए वहीं से पानी ले जाते थे और अगर एक बार माँझियों ने वहाँ पानी भर लिया तो गाँव का कोई आदमी उस कुएँ का पानी नहीं पी सकेगा। पहाड़ी बाबा को गाँव के लोगों ने धर्म और छूत-अछूत की बातें बहुत समझाने की कोशिश की लेकिन उन पर उसका कोई प्रभाव नहीं पड़ा। उन्होंने साफ कह दिया कि गाँव के लोगों को प्यास से मरते वे नहीं देख सकते।

खेतों में कटनी की शुरुआत होनेवाली थी। माँझियों और मजदूरों के लिए यही तो साल के दिन थे। काटेंगे नहीं तो खाएँगे क्या? कटनी के एवज में बीस बोझों में जो एक बोझ मिलता है, वही तो साल भर के भोजन का आधार था। मुखिया ने ऐसे समय पर अड़ंगा लगाया था कि सभी परेशान थे।

आज के पानी का संकट टल गया था मगर वहाँ से पानी लाकर काम पर जाना कहीं से व्यावहारिक नहीं था। शाम होते ही पानी के मसले पर माँझी टोल की बैठक हुई। जितिया माँझी, जूना, छेदी, झौरी, राजबरन के साथ कुदन कुम्हार भी शामिल हुए। सबकी राय बनी कि चलकर मुखिया जी से मिला जाए और निवेदन किया जाए कि पानी बंद न करें। हो सकता है कि सबके कहने पर वे उनकी बात मान जाएँ।

मुखिया के पिता का नाम राजनारायण सिंह था। उनको औलाद नहीं थी। कई-कई तीर्थों की खाक छान आए, कोई लाभ नहीं हुआ। बहुत पूजा-पाठ कराया मगर कोई लाभ नहीं हुआ। बनारस के किसी ज्योतिषी ने हिसाब-किताब करने के बाद कहा कि अपने गाँव में सार्वजनिक कुआँ गरीबों के लिए खुदवाइए। जब लोगों की प्यास बुझेगी, आत्मा खुश और संतुष्ट होगी तो ही आपको संतान होगी।

मुखिया के पिता ने गाँव के लोगों को बुलाकर कहा कि वे एक कुआँ गाँव के लोगों के लिए खुदवाना चाहते हैं तो गाँव के लोग खुश हुए। माँझी टोल और पासी टोल ने तो खुदाई के समय मुफ्त में काम करने का वादा किया और महीनों तक काम चला। उस कुएँ में जो जमोट पड़ा था, उसे छेदी के दादा ने बनाया था और उसका एक पैसा नहीं लिया था। खुदाई के बाद कुआँ गाँव में सबके लिए, चाहे जिस जात का हो, सार्वजनिक करार दिया गया। सबके घर में कुएँ का पानी आने लगा। समाज के दस लोगों की दुआ मिली तो मुखिया का जन्म हुआ था। जितिया कह रहे थे कि अब मुखिया ने छेर-भेड़ की तरह पाँच-पाँच पैदा कर लिये तो अपने को अमर समझने लगा। चूँकि कुआँ उसकी जमीन में था इसलिए कोई कुछ कह भी नहीं सकता था।

रात को जूना, छेदी, झौरी, राजबरन, कुदन कुम्हार मुखिया जी के दरवाजे पर गए। मुखिया जी गया चले गए थे। कुछ देर तक इंतजार करने के बाद कल सुबह आने का मन बना जब वे लौटने जा रहे थे कि मुखिया जी आ गए।

सबने हाथ जोड़कर निवेदन किया—"मुखिया जी, हम लोगों को अन्न आप ही देते हैं, पानी आप ही देते हैं, हमारे पालक आप हैं, ऐसा न करें।"

मुखिया ने विनम्रता से कहा—"हमें भी इस बात का दुख है कि ऐसा करना पड़ा। मगर आप लोग जानते हैं कि इस कुएँ के साथ मेरे जन्म की कहानी जुड़ी है। असल बात यह है कि कल रात में कुआँ देवता मेरे सपने में आए और नाराज होकर कहने लगे कि मैं तुम्हारे जन्म का कारण हूँ और तुमको मेरी जरा भी परवाह नहीं है।

मैंने पूछा—क्या हो गया?

मेरी बात सुन कुआँ देवता गुस्से में आ गए—इस तरह बोलते हो, जैसे कुछ पता ही नहीं है। मेरी जगत के पास लोग पाखाना करते हैं। औरतें गंदा कपड़ा धोती हैं। बच्चों का गाँड़ धोती हैं। पता है, तुमने मेरा क्या हाल कर दिया है?"

पल भर के लिए कई लोगों को लगा कि मुखिया जी सही कह रहे हैं।

जूना ने हाथ जोड़कर कहा—"मुखिया जी, अब कोई वहाँ कपड़ा नहीं धोएगा। बच्चों का गाँड़ नहीं धोएगा। माँज-धोकर कुएँ में बालटी डालेंगे पर आप ना मत कहिए। अन्न के बिना काम चल जाता है, पानी के बिना कैसे चलेगा?"

मुखिया जी ने बहुत चतुराई से कहा—"नहीं भाई, अगर मैंने ऐसा किया तो मेरा विनाश हो जाएगा। आदमी की बात का मैं उल्लंघन कर सकता हूँ मगर देवी-देवता का नहीं।"

लोग अब क्या कहते, निराश होकर अपने-अपने घर वापस आ गए।

दशरथ अब भी समझ नहीं पा रहे थे कि एकाएक मुखिया ने ऐसा क्यों किया। लेकिन किया है तो इसके पीछे जरूर कोई बड़ी वजह होगी। अचानक उनको याद आया कि किसना का छोटा भाई अब मुखिया के यहाँ चरवाही पर लग गया था, उसे जरूर पता होगा।

सुबह-सुबह दशरथ जब सुगना के घर पहुँचे तो उसके घर पर भी पानी नहीं था। मुखिया ने उसे भी पानी नहीं दिया था और वह भी उनसे नाराज था। दशरथ के पूछने पर उसने बता दिया कि कल रात मुखिया और बबुली सिंह में क्या बात हो रही थी। वे पानी देंगे मगर उसी को जो सिर्फ मुखिया के खेत में काम करेगा। अब दशरथ को असली बात समझ में आ गई।

गाँव में मजदूरों को लेकर झिंगुरी सिंह और मुखिया में हमेशा ठनी रहती थी और दोनों ही मजदूरों को लेकर आपस में उलझते रहते थे। पिछली बार छेदी का साथ देने के कारण झिंगुरी सिंह गाँव में मजदूरों के चहेते हो गए थे और कटनी में मजदूरों का झुकाव उनकी ओर हो रहा था। यह कदम मुखिया ने झिंगुरी सिंह को सबक सिखाने के लिए उठाया था।

खेतों में अगहनी फसल पक रही थी। मुखिया ने योजना बनाई थी कि एक-दो दिन बाद उन्हीं मजदूरों को पानी देंगे जो सिर्फ उनके खेत में कटाई करेंगे। पानी का कोई विकल्प झिंगुरी सिंह रातों-रात कर नहीं सकते। सारे मजदूरों की मजबूरी होगी कि वे मुखिया के यहाँ काम करें। एक महीना तक वे मजदूरों को उलझाए रखेंगे, इतने में झिंगुरी सिंह के खेत का सारा अनाज वहीं झड़ जाएगा तब उनको पता चलेगा कि मुखिया क्या चीज है।

दशरथ को सारा माजरा समझ में आ गया। उन्होंने तय कर लिया कि अब उन्हें क्या करना है। मगर ज्योंही वहाँ से बाहर निकले, तो देखा कि छेदी तेजी से बढ़ता उनको खोजते हुए आ रहा था—"क्या हुआ छेदी?"

"गया का महंत अच्युतानंद मठिया पर आ गया है और पहाड़ी बाबा के मठ पर कब्जा करने के चक्कर में है।"

"वो कैसे आ रहा है?"

"कल मुखिया सगुनी पंडित को लेकर उसके पास गया था।"

पहाड़ी बाबा पर मुखिया बहुत नाराज थे। पहाड़ी बाबा ने पानी देकर यह बवाल बढ़ा दिया था और मुखिया को अपने मिशन में कामयाब होने से रोक दिया था। जैसे यह कुआँ मुखिया का था, वैसे ही मठिया झिंगुरी सिंह की थी, इसलिए कुछ बोल नहीं सके मगर पहाड़ी बाबा को सबक सिखाने के लिए नई चाल चली।

उन्होंने सगुनी यह पंडित को बुलाकर कहा—"आप अगर मेरा साथ दीजिए तो मैं आपको कल ही उस मठिया का महंत बना सकता हूँ।"

सगुनी पंडित सुनकर बाँसों उछलने लगे, कहा—"इसके लिए मैं आपकी हर बात मानने के लिए तैयार हूँ।"

"आपको मेरे साथ गया चलना पड़ेगा।"

"जब कहिए, मैं तैयार हूँ।"

"लेकिन इस बात की खबर किसी को नहीं होनी चाहिए।"

"नहीं होगी।"

"आप यहाँ से निकल गाँव के सीवान के बाहर मेरा इंतजार कीजिए।"

और मुखिया सगुनी पंडित के साथ गया निकल गए।

गया बिहार की धार्मिक गतिविधियों का केंद्र है। दुनिया के किसी भी भाग में रहनेवाला हिंदू अपने पितरों को मुक्ति का अंतिम तर्पण यहीं देता है। बुद्ध को ज्ञान यहीं पर मिला था। इस जिले में धार्मिक मठों की संख्या दो सौ के आस-पास है जिनके पास लोगों से दान में मिली जमीन काफी मात्रा में है।

कुछ साल पहले कई जगह ऐसी घटनाएँ हुईं कि लोग अपने पुरखों के द्वारा मठों को दान में दी हुई जमीन हड़पने लगे और सारे मठ के महंत एकजुट होने लगे। इस कर्म में जब एक महंत की हत्या हो गई तो गया के महंत दंडी स्वामी के नेतृत्व में महंतों के महासंघ का गठन हुआ। दंडी स्वामी ने कुछ लठैत भी बहाल किए और तय हुआ कि जिस मठ के महंत को कोई परेशानी होगी, गया से दंडी स्वामी जाएँगे और वहाँ की समस्या का समाधान करेंगे। इसके एवज में हर मठ के महंत मिलकर लठैतों का वेतन देंगे। दंडी स्वामी जब तक जिंदा रहे तब तक यह ठीक-ठाक चला मगर उनकी मौत के बाद उनका बेटा अच्युतानंद पूरी तरह जमींदार बन गया। उसकी अराजकता का आलम यह था कि कई महंतों की हत्या करवा वहाँ मासिक वेतन पर अपने महंत बहाल किए थे।

अच्युतानंद कभी पूजा-पाठ नहीं करता। एक खुली जीप में आगे बैठता और पीछे उसके लठैत बैठते। वह निकल जाता और मठों की देख-रेख के नाम पर लगान वसूल करता। कई लोग तो यह भी कहते कि वह बेहिसाब शराब पीता है, मांस खाता है और गया में उसकी पत्नी के अलावा दो रखैलें हैं।

पहाड़ी बाबा के मठ पर उसकी निगाह बहुत दिनों से थी। जब दंडी स्वामी की मौत हुई, अच्युतानंद का व्यवहार देख उन्होंने अपने को उस महासंघ से अलग कर लिया था। अच्युतानंद आकर बहुत गुस्साया मगर पहाड़ी बाबा के साथ गलहौर के गाँव वाले थे इसलिए उन पर उसकी दाल नहीं गल पाई थी। इस बार मुखिया जी जब सगुनी पंडित के साथ जाकर अच्युतानंद से मिले तो उसे मानो मुराद मिल गई। अछूतों को पानी पिलाना यानी धर्म-विरुद्ध आचरण के नाम पर सारे मठ के महंतों की बैठक बुलाने और पहाड़ी बाबा को अयोग्य करार देकर महंती से हटा देने और उनकी जगह सगुनी पंडित को महंत बना देने का आश्वासन दे दिया।

अगली सुबह अच्युतानंद की जीप गलहौर आई तो माँझी टोल, दुसाध टोल और पासी टोल में जैसे खलबली मच गई। उसके बाद उन महंतों की बग्घियाँ भी रुकने लगीं जिन्हें अच्युतानंद ने बुलाया था और जो उनके लिए काम करते थे। अगर पहाड़ी बाबा पर दबाव देकर पानी रुकवा दिया तो क्या होगा? अब तो लोगों को पानी लाने के लिए तीन कोस जाना पड़ेगा।

लगा था कि संकट खत्म हो गया है मगर दूसरे दिन वह नए रूप में आ गया था। माँझी टोल में नीम के पेड़ के नीचे सारे लोग जमा थे और दशरथ के आने का इंतजार कर रहे थे।

'क्या किया जाए?' आते ही दशरथ के सामने यह सवाल लोगों ने रख दिया।

किसी को कोई रास्ता सूझ नहीं रहा था।

दशरथ भी समझ गए कि अब कोई और रास्ता नहीं है। इससे पहले कि अच्युतानंद पहाड़ी बाबा को महंत पद से हटा दे और पानी बंद करने की घोषणा कर दे, मुखिया और मठ के गुंडों से टकराना ही पड़ेगा।

दशरथ ने झौरी से पूछा—"क्या राय है तुम्हारी?"

झौरी तैयार था मगर चाहता था कि एक बार झिंगुरी सिंह से बात कर ली जाए तो वह खुलकर सामने आ सकता है। उसने यह भी बता दिया कि वे ना नहीं करेंगे।

दशरथ झिंगुरी सिंह के पास चले गए। झिंगुरी सिंह अच्युतानंद के बारे में अच्छे से जानते थे। वे यह भी समझ गए थे कि इसमें मुखिया का हाथ है। अगर यह बाजी मुखिया जीत गया तो उनकी फसलें खेत में झड़ेंगी क्योंकि मुखिया उनको ही पानी देगा जो उसके खेत में काम करेंगे।

उन्होंने झौरी से कहा—"मैं गाँव छोड़कर चला जाता हूँ और तुम वही करो जो दशरथ कहता है।"

वे चाहते थे कि बीच में कहीं से उनका नाम नहीं आने पाए।

झिंगुरी सिंह के समर्थन के बाद सबका मनोबल बढ़ गया। मगर यह चुनौती आसान नहीं थी। झौरी के पहलवान मुखिया के पहलवानों का सामना करने में सक्षम थे मगर यहाँ तो उनके साथ अच्युतानंद के भी लठैत थे। दोनों से एक साथ निपटना आसान नहीं था।

गाँव के लोग तैयार हो गए। एक बड़ी लड़ाई होनेवाली थी मगर इसे लड़ा जाना बहुत जरूरी था। झौरी के पहलवानों का जत्था जब मठिया की ओर बढ़ा तो उनके साथ माँझी, दुसाध और पासी टोल के मर्द, औरत और बच्चे भी 'गोरैया बाबा की जय' कहते लाठी लेकर साथ लग गए।

मठिया पर सारे मठों के महंतों की बैठक जमी थी। सभी पहाड़ी बाबा पर धर्म के खिलाफ आचरण करने का आरोप तय कर रहे थे और अब मठिया की महंती की बात आनेवाली थी। अच्युतानंद के लठैत भी वहाँ जमे थे और उनके सहयोग में मुखिया की ओर से कंगालू भी जमा था।

झौरी गाँव वालों के साथ मठिया पहुँचा और बिना किसी बात के लाठी पटककर मुखिया को गाली देते हुए कंगालू को जब ललकारा तो लगा कि लाशें बिछ जाएँगी। तभी एक बड़ा ही नाटकीय परिवर्तन आ गया। जब झौरी और कंगालू में छेदी के लिए लड़ाई हुई थी तो दशरथ ने कंगालू की माँ के चरित्र को अच्छी तरह समझा था। वे मठिया जाने के बजाय सीधे दुसाध टोल चले गए थे और कंगालू की माँ को लेकर आ गए थे। इससे पहले कि दोनों के बीच लड़ाई आरंभ हो, कंगालू की माँ आगे बढ़ गई और कंगालू के सामने जाकर खड़ी हो गई और बोली—"मार, पहले मुझे मार, फिर किसी को मारना।"

कंगालू रुक गया।

"मार, मारता क्यों नहीं?"

कंगालू और उसके साथ के पहलवानों ने लाठी जमीन पर रख दी और कहा, वे अपनी माँ पर लाठी नहीं चलाएँगे।

अब अच्युतानंद के लठैत भौंचक हो समझ नहीं पाए कि क्या करें। वे मुखिया के लठैतों की शह पर आए थे। इससे पहले कि कुछ हो, झौरी के पहलवानों ने उन लठैतों को पकड़ लिया और वे जान छोड़ने की दुहाई देने लगे।

दशरथ के एक इशारे पर माँझी और पासी टोल की औरतों ने सारे महंतों को घेर लिया और कहने लगीं—"हमारा पानी रोकवाने आए हो?"

रमिया भौजी अच्युतानंद पर पिल पड़ीं—"महंत बनते हो, आज हम तुम सबको अपना मूत पिलाकर भेजेंगे।"

सब भौंचक रह गए। सभी हाथ जोड़ माफी माँगने लगे। गाँव के लोगों ने अच्युतानंद समेत सारे महंतों को इस शर्त पर छोड़ा कि अगली बार यहाँ दिखे तो समझ लेना। वे बुरी तरह अपमानित होकर वहाँ से गए।

सगुनी पंडित, जो महंत बनने का सपना देख रहा था, दो हाथ पड़ते ही रोने लगा और मुखिया का सारा राज खोल दिया। दशरथ के हाथों मुखिया जी दूसरी बार करारी मात खा गए थे मगर दशरथ की मंशा तो कुछ और ही थी।

अगली सुबह जब मुखिया जी जगे और देखा कि बैल बथान से निकाले नहीं गए हैं तो चौंक पड़े। पता चला कि उनका चरवाहा सुगना यह कहकर चला गया है कि कल रात उसके सपने में खूँटा देवता आए थे, और कहा कि खूँटा छुओगे तो नाश कर दूँगा। पहली बार मुखिया के बेटे सुनील को बैल और गाय स्वयं निकालना पड़ा और सानी भी चलानी पड़ी।

खेत में हल ले जाने का वक्त हो गया और हलवाहा नहीं आया, तो मुखिया का बेटा सुनील पूछने गया। हलवाहे ने कहा कि रात उसके सपने में हल देवता आए थे, कहा कि हल ले जाओगे तो नाश कर दूँगा।

खेत में कटनी करने कोई मजदूर उनके खेत में नहीं गया। जब पूछने गए तो सबने कहा कि रात में हँसिया देवता आए थे, कहा कि हँसिया छुओगे तो नाश कर दूँगा।

मुखिया जी और उनके परिवार के लोग जहाँ भी और जिस काम के लिए जाते, वहाँ सपने में आए किसी-न-किसी देवता की आवाज सुनाई पड़ जाती। एक ही रात में खुरपी देवता, कुदाल देवता आदि के रूप में इतने देवता उत्पन्न हो गए कि मुखिया संकट में पड़ गए। गुस्से में मुखिया ने कहा कि पता करो कि यह किसका काम है। पता चला कि यह काम दशरथ का है। खून का घूँट पीकर रह गए मुखिया। उनकी अपनी चाल उलटी पड़ गई थी।

मुखिया की बेचैनी अब माँझी टोल के लोगों के लिए खुशी का कारण बन गई थी। यहाँ तो लोगों को थोड़ी दिक्कत से ही सही, पहाड़ी बाबा के कुएँ से सबको पानी मिल रहा था मगर पूरे गाँव की कटाई रुक गई थी। खेत में अनाज झड़ने का संकट पैदा हो गया। अब गाँव के लोग मुखिया जी पर दबाव बनाने लगे। मुखिया जी को भी नहीं समझ में आ रहा था कि कैसे माँझी टोल के लोगों से जाकर कहें कि कुएँ से पानी ले जाओ।

माँझी टोल का संकट प्रहसन बन गया था। बच्चे, बूढ़े, मर्द, औरत जो भी चीज हाथ में लेते, देवता बन जाता। जिस चीज पर नजर जाती, देवता हो जाता। चूल्हा देवता, जलावन देवता,

ताड़ी देवता, लबनी देवता और न जाने कितने देवता माँझी टोल के लोगों के बीच हँसी–मजाक का कारण बनने लगे और लोग अब मजा लेकर छुट्टियाँ मना रहे थे।

दशरथ ने पहाड़ी बाबा की बात का हवाला देकर गाँव वालों को समझा दिया था कि इस गाँव में काम कोई भी करे, कहीं भी करे, उसका सीधा लाभ या तो मुखिया को मिलेगा या झिंगुरी सिंह को, और वे इस बात को समझ गए थे। उनकी साल भर की कमाई खेत में पड़ी है, वे उसे बरबाद नहीं होने देंगे। उनको झुकते समय नहीं लगेगा, और यह सच साबित हुआ।

उसी दिन शाम को मुखिया ने जूना माँझी को बुलाया और कहा कि हमने एक पंडित को बुलाकर पूछा। अब हम कुआँ देवता की पूजा देकर शांत करवा देते हैं, उसके बाद आप लोग पानी ले सकते हैं।

इस घटना से एक बार फिर माँझी टोल के लोगों के बीच दशरथ का सम्मान बढ़ गया था। उन्होंने मुखिया को जिस तरह झुका दिया था, उसकी किसी को उम्मीद ही नहीं थी। यह बात सबकी समझ में आ गई थी कि वे मुखिया पर जितने आश्रित हैं, उससे कहीं अधिक मुखिया उन पर आश्रित हैं।

गलहौर का वाकया जल्द ही पूरे इलाके में चर्चा का विषय बन गया। पहले जो इसे सुनता, हँसता लेकिन इसके संकेत समझ में आते तो चुप हो जाता। यह घटना गलहौर के लिए ही नहीं, पूरे इलाके के बड़े किसानों के लिए खतरे की घंटी बन गई थी। पहले मजदूरों को यह चिंता सताती रहती थी कि वे काम नहीं करेंगे तो खाएँगे क्या? इसलिए काम के लिए किसी–न–किसी बड़े किसान के साथ जुड़े रहे और उनके द्वारा दी जानेवाली यातनाओं को सहते रहे। मगर अब यह बात अच्छी तरह से उनकी समझ में आ गई थी कि रात–दिन खटने के बावजूद उनका सिर्फ पेट भरता है। देह पर पूरे कपड़े भी नहीं आते। रहने का घर नहीं बन पाता। बच्चे पढ़ने नहीं जाते। ये मालिक लोग उनकी मेहनत की कमाई के बल पर अच्छा खाना खाते हैं, अच्छे कपड़े पहनते हैं, गाड़ियों में घूमते हैं और उनके साथ जानवरों-सा सुलूक करते हैं। अपने को वे राजा समझते हैं और उन्हें प्रजा।

अब अगर बड़े किसान काम के लिए पूछेंगे तो कह देंगे कि आज मन नहीं है, आज तबीयत ठीक नहीं है। काम जरूरी होगा तो किसानों को ही मजदूरों की चिरौरी करनी पड़ेगी। बिना किसी आंदोलन की डोर थामे, बिना कोई झंडा उठाए, बिना किसी पोस्टर और नारे के दशरथ ने मालिक–मजदूर संबंधों की एक नई परिभाषा लिख दी थी। और यह एक बड़े बदलाव का सूचक था। गाँव में मालिक–मजदूरों के संबंध की यह एक नई शुरुआत थी।

राजबरन हँसकर दशरथ से कह रहा था—''मुखिया भीतर–ही–भीतर खार खाए बैठा है।''

''का कह रहा था?''

''कह रहा था, जल में रहकर मगर से बैर।''

उसकी बात सुन सभी हँसने लगे।

इधर लोगों के बीच हँसी–मजाक चल रहा था, उधर जितिया बाबा ताड़ी के नशे में झूम–झूमकर दशरथ के चारों ओर घूम–घूम नाच रहे थे और गा रहे थे :

बाबा तिलका माँझी खाम खूँटी काना हो
गाँधी बाबाय मुतुल खाम खूँटी काना...

जितिया बाबा तिलका माँझी के गौरव का बखान करते हुए दशरथ की तुलना उनसे कर रहे थे। देखते-देखते उनके गीत में पहले लड़के शामिल हुए, फिर औरतें और देखते-देखते पूरे टोल में अलग तरह का रंगारंग माहौल हो गया। पिंजरी तो ऐसे इतराई फिर रही थी, जैसे हवा पेड़ की फुनगी को छूकर इतराती है।

18

एक दिन जितिया बाबा ने दशरथ के पास आकर कहा—"एक काम और कर दो दशरथ। गौरैया बाबा का स्थान घेरवा दो। कल उधर से आए तो देखा कि दर्रा पार करने से पहले एक लड़का वहाँ पेशाब कर रहा है।"

दशरथ ने कहा—"जब देखने से पता ही नहीं चलता कि यह गौरैया बाबा का स्थान है तो बेचारे उस लड़के की गलती क्या है?"

पहाड़ के पार गौरैया बाबा का स्थान खुला था। गाएँ चरने के लिए आतीं तो गौरैया बाबा के स्थान पर चढ़ जातीं और उनके स्थान पर कभी गाय का गोबर मिलता, कभी बकरी की लेंड़ी।

गौरैया बाबा माँझी टोल के देवता थे। कई लोगों ने सहमति जताई तो इसी उत्साह में योजना बन गई।

इतनी जल्दी वहाँ मंदिर तो नहीं बनाया जा सकता, मगर उस जगह को पत्थरों से घेरा तो जा ही सकता है।

दशरथ ने कहा—"योजना नहीं, कल सुबह ही चलकर आस-पास के पत्थर चुनकर एक दीवाल खड़ी कर दी जाए, एक लंगोटा रख कर एक झंडा गाड़ दिया जाए ताकि आते-जाते लोग समझ सकें कि वहाँ किसी देवता का स्थान है।"

सभी ने खुशी-खुशी इसे स्वीकार कर लिया।

दोपहर ढल रही थी। सुबह-सुबह दशरथ टोले के लोगों के साथ गौरैया बाबा के साथ पहाड़ के पार चले गए थे और अब तक नहीं लौटे थे इसलिए पिंजरी मन-ही-मन परेशान थी। वह ढेंकी से उतर यह पता करने निकली कि गाँव के जो लोग उनके साथ वहाँ गए हैं, वे अभी आए कि नहीं।

बाहर निकल जब पिंजरी ने देखा कि गौरैया बाबा के यहाँ गए लोग तो कब के आ गए हैं और दशरथ नहीं आए तो उसका माथा ठनका।

उसने मँगरू से पूछा—"ए मँगरू, अभी तक दसरथ काहे नहीं आया?"

मँगरू ने कहा—"आधी दीवार बनते-बनते जब दिन चढ़ गया, तो हमने कहा कि चलो, कल आकर बनाएँगे, मगर दशरथ जिद पर अड़ गया कि आज ही बनाकर आएँगे, तुम लोग जाओ। हम लोग कहते रह गए पर वह माना ही नहीं। का करें, उसे छोड़कर आना पड़ा।"

पहले तो उसे टोले के लोगों पर गुस्सा आया मगर पिंजरी दशरथ की जिद को जानती थी। सुबह से दशरथ ने कुछ खाया-पिया नहीं था। इतनी तेज धूप में अकेले पत्थर की दीवार चुन रहा होगा। लौटकर आई तो रमिया कुटाई के लिए तैयार बैठी थी।

"दीदी, आज कुटाई शाम को कर लेंगे।"

"मगर काहे?"

"गाँव के सब लोग आ गए, दशरथ बिना खाए-पिए दीवार बना रहा है।"

"तुम क्या करोगी?"

"कम-से-कम उनके लिए खाना और पानी तो पहुँचा ही सकती हूँ।"

रमिया समझ गई कि पिंजरी के लिए दशरथ से जरूरी कोई काम नहीं है। वह सीधे उठकर अपने घर चली गई।

उधर पत्थर की दीवार पूरी हो चुकी थी। दशरथ अकेले काम खत्म कर गोरैया बाबा के स्थान को आखिरी बार देख रहे थे। आस-पास बिखरे पत्थरों को सजाकर एक चहारदीवारी का रूप दे दिया था। आने-जाने के लिए रास्ता भी बना दिया था। अब बस एक लाल लंगोटा रख दिया जाए और एक झंडा गाड़ दिया जाए तो काम पूरा हो जाएगा। दशरथ यह सब देखकर जाने के लिए मुड़ गए।

वहाँ से निकलने के बाद दशरथ को इस बात का अहसास हुआ कि उन्हें भूख भी लगी है और तेज प्यास भी। वे जल्दी से घर पहुँच जाना चाहते थे।

दर्रा पार करते हुए एकाएक कुछ देखकर चौंक गए।

दर्रे में एक औरत गठरी-सी बनी बैठी थी—'कौन है यह?' उन्होंने मन-ही-मन सोचा। साड़ी का रंग जाना-पहचाना लगा—'कहीं पिंजरी तो नहीं?'

पहाड़ से लुढ़कते हुए पत्थर की तेजी से वे वहाँ पहुँच गए। वह पिंजरी ही थी। दशरथ के लिए खाना और घड़े में पानी लेकर जा रही थी। पहाड़ की दीवार से टकराकर उसका घड़ा फूट गया था। खाने की पोटली जमीन पर पड़ी थी और घुटने से खून निकल रहा था। वह हथेलियों से उसे रोकने का असफल प्रयास कर रही थी।

दशरथ के मुँह से अनायास ही निकल पड़ा—"पिंजरी, तुम?"

पिंजरी एकाएक दशरथ की आवाज सुन चौंकी। सिर ऊपर उठा मुस्कराने की कोशिश की मगर अपनी पीड़ा को छुपा नहीं सकी—"पहली बार अकेले दर्रा पार करने की कोशिश की..."

इसके आगे कुछ न कह सकी।

उसकी आँखों से आँसू की एक बूँद लुढ़ककर दशरथ के हाथ पर गिर गई जो पिंजरी को सँभालने के लिए बढ़े थे।

उसके घुटनों से अब भी एक लकीर की तरह खून की बूँदें लगातार गिर रही थीं और पत्थर का सिरा लाल हो रहा था। दशरथ की आँखों का रंग भी निरंतर लाल हो रहा था, जैसे अब तक के जीवन का सारा दुख, सारा गुस्सा उनकी आँखों में उतर गया हो!

उन्होंने पहाड़ को इस तरह घूरकर देखा, जैसे पहाड़ ने पिंजरी के पैर में नहीं, दशरथ की छाती में कोई नुकीला पत्थर भोंक दिया हो! तभी उधर से राजबरन पासी निकल आया। पिंजरी के दर्रे में बैठे होने के कारण रास्ता बंद हो गया था। राजबरन ने कहा—"चलो भाई, इस दर्रे का तो कुछ कर नहीं सकते।"

दशरथ ने पत्थर पर गिरा पिंजरी का खून देखा और उनके मन में जाने कहाँ से पूरी ताकत से उसका जवाब आया—"कर सकता हूँ।"

मगर क्या, यह उनकी समझ में नहीं आया।

पिंजरी के घुटनों से निकलता खून बंद हो चुका था मगर जो खून दशरथ की आँखों में जमा था, उसकी लहरें गुस्सा बनकर बार-बार उठ रही थीं। दशरथ के हाथों पर पिंजरी के आँसू की जो बूँदें गिरी थीं, वे तो जैसे वहीं-की-वहीं जम गई थीं।

पिंजरी गाँव की पहली औरत नहीं थी, उससे पहले भी कई औरतों का घड़ा पहाड़ की दीवार से टकराकर टूट चुका था। पिंजरी की इस चोट ने दशरथ के विचार को धीरे-धीरे संकल्प में बदल दिया।

इस दर्रे में अब किसी औरत के माथे पर गिलट नहीं निकलेगा, किसी औरत के घुटने से लहू नहीं रिसेगा और किसी का घड़ा अब इस दर्रे में नहीं टूटेगा।

इस घटना के बाद दशरथ का हाल देख पिंजरी यह समझ रही थी कि अब तक दशरथ ने जो भी काम करने की पहल की—चाहे चरवाही हो या भट्ठा पर जाने का काम हो या लकड़ी काटने का—पूरी निष्ठा से प्रयास करने के बाद भी आज तक सफल नहीं हो सका, इस कारण दशरथ परेशान है।

दशरथ को दया का पात्र बनना पसंद नहीं, इसलिए उसने दशरथ को समझाने का कभी कोई प्रयास नहीं किया। इस तरह सामने आती, जैसे कहीं कुछ हुआ ही न हो।

रात को बच्चों को खाना-पानी देकर दशरथ के पास चली गई जो नीम के पेड़ के नीचे जाकर गुमसुम से बैठे थे।

"दशरथ, चलो, खाना खा लो।"

दशरथ ने कुछ नहीं कहा तो पिंजरी ने जोर देकर कहा—"चलकर खाना खा लो, ठंडा हो जाएगा।"

दशरथ एक नजर पिंजरी पर डाल उठे और चल पड़े।

खाना खाते हुए भी कहीं खोए रहे। खाना खाकर उठे और चुपचाप जाकर कमरे में लेट गए। उन्हें इस बात का पता ही नहीं चला कि कब खाना खाकर पिंजरी आई और उनकी बगल में लेट गई।

पूरी रात दशरथ को ठीक से नींद नहीं आई। कई बार कुछ पलों के लिए आँख मुँदती और सपने आने लगते। दशरथ को नींद में लगा कि वे अपने घर में नहीं, मुखिया के कुएँ की जगत के पास सोए हैं और गाँव आकर जाँता बनानेवाला बूढ़ा पथरकट सैंडा उनको जगा रहा है—'दशरथ, जागो...'

दशरथ जाग गए।

'का हुआ?'

पथरकट ने आसमान पर नजर गड़ाकर कहा—'आकाशवाणी सुनो...'

'आकाशवाणी?'

'हाँ, तुम्हारे लिए हो रही है।'

दशरथ ने आँखें ऊपर उठाईं। सचमुच ऊपर से कुछ आवाज आ रही थी। दशरथ ने ध्यान देकर सुना। धीरे-धीरे आवाज साफ हुई।

आसमान में कोई दशरथ से कह रहा था—'दशरथ, जाओ और पहाड़ को काटकर रास्ता बना दो।'

दशरथ ने दोनों हाथ जोड़ लिये। पूछना चाहते थे कि कौन हैं आप मगर हिम्मत नहीं हुई। आवाज आनी बंद हुई तो पथरकट ने कहा—'चलो।'

'कहाँ?'

'पहाड़ काटने!'

बिना किसी प्रतिवाद के दशरथ पथरकट के साथ पहाड़ की ओर चल पड़े।

अब वे पहाड़ पर थे। बूढ़े पथरकट के साथ बहुत देर तक खोज-बीन करने के बाद उन्हें पहाड़ की एक बड़ी चट्टान का जड़सोर मिल गया था।

दशरथ ने पूछा—'क्या करें?'

पथरकट ने कहा—'इसे काट देने पर पूरा रास्ता साफ हो जाएगा।'

तुरंत दूसरे ही पल उन्होंने देखा कि वे उस बड़ी चट्टान के जड़सोर को काट चुके हैं मगर पत्थर हिल नहीं रहा है।

अगले पल देखा कि उनके साथ पूरे गाँव के लोग, जिनमें झौरी भी था, छेदी भी—सभी 'जोर लगाकर हइसा, जोर लगा के हइसा' बोलते हुए पत्थर को लुढ़काने का प्रयास कर रहे हैं मगर वह अपनी जगह से हिल नहीं रहा है। एकाएक गाँव के लोगों के हाथ में सब्बल आ गए और अब वे लोग उसकी जड़ों में सब्बल लगाकर जोर-जोर से हिला रहे थे।

'हिल गया है, अब गिरेगा,' कहकर दशरथ ने फिर जोर लगाने को कहा।

लोगों ने जोर से 'बजरंग बली की जै' कहा और पत्थर पर पिल पड़े।

सब्बल का टेढ़ा दबाव उस बड़े-से पत्थर पर पड़ने लगा। इस बार पत्थर लुढ़का और तेजी से नीचे की ओर लुढ़कते हुए चूर-चूर होने लगा। सबके चेहरे पर अब राहत के भाव थे। बड़ा पत्थर तेजी से नीचे सड़क की ओर जा रहा था। देखा तो एकाएक उनकी साँसें टँगी रह गईं—'अरे रे... ?'

यह क्या, पत्थर जिधर जा रहा था, ठीक उसके सामने ही पिंजरी खड़ी थी और चिल्ला रही थी—'बचाओ...बचाओ!'

दशरथ की समझ में नहीं आ रहा था कि क्या करें?

एक पल के लिए उनकी साँस टँग गई। चिल्लाने पर मुँह से आवाज नहीं निकल रही थी, सारे लोग हतप्रभ से खड़े थे। ठीक इससे पहले कि वह पत्थर जाकर पिंजरी को अपनी चपेट में ले ले, दशरथ की नींद खुल गई और हड़बड़ाकर उठ बैठे।

बाहर देखा तो सुबह की रोशनी फैल चुकी थी।

बच्चे अभी तक सो रहे थे। पिंजरी अपने बिस्तर पर नहीं थी। इसका मतलब जरूर वह पानी लेने के लिए गई होगी।

दशरथ उठे, हल्की-सी अंगड़ाई ली और बाहर निकल गए।

दशरथ सीधे पहाड़ी के पास आए। एक नजर दूर-दूर तक फैली पहाड़ी को देखा और उस दर्रे के पास आकर खड़े हो गए।

आज वे दर्रे में न समाकर दूसरी ओर से पहाड़ी पर चढ़ गए और गहराई से एक-एक पत्थर का मुआयना इस तरह करने लगे, जैसे उन्हें काटने की योजना बना रहे हों। इस छोर

से उस छोर तक फैले एक-एक पत्थर का जायजा लिया और नीचे उतर गए। ऐसा करते हुए उन्हें उस बूढ़े पथरकट की बहुत याद आई जो सपने में आया था। अगर वह होता तो उनका काम आसान हो जाता। बस, एक बार पत्थरों की पहचान और काटने की तकनीक उनको मिल जाए।

पता नहीं, वह बूढ़ा पथरकट इस वक्त कहाँ होगा! पथरकट तो स्वभाव से घुमन्तू होते हैं। इतने दिन बीत गए हैं, पता नहीं, जिंदा भी होगा कि नहीं, सोचते हुए उस ओर चलते चले गए जहाँ शौच के लिए रोज जाने का उनका नियम था।

उधर से लौटकर दशरथ सीधे पहाड़ी बाबा के मठ की ओर चले गए। दशरथ कुएँ पर हाथ-मुँह धोकर भीतर समा गए और बिना किसी से पूछे दीवार से लगा अरहर का खरहरा उठाकर पूरे मठ का बाहरी भाग बहारने लगे।

जब से पहाड़ी बाबा ने गाँव के विरोध के बाद भी माँझियों को पानी देना स्वीकार किया था, उसके अगले दिन से दशरथ ने मठिया में झाड़ू लगाने का जिम्मा अपने हाथ ले लिया था। बहारन निकला तो उसे बाहर डाल आए। पहाड़ी बाबा दिखे तो प्रणाम कर लिया। पहाड़ी बाबा ने कई बार झाड़ू लगाने के बदले उन्हें कुछ देना भी चाहा लेकिन दशरथ ने सेवाभाव कहकर उसे स्वीकार नहीं किया।

झाड़ू का काम खत्म कर जब दशरथ बाहर की ओर निकले तो भीतर से पहाड़ी बाबा की आवाज सुनाई दी—"दशरथ!"

दशरथ ने मुड़कर देखा, पहाड़ी बाबा अपने आसन पर बैठे थे।

"जी, बाबा!"

दशरथ बाबा के पास जाकर बैठ गए—"मांस-मछरी खाते हो कि नहीं?"

"नहीं बाबा...कई साल हो गए।"

"तब तुम कंठी क्यों नहीं ले लेते?"

दशरथ मुस्कराए—"बाबा, आप ही कहते हैं कि असल चीज है मन, कंठी तो बाहरी चीज है।"

पहाड़ी बाबा कुछ देर के लिए चुप हो गए, फिर बोले—"नहीं दशरथ, कंठी बाहरी चीज नहीं है। बाहर और भीतर अलग-अलग नहीं होता। जैसे देह पर तुम कपड़ा धारण करते हो, वैसे ही आत्मा इस शरीर को धारण करती है। आत्मा के बिना शरीर का कोई मतलब नहीं। लेकिन शरीर के बिना बताओ, आत्मा कहाँ रहेगी? कंठी लेने के बाद मांस, मछरी, दारू—इन विकारों की दुनिया की ओर ध्यान नहीं जाएगा। मन के भीतर जो भी संकल्प लोगे, उसे पूरा करने में मदद मिलेगी। तुम्हारे भीतर कितनी ताकत आ जाएगी, यह बात तुम सोच भी नहीं सकते।"

दशरथ ने पहाड़ी बाबा से अपने जीवन में बहुत कुछ सीखा था। उनकी बात सुन कुछ नहीं कहा लेकिन उन्हें एक ही बात सुनाई पड़ी—'मन के भीतर जो भी संकल्प लोगे, उसे पूरा करने में मदद मिलेगी। तुम्हारे भीतर कितनी ताकत आ जाएगी, यह बात तुम सोच भी नहीं सकते।' उन्हें अपना निश्चय याद आ गया और उन्होंने कंठी लेना स्वीकार कर लिया।

यह बात सिर्फ वे ही समझ सकते थे कि कंठी लेने के अहसास मात्र से उनके भीतर लगातार एक नई उर्जा का संचार हो रहा था। उनका विचार संकल्प में बदल गया था, दृढ़ और गहरा हो गया था। यह बात पिंजरी से जाकर बताना चाहते थे कि अब मांस, मछरी, दारू, एकदम बंद, एकदम सात्त्विक जीवन।

पिंजरी तो पहले से ही इन चीजों से नफरत करती थी।

चलते हुए कुछ सोचकर रुक गए। उन्हें लगा कि इस वक्त पिंजरी तो रमिया भौजी के साथ धान कूट रही होगी। यह सोचकर कि पहाड़ काटने के लिए कितने तरह के छेनी-हथौड़ों की जरूरत पड़ेगी, इसके बारे में छेदी से सलाह कर बनवा लेना चाहिए। वे सीधे छेदी के घर की ओर मुड़ गए।

छेदी हँसिए के दाँतों पर सान चढ़ा रहा था। फसलों की कटाई का मौसम नहीं था, फिर भी छेदी के यहाँ किसान और मजदूरों की भीड़ लगी थी। छेदी के यहाँ वे रोज शाम को जाते थे। वहाँ से पहाड़ की ओर। लेकिन आज सुबह-ही-सुबह उन्हें देख छेदी को आश्चर्य हुआ और वह पूछने लगा—"कल नहीं आए?"

दशरथ ने छेदी को बहुत संयत स्वर में बताया—"इसलिए अभी सवेरे आ गया।"

छेदी ने भाथी को हवा देना शुरू किया तो दशरथ की आँखों में चमक आ गई। भाथी के लाल-लाल अंगारे उन्हें रुचिकर प्रतीत हो रहे थे।

उन्हें लग रहा था कि आस-पास के सारे लोहे छेनी की शक्ल ले रहे हैं। हथौड़े और सब्बल की शक्ल ले रहे हैं।

दशरथ को बूढ़े पथरकट की याद आई। उसके पास एक झोला था जो गुदड़ी का बना था। । झोले में छेनियाँ और हथौड़े रहते थे। सबसे छोटी छेनी तो कँटिए की शक्ल में थी और सबसे बड़ी छेनी छोटे सबल की तरह। कुल मिलाकर उसके पास आठ-दस तरह की छेनियाँ होंगी और तीन-चार हथौड़े। उन्हें लेकर जब वह पहाड़ पर चढ़ता तो उनके भार से पूरी तरह आगे की ओर झुक जाता था।

दशरथ के मन में पहाड़ काटने के पहले एक ऐसी ही झोली की कल्पना उभर रही थी। मगर कितने तरह की छेनियाँ चाहिए, यह बात छेदी से कहने के पहले वे अपने मन में बिठा लेना चाहते थे ताकि काम शुरू करने के बाद कोई परेशानी न हो। उन्होंने उस समय कुछ नहीं कहा।

लोग चले गए तो छेदी ने पूछा—"का बात है, कुछ परेशान हो?"

"नहीं तो, एक सलाह करना था तुमसे, लेकिन ई बात किसी से अभी कहना मत।"

"कहो न।"

"पहाड़ में जो दर्रा है, उसको काटकर रास्ता बना देने का मन करता है।"

छेदी दशरथ का मुँह देखने लगा और देर तक देखता रहा। कई बार उसके भी मन में हू-ब-हू यही बात आई थी मगर हिम्मत नहीं पड़ी—न करने की, न ही किसी से कहने की। यह सुनते ही उसने तुरंत हामी भर दी—"काट दे भाई!"

"सच?"

"देख दशरथ, ई जो आदमी का हाथ है न, दुनिया का सारा काम इसी ने किया है। छेदी के पास कहाँ कूवत है कि लोहा गला दे मगर गलाता है। अगर काटने का सही तरीका मिल गया न, तो ई काम मुश्किल नहीं है।"

तभी न जाने कहाँ से झौरी आ गया। बस, आधी बात सुनकर पूछा—''कौन काम मुश्किल नहीं है?''

छेदी ने दार्शनिक अंदाज में कहा—''कोई भी काम।''

उसे जब पता चला कि दशरथ पहाड़ काटने के लिए कह रहा है तो वह जोर-जोर से इस तरह हँस पड़ा, जैसे दशरथ का मजाक उड़ा रहा है—''चना के झाड़ पर चढ़ा रहे हो दशरथवा को?''

दशरथ को लगा कि इस मसले पर अभी झौरी से बात नहीं की जा सकती।

घर पहुँचे तो नीम के पेड़ के नीचे दोनों बच्चे खेल रहे थे। दशरथ उन पर एक नजर डाल सीधे अपने घर में समा गए। अमूमन वे जब भी आते थे, बाहर नीम के पेड़ के नीचे बैठ जाते थे मगर वे आज वहाँ न बैठ सीधे घर में समा गए। खाना खाने की इच्छा नहीं थी। बिस्तर पर लेटते ही छप्पर के एक छोटे-से हिस्से, जहाँ से सूरज की धूप कमरे में आ रही थी, उसे देखने लगे।

पिंजरी रमिया भौजी के साथ ढेंकी पर थी। दशरथ को कमरे के अंदर जाते देखकर चौंकी क्योंकि यह पहला अवसर था जब दशरथ दिन में इस तरह घर में गए थे। कमरे में आकर बिस्तर पर लेटे देखा तो बोल पड़ी—''तबीयत ठीक नहीं है का...'' फिर पूछा—''का बात है?''

यह जान लेने के बाद कि उनकी तबीयत ठीक है, पिंजरी के मन में यह बात बैठ गई कि जरूर काम वाला मामला इनकी उदासी का कारण है तो बहलाने का यत्न करने लगी।

दशरथ उसको कैसे समझाते कि वे इस वक्त न तो मुखिया के बारे में सोच रहे हैं, न ही मलिकान के बारे में और न ही लकड़ी की कटाई के बारे में। उन्हें लगा कि अब और अधिक वे चुप नहीं रह सकते। पहाड़वाली बात पिंजरी को बता देनी चाहिए। उन्होंने पिंजरी से कहा—''एक ठो बात का सलाह करना था तुमसे।''

पिंजरी ने दशरथ को इस तरह देखा, जैसे पूछ रही हो—क्या?

''समझो पिंजरी कि फल्गु नदी में अदहन देके आ गए हैं।''

फल्गु नदी में अदहन की बात पहले तो पिंजरी को समझ में नहीं आई और जब समझ में आई तो उसके मुँह से अनयास ही हँसी छूट गई।

पिंजरी ने नहले पर दहला दागते हुए कहा—''बाप रे, फल्गु नदी में अदहन देके तो आ गए, इतना भात कवन खाएगा?''

दशरथ ने सटीक जवाब दिया—''राही, बटोही, चिड़िया-चुरूँग—दुनिया के सब जीव-जंतु का भोज होगा पिंजरी...'' कहकर दशरथ ठठाकर हँस पड़े।

''साफ-साफ बताइए न, का बात है?''

दशरथ ने अपनी गर्दन ऊपर उठाई जहाँ तागे में तुलसी-माला का एक गुटका बँधा था। पिंजरी ने पूछा—''ई का है... ?''

''कंठी...''

''कंठी?''

"आज मंदिर पर गए तो पहाड़ी बाबा ने कहा कि कंठी ले लो। बस, ले लिया। आज से मांस, मछरी, दारू—सारा कुछ बंद। एकदम सात्विक जीवन।"

पिंजरी डर गई। उसे पहले भी धनिया भौजी के कहने पर कई बार ऐसा लगता था कि दशरथ कहीं किसी साधु-फकीर के चक्कर में पड़कर उसके संग न चले जाएँ। एकाएक उनके गले में कंठी देखकर अनहोनी की आशंका से वह भीतर-ही-भीतर घबरा गई।

"हमको डर लग रहा है अब..."

"काहे...?"

पिंजरी के मन में आया, कह दे, मगर उसने कुछ नहीं कहा।

दशरथ ने दोबारा पूछा तो बोली, "आज कंठी ले लिये, कल कहीं घर छोड़कर चले गए तो..."

दशरथ हँस पड़े—"सच पूछो तो ई कंठी तुम्हरे लिए लिया है।"

"मेरे लिए?"

"हाँ।...पहली बार दुलहन बनकर जब मेरे साथ पहाड़ पार कर रही थीं और तुम्हारे पैर में काँटा चुभा था तो मन में खयाल आया था कि इस पहाड़ को काटकर रास्ता बना देना चाहिए।

दूसरी बार जब तुम्हारे सिर में चोट लगी थी और गिलट निकल गया था तो दुबारा यही खयाल आया था मगर मैं चुप रह गया।

लेकिन कल तुमको जब पहाड़ पर चोट लगी और घुटनों से बहता खून जब मैंने देखा तो वह मेरी आँखों में उतर गया और उसी बखत हमने सोच लिया था कि इस ससुर पहाड़ का कुछ करना होगा। का करना है, ई समझ में नहीं आता था...अब समझ में आया है।"

"का समझ में आया है?"

"काटकर रास्ता निकाल देंगे।"

दशरथ इस सहजता से कह रहे थे, जैसे कह रहे हों कि कुएँ से बाल्टी में पानी खींच लेंगे!

दशरथ अभी भी कह रहे थे—"आज पहाड़ी बाबा के यहाँ गए थे। उन्होंने कहा कि 'कंठी ले लो दशरथ...कंठी लेने के बाद मन के भीतर जो भी संकल्प लोगे, वह पूरा करने में मदद मिलेगी। तुम्हारे भीतर कितनी ताकत आ जाएगी, तुम सोच भी नहीं सकते।' बस, मुझे लगा कि कंठी ले ही लेते हैं, और ले लिये।"

पिंजरी इस तरह सुन रही थी, जैसे कोई अजगुत वृत्तांत सुन रही हो!

दशरथ ने जब पहाड़ काटने की अपनी पूरी योजना बताई तो पिंजरी की आँखें फटी रह गईं। उसको पल-भर के लिए इस बात का गर्व हुआ कि दशरथ ने यह योजना उसके लिए बनाई है मगर इसकी कठिनाई का अनुमान लगाकर उसका चेहरा उतर गया। उसे गलहौर आए हुए कई साल हो चुके थे। यहाँ के लोग किसी अडिग-असंभव चीज या काम का उदाहरण देते समय मुहावरे की तरह पहाड़ का जिक्र करते हैं। मन में उठा सवाल पिंजरी की जुबान पर आ गया—"क्या कोई आदमी पहाड़ काट सकता है?"

"क्यों नहीं?"

"तुम आदमी हो कि कोई दईत-दानव! पहाड़ के इतने बड़े-बड़े पत्थर! बाप रे बाप, ई काम आदमी से संभव नहीं है, ई तो भूत-प्रेत कर सकते हैं या तो देवता-पितर।"

दशरथ ने पिंजरी की ओर देखा—"तुमको हम पर भरोसा है कि नहीं?"

दशरथ की आँखों में दृढ़ता देख पिंजरी चुप हो गई।

"भरोसा की बात नहीं है।"

"तो..."

"ई काम ही ऐसा है।"

दशरथ के चेहरे पर जो चमक थी और जो आत्मविश्वास था, उसे देखकर पिंजरी को जरा भी संदेह नहीं हुआ कि दशरथ उस पहाड़ को काट नहीं सकते। मगर क्या यह व्यावहारिक है?

पिंजरी एकटक उनकी आँखों में देखती रही और पूछा—"एक बात कहूँ?"

"कहो न।"

"दशरथ, आज तक जो तुमने कहा, मैंने बिना सोचे, बिना समझे तुम्हारी हर बात मान ली। मान ली कि नहीं?"

"मान ली।"

"तो तुम मेरी यह बात मानोगे?"

"कहो..."

"पहाड़ काटने का खयाल मन से निकाल दो।"

"क्यों?"

"देखो, मुझे तुम्हारी काबिलियत पर कोई संदेह नहीं है। लेकिन हमें अपने समाज का कुछ तो खयाल करना पड़ेगा।"

"मतलब?"

"तुम चरवाही करने के लिए गए, तुमसे वो काम नहीं हुआ। तुमने भट्ठे पर जाने की मजूरी सकारी, और नहीं गए। तुमने लकड़ी काटने का फैसला किया, और नहीं काट सके। अब तुम पहाड़ काटना चाहते हो। अगर पहाड़ नहीं कटा तो गाँव के लोग फिर तुम्हारा मजाक उड़ाएँगे, और वह मुझसे देखा नहीं जाएगा।" कहते हुए पिंजरी की आँख भर आई।

"ये तुम कह रही हो पिंजरी?"

"मैं तुम्हें अपमानित होता नहीं देख सकती इसलिए कहना पड़ रहा है।"

दशरथ ने सुना तो यकीन ही नहीं हुआ कि यह बात पिंजरी कह रही है। वे देर तक उसकी आँखों में देखते रहे और फिर उठकर बाहर निकल गए।

पिंजरी का मन हुआ कि दशरथ को रोके मगर नहीं रोक सकी।

19

शाम ढल रही थी। सूरज का लाल गोला अस्ताचल की ओर जाने की जल्दी में था। चरने के बाद पहाड़ से बकरियाँ और खेतों से काम करने के बाद लोग घरों की ओर लौट रहे थे। रमिया भौजी के साथ पिंजरी अगले दिन कूटने के लिए सिर पर धान का गट्ठर लिये गाँव से माँझी टोल की ओर लौट रही थी।

राह में पिंजरी रमिया को दशरथ की पहाड़ काटने की योजना बता चुकी थी और यह भी बता चुकी थी कि आज किस तरह उसने अपनी असहमति जाहिर कर दी थी।

अब रमिया भौजी पिंजरी को समझा रही थी—"देख पिंजरी, तुमने आज दशरथ से जो कुछ कहा है...बिलकुल ठीक कहा है। पेड़ के सोर में गोड़ लगाकर तोड़ने पर पेड़ का सोर नहीं, आदमी का गोड़ टूट जाता है।"

पिंजरी ने चिंता से कहा—"मगर उनको कौन समझाए...वह गोड़ से सोर तोड़ने पर अमादा हैं।"

"तुम समझाओगी, और कौन समझाएगा! गलहौर गाँव के लोगों को तो तुम जानती ही हो, दूसरों के घर में आग लगवाकर अपनी ढिबरी जलाते हैं...कपार पर चढ़ा देंगे और लटका देंगे सूली पर। अब अपना और दशरथ का खयाल तो तुमको रखना है। उसको हम बचपन से जानते हैं...पगला है। धुन सवार हो जाए तो दशरथ किसी की बात नहीं सुनता...तुम्हें बहुत चालाकी से उसे रोकना होगा।"

पिंजरी रमिया की बात सुन तो रही थी मगर उसके मन में कहीं-न-कहीं इस बात का गहरा दुख था कि उसने दशरथ की किसी भी बात का पहली बार आज विरोध किया था।

रमिया ने पूछा—"तुमने विरोध किया तो क्या कहा दशरथ ने?"

"कुछ नहीं। देर तक मेरी ओर देखते रहे और फिर उठकर बाहर चले गए।"

पिंजरी रमिया भौजी से अपनी बात कह रही थी, उसकी बातें सुन रही थी मगर सोच रही थी कि अब अगर दशरथ जिद पर अड़ गए तो उनको रोकेगी नहीं।

दरअसल वह इस बात के लिए अपने को क्षमा नहीं कर पा रही थी कि आज दशरथ से बात करते हुए उसकी भाषा तल्खी से भरी थी और उसके स्वर में 'दशरथ कुछ नहीं करते' जैसा उलाहना का भाव था। वह चेहरा देखकर समझ गई थी कि उसकी बात सुनकर दशरथ सहज नहीं थे।

पिंजरी घर आई, बरामदे में धान रखा और देखा तो बच्चे नहीं थे। घर का दरवाजा खुला था। बार-बार वह बच्चों को हिदायत देती कि दरवाजा खुला छोड़कर मत जाओ...मगर जैसे-जैसे वे बड़े होते जा रहे हैं, लापरवाह होते जा रहे हैं। बच्चों पर उसकी किसी बात का असर होता ही नहीं।

पिछली बार एक पसेरी धान घर के भीतर से गायब हो गया था। वह जानती है कि चोर कहीं बाहर से नहीं आया होगा। ये काम किसी और का नहीं, धनिया भौजी का ही होगा। पहले लगा कि बात बढ़ा दे। फिर सोचा, ले लिया है तो वापस करेगी नहीं और बेकार में हो-हल्ला होगा। यही सोचकर चुप रह गई। उसने यह बात दशरथ को भी नहीं बताई।

जल्दी से घर में घुसकर देखा कि कहीं कुछ गायब तो नहीं, मगर सब कुछ ठीक-ठाक था। पानी पीने के लिए लोटा उठाया ही था कि बाहर से एक औरत दौड़ती हुई आई—"ए रमिया, तेरा बुधुआ बाहर लड़ रहा है। जा, सँभाल उसे।"

पानी पीना छोड़ वह तेजी से बाहर निकल गई।

गली को पार कर जीतन माँझी के घर के पास पहुँची, तो देखा, बुधुआ झगरू के घर पर तेज-तेज पत्थर फेंक रहा था और साथ ही तेज-तेज गाली भी बक रहा था।

"बाहर निकल स्साला तो बताते हैं।"

उसके बगल में खड़ी सनीचरी भी अपनी तोतली जुबान में गालियाँ बक रही थी।

पिंजरी वहाँ पहुँची और पत्थर फेंकने के पहले बुधुआ का हाथ पकड़ लिया—"बेटा, ई क्या कर रहे हो?"

पिंजरी को आया देख बुधुआ रोने लगा—"मेरी कोई गलती नहीं थी तो उसने क्यों मारा?"

बुधुआ ने पिंजरी को हाथ दिखाया, जहाँ उसे चोट लगी थी। पिंजरी ने उसका हाथ अपने हाथ में लेकर देखा, वहाँ कोई दाग नहीं था। समझ गई कि जरूर यह दाग उसके मन पर बना होगा—"अरे, कसाई जैसा मारा है!"

पिंजरी की सहानुभूति देख सनीचरी ने भी भाई की वकालत की—"भैया की कोई गलती नहीं थी माँ।"

पिंजरी ने पत्थर चलाने से उसे रोका और कहा—"तुम पत्थर मत चलाओ। उसके माता-पिता को काम पर से आ जाने दो, उनसे कहकर उसको पिटवाएँगे।"

पिंजरी की बात का असर बुधुआ पर हुआ और उसे यकीन हो गया कि माँ उसे जरूर पिटवाएगी।

"उसे जरूर पिटवाना।" कहकर बुधुआ पिंजरी के साथ चल पड़ा।

पीछे चल रही सनीचरी अब भी पिंजरी के सामने यह साबित करने की कोशिश कर रही थी कि गलती भैया की नहीं, उस लड़के की ही है।

पिंजरी के मन में एकाएक खयाल आया। दशरथ को करमी का साग बहुत पसंद है। आज वह दशरथ की पसंद का खाना बनाएगी। करमी के साग के संग दशरथ को दाल भी अच्छी नहीं लगती। कहता है कि भैंस का मट्ठा मिल जाए, करमी का साग हो और भात, तो किस्मत ही खुल जाती है।

उसने बुधुआ से कहा—"मेरा एक काम करोगे?"

"क्या... ?"

"बाबू के लिए इनार वाले गड्ढे से करमी का साग ला दोगे?"

बुधुआ तैयार हो गया और उसके साथ जाने के लिए सनीचरी भी तैयार हो गई—"मैं भी जाऊँ?"

पिंजरी ने कहा—"मगर जल्दी आना, रात होनेवाली है।"

पिंजरी की सहानुभूति का मरहम लगने के बाद बच्चे भूल चुके थे कि उनका किसी से झगड़ा हुआ है। अब वे तेजी से सामने कुएँ की ओर भागते जा रहे थे।

बच्चे चले गए तो पिंजरी के मन में आया कि अगर उसके हाथ में बर्तन होता तो वह राजबरन पासी के घर से मट्ठा माँग लाती।

राजबरन पासी का खयाल आते ही थोड़ा-सा वह असहज हो गई।

पूरे माँझी टोल में वह अकेला ऐसा आदमी है जो उसे घूर-घूरकर इस तरह देखता है, जैसे आँखों से खा जाएगा...मगर उसकी बीवी बहुत अच्छी है। सोने जैसी चीज के लिए भी पिंजरी को ना नहीं कहती।

उसके कदम राजबरन पासी के घर की ओर मुड़ गए।

मट्ठा लाने के बाद जब वह आँगन में चूल्हे के पास बैठी चावल से माँड़ निकाल रही थी तभी बच्चे करमी का साग लेकर आ गए। साग बनाना शुरू किया तो बच्चे साग की डंडी को मुँह में लगाकर फोफी की तरह बजाने लगे।

साग पकने की गंध जब जूना माँझी तक पहुँची तो उन्होंने अपने लड़के से खबर भिजवाई कि थोड़ा-सा साग खाते वक्त उनको भी चाहिए।

पिंजरी जब कुछ अच्छा बनाती, जूना माँझी के लिए जरूर भिजवा देती। वे भी आँख गड़ाए रखते कि पिंजरी कब क्या बना रही है।

जब सनीचरी साग देने आई तो जूना ने उसे बुलाकर पूछा—"ए सनीचरी, माई मट्ठा लाई है क्या?"

सनीचरी ने कहा—"हाँ।"

"थोड़ा-सा ले आ न माँगकर।"

शाम के समय कोई मट्ठा रखता है? राजबरन की बीवी ने हाँड़ी में जोरन के लिए बचाकर रखा था, उसी में से पिंजरी को दिया था। पिंजरी ने मट्ठे में थोड़ा-सा पानी मिलाकर जूना के लिए भिजवा दिया।

मट्ठा गाढ़ा है या पतला, दारू पी लेने के बाद जूना को समझ में नहीं आएगा।

रात काफी गहरी हो चुकी थी। बच्चे खाना खाकर सो चुके थे। बाहर नीम के पेड़ के नीचे ताड़ी पीने के बाद किसी माँझी दंपति के आपस में झगड़ने की आवाज आ रही थी। पिंजरी ने अब तक खाना नहीं खाया था। वैसे भी रोज वह खाना दशरथ के खाने के बाद ही खाती थी। दशरथ अभी तक लौटकर घर नहीं आए थे।

वह जानती थी कि माँझी टोल में ताड़ी पीकर शोर करनेवाले लोगों से बचने के लिए दशरथ ने देर रात लौटने का नियम ही बना लिया है...मगर आज कुछ अधिक देर हो गई है। पता नहीं, कैसा संयोग है कि जिस दिन पिंजरी दशरथ का बेसब्री से इंतजार करती है, उनको उस दिन जरूर देर हो जाती है।

पिंजरी से रहा नहीं गया और वह बाहर निकलकर उस रास्ते की ओर देखने लगी जिससे दशरथ आते थे। दूर से साए की तरह एक आदमी आता हुआ दिखा तो लगा कि दशरथ ही हैं। किंतु जैसे-जैसे वह आदमी नजदीक आता गया, उसका भरोसा खत्म होता गया। दशरथ को तो वह उनकी चाल से ही पहचान लेती थी। बोझिल कदमों से वह घर की ओर मुड़ गई। मन हुआ, जूना भैया से कहे मगर उनका दरवाजा बंद हो गया था।

जब वह बाहर जा रही थी तो भीतर से कुछ आहटें आ रही थीं मगर अब वहाँ खामोशी थी। कमरे में आकर देखा, उसके दोनों बच्चे बिस्तर पर गाढ़ी नींद में सो चुके थे। ढिबरी की मद्धिम-सी रोशनी कमरे में फैली थी। एक फतिंगा बार-बार उस ढिबरी के चारों ओर चक्कर लगा रहा था। पिंजरी को लगा, उसका जीवन उसी फतिंगे की तरह है जो शादी के बाद से आज तक लगातार दशरथ के चारों ओर चक्कर लगा रही है। तुरंत उसे खयाल आया कि किरासन महँगा हो गया है तो ढिबरी का जलना उसे अखरने लगा। उसने सबसे पहले सलाई खोजना शुरू किया। सलाई खोज लेना इसलिए जरूरी था कि दशरथ के आने के बाद ढिबरी जलाने में देर नहीं हो और फूँक मारकर ढिबरी को बुझा दिया। एकाएक कमरे में अँधेरा फैल गया। कुछ देर बाद फिर अँधेरे में ही सूझने लगा। उसे जोरों की भूख लगी और कब खत्म हो गई, उसे पता भी नहीं चला।

पिंजरी के आने के बाद से ऐसा बहुत कम हुआ था जब दशरथ रात में घर से बाहर रहे हों। कई बार देर हो जाती मगर वे आते जरूर। कई बार तो आसमान में शुकवा उगने के बाद आए थे।

अब दशरथ का इंतजार उसे असह्य लग रहा था। देर रात होने का मतलब होता है—मठिया पर भजन-कीर्तन चल रहा होगा। यही एक चीज थी जो दशरथ को रोकती थी। मगर अब तक तो उसे भी खत्म हो जाना चाहिए था। अभी वह सो भी नहीं पाई थी कि बाहर मुर्गे की बाँग सुनाई पड़ गई।

क्या... ?—वह चौंक गई। सुबह हो गई और उसे पता भी नहीं चला ?

दिन भर की मेहनत की थकान और नींद के अलसाए डोरे उसकी आँखों में झाँकने लगे थे। मन में खीझ-सी उभर रही थी।

आज सुबह फिर रमिया भौजी के संग धान कूटना और कूटकर पहुँचाने के लिए जाना होगा। ढेंकी पर की नींद कितनी खतरनाक होती है, वह जानती है। हल्का-सा कुछ हुआ कि ढेंकी का मूसर हाथ पर गिरा। पैर का दबाव कम हुआ कि मूसर बीच से ही गिर जाता है।

काम करते हुए जो होगा, देखा जाएगा मगर असल चिंता दशरथ की थी जो अभी तक घर नहीं आए थे।

सुबह हुई तो पिंजरी ने सबसे पहले जाकर जूना माँझी से कहा—"भैया, कल रात दशरथ नहीं आए।"

जूना ने इसे गंभीरता से नहीं लिया और कहा—"काहे परेशान होती हो, आ जाएगा," और अपने काम पर चले गए।

पिंजरी पानी लाने कुएँ पर गई। वहाँ कई औरतें थीं। बात-बात में कल रात दशरथ के न आने की बात मुँह से निकल गई। एक औरत ने बताया—"कल शाम को दशरथ पहाड़ी के ऊपर दिखाई पड़े थे।"

दूसरी ने कहा—"मैं भी जब घास लेकर आ रही थी तो वे पहाड़ी की ओर दिखे थे।"

इसका मतलब घर से निकलने के बाद वे देर तक पहाड़ी पर होंगे! वहाँ से आखिर कहाँ जा सकते हैं?

पानी लेकर घर लौट आई तो मन में था कि हो सकता है, दशरथ उसके आने के पहले घर आ गए हों! मगर घर आई तो निराशा हाथ लगी।

थोड़ी देर तक इंतजार के बाद जब दिन निकल गया तो पिंजरी ने सोचा कि चलकर छेदी से पूछते हैं। हो सकता है, उसको मालूम हो कि दशरथ कहाँ हैं। पानी को ढँककर रखने के बाद बच्चों को कहीं न जाने की हिदायत दी और वह छेदी के घर की ओर निकल गई।

छेदी के दरवाजे पर गाँव के लोगों की भीड़ लगी थी। लोग अपने-अपने हँसिया-खुरपी के साथ वहाँ पर जमे थे और हर कोई अपना काम पहले करा लेना चाहता था। पिंजरी को समझ में नहीं आया कि इतने लोगों के बीच अपनी बात कैसे कहे।

एकाएक छेदी की निगाह जब वहाँ खड़ी पिंजरी पर पड़ी तो वह चौंक गया। अब तक के जीवन में पिंजरी सिर्फ एक बार उनके घर आई थी जब छेदी को बेटा हुआ था। वह देखते ही बोल पड़ा—"का बात है भौजी... ?"

जवाब में कुछ कह नहीं पाई पिंजरी और उसकी आँख भर आई।

उसकी आँखों में आँसू देख छेदी समझ गया कि कुछ गड़बड़ है। उसने काम कराने आए लोगों से कहा—"अपना-अपना हँसिया-खुरपी रख दीजिए और शाम को ले जाइएगा। इस

तरह कपार पर चढ़ने से छेदी किसी का काम नहीं करेगा,'' और काम छोड़कर पिंजरी के पास चला आया।

कल रात दशरथ घर नहीं आया, पिंजरी की बात सुन वह भी सकते में आ गया क्योंकि दशरथ अक्सर छेदी से कहता था कि दिन तो गलहौर में कहीं भी काट सकते हैं, रात पिंजरी के साथ।

पिंजरी के चेहरे पर उभर आई परेशानी को देखकर उसने जैसे ढाढ़स बँधाते हुए कहा—''भौजी, आप घर जाइए, हम भाथी का काम बंद करके अभी झौरी के यहाँ जाते हैं, मठ में जाते हैं। जहाँ होंगे दशरथ, लेकर आपके पास आ जाते हैं। वे मिलें, न मिलें, कुछ सूचना तो जरूर मिल जाएगी।''

छेदी को अब भी यकीन नहीं हो रहा था कि दशरथ कल रात से घर नहीं आया।

वापस लौटते हुए पिंजरी ने छेदी को बताना चाहा कि पहाड़ काटनेवाली बात पर दशरथ के साथ उसकी थोड़ी-सी बहस हो गई थी मगर उसने कुछ न कहना ही बेहतर समझा और चुपचाप वहाँ से घर आ गई।

रात का खाना जस-का-तस पड़ा था। पिंजरी ने आज पहली बार सुबह में चूल्हा नहीं जलाया। रात का बासी भात और साग बच्चों की थाली में परोस दिया। बच्चों को भी इस बात का अहसास था कि दशरथ कल रात से नहीं आए हैं और माँ उनके लिए परेशान है इसलिए ना-नुकुर किए बिना खाना खाने लगे।

काम से लौटने के बाद जूना माँझी ने आकर एक बार पूछा और यह सुनकर चुपचाप चले गए कि दशरथ अभी तक नहीं आए।

धनिया ने व्यंग्य भी किया—''खोज के ले आओ। रात में साग और मट्ठा खाए हो तो चुकाएगा कौन?''

पिंजरी ने सुना मगर कुछ नहीं कहा।

रमिया भौजी धान कूटने के लिए पिंजरी के पास आई तो हालात को समझकर बिना कुछ कहे चुपचाप चली गई।

जब दिन ढलने लगा तब छेदी और झौरी उनके घर आए। पहले तो उनको आया देख पिंजरी के मन में खुशी के भाव आए मगर उनका चेहरा देखकर समझ गई कि समाचार अच्छा नहीं है। आकर दोनों बरामदे में धान के बोरे पर बैठ गए।

छेदी ने सिर झुकाकर कहा—''आपके वहाँ से आने के बाद मैं सीधा झौरी के पास गया। हम दोनों वहाँ से मठ पर गए। पहाड़ी बाबा ने बताया कि कल दशरथ ने उनसे कंठी ली है मगर उसके बाद वहाँ नहीं आया।''

झौरी ने कहा—''दशरथ के होने की जितनी जगह हो सकती थी, सब जगह हमने देख ली मगर उसका कहीं पता नहीं चला।''

यह सुनकर पिंजरी आँचल मुँह में डालकर सुबकने लगी।

पिंजरी का हाल देख झौरी ने साहस बँधाते हुए कहा—''आप चिंता मत कीजिए। दशरथ बहुत ही समझदार और जहीन आदमी है। वह कहीं भी होगा, जरूर लौटकर आ जाएगा।'' अचानक से उसके मन में कुछ आया—''भौजी, एक बात बताइए, घर में कुछ हुआ तो नहीं था?''

पिंजरी ने अपने आप पर काबू करते हुए बता दिया—"वह कह रहे थे कि पहाड़ काटकर रास्ता बना देंगे तो मैंने उसका विरोध किया। मेरे मुँह से निकल गया कि अब तक आपने जो-जो काम शुरू किया, उसको पूरा नहीं किया। अब पहाड़ काटने जा रहे हैं, नहीं कटा तो लोग हँसेंगे। लेकिन जो कुछ कहा, झगड़ा जैसा कहीं कुछ नहीं था।"

पिंजरी के चेहरे पर अपराध-बोध का भाव था। जब वह यह बात कह रही थी तो छेदी और झौरी गौर से उसके चेहरे पर खिंच आई चिंता की लकीरों को देख रहे थे। वे पिंजरी को यह आश्वासन देकर चले गए कि और भी जहाँ संभावना हो सकती है, वे वहाँ भी जाकर देख लेते हैं। उन्होंने पिंजरी को ढाढ़स बँधाया कि शाम तक दशरथ जरूर आ जाएगा।

लेकिन जब शाम हुई और दशरथ नहीं आए तो पिंजरी परेशान हो गई। जिससे पूछा जा सकता था, पूछ लिया था। अब कहाँ जाए, क्या करे? दिमाग पर बहुत जोर डालने के बाद जब कुछ समझ में नहीं आया तो वह सीधा कमरे में गई और बिस्तर पर लेटकर सुबक-सुबककर बच्चों की तरह रोने लगी।

तीन दिन बीत गए और दशरथ नहीं आए। छेदी और झौरी इस बीच कई बार पिंजरी के पास आए थे। पूरे इलाके में जितने कबीरपंथी मठ थे, चारों ओर वे लोग पैदल घूमकर देख आए थे। दशरथ का कहीं पता नहीं था। अब उनके चेहरे पर भी दुख की परछाइयाँ साफ नजर आ रही थीं। वे यह सोच भी नहीं सकते थे कि दशरथ अपनी पिंजरी को छोड़कर कहीं जा सकते हैं। गलहौर में चारों ओर यह बात फैल गई कि पहाड़ काटने के मसले पर पिंजरी से झगड़ा करके दशरथ कहीं चले गए हैं।

पिंजरी के आने के पहले कई बार दशरथ घर छोड़कर गए थे और कई-कई दिनों के बाद आए थे। वे सारी घटनाएँ एक बार फिर लोगों की जुबान पर आ गई थीं और वे कब-कब कहाँ रहे, किसके साथ कितने दिन रहे और कैसे-कैसे उनको घर लाया गया—गाँव के लोगों की चर्चा का नया विषय यही था। शाम को नीम के पेड़ के नीचे पूरे माँझी टोल के लोग जब जमते, चखना की तरह चटखारे लेकर दशरथ की ही बात करते। बड़े-बूढ़े, बच्चे—सबकी जुबान पर दशरथ का ही नाम था। चूँकि उसी दिन दशरथ ने महंत से मठ पर जाकर कंठी ली थी इसलिए सभी यह अनुमान लगा रहे थे कि दशरथ जरूर कहीं जाकर संन्यासी हो गए हैं।

पिंजरी के मन में दशरथ के जाने का दुख जितना गहरा था उतना ही गहरा दुख था इन चर्चाओं का, जो जाने-अनजाने कानों में पड़ रही थीं।

कई औरतें आ जातीं और सहानुभूति जताते हुए ऐसी बातें कह जातीं कि उसे भीतर से गुस्सा आ जाता।

झौरी और छेदी लगातार इस बात के लिए प्रयत्नशील थे कि कैसे दशरथ का पता लगाया जाए और उनकी अनुपस्थिति में पिंजरी को किसी बात की दिक्कत न हो। दशरथ के अचानक कहीं चले जाने की सूचना मिलने पर पिंजरी के गाँव से उसका भाई आया था और बच्चों के साथ उसे ले जाना चाहता था मगर पिंजरी ने जाने से साफ इनकार कर दिया।

गाँव में इस तरह की सूचनाएँ अखबार की तरह होती हैं जो एक-दो पाठ के बाद पुरानी पड़ जाती हैं और दूसरी नई सूचनाएँ उनकी जगह ले लेती हैं। दशरथ के गाँव छोड़कर जाने की सूचना भी धीरे-धीरे कम पड़ती चली गई और लोग अपना स्वाभाविक जीवन जीने लगे।

जब कभी पिंजरी बाहर निकलती, किसी से मुलाकात होती तो वह एक लफ्ज जरूर पूछ लेता—'दशरथ का कुछ पता चला या नहीं?'

वह मुँह से कुछ नहीं बोल पाती, सिर्फ सिर हिलाकर ना कह देती।

दोनों बच्चे पूछते—''बाबू कब आएँगे माई?''

पिंजरी कुछ नहीं कह पाती और उसका दुख और बढ़ जाता। जब कभी अकेली होती, फूट-फूटकर रोती।

गाँव की एक औरत, जिसका पति दस साल पहले उसे छोड़कर चला गया था और अब तक नहीं लौटा था, अक्सर उसके पास आ जाती और अपना दुखड़ा सुनाती। पिंजरी कुछ दिनों तक चुपचाप उसकी बात सुनती रही और एक दिन जब उसने यह कहा कि 'मरद जात का कोई भरोसा नहीं पिंजरी, वह कहीं मुँह मार रहा होगा,' तो उसकी बात सुन पिंजरी को गुस्सा आ गया—'मेरे दशरथ ऐसे नहीं हैं।'

इसके बाद पिंजरी ने जब उसे घर आने से मना कर दिया तो उसे बुरा लग गया। वह पूरे गाँव पिंजरी की शिकायत करती फिरती—'पिंजरी जल्द ही दूसरा करेगी।'

लेकिन दशरथ के जाने के बाद पिंजरी के दिल पर क्या गुजर रही थी, इसे तो सिर्फ वही जानती थी।

पिंजरी अब भी उसी तरह सुबह में जागती...पानी लाती...खाना बनाती...रमिया भौजी के साथ काम करती...मगर काम में उसका जी न लगता। उसके साथ दशरथ नहीं थे मगर उनकी जिम्मेदारियाँ तो थीं। वह बच्चों के लिए किसी भी हद तक जा सकती थी। जब कभी काम नहीं होता, कमरे में अकेली चुपचाप बैठी रहती। कमरे की एक-एक चीज पर दशरथ के स्पर्श के निशान उसे दिखाई देते।

कई बार लगता कि अभी दशरथ आएँगे और कहेंगे कि 'पिंजरी...' मगर तुरंत ही इस बात का अहसास हो जाता कि दशरथ नहीं हैं। वह अक्सर सोचती कि क्या वे उनकी बातों का बुरा मान गए थे? पहली बार उसने दशरथ का विरोध किया था...विरोध का स्वर भले ही ऊँचा नहीं था, हो सकता है, बात उनके दिल पर लग गई हो!

एक दिन झौरी बता रहा था कि तुलसीदास की पत्नी ने उनसे इतना ही कहा था कि जितना ध्यान मुझमें लगाते हो, उतना ध्यान भगवान में लगाओ तो तुम्हारा बेड़ा पार हो जाएगा...इसमें बुरा लगनेवाली बात कोई थी नहीं...मगर तुलसीदास को यह बात बुरी लग गई और वे घर-परिवार छोड़ संन्यासी बन गए। ऐसा सोचते हुए उसकी आँखें भर आतीं।

वह अक्सर अपने हाथ की दो उँगलियाँ बाहर निकालती। एक के बारे में सोचती कि आज दशरथ आ जाएँगे, दूसरे के बारे में सोचती कि नहीं आएँगे और दोनों बच्चों से बारी-बारी से उँगलियाँ पकड़ने को कहती। कई बार उसे यकीन हो जाता कि आज दशरथ आएँगे और खुश हो जाती मगर नहीं आने की उँगली निकलती तो निराश हो जाती।

कई बार बाहर निकल पहाड़ियों पर बैठ जाती और पहाड़ियों को इस तरह देखती, जैसे पूछ रही हो कि तुमने मेरे दशरथ को कहीं देखा है? कई बार सोचती कि कहीं दशरथ खड़े दिखाई पड़ जाएँ मगर ऐसा नहीं हुआ।

गाँव की एक औरत के कहने पर चार गाँव पार कर एक भगत के पास गई थी जो देवास लगाता था और चावल पढ़ता था। उसके बारे में इलाके में विख्यात था कि वह गुम हुए लोगों

के बारे में जादुई ताकत से बता देता है कि किस दिशा में है और जिंदा है कि नहीं। बस, चावल लेकर उसके यहाँ जाना पड़ता है। एक दिन पिंजरी बिना किसी को बताए उसके पास चावल लेकर गई।

वहाँ एक देवास था, औरतों की भारी भीड़ लगी थी।

पहली बार पिंजरी को लगा कि वह अकेली नहीं है, उसके जैसी दुखियारी औरतें इलाके में बहुत हैं। जब पिंजरी का नंबर आया तो वह जाकर भगत के सामने बैठ गई। सवा रुपए का दान लेने के बाद उसने चावल की चार कूड़ी बनाई, चार दिशाओं में बाँटा और बहुत सोच-विचार के बाद बताया कि दशरथ उत्तर की ओर गए हैं। 'लौटेंगे या नहीं' के सवाल पर उसने चुप्पी साध ली।

पिंजरी के बार-बार पूछने पर बताया कि दशरथ के साथ कुछ जरूर ऐसा घटित हो गया है जिसे नहीं होना चाहिए और उनके लौटने की संभावना काफी कम है। उसे भगत की बात पर यकीन नहीं हुआ था और उससे झगड़ा कर वहाँ से लौट आई मगर सच तो यह था कि भगत की बात सुनने के बाद वह भीतर से हिल गई थी। उसका दिल टूट गया था।

अब किसी काम में उसका मन नहीं लगता था। मन नहीं माना तो यह बात उसने रमिया भौजी को बताई। रमिया ने भगत को कोसा और धीरज रखने को कहा।

जाने कैसे यह बात पूरे गाँव में फैल गई कि भगत ने कहा है कि दशरथ को कुछ हो गया है, अब वह नहीं लौटेगा। इस बात का असर गाँव वालों पर यह हुआ कि वे फिर से सहानुभूति जताने पिंजरी के पास आने लगे।

राजबरन पासी इतना ढीठ निकला कि आकर कहने लगा—"अरे, माँझी जब जाता है, लौटकर नहीं आता। मगर तुम क्यों चिंता करती हो? तुमको तो हम रख लेंगे। दशरथ ने तुमको कौन-सा सुख दिया! तुम्हीं उसके लिए करती रही हो। तुम्हारे जैसे जांगरवाली औरत को तो कोई भी रखने के लिए तैयार हो जाएगा।"

शेरनी की तरह घूरकर देखा था पिंजरी ने राजबरन को...। मन किया, मुँह नोच ले कुत्ते का। मगर अगले दिन वह पिंजरी से माफी माँगने आया था। पहले तो वह समझ नहीं पाई कि पूरब का सूरज पश्चिम में कैसे उग गया! बाद में उसे सूचना मिली कि छेदी और झौरी ने इस बात के लिए राजबरन की पिटाई की थी और जाकर उससे माफी माँगने के लिए कहा था।

इस घटना के बाद गाँव के लोग समझ गए कि पिंजरी अबला नहीं है।

दशरथ के नहीं होने पर भी उसका साथ देने के लिए गाँव में लोग हैं।

एक दिन रमिया भौजी ने उसे समझाकर कहा—"देख पिंजरी, काम में लगी रहोगी तो जी लगा रहेगा।"

रमिया की बात मानकर वह फिर से कुटाई करने के लिए तैयार हो गई। रमिया भौजी ढेंकी के लतउर पर थी, पिंजरी ओखल में धान मिला रही थी। उसका ध्यान दशरथ पर अटका था, अचानक थोड़ी-सी गफलत हुई और ढेंकी का मूसर सीधे पिंजरी के हाथ पर गिरा। पूरा हाथ खून-खून हो गया।

रमिया दौड़ी आई। धान कूटना बंद कर उसका हाथ धोया। हल्दी माँगकर उसके हाथ पर चूना मिलाकर चढ़ाया।

उस दिन पिंजरी दशरथ के लिए पूरे दिन–पूरी रात रोती रही। उसके मन में आया कि पहाड़ से कूदकर अपनी जान दे दे, मगर यह सोचकर नहीं गई कि अगर उसका दशरथ कहीं आ गए तो उसे न पाकर बहुत दुखी हो जाएँगे। वह कमरे में बिस्तर पर पड़ी रही।

पिछले दिनों उसने जो कुछ कमाया था, घर में था।

पूरा एक भाँड़ चावल उसने जमा कर लिया था। बच्चों के खाने–पीने के कई महीनों तक चलने की संभावना थी। उसने रमिया के साथ काम करना बंद कर दिया। अपने कमरे में चुपचाप पड़ी रहती। खाना बना देती, बच्चे खा लेते। उससे तो खाया भी नहीं जाता।

सभी उसे देखकर कहते कि सूखकर काँटा हो गई है पिंजरी।

झौरी और छेदी को जब इस बात की खबर मिली कि पिंजरी बीमार हो गई है तो आए। छेदी ने उसके भाई जूना और पूरे माँझी टोल को गरियाया कि जब किसी को जरूरत पड़ती थी, दशरथ दिन–रात नहीं देखता था और पिंजरी इतने दिनों से घर में बीमार पड़ी है, किसी को इतना भी नहीं हुआ कि वे उनको भी खबर दे दें।

पिंजरी के हाथ का घाव पक गया था और उससे मवाद आ रहा था। बुखार से उसकी देह जल रही थी।

छेदी और झौरी गए और बगल के गाँव से वैद्य को लेकर आए। वैद्य की दवा से घाव तो ठीक हो गया मगर बुखार जस–का–तस बना रहा। बुखार आता तो पिंजरी काँपने लगती। ठंड हड्डियों में समा जाती। बच्चे उस समय घर भर का पूरा कपड़ा–बिछौना समेत उसकी देह पर डाल देते। काँपती हुई वह अक्सर पागलों–सी बड़ बड़ाती—'ए दशरथ...हमसे गलती हो गई दशरथ...हमको माफ कर दीजिए...जो चाहे हमको सजा दो...पर मेरे पास आ जाओ...दशरथ...अगर अब तुम नहीं आए तो मुझे जिंदा नहीं देख पाओगे।'

उसकी इस तरह की बात सुनकर गाँव में सब कहने लगे—"इस बार पिंजरी नहीं बचेगी।"

"पहली को मार डाला, अब दूसरी को भी मारेगा।"

जूना माँझी और उनकी पत्नी धनिया अब इस बात पर विचार करने लगे कि अगर यह मर गई तो बच्चों का क्या होगा। धनिया ने कहा—"चाहे जो हो जाए, अब हम नहीं रखेंगे।"

जूना ने कस के तमाचा जड़ दिया और उनके बीच झगड़ा फिर आरंभ हो गया।

छेदी और झौरी किसी दूसरे वैद्य के यहाँ से पिंजरी के लिए बुखार की दवा लेकर पहाड़ की सड़क से आ रहे थे। जब से दूसरे वैद्य की दवा चली, पिंजरी को बहुत फायदा हुआ था और पिछले तीन दिन से पिंजरी को बुखार नहीं आया था। राह में चलते हुए अचानक झौरी की नजर सड़क पर दूसरी ओर गई।

कुछ देखकर उनकी आँखें फटी रह गईं—"देख तो कौन है वो..." उसने छेदी को दिखाया।

छेदी ने सामने सड़क की ओर देखा तो चौंक गया। दोनों की बाछें खिल गईं।

झौरी चिल्लाया—"अरे, दशरथ!"

दशरथ रुक गए और मुड़कर देखा—"अरे छेदी, झौरी, तुम?"

पूरे छह माह के बाद दशरथ गाँव लौटे थे। छेदी और झौरी लपककर गले मिले।

दशरथ ने अपने साथ चल रहे एक आदमी की ओर इशारा किया और पूछा—"पहचाना इसको?"

“कभी कहीं देखा हो तो पहचानें!” कहकर साथ आया आदमी हँस पड़ा।

छेदी और झौरी ने जब उसकी बातों से सहमति व्यक्त की तो वह आदमी नाराज हो गया—“ठीक से पहचान, तू छेदी है न और तू झौरी?”

दोनों भौंचक होकर देखने लगे तो हँसकर पूछा—“बता, मैं कैसे पहचान गया?”

छेदी और झौरी ने दशरथ की ओर इस तरह देखा, जैसे पूछना चाहते हों कि कौन है, तो उसी आदमी ने छेदी और झौरी को याद दिलाया—“साले झौरी, भूल गया, बचपन में तेरे लिए पत्थर की गेंद बनाई थी?”

अब सबको उसका चेहरा याद आ गया—“अरे, बैंगा?”

बचपन के दोस्त एक-दूसरे से गले मिले।

दशरथ ने कहा—“इसी की खोज में गया था।”

“क्यों?”

दशरथ ने जैसे सफाई देते हुए कहा—“लकड़ी काटने का तरीका माँझी जानता है...लोहा काटने का तरीका लोहार जानता है और पत्थर काटने का तरीका तो पथरकट ही जानता है। इनके पिताजी तो नहीं रहे, अब इनको ही पहाड़ दिखाकर इस बात को समझना होगा कि कैसे काटा जाए।”

पूरे गाँव में बिजली की तरह यह खबर फैल गई कि एक पथरकट को साथ लेकर दशरथ गाँव में आ गए हैं।

पिंजरी को पता चला तो उसके भीतर एकाएक ताकत का संचार हुआ। तेजी से उठी और दरवाजे की ओर भागी। दरवाजे के पास दशरथ को उधर से आते देखा तो उसे चक्कर-सा आ गया और अगले पल दशरथ की मजबूत बाँहों ने उसे थाम लिया।

20

गुस्से में कही गई बात आदमी के भीतर प्रतिक्रिया पैदा करती है और करुणा के साथ कही गई बात सोचने पर विवश करती है। पिंजरी ने दशरथ से पूरी करुणा के साथ कहा था कि ‘तुम पहाड़ काटना चाहते हो, काटो, लेकिन अगर नहीं कटा तो गाँव के लोग तुम्हारा मजाक उड़ाएँगे और वह मुझसे देखा नहीं जाएगा। तुमसे मुखिया के यहाँ चरवाही नहीं हुई, भट्ठा पर नहीं जाना हुआ, लकड़ी काटने का काम नहीं हुआ और अब पहाड़ काटने की बात कर रहे हो, मैं तुम्हें बस्ती के लोगों के बीच अपमानित होता नहीं देख सकती।’ पिंजरी की यह बात उसके सच्चे दिल से निकली थी और दशरथ के मन में गहरे चुभ गई थी। सच ही तो कह रही थी पिंजरी। तीन उड़ान के बाद तीतर भी पकड़ में आ जाते हैं मगर यहाँ तीन उड़ान में दो जून की रोटी भी पकड़ में नहीं आई थी।

पिंजरी की बातों ने दशरथ के विचारों को कहीं से कमजोर नहीं किया था बल्कि और दृढ़ता प्रदान की थी। उन्होंने सोच लिया था कि इस बार उनके संकल्प का वह हश्र नहीं होगा जो पिछले दौर में हुआ था। इस बार हर कदम वे सोच-समझकर और सुविचारित रूप से उठाएँगे ताकि किसी को उनका मजाक उड़ाने का अवसर नहीं मिले।

पिंजरी की बात सुनने के बाद दशरथ घर से निकलकर सीधे पहाड़ पर चले गए थे। पत्थरों के अंतहीन सिलसिले को देखा तो लगा कि पिंजरी बिलकुल सही कह रही है। इसे काटना

और रास्ता बनाना बिलकुल आसान नहीं होगा। पहाड़ की ऊँचाई सत्तर फीट से कम नहीं होगी और लंबाई कम-से-कम एक किलोमीटर। रास्ता काटने का मतलब उसकी चौड़ाई दस फीट से कम नहीं होगी।

जब वे सोच रहे थे कि क्या करें, कैसे करें, ठीक उसी वक्त उनके भीतर बिजली की तरह कुछ कौंधा और उन्हें उस बूढ़े पथरकट सैंडा की याद आई। उन्हें लगा कि अगर उस पथरकट को जाकर गलहौर ले आएँ और उससे सलाह-मशविरा कर कटाई की शुरुआत करें तो सफलता में संदेह की जरा भी गुंजाइश नहीं रहेगी।

मन में यह निर्णय आने के बाद वे पहाड़ से उतरे और सीधे गया जानेवाले रास्ते पर निकल गए। जुनून इस कदर हावी था कि उन्हें यह भी याद नहीं रहा कि जाने की बात पिंजरी या किसी और को बता दें। जाते समय उनकी जेब में न तो एक पैसा था और न ही सैंडा का पता जिसे लाने के लिए जा रहे थे। बस, मन के भीतर एक संकल्प था जिसके सहारे उन्होंने यह अंतहीन यात्रा आरंभ की थी।

यह एक अलग कहानी है कि दशरथ ने उस पथरकट दल की तलाश कैसे की और उस तक कैसे पहुँचे। दशरथ को उस बूढ़े पथरकट की तलाश में बिहार, यूपी राजस्थान और मध्यप्रदेश—कहाँ-कहाँ नहीं जाना पड़ा लेकिन जैसा कि कहा जाता है—जहाँ चाह, वहाँ राह।...उनके दृढ़ संकल्प, तीन महीनों के अथक प्रयास ने दुविधाओं को समाप्त कर दिया और आखिर में उन्हें विंध्याचल में एक अपंग पथरकट के बारे में पता चला जो देश भर के सारे पथरकटों की खबर रखता है। उसने दशरथ को बताया कि सैंडा का वह दल मध्यप्रदेश में सतना की पहाड़ियों के इलाके में है, जहाँ आल्हा और ऊदल की कहानियों का जन्म हुआ था।

यह सूचना मिलने के बाद दशरथ उस जगह पहुँच गए थे, जहाँ पहाड़ी के नीचे पथरकटों के रहने की जगह थी।

लंबी कतार में लगे उनके टेंट के पास खच्चर, बकरियाँ और मुर्गे चर रहे थे। दशरथ थोड़ा और नजदीक गए तो अलगनी पर सूखते कपड़े दिखाई देने लगे। टेंट के सामने मिट्टी के चूल्हे बने थे और पास ही माँज-धोकर अल्यूमिनियम के उनके बरतन रखे गए थे। कहीं कोई आदमी नहीं दिख रहा था। गौर से देखा तो एक कोने पर दो औरतें आपस में जाने किस विषय पर हँस-हँसकर बात कर रही थीं और बेडौल पत्थरों को काटकर सिल और लोढ़े की शक्ल दे रही थीं।

दशरथ ने आस-पास किसी पुरुष की तलाश की ताकि पूछ सकें मगर जब कोई नहीं दिखा तो औरतों की ओर ही बढ़ गए।

अपनी ओर दशरथ को आते देख औरतों को लगा कि बगल के गाँव का कोई आदमी जाँता-लोढ़ा या सिल खरीदने आया है। उनमें से एक ने पूछा—"का चाहिए बाबूजी... ?"

"मुझे सैंडा से मिलना है।"

सैंडा का नाम सुन उनमें से एक ने अपने दिमाग पर जोर दिया और दशरथ को इस तरह घूरकर देखा, जैसे उसे यकीन नहीं हो रहा हो। उसने अपना सवाल दुहराया—"सैंडा से ?"

"हाँ।"

इस बार औरत ने कुछ नहीं कहा और पत्थर काटने का काम छोड़ उठकर चली गई और टेंटों की कतार के बीच जाकर कहीं खो गई।

दूसरी औरत ने पत्थर की कटाई करते हुए कहा—"बैठ जाओ बाबू..." और उसने एक पत्थर की ओर इशारा किया।

इससे पहले कि दशरथ उस पत्थर पर बैठें, पहली औरत के साथ एक बूढ़ा पथरकट आता दिखाई दे गया।

पथरकटों का यह दल कभी उनके गाँव आया करता था मगर समय का इतना लंबा अंतराल बीत चुका था कि दशरथ के लिए किसी को पहचान पाना संभव नहीं था। मगर कहीं-न-कहीं एक लगाव था, एक भरोसा था जो दशरथ को रोके हुए था।

औरत के साथ आए पथरकट ने भी दशरथ से वही सवाल पूछा जो औरत ने पूछा था—"किसको खोज रहे हैं?"

"सैंडा को।"

आदमी के चेहरे पर अजीब-से भाव आए—"सैंडा तो दस साल पहले मर चुका है।"

"क्या?"

यह सुनते ही दशरथ के चेहरे पर निराशा फैल गई। लगा, इतनी मेहनत करके आना बेकार हो गया। अब गलहौर की पहाड़ी काटकर रास्ता बनाने के उनके संकल्प का क्या होगा? उनके भीतर एक गहरी टीस-सी उठी।

दशरथ के जीवन में पिंजरी के अलावा कहीं कुछ भी अनुकूल नहीं रहा। तीन महीने की तलाश के बाद मिले भी तो...।

दशरथ को चुप देख बूढ़े पथरकट ने पूछा—"कहाँ से आए हैं आप?"

"गलहौर से।"

"बिहार के गलहौर से?"

"हाँ।"

"जो गया के पास है?" बूढ़ा भी पहले सैंडा के साथ वहाँ जा चुका था। उसको सब कुछ याद आ गया और खुश होकर कहा—"आइए।"

और दशरथ को अपने दल के मुखिया से मिलाने के लिए चल पड़ा।

बूढ़े पथरकट के साथ चलते हुए दशरथ ने देखा कि गलीनुमा रास्ते के दोनों ओर एक कतार में लगभग बीस-पच्चीस टेंट लगे थे, जो बहुत ही सुंदर लग रहे थे। लेकिन सभी टेंट खाली थे।

दशरथ ने यों ही बात बढ़ाने की गरज से पूछा—"कोई दिखाई नहीं दे रहा!"

चलते-चलते बूढ़े ने जवाब दिया—"इस वक्त सभी काम पर गए हैं।"

टेंट बनाने की उनकी कलाकारी देख दशरथ मुग्ध हो गए। टेंट के बीच में आमने-सामने बाँस गाड़ बीच में एक लंबा बाँस बाँधा गया था और ऊपर कपड़ा डाल दिया गया था। उसकी आकृति उलटी हुई गुलेल की तरह थी। कपड़े के निचले सिरे में रस्सियाँ लगी थीं जिन्हें बाँस की खूँटियों के सहारे कसा गया था और सारे टेंट रंगीन पिरामिड की तरह सुंदर लग रहे थे।

दशरथ बूढ़े के साथ चलते हुए आखिरी छोर पर लगे जिस टेंट के पास पहुँचे, वह अन्य टेंटों की तुलना में काफी बड़ा था तथा उसके सामने और पीछे भी परदा लगा था।

बूढ़े ने एक हाथ से परदा हटाया, दशरथ को देखा और कहा—"आइए!"

दशरथ भीतर घुसे तो अंदर का सौंदर्य बेमिसाल था। टेंट के एक कोने में मिट्टी का एक बड़ा-सा घड़ा था जिसे ढँककर रखा गया था। बगल में चमचमाता हुआ पीतल का लोटा पड़ा हुआ था। सामने एक मोटा-सा गद्दा पड़ा था जिस पर दो लोग पहले से बैठे बात कर रहे थे। दशरथ चेहरा देख समझ गए कि उनमें कौन उनका मुखिया होगा।

बूढ़े ने दशरथ से बैठने का इशारा किया। दशरथ बैठ गए।

मुखिया अपने सामने बैठे युवक को कुछ समझा रहा था। उसकी बातों में एक अजीब-सी जादुई ताकत थी। दशरथ चुपचाप उनकी बात सुनने लगे।

मुखिया ने युवक से कहा—''देखो, आसमान में चाँद से कोई कहे कि रुक जाओ, तो रुकेगा?''

''नहीं।''

''सूरज से कोई कहे कि रुक जाओ, रुकेगा?''

''नहीं।''

''हवा से कोई कहे कि रुक जाओ, तो रुकेगी?''

''नहीं।''

''तो समझते क्यों नहीं? हम पथरकट जंगली लोग हैं। अपनी लड़कियों से यह बात कैसे कह दें, समझ गए न? जा!''

उसकी भाषा में इतनी ताकत थी कि लड़का वहाँ से उठकर चला गया, मगर जाते हुए उसके चेहरे से ऐसा लग रहा था कि वह मुखिया की बात से संतुष्ट नहीं है।

उस लड़के के जाने के बाद वह दशरथ की ओर मुड़ा—''तुम?''

इसके पहले कि दशरथ मुखिया से कुछ कहें, बूढ़ा बोल पड़ा—''ये गया के गलहौर से आए हैं।''

गलहौर का नाम सुन बैंगा के चेहरे पर बल पड़ा तो बूढ़े ने कहा—''बिहार का गलहौर। तुम छोटे थे तो हम वहाँ जाते थे। लाल पत्थरवाला...ओखल के पत्थरवाला।''

उसकी बात सुन मुखिया का चेहरा ऐसे प्रफुल्लित हो गया, जैसे उसे सब कुछ याद आ गया हो!

उसने उँगली से दशरथ की ओर इशारा करते हुए पूछा—''तुम्हारा नाम?''

''दशरथ।''

अगले पल बैंगा के चेहरे पर मुस्कुराहट उभरी और उसने दशरथ को तपाक से उठाकर बाँहों में भर लिया—''अरे, दशरथ...मैं बैंगा।''

''बैंगा?''

दशरथ को भी याद आ गया कि बैंगा सैंडा का बेटा था, उसी की उम्र का। वे गलहौर आए थे तो छेदी, झौरी और दशरथ की बैंगा के साथ दोस्ती हो गई थी और कई बार बैंगा उनके घर चला जाता था और कई बार ये लोग उसके टेंट में रह जाते थे। पहाड़ों पर घूमते रहते थे।

बैंगा ने बाँहों में दशरथ को अब भी इस तरह जकड़ रखा था, जैसे कलेजे में समा लेना चाहता हो!

दोनों की अंतरंगता देख बूढ़ा बाहर निकल गया।

अलग होने के बाद दशरथ ने गौर से बैंगा को देखा। बैंगा का रंग गोरा था—ऐसा गोरा, जैसे अभी-अभी दूध से नहाकर निकला हो! छह फीट ऊँची सुदर्शन आकृति...शरीर का अंग-अंग कसा हुआ...चेहरे पर तेज और कभी कम न होनेवाला अजीब-सा जादुई आकर्षण...किसी भी बात पर दिल खोलकर हँसता और उसकी आँखों में लाल-लाल डोरे तन जाते।

"कितने बदल गए हो...!"

इसके पहले कि उनके बीच बातों का सिलसिला शुरू हो, वे दोनों औरतें जो बाहर बैठकर पत्थर काट रही थीं, मुस्कराते हुए अंदर आ गईं। एक के हाथ में थाल में खाना था और दूसरे के हाथ में पानी।

उन्हें आया देख बैंगा ने हँसते हुए कहा—"ये हैं मेरी बीवियाँ—ये रिनिया और ये झिनिया।"

'दो-दो बीवियाँ!' मन में आया मगर दशरथ ने कुछ नहीं कहा।

दोनों दशरथ को देखकर इस तरह मुस्कुराईं, जैसे दशरथ का स्वागत कर रही हों!

बैंगा ने खाना की ओर इशारा करते हुए कहा—"खाओ।"

दशरथ ने खाने की थाल को देखा जिसे अब तक रिनिया-झिनिया मेहमाननवाजी की परंपरा का निर्वाह करते जमीन पर रख चुकी थीं।

थाल में जितना चावल था, उसे दशरथ दो बार में भी नहीं खा सकते थे। कटोरे में मुर्गा था जिसे साग के पत्तों में डाल कर बनाया-पकाया गया था, और अलग तरह की खुशबू आ रही थी। दशरथ धर्मसंकट में पड़ गए। कैसे कहें? उन्होंने गले से कंठी निकाल बैंगा को दिखाया।

"मैंने कंठी ले ली है और मांस नहीं खाता।"

बैंगा ने इस तरह दशरथ को देखा, जैसे कह रहा हो कि कैसी बेवकूफी कर दी!

"समझ गया।"

"क्या?"

"तुम भी अब आदमी खानेवालों में शामिल हो गए हो,"—और ठठाकर हँस पड़ा।

रिनिया ने कहा—"कोई बात नहीं, मैं दूसरा बना देती हूँ।"

झिनिया ने मुस्कराकर कहा—"पानी तो पी लो।"

झिनिया के कहने की मुद्रा ऐसी थी, जैसे कह रही हो कि पानी तो शाकाहारी व्यंजन है! उसके चेहरे की मुद्रा से उसके भीतर के भाव खुल गए और सभी हँसने लगे। दशरथ भी खुद को रोक नहीं सके।

शाम होते-होते दशरथ को उनके बारे में बहुत कुछ मालूम हो गया था। बूढ़े पथरकट सैंडा की मौत के बाद बैंगा अपने दल का मुखिया बन गया था और उसकी दो नहीं, तीन बीवियाँ थीं। उसकी दो बीवियाँ आस-पास के गाँवों में जाकर गीत गाकर जाँता और सिल की कुटाई करतीं और दोपहर तक कमा कर लौट आतीं...उनकी अनुपस्थिति में उसकी तीसरी बीवी साथ रहती।

तीसरी बीवी नट समुदाय की थी और बहुत सुंदर थी। नाम था उडपी। वह पत्थर का काम नहीं करती थी, आस-पास के गाँव में जाकर तमाशा दिखाती। उसके साथ एक लड़की भी होती जो ढोल बजाने में माहिर थी। हथेली पर आग जला लेती...रस्सी पर चलती और ऐसे करतब दिखाती कि लोग दाँतों तले उँगली दबाकर उसका तमाशा देखते और खत्म होने के बाद पैसों की बरसात हो जाती।

तीनों के बीच कहीं कोई तनाव नहीं था...और वे बैंगा को एक-दूसरे से बढ़कर प्यार करती थीं और उसके लिए कुछ भी करने के लिए तत्पर रहती थीं।

दशरथ को यह भी पता चल गया कि बूढ़ा पथरकट बैंगा को न सिर्फ अपना सारा हुनर देकर गया है बल्कि पत्थरों की पहचान और हुनर के कई मामलों में बैंगा उससे बहुत बढ़कर है। दशरथ बैंगा को बताना चाहते थे कि वे किस काम से आए हैं और मन-ही-मन उसके लिए उपयुक्त अवसर की प्रतीक्षा कर रहे थे मगर आते ही अपना संकट बता देना उन्हें उचित नहीं लगा और उन्होंने एक दिन बाद कहने का मन बनाया।

शाम होते-होते सारे पथरकट काम से लौटकर आ गए। यह लगभग सौ लोगों का समूह था। दिन की रोशनी में ही औरतों ने खाना बनाना आरंभ कर दिया और मर्दों ने दारू पीना। अपनी दारू वे खुद ही बनाते थे। उनका जीवन सहज और किसी उत्सव की तरह था।

बैंगा की तीसरी बीवी उडपी ने आकर बैंगा से कहा—"दशरथ का खाना हम बनाएँगे।"

बैंगा ने मजाक में कहा—"बनाओ, मगर एक बात का ध्यान रखना।"

"क्या?"

"भाग मत जाना इसके संग।"

वह शरमा गई।

बैंगा ठठाकर हँसा और मुस्कराते हुए उडपी चली गई।

उडपी को देख दशरथ को पिंजरी याद आ गई।

आसमान में चाँद निकल आया था। इस वक्त पहाड़ की तलहटी के बगीचे में इस तरह पथरकटों का समूह जमीन पर पसरा था, जैसे नेनुए की कोई लतर पसरी हो और जगह-जगह उसके फल लगे हों! दूर पहाड़ से ठंडी हवा आ रही थी।

पूरी दुनिया से बेखबर एक बड़ी-सी चट्टान पर जलती हुई मशाल के सामने बैठे दशरथ और बैंगा अपने बचपन के बारे में बात कर रहे थे, साथ में बैंगा अपने हाथ की बनाई गई महुए की दारू भी पीता जा रहा था।

अपने अब तक के जीवन में दशरथ ने सुकून का ऐसा माहौल नहीं देखा था। माँझी टोल में जब लोग दारू पीते हैं तो मछली-बाजार जैसा लगता है और चीखना-चिल्लाना, गाली-गलौज आरंभ हो जाता है और यहाँ ऐसा लगता था, जैसे वे दारू नहीं पी रहे, पूजा कर रहे हों!

दशरथ समझ गए कि ये भी तो जंगल में रहते थे मगर जंगल से आने के बाद पथरकट किसी गाँव में नहीं बसे और अपना पेशा नहीं छोड़ा इसलिए सुखी हैं और इनके जीवन में इतना सुकून है। अगर उनके पुरखों ने जंगल छोड़ने के बाद गाँव में बसने का निर्णय नहीं लिया होता तो आज वे भी इसी तरह सुखी होते। खाना खाने के मामले में भी पथरकट शौकीन थे। सबके घर अच्छा खाना पक रहा था।

कुछ समय बाद लोग बैंगा के पास अपने-अपने वाद्ययंत्र लेकर आ गए। वाद्ययंत्रों को देखकर लगता था, जैसे उन्होंने खुद बनाया हो। दशरथ समझ गए कि अब गाने-बजाने का प्रोग्राम चलेगा। उनको आता देख सारी औरतें, सारे मर्द धीरे-धीरे उधर ही आने लगे।

तभी अचानक एक शोर उभरा। दो लोग आपस में झगड़ रहे थे। वह युवक जो दशरथ के आने से पहले बैंगा के साथ टेंट में बैठा था, अपनी पत्नी के साथ झगड़ रहा था। बैंगा ने

उस पर कोई ध्यान नहीं दिया। एक आदमी, जिसे बैंगा ने संचालन का काम सौंप रखा था, आया। बैंगा ने पूछा—"क्या कहता है?"

"गुस्से में है। कहता है कि मैं पथरकट नहीं हूँ। अगर मेरे साथ ये दगा करेगी तो मैं इससे बदला लूँगा।"

बैंगा के चेहरे पर पहली बार गंभीरता आई—"बुलाओ उसको।"

बैंगा इस तरह तनकर बैठा कि सभी सोचने लगे कि आज बैंगा क्या कर देगा, कोई ठिकाना नहीं। जल्दी ही वह लड़का सामने आ गया। पीछे सहमी-सी वह लड़की भी थी।

"क्या बात है रे, बदला लेगा?"

युवक के स्वर में आक्रोश था—"तूफनिया के लिए मैंने अपना गाँव छोड़ा है, अपना घर छोड़ा है, अपनी संपत्ति छोड़ी है, अगर मेरे साथ ये दगा करेगी तो मैं क्या करूँ?"

बैंगा ने चिल्लाकर कहा—"गाँव चले जाओ।"

"काहे गाँव जाएँ?"

"इसलिए कि पथरकट के पास गाँव नहीं होता, घर नहीं होता, संपत्ति नहीं होती। तुम्हारे गाँव में औरत मरद की संपत्ति होती है, हमारे यहाँ नहीं। जिसके साथ उसका रहने का मन हो, रहेगी। हम अपना यह नियम नहीं तोड़ सकते। हमारी औरतें आजाद हैं और आजाद रहेंगी। तुम गाँव से आए हो और गाँव का नियम लागू करना चाहते हो इसलिए हमारे साथ रहने लायक नहीं हो। वही तुमको लेकर आई थी और वही चाहेगी तो हमारे साथ रहोगे।"

लड़का चला गया, जैसे समझ गया हो कि बैंगा उसके साथ न्याय नहीं कर सकता।

बैंगा का फैसला सुन सभी खुश थे और जल्द ही सहज हो गए। दशरथ नहीं समझ पाए कि उनका मामला क्या है। मन हुआ कि पूछें मगर हिम्मत नहीं हुई।

चाँदनी रात थी। हवा धीमे-धीमे चल रही थी। आसमान में तारों का खूबसूरत चंदोवा टँगा था। सभी पथरकट खा-पीकर गहरी निद्रा में थे। तभी एक मर्मांतक चीख उभरी और सबकी नींद खुल गई।

दूसरी और तीसरी चीख के साथ एक-एक करके सभी अपने-अपने टेंट से हड़बड़ी में बाहर निकले और आवाज की दिशा में भागे। आवाज उसी युवक के टेंट से आ रही थी। वहाँ पहुँचने के बाद दशरथ के साथ सभी यह देख सन्न रह गए कि लड़के ने लड़की के पेट में चाकू घोंप दिया था और वह छटपटा रही थी। अगल-बगल बहुत सारा खून बिखरा था। उसके बगल में हाथ में चाकू लिये वह लड़का इस तरह खड़ा था, जैसे उसे कोई अफसोस नहीं हो!

जिस तरह जंगली अंदाज में सभी उसकी ओर लपके, दशरथ को लगा कि अब सारे पथरकट मिलकर उसकी जान ले लेंगे मगर तभी बैंगा आ गया। पथरकटों ने उस युवक को बुरी तरह दबोच लिया था। लड़का इसे अपनी नियति मान चुका था कि अब वे उसे भी मार डालेंगे।

बैंगा ने कहा—"छोड़ दो उसे।"

बैंगा के कहने का असर हुआ। सबने उसको छोड़ दिया।

उनकी गिरफ्त से बाहर निकलने के बाद वह लड़की की लाश के पास बैठकर फूट-फूटकर रोने लगा।

उसी चाँदनी रात में पहाड़ी के पास कई पथरकटों ने मिलकर एक गड्ढा खोदा, लड़की की लाश को उसमें दबा ऊपर से मिट्टी डाल दी। फिर गड्ढे को घेरकर खड़े हो गए, और काफी देर तक खड़े रहे। वहाँ से अलग होते ही कई लोग फफककर रो पड़े।

बैंगा ने गहरी घृणा से लड़के को देखा और कहा—"अब तो जाओ।"

लड़का उसी तरह खड़ा रहा।

"गाँव के जीवन से ऊबकर जिसके साथ स्वतंत्रता का जीवन जीने आए थे, उसे ही मार डाला। हम जंगल के लोग हैं। खून बहाकर बदला लें, यह हमें नहीं आता। चले जाओ। हमारे साथ रहने लायक नहीं हो तुम।" बैंगा ने अपने लोगों से कहा—"चलो।"

इसका मतलब था कि अब यह जगह छोड़ दो।

सभी अपना-अपना सामान समेटने लगे। दशरथ को कुछ-कुछ समझ में आ रहा था मगर वे पूरी बात जानने के लिए व्यग्र थे।

सामान समेटने में जब वे उडपी की मदद कर रहे थे, उसने बताया कि उस लड़की का नाम तूफान पत्ता था। वह भी गाँव में घूम-घूमकर तमाशा दिखाती थी। लड़के का नाम मदन था। एक दिन जब वह तमाशा दिखाकर आई, उसके साथ मदन भी था। उसने आकर बैंगा से कहा कि यह गाँव का युवक है और हमारे साथ रहना चाहता है। बैंगा ने युवक को अपने पास बुलाकर बिठाया और पूछा—'रह सकोगे हमारे साथ?'

युवक ने बैंगा को बताया कि गाँव के जिस जीवन से वह आया है, वहाँ बड़ी घुटन है। चमक-दमक और पागलपन के सारे बंधनों को तोड़कर वह आया है और इस उन्मुक्त वातावरण में तूफनिया के साथ रहना चाहता है।

बैंगा ने कहा था कि 'सोच लेना, हमारी लड़कियाँ स्वतंत्र होती हैं, हमारे लड़के स्वतंत्र होते हैं, कल इसका दिल किसी और पर आ गया तो?'

मदन ने तूफनिया को देखकर कहा—'मैं जानता हूँ, वह समय नहीं आएगा।'

दो साल तक दोनों साथ रहे। मगर पथरकट लड़कियाँ और भौंरे एक जगह कहाँ टिकते हैं! कुछ महीनों से वह उसे छोड़ एक पथरकट लड़के से प्यार करने लगी थी और मदन उसे छोड़ने के लिए तैयार नहीं था।

मदन को कई बार समझाया गया कि तुम भी अपने लिए किसी दूसरी पर डोरा डालो मगर वह तूफनिया को किसी भी तरह छोड़ने के लिए तैयार नहीं था। बात समझने के बजाय मारपीट पर उतारू हो जाता। वह तूफनिया से सचमुच बहुत प्यार करता था और उसके लिए कुछ भी करने के लिए तैयार था। किसे पता था कि उसका ऐसा अंत होगा!

सभी ने अपना सामान समेट लिया था। देखते-देखते टेंट की जगह खाली हो गई और मैदान दीखने लगा।

खच्चरों पर सामान लाद अपनी बकरी और कुत्तों के साथ जब वे निकल रहे थे, मदन तूफनिया की कब्र के पास बैठकर फूट-फूटकर रो रहा था। जाते हुए किसी ने उसकी ओर मुड़कर देखा भी नहीं। चलते हुए सबके चेहरे पर उदासी थी। बैंगा ने जिस तरह उसे माफ कर दिया था, यह उनकी समझ में नहीं आ रहा था।

कुछ दूर निकलने के बाद हिम्मत करके दशरथ ने बैंगा से थोड़ी चापलूसी के अंदाज में पूछा—"इतने नरम दिल हैं आप लोग!"

बैंगा ने कहा—"दिल नरम न हो तो हम पत्थर नहीं काट सकते।"

भौंचक होकर दशरथ बैंगा की ओर देखने लगे। पहाड़ की कटाई के लिए दशरथ का यह पहला सबक था।

बैंगा ने कहना आरंभ किया—"दो साल तक पथरकट के संग रहा है। गाँव में जाएगा न तो गाँव वाला ढोंड़ साँप की तरह जब गर्दन में लपेटकर घूमेगा तब उसको पता चलेगा। उसकी सजा वही है।"

अचानक हुई इस घटना के कारण अब तक दशरथ अपनी बात बैंगा से कह नहीं पाए और तब तक नहीं कह सकते जब तक माहौल सहज नहीं हो जाए।

पूरा दिन धूप में चलते रहने के बाद वे शाम को बैंगा के कहने पर एक नदी के तट पर रुके। दिन भर किसी ने खाना नहीं खाया था। किसी की मौत के बाद उनका यह नियम था कि उसका शव दफना दो और जगह छोड़ दो। इसके अलावा दिन भर का उपवास भी उनकी परंपरा में शामिल था। चूँकि यह अस्थायी पड़ाव था इसलिए काम भर ही सामान खोले गए। मर्द बगल के गाँव से राशन लाने चले गए।

औरतों ने झटपट चूल्हा बना लिया और बगीचे में जलावन के लिए लकड़ी चुनने चली गईं। जानवरों को चरने के लिए छोड़ दिया गया।

रात में खाना खाने के पहले औरतों ने तूफनिया के लिए अलग से विलाप किया। रोते हुए उनकी आवाज बिलकुल ऐसी थी, जैसे पहाड़ों से हवा आती है।

बैंगा ने मर्दों के साथ नदी किनारे बैठ पानी दिया। उसके बाद सबने खाना खाया और सो गए। अब वे इस तरह सहज थे जैसे वह घटना इनके साथ हुई ही नहीं।

अगली सुबह फिर मुँह-अँधेरे निकल गए।

दशरथ अभी तक अपने मकसद के बारे में बैंगा को नहीं बता पाए थे। वे इस बारे में लगातार सोच तो रहे थे मगर समूह की हालत देख उनकी हिम्मत नहीं हो रही थी। क्या सोचेगा बैंगा कि दशरथ कितना स्वार्थी है! उसे अपनी चिंता है, मगर यह नहीं देख रहा कि बैंगा किस हाल में है। इसलिए दशरथ ने चुप रहना ही बेहतर समझा।

कई दिनों तक वे अलग-अलग स्थानों पर इसी तरह शाम को रुकते और सुबह को चल देते। बचे हुए पत्थर ढोते रहने के कारण खच्चर थक गए थे। औरतों और बच्चों से चला नहीं जा रहा था। राशन और दारू भी खत्म होने लगी थी। कहीं रुकना जरूरी था ताकि व्यवस्था की जा सके। मगर बैंगा के मन में जाने क्या चल रहा था कि वह रुकता ही नहीं था। कइयों ने संकेत में कहा भी मगर बैंगा ने इनकार कर दिया। समूह के लोग मन-ही-मन उससे नाराज चल रहे थे क्योंकि सतना की पहाड़ी छोड़कर निकले पंद्रह दिन बीत चुके थे। अन्य पथरकट अब दशरथ से कहते कि वे बैंगा से रुकने के लिए कहें।

हिम्मत करके दशरथ ने बैंगा से कहा—"कहीं रुकते क्यों नहीं ?"

उसकी तीसरी बीवी उडपी ने भी जोर दिया—"सबका राशन और दारू भी खत्म हो गया है।"

मगर इसका भी कोई प्रभाव बैंगा पर नहीं पड़ा। वे चुपचाप चलते रहे।

कुछ दूर जाने के बाद जब बंजारों का एक दल रुका हुआ दिखा तो सभी डेरा डालने के लिए बेचैन हो गए। जगह मुफीद लग रही थी। आस-पास पहाड़ भी थे, मैदान भी और अगल-

बगल गाँव भी थे। सबको यकीन हो गया कि वहाँ रुकने के लिए एक बार और बैंगा से आग्रह किया जाएगा।

मगर वहाँ जाने के बाद पता चला कि एक बंजारे को चोरी के आरोप में यहाँ की पुलिस पकड़कर ले गई है और वे कई दिनों से उसे छुड़ाने के लिए परेशान हैं। अब लगा कि यहाँ रुककर लोगों ने गलती की। इस गाँव के लोग भी बहू-बेटियों पर बुरी नजर रखते हैं, रात में कुछ बंजारे पहरा देते हैं। सभी समझ गए कि क्यों बैंगा इस इलाके में रुकने के लिए तैयार नहीं था। अब वे शर्मिंदा महसूस कर रहे थे।

तीन दिनों तक चलते रहने के बाद एक जगह बैंगा ने रुकने के लिए कहा। सबकी जान में जान आ गई। मगर अभी काम लायक पत्थर मिल जाए तो रुकेंगे यहाँ, नहीं तो फिर चलना होगा। सब मन-ही-मन सोच रहे थे कि पत्थर मिल जाए और किसी तरह गर्मी के दिन में यात्रा की यह यातना खत्म हो।

औरतों और बच्चों को छोड़कर बैंगा कुछ लोगों के साथ पहाड़ की तलहटी में पत्थरों का मुआयना करने निकल गया।

दशरथ भी बैंगा के साथ थे। बैंगा पहाड़ के किनारे जाकर खड़ा हुआ और देर तक गौर से पहाड़ के पत्थरों को देखता रहा। एक आदमी ने उसी तरह का झोला निकाला, जैसा उसका पिता रखता था और इस तरह उसकी ओर बढ़ाया, जैसे कह रहा हो कि पत्थरों की जाँच कर लो।

बिना जाँचे बैंगा ने कहा—"यहाँ रुकेंगे।"

यह सुनते ही सबके चेहरे पर मुस्कराहट तैर गई।

वे खुश हो उस जगह आ गए जहाँ अपने दल को छोड़कर गए थे। उनके लौटने तक औरतें खाना बना चुकी थीं और जरूरत-भर सामान निकाल चुकी थीं।

सबको जब पता चला कि पत्थर मिल गया है तो सबने राहत की साँस ली। यह यात्रा पंद्रह दिन से अधिक चली थी और इसने सबको थका दिया था।

खाना खाने से पहले दशरथ ने बैंगा से पूछा—"इस इलाके में तो कई बार आना हुआ होगा?"

बैंगा ने कहा—"दर्जनों बार। बाबू भी इधर आते थे।"

दशरथ ने कहा—"जब आपके बाबू यहाँ आते थे, आप भी दर्जनों बार यहाँ आ चुके हैं, इस पहाड़ को भी जानते हैं, फिर पत्थर देखने की क्या जरूरत थी?"

दशरथ की बात सुन बैंगा मुस्कराया—"जैसे पेड़ पर फल पकते हैं, जैसे खेतों में फसल तैयार होती है, वैसे ही पहाड़ों पर पत्थर तैयार होते हैं। अगर पत्थर कटने के लिए तैयार न हों तो कोई उन्हें काट नहीं सकता। काट भी लें तो जाँता और सिल इतना भारी हो जाएगा कि कोई खरीदेगा नहीं।"

पहाड़ की कटाई के बारे में दशरथ का यह दूसरा सबक था।

अगली सुबह सोकर उठने के बाद उनके बीच से कुछ लोग निकले और कहाँ गए, दशरथ समझ नहीं पाए। जब वे लौटकर आए तो पता चला कि यह अस्थायी पड़ाव था। वे ठहरने के लिए स्थायी जगह की तलाश में निकले थे और जगह उन्हें मिल गई थी। आकर बताया कि वहाँ पानी भी है, चरने का मैदान भी है और वह जगह गाँव और पहाड़ के बीच में है।

तमाशा दिखानेवाली औरतें तमाशा दिखाएँगी, टूँगनी करनेवाली औरतें टूँगनी करेंगी, सिल और जाँता बेचेंगी। मर्द पत्थर काटेंगे। उनके चेहरे पर इत्मीनान था। कारवाँ उधर ही चल पड़ा। अब वे वहाँ पर गर्मियाँ खत्म होने तक रह सकते थे।

उनके साथ इतना समय बीत चुका था कि दशरथ भी अब उनके जीवन के आदी हो चुके थे। बैंगा के कारण दशरथ को उनका पूरा समूह सम्मान देता, मगर सबसे अधिक खयाल रखती थी उडपी।

एक दिन खाना देते हुए उडपी ने दशरथ से पूछा—''मुझे ले चलोगे अपने संग?''

दशरथ ने भौंचक होकर उडपी को देखा और उसके बाद बहुत सँभलकर जवाब दिया—''मेरी शादी हो चुकी है।''

उडपी समझ गई और इसके बाद कुछ नहीं कहा। दशरथ के मन में अपनी पत्नी के लिए इतना प्यार है, जानकर वह और प्रसन्न हो गई।

बैंगा कभी पत्थर की कटाई करने नहीं जाता था। दशरथ को पहाड़ काटना था इसलिए वे रोज पथरकटों के साथ पहाड़ पर जाने लगे...दिनभर उनके साथ रहते...पत्थरों को पहचानने की कोशिश करते और पत्थर काटने के लिए छेनी-हथौड़े कैसे चलते हैं...गौर से देखते और कभी-कभी उनकी छेनी-हथौड़ी लेकर पत्थर काटते।

उन्हें अब यह बात समझ में आ रही थी कि अगर वे यहाँ नहीं आए होते तो पहाड़ क्या, एक चट्टान भी उनसे नहीं कट पाती। उनको महसूस हो रहा था कि अभी बैंगा से अपनी बात कहने से पहले कुछ दिन साथ रहकर पत्थर की कटाई के काम का अनुभव ले लेना चाहिए। जब उनके सामने कोई संकट आएगा, यही काम आएँगे और पूरी तत्परता से अपने काम में लगे रहे।

थोड़े दिनों में उनको इस बात का अहसास हो गया कि उन्होंने कितने कठिन काम का संकल्प लिया है। जब पत्थर काटना इतना कठिन है तो पहाड़ काटना कितना कठिन होगा! पत्थर काटते हुए उनकी आँखों में गलहौर की पहाड़ियाँ नाच जातीं और वे दूने प्रयास से काम में लग जाते।

पत्थरों के काटने के कार्य में किसी को कोई परेशानी होती तो बैंगा जाता और बताता कि उसे ऐसे काटना है। उसके बताने का तरीका ऐसा होता कि पथरकट जल्दी ही अपने संकट से उबर जाता।

धीरे-धीरे दशरथ के दिमाग में यह बात बैठती चली गई कि अगर एक बार बैंगा उनके साथ गलहौर आ जाए और पत्थरों को देखकर काटने का तरीका बता दे तो उनका काम बहुत आसान हो जाएगा, मगर वहाँ जैसे हालात थे...बैंगा को गलहौर लाना बहुत कठिन काम था।

पथरकटों का जीवन अलग था। वे जहाँ भी जाते, समूह में जाते थे...अलग-अलग काम करते...मगर एक परिवार की तरह रहते थे। यात्रा की दूरी वे कभी गाड़ी से तय नहीं करते। यहाँ से बिहार के गया जिले का गलहौर इतना दूर था कि पूरे समूह के साथ आना संभव ही नहीं था। दूसरी दिक्कत यह थी कि एक बार उनमें से कोई अपने समूह से अलग हो जाता तो अगली मुलाकात कहाँ पर होगी, कहना मुश्किल था...। यह सोचकर दशरथ ने कभी किसी को न तो अपना मकसद बताया और न ही गलहौर आने के लिए कहा, मगर मन-ही-मन उदास रहने लगे। सबसे मजेदार बात यह थी कि अब तक उनसे किसी ने नहीं पूछा था कि वे यहाँ क्यों आए हैं और कब तक रहेंगे।

जब कभी उनको पिंजरी की याद आती, वे बेचैन हो जाते...उन्हें बार-बार अपनी इस गलती का अहसास होता कि कम-से-कम पिंजरी को बताकर आना चाहिए था। वे सोचते, उनकी जुदाई में उसका क्या हाल होगा!

एक दिन दशरथ उदास बैठे थे। खाना लेकर उडपी आई तो उनका चेहरा देखकर समझ गई कि कुछ बात है। उसने दशरथ से पूछा—"क्या बात है, कुछ उदास हो?"

दशरथ ने मुस्कराने की कोशिश की—"नहीं तो..."

दशरथ ने टालने की कोशिश की तो उडपी ने कहा—"मेरी कसम खाकर कहो तो?"

उसने अपनी कसम देकर दबाव डाला तो उनके भीतर से हूक-सी उठी और उन्होंने उसे वह सब कुछ बता दिया जो उनके मन में चल रहा था...पिंजरी और पहाड़ काटने की बात भी।

"पिंजरी के लिए पहाड़ काटना चाहते हैं?"

"हाँ..."

सुनकर उडपी भी चुप हो गई।

दशरथ को पहले से पता था कि इस मामले में उनकी कोई मदद नहीं कर सकता।

बैंगा की दोनों बीवियों को जब पता चला कि दशरथ अपनी पत्नी के लिए पहाड़ काटकर रास्ता बनाना चाहते हैं तो वे भी यह जानकर बहुत खुश हुईं कि वे अपनी पत्नी से कितना प्यार करते हैं।

उनके समाज में सच्चे प्यार की कद्र थी। धीरे-धीरे पूरे दल में यह बात पसरती चली गई और अब सभी आश्चर्यजनक ढंग से उनसे उनकी पत्नी के बारे में बात करने लगे। अब वे पहाड़ पर जाते तो पथरकट उन्हें कायदे से बताते कि पत्थर काटते समय किसी मुसीबत के क्षणों में कैसे वे उससे बाहर निकलते हैं।

इसी तरह दिन गुजरते जा रहे थे।

एक दिन बैंगा की तीनों बीवियाँ एक साथ आईं और कहा—"दशरथ, तुम बैंगा से बात क्यों नहीं करते?"

दशरथ भी कई दिनों से सोच रहे थे कि इस मसले पर बैंगा से बात करें मगर उस तरह का मौका नहीं आया था। बीवियों के कहने पर उन्होंने तय किया कि आज बैंगा से इस मसले पर बात करेंगे। बैंगा से बात करने का सबसे सही समय था खाना खाने से पहले और गायन खत्म होने के बाद, क्योंकि दारू पी लेने के बाद वह बहुत उदार हो जाता था। जितने भी पथरकट थे, किसी जटिल मुद्दे पर सहमति लेने के लिए उसी समय का इस्तेमाल करते थे।

उस दिन बैंगा बहुत अच्छे मूड में था। बैंगा के रोज का नियम था कि जब गायन मंडली के लोग गायन खत्म कर चले जाते तो उसकी तीनों बीवियाँ खाना लेकर आतीं। जिसका खाना अच्छा होता, बैंगा उसी के साथ उसके टेंट में चला जाता।

उस दिन जान-बूझकर उसकी पत्नियों ने खाना लाने में देर की। दशरथ ने मौका ताड़कर बैंगा से कहा—"बैंगा, मुझे तुमसे कुछ कहना है।"

"कहो?"

दशरथ समझ नहीं पा रहे थे कि कहने के बाद बैंगा की क्या प्रतिक्रिया होगी। बैंगा के बिना इस समूह की कल्पना नहीं की जा सकती। कोई संकट आया तो उसके सिवा कौन है जो उबारेगा?

बैंगा ने खीझ-भरे स्वर में कहा—"कहते क्यों नहीं?"

दशरथ समझ गए कि अभी कहना ठीक नहीं है क्योंकि एक बार बैंगा ने अगर ना कह दिया तो कभी हाँ नहीं करेगा—"कल कहूँगा।"

दशरथ की बात सुन बैंगा जोर से हँसा और उसकी हँसी सुन उसकी तीनों बीवियाँ आ गईं, अन्य पथरकट भी आ गए और सभी हँसने लगे।

एक पल के लिए दशरथ समझ नहीं पाए कि वे क्यों हँस रहे हैं।

उसकी तीनों बीवियों और उसके पूरे दल ने मिलकर जाने कौन-सा जादू किया था कि बैंगा खुद ही कहने लगा—"स्साले, हिम्मत नहीं होती कहने की?"

दशरथ ने बैंगा को चौंककर देखा, वह मुस्करा रहा था।

"पहाड़ काटने के लिए नहीं, स्साले, तेरी बीवी को देखने चलूँगा जिसके लिए तुम पहाड़ काटना चाहते हो।"

दशरथ को यकीन ही नहीं हो रहा था कि बिना कहे बैंगा गलहौर जाने के लिए तैयार हो गया है।

"सच?"

"हाँ। अगर अच्छी लगी तो भगा ले जाऊँगा, समझ लेना।"

बैंगा गलहौर आने के लिए तैयार हो गया था। अब दशरथ को यकीन हो रहा था कि वे पहाड़ काट सकते हैं।

पूनम की रात पूरा दल एक साथ बैठा। तय हुआ कि बैंगा के लौट आने तक उसका यह दल यह इलाका छोड़कर नहीं जाएगा। तब तक वे बरसात के लिए पत्थर काटकर जमा कर लेंगे। बैंगा ने अपने दल के लोगों से अगले पूनम तक आ जाने का वादा किया और दशरथ के साथ निकल गया।

21

दशरथ के गाँव में आते ही उन तमाम अटकलों का अंत हो गया था जो उनकी अनुपस्थिति में लोगों की चर्चा का विषय रही थीं। न तो दशरथ साधु हुए थे, न फकीर और न ही अपने काम से विमुख हुए थे, न उन्हें कुछ हुआ था। वे सही-सलामत उसी तरह हँसते-खेलते वापस आ गए, जैसे गए थे।

विरहणी नायिका की तरह पिंजरी उनकी याद में घुलती रही और दशरथ अपने पहाड़ काटने के संकल्प को पूरा करने के लिए जंगल-जंगल, पहाड़-पहाड़ न जाने कहाँ-कहाँ भटकते रहे। चूँकि यह सब कुछ उन्होंने पिंजरी के लिए किया था इसलिए दशरथ और पिंजरी का प्रेम भी नए सिरे से लोगों की चर्चा के बीच आ गया था। लेकिन सबसे अधिक चर्चा थी दशरथ के साथ आए पथरकट बैंगा की।

कोई कहता कि दशरथ पहाड़ जैसा एक आदमी लेकर आए हैं।

कोई कहता कि छह महीना तक उसके साथ रहकर दशरथ ने पहाड़ काटना सीखा है और अब वही दशरथ को बताएगा कि वे इस पहाड़ को कैसे काटें।

इतना लंबा-चौड़ा पहाड़ कैसे कटेगा? कटेगा भी या नहीं? सब कुछ अभी भविष्य के गर्भ में था। मगर किसी तमाशे की तरह सब कुछ देखने की उत्सुकता भी इलाके के लोगों के

बीच जाग्रत हो गई थी और मन-ही-मन सभी इस सूचना का इंतजार करने लगे थे कि दशरथ कब से पहाड़ की कटाई की शुरुआत करते हैं।

जब से गाँव में पानीवाली घटना हुई थी, दशरथ जाने-अनजाने गाँव के ऊँचे वर्ग खासकर मुखिया के निशाने पर थे। अभी भी वे दशरथ के विरोध में सीधे कुछ कह तो नहीं रहे थे मगर उनके प्रेम का मजाक उड़ा रहे थे।

अपने दरवाजे पर लोगों के बीच मुखिया जी ने कहा—"शाहजहाँ ने अपनी बीवी के लिए ताजमहल बनवाया था और दशरथवा पहाड़ काट के रास्ता बनवाएगा।"

सुनकर सभी हँसने लगे।

बबुली सिंह ने मजाक के स्तर को और ऊँचाई दी—"पिंजरी का घुटना फूट गया तो दशरथ रास्ता काट रहा है, वहीं अगर मर गई होती, हनुमान जी की तरह पहड़वे उठा के कहीं और रख आता।"

लोग बबुली सिंह की बात सुनकर जोर से हँसने लगे। उनका सीधा मतलब यह था कि दशरथ चाहे जो कर ले, उससे यह पहाड़ कटनेवाला नहीं है। गाँव में इस वक्त जो कुछ हो रहा है, तमाशा की तरह देखो और मजा लो, पैसा तो नहीं लग रहा है न इसे देखने का!

गाँव के लोगों की राय चाहे जो हो लेकिन पिंजरी को यकीन हो गया था कि दशरथ जरूर पहाड़ काट देगा। इस बार वह अकेले नहीं, पथरकट के साथ आया था। उसे दुख था तो बस इतना कि दशरथ ने जाते वक्त उसे बताया नहीं।

जब दशरथ पथरकट को ले आने के लिए निकले थे, उनके पास एक नया पैसा नहीं था। अगर पिंजरी को बताकर जाते तो वह राह का खरच दे देती। दशरथ को जिन कठिनाइयों से गुजरना पड़ा, नहीं गुजरना पड़ता। मगर जो कुछ हुआ, पिंजरी वह सब भूल गई थी। दशरथ का उसके पास लौट आना उसके लिए गौरैया बाबा की सबसे बड़ी नेमत थी।

उसने तय कर लिया था कि चाहे जो हो जाए, अब वह दशरथ के किसी काम में कभी अड़ंगा नहीं लगाएगी। पूरे छह माह तक जितना दशरथ के लिए रोई थी, उससे ज्यादा इस बात के लिए रोई कि उसने दशरथ की क्षमता को कम करके आँका। अब जीवन में कभी ऐसी गलती नहीं करेगी।

इस वक्त दशरथ की गोद में उनके दोनों बच्चे बैठे थे और पिंजरी जमीन पर। दोनों इस बात पर चर्चा कर रहे थे कि साथ आए बैंगा के रहने-खाने का प्रबंध कैसे किया जाए।

पिंजरी ने कहा—"मैं अपने कमरे का सारा सामान बरामदे में निकाल देती हूँ। हम बच्चों के साथ बरामदे में रह लेंगे। वो यहाँ रहेगा।"

पिंजरी की बात सुनकर दशरथ जोर-जोर से हँसने लगे—"अरे वो घर में नहीं रहेगा...उसे यहाँ नींद नहीं आएगी।"

पिंजरी ने चौंककर दशरथ की ओर देखा—"तो... ?"

यही तो संकट था दशरथ का। पिंजरी के इस सवाल का जवाब दशरथ के पास भी नहीं था। वे भी यही सोच रहे थे कि बैंगा के ठहरने की व्यवस्था आखिर कहाँ की जाए।

दशरथ को चिंता में पड़ा देख पिंजरी ने कहा—"नहीं तो नीम के पेड़ के नीचे एक मड़ई लगवा दीजिए। एक दिन की बात नहीं है कि काम चल जाएगा, एक महीना रहना है उनको।"

दशरथ को अभी भी कुछ समझ में नहीं आ रहा था। शाम को नीम के पेड़ के नीचे जिस तरह दारू पीने के बाद का माहौल हो जाता है, उसमें तो वह एकदम से पागल हो जाएगा और कुछ ऐसा कर देगा कि पहाड़ काटने की जगह कोई नया विवाद आरंभ हो जाएगा। जब बातचीत में कोई समाधान नजर नहीं आया तो उसने पिंजरी से कहा—"पिंजरी, बैंगा के रहने की चिंता तुम छोड़ दो। वो मैं देख लूँगा। तुम उसके खाने की जिम्मेदारी सँभाल लो, यही बहुत है।"

पिंजरी ने कहा—"यह भी कोई कहने की बात है!"

दशरथ मुस्कराए—"एकदम कहने की बात है। खाना के मामले में वह कोई समझौता नहीं करेगा। उसे खिलाने के लिए उसकी तीन-तीन बीवियाँ कमाती हैं। हमारे परिवार में जितना भात बनता है, उसका डेढ़ा-दूना वो अकेले खाता है। दूनो बेर मांस चाहिए और दारू। वह भी थोड़ा नहीं।"

पिंजरी का चेहरा शिकन से भर गया। दुगना खाए या तिगुना, इससे पिंजरी को कोई शिकायत नहीं थी, मगर मांस और दारू... ?

जब से दशरथ ने कंठी ली थी, पिंजरी ने यह मान लिया था कि वह भी कंठी ले चुकी है। उसके बाद उसने कभी मांस-मछरी के बारे में सोचा भी नहीं था। लेकिन सब कुछ भूलकर आदर्श पत्नी की तरह कहा—"कोई कमी नहीं होगी। मैं उसके लिए जो कहेगा, बनाऊँगी। इसकी चिंता तुम छोड़ दो।"

माँझियों की मेहमाननवाजी तो ऐसे भी अग-जग प्रसिद्ध है, और बैंगा तो पिंजरी का खास मेहमान था। वह दशरथ के संकल्प को पूरा करने में सहायक साबित होगा—उसके लिए पिंजरी तो कुछ भी करने, किसी भी हद तक जाने के लिए तत्पर थी। एकाएक पिंजरी के मन में आया कि दशरथ भी तो उसके साथ महीनों रहे हैं, कहीं वह... ?

"तुम फिर से मांस-मछरी खाने लगे क्या ?"

"नहीं रे!"

दशरथ ने कंठी हाथ में लेकर कहा—"बैंगा की तीसरी बीवी मेरे लिए अलग से खाना बनाती थी, लेकिन क्यों पूछ रही हो ?"

पिंजरी ने तुरंत बात बदल दी—"इसलिए कि तुम कंठी ले चुके हो...मांस खाओगे नहीं, मगर मेहमान के साथ किसी को तो खाना चाहिए।"

"झौरी है न!"

तभी कहीं पीछे से आवाज आई—"मैं भी कंठी ले चुका हूँ।"

मुड़कर देखा तो सामने से झौरी और छेदी आ रहे थे।

छेदी ने हँसकर कहा—"मैं हूँ न, मैं बैंगा के साथ रहूँगा...साथ खाऊँगा...इसी बहाने बहुत दिनों बाद भौजी के हाथ का पकाया मांस तो खाने के लिए मिलेगा।"

दशरथ ने झौरी से कहा था कि राजबरन पासी से जाकर ताड़ी के लिए कह देना। देखा तो याद आ गया और पूछा—"राजबरन से बात हुई या नहीं ?"

"हो गई है। भरपूर पकी हुई ताड़ी के लिए कह दिया है। वो शाम के पहले जहाँ कहोगे, आकर पहुँचा जाएगा।"

बैंगा के लिए तैयारियों पर अभी बात ही चल रही थी कि रमिया भौजी अपना बना-बनाया चूल्हा और कुछ बर्तन लेकर आ गई जो पिंजरी ने बैंगा के लिए मँगाया था मगर उसके

चेहरे पर घबराहट थी। ऐसा लगता था, जैसे कहीं कुछ हो गया है! उसने बर्तन रखकर कहा—"तुम लोग यहाँ बैठे हो और बाहर घमासान मचा है।"

सबके चेहरे पर प्रश्न तैर गए—"क्या हुआ?"

"बाहर जा के देखो, तुम्हारे साथ जो आया है, वो क्या कर रहा है।"

दशरथ के चेहरे पर घबराहट फैल गई—"क्या कर रहा है?"

"मँगरू को मार रहा है,"

"मँगरू को?"

"हाँ। पूरा टोल जमा है, तुम लोगों को यहाँ आवाज भी नहीं सुनाई दे रही है?"

दशरथ और सबने ध्यान से सुना तो बाहर बैंगा के तेज-तेज चिल्लाने की आवाज सुनाई पड़ी। दशरथ उसके रहने का तरीका और उसकी जीवन-शैली देखकर आए थे। कितना सफाई-पसंद था और कितना अक्खड़ था, वे जानते थे। आने के बाद आस-पास चरते सूअर...मुर्गियाँ...और गंदा-सा माहौल उसे भीतर से रास नहीं आ रहा था मगर उसके व्यक्तित्व में एक अलग तरह का जादू था जो आस-पास के लोगों के आकर्षण का कारण बन गया था।

बैंगा नीम के पेड़ के नीचे बैठा था। टोले के लोग आकर उसे देखते और पूछते कि वह कौन है और यहाँ क्या करने आया है। लोगों का इस तरह पूछना उसे बुरा लगा मगर वह चुप रहा। मगर जितिया का नाती मँगरू उसके पास दारू पीकर आया और मजाक उड़ाने के अंदाज में पूछा—"कौन हो तुम...?"

बैंगा ने उसकी बात का कोई जवाब नहीं दिया।

"अरे आदमी हो कि हाथी?"

और 'हा-हा' कर हँसने लगा तो उसके साथ माँझी टोल के कई लोग हँस पड़े। उनकी हँसी सुन बैंगा बिदक गया और गुस्से में खड़ा होकर गालियाँ बकने लगा।

अनजान आदमी के मुँह से गालियाँ सुन पूरा माँझी टोल आ गया जिसे देखकर मँगरू को बल मिला और उसकी दारू और चढ़ गई—"ठहर स्साला!"

और गुस्से में बाँस खींचकर बैंगा की ओर बढ़ा तो बैंगा ने उलटे उसी का बाँस छीनकर मँगरू की पिटाई कर दी। चारों ओर शोर मच गया था।

दशरथ छेदी और झौरी के साथ तेजी से बाहर निकले और देखा कि नीम के पेड़ के नीचे लोगों की भीड़ लगी है और बैंगा जोर-जोर से गालियाँ बकता हुआ मँगरू की पिटाई कर रहा है।

बैंगा लगातार गालियाँ बक रहा था और हाथ में बड़ा-सा बाँस लिये अकेला सबको देख लेने की धमकी दे रहा था।

दशरथ समझ नहीं पा रहे थे कि मामले को कैसे सँभाला जाए।

उसी समय जितिया माँझी जो पहले से बीमार थे, हाथ में सोंटा लिये अपने नाती का पक्ष लेकर बैंगा को गाली बकते सामने आ गए। बैंगा से जैसे ही उनकी नजर मिली, जाने क्या ऐसा हुआ कि उनके पेट में तेज मरोड़ उठा, और वे जमीन पर गिरकर छटपटाने लगे। उलटी साँस चलने लगी।

जितिया माँझी का हाल देख आस-पास खड़े लोगों को काठ मार गया। सभी की आवाज बंद हो गई। लगा, बैंगा जरूर जादू जानता है वरना अकेला आदमी पूरे माँझी टोल को इस तरह धमकी कैसे दे सकता है!

माँझी टोना-टोटका में, भूत-प्रेत में बहुत यकीन करते हैं। अब सभी बैंगा को कुछ अलग रहस्यमय निगाहों से देखने और डरने लगे थे।

उधर जितिया की हालत लगातार बिगड़ती जा रही थी और...परिवार में रोना-पीटना मच गया था। दशरथ की आँखों में बेचारगी देख आखिर में बैंगा उनके पास गया। जितिया की हथेली को अपने हाथ में लेकर नसों में देर तक जाने क्या दबाता रहा कि पाँच मिनट के भीतर जितिया का मरोड़ ठीक हो गया।

इस घटना के बाद बैंगा पर से माँझी टोल का न सिर्फ गुस्सा उतर गया बल्कि उसका डर समा गया। सबको यह समझ में आ गया कि यह कोई पहुँचा हुआ आदमी है। सबके कहने पर मँगरू ने आकर बैंगा से माफी माँगी और उसकी एक जुबान—'चले जाओ यहाँ से'—पर नीम के पेड़ के नीचे जैसे सन्नाटा छा गया।

सब अपने घरों में समा गए। औरतें डर रही थीं कि यह जरूर जादू-टोना जानता है...इसे किसी तरह यहाँ से हटाना ही अच्छा रहेगा। पूरा माँझी टोल दशरथ से कहने लगा कि उसकी व्यवस्था कहीं अलग करा दो। गाँव में इसका रहना खतरे से खाली नहीं है...।

नीम का पेड़ माँझी टोल के बीच में पड़ता है...पानी के लिए और हर काम के लिए आना-जाना तो पड़ेगा ही...वह अगर वहाँ रहा तो कोई घर से बाहर नहीं निकलेगा। जो मदद चाहिए, कहो, हम करने के लिए तैयार हैं।

दशरथ को समझ में नहीं आ रहा था कि वे बैंगा से कैसे कहें मगर बैंगा ने खुद ही दशरथ से पूछा—"मेरे रहने की व्यवस्था कहाँ कर रहे हो?"

दशरथ की समझ में नहीं आया कि क्या कहें। एक तरफ टोले के लोगों का दबाव था, दूसरी ओर यह शंका भी थी कि इतनी कठिनाई से लाए गए मेहमान को किसी और जगह कैसे रखें।

"यहीं आपके लिए झोंपड़ी बनवा दूँ?"

बैंगा ने घृणा के साथ कहा—"बहुत गंदी जगह है ये...मैं यहाँ नहीं रहूँगा। कहीं अलग मेरी व्यवस्था करो, गाँव के बाहर।"

दशरथ के साथ सभी की जान में जान आई। माँझी टोल के लोग यह सुनकर खुश हो गए कि बैंगा यहाँ नहीं रहेगा। मगर दशरथ इस फेरे में पड़ गए कि गाँव के बाहर उसकी व्यवस्था कहाँ की जाए।

झौरी ने कहा—"पहाड़ी बाबा के मठिया पर व्यवस्था करा देते हैं?"

दशरथ को झौरी की राय जँच गई—"ठीक कहते हो..."

इस आपाधापी में दशरथ, झौरी, छेदी में किसी को याद नहीं आया कि बैंगा को दोनों जून मांस चाहिए, और मठिया में मांसाहार वर्जित है।

"खाना घर बुलाकर खिला देंगे।"

झौरी ने हाथ जोड़कर बैंगा से कहा—"बैंगा जी, गाँव के बाहर, उत्तर दिशा में बहुत ही सुंदर मठिया है। जैसे गंगा जी का पानी बहता है, इतनी सुंदर हवा वहाँ चलती है। पंचवटी है। एक बार देख लेते तो हम आपकी व्यवस्था वहीं कर देते।"

एक पल देर किए बिना बैंगा ने कहा—"चलो।"

दशरथ, छेदी, झौरी और बैंगा मठिया की ओर चल पड़े।

गाँव में सबको यह सूचना मिल गई थी कि दशरथ किसी पथरकट को लेकर आए हैं जो जादू जानता है, भूत-प्रेत को वश में रखता है। उसने जितिया माँझी की जान बचाई है।

मठिया पर जाने का रास्ता गाँव के बीच से होकर गुजरता था। जब दशरथ, झौरी और छेदी बैंगा को लेकर गाँव के रास्ते से गुजर रहे थे तो जो भी रास्ते में मिलता, भौंचक होकर बैंगा को देखता।

देखते-देखते पूरे गाँव में शोर मच गया कि बैंगा गाँव घूमने के लिए निकला है। इसका असर यह हुआ कि पुरुष घर के बाहर उसे देखने के लिए सड़क पर निकल आए। उम्रदराज औरतें दरवाजे पर खड़ी हो गईं और बहुएँ आधी खिड़की खोलकर माथे का पल्लू ठीक कर उसके गुजरने का इंतजार करने लगीं।

बैंगा जिधर से गुजरता, सैकड़ों निगाहें उस पर टिकी रहतीं। ऐसा लगता, जैसे किसी ने बैंगा की तरह कोई आदमी देखा ही न हो!

जितिया के साथ हुई घटना ने बैंगा को जादुई बना दिया था।

जब बैंगा दशरथ के साथ चलता हुआ ऊँची जात के टोले से बाहर निकल गया तो उसे देखने के लिए सड़क पर आए लोग आपस में बैंगा के बारे में बात करने लगे। पहाड़ काटने की बात चली, माँझी टोल को धमकी की बात चली और जितिया की बात के बीच किसी आदमी ने शंका व्यक्त की—"लेकिन इधर जा कहाँ रहा है?"

दूसरे ने उत्तर दिया—"पहाड़ी बाबा की मठिया पर।"

यह सुनकर कई लोगों के कान खड़े हो गए—"मठिया में रहेगा ये?"

"वो तो मांस खाता होगा, दारू पीता होगा!"

"पहाड़ी बाबा उसे रहने देंगे वहाँ?"

तभी एक आदमी ने कहा—"पहाड़ी बाबा जब अछूत माँझियों को अपने कुएँ से पानी भरवा सकते हैं तो बैंगा को क्यों नहीं रख सकते?"

बैंगा मठिया पर पहुँचे, उसके पहले ही माँझी टोल, दुसाध टोल, पासी टोल के लोग खेत-खेत चलते उसे देखने के लिए वहाँ पहुँच गए थे और बैंगा का इंतजार कर रहे थे।

बैंगा पहुँचा तो दोनों ओर लोग इस तरह खड़े हो गए, जैसे उसे जाने के लिए रास्ता दे रहे हों!

बैंगा ने दशरथ से पूछा—"यही मठिया है?"

"हाँ।"

बैंगा आस-पास के स्थल का निरीक्षण करने लगा। दशरथ उसके साथ लगे रहे। उसे अपने काम में लगा देख छेदी और झौरी पहाड़ी बाबा के कमरे में यह बताने के लिए प्रवेश कर गए कि बैंगा के रहने का इंतजाम कैसे करना है।

दोपहर ढल रही थी। हवा में उमस थी। सूरज कभी बादलों की ओट में छिप जाता, कभी गुस्से में तपता हुआ बाहर निकल आता। सामने दूर-दूर तक पसरे खाली खेत दिखाई दे रहे थे। बीच-बीच में खड़े इक्के-दुक्के पेड़ भी दिख रहे थे।

दशरथ और बैंगा जहाँ खड़े थे, वह पहाड़ी बाबा की पंचवटी थी। पंचवटी का मतलब वह बगीचा है जिसमें अन्य पेड़ों के अलावा नीम, आम, बरगद और पीपल आदि के पेड़ हों। पंचवटी हो तो बसंत भी अपना रास्ता भूल जाता है। धूप वहाँ आने से डरती है। और हवा पंचवटी के वृक्षों से पंचम सुर में टकराती है और बारिश की बूँदें इठलाती हुई प्रवेश करती हैं।

तभी दूसरी ओर से पहाड़ी बाबा को लेकर झौरी और छेदी आ गए।

दशरथ ने बैंगा से पहाड़ी बाबा का परिचय दिया तो बैंगा ने हाथ जोड़कर विनम्रता से प्रणाम किया।

पहाड़ी बाबा ने पूछा—"कैसी लगी ये जगह?"

"अच्छी है।"

बैंगा को यह जगह पसंद आ गई है, जानकर दशरथ ने राहत की साँस ली।

पहाड़ी बाबा को देखकर बैंगा को याद आ गया कि बचपन में एक बार अपने पिता सैंडा के साथ सिल और लोढ़ा लेकर इस मठिया में आया था तब यहाँ बसुरिया बाबा थे। बसुरिया बाबा ने बैंगा को खाने के लिए गुड़ की बड़ी-सी भेली दी थी। और जब वह उसे वहीं खड़ा-खड़ा खाने लगा था तो उसके पिता सैंडा ने कहा कि बाहर जाकर खाओ। लेकिन बसुरिया बाबा ने कहा कि खाने दो, बच्चा है। पहाड़ी बाबा के चेहरे में मन-ही-मन वह बसुरिया बाबा की आकृति को खोजने का प्रयत्न कर रहा था।

लोगों की भीड़, जो बैंगा को दूर खड़ी देख रही थी, धीरे-धीरे सिमटती हुई इनके पास आ गई।

पहाड़ी बाबा ने बैंगा को निहारा। बैंगा के चेहरे पर जो तेज था, उससे प्रभावित हुए बिना नहीं रह सके। यह आदमी आम नहीं है। पहाड़ी बाबा ने मठिया के कमरे की ओर इशारा करते हुए कहा—"अगर आप चाहें तो मठिया के उन खाली कमरों में रह सकते हैं। या आपको इस पंचवटी में जो जगह पसंद हो, बताइए, हम वहाँ आपके लिए झोंपड़ी लगवा देते हैं। यहाँ आपको कोई दिक्कत नहीं होगी।"

बैंगा ने कहा—"बाबा, मैं आपकी मठिया में नहीं रहूँगा मगर जब तक यहाँ रहूँगा, आप हमेशा मेरी आत्मा में रहेंगे।" पहाड़ी बाबा से कहने के बाद वह दशरथ की ओर मुड़ा—"दशरथ, गलहौर की पहाड़ी के दर्रे के सामने जहाँ मैं अपने पिता के साथ आकर पहली बार ठहरा था...वहीं पर मेरे रहने की व्यवस्था कर दो।" और जवाब का इंतजार किए बिना चल दिया।

दशरथ, झौरी और छेदी उसके साथ चल पड़े। पूरी भीड़ उसके पीछे चल पड़ी।

गलहौर की पहाड़ी के सामने मजदूरों की भीड़ लग गई। कहाँ से बाँस आया, कहाँ से फूस, किसी को पता नहीं चला और देखते-देखते बैंगा की आलीशान झोंपड़ी तैयार हो गई। बिना किसी के कुछ कहे कुदन कुम्हार पानी पीने का घड़ा लेकर आ गए।

पूरा गाँव अब उसके सामने हाथ जोड़कर खड़ा था और उसके आदेश का इंतजार कर रहा था। बैंगा ने सबको अगले दिन आने को कहा और झोंपड़ी के भीतर चला गया। इस नई व्यवस्था से वह पूरी तरह संतुष्ट था।

अब तक जो कुछ हुआ था, उसे मन से निकालने के लिए उसने बगैर किसी संकोच के दशरथ से शराब की माँग कर दी—"शराब का इंतजाम है न?"

तब गाँव में शराब का प्रचलन बहुत कम था...राजबरन पासी से ताड़ी के लिए कह दिया गया था। पता चलते ही राजबरन पासी ताड़ी लेकर आ गया। लबनी देखकर ही बैंगा बिगड़ गया—"ये क्या है?"

राजबरन पासी इस तरह के मामलो में माहिर था, उसने कहा—"ताड़ी। आपके पिताजी जब भी गलहौर आते थे, मेरे पिताजी उनके लिए तीन दिन तक ताड़ी को धूप में पकाकर रखते थे...मैं देखता था...इसीलिए मैंने उसी तरह की ताड़ी आपके लिए बनाया है...। आप एक बार चख के देखिए...अगर अच्छी नहीं लगी तो हम आपके लिए महुए वाली शराब का इंतजाम कर देंगे।"

बैंगा ने राजबरन को घूरकर देखा और एक घूँट लेने के बाद जब कुछ नहीं बोला तो सबने राहत की साँस ली—"अच्छी है।"

ताड़ी की पाँच लबनियाँ झोंपड़ी के अंदर रखवा दी गईं।

शाम ढल रही थी, उसने दशरथ से कहा—"जाओ, अब जल्दी से मेरे खाने का इंतजाम करो।"

दशरथ के जाने के बाद बैंगा को झोंपड़ी में थोड़ी उमस-सी प्रतीत हुई तो लबनी लेकर बाहर आया और एक चट्टान पर बैठकर ताड़ी पीने लगा।

गाँव के लगभग हर घर में बैंगा की ही चर्चा थी। कोई उसके सुदर्शन शरीर की चर्चा करता तो कोई उसके जादू-टोना वाले व्यक्तित्व की। कोई कहता कि जितिया के पेट के मरोड़ को उसने जादू से ठीक किया, कोई कहता कि जादू नहीं, ये पथरकट जंगल में रहते हैं और नस-नाड़ी के अच्छे जानकार होते हैं। कई लोग जो किसी पुरानी बीमारी से ग्रस्त थे, सोच रहे थे कि कल सुबह वे बैंगा के पास जाएँगे और अपना दुख बताएँगे। हो सकता है, उसके पास समाधान हो।

पहाड़ की चट्टान पर बैंगा ने भर पेट ताड़ी पी...। दशरथ उसके लिए खाना लेकर आए। पिंजरी ने उसके लिए मुर्गा पकाया था...मक्के की रोटी बनाई थी...।

एक गस्सा खाने के बाद बैंगा ने पूछा—"खाना किसने बनाया है?"

"पिंजरी ने।"

बैंगा मुस्कराया—"दम है। ऐसे ही नहीं उसके लिए पहाड़ काटने चले हो!"

बैंगा ने जमकर खाना खाया और पिंजरी के हाथ के बने खाने की बहुत तारीफ की।

दशरथ राहत की साँस ले रहे थे कि दिन में उसके साथ जो कुछ भी हुआ था, उसका उस पर अब कोई असर नहीं था। वह अब खुश दिख रहा था। सबसे बड़ा संकट खाना खाने के बाद आया।

बैंगा का बिस्तर नवनिर्मित झोंपड़ी में लग गया था। घड़े में पानी भी रखा जा चुका था। जितनी भी उसकी जरूरत की चीजें थीं, रखी जा चुकी थीं। बिस्तर पर जाते ही बैंगा ने कहा—"हमको औरत चाहिए।"

दशरथ को समझ में नहीं आया, क्या कहें।

"हम औरत के बगैर नहीं रह सकते।"

दशरथ के सामने सबसे बड़ा संकट था, बैंगा जिद पर अड़ गया था—"औरत नहीं ला सकते तो मैं अभी चला जाऊँगा।"

यह असंभव शर्त थी, गाँव में पूरी नहीं की जा सकती थी।

दशरथ ने हाथ जोड़ लिये...उनकी आँख भर आई...। दशरथ का चेहरा देख बैंगा एकाएक नरम पड़ गया और कहा—"छोड़ दो...एकाध दिन में उसका इंतजाम हम खुद कर लेंगे...जाओ, कल सुबह आ जाना।"

सुनकर दशरथ की जान में जान आई।

अगली सुबह दशरथ जल्दी उठकर जब बैंगा के पास पहुँचे तो वह अपनी झोंपड़ी में नहीं था। दशरथ के मन में बुरी तरह यह डर समा गया कि कल रात औरत की उसकी माँग पूरी न होने के कारण कहीं वह नाराज होकर चला तो नहीं गया? यह देखकर दशरथ का भय और बढ़ गया क्योंकि उसका सारा सामान झोंपड़ी में इधर-उधर बिखरा था। अमूमन पथरकट बहुत व्यवस्थित और सलीके से रहते हैं और अपना सामान सलीके से रखते हैं, यह तो वे अपनी आँखों से देखकर आए थे।

उसके चले जाने की आशंका से दशरथ का दिल जोर-जोर से धड़कने लगा। दशरथ जल्दी से झोंपड़ी से बाहर निकलकर आए। पहले आस-पास देखा, फिर दूर तक देखा। बैंगा का दूर-दूर तक कहीं पता नहीं था। अब दशरथ को इस बात का यकीन हो गया कि जरूर नाराज होकर चला गया बैंगा। इतने दिनों की उनकी तपस्या बेकार हुई, सोचकर दशरथ अजीब-सी बेचैनी से भर गए और तेज कदमों से उस दर्रे के पास गए जिसे काटकर रास्ता बनाना था...।

दर्रे के समानांतर कुछ दूर तक चढ़ाई करने के बाद उनकी निगाह दर्रे के सिरे की सामनेवाली ऊँची पहाड़ी पर गई।

दूर से लगा, वहाँ कोई है। मन में आया कि काश, वह बैंगा ही हो! कुछ आगे बढ़कर गौर से देखा तो वह आदमी बैंगा जैसा ही लगा। दशरथ के भीतर उम्मीद का संचार हुआ और वे तेजी से दर्रे के सिरे से चलते हुए पहाड़ी पर चढ़ने लगे।

वह बैंगा ही था।

जैसे पेड़ पर बैठी चिड़िया इत्मीनान से धरती पर गिरे दानों को निहारती है, वैसे ही बैंगा चुपचाप बैठा ऊपर से एकटक दर्रे के पत्थरों को निहार रहा था, जैसे वह दर्रा कोई किताब हो! पत्थर उसके शब्द और बैंगा उसे पढ़ने की कोशिश कर रहा हो!

दशरथ पास आए तो उसने इशारे से बैठने का संकेत किया।

दशरथ चुपचाप उसकी बगल में बैठ गए और वह उसी तरह पत्थरों को देखता हुआ न जाने कहाँ खोया रहा! थोड़ी देर बाद उसकी तंद्रा टूटी और दशरथ की ओर मुड़कर पूछा—"दशरथ, इन पहाड़ियों की कहानी मालूम है?"

"कहानी...?" दशरथ ने ना की मुद्रा में सिर हिलाया।

"ये विंध्याचल कुल की पहाड़ियाँ हैं—दुनिया की सबसे अच्छी पहाड़ियाँ। पहाड़ों के गुरु अगस्त्य मुनि थे। ये पहाड़ियाँ जब अपनी ऊँचाई में हिमालय से ऊपर उठने लगीं तो अगस्त्य मुनि इनके पास आए। विंध्य ने उनके पैरों में दंडवत किया। अगस्त्य को लगा कि अगर विंध्य भी हिमालय की तरह ऊँचा होता जाएगा तो लोगों के आम जीवन और उनकी जरूरतों से पहाड़ बाहर निकल जाएँगे...। उन्होंने विंध्य को आशीर्वाद तो दिया मगर एक शर्त लगा दी," कहकर चुप हो गया बैंगा।

दशरथ ने पूछा—"शर्त! कैसी शर्त?"

"अगस्त्य ने कहा कि जब तक मैं लौटकर वापस नहीं आ जाऊँ, तुम इसी तरह सष्टांग लेटे रहना।"

कहानी सुनते हुए दशरथ विस्मय से भर गए थे।

बैंगा अब भी बता रहा था—"अगस्त्य मुनि चले गए और उसके बाद कभी लौटकर आए ही नहीं...। विंध्य ने गुरु का आदेश नहीं टाला और उसी तरह पड़ा रहा, आज तक यह उसी मुद्रा में पड़ा है। इसी कारण इसकी बढ़ती ऊँचाई में न होकर लंबाई में होती चली गई और आज यह सबसे लंबी और ऐसी पर्वतमाला है, जो पूरे देश के लोगों के जीवन में शामिल होकर गुजरती है।"

दशरथ ने पूछा—"क्या आज भी पहाड़ी को अगस्त्य मुनि की वापसी का इंतजार है?"

बैंगा ने कहा—"हाँ, मगर वो अब कभी नहीं आएँगे।"

जिस तल्लीनता के साथ बैंगा कहानी सुना रहा था, दशरथ को ऐसा महसूस हो रहा था, जैसे यह पहाड़ नहीं, कोई आदमी हो, जिसके साथ कोई साजिश रची गई हो और जो सदियों से लेटकर किसी का इंतजार कर रहा हो। अपने इस पहाड़ की यातना उनके भीतर गहरे उतरती चली गई।

बैंगा ने दशरथ की आँखों में देखा—"ये दर्रा कैसे बना?"

दशरथ को दर्रे के इतिहास के बारे में कुछ भी पता नहीं था—"मुझे पता नहीं।"

बैंगा ने झल्लाकर कहा—"मुझे खोजने के लिए मध्यप्रदेश चले गए, और अपने इलाके में यह नहीं पता कर सके कि ये दर्रा कैसे बना?"

दशरथ ने बैंगा की इन बातों का कोई जवाब नहीं दिया।

"पहले जाकर पता करो, उसके बाद काम आरंभ करेंगे," कहकर बैंगा खड़ा हो गया। "गाँव में इलाके के बड़े-बूढ़ों से जाकर पूछो। किसी-न-किसी को जरूर पता होगा, क्योंकि ये खंडित होनेवाले पहाड़ नहीं हैं।"

कहने के बाद बैंगा इस तरह नीचे उतरने लगा, जैसे नाराज हो! दशरथ चुपचाप उसके पीछे-पीछे उतर गए। चलते हुए भी कहीं-कहीं बैंगा की निगाह पत्थरों पर इस तरह जम जाती थी जैसे कुछ खोज रहा हो!

बैंगा के साथ दशरथ झोंपड़ी के पास आए तो देखा, सुबह-सुबह वहाँ गाँव के लोगों की भीड़ लगी थी। भीड़ में कुदन कुम्हार, राजबरन पासी, छेदी के अलावा दर्जनों लोग थे। पाँच-छह औरतें भी थीं। कुछ लोग तेजी से आगे बढ़कर बैंगा के पाँव छूने के लिए लपके।

बैंगा ने बुरी तरह डाँटा—"ये क्या?"

लोग सहमकर पीछे हट गए। बैंगा ने एक नजर लोगों पर डालकर लगभग गुस्से में कहा—"यहाँ भीड़ क्यों लगा रखी है? जाओ, जाकर अपना काम करो।"

बैंगा की बातों का किसी ने जवाब नहीं दिया मगर अपनी जगह से कोई टस-से-मस नहीं हुआ।

लोगों के बीच पसरे सन्नाटे को चीरती हुई एक बूढ़ी औरत बैंगा की ओर बढ़ी और कलपते हुए कहने लगी—"ए बबुआ...दू साल से बाँह उठ नहीं रहा है। बड़ी दरद रहता है।"

बैंगा ने गुस्से से कहा—"हम डॉक्टर हैं? दरद है, बाँह नहीं उठता है तो डॉक्टर के पास जाओ।"

बैंगा का जवाब सुनकर औरत ने भाव-विह्वल होकर कहा—"बबुआ, खाने का ठिकाना नहीं है। डाकदर का पैसा कहाँ से लाएँगे ?"

औरत की बात सुन एकाएक बैंगा का तना हुआ चेहरा ढीला पड़ गया।

बिना उसके गुस्से की परवाह किए औरत उसके पास आ गई—"ए बबुआ, कल हम सुने कि जितिया के पेट में दरद उठा तो आपने उसे ठीक किया था तो आस लेकर चली आई। तुम्हारी माँ की उम्र की हूँ बेटा...मेरा दुख हर लो। बहुत तकलीफ में हूँ..."

अभी उसकी बात पूरी भी नहीं हुई थी कि कहीं से किसी औरत के दहाड़ मारकर रोने की आवाज सुनाई पड़ी। सबने मुड़कर आवाज की दिशा में देखा तो गाँव के झिंगुरी सिंह अपने दस साल के नाती को गोद में उठाए इधर ही भागते आ रहे थे। उनके पीछे उनकी बहू दहाड़ मारकर रोती आ रही थी। उन्हें आते देख लोगों ने रास्ता दिया और झिंगुरी सिंह ने बिना कुछ कहे आगे बढ़कर बच्चे को बैंगा के पैरों के पास जमीन पर लिटा दिया। उनकी बहू ने बैंगा के पाँव पकड़ लिये—"मेरे बच्चे को बचा लीजिए।"

वह बार-बार यही वाक्य दुहराती और रोने लगती।

बैंगा ने किसी तरह उससे पैर छुड़ाया और झिंगुरी सिंह की ओर देखा। झिंगुरी सिंह की आँख भरी थी और वे हाथ जोड़े खड़े थे।

"सुबह मेरे ही साथ खेत की ओर जा रहा था, साँप ने काट लिया।"

बैंगा ने पूछा—"अभी तक कहाँ थे ?"

झिंगुरी सिंह अब तक अपने नाती का इलाज करवा रहे थे लेकिन डॉक्टरों ने उनके नाती को मृत घोषित कर दिया था।

"साँप को देखा आपने ?"

"हाँ, करैत था। उसी समय मार दिया उसको। रखे हैं, कहिएगा तो दिखा देंगे आपको।"

बैंगा के पिता ही उसके गुरु थे। कहा था कि कहीं पता चल जाए कि किसी को साँप ने काटा है, इस बात की प्रतीक्षा मत करना कि वह तुमको बुलाए।

साँप के बारे में बैंगा को पता चल गया था। करैत साँप के जहर का इलाज पीपल के पत्तों के उस भाग से होता है जहाँ शिव रहते हैं।

बैंगा को याद आया कि उसने पीपल का पेड़ इस गाँव में कहीं देखा था। तुरंत ही याद आ गया कि पहाड़ी बाबा की पंचवटी में वह पीपल का पेड़ है। बैंगा ने झिंगुरी सिंह से कहा—"इसे जल्दी से पहाड़ी बाबा की मठिया पर ले चलिए।"

झिंगुरी सिह ने बच्चे को हाथ लगाया तो फूट पड़े।

बैंगा ने दशरथ से कहा—"बच्चे को तुम उठा लो।"

झिंगुरी सिंह का नाती अब दशरथ की गोद में था। बगल में झिंगुरी सिंह और उनकी बहू भी लगभग उनकी गति से दौड़ते हुए चल रहे थे। उनके पीछे बैंगा और उसके पीछे गाँव के तमाम लोग तेजी से मठिया की ओर बढ़ रहे थे। सबके चेहरे पर यह प्रश्न था कि क्या बैंगा इस बच्चे के शरीर से साँप का जहर उतार इसे जिंदा कर पाएगा ? इस इलाके में हर साल पंद्रह-बीस लोगों की मौत साँप के काटने से होती थी।

जिस तरह गाँव में आग लगने पर बुझाने के लिए कुएँ का पानी उलीचा जाता है, उसी तरह पहाड़ी बाबा के कुएँ से आठ-दस लोग लगातार बाल्टी और डोर के सहारे पानी उलीच

रहे थे और सामने फैली पहाड़ी बाबा की एक सफेद धोती पर डाल रहे थे। सफेद धोती के चारों कोने को पकड़कर चार लोग खड़े थे और धोती के नीचे से, जहाँ पानी गिर रहा था, झिंगुरी सिंह के नाती का सिर था।

बैंगा बीच-बीच में पानी रोककर बच्चे का मुँह खोलकर देखता।

लगभग आधे घंटे तक नहलाने के बाद जब बच्चे के मुँह से झाग निकलने लगा तो बैंगा ने पानी उलीचने वालों को रोक दिया और सभी यह देखकर हतप्रभ रह गए कि बच्चे की साँस चलने लगी थी।

बैंगा ने बच्चे को पीपल के पेड़ के नीचे ले आने के लिए कहा।

बैंगा पंचवटी में पीपल की जड़ों के ठीक पास बैठा था। उसके बगल में पीपल की कई छोटी-छोटी शाखाएँ तोड़कर रखी गई थीं जिनमें बीस-पच्चीस पत्ते थे। बच्चा बेहोशी की हालत में उसके सामने लेटा था। चारों ओर भीड़ लगी थी और लोग भौंचक होकर देख रहे थे कि बैंगा किस तरह बच्चे का इलाज करता है।

बैंगा ने बच्चे के कान को चौड़ा कर देखा। उसे मल-मलकर और चौड़ा किया। उसके बाद पीपल की टहनी से एक पत्ता तोड़ा। पत्ते के तीली वाले हिस्से को देखा जहाँ से वह डाल से अलग हुआ था। वहाँ एक तरल चिपचिपा पदार्थ उभर आया था। उसने दूसरे पत्ते को तोड़ा। दोनों तीलियों से उभरे तरल पदार्थ को एक जगह कर लिया और जैसे कोई चिमटे से आग उठाता है, उसी सावधानी के साथ उठाकर उसे बच्चे के बाएँ कान में बहुत सावधानी से डाला।

पत्ते की तीली का लगभग एक इंच लंबा भाग उसने बच्चे के कान में डाला और कान के भीतर किसी खास बिंदु पर सटा दिया और कुछ देर तक वहीं सटाए रखा। लोग हसरत से उसे ऐसा करते हुए देख रहे थे।

कुछ समय बाद जब बैंगा ने कान के भीतर से पीपल की वह तीली निकाली तो सभी यह देखकर भौंचक रह गए कि उसका सिरा काला पड़ गया था।

एक आदमी ने चौंककर कहा—"काला-काला जहर निकल रहा है।"

"अरे, हाँ!"

बैंगा ने उसे सावधानी से अपने पीछे रखा तो पीपल के उस काले डंठल को देखने के लिए लोगों की भीड़ उचक-उचककर देखने लगी और देखने के बाद आपस में लोग चर्चा करने लगे कि तीली का रंग काला पड़ गया है।

बैंगा ने लोगों को जोर से डाँटा—"पीछे हटो! इसे छूना मत।"

कई लोग आगे निकल अब हाथ जोड़ वहाँ पर खड़ी भीड़ को नियंत्रित कर पीछे हटाने लगे—"इलाज चलने दीजिए।"

बैंगा ने अब दूसरी तीली को बच्चे के दूसरे कान में डाला और उसी तरह निकाल ली। इस बार भी तीली का रंग काला पड़ गया। अब बैंगा के चेहरे पर इत्मीनान था। उसे उम्मीद बँध गई कि उसका प्रयास कारगर साबित हो रहा है। लगभग दो घंटे तक उसकी यह क्रिया चली और यह देखकर लोगों की आँखें फटी रह गईं कि लड़के के शरीर में हल्की-हल्की हरकत हो रही है।

यह देखकर औरत रो पड़ी।

झिंगुरी सिंह ने हाथ जोड़कर ईश्वर को धन्यवाद दिया, जैसे यकीन हो गया हो कि अब उनका नाती बच जाएगा।

बैंगा ने झिंगुरी सिंह को देखा और कहा—"बच्चे का पैर पकड़िए, अब ये साँप की तरह देह ऐंठेगा।"

बैंगा के कहने के अनुसार दो लोगों ने अलग-अलग बच्चे के पैर पकड़े, दो लोगों ने अलग-अलग दोनों हाथ और एक आदमी सिर पकड़कर बैठ गया।

बैंगा ने कहा—"अभी नहीं, जब छटपटाएगा तब जोर लगाना।"

और वह उसी तरह पीपल के डंठल को कान में डालकर बच्चे के भीतर का जहर खींचता रहा।

आधे घंटे तक तो लड़का सामान्य और उसी हाल में रहा किंतु उसके बाद जब उसने अपनी देह ऐंठनी शुरू की तो उसमें इतनी ताकत थी कि पकड़नेवाले लोगों के हाथ छूट गए। अब उन लोगों को हटाकर बच्चे को कुछ ताकतवर लोगों ने पकड़ा। कोई समझ नहीं पा रहा था कि दस साल के बच्चे में जाने इतनी ताकत कहाँ से आ गई थी। वह बिलकुल उसी तरह देह ऐंठता था, जैसे साँप चल रहा हो!

बच्चे का देह ऐंठना देखकर अब सबको इस बात का यकीन हो गया था कि बच्चा बच जाएगा।

शाम होते ही झिंगुरी सिंह ने इलाके के सारे पेट्रोमैक्स मँगवा लिये।

गाँव की भीड़ भी उसी तरह जमी रही। पूरे इलाके में शोर पसर गया कि एक पथरकट झिंगुरी सिंह के नाती के साँप काटे का इलाज कर रहा है। जिसको जहाँ भी सूचना मिलती, वह पहाड़ी बाबा के आश्रम की ओर भागता। पहाड़ी बाबा की पंचवटी रात भर रौशन रही।

अगली सुबह आठ बजे बैंगा रुका।

अब बच्चे की छटपटाहट काफी कम हो गई थी और आवाज आने लगी थी। बैंगा के कहने पर बच्चे को उसी तरह एक बार फिर कुएँ पर ले जाकर नहलाया गया। नहलाने के बाद बैंगा बच्चे को उठाकर किनारे ले गया।

जैसे देवता के चरणों में फूल चढ़ाते हैं, बच्चे को अपने अदृश्य नाग देवता के चरणों में चढ़ा दिया और अपने पिता सैंडा, जो उसके गुरु भी थे, को धन्यवाद दिया और ले आकर झिंगुरी सिंह को थमा दिया—"ले जाइए इसे।"

बच्चे को लेते हुए झिंगुरी सिंह की आँख भर आई। उन्होंने बच्चे को उसकी माँ की गोद में थमा दिया। माँ ने बच्चे को कलेजे से लगा लिया और रोने लगी। वहाँ जितने लोग खड़े थे, यह दृश्य देखकर सबकी आँखें भर आईं।

झिंगुरी सिंह ने बैंगा के सामने हाथ जोड़ दिये और कहा—"आपने मेरे नाती को जीवन दिया। मेरे लिए कुछ आदेश कीजिए।"

"बच्चे को दो दिनों तक दूध मत पिलाइएगा," और वहाँ से जाने के लिए इस तरह मुड़ गया, जैसे कुछ हुआ न हो। झिंगुरी सिंह की हिम्मत नहीं हुई कि कुछ कह सकें। भीड़ ने उसे रास्ता दे दिया और वह दशरथ के संग वहाँ से निकल गया।

इस घटना के बाद बैंगा लोगों की नजर में जैसे भगवान हो गया। उसके बारे में गाँव में ही नहीं, पूरे इलाके में शोर पसर गया। गाँव के लोग उससे इस तरह प्रभावित हो गए थे कि अब दशरथ को उसके लिए कुछ करने की जरूरत ही नहीं पड़ती थी। राजबरन पासी, जिसने

बैंगा के लिए रोज दो रुपए की ताड़ी तय की थी, एक भी पैसा लेने से इनकार कर दिया। मना करने के बाद भी कुदन कुम्हार उसके लिए खाना ले आने लगे। हर कोई उसके एक इशारे पर कुछ भी करने को तत्पर था। खाने-पीने की चीजें वह स्वीकार कर लेता मगर इसके अलावा कुछ नहीं लेता।

झिंगुरी सिंह का बेटा शहर में कोई बड़ी नौकरी करता था, बेटे के साँप काटने की खबर सुनकर आ गया। उसने बहुत कोशिश की कि बैंगा जो कहे, कर देंगे। जो माँगे, दे देंगे मगर बैंगा ने यह कहकर विराम लगा दिया कि उसके गुरु ने कहा है कि 'इस तरह के काम के बदले पैसा या कुछ भी लोगे तो अगली बार तुम्हारा यह मंत्र काम नहीं आएगा।'

देखते-देखते बैंगा का हाल यह हो गया कि उसकी एक झलक पाने के लिए सुबह से शाम तक इलाके के लोगों की भीड़ लगने लगी। इसे कैसे नियंत्रित किया जाए, दशरथ क्या, किसी की समझ में नहीं आ रहा था।

बैंगा ने तय करते हुए कहा—"सुबह से दोपहर तक मैं दशरथ के जिस काम के लिए आया हूँ, वो करूँगा और शाम को अपनी झोंपड़ी के बाहर आप लोगों के साथ रहूँगा। जिसको भी आना है, वो शाम को ही आए। अगर कोई पहले आ गया तो उससे शाम को बात नहीं करूँगा और देखते ही भगा दूँगा।"

अगली सुबह दशरथ रोज से कुछ पहले पहुँचे तो देखा, वह दर्रे में समा चुका है और उसी तरह पत्थरों को देख रहा है। दशरथ को आते देखा तो बिना कुछ कहे उठकर दर्रे में चल पड़ा। दशरथ उसके साथ लग गए। बैंगा चलता हुआ दर्रे के एक-एक पत्थर का बारीकी से निरीक्षण करता और जो पत्थर पसंद आता, उठा लेता। एकाएक उसे कुछ याद आया—"दर्रे के बारे में कुछ पता चला?"

दशरथ को जितिया माँझी ने बताया था कि जब वे इस गाँव में आए थे तो किसी के मुँह से सुना था कि इस पहाड़ पर ठनका गिरा था जिससे यह दर्रा बना था।

दशरथ की बात सुन बैंगा मुस्कराया—"हमको भी यही अनुमान था।"

इस वक्त वह एक चिकने पत्थर की सतह को हाथ से सहला रहा था।

इसके बाद वह फिर उसी तरह चलने लगा। जहाँ कोई पत्थर दिखता, उठा लेता। पत्थरों से उसकी हथेलियाँ भर गई थीं। दशरथ कुछ पूछते तो चुप रहने का इशारा करता।

दिन चढ़ आया मगर दोनों के बीच कोई बातचीत नहीं हुई।

एकाएक उसने पूछा—"झोला लाए हो?"

दशरथ ने ना में सिर हिलाया।

"तो क्या करने आए हो..."

उसकी आँखों को देख दशरथ चुप रह गए।

दूसरे ही पल उसने दशरथ के कंधों से गमछा उतार लिया और उसमें गाँठ लगा झोले की शक्ल दे दी और दशरथ को थमा दिया। सारे पत्थर उस झोले में डाल दिये। अब वह पत्थर का कोई टुकड़ा उठाता और सीधे दशरथ को थमा देता।

दशरथ पत्थर को देखते, समझने की कोशिश करते मगर कुछ समझ में नहीं आता। इसी तरह वे दोपहर तक पत्थर चुनते रहे।

जब वे पहाड़ से उतरकर नीचे आए तो बैंगा की झोंपड़ी के पास गाँव और इलाके के लोगों की भारी भीड़ जम चुकी थी। बैंगा को दशरथ के साथ आते देख लोग खामोश हो गए।

उसके बारे में यह भी प्रचारित हो गया था कि पता नहीं वह कब किस बात पर नाराज हो जाए। बैंगा इतने सारे लोगों को आया देख पहले गंभीर हुआ फिर खुश हो गया। उसने चुनकर लाए गए पत्थरों को दशरथ से झोंपड़ी में रखकर आने को कहा और उस ऊँची-सी चट्टान की ओर बढ़ गया जो अनजाने उसका आसन बन गई थी।

दशरथ झोंपड़ी में समा गए। जाते समय झोंपड़ी अव्यवस्थित थी, आकर देखा तो सारी चीजें व्यवस्थित और करीने से सजी थीं। कोने में खाना और मिट्टी का घड़ा पानी से भरा था। बैंगा के कपड़े भी साफ करके रख दिये गए थे। मतलब साफ था, उनके जाने के बाद वहाँ पिंजरी आई थी और सब कुछ ठीक किया था।

दशरथ ने कंधे से गमछे का झोला उतारा और कोने में रख, एक-एक पत्थर को हाथ से निकाल जमीन पर रखने लगे। ऐसा करते हुए वे हर पत्थर के बारे में याद भी करते जा रहे थे कि बैंगा ने किस तरह देखकर उसे उठाया था और रखने के लिए कहा था।

बाहर आए तो देखा, लोगों की भीड़ काफी बढ़ गई थी। बैंगा किसी मंदिर के महंत की तरह बैठा था और नीचे कतार में बैठे लोग बहुत ध्यान से उसकी बातें मंत्रमुग्ध होकर सुन रहे थे। लोगों में राजबरन पासी और कुदन कुम्हार भी थे।। बैंगा अब कुदन कुम्हार को कोई कहानी सुना रहा था।

दशरथ भी चुपचाप बैंगा की कहानी सुनने लगे।

"एक राजा थे। उनके दो बेटे थे। दोनों शिकारी। शिकार के लिए उन्हें जंगल-जंगल फिरना पड़ता। कई बार कोई शिकार आसानी से मिल जाता, कई बार मिलता ही नहीं। उन्हें लगा कि पूरी धरती को पानी से भर दिया जाए तो अपने-आप सारे शिकार बाहर आ जाएँगे। उसने पूरी धरती को पानी से भर दिया। सारे शिकार बाहर आ गए। वे बहुत खुश हुए। लेकिन जब वे घर गए तो बहुत परेशान हो गए कि आग कहाँ से आए। पानी से धरती की सारी आग बुझ गई थी। उन्हें लगा कि गलती हो गई। अब राजा नाराज होंगे। मगर उनके पास कोई चारा नहीं था।

राजा को पता चला। वे सुनकर चुप हो गए।

राजा वेश बदलकर बाहर गए और एक महीने बाद आग लेकर आए। लड़के चकित रह गए और पूछा—'पिताजी, यह आग कहाँ से आई?'

राजा ने बताया—'तुम लोगों के पानी भरते समय आग जाकर पत्थरों में छुप गई थी और आज भी वहीं छुपी है।'" उसकी बात खत्म हुई तो सन्नाटा छा गया।

कुदन ने चौंककर कहा—"पत्थर में आग?"

बैंगा ने कहा—"तुम्हारे आवें को बहुत थोड़े जलावन में पत्थर से पकाया जा सकता है और वे पत्थर यहाँ हैं!"

कुदन कुम्हार ने सुना तो बैंगा के पाँव पकड़ लिये।

"महाराज, सबसे अधिक खर्च जलावन में आता है...अगर यह काम कर दीजिए तो आपका अहसान जीवन भर नहीं भूल सकता।"

बैंगा ने कहा—"अमावस की रात आवाँ जलाना..."

"जी..."

"उसके पहले कैसे आवाँ बनाना है, चलकर मैं बता दूँगा।"

दशरथ ने जब कहा कि खाना आ गया है तो बैंगा खुश हो गया और लोगों से खाना खाने तक वहीं इंतजार करने के लिए कहा।

—

सुबह दशरथ अब रोज की अपेक्षा जल्दी जागते। शौचादि से निपटकर पहाड़ी बाबा की मठिया में जाकर झाड़ू लगाते और बैंगा के पास चले जाते। पिंजरी ने एक झोला लाकर दिया था...झोला लेकर वे बैंगा के साथ दर्रे में समा जाते।

बैंगा की आँखों में किसी पत्थर को देख चमक आ जाती। वह उसे उठाकर दशरथ को थमा देता और दशरथ उसे अपने झोले में डाल लेते।

धीरे-धीरे दशरथ को भी अब यह बात समझ में आने लगी कि किस पत्थर को बैंगा रखने के लिए कहेगा। दोपहर ढलने तक वे पहाड़ पर रहते और वापस आ जाते। उनके आने से पहले पिंजरी खाना लाकर झोंपड़ी में रख देती...राजबरन पासी ताड़ी रख जाता...खाना खाते हुए बैंगा पिंजरी के हाथ बने खाने की बहुत तारीफ करता और चटखारे लेकर खाता।

दोपहर को थोड़ी देर विश्राम करता और शाम को बाहर निकल उसी पत्थर पर बैठ जाता। पहले गाँव के लोग आते थे, अब इलाके के लोग भी उसके पास आने लगे इसलिए शाम को लोगों की भीड़ लग जाती।

उसकी दुनिया लोगों के लिए रहस्यमयी थी।

किसी गाँव में पशुओं को खोरहा हो गया था और उनके पाँव सड़ने लगे थे। उसकी ही दवा कारगर हुई थी। जोड़ों के दर्द और गठिए के लिए उसके बताए गए नुस्खे तो रामबाण साबित हो रहे थे। कोई उसे औघड़ मानता, कोई फकीर...। अब वह उलटी-सीधी और गालियों की भाषा का भी प्रयोग करता तो उसकी बातों का कोई बुरा नहीं मानता। सभी उसके आशीर्वाद के लिए लालायित रहते...लेकिन सूरज के डूबने के पहले वह सबको वापस भेज देता।

लोगों के जाने के बाद वह भी कहीं गायब हो जाता और देर रात गए लौटता। कई बार उधर से खाना खाकर और दारू पीकर आता। दशरथ के यह पूछने पर कि कहाँ गया था, नाराज हो जाता।

कल तक बैंगा उस दर्रे में समाकर पत्थर खोजता रहा था, अब पहाड़ के ऊपर चढ़ एक किलोमीटर की परिधि में घूमता रहता, लेकिन कोई पत्थर नहीं उठाता। उसके चेहरे से ऐसा लगता कि वह अब पत्थर नहीं, कुछ और तलाश रहा है। कई दिनों तक वह ऐसे ही घूमता रहता।

एक दिन उसकी निगाह एक चट्टान की ओट में छिपे एक पत्थर पर पड़ी और लगभग दौड़ते हुए उसने उसे उठा लिया। उसकी आँखों में चमक भर गई। ऐसा लगा कि उसे जिस पत्थर की तलाश थी, वह मिल गया था। पत्थर को बड़े जतन से अपनी हथेली पर रखा और बगल की चट्टान पर बैठ देखते-देखते कहीं खो गया।

आँख खुली तो पत्थर को नाक के पास सूँघने लगा, जैसे उससे उसे किसी खास गंध की अपेक्षा हो! थोड़ी देर बाद पत्थर को उठाकर अपने कान तक ले गया और इस तरह रखा, जैसे उससे निकलनेवाली किसी आवाज का अनुमान कर रहा हो!

दशरथ कुछ नहीं समझ पा रहे थे कि वह क्या कर रहा है। अंत में मुस्कराते हुए उसने पत्थर दशरथ को थमा दिया—"देखो।"

दशरथ पत्थर हाथ में लेकर गौर से देखने लगे—"क्या है इसमें ?"

दशरथ को कुछ समझ में नहीं आया, मगर उन्होंने कुछ नहीं कहा, बैंगा की ओर देखा। बैंगा बोल पड़ा—"कुछ समझ में आया ?"

"नहीं..."

"गौर से देखो।"

दशरथ ने गौर से देखा—इस बार इस पत्थर की शक्ल कुछ अलग नजर आई...कुछ हरापन लिये है...।

बैंगा मुस्कराया—"इसके भीतर कोई परत नहीं है। ऐसे पत्थर अक्सर नदियों में पाए जाते हैं," कहकर बैंगा फिर मुस्कराया।

चंद पलों में वह पत्थर दशरथ को बेहद लुभावना और मनमोहक प्रतीत होने लगा। दशरथ ने इस तरह के पत्थरों को कई बार देखा था मगर आज बैंगा की उपस्थिति में वे उसे अलग महसूस कर रहे थे पर समझ नहीं पा रहे थे।

बैंगा ने खुश होकर कहा—"अब हमको पता चला कि मेरे पिताजी इस इलाके में क्यों आते थे..."

"मतलब ?"

"जब तुमको पूरी बात समझ में आ जाएगी, तो इस पत्थर में से चिड़ियों की आवाज सुनाई देगी।"

"चिड़ियों की आवाज... ?"

"हाँ, बादलों के गरजने की आवाज भी।"

'चिड़ियों की आवाज, बादलों की आवाज' सुनकर दशरथ चौंके। उन्हें यकीन नहीं हुआ कि बैंगा सही कह रहा है।

उनके चेहरे पर आए प्रश्न के भाव को बैंगा समझ गया, मगर कुछ नहीं कहा।

दोपहर ढल रही थी। वे झोंपड़ी की ओर वापस लौटने लगे। बैंगा कुछ दूर चलकर रुक गया और पहाड़ के प्रति सम्मान जताते रहस्यमय ढंग से कहा—"दशरथ, एक बात कहूँ ?"

"कहिए।"

"तुमको पहाड़ काटने के बारे में नहीं, विनम्रता से इस पहाड़ से रास्ता माँगने की बात सोचनी चाहिए।"

"मगर कैसे ?"

"उसकी भाषा समझनी होगी..."

"पहाड़ की भाषा ?"

"हाँ, उसकी भाषा समझ जाओगे तो नल-नील की तरह उन पत्थरों को भी पहचान जाओगे जो पानी में तैरते हैं।"

"मगर यह कैसे होगा ?"

"यही बताने के लिए मैं आया हूँ," कहकर बैंगा हँसता हुआ अपनी झोंपड़ी की ओर चल पड़ा।

अगले दिन जब दशरथ आए तो चौंक गए। बैंगा पहाड़ पर नहीं गया था बल्कि पत्थरों के ढेर के पास झोंपड़ी में ही बैठा पत्थरों को गौर से देख रहा था। दशरथ को देखते ही उठ खड़ा हुआ और कहा—''आज से पत्थर चुनने का काम बंद। इस पहाड़ में जितने तरह के पत्थर हैं, सारे चुने जा चुके हैं। आज मैं तुमको इन पत्थरों के बारे में बताऊँगा...'' मगर अगले ही पल उसके जेहन में न जाने क्या आया और उसने दशरथ से पूछा—''छेदी लोहार है न?''

''हाँ।''

''कैसा कारीगर है?''

''बहुत अच्छा।''

''चलो, उसके यहाँ चलते हैं। अब पहाड़ काटने के लिए औजार बनाना होगा।'' और एक पल विलंब किए बिना बाहर निकल गया।

जब वे छेदी के यहाँ पहुँचे तो वह अपने घर पर ही था। बैंगा को अपने यहाँ आया देख खुश हो गया।

बैंगा ने आते ही कहा—''मुझे अपनी भाथी दिखाओ।''

छेदी उसकी आज्ञा का पालन करते हुए उसे घर के बाहर के बरामदे में ले गया जहाँ उसकी भाथी बनी थी...।

भाथी देख बैंगा के चेहरे के भाव बदल गए। वह दशरथ की ओर देखकर हँस पड़ा—''कह रहे थे कि अच्छा कारीगर है!''

दशरथ के पास इसका कोई जवाब नहीं था।

बैंगा आगे बढ़ा और बिना कुछ कहे छेदी की भाथी उखाड़कर फेंक दी—''मैं जैसा कहता हूँ, वैसी भाथी बनाओ।''

छेदी का चेहरा देखकर वह ताड़ गया कि उसको उसकी बातें अच्छी नहीं लगीं। मुस्कराकर उसके कंधों पर हाथ रखा—''इस भाथी में पहाड़ काटनेवाले छेनी-हथौड़े नहीं बन सकते।''

छेदी भी अपने फन का उस्ताद था और उसने बहुत सारे छेनी-हथौड़े बनाए थे, मगर बैंगा ने उसे समझाया—''सब्जी काटनेवाले चाकू से जैसे पेड़ नहीं काटे जा सकते, वैसे ही तुम्हारे इन हथौड़ों से पहाड़ नहीं काटा जा सकता। बहस मत करो। जैसा कहता हूँ, वैसा ही करो।''

और उसके बाद छेदी वही करता गया जो बैंगा कहता।

दिन भर की मेहनत के बाद भाथी जब बनकर तैयार हुई तो छेदी ने गौर किया कि इस नई भाथी से पहले की तुलना में आँच ज्यादा निकलती है और लोहा लाल होकर जल्दी गलने लगता है।

अब बैंगा की दिनचर्या बदल गई। पहाड़ पर जाने के बजाय बैंगा रोज सुबह दशरथ के साथ छेदी के पास पहुँच जाता और घंटों वहाँ अपना समय गुजारता। जब वह काम में लगा होता, उसकी तन्मयता देखते ही बनती।

मिट्टी को सानकर उसे छेनी-हथौड़ा की अलग-अलग शक्ल देता और छेदी के साथ बैठकर धूप में सुखाता। सूखते समय वह मिट्टी के पास बैठा उसमें आनेवाली दरारों को भरता और छेदी को समझाता रहता। जब मिट्टी के हथियार बन जाते तो छेदी से ऐसे ही बनाने के लिए कहता।

बैंगा दोपहर के बाद रोज की तरह पहाड़ी पर आकर बैठता जहाँ लोगों की भीड़ उसका इंतजार कर रही होती। आए लोगों के साथ वह अब मजा लेकर बात करता और रात उतरते ही कहीं गायब हो जाता और देर रात लौटता।

इस बीच उसने पंद्रह-बीस तरह की छेनियाँ और उतने ही तरह के हथौड़े छेदी के साथ मिलकर बना लिये थे। हथियारों को रखने के लिए पिंजरी ने जैसे सूजनी का लेवा सीते हैं, उसी तरह का झोला सी दिया। आखिर में छेदी के काम से वह बहुत खुश हुआ और कहा कि वह सचमुच में बहुत अच्छा कारीगर है।

आज अमावस्या थी। बैंगा को आए बारह दिन बीत चुके थे। अपने वायदे के मुताबिक उसे अभी पूर्णिमा तक रहना था मगर पता नहीं क्यों, आज वह उदास था। कल रात उसे कुदन कुम्हार अपने घर ले गए थे और बैंगा रात में देर तक उनका आवाँ बनाता रहा था। दशरथ से उसने पहले ही कह दिया था कि कल कुछ देर से आना, बाल्टी में पानी ले आना और आग जलाने का सामान भी। साथ में पिंजरी को लेकर आना। उसने आज गाँव के लोगों को आने से मना कर दिया था।

बैंगा अन्य लोगों के सामने चाहे जितना बड़ा बनता हो, पिंजरी के सामने उसकी घिग्घी बँध जाती। इसका कारण था कि पिंजरी एक तो जब भी उसके सामने आती, ठीक उसी तरह, जैसे जूना माँझी के सामने जाती। गाँव की औरतों की तरह सिर पर आँचल का पल्लू डालकर। बात करती तो उसी तरह, जैसे औरतें भैंसुर से करती हैं। खाना बहुत मेहनत से बनाती। बैंगा को खाना बहुत अच्छा लगता मगर जब कहीं बाहर से खाकर आता और पिंजरी का खाना बच जाता तो अगले दिन वही बासी खाना देने के लिए दशरथ से कहता लेकिन पिंजरी ने कभी उसे बासी नहीं खिलाया। खुद शाकाहारी होने के बावजूद उसके लिए मांसाहार बनाती, यह भी उसके लिए चकित करने जैसी बात थी।

सुबह जब दशरथ मठिया का काम खत्म कर बैंगा के पास आए तो वह कोने में पड़े पत्थरों के पास बैठा कुछ सोच रहा था। दशरथ उसके पास आए तो पहली बार नाम लेकर पूछा—
''पिंजरी नहीं आई?''

''वो बच्चों को खिलाकर आग और पानी लेकर आएगी।''

दशरथ की बात सुन बैंगा एक बार फिर पत्थरों में कहीं खो गया। थोड़ी देर बाद बोला—
''आज मैं तुमको इन पत्थरों के बारे में बताऊँगा।''

फिर इकट्ठा किए गए पत्थरों को वह चार भागों में बाँटकर अलग-अलग रखने लगा। कुछ देर में सारे पत्थर तीन भाग में विभाजित हो गए। चौथे भाग में वही अकेला पत्थर था जिसके बारे में बैंगा ने बताया था कि गौर से सुनने पर इसकी चहचहाहट और बादलों के गरजने की आवाज सुनाई देगी।

बैंगा ने अब पहले भाग से एक पत्थर को उठाया और दशरथ से इस ढेर को बाहर ले चलने के लिए कहा।

दशरथ महसूस तो कर रहे थे कि अलग किए गए पत्थरों में कुछ अंतर है मगर क्या, यह समझ नहीं पा रहे थे। पत्थर लेकर दशरथ बाहर आ गए। बैंगा भी उनके साथ बाहर आ गया।

झोंपड़ी के बाहर रखे पत्थरों के बीच से बैंगा ने एक पत्थर उठाया, देखा, सूँघा, कान के पास ले गया और जमीन पर रख दिया। इसी तरह दूसरे, तीसरे और चौथे पत्थर के साथ ऐसा करने के बाद उसने कहा—"ये सारे मरे हुए पत्थर हैं।"

दशरथ ने चौंककर देखा—"मरे हुए पत्थर!"

"हाँ, हम ऐसे ही पत्थर खोजते हैं। इनको तोड़ने के लिए बस ताकत चाहिए। इसमें अकल लगाने की जरूरत नहीं, बस हिम्मत की जरूरत है। पहाड़ में इस तरह के पत्थर जहाँ भी दिखाई पड़ें, कुछ मत सोचो, मारकर तोड़ दो। पहले ये पत्थर बहुत ताकतवर होने का भ्रम पैदा करते हैं, मगर इनसे जरा भी डरने की जरूरत नहीं है। चोट करते जाओ...करते जाओ...देखोगे कि ये सारे पत्थर अपनी मुक्ति के लिए तुम्हारे आगे हाथ जोड़ के खड़े हैं..."

दशरथ को अब समझ में आया कि जब वे पथरकटों के साथ थे, बिलकुल ऐसे ही पत्थरों से उनका वास्ता पड़ता था।

बैंगा ने कहा—"जाओ, दूसरे कुंदे से पत्थर लेकर आओ।"

उसकी बात सुन दशरथ भीतर चले गए। भीतर से पत्थर लेकर आए तो देखा, बैंगा कुदन कुम्हार के साथ खड़ा बातें कर रहा है। उनके चेहरे से लग रहा था कि कहीं कुछ गड़बड़ है। कल रात देर तक बैंगा कुदन के ही घर रहा था। बैंगा के कहे के अनुसार कुदन कुम्हार ने आवाँ लगाया था। आज अमावस्या की रात थी और बैंगा आज बिना ईंधन के उसे गोंयठे की आँच से पकानेवाला था।

दशरथ की ओर देखते हुए बैंगा ने कहा, "इन पत्थरों को अंदर रख आओ। बाकी पत्थरों के बारे में कल बात करूँगा।"

कुदन ने जब बड़ी विनम्रता से दशरथ से यह कहा कि आज सरकार के दिन के खाने-पीने की व्यवस्था उन्होंने की है, तो दशरथ को इसमें कोई आपत्ति नजर नहीं आई।

बैंगा ने कुदन के साथ जाने से पहले पूछा—"पिंजरी नहीं आई?"

दशरथ नहीं समझ पाए, आज क्यों इतनी बेताबी से बैंगा पिंजरी को खोज रहा है।

"जाओ, आज उसके साथ समय बिताओ। भाग्य से ऐसी पत्नी मिलती है, उसका खयाल रखना," और जाते समय दशरथ को जिन निगाहों से बैंगा ने देखा, दशरथ को कुछ समझ में नहीं आया कि आज वह क्यों बहका हुआ है।

कई दिनों के बाद आज दशरथ को भी बैंगा से अवकाश मिला था और वे पूरा समय पिंजरी और बच्चों के साथ बिताना चाहते थे। पिंजरी को भी बैंगा के लिए खाना बनाने से मुक्ति मिली थी। शाम को उसने खास तौर पर दशरथ के लिए करमी का साग और भात बनाया। राजबरन पासी के घर से मट्ठा माँगकर लाई।

दशरथ ने जमकर खाना खाया और जाकर लेट गए।

पिंजरी सारा काम खत्म करके आई तो दशरथ उसे बैंगा के बारे में बताने लगे...और पूछा—"तुम क्यों नहीं आईं?"

"बैंगा का खाना इतनी जल्दी बन जाता है?"

"आज कई बार तुमको पूछ रहा था।"

"मुझे?"

"हाँ। जहीन आदमी है...पत्थरों को गहराई से पहचानता है।"

दशरथ के जेहन में लगातार वे पत्थर आ रहे थे जिनके बारे में बैंगा ने बताया था कि वे मरे हुए पत्थर हैं। वे मन–ही–मन पूरे पहाड़ में उन पत्थरों को देख रहे थे और अगले दिन के बारे में सोच रहे थे, जब बैंगा अलग–अलग रखे उन तीन तरह के पत्थरों के बारे में बतानेवाला था।

पिंजरी के कहने पर दशरथ ने सोने का मन बनाया तभी दरवाजे पर दस्तक हुई। कौन आ गया इतनी रात गए? दरवाजा खोला तो सामने झौरी और छेदी खड़े थे, उनके चेहरे उड़े हुए थे।

"का बात है छेदी?"

"बहुत गडबड़ हो गया..." छेदी ने कहा।

"का हुआ?"

इससे पहले कि छेदी कुछ कह पाता, पीछे से बीस–पच्चीस लोग उनकी ओर आते दिख गए। उन लोगों के बीच जार–बेजार हो रोता कुदन कुम्हार बिना रुके, बिना थके दशरथ को गालियाँ बक रहे थे। वह कह रहे थे कि सब कुछ दशरथ के कारण हुआ है। दरअसल बैंगा ने अपने वायदे के अनुसार बिना जलावन के उनका आवाँ जला दिया और खाना खाने के बाद उनकी बीवी को लेकर भाग गया था।

22

कुदन कुम्हार की हमेशा यही सोच रहती थी कि चमड़ी जाए तो जाए, जेब से दमड़ी न जाए। इस बार उनकी सोच उलटी पड़ गई। उनकी बीवी भी चली गई और दमड़ी भी। मगर सबसे चौंकानेवाली बात यह थी कि इस घटना के बाद गाँव में जिस तरह की खलबली मचनी चाहिए, नहीं मची। जिस तरह विरोध होना चाहिए, नहीं हुआ। घटना सुनने के बाद पहले तो किसी को यकीन ही नहीं हुआ कि बैंगा ऐसा कर सकता है। दरअसल थोड़े ही दिनों में उसके बारे में जिस तरह की चर्चाएँ फैल गई थीं और जो काम उसने किए थे, उसे अनजाने ही एक सिद्ध पुरुष का दर्जा दे दिया गया था।

लेकिन स्थिर मन से सोचने के बाद लोग कहने लगे कि बैंगा ने जो किया, अच्छा किया। उम्र में बहुत अधिक फासला होने के कारण कुदन अपनी पत्नी को हमेशा शक की निगाहों से देखते थे, कई बार उसकी पिटाई भी की थी। बेचारी के माँ–बाप और यहाँ तक कि भाईयों से भी नहीं मिलने देते थे। कई बार उसका भाई आकर लौट गया था। औरतों के बीच उनकी पत्नी के प्रति सचमुच की सहानुभूति थी कि बेचारी को इस राक्षस से मुक्ति मिली।

मगर उसकी जुदाई में कुदन कुम्हार तो जैसे पागल हो गए थे।

"अरे कहाँ चली गई रे कनेउआ..." कहकर जोर–जोर से रोने लगते।

रात में उनके रोने की आवाज गाँव के लोगों को अक्सर सुनाई देती। घर से जब भी बाहर निकलते...जो भी उसके बारे में पूछता, वे दशरथ को जी भर गालियाँ देते हुए कहते—"दशरथवा के कारण मेरी कनेउआ गई! न वो बैंगवा को गाँव में लेकर आता, न मेरी पत्नी भागती... !"

लोग मजाक में कहते—"दशरथवा को लेकर खोजने काहे नहीं जाते? धरती से बाहर थोड़े गई है, जाकर ले आओ।"

"का बताएँ, हम भाड़ा देने के लिए तैयार हैं, मगर उ जाता ही नहीं... ।"

जितने लोग, उतनी ही बातें। गाँव के लोग अक्सर कुदन कुम्हार के साथ सामने तो सहमति और सहानुभूति जताते मगर पीठ पीछे हँसते हुए उनका मजाक उड़ाते थे। कुदन कुम्हार घूम-घूमकर पूरे गाँव में दशरथ को गालियाँ दिया करते। गाँव में अब कुदन कुम्हार का कोई एक दुश्मन था तो वे थे दशरथ।

बैंगा ने कुदन कुम्हार के साथ जो भी किया हो मगर दशरथ को उसने पहाड़ काटने का न सिर्फ रास्ता दे दिया था बल्कि वह आंतरिक ताकत दी थी जो पहाड़ काटने जैसे काम के लिए सबसे जरूरी होती है। उसने बहुत सारे छेनी और हथौड़े भी बनवा दिये थे। अब दशरथ को अपने काम की शुरुआत करनी थी।

दशरथ को जब भी मौका मिलता, उन पत्थरों के रंग-रूप को सूक्ष्मता से निरीक्षण करते, जिन्हें बैंगा ने अलग-अलग करके रखा था। चार भागों में अलग किए गए पत्थर बाहरी आकृति में एक-दूसरे से भिन्न थे। बैंगा ने उनमें से एक के काटने के बारे में बताया था। कई बार उनके मन में आता कि शेष तीनों तरह के पत्थर लेकर एक बार फिर बैंगा के पास चले जाएँ मगर यह इरादा इसलिए छोड़ दिया कि कुदन कुम्हार उनके साथ लग जाएगा और एक नया संकट सामने आ जाएगा। दशरथ के लिए अब सबसे बड़ी चुनौती थी उन बातों की पड़ताल करना जो बैंगा कहना चाहता था लेकिन कह नहीं पाया था।

दशरथ ने तीन तरह के पत्थरों को अलग-अलग पोटली में बाँधकर रख दिया और अपना ध्यान सिर्फ उन पत्थरों पर केंद्रित किया जिनके बारे में दशरथ को बैंगा ने बताया था।

और इस वक्त दशरथ के सामने वही पत्थर थे जिनके बारे में बैंगा ने कहा था कि इन्हें तोड़ने के लिए सिर्फ ताकत और साहस की जरूरत है। सबसे पहले पहाड़ पर जाकर इन पत्थरों की पहचान करनी होगी कि वे कहाँ पर हैं और कितनी मात्रा में।

दशरथ अक्सर पहाड़ पर चले जाते और दर्रे के आस-पास उन पत्थरों की पड़ताल करते और जहाँ भी उस तरह के पत्थर दिखते, पहचान के लिए निशान लगा देते। पहली बार उन्होंने गौर किया कि वहाँ पत्थर नहीं, बड़ी-बड़ी चट्टानें थीं जिनका सिरा दूसरी चट्टानों से जुड़ा हुआ था।

अब दशरथ को बैंगा की बातें समझ में आ रही थीं कि पहाड़ पेड़ की तरह होते हैं और उनकी शाखाएँ दूर तक पहाड़ी में जाती हैं। बैंगा ने यह भी बताया था और पथरकटों के साथ रहकर भी उन्होंने महसूस किया था कि पत्थरों की शाखाओं को उनकी जड़ों से तोड़ना आसान होता है, बीच से तोड़ना कठिन। पड़ताल के इस काम में उनका हफ्तों का समय लग गया।

पहले उनके दिमाग में यह बात थी कि दर्रे को उतना ही चौड़ा काटेंगे जिससे एक मजदूर बोझ लेकर आ-जा सके, मगर पहाड़ के पत्थरों का निरीक्षण करने के बाद उन्हें ऐसा लगा कि पत्थरों की जड़ें जिस तरह भीतर तक पसरती चली गई हैं, उन्हें छोटे दायरे में काटा नहीं जा सकता। अनायास ही काटे जानेवाले दर्रे की चौड़ाई बढ़कर सड़क की चौड़ाई में तब्दील हो गई, और यह बात पूरी तरह उनकी समझ में आ गई कि दर्रे में पगडंडी काटने की अपेक्षा सड़क काटना ज्यादा आसान है।

दशरथ ने इस मामले में पहाड़ी बाबा, छेदी, झौरी और पिंजरी को भी अपना राजदार बनाया था। समस्या समझ लेने के बाद सभी उनकी इस बात से सहमत थे कि काटकर सड़क ही बनाई जाए।

जब सब कुछ तय हो गया तो झौरी अलकतरा लेकर आया। अलकतरे को बैंगा की झोंपड़ी में गरम करके पिघलाया गया और दशरथ ने पहाड़ पर जहाँ-जहाँ निशान लगाए थे वहाँ, फिर पूरे दर्रे पर गरम अलकतरे से एक रेखा खींची गई और तय हुआ कि सड़क के लिए इतनी ही दूरी के बीच के पत्थर काटे जाएँगे।

झौरी का विचार था, शुभ काम है इसलिए इसकी शुरुआत किसी शुभ दिन से होनी चाहिए। दीवाली का त्योहार सामने था।

दशरथ ने कहा—''पहली छेनी दीवाली के दिन ही पड़ेगी।''

निशान लग जाने के बाद पूरे गाँव में इस बात की चर्चा फैल गई कि दशरथ पहाड़ को काटने की शुरुआत दीवाली के दिन से करेंगे। गाँव में एक बार फिर अलग-अलग चर्चाओं का दौर आरंभ हो गया। मगर कौन क्या कहता है, इससे बेखबर दशरथ अपनी धुन में मगन थे। वे दिन-रात या तो अपनी कल्पना में खोए रहते या पत्थरों के साथ पहचान गहरी करते। वे आगामी संकटों पर विचार करते बेसब्री से दीवाली का इंतजार कर रहे थे।

गाँव में यह बात तो सभी जानते थे कि दशरथ धुन के पक्के आदमी हैं। जो कहते हैं, वह करके दिखाते हैं मगर सामने पहाड़ है...उसे काटना कोई हँसी-खेल नहीं। ज्यादातर लोगों को इस बात का यकीन था कि उत्साह में काम शुरू तो हो जाएगा मगर कुछ दिनों के बाद अपने-आप दशरथ थककर हार जाएँगे और यह काम रुक जाएगा। कुछ लोग ऐसे भी थे जो जानते थे, यह काम किसी कीमत पर नहीं होगा लेकिन दशरथ सामने आते तो 'चढ़ जा बेटा सूली पर' के अंदाज में उन्हें यह कह चढ़ाते कि दशरथ कुछ भी कर सकते हैं। इनसे अलग कुछ लोग जो रमिया भौजी की तरह उनके शुभचिंतक थे, वे अब भी मना करते और कहते कि उनको अपना ध्यान अपने परिवार पर देना चाहिए। यह एक तरह सनकीपन है जिसके फेरे में उनको नहीं पड़ना चाहिए।

दशरथ जब उनकी बातों पर गौर नहीं करते तो लोग जाकर यही बात पिंजरी से कहते। मगर पिंजरी समझ चुकी थी कि जिस काम से दशरथ खुश हों, उसी में उसकी भी खुशी है। दुनिया क्या कहती है, उससे उसे कोई मतलब नहीं। आखिर पहाड़ को काटकर रास्ता बनाने का संकल्प भी तो पिंजरी के कारण ही दशरथ ने लिया है। गाँव की औरतें जब उससे यह चर्चा करतीं तो उसका सीना चौड़ा हो जाता। दशरथ की लगन देखती तो उम्मीदों से भर जाती। उसने तय कर लिया कि उसे एक आदर्श पत्नी की तरह दशरथ का सहयोग करने के लिए तत्पर रहना चाहिए। यह खयाल आने के बाद उसके भीतर एक बड़ा बदलाव आया और उसे भीतर से यकीन होता चला गया कि दशरथ पहाड़ को जरूर ही काटकर रास्ता बना देंगे।

उसने दशरथ से कहा—''देखो, अब तुम पूरी ताकत से पहाड़ काटने के काम में लग जाओ। मेरी और बच्चों की चिंता मत करो...खाने-पीने की चिंता मत करो, घर को मैं सँभाल लूँगी।''

दीवाली नजदीक आई तो दशरथ ने पहाड़ के उस दर्रे के पास अपनी दीवाली मनाने का फैसला किया।

गाँव के लोग स्वभाव से उत्सवधर्मी होते हैं। जब लोगों को पता चला कि दशरथ दर्रे के पास दीवाली मनाने जा रहे हैं तो माँझी, पासी और दुसाध टोल के लोगों ने भी उसमें शरीक होने का फैसला कर लिया।

छेदी और झौरी के साथ दशरथ ने पूरी योजना तैयार कर ली थी कि दीवाली किस तरह मनाई जाएगी। पूरे पहाड़ पर दीये जलाए जाएँगे, इसके अलावा दर्रे के ऊपरी दो सिरों पर एक मोटी रस्सी बाँधी जाएगी जिसमें जगह-जगह जलते हुए दीपक लटकाए जाएँगे। दीवाली आने के दस दिन पहले ऊपरी सिरों के बीच की दूरी मापी गई। उसकी लंबाई की रस्सी तैयार की गई और रस्सी में किस तरह दीये लटकाए जाएँगे, यह गाँव में एक अलग चर्चा का विषय बन गया।

दीवाली के दिन पहाड़ के ऊपरी दोनों सिरों पर माँझी टोल के दस-दस लोग लगे थे। फूल और पत्तियों से सजी हुई रस्सी को जितना वे लोग अपनी ओर खींचते उतनी ही जोर से हवा अपनी ओर खींचती। लगा कि रस्सी नहीं बाँधी जा सकती। मगर गनीमत थी कि हवा चलनी बंद हो गई और पहाड़ के दोनों सिरों के बीच रस्सी बाँध दी गई। रस्सी में बँधे दीपक जल उठे। पहाड़ के पोर-पोर में दीये जल उठे। ऐसा लग रहा था, जैसे आसमान के सितारे टूटकर पहाड़ों पर आ अटके हों।

शाम होते ही अपने-अपने घरों में पूजा समाप्त कर लोग पहाड़ की ओर भागे। गाँव में होनेवाली आतिशबाजी भी सिमटकर पहाड़ी के पास आ गई और मेले की तरह माहौल हो गया।

छेदी ने कहा—"काटने के पहले विश्वकर्मा की पूजा जरूरी है। छेनी-हथौड़ी के वही देवता हैं।"

दशरथ ने छेदी की बात मान ली।

माँझी टोल के लोगों ने कहा—"दशरथ माँझी है इसलिए गोरैया बाबा की पूजा जरूरी है।"

गाँव के लोगों ने कहा—"दीपावली है तो लक्ष्मी-गणेश का पूजन होना चाहिए।"

दशरथ ने किसी को मना नहीं किया।

छेदी ने बैंगा के बनाए हथियारों की, झौरी ने लक्ष्मी-गणेश की और माँझी टोल की औरतों ने गीत गाकर गोरैया बाबा की पूजा का काम समाप्त कर लिया, अब कटाई की शुरुआत होनी थी।

दशरथ ने बहुत पहले से यह योजना बना ली थी कि पहाड़ की कटाई कहाँ से शुरू होगी और पहला पत्थर कौन सा होगा। गाँव के माँझी टोल की औरतें जिनका पिंजरी के साथ मधुर रिश्ता था, वे पिंजरी के साथ बन-सँवरकर आई थीं और गीत गाने लगी थीं।

पहाड़ी बाबा ने दशरथ को पहाड़ काटने का संकल्प दिया और दशरथ ने पहले से तय पत्थर के किनारे पर जब छेनी रखकर प्रहार किया तो वह एक ही झटके में बाहर आ गया। लोगों ने तालियाँ बजाईं और शोर पसर गया।

चारों ओर पटाखे फूटने लगे।

दशरथ ने पत्थर के उस कटे हुए हिस्से को हाथ में उठाया और पिंजरी की ओर देखा, मानो पूछ रहे हों—क्या करूँ इनका?

पिंजरी ने झट से अपना आँचल पसार दिया—"इसमें दे दो।"

दशरथ ने पत्थर को पिंजरी के आँचल में डाल दिया। लोगों ने तालियाँ बजाईं तो दशरथ ने मुस्कराकर कहा—"भाई, सुन लो, जिस दिन यह रास्ता बन जाएगा, उस दिन पिंजरी को गोद में उठाकर पहाड़ पार करेंगे।"

सुनकर पिंजरी शर्म से लाल हो गई और लोग ठहाका मार हँस पड़े।

पहाड़ पर चारों ओर रोशनी बिखरी थी। बच्चे पटाखे फोड़ रहे थे। गाँव में ऐसी अनोखी दीवाली कभी नहीं मनाई गई।

इधर उत्सव का आलम चरम पर था, वहीं मुखिया के दरवाजे पर मातम का माहौल था। मातम का कारण दशरथ थे।

पिछले कुछ दिनों से जिस तरह गाँव के लोगों के बीच उनका प्रभाव बढ़ रहा था, यह मुखिया को बेचैन कर देने के लिए काफी था। दशरथ के कारण वह झिंगुरी सिंह से हर बाजी हार गए थे। मुखिया के यहाँ दशरथ ने चरवाही नहीं की और आज यह हाल है कि कोई चरवाहा मुखिया के यहाँ काम करने के लिए तैयार नहीं होता। तैयार होता है तो शर्त रखता है।

कुएँ का पानी रोकना तो और महँगा पड़ गया। और बैंगा के आने बाद तो वह हीरो हो गया और अब अगर कहीं दशरथ पहाड़ काटकर रास्ता बना देता है तो उनकी मुखियागीरी संकट में पड़ सकती है। मगर किया क्या जाए, समझ नहीं पा रहे थे।

बबुली सिंह ने कहा—"काहे परेशान होते हैं, पहाड़ कटेगा उससे?"

"मान लीजिए, काट दिया तो?"

"अगर रोकना चाहते हैं उस पर केस कर दीजिए। पहाड़ तो सरकार का है। परमिसन थोड़े लिया है वह। दरोगा जी आपके मित्र हैं, डीएसपी आपके अपने हैं। चार डंडा चूतर पर मारेंगे, जाकर मेहरारू के खोइंछा में लुका जाएगा। संकट खत्म।"

मुखियाजी को बबुली सिंह की बात पसंद आई। अभी अगर दशरथ पर रोक नहीं लगाया गया तो आगे कभी संभव नहीं होगा। मन-ही-मन उन्होंने तय कर लिया कि दशरथ को किस तरह रास्ते पर ले आना है।

यह काम तो वे किसी कीमत पर नहीं होने देंगे।

उधर दशरथ बेखौफ होकर कटाई की शुरुआत कर चुके थे।

उनके दिमाग पर बहुत दिनों से वह पत्थर चढ़ा था, जिससे अपने गाँव जाते हुए पिंजरी टकराई थी और उसके सिर में गिलट निकल आया था। उनके दिमाग पर वह पत्थर चढ़ा था जिस पर पिंजरी का खून गिरा था और वह भी जहाँ पिंजरी के पाँव में काँटा चुभा था। दशरथ ने बार-बार उन पत्थरों को देखा था और समझ गए थे कि वे उसी तरह के पत्थर हैं जिन्हें हथौड़े की चोट से तोड़ा जा सकता है। इसका पहला फायदा होगा कि बरसों से उनके मन में बसा खुन्नस निकलेगा और दूसरा, दर्रे का मुँह साफ हो जाएगा।

पिछले कई हफ्तों से वे उस पत्थर को काटने के काम में लगे थे जिससे पिंजरी का सिर टकराया था। पथरकटों के साथ काम करने का अनुभव उन्हें यहाँ बहुत काम आ रहा था। जड़ों से काट देने के बाद दशरथ ने उसे जब सब्बल लगाया तो पहाड़ की तरह बड़ा-सा वह भाग भी जड़ों से उखड़कर गिर पड़ा जिसकी कटाई नहीं की थी और दूसरी ओर गेंद की तरह लुढ़कता नीचे चला गया। यह देख दशरथ खुश हो गए। यह तो उम्मीद ही नहीं थी कि दर्रे का मुँह इस तरह झटके में साफ हो जाएगा। यह उनकी पहली और सबसे बड़ी सफलता थी।

आगे अब कहाँ से काम आरंभ करें, सोच ही रहे थे कि देखा, सामने से कुछ सिपाही चले आ रहे थे।

एक सिपाही ने दशरथ से पूछा—"क्या कर रहे हो?"

दशरथ को लगा कि पहाड़ के दूसरी ओर कोई घटना हुई है। कई बार ऐसा होता था कि पुलिसवाले अपनी जीप पहाड़ के इस ओर लगा देते थे और दर्रा पार करके छान-बीन करने जाते।

दशरथ ने सूचना देने के अंदाज में कहा—"रास्ता काट रहे हैं हुजूर!"

"चलो, दरोगा जी आए हैं, तुमको बुला रहे हैं।"

दरोगा की बात सुनकर दशरथ का माथा ठनका और सोचने लगे कि मामला गड़बड़ है। अब क्या किया जाए?

बैंगा की झोंपड़ी के बाहर गाँव के लोगों की भीड़ लगी थी। झोंपड़ी के अंदर दरोगा दशरथ से धमकी देने के अंदाज में बातें कर रहा था। पहले यह किसी को याद ही नहीं आया कि यह पहाड़ लावारिस नहीं, सरकार की संपत्ति है मगर अब इस सच्चाई से वे भला कैसे इनकार कर सकते थे! सभी को लग रहा था कि इस कटाई का अंत आरंभ होने से पहले ही हो गया!

दशरथ को सिर से पाँव तक देखने के बाद दरोगा ने पूछा—"पहाड़ काटने का परमीशन है तुम्हारे पास?"

"नहीं।"

"तुमको मालूम नहीं कि पहाड़ सरकार की संपत्ति है?"

"अब तो आप ही सरकार हैं न, परमीशन दे दीजिए।"

"हम परमीशन दे दें?"

"हाँ, सरकार। कभी आपको भी इस राह से जाना पड़े तो सहूलियत होगी।"

कहकर दशरथ हँसे मगर दरोगा का चेहरा देख समझ गए कि मामला आसान नहीं है। उन्होंने यह तय कर लिया कि वे इस मामले में पीछे नहीं हटेंगे।

दरोगा की घुड़की का उन पर कोई असर नहीं हुआ।

पुलिस-विभाग के अपने कुछ कानून हैं जो कहीं लिखे नहीं गए, मगर वह उसका पालन बड़ी तत्परता से करता है। विभागकर्मी जब कहीं जाते हैं तो यह नहीं देखते कि सामनेवाले का अपराध क्या है, बस, यह देखते हैं कि गिरफ्तार करने के बाद अपराधी से कितना वसूल किया जा सकता है; या गिरफ्तार करवानेवाले कितना दे रहे हैं।

दशरथ का रुख देख दरोगा और थाने के सिपाही समझ गए थे कि इस बेवकूफ माँझी को अगर गिरफ्तार करेंगे तो कुछ मिलनेवाला नहीं है।

दरोगा ने अपने रौब में थोड़ी-सी सहानुभूति की मिलावट करते हुए कहा—"देखो, हम एक मौका देते हैं, अब से ये पहाड़ काटना बंद कर दो, नहीं तो ले जाकर अगर बंद कर दिया तो थाना से कचहरी का चक्कर महँगा पड़ जाएगा।"

लोगों ने राहत की साँस ली, मगर दशरथ अड़ गए।

"काहे माफ कीजिएगा हुजूर, ले चलिए। जितना दिन बंद रखिएगा, रहेंगे। फिर आकर काटेंगे। फिर ले चलिएगा, फिर चलेंगे और आकर काटेंगे।"

दशरथ की बात सुन लोग डर गए कि कहीं दरोगा अरेस्ट न कर ले। मगर दरोगा की हालत यह थी कि वह खुद अपनी जान छुड़ाने में लगा था।

यह मामला वन-विभाग का था और दरोगा वहाँ इसकी सूचना दिये बगैर आ गया था। मुखिया जी ने भी उसको कुछ नगद तो दिया नहीं था, वह तो महज दोस्ती निभाने चला आया था और अब बचने का रास्ता निकाल रहा था। जब कोई रास्ता नहीं दिखा तो उसने गाँव के लोगों को संबोधित करते हुए कहा—"आप लोग इस बेवकूफ को समझा दीजिए, मैं कल फिर आऊँगा।"

और चल दिया।

इस बार लोगों के बजाय दशरथ ने खुद कहा—"कल कुर्ता-धोती ले के आऊँगा हुजूर...जरूर आइएगा।"

दरोगा अगले दिन नहीं आया, उसके अगले दिन भी नहीं आया और उसके अगले दिन भी। दशरथ ने पहाड़ काटने का अपना क्रम जारी रखा।

जल्द ही सबको पता चल गया कि यह काम मुखिया का था। अब मुखिया के बारे में चर्चा शुरू हो गई कि हर बार की तरह इस बार भी वे कुछ नहीं बिगाड़ सके। बातें जोर पकड़ने लगीं तो एक बार फिर मुखिया जी के दरवाजे पर लोग जमे और चर्चा चल पड़ी—"दरोगा आया, और अरेस्ट करके नहीं ले गया।"

मुखिया जानते थे कि पैसा नहीं देने के कारण दरोगा ने ऐसा किया है मगर क्या कहते!

गोरख सिंह ने कहा—"एक बात कहें मुखिया जी, पड़ोसी का लड़का अमरूद पर चढ़ेगा तो फल मिलेगा। पेड़ से गिर के मरेगा तो भोज मिलेगा।"

मुखिया जी ने कहा—"आपका मतलब नहीं समझा?"

"अबही तो दशरथवा पहाड़ का मुहान काटा है और झिंगुरी सिंह पहाड़ के उस पार बीस बिगहा जमीन इतना सस्ता लिखवा रहे हैं कि क्या कहें! हम भी दू बिगहा ले रहे हैं। काट देगा तो सोना उगलेगी ऊ जमीन।"

वहाँ बैठे कई लोग सुनकर चौंक गए। रास्ता बन जाए फिर जमीन जरूर सोना उगलेगी।

मुखिया ने पूछा—"का भाव है जमीन?"

गोरख सिंह ने हँसकर कहा—"तरकारी के भाव..."

सबका ध्यान अब दशरथ के पहाड़ की कटाई पर नहीं, पहाड़ के उस पार की जमीनों पर जाकर ठहर गया। बैठक शुरू हुई थी दशरथ के मुद्दे पर लेकिन चलने लगी पहाड़ के पार की जमीन के मुद्दे पर।

मुखिया और गाँव के लोगों की इन बातों से बेखबर दशरथ रोज सुबह नाश्ता करके निकल जाते और पत्थर काटने में मशगूल हो जाते। पिंजरी घर और बाहर का सारा काम खत्म कर लेने के बाद रोज उनके लिए दोपहर का खाना और पानी लेकर जाती। जब शाम ढल जाती तो दशरथ अपने छेनी-हथौड़ों को समेटकर झोली में डालते और घर आ जाते। दिन के समय कभी विश्राम की आवश्यकता होती तो वे बैंगा की झोंपड़ी में चले जाते।

दशरथ को इस बारे में कुछ पता नहीं चला कि वे जो खा रहे हैं, वह खाना कहाँ से आ रहा है। जो पानी पी रहे हैं, वह कहाँ से आ रहा है। उन्हें बस इस बात की चिंता थी कि कैसे जल्दी से जल्दी पहाड़ काटकर रास्ता बना दिया जाए।

इस तरह दो साल कैसे बीत गए, दशरथ को इसका कुछ पता नहीं चला। इन दो वर्षों में दर्रे के मरे हुए पत्थरों का एक बड़ा हिस्सा साफ हो चुका था और पहले दर्रा पार करते समय लोग पहाड़ की जिन दीवारों को पकड़कर पार करते थे, अब बिना किसी सहारे के उसे पार किया जा सकता था।

दर्रा, जो गुलेल की तरह उलटा लटका था, अब खेत पटानेवाले नाले की तरह सीधा हो गया था। आते-जाते लोग दशरथ को बधाइयाँ देते। 'आइन में काइन' निकालनेवाले लोगों का मुँह पूरी तरह बंद हो चुका था।

मगर दशरथ का संकट दूसरा था।

पहली तरह के पत्थर अब समाप्त हो चुके थे। जहाँ कहीं थे भी तो वे दूसरी चट्टानों से दबे हुए थे। दशरथ पहाड़ पर बैठे सोच में डूबे हुए थे कि आगे क्या करें। काम कैसे शुरू करें, यह समझ में नहीं आ रहा था। बैंगा ने इन नए पत्थरों के बारे में तो कुछ बताया ही नहीं था।

बैंगा के द्वारा अलग किए गए पत्थर उसी तरह रखे हुए थे। वे अक्सर उन पत्थरों को देखते और अनुमान लगाते कि उन्हें कैसे काटा जाएगा लेकिन कोई राह दिखाई नहीं देती। वे बार-बार बैंगा की उक्तियों को मन में दोहराते हुए सोचते रहते। इन पत्थरों पर छेनी उछल जाती थी और हथौड़ा कुछ नहीं कर पा रहा था।

एक दिन जब वे पहाड़ से लौटकर घर आए तो देखा, पिंजरी का भाई टूलू उससे हँस-हँसकर बातें कर रहा है। दशरथ के पहुँचने पर टूलू ने उनके पैर छुए।

दशरथ ने पूछा—"क्या हाल है टूलू...कैसे आना हुआ?"

टूलू के बजाय पिंजरी ने हँसकर जवाब दिया—"बियाह ठीक हो गया है इसका।"

दशरथ के चेहरे पर मुस्कराहट तैर गई—"अरे वाह, मतलब अब टुलू जवान हो गया!"

सभी हँस पड़े।

दशरथ ने पूछा—"कहाँ तय हुआ?"

पिंजरी ने दशरथ को छेड़ते हुए कहा—"बाबू तो हैं नहीं, बड़का जीजा हैं, तो वह कलकत्ता में हैं। तब तो आप ही मालिक थे। जब आपने भी कहीं ठीक नहीं किया तो बेचारा का करे, अपने-आप ठीक कर लिया!"

दशरथ मुस्कराने लगे—"अरे, हम जब अपना ही बियाह ठीके नहीं किए तो इसका क्या करेंगे!"

पिंजरी ने औरत सुलभ चुहलता के साथ कहा—"अपने से ठीक नहीं किए तो दु-दु गो बियाह किए...जब अपने से ठीक करना होता तो बैंगा की तरह तीन-तीन को बाँध के रखते और चौथी भी कहीं दिखती तो उसे भी भगा ले आते।"

इसके बाद हँसी का एक ऐसा सिलसिला शुरू हुआ कि पसरता ही चला गया। इस बीच पता ही नहीं चला कि कब शाम ढली और कब रात ने चुपके से आसमान की थाली में सितारे परोस दिये।

दशरथ को रात का खाना परोसते समय पिंजरी गंभीर थी—"शादी में तो जाना ही पड़ेगा।"

दशरथ ने पिंजरी की ओर देखा—"इस बार बच्चों को छोड़कर मत जाना।"

"बच्चों को तो ले ही जाऊँगी, तुम्हारा क्या होगा?"

"हमको बच्चा समझती हो?"

पिंजरी हँस पड़ी—''आप तो बच्चों से भी बच्चा हैं। वैसे रमिया भौजी से कह दिया है मैंने, वह तुम्हारा खाना बना दिया करेगी। बस, तुम्हें वहाँ जाकर खाना होगा।''

दशरथ ने कहा—''ठीक है।'' और गंभीर हो गए।

पिंजरी देख रही थी कि उसके जाने की सूचना ने दशरथ को थोड़ा गंभीर बना दिया था।

पिंजरी ने दशरथ को सहज करने के खयाल से पूछा—''टूलू तो कह रहा था कि जीजा को भी साथ ले चलो। मैंने कहा कि उनको बहुत काम है, शादी में आएँगे। आओगे न शादी में?''

''जब तुमने कह ही दिया है तो आ जाऊँगा और उधर से तुमको लेता आऊँगा।''

अगले दिन दशरथ अपनी दिनचर्या के अनुसार सुबह-सुबह पहाड़ पर निकल गए। पिंजरी ने खाना बनाया, बच्चों को नहला-धुलाकर नए-नए कपड़े पहनाए। बच्चों के साथ खुद भी खाना खाया, अपने भाई को खिलाया और रमिया भौजी से दशरथ का खयाल रखने को कहकर भाई और बच्चों के साथ नैहर के लिए निकल गई। इस बार जो बक्सा उसके पास था, वह पहले से बड़ा था। बक्से में बच्चों के साथ दशरथ के भी कपड़े थे।

पिंजरी अपने भाई टूलू और बच्चों के साथ जब पहाड़ पर पहुँची तो सबसे पहले बैंगा की झोंपड़ी में झाँका कि दशरथ कहीं वहाँ तो नहीं! दशरथ को वहाँ नहीं देख कहा—''शायद दर्रे में होंगे।''

और चल पड़ी।

पत्थर कट जाने के कारण चढ़ाई पहले से ज्यादा आसान हो गई थी। दर्रे के मुँह के पास आकर टूलू ने कहा—''पहचान में नहीं आता कि ये वही दर्रा है।''

टूलू की बात सुनकर पिंजरी भीतर से खुश हो गई और कामगार औरतों की चतुराई के साथ कहा—''दो साल से लगे हुए हैं, सुबह से शाम तक यहीं रहते हैं। पहाड़ की जगह कुछ और होता तो अब तक काटकर भुरकुस कर दिए होते।''

ये बातें पिंजरी ने इसलिए कही थीं कि वह अपनी मूल बात पर आ सके।

''पता नहीं, किस नछतर में मैं उनके लिए खाना लेकर जा रही थी।'' कहकर पिंजरी ने दो कदम आगे बढ़ एक स्थान को इंगित करते हुए कहा—''यही जगह है, मेरा पाँव फिसल गया। खाना इधर गिरा और पानी का घड़ा उधर गिरकर टूट गया। मेरे घुटने से खून निकलने लगा। तभी दशरथ आ गए। मेरा खून देख तड़पकर रह गए। बोले, 'पहाड़ ने तुम्हारा घुटना तोड़ा है, अब मैं इसको तोड़ के रख दूँगा।' छह महीना जाकर पथरकटों के संग रहे। मैंने कितना मना किया मगर माने ही नहीं।''

पिंजरी यह कहते हुए पूरी तरह गर्व से भरी थी और टूलू बीच-बीच में दशरथ की तारीफ कर उसके गर्व को और बढ़ा देता।

टूलू ने फटी निगाहों से पहाड़ को देखते हुआ कहा—''दीदी, ऐसा तो अपने गाँव में भी नहीं सुना।''

यह सुन पिंजरी का मन छोटा हो गया। अगर उसने यह कहा होता कि ऐसा तो दुनिया में भी नहीं हुआ तो वह खुश होती। वह समझ गई कि उसके भाई के लिए गाँव-जवार ही उसकी दुनिया है।

उसने उसे जैसे झिड़कते हुए कहा—"का गाँव-जवार की बात कर रहे हो!"

टूलू जब कुछ समझ नहीं पाया तो पिंजरी ने बड़ी सहजता से उसे समझाया कि यह कितना बड़ा काम है।

"जानते हो, एक दिन एगो अखबार वाला आया था। दशरथ से बात करके घर आ गया और कहने लगा कि वह मेरा फोटो खींचेगा। मैंने कहा कि पहाड़ ऊ काट रहे हैं, हमारा फोटो काहे खींचेंगे...हम का किए हैं? कहने लगा कि आप ही के चलते तो काट रहे हैं।"

टूलू को अब कुछ-कुछ समझ में आ रहा था—"फोटो खींचा?"

"हाँ, फोटो खींच के ले गया। वह कहता था कि दुनिया में ऐसा किसी ने नहीं किया।" अचानक उसे कुछ याद आया—"जानते हो, ऊ क्या बता रहा था? ऊ बता रहा था कि एक राजा था दिल्ली में, मुसलमान था। उसने अपनी पत्नी के मरने के बाद बड़ा मकान बनवाया था। पता नहीं, क्या नाम है उसका! मगर वो कह रहा था कि राजा ने तो पैसा के जोर से बनवाया था, दशरथ जैसा अपने हाथ से बनाता तो पता चलता।"

सुनकर टूलू भी गर्व से भर गया।

अभी उनकी बात चल ही रही थी कि दूसरी ओर से दशरथ सिर पर एक खाँची में पत्थर लिये आते दिख गए। पिंजरी समझ गई कि कटाई का काम पूरा कर अब सफाई का काम कर रहे हैं। पिंजरी को देख दशरथ ने अपने सिर से खाँची उतारकर एक ओर रख दिया। बच्चे आकर दशरथ से लिपट गए। दशरथ ने पिंजरी की ओर देखा।

पिंजरी सज-धजकर निकली थी और बहुत सुंदर लग रही थी।

"जा रही हो..."

पिंजरी के मुँह से शब्द नहीं फूटे। चुपचाप खाने की पोटली, पानी और घर की चाबी दशरथ को थमा दी। और जैसे हिदायत देते हुए कहा—"चाबी ठीक से रखना।"

दशरथ ने चाबी लेते हुए कहा—"ठीक है।"

"शादी से एक दिन पहले जरूर आ जाना।"

"आ जाऊँगा।"

"रमिया भौजी के यहाँ समय पर जाकर खा लिया करना।"

"खा लूँगा।"

इस बार पिंजरी ने दशरथ की आँखों में आँखें डालकर गर्व से कहा—"अच्छा, ऊ दिल्ली वाले राजा का नाम का था जो फोटोवाले ने बतलाया था?"

दशरथ को नाम याद करने में कुछ समय लगा—"शाहजहाँ।"

"और घरवा का नाम?"

"ताजमहल।"

पिंजरी ने गर्व से टूलू की ओर देखा, जैसे अपनी कही गई बातों का यकीन दिलाना चाहती हो!

टूलू के चेहरे पर अब वही गर्व था जो पिंजरी के चेहरे पर था।

पिंजरी ने दशरथ से कहा—"तो मैं जाऊँ?"

"जाओ।"

पिंजरी अपने भाई और बच्चों के साथ चल पड़ी।

मुश्किल से पाँच कदम चलकर वह रुकी और पीछे मुड़कर देखा, दशरथ उसकी ओर देखते उसी जगह खड़े थे। पिंजरी का मन हुआ कि कहे—दर्रा पार नहीं करा दोगे? लेकिन आगे दर्रे के खुले हुए भाग को देखा तो मन-ही-मन मुस्कराई। अब क्या कहना! बस, इतना कहा—"शादी में जरूर आना।"

और तेज कदमों से भाई और बच्चों के साथ आगे निकल गई।

23

दशरथ की ससुराल में भी उनके पहाड़ काटने की बहुत चर्चा थी। वे यह पहाड़ पिंजरी के लिए काट रहे हैं, यह गाँव की लड़कियों के लिए बड़े सम्मान की बात थी। छोटी-छोटी बातों पर अपनी बीवियों को मार-पीटकर खून निकाल देनेवाले माँझी समुदाय में पिंजरी के घुटनों से खून निकलता देख पहाड़ काट देने का निर्णय यह अहसास करा चुका था कि दशरथ पिंजरी से कितना प्यार करते हैं। सब सोचते कि दामाद हो तो दशरथ जैसा।

शादी में पिंजरी की बड़ी बहन हिंजरी कलकत्ता से आई थी। उसका कमाऊ पति सूट-बूट पहनकर बड़ी शान से आया था मगर उसकी चर्चा भी ससुराल में दशरथ के आगे बिलकुल फीकी पड़ गई थी।

शादी बहुत अच्छे से निपट गई।

दूसरी तरह के पत्थरों को काटने का तोड़ अभी निकला नहीं था इसलिए जितनी जल्दी हो सके, दशरथ अब अपने गाँव पहुँच जाना चाहते थे। वहाँ से वापस निकलने की सारी तैयारियाँ भी लगभग पूरी हो चुकी थीं। दशरथ को शादी में धोती और कुर्ता मिले थे। बच्चों को भी नए-नए कपड़े मिले थे। अपनी कम कमाई के बावजूद टूलू ने सब काम बहुत व्यवस्थित ढंग से किया था।

गाँव में लड़कियों की विदाई से पहले रोने की प्रथा है। विदाई के समय लड़की अपनी माँ से, बहनों से, और जो करीबी औरतें हैं, उनसे गले मिलकर रोती है। इस रुलाई में एक सुर होता है और ऐसा भावुकतापूर्ण माहौल बन जाता है, जैसे वे एक-दूसरे के कलेजे में समा जाने के लिए विकल हों! पिंजरी माँ से गले मिल रो रही थी।

दरवाजे पर बक्सा सामने पड़ा था। दशरथ पिंजरी और बच्चों के बाहर आने का इंतजार कर रहे थे। तभी टूलू दौड़ता हुआ आया। वह बहुत घबराया हुआ था। उसने हाँफते हुए कहा—"ए जीजा, बुधुआ जल गया है!"

टुलू ने जब यह बताया तो दशरथ परेशान हो उठे। उन्हें कुछ समझ में नहीं आ रहा था कि वह क्या करें। वह तेजी से उस ओर भागे जिधर टूलू जा रहा था।

घर के पिछवाड़े जहाँ रसोई बनती थी, पहुँचे तो देखा कि पिंजरी रोना छोड़कर बुधुआ को गोद में उठा चुकी थी। बुधुआ के दोनों पाँव के तलवे बुरी तरह जल गए थे और उसकी जलन कम करने के लिए पिंजरी ने उसके दोनों पैरों को बाल्टी के पानी में डाल दिया था। जलन के मारे बुधुआ जोर-जोर से चीख रहा था और सनीचरी हिंजरी के लड़के को कोसती हुई कह रही थी कि उसी ने आग में कुदा दिया।

बुधुआ और सनीचरी नए-नए कपड़े पहन दशरथ के साथ गाँव जाने के लिए तैयार थे। रसोई बन गई थी मगर चूल्हे में लकड़ी के कोयले अभी भी जस-के-तस पड़े थे। ऊपर से राख

थी मगर भीतर अंगारे दहक रहे थे। वहाँ हिंजरी के दोनों लड़कों और बुधुआ के बीच बाजी लग गई कि कौन उस चूल्हे में कूद जाएगा। बुधुआ वह चुनौती स्वीकार कर चूल्हे में कूद गया था।

बुधुआ की चीख बदस्तूर जारी थी और प्राकृतिक इलाज के जितने तरीके गाँव में प्रचलन में थे, लगातार आजमाए जा रहे थे।

आदमी के शरीर के पास पीड़ा को सहने की एक सीमा होती है। जब वह पीड़ा सीमा का अतिक्रमण करती है तो आदमी बेहोश हो जाता है। बुधुआ का शरीर उस पीड़ा को सहन नहीं कर सका और वह बेहोश हो गया। उसके बेहोश होते ही घर के माहौल में अफरा-तफरी मच गई। एक सुर से सबने कहा कि अब इसे गया के अस्पताल ले चला जाए।

कहाँ तो दशरथ ने यह सोचा था कि घर पहुँचने पर दूसरे स्तर के पत्थरों को काटने की तरकीब पर विचार करेंगे लेकिन यहाँ अचानक जो दुर्घटना हुई, वे गलहौर लौटने के बजाय सीधे गया के अस्पताल की ओर चल पड़े। उनके साथ टूलू और पिंजरी के कलकतिया जीजा भी थे। जब वे गया के सरकारी अस्पताल पहुँचे, दोपहर ढल रही थी।

एक बड़ी-सी चहारदीवारी से घिरा यह गया का राजकीय अस्पताल हमेशा लोगों से भरा रहता था। जब दशरथ पिंजरी, टूलू और पिंजरी के गाँव के कुछ लोगों के साथ अस्पताल पहुँचे तो पता चला कि अस्पताल बंद हो चुका है।

अस्पताल में सुबह आठ बजे डॉक्टर बैठते थे और बारह बजे उठ जाते थे। फिर शाम को चार बजे बैठते और आठ बजे उठ जाते थे। अभी दिन के दो बज रहे थे। यानी दो घंटे का इंतजार। किसी की समझ में नहीं आ रहा था कि क्या करें। तभी किसी मरीज के साथ आया एक आदमी बुधुआ को बेहोश देख बोल पड़ा—"यहाँ क्यों खड़े हैं?"

"क्या करें?"

"लड़का सीरियस है, इमरजेंसी में ले जाइए। वो हमेशा खुला रहता है।"

दशरथ की जान में जान आई—"किधर है इमर्जेंसी?"

उस आदमी ने हाथ से एक तरफ इशारा किया और वे बुधुआ को लेकर तेज कदमों से उधर ही चल पड़े।

एक बड़े-से बरामदे के एक सिरे पर एक कमरा था। कमरे के बाहर लकड़ी की एक चौड़ी बेंच लगी थी जिस पर एक मोटा प्लास्टिक बिछा था। वहाँ पहुँचते ही अस्पताल के वार्ड बॉय ने दशरथ से बुधुआ को बेंच पर लिटाने के लिए कहा और पूछने लगा—"कैसे हुआ?"

बुधुआ अभी तक बेहोश था।

दशरथ ने पूछा—"डॉक्टर साहब कहाँ हैं? जल्दी बुला दीजिए।"

वार्ड बॉय मामले की गंभीरता को समझ तेजी से कमरे के अंदर चला गया। दशरथ ने झाँककर देखा, डॉक्टर एक नर्स के साथ हँस-हँसकर बातें कर रहा था। थोड़ी देर इंतजार के बाद डॉक्टर बाहर निकला। बुधुआ के पैर के जले हुए भाग को देखा। नाड़ी देखी। छाती पर आला लगाकर देखा। बुधुआ की साँस चल रही थी। यह जानकर सबको राहत मिली मगर अब क्या होगा, कुछ कहा नहीं जा सकता था।

डॉक्टर किसी एक आदमी को साथ आने के लिए कह अपने कमरे में समा गया। वहाँ से नर्स जा चुकी थी। दशरथ उसके पीछे-पीछे चलते हुए कमरे में पहुँच गए।

एक रजिस्टर पर नाम–पता लिखने के बाद डॉक्टर ने कहा—"पुलिस को इन्फॉर्मेशन देना पड़ेगा।"

"पुलिस को क्यों?"

"इस तरह के मामलों में पुलिस के बयान के बाद ही इलाज शुरू होता है, यह कानून है।"

"मगर डॉक्टर साहब, वह तो बेहोश है, क्या बयान देगा?"

दशरथ की बात अभी पूरी नहीं हुई थी कि संयोग से वह पत्रकार चलता हुआ आ गया जो दर्रे में एक बार दशरथ से मिला था। दशरथ को डॉक्टर के पास खड़ा देख पहचान गया। दशरथ ने पत्रकार को सारी बात बता मदद करने की अपील की। पत्रकार उनको लेकर अंदर गया जहाँ डॉक्टर कुछ कागज देख रहा था। पत्रकार ने जाते ही डॉक्टर से कहा—"अरे डॉक्टर साहब, पहचानते हैं इनको?"

डॉक्टर ने दशरथ पर उड़ती–सी निगाह डाली और कहा—"नहीं तो!"

"ये ही दशरथ माँझी हैं।"

बताने के बावजूद डॉक्टर को कोई फर्क नहीं पड़ा तो पत्रकार ने बताया—"अरे वही, जो गलहौर में पत्नी के लिए पहाड़ काटकर रास्ता बना रहे हैं।"

यह सुनते ही दशरथ के प्रति डॉक्टर का रवैया एकाएक बदल गया। डॉक्टर ने तुरंत वार्ड बॉय को बुलाकर कहा—"लड़के को जल्दी से इमर्जेंसी वार्ड में ले जाओ।"

बुधुआ को स्ट्रेचर पर लादकर वार्ड बॉय वार्ड की ओर चल पड़ा।

लड़के के साथ पिंजरी और उसके गाँव से साथ आए लोग वार्ड की ओर चले गए।

उनके जाने के बाद डॉक्टर ने दशरथ से कहा—"मामला सीरियस है।"

और जल्दी से दवा का एक पुर्जा देकर दशरथ से दवा लाने के लिए कहा।

दशरथ के पास पैसे तो थे नहीं, पता नहीं पिंजरी के पास भी इस वक्त होंगे कि नहीं, सोचते हुए वे वार्ड में पहुँचे तो देखा, बुधुआ के पैरों पर पीले रंग का एक लेप लगा दिया गया था। लोहे के एक डंडे से पानी की एक बोतल टँगी थी और बूँद–बूँद पानी उसकी रगों में प्रवाहित हो रहा था। डॉक्टर ने अपनी दवा से इलाज आरंभ कर दिया था।

पिंजरी ने दशरथ को आते देखा...आँख मिली तो वह रो पड़ी।

दशरथ ने पूछा—"कुछ पइसा है तुम्हारे पास?"

"पइसा?"

"हाँ, डॉक्टर साहेब ने दवाई लिखी है।"

पिंजरी ने आँचल का खूँट खोला। दो–दो रुपए के दो नोट उसमें बँधे थे। पैसे की बात आते ही टूलू तो एक ओर खड़ा रहा लेकिन हिंजरी का पति धीरे से इस डर से खिसक गया कि कहीं उसे देने न पड़ें।

चार रुपए लेकर दशरथ दवा की दुकान पर गए। दुकानदार ने बताया कि कुल दवा बारह रुपए की है। अब क्या करें दशरथ! लौटकर डॉक्टर के पास आए और अपनी परिस्थितियों का हवाला दिया। बताया कि वे तो सीधे ससुराल से आ रहे हैं और एकाएक बीच में ऐसा घटित हो गया।

डॉक्टर ने उनके प्रति पूरी सहानुभूति दिखाई। वार्ड बॉय को उनके साथ दुकान पर भेज दिया और अपने नाम पर यह कहकर दवा दिलवा दी कि बाद में लाकर वे पैसे दे देंगे।

दवा मिल गई। बुधुआ को पूरी रात पानी चढ़ता रहा। डॉक्टर के निर्देशानुसार बीच-बीच में नर्सें आकर उसे इंजेक्शन देतीं। दशरथ और पिंजरी की साँस रात भर टँगी रही क्योंकि अभी तक बुधुआ को होश नहीं आया था। न तो दशरथ ने कुछ खाया था और न ही पिंजरी ने। पता नहीं, कब सनीचरी को बाहर ले जाकर उसके जीजा ने खिला दिया था।

सबके चेहरे पर राहत के भाव तब आए जब अगले दिन सुबह दस बजे बुधुआ को होश आ गया।

डॉक्टर ने शाम को एक बार फिर बुधुआ को ऑपरेशन रूम में ले जाकर जख्मों की नए सिरे से ड्रेसिंग की और जब बाहर निकला तो दशरथ से कहा—"दशरथ जी, आपका लड़का बच तो जाएगा मगर उसके पैरों के ठीक होने की आस कम है।"

पिंजरी ने डॉक्टर के पाँव पकड़ लिए—"डॉक्टर साहब, किसी तरह इसे ठीक कर दीजिए वरना पूरी दुनिया कहेगी कि पिंजरी सौतेली माँ थी, ठीक से इलाज नहीं करवाया।"

उसकी बात डॉक्टर के दिल को छू गई। उन्हें एकाएक याद आया कि यह वही पिंजरी है जिसके लिए दशरथ पहाड़ काट रहे हैं। डॉक्टर ने सांत्वना के स्वर में कहा—"देखिए, इसके पाँव के तलवों की चमड़ी पूरी तरह जल गई है। फिर से दूसरी चमड़ी आए, उसके लिए ऑपरेशन करके जली हुई चमड़ी को काटकर निकालना होगा लेकिन इसमें काफी पैसे खर्च हो जाएँगे।"

पिंजरी ने रोते हुए कहा—"आप पैसों की चिंता मत कीजिए, मैं किसी भी तरह पैसों का इंतजाम करूँगी।"

डॉक्टर ने अपनी ओर से पूरी सहानुभूति जताते हुए कहा—"जो दवाइयाँ मेरे पास उपलब्ध हैं, वो मैं दे दूँगा लेकिन बाकी के लिए आप पैसों का इंतजाम कर लीजिए।" कहकर डॉक्टर चला गया।

हिंजरी का पति, जिससे उम्मीद थी कि कुछ पैसे मिलेंगे, उसी समय चला गया था जब बुधुआ को होश आया। टूलू के पास जो पैसे थे, वे शादी में खर्च हो गए थे। अब पैसे कहाँ से लाएँ, सोचकर दशरथ परेशान हो गए तो पिंजरी ने कहा—"आप चिंता मत कीजिए। आदमी बाल-बच्चों के लिए ही तो कमाता है। लड़के से बढ़कर मेरे लिए कुछ नहीं है। चावल कूटकर मैंने जितना कुछ बटोरा है, जाकर किसी को बेच दीजिए और पैसा लेकर आ जाइए।"

पिंजरी को देखकर दशरथ की आँखें भर आईं और वे बिना समय गँवाए गलहौर की ओर निकल पड़े।

बुधुआ के जलने की इस घटना को सुनकर गाँव में दशरथ के जो शुभचिंतक थे, दुखी हो गए। जब दशरथ ने बताया कि वे पैसों के इंतजाम के लिए आए हैं तो बिना माँगे छेदी ने पाँच रुपए और रमिया भौजी ने दो रुपए दिये। झौरी के पास पैसे नहीं थे, वह मन मसोसकर रह गया। पहाड़ी बाबा भी गाँव में नहीं थे और जिन लोगों की दशरथ के साथ सहानुभूति थी, उनके पास पैसे नहीं थे।

आठ रुपए तो दवा के दुकानवाले के बाकी हैं...आगे पता नहीं अब कितना लगेगा। अचानक याद आया कि दशरथ को पैसा लाने का मंत्र पिंजरी ने पहले ही दे दिया था।

पहाड़ की तरह मिट्टी की कोठिला से चावल निकालते हुए दशरथ सोच रहे थे कि कितनी कठिनाई से पिंजरी ने सालों भर मेहनत से कमाई करके चावल भरा है। इस तरह झटके में खाली हो जाएगा, सोचकर दशरथ की आत्मा रो पड़ी मगर मरता क्या न करता! चावल को चार बोरों में भर मुँह सीकर दशरथ गाँव में ग्राहक खोजने के लिए निकल गए।

ग्राहक खोजने के क्रम में दशरथ को पहली बार समझ में आया कि चमचमाते हुए सिक्कों और कागज के नोटों की यह दुनिया कितनी शातिर है। दवा के दुकानदार को चावल नहीं, पैसे चाहिए। डॉक्टर को चावल नहीं, पैसे चाहिए मगर चावल को पैसे में कैसे बदला जाए, यह भी चुनौतीपूर्ण काम था। पैसा दुनिया का सबसे बड़ा दलाल है, दलाली का मूल स्रोत है।

कोई किसान, कोई मजदूर पैसे का उत्पादन नहीं करता। वह चावल का उत्पादन करता है। पैसा हो तो चावल आसानी से खरीदा जा सकता है, मगर चावल हो तो उसे पैसे में बदलना इतना कठिन क्यों है, इस गणित से दशरथ भलीभाँति परिचित हो गए। गाँव में वैसे भी जरूरत पड़ने के बाद हर अनाज, हर चीज की कीमत कम हो जाती है लेकिन इस वक्त यहाँ कम भाव में भी कोई चावल लेने को तैयार नहीं था।

सबसे पहले दशरथ गाँव के दुकानदारों के पास गए और चावल के बदले पैसा देने का प्रस्ताव दिया। दुकानदारों ने कहा कि हम तो सेर-दू सेर, पसेरी-दू पसेरी चावल ले लेते हैं और ज्यादातर चावल के बदले सामान ही देते हैं। इतना चावल लेने की हमारी कूवत नहीं है।

माँझी टोल, दुसाध टोल और पासी टोल के लोगों को मजदूरी में चावल ही मिलता था, इसलिए उनके खरीदने का सवाल ही नहीं था।

गाँव में ऊँची जाति के लोगों ने अछूत माँझी के घर का चावल लेने से साफ इनकार कर दिया।

कुदन कुम्हार को पता चला कि दशरथ चावल बेचना चाहते हैं तो खुश हुए। उनके पास पैसे थे और इस तरह के मौकों पर कम कीमत लगाकर खरीदने का उनका पेशा था। मगर उन्होंने भी दशरथ का चावल लेने से महज इसलिए इनकार कर दिया कि वे बदला निकालना चाहते थे।

जब कोई उपाय शेष नहीं बचा तो दशरथ से गाँव के दुकानदारों ने बताया कि बगल के गाँव के कुछ लोग बैल और खच्चरों पर चावल की लदाई करते हैं। हो सकता है, वे आपका चावल खरीद लें।

बिना समय गँवाए दशरथ उनके पास गए और सारा हाल बताकर कहा कि हमको चावल बेचना है। लदाई करनेवाले चावल लेने के लिए तो तैयार हो गए मगर यह कहा कि पैसा तब देंगे जब गोला वाले उन्हें इसके पैसे का भुगतान करेंगे। भुगतान कब मिलेगा, इसकी कोई अवधि निश्चित नहीं थी। इसमें कम से कम एक सप्ताह तो लगेगा ही।

दशरथ को अगली सुबह ही किसी तरह दवा के लिए पैसे लेकर गया जाना था। दुकानवाले से दवाएँ उधार ली थीं। अगर उनका पैसा नहीं पहुँचा तो वह आगे से दवा देना बंद कर देंगे।

सारी परिस्थितियों के प्रतिकूल होने के बाद भी दशरथ विचलित नहीं हुए। लदाई करनेवालों से कहा कि किराया लेकर आप मेरा चावल गया पहुँचा दीजिए।

चार खच्चरों पर लदी चावल की खेप जब दवा की दुकान के सामने उतरी तो दवा का दुकानदार भी भौंचक रह गया।

दशरथ दवा की दुकान पर गए और विनम्रता से कहा—"किसान-मजदूर के पास पैसा तो होता नहीं है। मैं चावल बेचकर ही आपको पैसा देता। गाँव में औने-पौने दाम पर लोग माँग रहे थे। सोचा, आप लोगों को दिखा दूँ। गमकौआ चावल है। दू पैसा कम पर देना है तो आप ही को क्यों नहीं दूँ। गोलावालों और बनियों को देने से अच्छा है कि आप रख लीजिए।"

दुकानदार चावल का बोरा देख नाक-भौं सिकोड़ने लगा तो दशरथ ने कहा—"एक बार चावल देख लीजिए...अगर आपको पसंद नहीं आया तो गोला में दे आऊँगा।"

पिंजरी चावल चमचमाकर कूटती थी।

दुकानदार ने हाथ में लेकर चावल देखा तो उसका मन ललचा गया और उसने पूरा चावल तौलवा लिया। दवा के बाकी आठ रुपए काटकर सत्रह रुपए दशरथ को लौटा दिये।

यह पूरा चावल दशरथ गलहौर में मात्र दस रुपए में बेचने को तैयार हो गए थे लेकिन कोई ग्राहक नहीं मिला था। दशरथ की सूझ के कारण यहाँ दवा का कर्ज चुकाने के बाद भी सत्रह रुपए हाथ में थे।

पिंजरी को जब पता चला कि दशरथ ने किस तरह चावल बेचा तो उसे दशरथ पर गर्व हो आया।

पैसा आने के बाद बुधुआ के पैर के ऑपरेशन की तैयारी शुरू हो गई। बुधुआ के दोनों पैर बुरी तरह सूज गए थे और देखने के बाद दशरथ को किसना के पैरों की याद आ रही थी। वे मन-ही-मन भयभीत थे।

अगले दिन सुबह नौ बजे बुधुआ को ऑपरेशन थियेटर में ले जाया गया। दशरथ, सनीचरी और पिंजरी बाहर बैठ ऑपरेशन खत्म होने का इंतजार कर रहे थे। लगभग एक घंटे बाद स्ट्रेचर पर लादकर जब बुधुआ को बाहर लाया गया तो उसके मुँह से फेन निकल रहा था। उसका हाल देख पिंजरी को लगा कि वह मर चुका है। वह चीख-चीखकर रोने लगी। पिंजरी को रोते देख सनीचरी भी सुबकने लगी। बड़ी मुश्किल से अस्पताल के वार्ड बॉय ने समझाया—बुधुआ बेहोश है लेकिन उसे यकीन नहीं हुआ। अंत में डॉक्टर आया और पिंजरी को समझाया—"ऑपरेशन में इसको तकलीफ़ न हो, इसके लिए इसको बेहोश करना पड़ा।"

डॉक्टर के कहने पर पिंजरी ने बुधुआ की नाड़ी और छाती पर हाथ रख जब उसकी धुकधुकी महसूस की तब जाकर उसकी जान में जान आई।

डॉक्टर ने दशरथ को बताया—"देखिए, बुधुआ का तलवा काफी भीतर तक जल गया है। हमें उम्मीद है कि मांस भर जाएगा लेकिन आपको बुधुआ के साथ लगभग एक महीने तक इस अस्पताल में रहना पड़ेगा और घाव सूखने के लिए महँगी सुइयाँ और दवाइयों की जरूरत होगी।"

"कितना खर्च होगा डॉक्टर साहब?"

"मैं अपनी ओर से आपकी मदद कर रहा हूँ मगर अभी कम-से-कम तीस-पैंतीस रुपए का और इंतजाम आपको कर लेना चाहिए।"

जब सिर ही ओखल में हो तो मूसल से क्या डरना! रात का समय था। अस्पताल के वार्ड के सारे मरीज और उनके साथ के लोग सो चुके थे। बुधुआ के दोनों पैरों में बड़ी-बड़ी पट्टियाँ बँधी थीं। उसी के बेड पर एक ओर सनीचरी भी सो गई थी। फर्श पर बिछे कंबल पर दशरथ और पिंजरी चुपचाप बैठे थे।

दशरथ ने पिंजरी को देखा—"अब का किया जाए?"

"मेरी तो कुछ समझ में नहीं आता।"

दशरथ ने अपनी जेब में हाथ डाल रुपए निकाले और गिना। खर्च के बाद मात्र चार रुपए बच गए थे। हिसाब जोड़ा तो समझ में आया कि अब तक कुल मिलाकर चालीस से अधिक रुपए खर्च हो चुके थे। अभी तीस-पैंतीस रुपयों की और जरूरत थी। दशरथ ने बेचारगी के साथ कहा—"चारों ओर नजर दौड़ाने के बाद पूरी दुनिया में कोई ऐसा दिखाई नहीं दे रहा है जो हमारी मदद कर सके। धिक्कार है ऐसी जिदगी पर!"

पिंजरी ने गौर से दशरथ को देखा और आँचल के खूँट से बँधा दस रुपए का नोट निकाला और दशरथ की ओर बढ़ा दिया।

दशरथ दस रुपए का चौड़ा नोट देख चौंक गए—"ये कहाँ से आया?"

"रमिया भौजी लेकर आई थी।"

दशरथ ने कहा—"रमिया के पास पैसे तो थे ही नहीं!"

"जूना भैया ने रमिया के हाथ से भिजवाया है। साथ में हिदायत भी दी है कि धनिया को इस बात का पता न चले।"

जूना भैया के प्रति दशरथ के मन में कृतज्ञता का भाव उमड़ आया—"भैया का ये पैसा हम लोग लौटा देंगे।"

लौटाने के खयाल के साथ एक उम्मीद भी बँध गई कि गाँव में किसी से कर्ज लिया जा सकता है।

अगली सुबह दशरथ दोबारा अपने गाँव में थे। इलाज के लिए बीस रुपयों की जरूरत थी और किसी भी तरह प्राप्त करना जरूरी था। यह जानते हुए कि राजबरन पासी और कुदन कुम्हार उनकी मदद नहीं करेंगे, फिर भी वे उनके पास गए, गिड़गिड़ाए। मेहनत-मजूरी कर जल्दी चुका देने की कसमें भी खाईं मगर कोई फायदा नहीं हुआ।

झिंगुरी सिंह और पहाड़ी बाबा गाँव में नहीं थे।

अब दशरथ के पास गाँव में मुखिया के पास कर्ज के लिए जाने के अलावा और कोई विकल्प नहीं था।

मुखिया लोगों को कर्ज देता था मगर धान के रूप में। उसकी शर्त होती कि भादों में दिए गए धान का अगहन में दूना वसूल करेंगे। मगर यहाँ तो धान नहीं, पैसों की जरूरत थी। वह भी थोड़े-मोड़े नहीं, बीस रुपयों की।

दशरथ ने मुखिया से गिड़गिड़ाकर कहा—"मालिक, मेरे बच्चे को बचा लीजिए!"

दशरथ के मुँह से 'मालिक' का संबोधन सुनकर पहली बार मुखिया को अच्छा लगा। उसे लगा, जैसे शिकार खुद शिकारी की तरफ चलकर आ गया हो! एक बार बीस रुपए देने का मतलब दशरथ जिनगी में नहीं चुका पाएगा और सूद में उसकी बेगारी करेगा। सब नेतागीरी निकल जाएगी। दशरथ ने उसको जितना सताया है, सबका बदला निकल जाएगा। यह मौका मुखिया हाथ से नहीं जाने देना चाहता था मगर इतनी जल्दी पैसा दे दे, यह भी उसे मंजूर नहीं था।

मुखिया के दरवाजे पर भूसा का खोंप गिर गया था। खोंप में अब भी चालीस-पचास खाँची भूसा था। मुखिया ने दशरथ से कहा—''खोंपवाला भूसा दलान में डाल दो, हम पैसे का इंतजाम देखते हैं।''

इसके बाद मुखिया उठकर कहीं चला गया।

दशरथ सुबह-सुबह गया से आए थे, कुछ खाया भी नहीं था। इस वक्त पैसों के लिए उन्हें कुछ भी मंजूर था। करते तो क्या करते! खोंप से खाँची में भूसा निकालते और ले जाकर दलान में डाल आते। जब भी दलान में जाते, लगता कि किसना वहीं लेटा हुआ है और कातर निगाहों से उन्हें देख रहा है। कई बार दशरथ को लगता, जैसे वे खुद किसना की जगह लेटे हुए हैं।

दशरथ तीन घंटे तक काम करते रहे और सारा भूसा दलान में डाल दिया। खोंप में झाड़ू लगाकर रेशा-रेशा साफ कर दिया और मुखिया के दरवाजे पर बैठे इंतजार कर रहे थे कि कब मुखिया जी आएँ, पैसे दें और वे लेकर गया चले जाएँ।

जैसे-जैसे समय बीता, दशरथ का धीरज डोलने लगा।

मुखिया का नहीं आना अब उनको अखरने लगा था। उन्होंने सोचा, अब अगर देर होगी तो वे गया नहीं जा पाएँगे। तभी जितिया का नाती मँगरू आता दिखा। मँगरू ने चारों ओर देखा। कोई नहीं दिखा तो कहा—''पैसे का इंतजाम हो गया है।''

दशरथ को लगा कि पहाड़ी बाबा आ गए हैं।

''पहाड़ी बाबा आ गए हैं क्या?''

''नहीं।''

इस बार मँगरू ने दशरथ के कान में कुछ कहा जिसे सुनकर दशरथ के चेहरे पर न सिर्फ चमक आ गई बल्कि वे एक पल गँवाए बिना चल पड़े।

एक सप्ताह पहले झिंगुरी सिंह अपने बेटे के पास पटना गए थे। आज ही सुबह लौटकर गाँव आए। छेदी और झौरी ने झिंगुरी सिंह को बताया कि इस समय दशरथ परेशानी में है तो झिंगुरी सिंह को याद आ गया कि दशरथ के कारण ही उनके नाती की जान बची थी।

सारा मामला जानकर उन्होंने अपने यहाँ काम कर रहे मँगरू को बुलाकर कहा कि जाकर दशरथ को बुलाओ। मँगरू जाने के लिए मुड़ा तो झिंगुरी सिंह ने उसे रोका और समझाया—''दशरथ अगर मुखिया से पैसा ले लिया हो तो कहना, वापस कर दे। उसके पैसा देने का मतलब ऊ हाड़ दूह लेगा।''

दशरथ जब झिंगुरी सिंह के यहाँ पहुँचे तो छेदी और झौरी वहीं पर थे। झिंगुरी सिंह ने दशरथ को बीस रुपए दिये और कहा—''जब हो जाए तभी लौटाना। अभी ले जाकर बेटे का इलाज कराओ।''

रुपए हाथ में आए तो दशरथ की आँख भर आईं।

डॉक्टर के कठिन प्रयासों, पिंजरी की सेवा और दशरथ की सूझ से बुधुआ बच गया और पैरों की अपंगता के बाद भी लंगड़ाकर चलने-फिरने लायक रहा। डॉक्टर के कहने पर दशरथ बुधुआ को अस्पताल से लेकर घर आ गए।

24

बुधुआ की बीमारी के दौरान गाँव के जिन लोगों ने दशरथ का सहयोग किया था, वे उसके सकुशल लौट आने से बहुत खुश थे। जो सहयोग नहीं कर पाए थे, वे अपनी मजबूरी और सहानुभूति जता रहे थे। लेकिन उनके टोले में सभी यह महसूस कर रहे थे कि दशरथ के बजाय किसी और माँझी के लड़के के साथ यह हुआ होता तो या तो वह मर गया होता या पूरी तरह अपंग हो गया होता।

बुधुआ को आए तीन दिन बीत चुके थे।

रात का समय था। दोनों बच्चे सो रहे थे। दशरथ और पिंजरी इस वक्त अपने घर में बिस्तर पर बैठे सोच रहे थे कि अब आगे क्या होगा।

पिंजरी अंदर-ही-अंदर परेशान तो थी मगर दशरथ पर उसे जाहिर नहीं होने देना चाहती थी। उसने दशरथ से बस इतना ही कहा—"तुम अपना काम करो, कर्ज की चिंता मत करो। हम धीरे-धीरे सब चुका देंगे।"

झिंगुरी सिंह, जूना भैया, छेदी और रमिया का कुल कर्ज सैंतीस रुपए का था। यह तय था कि किसी की ओर से कोई तगादा नहीं आएगा मगर दशरथ अपनी नैतिकता के कारण परेशान थे कि ऐसे लोगों का कर्ज जल्दी चुका देना चाहिए। दशरथ भी तो आदमी थे, सोच रहे थे कि अकेले कितना करेगी बेचारी पिंजरी। उन्होंने पिंजरी से कहा—"ए पिंजरी, मैं भी कुछ सहयोग करूँ तो जल्दी कर्ज से निजात मिल जाएगी।"

"तुमसे काम होगा... ?" कहकर पिंजरी मुस्कराई।

जवाब में दशरथ चुप रह गए।

पिंजरी के मन में आया, कहीं दशरथ को उसकी बात बुरी न लग गई हो। उसने दशरथ की ओर देखकर कहा—"जानते हो दशरथ, असल में तुम्हारी मदद किसने की है?"

"किसने?"

"पहाड़ ने।"

जब दशरथ को पिंजरी की यह बात समझ में नहीं आई तो पिंजरी ने समझाया—"देखो, पहाड़ काटने के कारण अस्पताल का डॉक्टर तुमको पहचान गया और मदद की। पहाड़ काटने के कारण बैंगा आया और झिंगुरी सिंह के नाती की जान बची जिसके कारण उन्होंने तुम्हारी मदद की। इसलिए उसे मत छोड़ो, बाकी का काम मैं सँभाल लूँगी। वैसे भी किसी कपार पर चढ़नेवाले आदमी से तुमने करज थोड़े लिया है!"

दशरथ कुछ देर तक चुप होकर सोचते रहे और मन-ही-मन कुछ तय किया—"करज चुकाने के लिए काम करूँगा लेकिन पहाड़ काटना नहीं छोड़ूँगा।"

"तो कैसे करोगे?"

"सोचता हूँ कि अब सुबह-शाम कटाई करूँगा और दिन में मजदूरी। वह भी कर्ज के चुकता होने तक।"

"किसके यहाँ काम करोगे?"

"गाँव में नहीं, ब्लॉक पर सरकारी मकान बन रहा है। उसमें मजदूरों की जरूरत है। एक महीना तक काम चलेगा। इतने दिन में पूरा कर्ज तो नहीं चुकेगा मगर कुछ हल्का हो जाएगा।"

पिंजरी दशरथ का मुँह देखती रही।

पैसा किसी भी तरह से आए और कर्ज चुक जाए, यह सोचकर पिंजरी इस बार चुप हो गई मगर उसे यकीन था कि दशरथ से काम नहीं होगा।

अगली सुबह दशरथ और सवेरे जग गए और अपना झोला उठा पहाड़ की तरफ निकल गए। पहाड़ पर गए तो समझ में नहीं आया कि अब क्या करें। पत्थर भी उनके दुश्मन हो गए थे। छेनी लगाकर हथौड़ा चलाया तो छेनी छिटककर दूर जा गिरी और पत्थर से चिनगारियाँ फूट पड़ीं। पूरे दो घंटे तक परेशान रहने के बाद वापस छेनी और हथौड़े को झोले में रखा और घर वापस आ गए।

पिंजरी खाना बनाकर रमिया भौजी के साथ गाँव में काम पर चली गई थी। दशरथ को यहाँ से दो कोस जमीन पैदल जाना था। सोचकर जल्दी-जल्दी जो कुछ बना था, खाकर काम पर निकल गए।

यह सरकारी काम था। अनाज रखने के लिए ब्लॉक पर एक गोदाम बन रहा था। जिस आदमी ने इस काम का ठेका लिया था, वह छेदी की जान-पहचान का था। उसने आते ही दशरथ का नाम एक रजिस्टर पर लिखा और उनका काम समझा दिया।

दशरथ का काम था मकान बनानेवाले मिस्त्रियों के पास रहकर उनकी मदद करना। उनको जो चीज चाहिए, उसे उनके हाथ में थमा देना। मिस्त्रियों को दो चीजें चाहिए थीं—पहला, गारा और दूसरा, पत्थर। गारा बनाने के लिए अलग मजदूर लगे थे। औरतें लोहे की तगाड़ी में गारा उठाकर दशरथ के पास ले आतीं। दशरथ औरतों के सिर से तगाड़ी उतारते और दीवार पर उलट देते। मिस्त्री उस गारा को करनी से फैला देते, फिर दशरथ उन्हें अगल-बगल पड़े बड़े-बड़े पत्थर थमाते। मिस्त्री पत्थर को बसूली से ठोकता, उबड़-खाबड़ हिस्से को छीलता और दीवार में लगा देता।

इस तरह कुछ दूरी तक पत्थर बिछा देने के बाद बीच के खाली हिस्से को गारे से और छोटे-छोटे पत्थरों से भर दिया जाता। पत्थर की चुनाई के वक्त दोनों ओर से दो तागे बँधे रहते जो दीवार को टेढ़ा होने से रोकते थे। इसके अलावा उनके पास एक साहुल था जिसे लगाकर हर पत्थर की जाँच कर लेते कि वह कहीं से टेढ़ा तो नहीं हो रहा।

काम खत्म होता और मजदूरी हाथ में मिल जाती जिसे लेकर वे सीधे घर चले आते। घर आते-आते रात हो जाती। दिन-भर काम करने से इतनी थकान हो जाती कि पहाड़ की ओर जाने का मन ही नहीं करता।

लेकिन दशरथ सुबह होने पर पहाड़ी पर जरूर जाते। उन्हें अच्छी तरह मालूम था कि अगले पत्थर अब भी कटने के लिए तैयार न थे मगर दशरथ भी हार माननेवालों में नहीं थे। उन्हें यकीन था कि इन्हें तोड़ने का कोई-न-कोई रास्ता निकाल लेंगे और यह पत्थरों के साथ रोज की संगत

से होगा। वे ध्यान से उन पत्थरों को देखते और पहाड़ के पत्थरों से मिलाते, जिसे बैंगा ने चुनकर उन्हें दिये थे।

दशरथ मिस्त्री के साथ काम पर लगे थे। आज काम का चौथा दिन था। महज चार दिनों में दशरथ मिस्त्री का सारा काम समझ गए थे और अब तो मिस्त्री उन्हें सालों भर अपने साथ रखने और ज्यादा मजूरी पर काम देने के लिए तैयार था। इसकी वजह यह थी कि दशरथ वह सब कुछ भी कर देते थे जो मिस्त्री करता था। महज तीन दिनों में साहुल लगाना और तागा बाँधना भी उन्होंने सफलतापूर्वक सीख लिया था।

औरत गारा देकर जा चुकी थी। दशरथ ने नजर डाली तो पास में एक भी पत्थर नहीं था। दशरथ पत्थर के लिए चिल्लाए तो मजदूरों ने बताया कि टंकी में साँप गिर गया है। उसे निकालने के बाद ही पत्थर आएँगे। जिज्ञासावश दशरथ उधर ही चले गए।

टंकी में गिरा हुआ साँप निकाल लिया गया और मजदूर पानी से पत्थर के टुकड़े निकालने लगे। दशरथ ने पहली बार गौर किया कि ये पत्थर पानी से क्यों निकाले जा रहे हैं।

चुनाई के वक्त उन्होंने मिस्त्री से पूछा—"पत्थर पानी में क्यों भिगोते हैं?"

मिस्त्री ने बताया—"पानी में भीगे हुए पत्थरों को दीवार में चुनने के पहले काटना-छाँटना आसान होता है।"

उसने अलग तरह की बसूली दिखाई जो पत्थरों को जोड़ते समय छाँटने के काम आती है। दशरथ की निगाह में वह हथौड़ा तैर गया जो लगभग इसी आकृति का था जिसे बैंगा ने छेदी से बनवाया था। दशरथ ने पत्थर को देखा तो आँखों में चमक भर गई—अरे, यह तो वही पत्थर है जो कट नहीं रहा है! उन्होंने पत्थर का एक टुकड़ा उठाया और काम छोड़ उसी वक्त चल पड़े।

दोपहर की चिलचिलाती धूप में घर के बाहर नीम के पेड़ की जड़ों के पास रमिया भौजी के साथ बैठी पिंजरी अस्पताल की बातें बता रही थी कि वहाँ किस तरह की यातनाएँ उसे झेलनी पड़ीं। अंत में रमिया भौजी ने कहा—"भगवान किसी दुश्मन को भी वह दिन नहीं दिखाए।"

रमिया भौजी और पिंजरी के बगल में बुधुआ बैठा था। रमिया ने जिज्ञासावश कहा—"ए बुधुआ,चलने में तो दिक्कत नहीं होती न?"

बुधुआ ने कोई जवाब नहीं दिया तो पिंजरी ने कहा—"दिक्कत नहीं होती लेकिन लँगड़ाता है।"

इसके बाद पिंजरी ने बुधुआ से कहा—"चल के दिखा न दादी को।"

बुधुआ का उठने का मन नहीं था। जो आता, उससे यही कहता कि चलकर दिखाओ। इससे बुधुआ का मन ऊब चुका था। पिंजरी ने जोर डालकर कहा तो नाराजगी के साथ बुधुआ उठा और चलने लगा। उसकी चाल देख रमिया के चेहरे पर यह जाहिर था कि बुधुआ पूरी तरह सहज नहीं है।

पिंजरी की आँख भर आई—"हम तो सोचते थे कि जिनगी भर के लिए कपार पर कलंक लग जाएगा।"

"काहे का कलंक?"

"लोग तो यही कहेंगे कि सौतेली माँ थी।"

रमिया ने तुरंत उसे रोक दिया—"नहीं, नहीं, ऐसा मत कहो...जाकर गलहौर में किसी से पूछ लो, सभी कहते हैं कि जितना तुम करती हो उतना तो वो माँ भी नहीं करती थी जिसने इसको जन्म दिया।"

तभी बगल से धनिया बाहर आ गई। रमिया ने इशारा करके फुसफुसाते हुए जताया—"उसकी बहन थी न! सब गुण इसी से मिलता था। दशरथ को भी दिल से वह कभी नहीं भायी।"

पिंजरी के चेहरे पर मुस्कान तैर गई। उसने बात बदल दी जिसे रमिया तुरंत समझ गई क्योंकि धनिया घूर-घूरकर उन्हीं दोनों को देख रही थी। बात बदलने के क्रम में दशरथ की बात आ गई।

रमिया भौजी ने कहा—"बहुत अच्छा किया जो दशरथ को काम पर जाने के लिए तैयार कर लिया। दशरथ पहाड़ काटेगा कि नहीं...मगर उसको काम पर भेजकर तुमने जरूर पहाड़ काट दिया।"

"हम नहीं भेजे, अपने गए हैं।"

उसके कहने का ढंग ऐसा था कि दोनों हँस पड़ीं। एकाएक उसके दिमाग में कोई शंका उभर आई और उसने पिंजरी से पूछा—"दशरथ तो दिहाड़ी का काम कर रहा है। पइसवा का करता है?"

पिंजरी ने कहा—"उधर से लाते हैं और मेरे हाथ में रख देते हैं। पूछते भी नहीं हैं कि क्या किया।"

रमिया पिंजरी की बात सुन खुश हो गई—"इसी तरह से उसे लगाए रखो, रास्ते पर आ जाएगा।"

तभी उसकी निगाह सामने गई। उसका मुँह खुला-सा रह गया। दूसरी ओर से दशरथ बड़ी तेजी में आ रहे थे। इस तरह आते और उनकी चाल देखकर एक पल के लिए पिंजरी भी घबरा गई। आते-आते रोज रात हो जाती है। आज दोपहर में ही चले आए! कुछ हो गया क्या? तरह-तरह की चिंताओं से उसका मन घबराने लगा। वह उठकर खड़ी हो गई और पूछे बिन नहीं रह सकी—"का हो गया?"

पिंजरी को देखते ही दशरथ के चेहरे पर उत्साह की लहर फैल गई।

"पिंजरी, आज मैं बहुत खुश हूँ।"

"का हुआ?"

"आगे वाला पत्थर जो नहीं कट रहा था, उसका तोड़ मिल गया।"

उन्होंने जल्दी से जेब से चार पत्थर निकाले और पिंजरी को दिखाए। पिंजरी उन पत्थरों को देखने लगी। उसके चेहरे पर भी उत्साह की लहर दौड़ गई।

"अरे हाँ, ये तो वही है!"

"अब एक काम कर, जल्दी से एक बाल्टी पानी ले आ और झोली ला दे। मैं अभी जाकर देखता हूँ।"

पिंजरी तेजी से घर में समा गई। रमिया अवाक् सी देखती रही। पिंजरी ने बिजली की गति से एक बाल्टी पानी और छेनी-हथौड़ी वाली झोली लाकर दशरथ को थमा दी, फिर पूछा—"पानी पिएँगे।"

दशरथ के चेहरे पर हड़बड़ी थी—"अरे पानी पीने की फुरसत किसको है! जल्दी दे..."

दशरथ ने बाल्टी का पानी हाथ में लिया और झोली कंधे से लटकाई और तेजी से निकल गए।

रमिया भौजी बुत बनी दोनों को देखती रह गई थी और मन में यही सोच रही थी कि भगवान ने ही जोड़ी बनाई है। कपार पर इतना कर्जा चढ़ा है, जो भी दस पैसा कमाकर ले आ रहा था, गया हाथ से। उसने पिंजरी को इस तरह देखा, जैसे कह रही हो कि उसको बिगाड़ने में तुम्हारा कम हाथ नहीं है।

पहाड़ पर बाल्टी एक जगह रख जेब से पत्थर निकाल दशरथ ने पहाड़ के पत्थरों से मिलाया, बिलकुल वही पत्थर थे—हू-ब-हू!...उनकी आँखों में चमक आ गई। झोले से हथौड़ा निकाला, पत्थर पर मारा तो लुत्ती फेंककर हथौड़ा टन से उछल गया। पहले भी उनका हथौड़ा कई बार इन पत्थरों पर उछल चुका था। पहले यही देखकर दशरथ के चेहरे पर निराशा की लहर फैल जाती थी मगर आज मुस्कान तैर गई।

"मैं अब तुमको पानी पिला-पिलाकर तोड़ूँगा।"

हथौड़े को अलग रखकर बाल्टी से चुल्लू भरकर पानी निकाला और पत्थर पर डाला। कुछ देर तक पानी पत्थर पर जमा रहा लेकिन बाद में सूख गया। दशरथ ने दुबारा चुल्लू से पानी निकालकर उस पत्थर पर डाला। इस बार थोड़ी देर हुई मगर वह पानी भी पत्थर के भीतर समा गया।

बैंगा के कहे के अनुसार जिन चट्टानों में मिट्टी का अंश होता है, वे पानी सोखते हैं, उनसे बने पहाड़ों पर घास उगती है और देखते-देखते जंगल पनप जाता है। गया के पहाड़ों में वे पत्थर नीचे दब गए हैं और ऊपर मरे हुए पत्थर का ढेर लगा है जिसके कारण यहाँ हरियाली पनप नहीं पाती।

दशरथ ने तीसरी बार चुल्लू से पानी निकालकर उसी पत्थर पर डाला। इस बार पानी देर तक जमा रहा। दशरथ ने प्रयोग करने के लिए पत्थर पर छेनी रखकर हथौड़े से वार किया। एक हल्का-सा सफेद निशान पत्थर के भीतर से उभर आया और छेनी नहीं उछली। दशरथ के चेहरे पर खुशी की लकीरें तैर गईं। उन्हें समझ में आ गया कि उनका प्रयोग सफल रहा। अब ये चट्टानें अभेद्य नहीं हैं, इन्हें तोड़ा जा सकता है।

धूप काफी तेज थी। पहाड़ पर हवा भी बहुत गरम होकर चल रही थी। दशरथ एक सप्ताह से इस तरह अपने काम में लगे थे कि उनको न तो धूप का खयाल आया, न गरम हवा का। सड़क की लंबाई एक किलोमीटर से अधिक थी। कई दिनों तक अलग-अलग जगहों पर जा-जाकर वे लगातार एक से दूसरे, दूसरे से तीसरे पत्थर पर अपना प्रयोग आजमाते और मन-ही-मन खुश होते रहे।

इस तरह की चट्टानों की संख्या ज्यादा नहीं थी। मगर उनकी परतें इस तरह बनी थीं कि उन्हें काटे बगैर नीचे की चट्टानों तक पहुँचना मुश्किल था। इतनी सारी चट्टानों को काटने के लिए कितना पानी चाहिए, यह सोचकर उनका दिल काँप उठा।

गलहौर में पानी पीने के लिए तो है नहीं और इन पहाड़ों को काटने के लिए चट्टानों को पूरी तरह पानी में डुबोना पड़ेगा! भला इतना पानी वे कहाँ से लाएँगे ?—यह सोचकर उनका दिल बैठ गया। काफी देर तक इस विषय पर मनन करने के बाद जब कोई रास्ता नहीं मिला तो पहाड़ से बाल्टी और छेनी-हथौड़े की झोली लेकर नीचे उतरने लगे।

घर पहुँचे तो बच्चे बैठे खेल रहे थे। पिंजरी काम पर जा चुकी थी। बेटे की घटना ने एक बार फिर दशरथ के परिवार को उसी जगह खड़ा कर दिया था जहाँ वे बँटवारे के समय खड़े थे। पिंजरी जी-जान लगाकर काम कर रही थी। कर्जा जल्दी से चुका देने की ललक से अब वह दोनों वक्त धान कूटने लगी थी। वह पहले से काफी कमजोर दिखने लगी थी।

दशरथ ने घर के कोने में बाल्टी रखी, छेनी और हथौड़े की झोली रखी और छेदी के घर की ओर निकल पड़े।

छेदी ने दूर से दशरथ को आते देखा तो पहले चौंका। पास में ही झौरी था, वह मुस्कराने लगा। दोनों को यह खबर मिल चुकी थी कि एक बार फिर दशरथ ने काम छोड़ दिया है। दशरथ को आते देख छेदी ने मुस्कराकर झौरी से कहा—"सारी दुनिया सुधर जाए, अपना दशरथ नहीं सुधरेगा।" और पास आते ही अनजान बनते हुए बोल पड़ा—"का दशरथ, काम छोड़ दिए का... ?"

दशरथ ने उत्साह में भरकर कहा—"छोड़ो काम की बात, जिन चट्टानों को लेकर हम चार महीने से परेशान थे, उनका तोड़ मिल गया है। पत्थरों में पानी समा रहा है और ये मिट्टी वाले पत्थर ही हैं। मगर असली संकट पानी का है। इतना सारा पानी कहाँ से आएगा कि इन पहाड़ों को डुबोया जा सके?"

दशरथ की यह बात सुन छेदी और झौरी के मन में उनके काम करने को लेकर जो सवाल उठे थे, वे सिरे से गायब हो गए और यह नया संकट भर गया कि पहाड़ की इतनी बड़ी-बड़ी चट्टानों को आखिर पानी में कैसे डुबोया जा सकता है! तत्काल उन्हें कोई समाधान नहीं सूझा।

गए रात दशरथ घर लौटे तो नीम के पेड़ के नीचे शोर-गुल थम चुका था। दशरथ घर में गए तो देखा, पिंजरी बैठी-बैठी ऊँघ रही है। थकान पिंजरी पर इस तरह हावी थी कि दशरथ के आने की खबर तक नहीं हुई। दशरथ ने पुकारा तो इस तरह अचकचाकर जागी, जैसे उससे कोई गलती हो गई हो!

"आ गए आप... ? खाना निकालती हूँ।" कहकर खाना निकालने चली गई।

दशरथ सोच रहे थे कि कितना काम करती है बेचारी! कम-से-कम कर्ज चुकाने तक उनको जरूर सहयोग करना चाहिए था। मगर जब खाना लेकर आ गई तो भूल गए और उनके दिमाग में पत्थरों की भिगोनेवाली बात ही बनी रही।

पिंजरी ने दशरथ को परेशान देखा तो बोल पड़ी—"का बात है?"

दशरथ ने अपनी परेशानी का बयान किया तो पल भर के लिए उसके चेहरे पर चिंता की लकीरें तैर आईं मगर अगले ही पल उसके मन में कुछ खयाल आया और वह मुस्कराने लगी, "आप इसकी चिंता छोड़ दीजिए।"

दशरथ ने प्रश्नसूचक निगाहों से पिंजरी को देखा—"छोड़ दूँ, इसका मतलब?"

"यह काम कोई और कर देगा।"

"कौन करेगा?"

"दुनिया की भलाई के लिए यह काम उठाए हैं तो ऊपर वाला भी कुछ मदद करेगा न," कहकर पिंजरी हँस पड़ी।

उसकी हँसी में कोई रहस्य छुपा था मगर दशरथ उसे समझ नहीं पाए। लेकिन जब पिंजरी ने पूरी बात बताई तो खाना छोड़कर दशरथ ने पिंजरी को बाँहों में भर लिया। वे यह भी भूल गए कि उनके बड़े भैया जूना माँझी आँगन में पेशाब करने के लिए निकले हुए हैं।

दशरथ को अब खुद पर हँसी आ रही थी कि इतनी मामूली-सी बात भी उनकी समझ में क्यों नहीं आई। अपनी बात छोड़ भी दें तो छेदी और झौरी को भी तो यह बात समझ में नहीं आई। पिंजरी ने उसका इतना आसान हल निकाल दिया था कि वे दंग रह गए थे।

पिंजरी ने बस इतना ही कहा था कि इस काम में ऊपर वाला आपकी मदद करेगा। उस समय ऊपर वाले का मतलब उन्होंने भगवान को समझा था। उन्हें लगा था कि नाउम्मीदी के दौर में आदमी अपना सब कुछ भगवान के सहारे छोड़ देता है मगर जब पिंजरी ने बताया कि यह चैत का महीना है और इसके बाद बस बैसाख और उसके बाद जेठ-आसाढ़ से ऊपर वाला आपकी मदद अपने आप करना शुरू कर देगा और भादों तक करेगा। तब दशरथ ने समझा कि वह बारिश की बात कर रही थी। पिंजरी ने कहा—"आप ये सोचिए कि चटटानों पर पानी कैसे रुकेगा।"

पिंजरी के इस सुझाव के बाद दशरथ ने अपने काम की दिशा बदल दी। पहाड़ काटने के बजाय अब वे पहाड़ के उस दर्रे में पानी रोकने का इंतजाम पूरे तीन महीनों तक करते रहे।

कई जगह पर नीचे से लाकर मिट्टी डालनी पड़ी, कई जगह पत्थरों को काटकर गड्ढे बनाने पड़े। जहाँ-जहाँ बड़ी चट्टानें थीं, दशरथ ने उन्हें घास या अन्य चीजों से घेरकर ऐसा इंतजाम कर दिया कि वहाँ पानी रुके और चट्टानें भींगती रहें। उनका एकमात्र मकसद था कि चाहे जैसे हो, बारिश से ये चट्टानें पूरी तरह भीगकर फूल जाएँ। चट्टानों के भीतर मिट्टी का जितना अंश हो, वह इतना पानी सोख ले कि बाद में उन्हें काटना आसान हो जाए।

दशरथ की यह तैयारी देख गाँव के कुछ लोग तो मजाक में यह कहने लगे—'दशरथ पहाड़ पर धान की खेती करेंगे।'

मगर अपने फैसले पर अडिग दशरथ एक कान से सुनकर दूसरे कान से सबकी बातें निकाल देते और अपने काम में लगे रहे। पानी रोकने के लिए पत्थर की कटाई और मिट्टी की भराई आरंभ हो गई।

एक दिन धान कूटते समय पिंजरी को ढेंकी पर ही चक्कर आ गया। रमिया भौजी समझ नहीं पाई कि क्या बात है। उसने पिंजरी को आराम करने के लिए कहा। आराम करते हुए उसे उलटी-सी आई तो उसने पिंजरी को लिटाकर देखा और खुश होते हुए कहा—"बधाई हो पिंजरी, तुम माँ बननेवाली हो।"

"मुझे मालूम है भौजी।"

"बताया नहीं? दशरथ को पता है?"

"नहीं।"

"मैं उसे बताऊँगी।"

रमिया भौजी यह खुशखबरी दशरथ को भी देना चाहती थी मगर पिंजरी ने मना कर दिया, कहा—"मत बताना। सुनेंगे कि हमको बच्चा होनेवाला है तो कहेंगे कि कुछ दिन तक काम करना बंद कर दो।"

''लेकिन क्यों?''

''कर्ज चुकाना बहुत जरूरी है।''

सुनने के बाद रमिया ने उसके मुँह पर तो कुछ नहीं कहा मगर मन-ही-मन उसका लोहा मानते हुए कहा—'भगवान तेरे जैसी औरत हर मर्द को दे।'

पहाड़ पर पानी बाँधने की तैयारी के क्रम में दशरथ जब एक पत्थर को काट रहे थे, अचानक हथौड़ा उछलकर उनके हाथ पर लग गया और दशरथ हारकर घर लौट आए। पिंजरी घर में नहीं थी। बच्चे भी नहीं थे। खुद खाना निकालकर खाया और अभी कमरे में जाकर लेटना ही चाहते थे कि अचानक दरवाजे पर दस्तक हुई। दशरथ को लगा कि पिंजरी आ गई। इससे पहले कि वे दरवाजा खोलें, उनकी भौजी ने बड़बड़ाते हुए उठकर दरवाजा खोला।

सामने राजबरन पासी खड़ा था।

धनिया को लगा कि वह दशरथ के पास आया है इसलिए जाने के लिए मुड़ गई। मगर राजबरन ने धनिया से पूछा—''भौजी, जूना भैया कहाँ हैं?''

जूना घर में ही थे।

राजबरन को दरवाजे पर खड़ा देख जूना काँप गए। जूना ने राजबरन से ही दस रुपए का कर्ज लिया था। उन्होंने राजबरन से कहा था कि घर पर कभी तगादा करने मत आना। धनिया को यह पता नहीं चलना चाहिए, मैं चुका दूँगा मगर चुका नहीं पाए।

धनिया ने सुना कि राजबरन जूना से मिलने आया है तो चौंकी—''क्या काम है?''

राजबरन ने बिना लाग-लपेट कर्जे वाली बात धनिया को बता दी।

सुनकर धनिया का पारा गरम हो गया। उसकी समझ में नहीं आया कि घर में ऐसी कोई जरूरत तो पड़ी नहीं कि कर्ज लेना पड़े। सहसा उसके दिमाग में आया कि जरूर यह कर्ज दशरथ के बेटे के जलने के समय लिया होगा।

उसने राजबरन से पूछा—''कब की बात है ये?''

''तीन महीना हो गया भौजी।''

धनिया के मन में जो शंका थी, वह अब यकीन में बदल गई। शेरनी की तरह गुर्राते हुए मुड़ी और जूना के पास जाकर रुकी—''करजा लिए हो?''

जूना ने कोई जवाब नहीं दिया।

''मुँह में छेद नहीं है? बोलते काहे नहीं?''

राजबरन पासी भी भीतर आ गया—''भौजी, हमरा पइसा रहता तो कोई बात नहीं, कुदन कुम्हार से पैंचा लेकर दिये हैं। ऊ मेरे कपार पर चढ़ा है।''

राजबरन की इन बातों ने धनिया के गुस्से की आग में घी डालने का काम किया। धनिया अब चिल्ला-चिल्लाकर इस तरह बोलने लगी, जैसे वह दशरथ को सुनाना चाहती हो—''कौन ऐसा जरूरत पड़ गया था घर में जो तुम करजा लेने गए, और हमको मालूम भी नहीं!''

जूना के मुँह से आवाज नहीं निकली। उसने सिर झुका लिया।

''अरे बोलते क्यों नहीं...'' धनिया जैसे गालियों पर उतर आई—''सड़ रहे थे, गल रहे थे, हैजा हो गया था, कोढ़ फूट गया था कि आग में जल गए थे? का हुआ था?''

दशरथ बरामदे में ढेंकी के पास खड़े चुपचाप सुन रहे थे। काफी देर तक वे चुप रहे लेकिन अब जिस तरह धनिया बोल रही थी, सहा नहीं गया। वे समझ गए कि भैया ने वह कर्ज दशरथ के लिए ही लिया था। दशरथ ने भौजी के पास जाकर विनम्रता से कहा—"भौजी, भैया ने करजा मेरे लिए लिया था, जब बुधुआ जल गया था और अस्पताल में था।"

धनिया दशरथ की ओर मुड़ी और शेरनी की तरह बिफरते हुए कहा—"हमको मालूम थी ये बात। इसीलिए ई दलिदरा को भात, करमी के साग और माठा भेजकर खिलाया जाता था कि भीतर-भीतर दूह सकें। अपना बाल-बच्चा को एगो लेमनचूस नहीं लाता है और दोसरा के लिए दस रोपेया करजा ले लिया...बाप रे बाप...अब हम कहाँ से लौटाएँगे?"

दशरथ को समझ में नहीं आया कि क्या करें।

भौजी का बोलना बदस्तूर जारी था। एकाएक उन्हें खयाल आया कि घर में धान के तीन बोरे भरे पड़े हैं, जिन्हें पिंजरी ने अपनी मेहनत से बटोरा है। अपमान सहने से ज्यादा अच्छा है कि उसका कर्जा चुका दिया जाए।

उन्होंने मन-ही-मन हिसाब जोड़ा और उन्हें जब इस बात का एहसास हो गया कि तीन बोरे धान से वे पूरी तरह कर्ज से मुक्त हो सकते हैं तो उन्होंने बगैर किसी लाग-लपेट के कह दिया—"अपना कर्ज ले जाओ और हमें माफ करो।"

राजबरन ने सुना तो उसके चेहरे पर खुशी की लकीरें फैल गईं। उसने झट-पट आदमी बुलवाए और बोरे के धान जो असल बासमती के थे, उठवाकर लेकर चल दिया।

पिंजरी जब लौटकर घर आई और पता चला कि दशरथ ने धान राजबरन को दे दिया है तो उसका चेहरा उड़ गया। वह समझ नहीं पाई कि क्या करे। जिस धान को दशरथ अपना समझ रहे थे, वह धान उनका अपना नहीं था बल्कि पिंजरी ने कुटाई के लिए मँगाया था।

धान मुखिया के पड़ोसी का था और उसकी बेटी की शादी तय हो गई थी। उसने थोड़ी कम मजदूरी पर ही उसे करने का जोखिम उठाया था ताकि कर्जे से जितनी जल्दी हो सके, मुक्ति पाई जा सके।

जब दशरथ को इस बात का पता चला तो बहुत पछताए मगर अब क्या हो सकता था!

पिंजरी ने कहा—"तुम यहीं रहो, मैं राजबरन के घर से होकर आती हूँ।"

और वह बिना खाए-पिए राजबरन पासी के घर निकल गई।

दशरथ बहुत पछताए कि उन्होंने यह क्या कर दिया।

समय का चूका हुआ आदमी और डाल का चूका हुआ बंदर जैसे जिंदा नहीं बचता, वे अपने को मुर्दा मान चुके थे। पिंजरी क्या सूचना लेकर आती है, इसका इंतजार करने का सिवा उनके पास कोई दूसरा चारा नहीं था। पिंजरी लौटकर आई। ऐसा लग रहा था, जैसे उसके चेहरे पर सदियों की थकान हो...सदियों की निराशा हो!

पिंजरी को देखकर बोल पड़े दशरथ—"का हुआ...?"

पिंजरी के मुँह से एक भी शब्द नहीं निकला। उसकी आँखें भर आईं।

"कहता है कि धान कुदन कुम्हार के घर भेजवा दिया है।"

दशरथ की भँवें तन गईं। कुदन कुम्हार के यहाँ जाने का मतलब क्या हो सकता है, वे इसका मतलब अच्छी तरह समझते थे। उनके चेहरे पर तनाव की लकीरें तैर गईं।

पिंजरी ने दशरथ के चेहरे पर तनाव देखा तो सहज हो कहने लगी—"छोड़िए। जो होना था, हो गया, आप खाना खाइए..."

दशरथ से कुछ बोलते नहीं बना।

"आप इसकी चिंता काहे करते हैं...हम सँभाल लेंगे।"

रात को दशरथ ने गौर किया कि पिंजरी को नींद नहीं आ रही थी...वह बार-बार करवट बदल रही थी। नींद तो दशरथ को भी नहीं आ रही थी। वे लगातार सोच रहे थे कि इस घर के लिए एक बार फिर से उनके काम करने की जरूरत आ पड़ी है और अब कुछ भी हो जाए, कर्ज चुकाने तक वे पिंजरी का पूरा सहयोग करेंगे। भले ही पिंजरी ने उनसे वादा किया हो कि परिवार के मोर्चे पर वह अकेली ही करने में सक्षम है मगर कर्ज पूरे होने तक उसका जरूर सहयोग करेंगे। अगले दिन से वे फिर कहीं-न-कहीं काम तलाशेंगे और तब तक पिंजरी का सहयोग करेंगे जब तक कर्ज का मसला हल नहीं हो जाता।

मगर नियति को शायद कुछ और मंजूर था। उसी रात बादल घुमड़ आए, आसमान में बिजली कड़कने लगी और मेघ इस तरह झमाझम बरसे कि दशरथ सब कुछ भूलकर रात में ही निकलकर पहाड़ पर चले गए और निरीक्षण करने लगे कि काटे गए चट्टानों पर पानी रुका है कि नहीं।

जहाँ-जहाँ पानी नहीं रुका था, वहाँ रोकने के प्रयत्नों में अगले दिन इस तरह उलझे कि भूल गए कि उन्होंने क्या सोचा था। जब चट्टानें पानी से फूलकर भारी हो गईं तो यह बात जेहन में घर कर गई कि कर्जा तो कभी चुकाया जा सकता है लेकिन बरसात निकल गई तो ये चट्टानें लोहा हो जाएँगी, फिर इन्हें तोड़ना दशरथ के बस की बात नहीं होगी।

दशरथ का यह प्रयोग सफल रहा। मिट्टी वाली चटटानों को काटने में लगभग दो साल लग गए। इन चट्टानों की मात्रा अधिक नहीं थी लेकिन इनके भीगने और फूलने में ही दो महीने का समय लग गया और उसके बाद जब काम की शुरुआत हुई तो कुछ महीने ही चल पाया। फागुन आते-आते फिर से पत्थर उसी तरह सख्त हो गए। समझ में आ गया कि अब दुबारा अषाढ़ में ही काम शुरू हो पाएगा।

पहले साल का अनुभव काम आया और दूसरे फागुन से पहले उनका सफाया पूरी तरह हो गया। इन पत्थरों के बाद मरे हुए पत्थरों की एक पतली-सी परत थी जो आसानी से कटती चली गई। अभी आगे क्या है, इसका पता दशरथ को नहीं चल पा रहा था क्योंकि चट्टानों के भीतर क्या छुपा है, इसे ऊपर से पता लगा पाना आसान नहीं था।

पत्थर की दो बड़ी परतों के कटने के बाद दशरथ ने दूर खड़े होकर सड़क को देखा तो उनको यकीन नहीं हुआ कि यह वही दर्रा है जिसे पार करते पिंजरी डरती थी। दर्रे से दशरथ को लगाव हो गया था और वह जगह-जगह उनको रोकता था।

एक दिन एक औरत खाना लेकर आसानी से दर्रे से निकलती चली गई। एक बूढ़ी औरत लाठी टेकती उसके पीछे आ रही थी और उसे चिल्ला-चिल्लाकर गालियाँ बक रही थी कि जवानी दिखा रही है...उसे बीच दर्रे में छोड़कर अपने दनदनाती चली जा रही है। बाहर आने के बाद उसने दशरथ को पहले नजर भर देखा...पहचाना और पहचान लेने के बाद उसने जी भरकर दुआएँ दीं—"बबुआ, तुम्हारे चलते आज हम बुढ़िया होकर भी ई दर्रा पार कर लेती हैं। भगवान तुमको इसका यश जरूर देगा।"

दर्रा पार करना पहले से बहुत आसान हो गया था और इसके लिए अक्सर लोग दशरथ को दुआएँ देते।

दशरथ ने सपने में भी यह कभी नहीं सोचा था कि यह दर्रा उनके जीवन के साथ इस तरह जुड़ जाएगा। थोड़ा-सा साफ कर देने के बाद थोड़ी कठिनाई के साथ यह गाँव के लिए ही नहीं, बल्कि पूरे इलाके के लोगों के लिए उपयोगी हो गया था। वजीरगंज पैदल जानेवालों के लिए तो यह सचमुच वरदान हो गया था। गया होकर पहले जाने में जो चालीस कोस पड़ता था अब वह दूरी चार कोस में तब्दील हो गई थी।

दर्रा कट जाने के बाद पहाड़ के पार इस साल तीन शादियाँ भी तय हुई थीं और बरात की डोली भी गई थी। दूल्हे को उतरकर पैदल पार करना पड़ा था। दशरथ के जीवन से दर्रे से जुड़ी इतनी घटनाएँ जुड़ गई थीं कि अब सबको याद करना उनके लिए भी मुश्किल था।

पहाड़ काटने की शुरुआत के लगभग चार साल पूरे हो चुके थे। इन चार बरसों में दशरथ के जीवन और व्यक्तित्व में कई बड़े परिवर्तन आ गए थे। अब उन्हें जल्दी किसी की बात पर गुस्सा नहीं आता था। हर चीज सलीके से उनके विचारों में घुलती हुई भीतर तक आती थी। पहले वे उसके बारे में अपनी राय बनाते थे तब कुछ कहते थे। उनके चेहरे पर एक फकीरी का भाव अलग से देखा जा सकता था।

पहाड़ काटने का असर यह था कि वे जब गाँव में निकलते, लोग उनको आदर और सम्मान के साथ देखते। पहाड़ काटते समय जो भी रास्ते से गुजरता, विनम्रता के साथ दशरथ के पास आकर सिर झुकाता। इलाके में लोग अक्सर उनके बारे में बात करते। एक जीवित किवदंती बनकर वे चारों ओर फैल गए थे। कई बार अखबार वाले भी आते, मगर क्या पूछा, क्या लिखा, इससे उन्हें बहुत मतलब नहीं था।

सारे लोग इस बात को स्वीकार कर चुके थे कि दशरथ महान काम कर रहे हैं लेकिन यह बात उनकी चेतना में नहीं आती कि इसमें वे दशरथ का सहयोग करें।

गाँव के सवर्ण जब दशरथ की प्रशंसा सुनते तो ईर्ष्या से भर जाते और बौखलाकर कहते कि जंगल काटना...पहाड़ काटना...यह तो माँझियों का काम है ही...इसमें बड़ा काम क्या है? मगर उनके भीतर कहीं-न-कहीं इस बात का अहसास था कि दशरथ बड़ा काम कर रहे हैं।

इन सबसे अलग दशरथ इस बात को अच्छी तरह समझ गए थे कि पहाड़ काटना उनके लिए किसी मंत्र को सिद्ध करने की तरह है और उसके लिए जैसे तपस्या होती है, वैसे ही कटाई का काम होता है। यही वजह थी कि पहाड़ काटना उनके लिए किसी साज को बजाने की तरह था, जिसमें उनको मजा आ रहा था।

25

आगे की चट्टानें कैसी हैं और उन्हें कैसे काटा जाए, यह सोच भी नहीं पाए थे दशरथ कि एकाएक पूरे सूबे पर अकाल की भयानक छाया मँडराने लगी।

गाँव में जिन लोगों के पास रेडियो था, उनके दरवाजे पर सुबह-शाम समाचार के समय अकाल का समाचार सुननेवाले लोगों की भीड़ लग जाती। लोगों की जुबान पर चर्चा का बस एक ही विषय था—अकाल। सूचना के साथ अफवाहों ने भी जोर पकड़ लिया था और अब

यह तय कर पाना मुश्किल था कि घटनाओं की इस भीड़ में कौन-सी सूचना है और कौन-सी अफवाह। इन हालात में दशरथ ने पहाड़ काटने का काम पूरी तरह बंद कर दिया क्योंकि पहाड़ से अधिक गाँव के लोगों के जिंदा रहने की जरूरत उनके जेहन में बस गई थी।

बिहार में लोग खेती को 'सरगसरा' कहते थे। मतलब आसमान से अगर बारिश होगी तो फसल होगी, नहीं तो नहीं होगी। पिछले साल बारिश कम हुई थी जिसके कारण फसल आधी से भी कम हुई। लोगों को उम्मीद थी कि अगले साल अच्छी बारिश होगी और फसलें हो जाएँगी तो गए साल की सारी कमी भरपाई हो जाएगी और जीवन पहले की तरह पटरी पर आ जाएगा। मगर दूसरे साल तो एकदम ही बारिश नहीं हुई।

गलहौर का समाज भी खेती पर टिका हुआ समाज था। बड़े किसानों के घर में थोड़ा-बहुत अनाज था मगर वहाँ के मजदूरों का बहुत बुरा हाल था। माँझी टोल में कोई हल जोतता, कोई चरवाही करता और कोई मजदूरी करता। सब के सब किसानों की होनेवाली पैदावार पर निर्भर थे और वहीं से उनके जीवनयापन का सहारा और खाने के लिए अनाज मिलता था। मगर जब यह तय हो गया कि किसानों के घर फसल ही नहीं आएगी तो वे मजदूरों को काम कैसे दें। काम नहीं होने के कारण आय का साधन ही नष्ट हो गया। इस तरह गलहौर में खेती पर आधारित मजदूर परिवार भूखों मरने पर विवश हो गए थे।

यह गलहौर गाँव की ही नहीं, पूरे बिहार में, जहाँ अकाल का तांडव पसरा था, वहाँ की कहानी थी। खेत बूँद-बूँद पानी के लिए तरसकर परती ही रह गए थे। इलाके के जितने भी गड्ढे, पोखर और ताल-तलैया थे, सब सूख गए थे और खेतों में लहलहाती फसलों की जगह बड़ी-बड़ी दरारें पड़ी थीं। सूखे कीचड़ की पपड़ी के बीच चौड़ी-चौड़ी दरारें बहुत भयानक लग रही थीं।

गाँव में फलों के जितने पुराने पेड़ थे, उनमें से कई या तो सूख गए थे या सूखने के कगार पर थे। आसमान और हवा के सहारे मौसम की भविष्यवाणी करनेवाले किसान कह रहे थे कि यह दौर अभी लंबा चलेगा क्योंकि दिन में बादल आसमान में छाए रहते हैं और रात में आसमान साफ हो जाता है तथा पुरवा हवा भी लगातार चल रही है, जो अकाल का पहला लक्षण है।

जिन किसानों ने कहीं-कहीं रोपाई की थी, वे अब खेत में रोपे गए धान को काट-काटकर मवेशियों को खिला रहे थे क्योंकि उनके लिए कहीं चारा नहीं बचा था। धान होने से तो रहा, कम-से-कम मवेशियों की जान तो बच जाए!

कई जगह खेतों में, बगीचों में मरे हुए मवेशी पर मँडराते और मांस नोच-नोच खाते गिद्ध दिखाई दे जाते जिनकी कुत्तों के साथ जंग चलती रहती।

कई लोगों के घर तो कई दिनों से चूल्हा नहीं जला।

कहीं कुछ जुगाड़ हो जाता तो लोग बच्चों को भरपेट खिलाते और खुद आधे पेट खाकर संतोष कर लेते। चारों तरफ हाहाकार मचा था। संतोष था कि मुखिया का कुआँ अब भी पानी दे रहा था मगर चर्चा थी कि मुखिया अब उस पर रोक लगानेवाला है।

गाँव और माँझी टोल के बीच थोड़ा-सा फासला था जिसमें गैड़ा के खेत थे। गाँववाले कहते कि बाहर के खेतों में फसल न भी हो तो ये गैड़ा के खेत पूरे गाँव को साल भर खिलाने में सक्षम हैं लेकिन वे भी इस साल मजबूर हो गए थे। आस-पास का इलाका जो बारहों मास हरियाली से भरा रहता था, अब वहाँ चारों ओर सूखा पसरा था। जहाँ कोई हरी घास दिखाई पड़ती, लोग उसे नोच ले आते और थोड़े-से चावल में नमक डालकर पकाते।

चीजों के दाम आसमान छू रहे थे।

इसी दौरान गलहौर के कई लोगों को पहली बार इस बात का पता चला कि उनके गाँव में मुखिया और बड़े किसानों से अलग कोई सरकार है जो ऐसे आफत के समय में लोगों की मदद करती है। आस-पास के गाँवों में मदद करनेवाली कई गाड़ियाँ राहत सामग्री लेकर आई थीं और लोगों को मुफ्त में चावल, गुड़ और कई तरह के सामान मिले थे। लेकिन गलहौर में उसका भी अता-पता नहीं था।

दशरथ को जब इस बात का पता चला तो गाँव के लोगों के साथ ब्लॉक पर गए और वहाँ जोरदार ढंग से शिकायत दर्ज कराई। उसका असर हुआ और दो दिन बाद राहत सामग्री लेकर गाँव में एक गाड़ी आई। गाड़ी के साथ अफसर भी आए थे। अफसर के सामने मुखिया ने गाँव के बाहर लोगों को बुलाकर लाइन में खड़ा कर दिया और बारी-बारी से चावल, चना, गुड़ और ब्रेड जैसी चीजें बाँटी जाने लगीं।

कुछ देर के बाद जब लोगों को लगा कि वे चीजें पर्याप्त मात्रा में नहीं हैं और कतार में पीछे खड़े आदमी के पास पहुँचते-पहुँचते खत्म हो जाएँगी तो वे अपना आपा खो बैठे और लूट पर उतारू हो गए। इसका असर यह हुआ कि किसी को कुछ मिला, किसी को कुछ नहीं मिला और लोग आपस में ही लड़ने लगे।

इस घटना के बाद लोग एक-दूसरे पर आरोप लगाते रहे। इसका प्रभाव यह हुआ कि मुखिया और अफसर के बीच जाने कौन-सी खिचड़ी पकी कि राहत सामग्री का कोई भी सामान आता तो वह गाँववालों के पास आने के बजाय सीधे मुखिया के पास चला जाता। मुखिया उसे अपने कमरे में बंद कर देता और उन्हें बाँटने का समय निर्धारित कर देता लेकिन बाँटने के समय उसका ढेर सारा हिस्सा खुद ही हड़प लेता।

इसके कुछ दिन के बाद ऐसा हुआ कि सामग्री का गाँव में आना ही बंद हो गया। राहत सामग्री की गाड़ी ज्योंही गया से निकलती, आस-पास के इलाके के लोग छापामार सैनिक की तरह गाड़ी को घेर लेते और उसे लूट लेते। किसी को किसी पर भरोसा नहीं रह गया था। लोग दिनोंदिन अराजक होते जा रहे थे।

लोगों और मवेशियों के मरने की सूचनाएँ लगातार आ रही थीं। अकेले गलहौर में माँझी टोल, पासी टोल और दुसाध टोल में बारह लोग मरे थे। कुछ मौतें ऊँची जाति के परिवारों में भी हुई थीं लेकिन उनकी संख्या काफी कम थी।

राहत सामग्री एकदम से बंद हो गई तो गाँव के लोग इसके लिए एक-दूसरे को जिम्मेदार ठहराने लगे। आपसी मतभेद उभरकर इस तरह सामने आ गए कि आपस में मारपीट तक की नौबत आने लगी। इन हालात में दशरथ अकेले आदमी थे जिनकी बात गाँव के लोग मानते और खास मसलों पर फैसला इन पर छोड़ देते। दशरथ सोच रहे थे कि लूट के कारण राहत सामग्री की गाड़ियाँ आनी बंद हो गई हैं। ब्लॉक पर चलकर कुछ करना चाहिए ताकि फिर से राहत सामग्री की गाड़ियाँ ले आई जा सकें और लोगों की जान बच सके। कल भी उनका पूरा दिन वहीं बीता था।

जब वे ब्लॉक पर पहुँचे तो देखा कि वहाँ पूरे इलाके से आए हुए लोगों की भीड़ लगी थी। चारों ओर गहमागहमी का वातावरण था। उनके वहाँ पहुँचने के कुछ देर पहले ग्रामीणों ने ब्लॉक के चावल का गोदाम लूट लिया था और उसके बाद चारों ओर अफरातफरी मच गई

थी। हालात ऐसे थे कि ब्लॉक का कोई अधिकारी किसी बात का जवाब देने के लिए तैयार नहीं था। पूरे दिन दशरथ प्रयास करते रहे मगर कोई सफलता हाथ नहीं लगी। हारकर वे वापस गलहौर चले आए।

कल का हाल देखकर उनके भीतर कहीं कोई उम्मीद नहीं बची थी मगर लगे रहने पर ही कुछ हो सकता था। इसके अलावा कोई रास्ता भी तो नहीं था। यह सोचकर वे आज भी ब्लॉक पर जाने के लिए तैयार होकर झौरी और छेदी का इंतजार कर रहे थे। अचानक दरवाजे पर दस्तक हुई तो उन्हें लगा कि वे आ गए, मगर सामने का दृश्य देखकर काँप गए। रमिया पिंजरी को सँभालती हुई, बच्ची को गोद में लिये घर में आ रही थी।

पिंजरी दशरथ के पास आई, अजीब-सी कातर निगाहों से दशरथ को देखा और बेहोश हो गई।

दशरथ उसे उठाकर कमरे में ले गए। बिस्तर पर लिटाया, चेहरे पर पानी का छींटा मारा। पिंजरी को होश तो जल्दी ही आ गया मगर वह फूट-फूटकर रोने लगी।

दशरथ ने प्यार से पूछा—"का हुआ पिंजरी ?"

पिंजरी के मुँह से बोल नहीं फूटे।

बहुत दिनों के बाद किसी ने गाँव में पिंजरी को धान कूटने के लिए बुलाया था। गई तो मालकिन घर में अकेली थी, कहा कि अभी किसी काम में लगी हूँ, शाम को आ जाना। वहाँ से लौटकर रमिया के साथ पिंजरी घर आ रही थी। टोले के पास आई तो देखा कि जूना भैया की बछिया बाहर खड़ी है। बछिया भले जूना भैया की थी मगर पिंजरी रोज उसे कवरा देती थी।

बछिया ने पिंजरी को इस तरह देखा, जैसे वह कुछ कह रही हो और ज्योंही पिंजरी ने प्यार से उसका सिर सहलाया कि खड़ी-खड़ी जमीन पर लुढ़क गई, देखते-देखते उसकी जीभ बाहर निकल आई और मर गई। यह देख पिंजरी की साँस टँग गई। लगा, जैसे वह खुद ही बेहोश हो जाएगी। रमिया ने उसकी बच्ची को सँभाला और किसी तरह उसे घर लेकर आई थी।

पिंजरी बिस्तर पर थी। उसका बदन बुखार से गरम हो गया था। छेदी और झौरी दशरथ के साथ ब्लॉक पर जाने के लिए तैयार होकर आए तो देखा कि पिंजरी का बुखार काफी तेज हो चुका था। दशरथ समझ नहीं पाए कि क्या करें। जिस हाल में पिंजरी थी, उसे छोड़कर जाना उन्हें अपराध की तरह लग रहा था।

दशरथ को असमंजस में पड़ा देख पिंजरी ने कहा—"मेरी चिंता मत करो, मैं ठीक हूँ।"

मगर उसका हाल देख दशरथ को जाना गवारा नहीं हुआ।

रमिया भौजी ने दशरथ से कहा—"तुम जाओ, मैं पिंजरी के साथ रहूँगी।"

रमिया के कहने पर दशरथ को ढाढ़स बँधा। ब्लॉक पर जाना जरूरी था क्योंकि सबकी उम्मीदें वहीं पर टिकी थीं। वे पिंजरी को काम पर न जाने का निर्देश देकर छेदी और झौरी के साथ ब्लॉक पर चले गए।

दशरथ हफ्तों से ब्लॉक आ-जा रहे थे मगर कहीं कोई फायदा नहीं हो रहा था। आज एक कर्मचारी दशरथ से बात करने के लिए तैयार हो गया मगर तभी उसके अफसर ने उसे बुला लिया। दशरथ को यकीन था कि आज नहीं तो कल वे अपने गाँववालों के लिए सरकार द्वारा भेजी गई राहत सामग्री प्राप्त करने में सफल हो जाएँगे।

ब्लॉक पर इलाके के दूर-दराज के गाँव से आए लोग अफसरों और कर्मचारियों को गालियाँ बक रहे थे और राहत सामग्री की चोरी का इल्जाम लगा रहे थे। अखबारों में रोज ही इस लूट और मरनेवालों की खबरें छप रही थीं। अचानक दशरथ की निगाह उस पत्रकार पर पड़ी जिसने बुधुआ के जलने पर मदद की थी। वह जब चाहता, अफसरों के कमरे में चला जाता और बाहर आकर लोगों से बात कर पूछता कि उसके गाँव में क्या हुआ।

दशरथ को लगा कि शायद वह उनकी कोई मदद कर सके।

किसी गाँव का आदमी जब पत्रकार से यह बता रहा था कि कल उसके गाँव के एक आदमी ने अपने कुत्ते को ही मार डाला और खा गया। तभी दशरथ उसके पास पहुँचे।

उसने दशरथ को पहचान लिया—''दशरथ जी, आप... ?''

दशरथ ने उसको अपने गाँव का हाल सुनाया तो वह बोल पड़ा—''लगभग सारे गाँव का तो यही हाल है लेकिन घबराइए मत, मैं आपकी मदद करूँगा। आइए मेरे साथ।''

झौरी, छेदी, राजबरन और गाँव से आए लोग बाहर खड़े रह गए और वह दशरथ को लेकर बीडियो साहब के कमरे की ओर चल पड़ा। बीडीओ ने मुस्कराकर पत्रकार का स्वागत किया और बैठने के लिए कहा।

दशरथ पत्रकार के साथ सामने की कुर्सी पर बैठ गए। पत्रकार ने पूछा—''इनको पहचानते हैं?''

बीडीओ ने ना में सर हिलाया।

''ये गलहौर के दशरथ माँझी हैं...''

बात अभी शुरू भी नहीं हुई थी कि अचानक गया से कलक्टर का संदेशा आ गया और बीडीओ माफी माँगते हुए अगले दिन उन्हें आने के लिए कहकर चला गया।

बाहर निकलकर पत्रकार ने कहा—''कल आ जाइए, मैं आपको पूरी सूचना दूँगा और आपके गाँव के लिए जो कुछ होगा, वह आपको मिल जाएगा।''

पत्रकार चला गया तो अन्य गाँवों से आए हुए लोगों ने दशरथ को घेर लिया और पूछने लगे कि क्या बात हुई। वहाँ खड़े एक आदमी ने कहा कि सरकार इस समय हर गाँव के लिए फंड दे रही है कि गाँव में काम पैदा करो...लोगों से काम कराओ और उसकी मजदूरी दो। यह योजना आपके गाँव के लिए भी आई होगी। दशरथ, झौरी और छेदी को इस बात का यकीन हुआ कि पत्रकार की मदद से अब गाँववालों के लिए वे कुछ कर सकेंगे। वे झटपट गलहौर के लिए रवाना हो गए।

दशरथ के घर की माली हालत भी अच्छी नहीं थी। बेटे के जलने के बाद पिंजरी ने हाड़ खटा कर काम किया था मगर अब तक ठीक से अपने पैर पर खड़ी नहीं हो पाई थी। उसकी मेहनत की कमाई लिए गए कर्ज चुकाने में चली गई थी। बीच में बेटी होने के समय दो महीनों तक काम बंद करना पड़ा था। पिछले दो साल से उसका काम भी काफी कम हो गया था। जब फसल ही नहीं हुई तो कुटाई-पिसाई कैसे हो? बड़े घर की औरतें अपनी कुटाई-पिसाई खुद करने लगी थीं।

दशरथ के मना करने के बाद भी पिंजरी हाथ आए काम को छोड़ना नहीं चाहती थी। कहीं से काम की खबर मिली तो दोपहर बाद फिर काम पर जाने के लिए तैयार हो गई। रमिया भौजी

ने पिंजरी की देह छूकर देखा, बुखार उतर गया था इसलिए उसे भी कोई आपत्ति नहीं हुई। पिंजरी का ही ऐसा व्यवहार है कि ऐसे हालात में भी उसे कुछ–न–कुछ काम मिल जाता है, वरना काम कौन देता है आजकल!

पिंजरी और रमिया गाँव के बबुआन टोल में पहुँचीं तो देखकर भौंचक रह गईं कि जितिया गमछा पसारकर भीख माँग रहे हैं। पिंजरी और रमिया की आँख भर आई। जितिया का भरा–पूरा परिवार था। भले ही उनके नाती–पोते अलग–अलग रहते थे, मगर वे दोनों जून जितिया को बहुत आदर के साथ खाना देते थे और उनका खयाल रखते थे। मगर अब तो हालात ही कुछ और थे। जीवन भर स्वाभिमान के साथ जीनेवाले जितिया को बड़े लोगों के टोले में भीख माँगने पर मजबूर होना पड़ा था और कोई कुछ दे नहीं रहा था।

पिंजरी और रमिया बगल से गुजरीं तो जितिया पता नहीं क्यों उन्हें जाते हुए बड़े गौर से निहार रहे थे।

पिंजरी का आज झिंगुरी सिंह के घर से बुलावा था।

रमिया के साथ पिंजरी ढेंकी पर बैठी धान कूट रही थी। अक्सर जब वे ढेंकी पर बैठतीं तो गीत गाना शुरू कर देतीं। गीतों के बीच आपसी चुहल इस कदर परवान चढ़ती कि कब काम पूरा हो जाता, उन्हें इसका पता भी नहीं चलता। आज उनके होंठों पर कोई भी गीत नहीं था। उनके क्या, पूरे गलहौर में सबकी जुबान से गीत और सबके चेहरे की खुशी गायब हो गई थी। रमिया और पिंजरी की केवल चावल पर नजर थी। कई दिनों के बाद आज काम मिला था। पहले छह पसेरी में एक पसेरी मिलता था मगर आज एक जून का भी मिल जाए तो वे ना नहीं कहेंगी।

उनके सधे हुए पाँव ढेंकी के लतमरुआ पर जाते, नीचे की ओर दबाव बनाते, ढेंकी का मूसल वाला सिरा ऊपर की ओर उठता, पैरों का दबाव कम हो जाता और मूसल धान पर गिरता। थोड़ा–सा चावल बिखर जाता जिसे कुछ देर के बाद पिंजरी या रमिया जाकर ठीक कर देती।

रमिया ने पिंजरी की ओर देखा तो वह बात समझकर ढेंकी से नीचे उतर गई...। ओखल के पास बिखरे हुए चावलों को एकत्रित करके ओखल के बीच में कर दिया और एक नजर अपनी डेढ़ साल की बच्ची पर डाली जो आँगन में सो रही थी।

पिंजरी जब काम पर जाती बच्ची को भी ले जाती। आँगन में बोरा डाल बच्ची को दूध पिलाती। उसका दूध पीते हुए बच्ची सो जाती। सो जाने के बाद उसे गमछे से ढँक देती और उसके बाद वह अपना काम पूरा करने चली जाती। बच्ची बीच में कभी जागती तो वह गोद में ले लेती मगर ऐसा बहुत कम ही होता क्योंकि एक बार दूध पी लेने के बाद पूरे चार–पाँच घंटे तक सोती। बच्ची पर एक नजर डाल पिंजरी रमिया के पास चली गई और ढेंकी पर बैठ गई।

उसने रमिया की ओर एक नजर देखा और कहा—"अब चावल बहुत जल्दी हो जाएगा।"

रमिया ने उसकी बातों का कोई जवाब नहीं दिया और मशीन की तरह काम करती रही।

एकाएक रमिया के मन में जाने क्या आया और उसने पिंजरी से पूछा—"कितना चावल होगा तुम्हारे घर?"

पिंजरी ने ठंडी निगाहों से रमिया को देखा। उसके चेहरे पर जरा-सा उत्साह नहीं था। उसने कहा—"बस, एक टिन बचा रह गया है।"

पिंजरी को याद आया कि चावल तो वह कोठिला में रखती थी और हमेशा इतना रहता था कि एक-दो साल का खर्च चल जाए मगर बेटे की बीमारी का कर्जा चुकाने में कुछ भी जमा नहीं हो सका और सिर पर ये आफत आ गई।

थोड़ी-सी बातचीत के बाद दोनों खामोश हो गईं।

झिंगुरी सिंह की बहू ससुराल गई थी और उनकी पत्नी दूसरे कमरे में बैठी गाय के दूध को बिलोकर मट्ठा निकाल रही थी। इधर पिंजरी और रमिया अपने काम में मशगूल थीं।

रमिया ने ओखल के चावल पर नजर डालकर कहा—"अब फटक लेते हैं।"

पिंजरी ने कहा—"दो-चार मूसर और गिर जाने दो, चावल में चमक आ जाएगी।"

और वे अपना काम जारी रखते हुए कुछ सोचती रहीं।

एकाएक दोनों की नजर सामने गई और जैसे भक्क मार गया। वे कुछ समझ नहीं पाईं कि कब जितिया बिजली की तेजी से आँगन में समाए, एक पल के लिए नजर घुमाकर उचक्के की तरह चारों ओर देखा। एकाएक उनकी नजर आँगन में सोई पिंजरी की बच्ची पर टिक गई। मन-ही-मन उन्होंने कुछ फैसला लिया। बच्ची को एक हाथ से बिजली की गति से उठाया और आगे बढ़ते हुए ढेंकी तक आ गए।

ढेंकी का मूसल ज्योंही ऊपर उठा, उन्होंने बच्ची को ओखल में डाल दिया।

सब कुछ इतनी जल्दी और इस तरह पलक झपकते हुआ कि पिंजरी के मुँह से बस एक घुटी-सी चीख निकली और दोनों अपनी जगह पर जैसे काठ हो गईं।

ओखल में पड़ी पिंजरी की नन्ही-सी बच्ची जोर-जोर से रो रही थी और जितिया ओखल का चावल हाथ से निकालकर कभी गमछे में डालते, कभी मुँह में और पागलों की तरह हँसते। पिंजरी और रमिया के पाँव ढेंकी के लतमरुआ पर जोर से जमे थे, कहीं जरा-सी चूक हुई तो इतनी भारी ढेंकी का इतना बड़ा मूसल बच्ची के ऊपर जा गिरेगा। रमिया और पिंजरी दोनों के चेहरे उड़ गए थे और वे समझ नहीं पा रही थीं कि क्या करें।

बच्ची के रोने और जितिया के कहकहे की आवाज सुन झिंगुरी सिंह की पत्नी कमरे से बाहर निकलकर आईं। सामने का दृश्य देखकर उनके मुँह से चीख निकल गई।

जितिया ने उन्हें चीखते देखा तो उनके चेहरे पर भय की लकीरें दौड़ गईं और उसी तरह कभी चावल फाँकते, कभी हँसते तेजी के साथ घर से बाहर निकल गए। झिंगुरी सिंह की पत्नी शोर मचाते हुए उनके पीछे भागती चली गईं। यह देख पिंजरी को जैसे काठ मार गया था। उसके पाँव अब भी ढेंकी के लतमरुआ पर पूरी ताकत से जमे थे।

रमिया ने उससे कहा—"जाओ, पहले बच्ची को उठाओ।"

मगर पिंजरी को जैसे सुनाई ही नहीं पड़ा। वह डर रही थी कि कहीं नीचे उतरी, दबाव कम पड़ा और बच्ची के ऊपर मूसल गिरा तो क्या होगा! उसकी हालत रोने-रोने जैसी हो गई।

रमिया ने जोर देकर कहा—"जाओ, मेरा यकीन करो।"

कई बार उसने कहा तो पिंजरी ने पहले अपना एक पाँव हटाया। वजन का अनुमान किया। ढेंकी का मूसल अब भी ऊपर की तरफ टँगा था। उसे अब यकीन हो रहा था कि

रमिया पूरा वजन सँभाल लेगी तो डरते-डरते दूसरा पाँव हटाया और झपटकर रोती हुई बच्ची को ओखल के भीतर से निकाल सीने से चिपका लिया।

बच्ची अब भी जार-बेजार रो रही थी। आहिस्ता से मूसल गिराकर रमिया भी उसके पास आ गई। बच्ची को सलामत देख राहत की साँस ली, तभी उन्हें बाहर कहीं शोर और जोरों की चीख सुनाई पड़ी और दोनों बाहर निकल गईं।

बाहर निकलने के बाद पिंजरी ने जो कुछ देखा, वह दिल को दहला देनेवाला था। जितिया उसी तरह गमछे से कच्चा चावल निकालकर फाँकते, अट्टहास करते भाग रहे थे और उनके पीछे गाँव के आठ-दस लोग लाठी लेकर भाग रहे थे। अंततः जितिया गिर गए और उनके ऊपर लाठियों की बरसात होने लगी। सबसे आश्चर्यजनक बात यह थी कि लाठियों का प्रहार उन पर लगातार हो रहा था मगर वे उससे जरा भी विचलित हुए बिना गमछे की झोली से चावल मुँह में डाल रहे थे और इस तरह हँस रहे थे जैसे पेट भरने की खुशी मौत के गम से बहुत बड़ी हो!

उनके शरीर में कई जगह से खून रिस रहा था मगर वे इस तरह बेताब थे जैसे मरने से पहले पूरा चावल खा जाना चाहते थे। आखिरी मुट्ठी मुँह में जाने के ठीक पहले उनके सिर पर लाठी का जोरदार वार हुआ, उससे भभककर खून गिरने लगा और जब मुट्ठी का चावल उनके मुँह में गया, पूरी तरह खून से सन चुका था। जितिया बाबा मर गए मगर देखने से ऐसा लगता था, जैसे मरने से पहले भरपेट चावल खा लेने का संतोष उनके चेहरे पर था।

यह दृश्य देखकर पिंजरी और रमिया काँप गईं और मुँह में आँचल ठूँसकर सुबकते हुए माँझी टोल की ओर भागीं।

पिंजरी घर आई तो देखा कि दशरथ ब्लॉक से आ चुके थे। दशरथ को यह जानकर संतोष हुआ था कि पिंजरी का बुखार उतर चुका है, मगर उसके काम पर जाने से वे नाराज थे। पिंजरी ने रोते हुए जितिया बाबा के बारे में बताया तो दशरथ काँप गए मगर कुछ नहीं कहा।

मौत की आ रही अनगिनत सूचनाओं की तरह यह भी महज एक सूचना थी। इस वक्त किसी की मौत पर रोने से ज्यादा जरूरी था जिंदा लोगों को मौत के मुँह में जाने से रोकना। सब कुछ भूलकर गाँव के लोग आ गए तो दशरथ ने बताया कि एक नई योजना आई है। जितना कुछ उस योजना के बारे में उनको पता था, उन्होंने बताया तथा यह भी बताया कि कल उसके बारे में विस्तार से पता चल जाएगा।

दशरथ की यह बात सुनकर पूरे गाँव के गरीबों के बीच उत्साह की एक लहर दौड़ गई। सभी दशरथ की प्रशंसा करने लगे। सबको इस बात का यकीन हो गया कि ऐसे कठिन समय में अगर कोई गाँव को बचा सकता है तो वे दशरथ ही हो सकते हैं। मुखिया और अन्य किसी को गाँव के गरीबों की कोई परवाह नहीं है।

अगले दिन जब दशरथ ब्लॉक पर जाने की तैयारी में थे, पिंजरी को दोबारा बुखार आ गया। पिंजरी को कहीं न जाने की हिदायत देकर दशरथ ब्लॉक के लिए गाँव वालों के संग रवाना हो गए।

दशरथ निश्चित समय पर ब्लॉक पर पहुँच गए। थोड़ी देर इंतजार के बाद पत्रकार भी आ गया। तय योजना के मुताबिक पत्रकार के साथ दशरथ बीडीओ के कमरे में गए। पता चला कि साहब दो घंटे बाद आएँगे।

दो घंटे तक इंतजार के बाद दशरथ पत्रकार के साथ दोबारा अंदर गए। इस बार बीडीओ का चेहरा गंभीर था। उसने पत्रकार को देखा और दशरथ को बाहर चले जाने को कहा। दशरथ ने सोचा, हो सकता है, कोई ऐसी गोपनीय बात हो जिसे मेरे सामने नहीं करना चाहते। मत करें, उन्हें आम खाने से मतलब है, पेड़ गिनने से नहीं। जिस तरह से पत्रकार उनका साथ दे रहा था, उन्हें पूरी उम्मीद थी कि गाँव के लिए आई योजना को गाँव में ले जाएँगे और वे बाहर पत्रकार का इंतजार करने लगे।

कुछ देर बाद पत्रकार लौटकर दशरथ के पास आया। दशरथ तेजी से आगे बढ़कर बोल पड़े—''का हुआ?''

पत्रकार एकाएक उनकी बातों का जवाब नहीं दे सका और उसका चेहरा उतर गया। दशरथ को लगा, जरूर कोई ऐसी बात है जो उनके लिए अच्छी नहीं है। राजबरन भी साथ में आया था, वह बोल पड़ा—''कुछ गड़बड़ तो नहीं हो गया...पत्रकार साहेब... ?''

पत्रकार ने लंबी साँस लेकर कहा—''हाँ, गड़बड़ तो हो गया है।''

उसकी बात सुनकर सबकी आँखें फटी रह गईं, चेहरे का रंग उड़ गया—''क्या हो गया?''

''आपके गाँव के लिए चार हजार रुपए आए थे। उसे गाँव में ही किसी काम का सृजन कर मजदूरों के बीच बाँटना था। मगर वे खत्म हो चुके हैं।''

दशरथ ने पूछा—''कैसे खत्म हो गए? किसी और गाँव में दे दिया क्या?''

इस बार उसने साफ-साफ कहा—''नहीं, उसे आपके ही मुखिया जी ने निकलवा लिया है और वहाँ ऑफिस में इस तरह के कागजात अँगूठे के निशान के साथ पेश किए जा चुके हैं कि वह पैसा गाँव के मजदूरों के बीच बाँट दिया गया है।''

यह सुनकर सबकी भौंहें तन गईं। लगा कि सबकी धमनियों में खून खौल रहा हो।

छेदी ने कहा—''मगर काम तो कुछ हुआ नहीं।''

इसके बाद पत्रकार ने जिस रहस्य का उद्घाटन किया, उससे सबका मुँह खुला रह गया। कोई सोच भी नहीं सकता था कि मुखिया घटियापन की इस हद तक जा सकता है।

उसने कहा—''यह मेरे लिए भी सबसे ज्यादा चौंकानेवाली बात है कि ये पैसा देने के लिए जिस काम का विवरण दिया गया है, वह काम कोई और नहीं, आपके द्वारा की गई पहाड़ की कटाई है।''

गाँव के लोग सन्नाटे में आ गए। दशरथ चकित थे। अपना खून-पसीना एक कर दशरथ ने जिस पहाड़ को काटा था, उसी के नाम पर मुखिया ने चार हजार रुपए हड़प लिए। मगर यह बहस का वक्त नहीं था। दशरथ ने पूछा—''अब क्या हो सकता है?''

''आप चिंता मत कीजिए, मैं इसे अखबार में लिखूँगा और मुखिया को वह पैसा वापस करना पड़ेगा। इसका प्रमाण है कि मैं पहले भी इस मसले पर लिख चुका हूँ।''

पत्रकार ने इसका उपाय तो बताया मगर सबके चेहरे पर जो उम्मीद की लकीर खिंची थी, वह धुँधली पड़ गई। मुखिया की गाँठ से पैसा निकालना आसान नहीं था। इसके बाद राजबरन पासी इतना उत्तेजित हो गया कि वहीं पर चिल्ला-चिल्लाकर मुखिया को गाली बकने

लगा। दशरथ ने सबको शांत किया और तय हुआ कि गाँव चलकर मुखिया से इस बात की पड़ताल की जाए और किसी तरह उससे ये पैसे निकलवाए जाएँ ताकि मजदूरों को, उनके परिवारों को इस अकाल में बचाया जा सके क्योंकि इसके अलावा अभी कोई दूसरा रास्ता सामने नहीं है। दशरथ की बात मान सभी गाँव की ओर चल पड़े।

पिंजरी की कमाई के कई अतिरिक्त साधन थे जो बेटे के जलने के बाद पिंजरी ने जानबूझकर विकसित किए थे। इन्हीं के जरिये उसने सारा कर्ज चुका दिया था। कभी किसी के कंडे थाप देती, किसी के बच्चे की मालिश करती और जहाँ करती, कुछ-न-कुछ वहाँ से मिल जाता। उसे मालूम था कि अकाल का असर सिर्फ उन लोगों पर है जो गरीब हैं, जिनके पास साल भर खाने के लिए अन्न नहीं है।

पहले बछिया और फिर जितिया की मौत का सबसे अधिक प्रभाव किसी पर पड़ा था तो वह थी पिंजरी। उसके मन में बुरी तरह भय समा गया था कि अब क्या होगा! उसे बुखार था। रमिया भौजी ने मना किया कि बाहर मत जाओ मगर वह नहीं मानी, गाँव में पंडितजी की बहू को तेल लगाने चली गई।

दशरथ ने भी पिंजरी को बार-बार मना किया था कि जब तक बुखार पूरी तरह उतर नहीं जाता तब तक कहीं मत जाए, मगर पिंजरी को दशरथ की बातों की कोई परवाह नहीं थी। उसने पूरी तत्परता से बच्चों और रमिया भौजी को समझा दिया कि भूखे मरने से काम करना अच्छा है।

गाँव में किसी को ढूँढ़ने पर भी काम नहीं मिलता, एक वही है जो किसी तरह बात करके काम खोज लेती है। माँझी टोल में हाहाकार मचा है। अब लोग घासों और पेड़ की पत्तियों पर टूट पड़े हैं। औरों का हाल क्या कहें, खुद रमिया की भी हालत खराब होने लगी थी। उसने पिंजरी को नहीं रोका।

पिंजरी पंडितजी की बहू को तेल लगाकर आ गई मगर वहाँ उसे कुछ नहीं मिला। उसने किसी से कुछ नहीं कहा मगर चलते हुए उसके पाँव काँप रहे थे, चक्कर आ रहा था। एक बार ऐसा लगा, जैसे चलते-चलते गिर जाएगी। वह इस बात से बेहद निराश थी कि अब गाँव में कोई काम नहीं मिलेगा। पता नहीं, कैसे गुजारा होगा!

घर लौटकर आई तो याद आया कि दशरथ सुबह में बिना कुछ खाए ब्लॉक पर गए हैं। आज वह इसीलिए काम पर गई थी कि जो कुछ मिलेगा, उसे ही पकाएगी मगर कुछ मिला नहीं। उसने एक मोटरी में चावल बाँधकर धरन के ऊपर छुपाकर रखा था कि मुसीबत के दिनों में काम आएँगे।

जिस दिन उसने चावल ऊपर रखा था, उसी समय पता नहीं कैसे उसके मन में यह खयाल आ गया कि जिस दिन ये चावल खत्म हो जाएँगे, उस दिन वह नहीं बचेगी। संतोष इस बात का था कि बचे हुए इस चावल से घर में चार लोगों का भोजन दस दिन तक तो चलेगा और इसके बाद जो होगा, देखा जाएगा। आदमी के बस में जो हो, वही तो कर सकता है। दशरथ की बातों से उसे एक उम्मीद बँध गई थी कि ब्लॉक वाला पैसा मिल जाए तो कुछ राहत होगी।

घर आकर उसने चावल की हाँड़ी थाल में उलट दी और अनुमान किया तो चावल एक दिन से ज्यादा का नहीं था। पिंजरी ने सोचा कि धरन पर बचाकर रखे गए चावल से दो-तीन दिन खाने भर चावल निकालकर हाँड़ी में रख ले ताकि बार-बार उतारने की नौबत नहीं आए।

खटिया पर चढ़कर धरन पर देखा तो उसके होश उड़ गए।

वहाँ चावल की मोटरी ही नहीं थी। इसका मतलब क्या हो सकता है? अभी तो इतना ज्यादा चावल था कि दस दिन तक वह अपने पूरे परिवार को खिला सकती थी। एकाएक उसे खयाल आया कि अभी तीन दिन पहले धनिया भौजी रो रही थी कि उसके पास एक जून का चावल नहीं है, और उसके बाद से इस अकाल में जब पूरा गाँव एक बेर खाकर जिंदा है, कहाँ से दूनो बेर चावल बना रही है?

वह समझ गई कि यह काम किसी और का नहीं, धनिया भौजी का है। मगर वह कुछ कह भी नहीं सकती थी। इस खयाल मात्र से ही उसे चक्कर-सा आ गया कि कल सुबह क्या बनेगा, क्या खिलाएगी दशरथ और बच्चों को?

पिछले कई दिनों से उसने अपनी खुराक में कटौती कर ली थी और आधा पेट ही खाती थी। ऊपर से कमबख्त बुखार रोज आ ही जाता था। वह समझ नहीं पाई कि क्या करे!

दशरथ ब्लॉक से लौटकर आ गए और जब उसे पता चला कि मुखिया ने वे सारे पैसे हड़प लिये हैं तो रही-सही उसकी उम्मीद भी समाप्त हो गई।

दशरथ ने गौर किया कि आज पिंजरी कुछ अधिक परेशान है लेकिन गाँव के लोगों का हुजूम इस तरह उत्तेजित था कि वे एक पल भी रुक नहीं सके और लोगों के साथ मुखिया से मिलने के लिए चले गए।

पिंजरी का दिल तेजी से बैठा जा रहा था।

जब से अकाल शुरू हुआ था, लोग चावल को धोते नहीं थे। पहले तो पिंजरी के घर से भात उबलने की गंध आती तो लोग बाहर बैठ जाते कि 'पिंजरी, बस माँड़ दे देना', और वह माँड़ में थोड़ा-सा भात मिलाकर दे देती।

कुछ दिनों के बाद हालत यह हो गई कि चावल का धोवन माँगने के लिए भी लोग आकर दरवाजे पर बैठ जाते। अब तक जिन हालात से गुजरते पिंजरी गाँव के लोगों को देख रही थी, क्या उसे भी उन्हीं हालात से गुजरना पड़ेगा?

जब चावल को चूल्हे पर चढ़ा दिया और खाली हँड़िया को देखा तो अजीब-सी कसक उसके भीतर उठी। उसके मन में गहरी निराशा भर गई। भात का माँड़ निकाला और किसी दिव्य वस्तु की तरह उसे सँजोकर रख दिया। आज घर में सबको माँड़-भात ही खाना होगा। रोज कहीं-न-कहीं से साग-पात नोच ले आती थी और दशरथ के लिए बना देती थी मगर आज... ? वह अपनी किस्मत पर रो पड़ी।

दशरथ ने जिस तरह पिंजरी से वादा किया था कि वह उसके लिए पहाड़ काटकर रास्ता बना देंगे, उसी तरह उसने भी दशरथ से वादा किया था कि चाहे जो हो जाए, वह इस परिवार का बोझ दशरथ पर नहीं पड़ने देगी। यह सोचकर उसकी आँख भर आई कि अब कल क्या होगा? बार-बार उसके जेहन में जितिया बाबा की मौत का चित्र उपस्थित हो जाता।

उसके सिर का चक्कर बहुत तेज होता जा रहा था।

रोज वह बच्चों को थोड़ा देर से खिलाती थी, महज इसलिए कि रोज वे चार बार खाते थे, अब तीन बार खाने लगे थे। बच्चों को बुलाकर खिला दिया और भात देखा तो बस, दशरथ के खाने भर था। भात कमरे में ले गई और छिपाकर रख दिया। चुप-चाप बैठ गई। बुधुआ आया और पिंजरी से चिपक गया।

लेकिन दूसरे पल ही अलग हो गया—"अरे माँ, तुमको तो बुखार है! देह भाथी जैसा जल रहा है!"

पिंजरी को बुखार की जरा भी परवाह नहीं थी। उसके सिर का चक्कर और तेज हो गया। लगा कि पूरा छप्पर गोल-गोल घूमकर नाच रहा है। मन जाने कैसा तो होने लगा। वह जाकर बिस्तर पर लेट गई और बुधुआ से रमिया भौजी को बुलाने के लिए कहा।

बुधुआ दौड़ा-दौड़ा गया तो रमिया आ गई। रमिया के आने के बाद पिंजरी अपने आप पर काबू नहीं रख सकी और रो पड़ी।

रमिया ने उसका हाल देखा तो हतप्रभ रह गई।

महज दो घंटों में पिंजरी की आँखों के नीचे काला गड्ढा पड़ गया था और चेहरा पूरा पीला पड़ गया था। वह पिंजरी थी ही नहीं जिसे रमिया भौजी ने सुबह तक देखा था—"अरे का हो गया तुमको?"

रमिया तेजी से आगे बढ़ी और पिंजरी का माथा छू लिया—"अरे बाप! देह में तो जैसे आग लगी हुई है!" उसने बुधुआ से कहा—"पानी ले आ।"

बुधुआ जल्दी से पानी ले आया और रमिया अपना आँचल भिगोकर उसके सिर के आस-पास पोंछने लगी ताकि उसका बुखार उतर जाए। डेढ़ साल की बच्ची उसकी बगल में सो रही थी। सनीचरी से रमिया ने पाँव का तलवा सहलाने और बुधुआ को मुखिया के पास जाकर दशरथ को बुलाने को कहा।

बुधुआ तेजी से बाहर निकल गया।

पिंजरी की हालत लगातार बिगड़ती जा रही थी और रमिया समझ नहीं पा रही थी कि क्या करे! पिंजरी ने जैसे कराहते हुए कहा—"दशरथ को बुलवा दो दीदी..."

रमिया ने कहा—"घबरा मत, बुधुआ गया है...आता ही होगा दशरथ।"

मगर पिंजरी ने नहीं सुना।

अपनी रौ में 'दशरथ को बुलवा दो दीदी' कहती रही और एकाएक बेहोश हो गई। बेहोशी में भी लगातार 'दशरथ-दशरथ' बड़बड़ा रही थी।

रमिया भौजी ने देखा कि पिंजरी के दाँत चढ़ गए हैं। तुरंत उसने पिंजरी के कान में मुँह लगाकर फूँक मारना आरंभ किया। तीसरी फूँक के बाद पिंजरी का मुँह भक से खुल गया और वह होश में आ गई।

होश में आते ही पूछा—"दशरथ आया कि नहीं?"

रमिया ने कहा—"आ जाएगा, जल्दी आ जाएगा...तू चिंता मत कर।"

पिंजरी की आँख से आँसू की एक रेखा अविरल प्रवाहित होने लगी—"नहीं आएगा दीदी..."

"आएगा, जरूर आएगा।"

पिंजरी ने रमिया का हाथ पकड़ लिया और कहा—"दीदी, दशरथ के लिए खाना बनाकर रख दिया है। आए तो जरूर खिला देना।" इतना कहने के बाद पिंजरी इस तरह साँस लेने लगी, जैसे उसकी साँस उखड़ रही हो—"दीदी...आपसे कहा था न मैंने...जिस दिन मेरी हाँड़ी का चावल खत्म हो जाएगा...उस दिन मैं जिंदा नहीं बचूँगी।...मेरी हाँड़ी का चावल खत्म हो गया है दीदी..."

रमिया समझ रही थी कि पिंजरी की आवाज में गति नहीं थी, एक ठहराव था। वह बहुत सँभल-सँभलकर बोल रही थी।

"जो बनाकर रखा है...खिला देंगी न...मेरे दशरथ को?"

जिस वक्त अपने जीवन की पूरी विकलता के साथ पिंजरी यह बात रमिया से कह रही थी, दशरथ पीछे आकर खड़े हो गए थे।

रमिया ने कहा—"हाँ-हाँ, खिला दूँगी। तू घबराती क्यों है? सब ठीक हो जाएगा।" अचानक उसकी नजर दशरथ पर पड़ी और उत्साहित होकर कहा—"देख, तेरा दशरथ आ गया! आ दशरथ, तू ही समझा इसे... !"

सामने का दृश्य देखकर दशरथ की भी आँखें भर आई थीं। वह सीधे पिंजरी के सिरहाने आ गए और उसके सिर को अपनी गोद में ले लिया।

"तू काहे घबराती है रे, सब ठीक हो जाएगा।"

दशरथ की गोद में सिर रखे पिंजरी ने दशरथ को देखा। हल्के से मुस्कराई और एकटक उसे ऐसे देखती रही, जैसे आखिरी बार देख रही हो!

दशरथ से रहा नहीं गया, बोल पड़े—"काहे परेशान होती हो, सब ठीक हो जाएगा।"

पिंजरी के भीतर जाने कहाँ से ताकत फूट पड़ी—"अब ठीक नहीं होगा दशरथ... अब कुछ ठीक नहीं होगा..." पिंजरी के हाथ दशरथ के चेहरे की ओर बढ़ गए—"मुझे माफ कर देना...दशरथ, मैं अपना वादा नहीं निभा पाई।...बहुत कोशिश की निभाने की...मगर हार गई..." इस बार उसने रमिया भौजी की ओर देखा—"भौजी, हँड़िए में भात रखा है और कटोरे में माँड़...अब कभी दशरथ के लिए खाना बनाने नहीं आऊँगी...मेरे हाथ का बना आखिरी खाना...दशरथ को जरूर खिला देना... ।"

"खिला दूँगी..." कहकर रमिया भौजी रोने लगी।

इसके बाद पिंजरी की आँखें किसी और दिशा में मुड़ीं और उसने दशरथ की गोद में दम तोड़ दिया।

पिंजरी की मौत की खबर पूरे गाँव में पसर गई।

देखते-देखते पिंजरी को देखने के लिए गाँव के लोगों की भीड़ लग गई।

उधर बाहर कोई चिल्ला रहा था कि गाँव के माँझी टोल के लोग मुखिया के घर को लूट रहे हैं।

26

कुपथ पर अपना रथ दौड़ाता अकाल जिस गति के साथ आया था, उसी गति से वापस तो चला गया, मगर कई जगहों पर अपना अमिट निशान छोड़ गया। जैसे आँधी के चले जाने के बाद इस बात का आकलन होता है कि इसमें कितने पेड़ जड़ से उखड़ गए, किस-किस पेड़ की कितनी शाखें टूटीं, कितने घर गिरे, उसी तरह अब इस बात का आकलन हो रहा था कि इस अकाल के कारण गाँव में क्या-क्या हुआ।

कुल चालीस औरतें, पच्चीस मर्द, बारह बच्चे और कुछ बूढ़ों के अलावा सैकड़ों मवेशी मौत के हवाले हो गए थे। गलहौर के लिए यह जख्म लंबे समय तक नहीं भरनेवाला था।

रात के अँधेरे में कभी-कभी अपने बच्चे के लिए किसी माँ का दिल दहला देनेवाला विलाप सुनाई दे जाता तो दिन के उजाले में कोई पत्नी पति के मरने के बाद अपनी सूनी माँग लिए पेट पालने के लिए किसी काम की तलाश में कहीं जाती दिखाई दे जाती। कहने के लिए तो ये महज आँकड़े थे मगर हर एक अंक में कोई-न-कोई शख्स था जिसका रिश्ता गलहौर के किसी घर और गाँव के साथ था, जिसकी कसक अभी कायम थी।

इन्हीं आँकड़ों में एक नाम दशरथ की पत्नी पिंजरी का भी था।

पिंजरी की मौत के बाद भी दशरथ हिले नहीं...रोए नहीं...। जो उनके साथ हुआ, वह किसी और के साथ न हो, यह सोचकर अपना अभियान जारी रखा।

दशरथ के नेतृत्व में हालात से उबरने के लिए बुरी तरह हताश और परेशान गाँव के लोगों ने जब आक्रामक रुख अपनाया तो मुखिया बुरी तरह डर गया और समझ गया कि अब उसकी खैर नहीं है। उसके बाद जब पूरी खबर अखबार में छप गई तो उसके सामने कोई चारा नहीं रहा। जेल जाने के भय से आखिरकार वह रुपया जो ब्लॉक से अकाल और पहाड़ की कटाई के नाम पर मिला था, लौटाने के लिए तैयार हो गया।

झौरी और छेदी ने पूरे गाँव के उन लोगों की सूची बनाई जो जरूरतमंद थे, और मुखिया से रुपया लेकर बराबर-बराबर और लोगों की जरूरत के अनुसार गाँव में बाँट दिया गया। अकाल के दिनों में यह बहुत बड़ी राहत थी। इसके अलावा सबसे बड़ी बात यह हुई कि सरकार की ओर से मदद की जो भी राशि या सामान आता, वह झौरी और छेदी के द्वारा बिना भेदभाव के सब तक पहुँच जाता था।

जिस संयम से गलहौर के लोगों ने अकाल का सामना किया था, ब्लॉक में ही नहीं, जिला में लोग उदाहरण देने लगे कि 'जाकर देख लीजिए, गलहौर वाले मिल-जुलकर अकाल का सामना कैसे कर रहे हैं!'

उसके बाद साल के भीतर ही बहुत अच्छी बारिश हुई और धरती का कलेजा ठंडा हो गया। लोग सब कुछ भूलकर फिर से खेती की अपनी पुरानी दिनचर्या में लौटने लगे, मगर दशरथ के लिए यह संभव नहीं हो सका।

जैसे-जैसे समय बढ़ा, दशरथ की कसक बढ़ती चली गई। उन्होंने घर से निकलना ही बंद कर दिया। हर वक्त कहीं खोए रहते। अक्सर बोलने का काम चुप्पी से लेते। छेदी और झौरी अपने काम से जब कभी खाली होते, उनके पास चले आते मगर समझ नहीं पाते कि क्या करें। अगर दशरथ रोते तो चुप होने के लिए, अधीर होते तो धीरज रखने के लिए कहते, मगर वे तो चुप थे।

आखिर इस चुप्पी का कोई करे तो क्या?

उनका भावहीन चेहरा देख किसी के लिए भी यह समझना मुश्किल था कि इस वक्त वे क्या सोच रहे हैं। जब कभी मन बदलने के लिए बाहर निकलने के लिए कहते तो दशरथ हाथ जोड़ लेते—'हमको अकेला छोड़ दो, अच्छा लग रहा है।'

किसी भी बात का उन पर कोई प्रभाव नहीं होता। लोगों को लगा कि अभी जख्म हरा है, धीरे-धीरे समय के साथ सब कुछ सामान्य हो जाएगा।

पिंजरी की मौत के बाद दशरथ के घर की माली हालत भी निरंतर खराब होती जा रही थी। पिंजरी की मौत के बाद आय का कोई साधन नहीं बचा था...दशरथ को इसकी भी कोई

चिंता नहीं थी। और तो और, उन्हें इस बात से भी मतलब नहीं था कि घर में खाना कहाँ से बनता है...अनाज कहाँ से आता है।

घर को सँभालने के लिए दशरथ का बेटा बुधुआ अपंग हालत में झिंगुरी सिंह के यहाँ चरवाही के काम पर लग गया था। उसकी अपंगता का खयाल कर झिंगुरी सिंह ने उसे सिर्फ मवेशियों को चराने का काम दिया था। घर और खेती के अन्य काम के लिए एक दूसरा चरवाहा था।

रमिया भौजी जहाँ भी काम करने जाती, सनीचरी को जरूर ले जाती। दस साल की बच्ची के व्यवहार और काम को देखकर गाँव के लोगों की आँख भर आतीं। पूरे गाँव में अकाल के दौरान जो कुछ भी हासिल हुआ था और जो कुछ अच्छा हुआ था, लोग उसका श्रेय दशरथ को दे रहे थे इसलिए उनके बच्चों के प्रति गाँव के सबके मन में सहानुभूति थी और अब लोग सनीचरी को कुछ ज्यादा ही मजदूरी देकर दशरथ के प्रति अपनी कृतज्ञता जता रहे थे।

सनीचरी जैसे माँ के कदमों पर चलती हुई दशरथ के लिए खाना बनाती और हर काम वैसे ही करना चाहती, जैसे पिंजरी करती थी।

पिंजरी की बच्ची को उसका भाई टूलू आकर ले गया था और कहा था कि ले जाकर पाल-पोस देते हैं। जब यह सयानी हो जाएगी, लाकर पहुँचा देंगे। जहाँ मन होगा, पाहुन उसका ब्याह कर देंगे।

पिंजरी के जीवन-काल में ही दशरथ कबीरपंथी हो चुके थे।

पिंजरी ने कंठी तो नहीं ली थी मगर पति का अनुसरण करती हुई वह भी कबीरपंथी ही थी इसलिए पिंजरी के शव को दशरथ और पहाड़ी बाबा की इच्छा के अनुसार जलाया नहीं गया। ठीक वहीं पर, जहाँ से उन्होंने पहाड़ काटने की शुरुआत की थी, उसके बगल में गड्ढा खोदकर दफना दिया गया था। अगर कभी दशरथ घर से निकलते तो पिंजरी की कब्र तक जाते और जल्दी लौट आते। दिनोंदिन दशरथ की हालत सुधरने के बजाय बिगड़ती जा रही थी। दशरथ पर तो अब शौच-स्नान आदि जैसी दैनिक क्रियाओं का भी कोई दबाव नहीं दिखता था। कभी कुछ मिल जाता तो खा लेते, वरना खाने की सुधि भी नहीं रहती।

अब सबको इस बात का अहसास हुआ कि पिंजरी की मौत का सदमा दशरथ के लिए कितना बड़ा था और इस घाव को भरने में अभी न जाने कितना समय लगेगा। पता नहीं भरेगा भी या नहीं!

दशरथ को नए सिरे से सक्रिय करने के लिए गाँव के लोगों के साथ मिलकर छेदी और झौरी ने एक योजना बनाई। तय हुआ कि उस जगह को, जहाँ पिंजरी दफन हुई थी, बाँस के बाड़ से घेरकर खूबसूरत बना दिया जाए। फूल के कुछ पौधे भी लगा दिए जाएँ। हो सकता है, पिंजरी के नाम पर दशरथ की दिनचर्या में कुछ सकारात्मक बदलाव आए! छेदी और झौरी के साथ गाँव के लोगों ने आकर यह बात दशरथ से बताई लेकिन इस बात का भी उन पर कोई प्रभाव नहीं पड़ा। उनके ना कहने के बाद भी छेदी और झौरी ने उस जगह पीपल का एक पेड़ लगा दिया ताकि पिंजरी की कब्र को छाया मिलती रहे। पिंजरी की कब्र पर पीपल लगने की सूचना पाकर दशरथ को सुकून मिला!

यह बात दशरथ को मालूम थी कि गया के पहाड़ पर पेड़ नहीं उगते...। वह पीपल जो पिंजरी के नाम पर लगा है, कहीं मुरझा न जाए, इसके लिए दशरथ अब सुबह-शाम जाकर

उसमें पानी देते और सप्ताह में एक बार उसकी जड़ों में सड़ा हुआ गोबर डालते। यह देख लोग खुश हुए कि अब दशरथ कम-से-कम रोज बाहर निकलने लगे हैं मगर अब भी पिंजरी की कब्र ही उनका अंतिम पड़ाव होता।

लोग जानते कि वे किसी से बात करना पसंद नहीं करते इसलिए कोई उनको छेड़ने या बात करने की कोशिश भी नहीं करता। घर से बाहर निकलने की शुरुआत हुई तो छेदी और झौरी को लगा कि दशरथ अब राह पर आ जाएँगे क्योंकि समय का मरहम बड़े-से-बड़े जख्मों को भर देता है। मगर लोगों की यह धारणा गलत साबित हुई। ऐसे ही और एक साल बीत गया और उनकी दिनचर्या में कोई सुधार नहीं आया तो लोगों को फिर चिंता होने लगी।

क्या किया जाए, किसी की समझ में नहीं आ रहा था।

लोग तब और परेशान हो गए जब सनीचरी ने बताया कि दशरथ को रात में नींद नहीं आती और वे चुपचाप रात के अँधेरे में बैठे रहते हैं। कई लोगों का विचार था कि उनको ले चलकर गया में किसी अच्छे डॉक्टर को दिखा दिया जाए। दशरथ ने यह कहकर सबको खामोश कर दिया कि वे ठीक हैं। सब निरुत्तर हो गए, मगर अब भी सभी यही सोच रहे थे कि दशरथ को दोबारा उनकी गति में कैसे लाया जा सकता है। हारकर लोगों ने उन्हें पहाड़ काटने का काम फिर से शुरू करने को कहा। लेकिन जैसा कि इस इलाके में कहावत है कि 'चाक डोले चक बम-बम डोले, खौरा पीपल कभी न डोले', दशरथ पर इसका कोई प्रभाव नहीं पड़ा। लोग यहाँ तक कह गए कि 'पहाड़ काटने के काम का दायित्व आपने अपने लिए नहीं बल्कि पिंजरी के लिए शुरू किया था...उसका तो खयाल कीजिए', मगर तब भी उन पर इसका कोई असर नहीं हुआ। बस, इतना ही कहा—"अब किसके लिए काटूँगा...किसे दिखाऊँगा... ? जब देखनेवाला ही नहीं रहा तो पहाड़ काटकर क्या करूँगा?"

पहाड़ के ऊपर का आधे से अधिक हिस्सा कट चुका था।

पैदल आने-जानेवाले लोग अब पहले की अपेक्षा काफी आराम से थोड़ी-सी चढ़ाई कर इस पार से उस पार जाने लगे थे। मगर अभी उसे सड़क का रूप नहीं दिया जा सका था। लोग जब भी उस रास्ते से गुजरते, पिंजरी की कब्र के पास बैठे दशरथ को देखते तो मन-ही-मन कहते कि पिंजरी अगर मरी नहीं होती तो अब तक यह रास्ता एकदम समतल बन गया होता.। पैदल जाने की जगह पर अब तक गाड़ियाँ गुजर रही होतीं। लोग मन में यह कसक लिए कब्र की बगल से गुजर जाते।

एक दिन जब दशरथ पिंजरी की कब्र के पास बैठे थे, घबराया-सा छेदी आया और कहा—"दशरथ, पहाड़ी बाबा की तबीयत खराब है और वे तुमसे मिलना चाहते हैं।"

एक ही गाँव में रहते हुए पहली बार ऐसा हुआ था कि वे दो साल से अधिक समय तक मठिया नहीं गए थे...पहाड़ी बाबा से नहीं मिले थे। घर और पिंजरी की कब्र ने उनको जैसे जकड़ लिया था।

कहा जाता है कि दूध का जला मट्ठा फूँककर पीता है।

पहाड़ी बाबा की बीमारी की बात सुन दशरथ डर गए। जीवन में पिंजरी के अलावा वे अगर किसी का सम्मान करते थे तो वे थे पहाड़ी बाबा। बिना समय गँवाए वे उनसे मिलने के लिए निकल पड़े।

पहाड़ी बाबा को दो दिन पहले ज्वर आया था। बाबा अपनी चिकित्सा खुद करते थे। अग्नि तत्त्व को जल तत्त्व शांत करता है। पहले दिन जल चिकित्सा के बाद ज्वर उतर गया। अगले दिन पहाड़ी बाबा सामान्य होकर अपना काम करने लगे। शाम को एकाएक पूरे बदन में दर्द और ज्वर ऐसा चढ़ा कि काँपने लगे। उसके बाद जो बिस्तर पर गिरे थे, अभी तक उठे नहीं थे।

छेदी और झौरी के साथ दशरथ को आया देख पहाड़ी बाबा खुश हुए और बीमारी के बाद भी काँपते हुए उठकर बैठ गए—"दशरथ...आ गए!"

"जी, बाबा।"

बाबा आँखें बंद किए बिना किसी कारण के कहने लगे—

यह ऐसा संसार है जैसा सेंबल फूल,
दिन दस के व्यौहार को झूठे रंग न भूल।

कहकर पहाड़ी बाबा ने दशरथ की ओर देखा—"समझ रहे हो दशरथ?"

बोलने के कारण पहाड़ी बाबा की साँस फूलने लगी थी। दशरथ ने उनकी ओर देखा मगर जब बातों का जवाब नहीं दिया तो बाबा मुस्कराए—

हम देखत जग जात हैं जग देखत हम जाँह,
ऐसा कोई ना मिलै पकड़ि छुड़ावै बाँह।

दशरथ इस बार भी चुप रहे। पहाड़ी बाबा की बातों की उन पर कोई प्रतिक्रिया नहीं दिखी। वे एकटक उनको देखते हुए बस यही सोच रहे थे कि अगर पहाड़ी बाबा भी चल बसे तो वे क्या करेंगे?

झौरी और छेदी पहाड़ी बाबा से बहुत दिनों से अरज कर रहे थे कि वे एक बार दशरथ को बुलाकर समझाएँ। पूरी दुनिया में बस एक वे ही हैं जिनकी बात दशरथ नहीं टाल सकते। बाबा ने इस पर ध्यान नहीं दिया क्योंकि वे दशरथ को अच्छी तरह जानते थे। मगर जब उनकी तबीयत खराब हुई और लगा कि दुनिया से जाने का समय आ गया है तो उन्होंने दशरथ को छेदी से खबर देकर बुलवाया था।

पहाड़ी बाबा ने दशरथ से उनकी पत्नी पिंजरी के बारे में कुछ नहीं पूछा। कोई सांत्वना नहीं दी और कोई बात नहीं की...बस, इतना ही कहा—"कंठी लेने के पहले इस मठ की सफाई का जिम्मा तुमने लिया था मगर वो काम नहीं कर रहे हो...बहुत गलत बात है...ये तो कंठी का अपमान है। जो संकल्प लिया है तुमने, उसे पूरा करना चाहिए।"

दशरथ पर पहाड़ी बाबा की इस बात का अच्छा असर हुआ और उसी समय खरहर उठाकर जब दशरथ ने मठिया की सफाई का काम आरंभ कर दिया तो बाबा के चेहरे पर मुस्कान खिल गई।

अब मठिया की सफाई दशरथ की दिनचर्या में शामिल हो गई।

दशरथ की अनुपस्थिति में पहाड़ी बाबा अक्सर कहते—'दशरथ कर्मयोगी है। एक दिन अपने दुखों से निकलकर जरूर वापस आएगा और एक दिन उसका काम सारी दुनिया देखेगी।'

दशरथ अब रोज सुबह घर से निकलते और पहले की तरह शौचादि से निपटकर पिंजरी के पीपल के पेड़ की जड़ों में पानी डालते। वहाँ से मठिया पर चले जाते और पूरी तन्मयता से सफाई का काम करते और घर लौट जाते। कभी पहाड़ी बाबा रोकते तो कुछ देर के लिए

रुक जाते और उनके लिए नीबू की चाय भी बना देते मगर अब भी बात बहुत कम करते।

पहाड़ी बाबा ने एक दिन छेदी और झौरी को बुलाया और कहा—"दशरथ अब सामान्य हो गया है। उसको सक्रिय करने का समय आ गया है। तुम लोग कुछ करो।"

बाबा की बात सुन छेदी और झौरी खुश हो गए—"क्या करें बाबा?"

"पहाड़ की कटाई का काम आरंभ करवा दो।"

"मगर दशरथ तो सुनता ही नहीं?"

"उससे अभी कुछ मत कहो। पहले जाकर तुम लोग पहाड़ काटना आरंभ कर दो। वो कर्मयोगी है, तुम्हें मुसीबत में देखकर वो पीछे से जरूर पहुँच जाएगा।"

पहाड़ी बाबा के कहने के बाद छेदी और झौरी ने पहाड़ काटने का निर्णय ले लिया।

छेदी को याद आया कि अकाल के दिनों में जो रुपये गाँव के लोगों के बीच बँटे थे, उन पर और किसी का नहीं, दशरथ का ही हक था। वे पैसे पहाड़ की कटाई पर निकले थे और पहाड़ अकेले दशरथ ने काटा था। क्यों नहीं इस काम में उन सबको शामिल किया जाए जिन्होंने पैसे लिये हैं? झौरी की भी इसमें सहमति थी।

गाँव के लोगों के बीच पैसों के बँटवारे का काम छेदी ने ही किया था और एक-एक नाम उसकी जुबान पर था।

छेदी और झौरी ने सबसे पहले गाँव के माँझी, पासी और दुसाध लोगों की एक बैठक बुलाई और कहा कि पहाड़ कटाई के बदले जिन लोगों को पैसे मिले हैं, उनको उतने समय की मजदूरी के बराबर पहाड़ की कटाई में श्रम-दान देना होगा।

लोगों ने सुना तो राजी हो गए और यह तय हुआ कि अपनी रोजी-रोटी में खलल न पड़े इसलिए पूरा गाँव काम पर निकलने के पहले रोज सुबह एक घंटा का समय निकालेगा और पहाड़ की कटाई करेगा। दशरथ के अधूरे काम को पूरा करने में उन्हें खुशी होगी।

पहाड़ का कटा हुआ भाग नदी के पाट जैसा दिखता था जिसमें दोनों ओर ऊँचे-उठे, पूरी ऊँचाई तक तने पहाड़ की चट्टानें थीं तथा बीच में भूरे पत्थरों की न कटनेवाली अथाह राशि थी। पहाड़ काटने के लिए तय किए गए दिन और समय पर गाँव के लोग अपने-अपने घरों से छेनी-हथौड़ी लेकर पहाड़ के पास पहुँच गए।

उस समय दशरथ वहीं पिंजरी की कब्र के पास पीपल पेड़ के नीचे बैठे थे।

सबको अनुमान था कि पहाड़ को कटते देख दशरथ से रहा नहीं जाएगा और वे अपने-आप आ जाएँगे मगर ऐसा नहीं हुआ। दशरथ इस तरह निर्विकार बैठे रहे जैसे पहाड़ की उस सड़क से उनका कोई रिश्ता ही न हो! लोग पहले मन-ही-मन उनका इंतजार करते रहे और जब वे नहीं आए तो लोगों ने मशविरे के बाद राजबरन को भेजा।

राजबरन ने जाकर दशरथ से कहा—"भाई, गाँव के लोग पहाड़ को काटने आए हैं।"

दशरथ ने बिना उधर देखे कहा—"देख रहा हूँ।"

"तो आप चलकर कम-से-कम रास्ता तो बताइए।"

मगर दशरथ मानो पूरी तरह विरक्त हो चुके थे...मना कर दिया।

राजबरन ने विनती करने के अंदाज में कहा—"आप काटिएगा मत, चलकर खड़ा रहिए।"

मगर इसके लिए भी दशरथ राजी नहीं हुए। उनके चेहरे से ऐसा लगता, जैसे अब वह उनका सपना हो ही नहीं।

राजबरन हारकर लौट आए। क्या करते, गाँव के लोगों ने बिना दशरथ के पहाड़ काटना स्वीकार किया। उत्साह के साथ सैकड़ों की संख्या में लोग छेनी–हथौड़े लेकर इस तरह कतार में बँधे गाँव से पहुँचे थे, जैसे किसी खेत में कटनी करने जा रहे हों! एक–दूसरे को प्रोत्साहित करते हुए लोग अपने–अपने देवताओं की जय कर पहाड़ के बीच सड़क वाले भाग पर बैठ गए।

गाँव की सारी छेनियों पर छेदी ने धार दिया था और हथौड़े की बेंट दुरुस्त की थी। उन्हें लगता था कि एक बार जब यहाँ सैकड़ों लोग बैठेंगे, पहाड़ ढूह की तरह टूटकर बिखर जाएगा मगर वे भौंचक रह गए जब भूरे पत्थर पर से छेनियाँ उछलने लगीं और आग की लपटें निकलने लगीं। लोगों का सारा उत्साह ठंडा पड़ गया।

पहली बार लोगों को इस बात का अहसास हुआ कि दशरथ ने कितनी कठिनाई से इस पहाड़ को काटा है। सारी छेनियाँ, सारे हथौड़े स्थगित हो गए और घर लौटते हुए सबने महसूस किया कि यह काम अब दशरथ के अलावा कोई नहीं कर सकता।

इस घटना का असर अलग–अलग लोगों पर अलग–अलग हुआ। वे मानने लगे कि दशरथ के भीतर कोई नहीं दिखाई देनेवाली जादुई ताकत है जिसके बल पर उन्होंने इस पहाड़ को काटा है। उनके अलावा इस काम को कोई नहीं कर सकता।

पत्नी की मौत के बाद दशरथ ने न तो अपनी दाढ़ी कटाई थी, न ही बाल। उनके चेहरे पर एक संन्यासी का बाना अनायास ही पड़ गया था और लोग उन्हें अब आदर के साथ बाबा कहने लगे थे। वे जब पिंजरी की कब्र के पास बैठे दिख जाते...उस राह से आने–जानेवाले लोग आदर के साथ उन्हें प्रणाम करते, फल दे जाते, मिठाइयाँ दे जाते। कुछ लोग तो पिंजरी की कब्र पर पैसे भी चढ़ा दिया करते। लोगों के मन में यह बात बैठ चुकी थी कि पहाड़ को जितना कटना था, कट गया है...अब नहीं कटेगा। रास्ता बन गया है, सड़क नहीं बनेगी...।

समय अपनी गति से बढ़ता रहा।

पिंजरी की कब्र के पास जो पीपल का पेड़ झौरी ने लगाया था, वह अब छाया देने लगा था। हवा में जब पीपल के पत्ते सरसराते तो दशरथ को ऐसा लगता, जैसे पिंजरी की आवाज सुनाई दे रही हो! दशरथ के दिमाग में कहीं–न–कहीं एक शून्यता पसर गई थी। और वे कुछ सोचते नहीं, चुपचाप बस देखते रहते।

अब हरि ही अपनौ कर लीनौ
प्रेम भगती मेरौ मन भीनो...

सनीचरी अब तेरह साल की हो गई थी और कद–काठी से बड़ी दिखती थी।

एक रात दशरथ के लिए खाना लेकर आई और बगैर कुछ कहे बगल में बैठ गई। कहा भी नहीं कि बाबू, खाना खा लो। पिंजरी की तरह चुपचाप बैठी दशरथ के आदेश का इंतजार करती रही। दशरथ ने आँखों से इशारा किया तो खाना निकालकर रख दिया। माँड़–भात और करमी का साग।

सनीचरी की आँखों में पछतावा था कि देर तक काम करते रहने की वजह से आज दाल–सब्जी नहीं बना सकी मगर दशरथ की नजरों में उस खाने में दिव्यता थी। बहुत दिनों के बाद दशरथ ने छक कर खाना खाया, पानी पिया और मुस्कराकर कहा—"जरा कंबल ला दे बेटी।"

दशरथ का वह कंबल, जिसे पहाड़ी बाबा ने दिया था, हमेशा पिंजरी की कब्र के पास पड़ा रहता था। सनीचरी कब्र के पास जाकर कंबल उठा लाई और पेड़ के नीचे डाल दिया जहाँ हवा अच्छी आ रही थी।

दशरथ ने कंबल पर बैठते हुए सनीचरी से कहा—''अब तू जा।''

सनीचरी ने बर्तन समेटा और चुपचाप चली गई।

गलहौर की पहाड़ी से हवा काफी तेज आ रही थी। पीपल के पत्ते तलमल-तलमल कुछ कह रहे थे। चाँद पूरी ऊँचाई से आसमान में तना था और उसकी रोशनी में सब कुछ धुला प्रतीत हो रहा था। दशरथ कब तक चुपचाप कंबल पर बैठे शून्य में देखते रहे, उन्हें भी इस बात का अहसास नहीं रहा।

एकाएक हवा की गति कम हो गई।

बादल के किसी टुकड़े ने चाँद को छोप लिया मगर चारों ओर यथावत रोशनी बनी रही। एकाएक दशरथ को लगा, उनके कानों तक कोई आवाज आ रही है! यह आवाज किसी औरत के रोने की थी। गौर से सुना। आवाज जानी-पहचानी लगी। इतनी रात गए औरत... ? उनके दिमाग में प्रश्न उभरा—कौन हो सकती है... ? खुद ही उनको उसका उत्तर भी मिल गया—होगी कोई दुखियारी...

दशरथ आवाज की दिशा में मुड़कर देखने लगे। आवाज उसी ओर से आ रही थी जिधर पहाड़ काटकर रास्ता बना रहे थे। आगे बढ़कर गौर से देखा तो सफेद रंग की गठरी जैसी कोई चीज थी जिससे आवाज आ रही थी।

दशरथ ने एक पल भी नहीं गँवाया और चल पड़े।

उनके कदम तेज पड़ रहे थे। पास गए तो चौंक गए क्योंकि यह वही जगह थी जहाँ पिंजरी का घड़ा टूटा था और उसके घुटने में चोट लगी थी। दूसरे पल वे फिर चौंके जब उन्हें लगा कि वह कोई गठरी नहीं बल्कि औरत है। उसके रोने का स्वर इतना महीन था जैसे रोते-रोते बेदम हो चुकी हो। दशरथ जाकर उसके पास खड़े हो गए—''कौन हो तुम ?''

औरत ने सिर नहीं उठाया और उसी तरह सिसकती रही।

''बोलो, किसकी बेटी हो... ? डरो मत, हम तुमको घर पहुँचा देंगे ?''

दूसरे ही पल जब औरत ने सिर उठाकर देखा...दशरथ के रोंगटे खड़े हो गए। वह औरत और कोई नहीं, पिंजरी थी। पिंजरी ने दशरथ को देखा और नफरत से सिर झुका लिया।

इस बार दशरथ चिल्लाते हुए पिंजरी की ओर बढ़े।

गजब की फुर्ती से पिंजरी पीछे हटी और दस कदम की दूरी पर जाकर खड़ी हो गई। दशरथ तेजी से उसकी ओर बढ़े तो वह फिर दस कदम पीछे हट गई। दशरथ को ऐसा लगा कि पिंजरी कुछ कहना चाहती है मगर नहीं कह पा रही है। उन्हें यह भी लगा कि यहाँ कोई और है जिससे पिंजरी डरी हुई है। उनके रहते कौन-सा डर समा गया है पिंजरी के भीतर ?

''डरो मत पिंजरी...''

तभी एक तेज आवाज गूँजी—'पिंजरी!'

उनकी नजर दूसरी ओर गई। उन्होंने देखा, कुछ दूरी पर लाल आँखें किए बैंगा खड़ा है और नफरत-भरी निगाहों से दशरथ को देख रहा है।

बैंगा ने पिंजरी से कहा—''चलो...''

पिंजरी जाने के लिए मुड़ी। दशरथ चीख पड़े—"मुझे छोड़कर मत जाओ पिंजरी!"

पिंजरी रुकना चाहती थी मगर बैंगा आगे बढ़ आया...उसका हाथ पकड़ जैसे खींचकर ले जाने लगा—"बेकार में तुमने भरोसा किया इस आदमी पर।"

उसकी बात सुन पिंजरी की आँख भर आई। उसने बैंगा की ओर देखा—"एक मिनट बैंगा।"

बैंगा चिल्लाया—"ये कुछ नहीं कर सकता।"

"इतनी दूर चलकर आई हूँ तो कह लेने दो..."

बैंगा के हाथ ढीले पड़ गए। पिंजरी ने कहा, "दशरथ से मुझे कुछ कहना है।"

पिंजरी दशरथ की ओर बढ़ने लगी। अब पिंजरी के चेहरे पर कोई दुख नहीं था, पछतावा नहीं था। अजीब-सी शांति थी, ठीक वैसी ही, जैसी चाँदनी रात थी। चलती हुई आई और दशरथ से थोड़ी दूर खड़ी हो गई—"दशरथ, मैं तो अपनी लड़ाई हार गई...लेकिन तुम हार जाओगे, इसका मुझे भरोसा नहीं था...बहुत भरोसा था तुम पर..."

कहते हुए उसकी आँखों के कोर पर एक बूँद आँसू लुढ़का। उसने आँखों में ही रोक लिया—"मैं सितारों के संग बैठकर रोज इस सड़क को निहारती हूँ..."

इतना कहकर पिंजरी बैंगा की ओर मुड़ गई—"चलो बैंगा।"

बैंगा और पिंजरी चल पड़े...।

दशरथ को जैसे काठ मार गया था। जब यह अहसास हुआ कि जा रही है तो 'पिंजरी-पिंजरी' चिल्लाते उसके पीछे भागे। पिंजरी ने न तो दशरथ की आवाज़ सुनी, न ही मुड़कर देखा। आगे-आगे बैंगा, उसके पीछे पिंजरी पहाड़ की ढलान से उतर गई और एकाएक गायब हो गई।

पीपल के पेड़ के नीचे कंबल पर लेटे दशरथ हड़बड़ाकर उठे। आँखें मल-मलकर चारों ओर देखा। दौड़े-दौड़े पहाड़ पर बने रास्ते की ओर गए। जहाँ से पिंजरी गायब हुई थी, उस जगह पहुँचे और पिंजरी को नहीं देखा तो रो पड़े—"कहाँ चली गईं तुम पिंजरी?"

पत्नी के मरने के बाद पहली बार रोए थे दशरथ। आँखों से आँसू निकलकर गालों पर धार बना रहे थे और महसूस हो रहा था कि अर्से से जमा पड़ा कोई बाँध इन आँसुओं के प्रबल वेग की चोट से टूटकर बह चला है।...सारी धूल-मिट्टी, कंकड़-पत्थर को बहाकर आँसुओं ने नीचे दब गई संकल्प-शिला को फिर से दृश्यमान कर दिया।

एक नया जोश, एक नई ताजगी दशरथ के चेहरे पर थी—'पिंजरी, अब जल्दी ही देखोगी कि तुम्हारे दशरथ ने इस पहाड़ को काटकर सड़क बना दिया है।'

सोचते-सोचते दशरथ को लगा, तारों के बीच से पिंजरी उनकी बात सुनकर मुस्करा रही है।

27

अकाल के समय पहाड़ की कटाई का काम पूरी तरह बंद हो गया था इसलिए पिंजरी ने सारे छेनी और हथौड़ों को प्लास्टिक के बोरे में बाँधकर खाट के नीचे एक ओर सुरक्षित रख दिया था। उसकी मौत के बाद से अब तक दशरथ जिस मनोदशा से गुजर रहे थे, कभी उसे खोलने की नौबत ही नहीं आई।

सुबह-सुबह जब पौ भी नहीं फटी थी, दशरथ घर आ गए और प्लास्टिक के बोरे को खींचकर बाहर निकाला। छेनी-हथौड़ों को प्लास्टिक के बोरे में लपेटकर उसे मूँज की रस्सी से रच-रच बाँधा था पिंजरी ने। उसे खोलते हुए यह सोचकर दशरथ की आँख भर आई कि पिंजरी के किसी काम को करने का ढंग कितना अनोखा था! खोलकर बाहर निकाला और जब गौर से देखा तो कई छेनियों और हथौड़ों के ऊपर जंग की एक परत चढ़ गई थी। कई हथौड़ों के बेंट ढीले पड़ गए थे।

दिन निकला तो उसे कुएँ पर ले जाकर गोयठे से मल-मलकर साफ किया और थोड़ी-सी धूप दिखा दी। ऐसा करते देख कई लोग चौंके और अनुमान लगाने लगे कि क्या दशरथ फिर से कटाई के लिए तैयार हो गए हैं? कई लोगों ने दशरथ से उसका कारण भी पूछा मगर दशरथ ने किसी की बात का कोई जवाब नहीं दिया और चुपचाप उसी तरह झोले में लेकर दशरथ सीधे छेदी के पास चले गए ताकि उन पर सान चढ़ाया जा सके, हथौड़ों के बेंट दुरुस्त किए जा सकें।

इस बीच गाँव में कई बड़े बदलाव आए थे।

अकाल के दौरान देश में अनाज की बहुत कमी हो गई थी इसलिए सरकार ने कुछ ऐसे फैसले लिये थे जो फसल की पैदावार के लिए भले कारगर साबित हुए हों मगर आम और मजदूर किस्म के लोगों के जीवन पर भारी पड़ रहे थे और उसका सीधा असर दीखने लगा था। उन किसानों को जिनके पास कम-से-कम 25 बीघे खेत थे, सरकार ने बैंक से लोन पर ट्रैक्टर दिया, डीजल पंप दिया, थ्रेसर दे दिया। अब एक मशीन एक आदमी के सहयोग से सौ से अधिक लोगों का काम कर रही थी। इस कारण हलवाही, चरवाही और मजदूरों की जरूरत काफी कम हो गई थी और गाँव के आम लोगों के पास अब काम नहीं रह गया था। कुटाई और पिसाई के लिए भी मशीनें आ गई थीं।

लोगों का जीवन पहले की तुलना में अधिक जटिल हो गया था। रोज काम नहीं करेंगे तो खाएँगे क्या? गाँव में अब उनके लिए काम नहीं था और कई लोगों को रोज काम करने बाहर जाना पड़ता था। दशरथ की वजह से गाँव में मजदूरों का जो गौरव बना था, वह पूरी तरह मिट चुका था। अब हर आदमी मजबूरी में काम के लिए जाकर नाक रगड़ता। मालिक औने-पौने दाम पर काम पर मजदूरों को रखते और ऐसा लगता, जैसे उन पर अहसान कर रहे हों! कुछ लोग साइकिल से बगल के रेलवे स्टेशन पर चले जाते और वहाँ जैसे मजदूरों की दुकान सजती। जिसको काम मिल जाता, वह अपने को भाग्यशाली समझता। गाँव में आए इस नए बदलाव से पूरी तरह अनजान दशरथ लंबे समय के बाद छेदी के घर जा रहे थे।

कंधों पर थैला उठाए दशरथ जब छेदी के पास पहुँचे तो देखा कि अभी तक उसकी भाथी नहीं जली है। इस वक्त तक तो वह रोज भाथी जला लेता था और उसके यहाँ लोगों की भीड़ लगी रहती थी। उन्हें लगा कि छेदी जरूर कहीं किसी काम से गाँव से बाहर चला गया है। मन किया कि वापस लौट जाएँ मगर इतने दिनों के बाद आए हैं, लौटने से पहले एक बार आवाज देना और यह जान लेना जरूरी समझा कि कब तक वापस आएगा।

बाहर खड़े-खड़े आवाज दी—''छेदी...''

आवाज सुन छेदी बाहर निकल आया तो पूछा—"क्या हुआ? भाथी नहीं जलाई आज?"

दशरथ को देखकर छेदी खुश हो गया मगर दशरथ को लगा, छेदी भीतर से उदास है। जरूर किसी संकट से गुजर रहा है वह।

छेदी ने बताया—"का बताएँ दशरथ, अब मैं भाथी रोज नहीं जलाता।"

दशरथ को आश्चर्य हुआ कि वह रोज भाथी नहीं जलाता, पूछ लिया—"क्यों?"

छेदी ने सिर झुकाकर कहा—"का बताएँ, काम ही नहीं है गाँव में!"

इस बार दशरथ के चौंकने की बारी थी—"गाँव में काम क्यों नहीं है?"

एकाएक छेदी का चेहरा उस परती और बंजर खेत की तरह शुष्क हो गया जिसमें बरसों से हल न गया हो, कोई फसल नहीं हुई हो।

दशरथ के बैठने के लिए खाट बिछाते हुए छेदी ने कहा—"जब से गाँव में ट्रैक्टर और थ्रेसर आ गया है तब से किसानों को लोहार की जरूरत ही कहाँ होती है!"

थोड़ी देर तक चली बातचीत में दशरथ को इस बात का अहसास हो गया कि वे पिंजरी के गम में इस तरह खोए रहे और इस बीच गाँव कितना बदल गया है, उन्हें कुछ पता ही नहीं चला।

छेदी अब भी अपनी रौ में कहता जा रहा था—"अब तो हमारी जरूरत सिर्फ खुरपी, हँसिया और कुदाल पर सान चढ़ाने और बेंट लगाने के लिए होती है। कोयला भी महँगा हो गया है इसलिए अब सप्ताह में एक दिन भी जलाता हूँ तो सारा काम हो जाता है।"

"जवरा मिलता है?"

इस बार छेदी हँसा तो उसकी सारी करुणा उसके चेहरे पर उभर आई।

"जवरा कहाँ मिलता है, अब मजूरी मिलती है। देख लो घर का हाल।"

दशरथ ने देखा, सचमुच, क्या हाल हो गया छेदी के घर का! दलान का दाहिनी सिरा ढह गया था और खँडहर की तरह लग रहा था। लगता था, जैसे मिट्‌टी की दीवारों को बारिश की बूँदों ने नोच-नोच कर खाया हो! खपरैल के छप्पर भी मरम्मत के अभाव में जगह-जगह उखड़ गए थे और बाँस सड़कर लटक रहे थे। पहली नजर में ही दशरथ ने अनुमान लगा लिया कि आजकल छेदी की माली हालत अच्छी नहीं है।

यही दरवाजा है, जहाँ कभी लोग लाइन में लगकर अपना काम करवाने के लिए गिड़गिड़ाते रहते थे। इसी दरवाजे पर छेदी के लिए मुखिया जी और झिंगुरी सिंह के कारिंदे आपस में लड़ गए थे और मुखिया की पराजय हुई थी। मगर आज छेदी पराजित होकर खुद से लड़ रहा है।

दशरथ ने इस सन्नाटे को तोड़ने के लिए चुहल भरे अंदाज में पूछा—"मेरा काम तो होगा न?"

छेदी की नजर पहली बार दशरथ के थैले पर गई और वह चौंक गया—"क्या तुम...?"

दशरथ ने विस्तार से जब अपने पिंजरीवाले सपने के बारे में और पहाड़ काटने के निर्णय के बारे में बताया तो छेदी के चेहरे पर पुरानी दोस्ती की गरमाहट से भरी चमक उभर आई। एक पल गँवाए बिना छेदी तेजी से घर के भीतर चला गया, कोयला ले आया और झाड़-पोंछकर अपनी भाथी सुलगाई। एक बार फिर नए सिरे से तमाम हथौड़ों के बेंट दुरस्त किए और निहाई पर रख छेनियों पर धार चढ़ाने लगा।

अचानक दशरथ को याद आया कि कई दिन हो गए, झौरी भी नहीं दिखा। पता नहीं, उसका क्या हाल होगा!

उन्होंने छेदी से पूछा—"झौरी भी नहीं दिख रहा है आजकल?"

छेदी ने दशरथ को देखा और सिर झुका काम करने लगा—"उसका भी हाल अच्छा नहीं है।"

"क्या हुआ?"

"वो भी काम की तलाश में बाहर घूम रहा है।"

दूसरी बार चौंके दशरथ—"काम की तलाश में! वो तो झिंगुरी सिंह के यहाँ काम करता था?"

एक पल रुककर ठंडी साँस लेकर छेदी ने कहा—"हाँ, जब तक झिंगुरी सिंह का मुखिया से झगड़ा था तब तक झिंगुरी को झौरी की और मुखिया को कंगालू की जरूरत थी। झगड़ा मजदूरों के लिए था, मजदूर की जरूरत खत्म, उनके बीच का झगड़ा भी खत्म। अब न तो झिंगुरी को झौरी की जरूरत है और न मुखिया को कंगालू की। झिंगुरी सिंह ने रायफल वाला बॉडीगार्ड रखा है। अब लाठी-भाला से उनका काम नहीं चलता।" आग में लाल हो चुकी छेनी को निहाई पर रख छेदी ने इस बार मुस्कराकर दशरथ को देखा और व्यंग्य-भरे लहजे में कहा—"यह तो तुम्हारा ही कमाल है।"

"मेरा?"

"हाँ, अब मुखिया जाकर सरेंडर कर गया है झिंगुरी सिंह के यहाँ।"

कुछ पल के लिए चुप्पी छा गई। दशरथ के लिए यह सब जैसे रहस्यमय था। वे सुन रहे थे मगर समझ नहीं पा रहे थे। दशरथ अभी भी इस बदलाव को स्वीकार नहीं कर पा रहे थे पर छेदी की बात पर यकीन न करने का कोई कारण नहीं था।

छेदी अपनी रौ में अब भी कह रहा था—"झिंगुरी सिंह बड़ा घाघ निकला दशरथ। मुखिया से अधिक खतरनाक है वह। पानी में डुबकी मारकर गरई खा गया साला!"

छेदी बता रहा था और दशरथ को पहाड़ी बाबा की बात याद आ रही थी। सच कह रहे थे पहाड़ी बाबा। दशरथ ने माँझी टोल के लिए जो भी कमाया, सब झिंगुरी सिंह ने ले लिया।

दशरथ ने सब कुछ सुना, मगर कुछ नहीं सुना। पिंजरी आई थी उनके सपने में। उसके साथ बैंगा भी आया था। पिंजरी को दिये गए वचन के लिए बाहर की बातों को भूलकर पहाड़ काटना जरूरी था। पत्थर किस हाल में है, इसका अनुमान करना था, तैयारी करनी थी। दुरुस्त होते ही छेनी-हथौड़े लेकर वे सब कुछ भूलकर पहाड़ पर आ गए।

दशरथ के पहाड़ काटने की घोषणा के साथ अनायास ही एक बार फिर पिंजरी चर्चा के केंद्र में आ गई। गाँव में ही नहीं, पूरे इलाके में आग की तरह यह खबर फैल गई कि पिंजरी ने सपने में आकर दशरथ से कहा है कि पहाड़ काटकर जल्दी से रास्ता बना दो और उसकी बात मानकर दशरथ पहाड़ काटने के लिए तैयार हो गए हैं।

कुछ लोग तो यह भी कहने लगे कि पिंजरी की मौत अकाल में हुई है इसलिए वह जरूर प्रेत बन गई है और तब तक उसे मुक्ति नहीं मिलेगी जब तक पहाड़ नहीं कटेगा।

कुछ लोग कहते कि रात में जब पूरा गाँव सो जाता है...पिंजरी अपनी कब्र से निकलकर दशरथ के पास आती है और घंटों बैठकर बतियाती है। अब वही दशरथ को बताएगी कि पहाड़ को कैसे काटना है।

कोई कहता कि सब कुछ विस्तार से बता चुकी है...अब तो दशरथ को बस हाथ लगाना है, पहाड़ तो मिट्टी की तरह भरभराकर गिरेगा।

इन चर्चाओं से अलग दशरथ ने अपना प्रयोग आजमाना आरंभ कर दिया था। अकाल के पहले इन पत्थरों को देखकर दशरथ को लगा था कि ये आसान किस्म के पत्थर होंगे। ऊपर से देखने में इनमें जरा भी शक्ति नहीं दिखती थी मगर काटने का काम आरंभ करने के बाद समझ में आया कि ये पत्थर अजीब से और जीवट किस्म के थे।

महीनों तक काम करते रहने के बाद किसी भी छेनी और किसी भी हथौड़े का इन पत्थरों पर कोई प्रभाव नहीं पड़ा तो दशरथ को चिंता हुई। इन पत्थरों की जड़ों के बारे में पहचान करना मुश्किल था क्योंकि ये चिकने थे। उनके रंग अलग-अलग जगहों पर अलग-अलग थे। अब तक पहाड़ की कटाई का अनुभव भी किसी काम नहीं आया तो बैंगा की छेनी याद आई।

दशरथ के पास एक ऐसी छेनी थी जिसका प्रयोग हर बार सफलता देता था। इस छेनी के बारे में बैंगा ने बताया था कि जैसे पुराने जमाने में अमोघ अस्त्र होते थे, बिना काम पूरा किए वापस नहीं आते थे, वैसी ही यह अमोघ छेनी है। भले ही इससे पहाड़ न काट सकें मगर इसके सहारे किसी तरह के पहाड़ में गड्ढा जरूर किया जा सकता है और भीतर कैसे पत्थर हैं, उसका अनुमान किया जा सकता है और इसके आधार पर काटने की योजना बनाई जा सकती है।

यह छेनी नाई के नाखून काटनेवाली नोहरनी की तरह नीचे और ऊपर बड़ी-सी कील की तरह चपटी थी। बैंगा इसे कई बार जासूसी छेनी भी कहता था। थोड़े प्रयासों में यह कहीं भी धँस जाती थी और बाहर भी निकल आती। इस छेनी का प्रयोग कुछ सफलता देता प्रतीत हो रहा था और उम्मीद की किरण दिखती थी।

दशरथ ने गड्ढा काटने की गरज से उस पतली छेनी से रास्ता बनाया और उसमें फँसाकर जब बड़े-से हथौड़े से हल्का-सा वार किया तो उनको उम्मीद थी कि पतली-सी दरार चट्टान में जरूर बनेगी और भीतर का पत्थर दिखेगा, मगर उलटा हुआ। हथौड़े का वार होते ही छेनी टूट गई और चट्टान का बाल बाँका भी नहीं हुआ।

अब क्या करें दशरथ? चुपचाप सामान समेट घर चले आए।

अब सबसे पहला काम था उस छेनी को बनवाना। दशरथ उसी शाम बिना खाए-पिए छेदी के पास चले गए और बताया कि यह छेनी उसे फिर से बनानी पड़ेगी।

छेदी ने सारा काम छोड़कर छेनी बनाने के लिए अगले दिन वही रेल का लोहा मँगवाया जिससे वह छेनी बनी थी।

छेदी अब उस भाथी का कभी-कभार ही प्रयोग करता था जो बैंगा उसके लिए बनवाकर गया था। कई साल से ऐसे ही पड़ी थी। उसे ठीक करने और नए सिरे से बनाने में दो-तीन दिन लग गए। भाथी बन गई तो संदेह बना रहा कि जलेगी या नहीं। मगर वह आसानी से जल गई। लोहा गरम हुआ। लोहे पर छेदी के हथौड़े चलने लगे मगर वह उस लोहे को उस छेनी की शक्ल नहीं दे सका, नोहरनी वाली धार देते समय लोहा मुड़ जाता। छेदी को लगा कि जरूर उससे कहीं कोई चूक हो गई है। बार-बार वह टूटी हुई उस छेनी को देखता और तरकीबें आजमा-आजमाकर उसे बनाने का प्रयास करता मगर वह छेनी उससे नहीं बनी।

असफलता खुद पर संदेह करने का अवसर देती है।

छेदी को लगा कि यह भाथी पुरानी हो गई है इसलिए ऐसा हो रहा है। उसने अगले दिन एक बार फिर भाथी को उखाड़कर नई भाथी बनाई और फिर उस छेनी को बनाने का प्रयास आरंभ किया। जहाँ-जहाँ गलतियाँ हुई थीं, सुधारकर और पूरी सावधानी से काम कर रहा था मगर दूसरी बार भी असफलता ही हाथ लगी। अब दशरथ के साथ छेदी भी परेशान हो गया। समझ में नहीं आ रहा था कि अब वह क्या करे।

छेनी बनाने के समय बैंगा के साथ पूरे समय वह भी काम करता रहा था। लगभग सारा काम उसी ने किया था, बैंगा तो बस निर्देश देता था। मगर इस वक्त वह समझ नहीं पा रहा था कि उसका कौन-सा सिरा उससे छूट रहा है जिसके कारण छेनी नहीं बन पा रही है। बार-बार वह बैंगा के द्वारा किए गए कामों को याद करता और सोचता कि बैंगा ने किस तरह छेनी बनाई थी। लगभग उन सारे तरीकों का वह इस्तेमाल कर चुका मगर वह छेनी नहीं बनी।

अब तक सबसे ज्यादा उपयोगी वही छेनी साबित हुई थी...उसका टूट जाना दशरथ के लिए निराशा का सबब था। जब सारे प्रयास विफल हो गए तो उनके पास अब बस एक ही उपाय था कि फिर से बैंगा को खोजा जाए। इसके दो लाभ होंगे—पहला यह कि छेनी बन जाएगी और दूसरा, काटने का तरीका भी पता चल जाएगा। दशरथ ने एक बार फिर यह तय कर लिया कि उसे खोजने में छह महीने लगें या एक साल, वे बैंगा की तलाश करेंगे।

बैंगा कुदन कुम्हार की बीवी को लेकर भाग गया था इसलिए यह तय था कि इस बार वह गलहौर आने के लिए तैयार नहीं होगा। मगर दशरथ ने सोचा कि वहीं से ऐसी दो-तीन छेनियाँ बनवाकर लौटेंगे और काटने का वह तरीका पूछ लेंगे जो बैंगा नहीं बता सका था।

28

पिछली बार बैंगा के दल की तलाश में दशरथ को काफी भटकना पड़ा था। पूरे चार महीनों तक भटकने के बाद दशरथ को विंध्याचल के बूढ़े पथरकट मोथा के बारे में पता चला था जो खबर रखता था कि इन दिनों किस पथरकटों का दल कहाँ है। इस बार दशरथ ने सबसे पहले उसी के ठिकाने का रुख किया।

विंध्याचल का बूढ़ा पत्थरकट दोनों पैरों से अपंग था।

चूँकि वह चलने में सक्षम नहीं था इसलिए अपने दल से अलग होकर विंध्याचल की पहाड़ियों के नीचे अपनी झोंपड़ी लगा ली थी और अपनी बूढ़ी के साथ रहता था। जब कभी उस राह से पथरकट गुजरते तो एक-दो रात उसके साथ भी रुकते, खाते-पीते, मस्ती करते और जाते समय कुछ पत्थर दे जाते जिनके सहारे उसकी जिंदगी चल रही थी। बैंगा के दल के बारे में पिछली बार उसी ने दशरथ को बताया था।

दशरथ विंध्याचल पर्वत की तलहटी में उस बूढ़े की झोंपड़ी में पहुँचे तो देखकर सुकून मिला कि बूढ़ा वहाँ पर था। यह जानकर दुख हुआ कि उसकी बूढ़ी मर चुकी थी। बूढ़ा पहले की अपेक्षा काफी कमजोर हो गया था, झुककर चल रहा था और उसका स्वभाव बहुत चिड़चिड़ा हो गया था। दशरथ को उसने पहचानने से साफ इनकार कर दिया और बिना उनकी बात सुने जाने के लिए कह दिया। दशरथ ने अपनी पिछली यात्रा और बैंगा को गलहौर ले जाने की बात विस्तार से बताई ताकि वह पहचान जाए और बैंगा का पता बता दे। मोथा पहचान तो

गया मगर जब दशरथ ने पूछा कि बैंगा का दल इस समय कहाँ है तो उसके चेहरे पर अजीब से भाव आए। कुछ पल के लिए कहीं खो-सा गया। दुबारा पूछने पर नाराज हो गया और साफ इनकार कर कहा—"मुझे कुछ नहीं मालूम।"

दशरथ को समझ में नहीं आया कि अब क्या करें। गौर से उसके चेहरे को देखा तो लगा कि उसे मालूम है पर वह छुपा रहा है।

दशरथ समझ गए कि इस बार बूढ़े से जानकारी निकालना आसान नहीं होगा। उस बूढ़े के अलावा और कोई रास्ता नहीं रहा। दशरथ ने तय किया कि जब तक वह नहीं बता देता कि बैंगा का दल इस समय कहाँ है, दशरथ वहीं रहेंगे। दशरथ के इस निर्णय का बूढ़े पर कोई प्रभाव नहीं पड़ा। वह अपनी झोंपड़ी में चला गया और दरवाजा बंद कर लिया। अचानक दशरथ को याद आया कि पिछली बार जब वे आए थे, बूढ़ा गाँजा पीता था और जी खोलकर हँसता था। उसके कहकहे याद आए तो दशरथ समझ गए कि अब क्या करना है। वे गाँजा और चिलम की खोज में निकल गए।

लौटकर आए तो बूढ़ा खाना बना रहा था। उसकी झोंपड़ी के बगल में थोड़ी-सी जमीन खुदी थी जो चूल्हे के काम आती थी। दशरथ को दुबारा आया देख बूढ़ा फिर नाराज हो गया मगर जब दशरथ ने चिलम और गाँजे की पुड़िया दिखाई तो उसके चेहरे पर चमक आ गई।

जब वह गाँजा पी चुका तो दशरथ से पूछा—"क्यों तलाश रहे हो बैंगा को?"

दशरथ ने छेनी के टूटने और वर्तमान संकट के बारे में बताया तो बूढ़े के चेहरे की कठोरता कम हुई मगर उसने बहुत ही तटस्थता से कहा—"वापस लौट जाओ, कोई फायदा नहीं होगा।"

दशरथ समझ नहीं पाए कि इस बार मोथा क्यों उनको संदेह की नजरों से देख रहा है और वहाँ जाने से रोक रहा है!

दशरथ ने लगभग गिड़गिड़ाते हुए कहा—"आप बस मुझे इतना बता दीजिए, वो कहाँ है?"

बूढ़े ने कहा—"सोनभद्र के इलाके में चले जाओ। वहाँ जाकर रामशरण सिंह की पत्थर की दुकान पर पूछ लेना। सब कुछ पता चल जाएगा।" कहने के बाद बूढ़े ने चुप्पी साध ली।

सोनभद्र जाने के लिए कोई साधन नहीं था।

विंध्याचल के पहाड़ से सटी एक पगडंडी जाती थी, उसे पकड़कर ही जाना होता था। लगभग दो घंटे चलने के बाद सोनभद्र की रमणीय पहाड़ियाँ दिखाई देने लगीं। कितना अंतर था गया की पहाड़ियों और सोनभद्र की पहाड़ियों में! गया की पहाड़ियाँ देखने के बाद लगता है, जैसे किसी कुत्ते की देह में भट्ठा फूट गया हो और ये पहाड़ियाँ किसी साधक-सी हरियाली पहने बैठी अपने गुरु अगस्त्य का इंतजार कर रही हों!

वहाँ पहुचने पर रामशरण सिंह की पत्थर की दुकान पर गए बिना ही एक चरवाहे से पता चल गया कि पथरकटों का दल किधर रह रहा है। चरवाहे ने उँगली का इशारा कर दिखाया और बताया कि अगर वे रामशरण सिंह की पत्थर की दुकान पर जाते तो लौटकर इधर ही आना पड़ता। दशरथ खुश थे कि इस बार बैंगा के दल के बारे मे पता करने में बहुत कम समय लगा।

दशरथ उस इलाके में पहुँचे जहाँ पत्थरकटों ने डेरा डाला था तो शाम हो चुकी थी मगर आसमान में सूरज की लाली विद्यमान थी। दशरथ ने पिछले अनुभव के आधार पर

अनुमान किया कि अब तक सारे पथरकट काम से वापस आ चुके होंगे। चारों ओर मस्ती का आलम होगा। पहाड़ की किसी चट्टान पर महादेव की तरह बैंगा विराजमान होगा। मगर जब पास पहुँचे तो चारों ओर इस तरह सन्नाटा पसरा था जैसे पथरकटों के जीवन की सारी उमंग समाप्त हो चुकी हो! थोड़ी दूर से देखकर दशरथ ने गौर किया कि उनके रेवटियों की संख्या भी बहुत कम हो गई है। किनारे कुछ झोंपड़ीनुमा घर भी बने थे। दशरथ को कुछ समझ में नहीं आ रहा था। किसी अदृश्य अनहोनी की आशंका से उनका दिल जोर-जोर से धड़कने लगा।

आसमान में सूरज की लाली अस्ताचल से अजीब-सी उदासी का रंग लिये जा रही थी। रेवटी के करीब पेड़ के नीचे एक औरत बैठी थी। अमूमन पथरकटों की औरतें दिन भर चाहे जैसे रहें, शाम होते ही नहा-धोकर शृंगार करती हैं। मगर यह औरत बिलकुल अजीब अवस्था में थी। उसके बाल उलझे हुए थे, कपड़े भी अस्त-व्यस्त थे। लगा, जैसे महीनों से उसने स्नान नहीं किया हो! दशरथ ने औरत को गौर से देखा तो चेहरा जाना-पहचाना लगा।

औरत की आँखें ऊपर उठीं तो दशरथ को भक मार गया—अरे उडपी, बैंगा की तीसरी बीवी!

दशरथ की पिछली यात्रा में दशरथ का सारा जिम्मा उसी ने सँभाला था। दशरथ का खाना बनाती थी, कपड़े धोती थी। हर पल नन्ही गौरैया-सी फुदकती रहनेवाली उडपी का यह हाल कैसे हो गया?

दशरथ ने चेहरे पर उत्साह लाते हुए कहा—"उडपी, पहचाना मुझे?"

एकाएक उडपी की आँखों की आकृति बढ़ने लगी। लगा, जैसे वह हिंसक होती जा रही हो!

दशरथ ने याद दिलाने की कोशिश की—"उडपी, याद नहीं है तुमको?" इस बार उसे देख दशरथ को भय लगा। फिर भी हिम्मत बटोरकर कहा—"मैं दशरथ। पिछली बार जब आया था तो मेरे लिए तुम्हीं खाना बनाती थीं।"

इस बार दशरथ की बात सुन उडपी उठकर खड़ी हो गई। उसकी आँखें ऐसे जल रही थीं जैसे जंगल में कहीं आग लगी हो! उसके बाद एकाएक जाने क्या हुआ कि उसने गुस्से में अपनी देह के कपड़े नोंचने शुरू कर दिये और चिल्लाने लगी—"आ..." इससे पहले कि दशरथ कुछ समझ पाते, उसने अपने सारे कपड़े चिथड़े-चिथड़े कर उतार दिए और नंगी दशरथ के सामने आ जोर-जोर से चीखने लगी। उसके मुँह से बस यहीं शब्द निकलते—'आ...!'

दशरथ को जैसे काठ मार गया था।

इसके बाद जैसे कोई भूखा शेर किसी मेमने को दबोचता है, छलाँग मारकर उसने दशरथ को दबोच लिया। दशरथ को सँभलने का अवसर नहीं मिला और वह नंगी दशरथ के सीने पर सवार थी। कभी उनका मुँह नोचती, कभी उनके कपड़े। वह जितना तेज चिल्ला सकती थी, उतनी तेज आवाज में चीखती रही—"आ...आ...!"

एकबारगी दशरथ को ऐसा लगा कि आज उडपी उनके प्राण ले लेगी।

उसकी तेज चीख सुन सामने की रेवटी से कुछ औरतें, कुछ मर्द आ गए। औरतों ने उडपी को किसी तरह खींचकर अलग किया और उसकी देह पर कपड़ा डाला। अलग होने के बाद

भी वह लगातार झपट्टा मारकर उसी तरह चीखती रही और उनकी पकड़ से छूटने के लिए हाथ-पैर चलाती रही। दशरथ मन-ही-मन डर गए कि कहीं लोग उन्हें ही गलत न समझ लें मगर गनीमत यह थी कि आए लोगों में वह बूढ़ा भी था जो पिछली बार दशरथ को बैंगा से मिलाने के लिए ले गया था।

उसने दशरथ को देखते ही पहचान लिया और उडपी के इस व्यवहार के लिए क्षमा माँगी और साथ आने के लिए कहा।

दशरथ उसके पीछे चल पड़े। दशरथ को लगा कि वह बूढ़ा उसे बैंगा से मिलाने के लिए ले जा रहा है, मगर उनकी समझ में यह नहीं आ रहा था कि उडपी इस हाल में कैसे पहुँची! उसमें इतना बड़ा परिवर्तन कैसे आ गया! उन्हें लगा कि कुछ बात तो जरूर है लेकिन जल्द ही आश्वस्त हो गए कि बैंगा से मिलने के बाद उन्हें सब कुछ पता चल जाएगा।

वे बैंगा की रेवटी में समा गए। बैंगा की वही रेवटी थी। बिस्तर वही था, पानी के मटके उसी तरह रखे गए थे मगर बैंगा वहाँ नहीं था।

जब बूढ़ा बैंगा की जगह जाकर बैठ गया तो दशरथ के मन में शंका उभरी।

"बैंगा कहाँ है?"

बूढ़े की आँखों में आँसू की बूँदें झिलमिलाईं जिन्हें उसने जल्दी से गमछे से पोंछ लिया। लगा, उसकी आवाज किसी गहरे कुएँ से निकलकर आ रही हो—"बैंगा अब इस दुनिया में नहीं है।"

सुनकर दशरथ को यकीन ही नहीं हुआ—"क्या?"

जवाब में बूढ़े के मुँह से शब्द ही नहीं फूट सके।

दशरथ ने अपना सवाल दुहराया—"क्या हुआ बैंगा को?"

इस बार जब बूढ़ा कुछ कहने के बजाय सुबक-सुबककर रोने लगा तो दशरथ को यकीन हो गया कि जरूर ऐसा कुछ हुआ है और बैंगा अब इस दुनिया में नहीं है। दशरथ के मन में अब तक जो कुछ भी हुआ, उसे जानने की इच्छा निरंतर तीव्र होती जा रही थी। मगर बूढ़ा असहज था और आगे कुछ कहने की स्थिति में नहीं था।

रात होने के लगभग घंटा भर बाद काम से लौटकर सभी पथरकट आ गए। दशरथ ने गौर किया, उनके आने में कोई उत्साह नहीं था। वे बिलकुल ऐसे ही आए थे, जैसे दिन भर काम करने के बाद शाम को गलहौर के माँझी लौटते हैं और पीपल पेड़ के नीचे जम जाते हैं। आते ही बहुत ठंडे ढंग से उनकी औरतों ने खाना दिया, दारू दिया और थके होने के कारण पथरकट जल्दी ही खाकर सो गए।

रात में दशरथ बूढ़े के साथ बैंगा की झोंपड़ी में सोए।

सोने के पहले दशरथ ने बूढ़े से बात शुरू करने के लिए अपनी छेनी के बारे में बताया कि कैसे वह टूट गई और उसी के लिए उन्हें एक बार फिर यहाँ तक आना पड़ा। दशरथ को लग रहा था कि बूढ़े को उस छेनी के बारे में पता है और इससे कोई राह निकल आए!

बूढ़े ने कहा—"बैंगा के साथ सब खत्म हो गया।"

"क्यों, आप लोग पत्थर नहीं काटते?"

"नहीं, अब तो मशीन से पत्थर कटता है और हम लोग सिर्फ ढोते हैं।"

दशरथ के भीतर गहरी हूक-सी उठी। अब बूढ़ा सहज दिख रहा था। दशरथ के मन में अब यह जानने की बेताबी थी कि बैंगा की मौत कैसे हुई। उन्होंने संयत स्वर में पूछा—"यह सब कैसे हो गया?"

'और जो बीत गया, उसे लेकर क्या दुखी होना!' गहरी साँस ले बूढ़े ने दशरथ को वह सब कुछ बता दिया जो उसके साथ घटित हो चुका था।

"हम लोग उस समय चित्रकूट के इलाके में थे।

सब कुछ सही ढंग से चल रहा था। उस दिन मैं बैंगा के साथ इसी रेवटी में बैठा था और वहाँ से निकलने के बारे में बात कर रहे थे। अचानक उडपी की चीख सुनाई पड़ी। बाहर निकलकर हमने देखा तो गाँव के चार-पाँच युवक जबरन उडपी को उठाकर ले जाने की कोशिश कर रहे थे और हमारे युवक उन्हें रोक रहे थे।

उसके बाद दोनों पक्षों के बीच जमकर लड़ाई हुई। हमारे युवकों ने गाँव से आए युवकों की जमकर पिटाई कर दी और आखिर में वे भाग खड़े हुए। उनके जाने के बाद बैंगा ने कहा—'जितनी जल्दी हो सके, हमें यह इलाका छोड़ देना चाहिए।' बैंगा की बात मान हमने अपनी रेवटियाँ उखाड़ना और सामान समेटना शुरू कर दिया।

हम वहाँ से निकलने की तैयारी ही कर रहे थे कि अचानक कुछ पुलिसवालों के साथ गाँव के कई लोग आ गए। किसी ने हमारी एक नहीं सुनी। बैंगा सहित दल के दस युवकों को पुलिस गिरफ्तार करके ले गई।

पूछताछ के लिए वे उडपी को भी ले गए।

उनके पीछे भागा-भागा मैं थाने पर पहुँचा तो पता चला कि बैंगा के साथ सबको जेल भेज दिया गया है। उडपी के बारे में पूछने पर कहा कि पूछताछ के लिए उसको भी जेल में रखा गया है। एक-दो दिन बाद उसको भी छोड़ दिया जाएगा।

थाना से बाहर निकला तो मुझे किसी ने बताया कि जाकर किसी वकील से मिलो। उसकी सलाह पर मैं काले कोट वाले एक वकील बाबू से मिला। अपना फीस लेकर वे थाना गए और आकर मुझसे पूछा—'तुम लोग डकैती डालते हो?'

मैं सुनकर दंग रह गया—'नहीं सरकार!'

'आप लोगों के ऊपर डकैती के एक नहीं, पाँच मामले दर्ज हैं। हथियार भी बरामद किए गए हैं।'

'सब झूठ है सरकार।'

वकील ने कहा, 'कोई बात नहीं, जज के सामने इस बात को रखूँगा।'

उन्होंने जो-जो कुछ पूछा, मैंने बताया। कई दिनों तक रोज दौड़कर जाता रहा। हमारे पास पुरखों के बचाकर रखे चाँदी के सिक्के सारे वकील के पास चले गए। रिनिया-झिनिया के गहने भी बिक गए मगर न तो वे जेल से वापस आए, न ही उडपी वापस आई। एक दिन मैंने थाने में जाकर उडपी के बारे में पूछा तो दरोगा ने कहा—'उसे तो कब का छोड़ दिया गया है।'

मैं लौटकर आया तो उडपी नहीं आई थी। हम उसकी तलाश में कई दिनों तक मारे-मारे फिरते रहे मगर उसका पता नहीं चला।

एक दिन सुबह-सुबह हमने देखा कि उडपी टेंट के बाहर नंगी पड़ी है। उसके शरीर पर इतने दाग, इतने धब्बे थे कि देखा नहीं जा रहा था। जगह-जगह खून निकलकर सूख गया था। कपड़ा लेकर औरतें गईं तो चीखने लगी। तब से वह बाहर के किसी भी आदमी को देखती है तो कपड़े उतारकर चीखने लगती है।''

दशरथ ने पूछा—''बैंगा का क्या हुआ?''

बूढ़ा ठंडी साँस लेकर कहता रहा—''जेल में जाकर जब मैंने बैंगा से बताया तो बहुत दुखी हुआ और कहा—'अब तुम मेरी चिंता छोड़ दो और पूरे समूह को लेकर सोनभद्र चले जाओ। वहाँ रामशरण सिंह की पत्थर की दुकान है, वहीं काम करो और मेरा इंतजार करो।' हम सभी लोगों को लेकर यहाँ आ गए और अब रामशरण सिंह के यहाँ मजदूरी करते हैं।''

''उसके बाद कभी बैंगा से मिलने नहीं गए?''

''गया था।''

''कब?''

''यहाँ आने के अगले सप्ताह ही गया था।'' कहकर बूढ़ा चुप हो गया।

''क्या हुआ?''

गमछे के कोर से आँख पोंछते हुए उसने कहा—''वहाँ गया तो पता चला कि पुलिसवालों ने उसे गोली मार दी।''

''गोली मार दी! क्यों?''

''कह रहे थे कि वह जेल से भाग रहा था। पता नहीं, क्या सच है और क्या झूठ...बैंगा की लाश को भी लावारिस घोषित कर दिया गया। उसके बाद पता नहीं क्या हुआ! माटी भी नसीब नहीं हुई बैंगा को।'' कहने के बाद बूढ़ा फूट-फूटकर रोने लगा।

रात भर दशरथ को नींद नहीं आई। बैंगा का हाल सुन उनकी आत्मा चीख रही थी। जितिया बाबा की बात याद आ रही थी। दीकुओं ने जंगल में आक्रमण किया होगा तो वे लोग इसी तरह जान बचाकर भागे होंगे। किसी रामशरण सिंह के यहाँ शरण ली होगी और धीरे-धीरे मजदूर बन गए होंगे। आज के पहले दशरथ को गर्व था बैंगा पर कि उसने और उसके दल ने जंगल तो छोड़ा, मगर अपनी शर्तों पर अपनी रोजी की तलाश की, इसलिए उनके जीवन में जंगल का सौंदर्य जीवित है।

अब सोनभद्र के पहाड़ की तराई में उनकी रेवटियाँ फटते ही झोंपड़ी और मिट्टी के घर में तब्दील हो जाएँगे और सदियों तक पत्थर की दुकान पर काम करने के लिए उनको मजदूर मिल जाएँगे। आज मशीन पत्थर काट रही है, कल ढोनेवाली मशीन भी आ जाएगी और फिर...और इसके बाद... ?—दशरथ ने कुछ नहीं सोचा क्योंकि सुबह हो रही थी और वे पौ फटने से पहले वहाँ से निकल जाना चाहते थे।

जीवन एक अजीब-सा रहस्य है। इसे समझ पाना सचमुच बहुत कठिन है।

दशरथ ने कभी सपने में भी नहीं सोचा था कि उन्हें इस तरह छोड़कर उनकी पिंजरी चली जाएगी। धनिया भौजी ने अगर अकाल में उसके चावल चुराए नहीं होते तो वह आज जरूर जिंदा होती। उसकी मौत के बाद भौजी रो रही थी, पछता रही थी मगर अब पछताने से कोई फायदा नहीं। गुजरा हुआ वक्त वापस नहीं आता।

बैंगा चला गया। जिस तरह उसकी मौत हुई, इसके बारे में आखिर कौन सोच सकता था! उसकी लाश को तो उसके स्वजनों की एक मुट्ठी मिट्टी भी नसीब नहीं हुई। वे पथरकट जिनके

हाथ में कला थी, जिनको पत्थरों की पहचान थी, जो पत्थरों के लिए पागल की तरह घूमते थे, जिन्हें देखकर दशरथ सोचते थे कि काश, माँझियों का जीवन ऐसा ही होता, वे अब पत्थर काटते नहीं, उन्हें ढोते हैं!

आखिर किधर जा रही है यह दुनिया?

उडपी याद आई तो दशरथ का मन कसैला हो गया। जाते समय किस ललक के साथ दशरथ को देख रही थी, जैसे कह रही हो—'मुझे भी अपने साथ ले चलो न दशरथ!'

अब कोई बंधन नहीं, कोई माया नहीं।

पिंजरी को वचन दिया है कि गलहौर की पहाड़ी को काटकर रास्ता बना देंगे, बस, यह काम किसी तरह हो जाए। पहाड़ काटने का खयाल आते ही छेनी याद आ गई और उनका मन विचलित हो उठा।

29

दशरथ ने तय कर लिया कि बैंगा की मौत की बात गाँव में किसी को नहीं बताएँगे। पिंजरी होती तो जरूर बताते, लोगों से बताने का क्या फायदा!

जब से झौरी गाँव छोड़कर गया है तब से आया ही नहीं। छेदी अपने में इस तरह गुम हो गया है कि उसको देखकर कोई बात कहना ही भारी लगता है। बस, अब चलकर उन पत्थरों को खोजना है जो बैंगा ने पहाड़ पर घूम-घूमकर इकट्ठा कराए थे। आगे की पहाड़ी को काटने का सूत्र उन्हीं पत्थरों से निकलेगा।

मगर घर आए तो चारों ओर उनके आने की खबर इस तरह पसर गई, जैसे सभी उनके इंतजार में हों! कई लोग उनसे मिलने के लिए आ गए।

रमिया भौजी के पैरों में दर्द रहता है, जाते समय कहा था कि 'मेरे लिए बैंगा से दवा पूछ कर ले आना।' आते ही बोल पड़ी—"मेरी दवा लाए दशरथ?"

हर आदमी के बैंगा से अलग-अलग सवाल थे।

दशरथ के लिए अब इस राज को छिपा पाना संभव नहीं था। अपने को रोक नहीं सके। बैंगा अब इस दुनिया में नहीं रहा, किसी को यकीन नहीं हुआ। बैंगा गाँव का हीरो था। समाचार की तरह सबने सुना, व्यथित हुए और मन में एक कसक लिये चले गए। जीवन जटिल हो चुका था। अब किसी के दुख से दुखी होने, चर्चा करने और लंबे समय तक किसी के लिए शोक मनाने का किसी के पास वक्त नहीं था। सबने नियति मानकर स्वीकार कर लिया।

दशरथ के मन में भारी उथल-पुथल मची थी। सनीचरी आई और कहा—"बाबू, खाना खा लो।"

मन हुआ कि कह दे, खाने की इच्छा नहीं है पर जाने कैसे उठे और पीढ़ा लेकर बैठ गए।

दशरथ को खाना देकर सनीचरी पिंजरी की तरह पंखा लेकर बैठ गई। कुछ देर के बाद अचानक से उसे याद आया—"बाबू, छेदी चाचा आए थे। कह रहे थे कि दशरथ आए तो हमको खबर कर देना। उनको कोई जरूरी काम था।"

बुधुआ वहीं बैठा था, बोल पड़ा—"हम बुला लाएँ का बाबू?"

दशरथ का इशारा पाकर वह लँगड़ाता हुआ तेजी से बाहर निकल गया। वह अभी माँझी टोल से बाहर भी नहीं निकला होगा कि छेदी अपने आप उधर से आता हुआ दिख गया। बुधुआ रुक गया और कहा—"हम आपको बुलाने जा रहे थे चाचा।"

"चलो।"

जब वे लौटकर आए तो दशरथ खाना खाकर बिस्तर पर बैठे हुए थे और सनीचरी खाना खाने जा रही थी। दशरथ को पहले लगा था कि शायद छेदी को कुछ निजी परेशानी हो मगर आते देख गौर किया कि छेदी के चेहरे पर खुशी के भाव थे।

छेदी ने दशरथ को देख दूर से ही इस तरह कहा जैसे कहने के लिए बेताब हो—"दशरथ, अब छेनी बन जाएगी।"

दशरथ ने चौंककर छेदी को देखा, जैसे यकीन नहीं हुआ हो—"कैसे... ?"

"मुझे याद आ गया कि बैंगा ने ये छेनी कैसे बनाई थी।" कहकर छेदी दशरथ के पास बैठ गया।

उसकी बात सुन दशरथ का चेहरा खुशी से फैल गया मगर यह जानने की बेताबी बनी रही। पूछा—"कैसे ?"

"याद करो, छेनी बनाते समय भाथी में लकड़ी के कोयलों के साथ बैंगा ने कुछ पत्थर भी मिलाए थे—भूरे रंग के ?"

इस बार चौंकने की बारी थी दशरथ की। उस समय दशरथ भी साथ थे। उन्हें भी सारी बातें याद हो आईं। छेदी ने बैंगा से पूछा था कि इसमें पत्थर क्यों मिला रहे हैं। बैंगा ने डाँट दिया था छेदी को—'अभी जितना कहा जाता है उतना ही करो।' उस समय छेदी चुप रह गया मगर छेनी और हथौड़ों के बन जाने के बाद जब बैंगा खुश दिखाई दिया तो एक बार फिर छेदी ने पूछा था—'आपने आग में पत्थर क्यों मिलवाया ?'

बैंगा ने हँसते हुए कहा था—'ऐसे पत्थर अक्सर जमीन के नीचे पाए जाते हैं। इनमें जलनेवाली दवा होती है और इन्हीं पत्थरों के कारण ये लोहा ऐसे गलेगा।' दशरथ को याद आया कि बैंगा ने कुदन कुम्हार को एक राजा की कहानी भी सुनाई थी जिसने धरती के जलमग्न होने के बाद पत्थरों में छिपी आग निकाली थी।

दशरथ खुश थे कि छेदी ने समस्या का तोड़ निकाल लिया था। बैंगा की बात याद आ जाने के बाद छेनी बनाने का यह राज तो खुल गया था मगर वे पत्थर कौन से हैं, इसकी पहचान भी तो बैंगा ही कर सकता था। अब एक क्षीण-सी उम्मीद की रेखा थी जिसके सहारे वे उस छेनी को बना सकते थे। यह बात जेहन में आने के बाद दोनों का चेहरा उतर गया। एकाएक दशरथ को याद आया, और जैसे वे उछल पड़े—"याद आ गया, बैंगा कुदन कुम्हार का आवाँ पकाने के लिए पत्थरों की बात करता था और कुछ पत्थर उसका आवाँ पकाने के लिए ले भी गया था।" लेकिन दूसरे पल यह सोच उनका चेहरा उतर गया—"मगर यह कई साल पहले की बात है। वे पत्थर अब तक कुदन के पास होंगे ?"

छेदी ने कहा—"नहीं होंगे तो चलकर पहाड़ पर खोजेंगे। मुझे कुछ-कुछ उनकी याद है।"

अब संकट था कि इस बात को कुदन कुम्हार से पूछेगा कौन ?

कुदन तो बैंगा और दशरथ का नाम सुनते ही गालियाँ बकने लगता है। मगर इस वक्त इसके अलावा और कोई रास्ता भी नहीं था।

अब जो होना होगा, होगा। चलकर प्रयास करने में हर्ज नहीं है।

गाँव में सभी जानते थे कि कुदन कुम्हार कंजूस हैं और किसी चीज का पूरा इस्तेमाल करते हैं। दुनिया की हर चीज उनके लिए संपत्ति का एक हिस्सा है। अगर पत्थर बचे होंगे तो उन्होंने जरूर बचाकर रख लिया होगा क्योंकि उनके लिए वे मामूली पत्थर नहीं थे। वे पत्थर कहीं मिल जाएँ या एक बार नए सिरे से उनकी पहचान भी हो जाए, फिर सारा काम हो जाएगा।

माँझी टोल को पार कर जब दशरथ और छेदी कुदन कुम्हार के घर की ओर जा रहे थे तो देखा, दुसाध टोल के कुछ लड़के तेज कदमों से कहीं जा रहे हैं। उन लड़कों में झौरी का भतीजा चंदर भी था। चंदर बहुत विनम्र तथा समझदार लड़का था। झौरी उसे अपने बेटे की तरह प्यार करता था और उसका मानना था कि वह जरूर अपने खानदान का नाम रौशन करेगा।

चंदर ने दशरथ और छेदी को आते देख नमस्कार किया।

दशरथ को कई दिनों से झौरी का कोई हाल-समाचार नहीं मिला था। एकाएक चंदर सामने दिखा तो पूछ लिया—"क्या हाल है चंदर?"

"ठीक है चाचा।"

"झौरी कहाँ है?"

झौरी का नाम आते ही चंदर ने आस-पास के लड़कों को देखा और दशरथ की बातों का कोई जवाब नहीं दिया। उसके बाद छेदी की ओर नजर डाल दशरथ को इस तरह देखा, जैसे कह रहा हो कि बाद में छेदी चाचा से पूछ लीजिएगा।

छेदी को सब कुछ पता था। चंदर का आशय समझ लेने के बाद बात बदलने के लिए छेदी ने चंदर से पूछा—"कहाँ जा रहे हो?"

"फौज की बहाली है चाचा। गया जा रहा हूँ।"

आँखों-आँखों में चंदर और छेदी के बीच कुछ इशारा हुआ लेकिन दशरथ को कुछ समझ में नहीं आया। उन्हें अब तक यही पता था कि वह पटना में काम की तलाश कर रहा है। जाते-जाते दशरथ ने चंदर से कहा—"झौरी आए तो यह जरूर बताना कि चाचा याद कर रहे थे।"

"जी, अच्छा," कहकर चंदर लड़कों के साथ चला गया।

उसके जाने के बाद छेदी ने बताया कि वह फौज की बहाली के लिए दौड़ में शामिल होने के लिए गया नहीं जा रहा था। लड़के साथ में थे इसलिए उसने कुछ नहीं बताया।

"तो... ?"

"तुम जिस दिन बैंगा को खोजने के लिए गए थे, उसी रात गाँव में झिंगुरी सिंह का डीजल पंप मिलकी के खेत से चोरी हो गया। वे कहते हैं कि झौरी ने चुराया है। उसी दिन उन्होंने झौरी पर मुकदमा कर दिया। उसके पीछे पुलिस लगी है और वह जगह-जगह भागा फिर रहा है। कल रात मुझसे मिला था। चंदर उसका बेल करवाने के लिए गया जा रहा है।"

छेदी की बात सुनकर दशरथ चौंके। वे सपने में भी इस बात पर यकीन नहीं कर सके कि झौरी चोरी कर सकता है। दशरथ ने कहा—"वो चोरी नहीं कर सकता।"

छेदी ने जैसे राज की बात बताई—"अरे, सब जानते हैं कि झौरी ने चोरी नहीं की है।"

"तो?"

"चोरी की है बबुली सिंह ने"

"बबुली सिंह ने?"

"हाँ। पिछले साल झिंगुरी सिंह ने बबुली सिंह को पानी नहीं दिया था, उसी का गुस्सा निकाला है।"

"झिंगुरी को मालूम है?"

"झिंगुरी सिंह को यह बात मालूम है मगर कह देंगे तो बबुली सिंह पर केस करना पड़ेगा। इसके लिए राजपूत टोल में मीटिंग हुई थी। बात को दबा दिया गया और इसी बहाने झौरी को फँसाने के लिए साजिश रची गई है।"

छेदी की बात सुनकर दशरथ का मन कसैला हो गया—"अब क्या होगा?"

छेदी ने हँसते हुए कहा—"झौरी को भी कम मत समझो, झिंगुरी सिंह को पानी पिलाकर छोड़ेगा। इस विषय पर बाद में बात करेंगे। सड़क पर बात करना ठीक नहीं है।"

इसके बाद दोनों चुप हो गए। राह चलते छेदी और दशरथ पहली बार महसूस कर रहे थे कि खेती के लिए मशीनों के आने के बाद गाँव के लोगों के बीच आंतरिक संबंधों में किस तरह के बदलाव आए हैं। आदमी का महत्त्व तेजी से घटा है और आदमी-आदमी के बीच वैमनस्य बढ़ा है। सामने कुदन कुम्हार का घर था, बात यहीं बंद हो गई।

कुदन का घर भी पहले की तुलना में अस्त-व्यस्त था। लगता था, जैसे कई दिनों से दरवाजे पर झाड़ू नहीं दिया गया है! पेड़ के पत्ते जगह-जगह बिखरे पड़े थे। उनके घर के सामने आवाँ तो था मगर लग रहा था, जैसे बहुत दिन से उसे जलाया नहीं गया है। पककर लाल हुई मिट्टी में दरारें दिख रही थीं। अगल-बगल कुछ बर्तन पड़े थे जिन्हें देखकर समझ में आ जाता था कि इन्हें बहुत पहले पकाया गया होगा।

दशरथ ने वहाँ का हाल देखकर कहा—"लगता है, इसका भी हाल खस्ता है।"

छेदी ने हँसकर कहा—"इसका क्या कहें, गाँव में सबका हाल यही है।"

"लेकिन कुदन का तो दिल का मामला है न।"

दशरथ की इस बात पर दोनों दिल खोलकर हँसे।

उनकी पत्नी के जाने के छह महीने बाद गलहौर में तेजी से यह बात पसरी कि कुदन कुम्हार एक और शादी करने जा रहे हैं। इसके लिए उन्होंने लड़की के माँ-बाप को अच्छी-खासी रकम दी है। कई दिनों तक चर्चा चलने के बाद फिर सुनाई पड़ा कि कुदन ने मना कर दिया है। इसके बाद कुदन काफी हद तक बदल गए थे और अकेले में रहना पसंद करते थे।

दरवाजे पर पहुँचकर आवाज देने पर कुदन बाहर निकलकर आए और दशरथ को देखकर इस तरह चौंक गए, जैसे उन्हें उनके आने की उम्मीद ही न हो! उनकी आँखों में इस तरह चमक उभरी, जैसे उनका आना अच्छा लगा हो! पहले दशरथ को लगता था कि कुदन के घर जाने पर वे गुस्सा करेंगे, गालियाँ बकेंगे। इसके विपरीत उन्होंने बहुत प्यार और सम्मान से पेड़ के नीचे खाट बिछाकर बिठाया और पानी के लिए पूछा।

जब दशरथ ने ना कह दिया तो बहुत ही विनम्रता से पूछा—"कैसे आना हुआ दशरथ?"

दशरथ ने विस्तार से कुदन को बताया कि इस समय वे किस संकट में हैं और उन्हें कुदन की मदद की जरूरत है। पूरी बात जानने के बाद कुदन ने बिना किसी प्रतिवाद के बता दिया कि बैंगा के चले जाने के बाद काफी दिन तक वे पत्थर आवाँ के पास पड़े रहे और एक दिन

उन्होंने बाहर किनारे पर बिछाकर ऊपर से पत्थर की पटिया रख पानी रखनेवाला एक स्थान बना दिया जहाँ बैठकर वे सुबह में दातून करते हैं।

उनकी बात सुनकर दशरथ को राहत मिली कि अब पत्थर की तलाश में पहाड़ पर भटकना नहीं पड़ेगा। इसके बाद कुदन दशरथ और झौरी को चबूतरे के पास लेकर गए। तीनों ने मिलकर पत्थर की वह पटिया हटाई। कुदन ने अपने हाथ से खोदकर एक-एक पत्थर को बाहर निकाला और धोकर साफ किया। एक थैला लेकर आए और ले जाने की इजाजत भी दे दी। जब दशरथ थैला लेकर जाने लगे तो कुदन ने इस तरह हसरत से देखा, जैसे उनसे कुछ पूछना चाहते हों।

कुदन का चेहरा देख छेदी ने पूछा—"कुछ बात है क्या?"

"हाँ, दशरथ से कुछ बात करनी थी, अलग से।" और छेदी को इस तरह देखा, जैसे गोपनीयता का संकेत दे रहे हों।

छेदी उनके मन की बात समझ गया। दशरथ बैंगा के यहाँ से लौटकर आया है, उसकी मौत भी हो चुकी है। जरूर वह कनेउवा के बारे में कुछ पूछना चाहते हैं। छेदी ने कुदन की राह से हटने के लिए खुद ही कहा—"दशरथ, मैं चलता हूँ। भाथी जलाकर रखूँगा, तुम आ जाना," और जवाब का इंतजार किए बिना छेदी पत्थर लेकर चला गया।

कुदन कुम्हार को पता था कि दशरथ बैंगा के पास गए थे और अब बैंगा की मौत हो चुकी है। कुदन कुम्हार काफी सकुचाए-से लग रहे थे। उन्हें समझ नहीं में नहीं आ रहा था कि बात कैसे शुरू करें। जब कुछ समझ में नहीं आया तो दशरथ को अपने कमरे में ले गए। खाने के लिए गया का तिलकुट दिया और फिर इधर-उधर की बातें करने के बाद संकोच के साथ पूछा—"कब लौटकर आए?"

"कल।"

"वहाँ आपकी मुलकात कनेउआ से हुई?"

पहले तो दशरथ ने सोचा कि बात छुपा लें मगर कुदन का हाल देख छुपा नहीं सके। उन्हें याद आया, रात के समय जब दशरथ बूढ़े के साथ रेवटी में बैठे थे, तभी एक औरत एक हाथ में खाना और दूसरे हाथ में पानी लिये अंदर आई थी।

बूढ़े ने दशरथ से कहा था—'पहले खाना खा लो, दूर से आए हो, भूख लगी होगी।'

दशरथ को सचमुच भूख लगी थी। मगर बैंगा के बारे में सुनकर उनकी भूख जैसे मर गई थी। बूढ़े ने दूसरी बार जोर दिया तो दशरथ ना नहीं कह सके थे। दशरथ जब खाना खा रहे थे, वह औरत पंखा झल रही थी। बूढ़े ने दशरथ से पूछा था—'पहचाना इसे?'

दशरथ ने पहली बार गौर से उसे देखा था—गोरा रंग, बड़ी-बड़ी हिरनी-सी आँखें, भरा-पूरा यौवन! देखने में वह पथरकट की नहीं, गाँव की कोई लड़की लग रही थी। दशरथ को याद नहीं आया कि उन्होंने कब उस औरत को देखा था।

दशरथ ने कहा था—'नहीं।'

बूढ़ा मुस्कराया था—'यही है जिसे बैंगा तुम्हारे गाँव से लेकर आया था।'

दशरथ को याद आया कि कुदन कुम्हार उसे कनेउवा कहते थे। पहाड़ पर बकरी बेचने के क्रम में दशरथ को उसकी एक झलक दिखी थी मगर तब और अब में बहुत का फर्क था। उस समय दुबली-पतली थी, अब उसकी देह भर गई थी।

बूढ़ा कह रहा था—'इसी ने हम लोगों को यहाँ बसाया है, वरना हम तो घुमंतू थे, घर क्या होता है, हम सबको कहाँ पता था?'

कनेउआ के बारे में जान लेने के बाद कुदन कुम्हार की आँखों में नमी आई मगर वहीं सूख गई। कुदन कुम्हार ने पूछा—"बैंगा के मरने के बाद वो किसके साथ रहती है?"

"बैंगा के छोटे भाई ने उसके साथ शादी कर ली है, अब वह एक बच्चे की माँ है और बहुत खुश है।"

कुदन चुप हो गए और देर तक कुछ नहीं बोले तो दशरथ ने कहा—"इस बार मेरा खयाल वही रख रही थी और आपके बारे में पूछ रही थी।"

"मेरे बारे में?"

"बता रही थी कि आप एक बार उससे मिलने भी गए थे।"

दशरथ नहीं समझ पा रहे थे कि उनकी बातों की कुदन पर क्या प्रतिक्रिया होगी मगर वे न रोए, न गुस्साए। कुछ बोले भी नहीं।...सूनी आँखों से देखते उठकर खड़े हुए और कहा—"कुछ नहीं ले गई थी बेचारी। मैंने उसके ऊपर कितने झूठे आरोप लगाए!"

लगा, जैसे उनके भीतर कुछ चल रहा हो! इसके बाद उन्होंने दशरथ के सामने हाथ जोड़ दिये, जैसे कह रह हों कि अब आप जाइए और चुपचाप दूसरे कमरे में समा गए।

दशरथ को पहली बार कुदन कुम्हार पर बहुत दया आई। पत्थर लेकर छेदी चला गया था, वही पत्थर है या नहीं, यह जानना जरूरी था। लेकिन कुदन के घर में समा जाने के बाद दशरथ भी वहाँ से चले आए।

दशरथ और छेदी की मित्रता अब तक मिसाल थी। एक लंबा और जटिल समय गुजरने के बाद भी कोई परिवर्तन नहीं आया था। दशरथ की छेनी टूटने के बाद छेदी दशरथ से कहीं अधिक परेशान था। कई बार उसे लगता था कि इस बार सारी गड़बड़ियाँ उसी के कारण हुई हैं। वह बार-बार खुद को कोसता और अकेले में भी भाथी जलाकर उस तरह की छेनी बनाने का प्रयास करता मगर लोहा या तो पिघल जाता या मुड़ जाता, या मुड़ता नहीं, लेकिन उस छेनी की शक्ल नहीं ले पाता। लंबे समय तक उसके सोचने का यह क्रम बन गया कि बैंगा ने कैसे बनाया था। जब भी अकेला होता तो वह बैंगा को ही याद करता और आखिर में उसे याद आ गया।

छेदी भाथी जलाकर यह पता लगा चुका था कि ये वही पत्थर हैं जो बैंगा लेकर आया था, जिनकी आँच पर छेनी बनी थी। छेदी बहुत खुश था और दशरथ को यह खबर देने के लिए बेताब था। दशरथ आए तो खुशी से भरे छेदी ने उन्हें गले लगा लिया और दिखाने के लिए दशरथ के सामने भाथी में दोबारा उनमें से कुछ पत्थरों को डाला, आँच दिखा खुश होकर कहा—"दशरथ, अब जाकर सो जाओ, आज छेनी बन जाएगी,"

आँच देखकर दशरथ का भी मन प्रसन्न हो गया।

दशरथ ने कहा—"अब तुम अपना काम करो और मुझे उनमें से एक पत्थर दे दो।"

"क्यों?"

"मैं लेकर पहाड़ पर जाना चाहता हूँ और पता लगाना चाहता हूँ। मुझे लग रहा है कि आगे के पत्थर भी यहीं हैं।"

छेदी ने पत्थरों को गौर से देखा तो उसे भी वैसा ही लगा। उसने 'ले जाओ' कहकर पत्थर के थैले को आगे कर दिया।

दशरथ ने उन पत्थरों में से एक पत्थर ले लिया और लेकर पहाड़ की ओर चल पड़े।

कुछ दूर गए तो अचानक कुछ याद आ गया और लौटकर आ गए। उन्होंने छेदी से कहा—"बेचारे झौरी पर संकट आया हुआ है और हम कुछ नहीं कर रहे हैं। यार, झौरी के लिए कुछ करना चाहिए।"

छेदी ने समझाया—"अभी कुछ करने की जरूरत नहीं है।"

"क्यों? पुलिस ने उसे पकड़ लिया तो?"

"उसकी चिंता मत करो। वह भी कम उस्ताद नहीं है। वह झिंगुरी सिंह से मोटा माल वसूलने के चक्कर में है। बताया था न, कल रात मुझसे मिला था। जल्दी ही तुमसे भी मिलेगा। तुम इस समय मिलने की कोशिश करोगे तो बेकार में पुलिस पीछे पड़ जाएगी। जाकर अपना काम करो।"

दशरथ समझ नहीं पाए। सारा माहौल उन्हें बिलकुल अजीब और रहस्यमय लग रहा था। मगर जब छेदी कह रहा था तो सब कुछ ठीक ही होगा।

हाथ में पत्थर दिखा तो एकाएक पहाड़ की याद आई। पहाड़ पर पहुँचने पर उनकी खुशी का ठिकाना नहीं रहा। अरे, ये तो वही पत्थर हैं, बिलकुल वही चट्टानें हैं। पूरे पहाड़ में ये पत्थर बहुत नहीं थे मगर जहाँ थे, इनका पूरा विस्तार था। आवाँ पकाने के लिए इन्हीं पत्थरों को बैंगा लेकर कुदन कुम्हार के घर गया था। इन्हीं पत्थरों के बारे में बताया था कि लकड़ी और गोंयठे की आग से इन पत्थरों को गरम करेंगे और एक बार जब पत्थरों से गैस निकलनी शुरू हो जाएगी तो उसका आवाँ चौबीस घंटे में पक जाएगा। खुशी के मारे दशरथ का मन बाँसों उछलने लगा।

एकाएक दशरथ को खयाल आया कि भाथी से निकले पत्थरों को तोड़कर देखना चाहिए। अगर आसानी से टूट जाता है तो इसका मतलब रास्ता मिल गया।

लौटने पर देखा, छेदी अब छेनी बनाने के काम में लगा था। दशरथ ने देखा, भाथी से निकले जले हुए पहले के पत्थरों को छेदी ने अलग कर रख दिया था। उनमें से एक पत्थर को जल्दी से उठाकर उन्होंने निहाई पर रखा और हथौड़ा मारा तो वह खट-खट टूटता चला गया।

दशरथ के जेहन में यह विचार घर कर गया कि पहाड़ पर आग लगाकर अगर इनके भीतर की हवा निकाल दी जाए तो ये झिकड़ों की तरह टूट जाएँगे। मारे खुशी के उन्होंने छेदी को बाँहों में भर लिया।

एक समय था जब सब कुछ प्रतिकूल चल रहा था और अब अपने-आप सब कुछ अनुकूल होने लगा था। दशरथ को पहाड़ काटने का नया रास्ता तो मिल गया था मगर इसे भी प्रयोग कर आजमा लेना जरूरी था ताकि बाद में कोई परेशानी नहीं हो।

30

माँझी टोल के लोग, जो भट्ठे पर काम करने के लिए गए थे, उनमें से कई बारिश के बहुत पहले गलहौर लौट आए थे। बसई मेट जिन्हें मलिकान कभी अपना दाहिना हाथ मानते थे, जिन्होंने मलिकानों के लिए कई माँझियों से विरोध मोल लिया था,बढ़ती उम्र के कारण उनकी जगह अब किसी और ने ले ली थी और अब वे गाँव में ही रहते थे।

समय के साथ अब भट्ठे के हालात भी बहुत बदल गए थे। पहले मलिकान गाँव में आकर लोगों को एडवांस देते, तरह-तरह के प्रयत्न से रिझाते कि भट्ठे पर काम करने के लिए चलो। मगर गाँव में काम की कमी होने के बाद अब वे भी छाँट कर जवान और कद-काठी से मजबूत लोगों को ही काम पर ले जाते। कई लोग, जिनके काम से वे संतुष्ट नहीं होते, बीच में ही वापस भेज देते।

बसई मेट को पता चला कि आगे के पहाड़ को काटने के लिए उस पर आग लगाना है तो वे अपने को रोक नहीं सके और दशरथ से जाकर बोले कि यह काम मैं कर दूँगा। बसई मेट भट्ठे में आग लगाने में माहिर माने जाते थे और आँच को कब, किस तरह किस दिशा में मोड़ना है, इसमें तो उन्हें महारत हासिल थी। गाँव में सभी कहने लगे कि साधन मिले तो बसई पूरे पहाड़ में आग लगा देंगे।

प्रयोग के रूप में आजमाने के लिए बसई के कहने पर पहली योजना बनी। पहाड़ के एक हिस्से पर थोड़ा-सा गड्ढा कर लकड़ियाँ जमाकर उसमें आग लगा दी गई और ऊपर से हवा जाने भर की जगह छोड़ दी गई। आग जल उठी। जब आग बुझ गई तो उस जगह को राख हटा कर पानी से धो दिया। दशरथ ने बसई के कहने पर पत्थर पर छेनी से जब प्रहार किया तो वहाँ के पत्थर का रंग बदल गया। कई बार प्रहार के बाद एक छोटे-से दरार की शक्ल उभर गई। ऐसा लग रहा था जैसे कोई शीशा चनक गया हो! दूसरी बार मारा तो दरार चौड़ी हो गई। अब दरार में बल्लम लगाकर जब हिलाया गया तो थोड़ा-सा हिस्सा टूटा। उसके बाद के हिस्से को हथौड़े से मार-मारकर अलग कर लिया गया।

मतलब साफ था, जितनी दूरी तक के पत्थर की हवा निकल गई थी उतनी दूर का पत्थर टूट गया था। दशरथ समझ गए कि रास्ता मिल गया।

अपने प्रयोग के सफल होने की खुशी से भरे दशरथ, छेदी और बसई नीचे उतर रहे थे। तभी कुछ लोग तेजी से भागते हुए जाते दिखाई पड़े। उनके चेहरे पर जिस तरह का भय था, देखकर दशरथ को समझ में आ गया कि जरूर कोई अजगुत घटना गाँव में हुई है। क्या हुआ है, यह जानने के लिए उनका मन व्यग्र हो उठा। वे जल्दी से पिंजरी के पीपल वाले भाग से नीचे सड़क पर आ गए।

भागते जाते हुए मोथा माँझी को देखकर पूछा—"क्या बात है मोथा?"

मोथा ने घबराहट-भरे स्वर में बताया—"पहाड़ी बाबा की हत्या हो गई है।"

"क्या? पहाड़ी बाबा की हत्या?" सुनकर दशरथ को यकीन ही नहीं हुआ।

पहाड़ी बाबा ने किसका क्या बिगाड़ा था? उनको कोई क्यों गोली मारेगा? अभी तो सुबह में ही दशरथ मठिया पर गए थे। झाड़ू लगाई थी, नीबू की चाय बनाकर पहाड़ी बाबा को पिलाई थी। पहाड़ी बाबा की हजार बातें एक साथ दिमाग में घूमने लगीं।

दशरथ छेदी और बसई के साथ तेज कदमों से मठिया की ओर चल पड़े।

सचमुच पहाड़ी बाबा की हत्या हुई थी।

मठिया पर लोगों की भीड़ पसरी थी। कुएँ के पास दाहिनी ओर पहाड़ी बाबा का शव पड़ा था। एक नहीं, पूरी पाँच गोलियाँ मारी गई थीं उनको। जहाँ उनकी लाश पड़ी थी, बहुत थोड़ा खून निकला था और धरती पर जम गया था। पहाड़ी बाबा का हाल देख मन हुआ कि जाकर उनसे लिपट जाएँ। आगे बढ़े मगर झिंगुरी सिंह ने रोक दिया—"छूना मत दशरथ, पुलिस

आनेवाली है। जब तक पुलिस नहीं आ जाती, जाँच-पड़ताल नहीं कर लेती, तब तक उनकी लाश उसी जगह और उसी तरह पड़ी रहेगी।''

मन का बोझ नहीं उतरा तो दशरथ छेदी से लिपटकर रो पड़े।

कामता सिंह और झिंगुरी सिंह सगुनी पंडित को समझा रहे थे कि मठिया का काम पहाड़ी बाबा की अनुपस्थिति में रुकना नहीं चाहिए।

अभी उनकी बात पूरी भी नहीं हुई थी कि पुलिस की जीप आ गई। दरोगा पहले चलकर झिंगुरी सिंह के पास आया और अदब के साथ नमस्कार किया।

झिंगुरी सिंह ने कहा—''आ गए दरोगा जी, चलकर देखिए।''

दरोगा के साथ पुलिस पहाड़ी बाबा की लाश के पास जाकर मुआयना करने लगी। कई कोण से उनके कई-कई फोटो खींचे गए। उसके बाद कई लोगों के, जिनमें दशरथ भी थे, बयान लिये गए और एक गाड़ी में पहाड़ी बाबा का शव पोस्टमार्टम के लिए रखा गया।

झिंगुरी सिंह ने पूछा—''लाश के साथ कौन-कौन जाएगा?''

कई लड़के जाने के लिए तैयार थे, दशरथ भी उनके साथ जाना चाहते थे, मगर झिंगुरी सिंह ने कहा—''लड़के जाएँगे और लेकर चले आएँगे। आप यहाँ रहकर उनके अंतिम संस्कार की व्यवस्था कीजिए।''

पहाड़ी बाबा ने एक दिन दशरथ, झौरी और छेदी से कहा था—'तुम लोग मेरी कब्र इसी पंचवटी में बनाना, बसुरिया बाबा के पास।'

गया से पहाड़ी बाबा का शव लौटकर आने के पहले दशरथ, छेदी और गाँव के अन्य लोगों ने मिलकर पंचवटी में कब्र खोदकर तैयार कर दिया। शव के आते ही दफनाने की रस्म झिंगुरी सिंह के कहने पर दशरथ ने ही पूरी की। दफनाने के बाद झिंगुरी सिंह ने कहा—''पहाड़ी बाबा का श्राद्ध धूमधाम के साथ किया जाएगा।''

अगले दिन सूचना मिली कि पुलिस ने मामले की पड़ताल कर हत्यारे का पता लगा लिया है। गया के महंत अच्युतानंद ने ही पहाड़ी बाबा की हत्या कराई है और इसमें सगुनी पंडित भी मिला हुआ था।

सगुनी पंडित को भी पुलिस पकड़कर पूछताछ के लिए ले गई और जेल में बंद कर दिया तो झिंगुरी सिंह ने मठ की देख-रेख के लिए एक पुजारी मासिक वेतन पर नियुक्त कर दिया।

दशरथ पिंजरी की समाधि वाले पीपल के पेड़ के नीचे सो रहे थे।

पता नहीं क्यों आँखों से नींद उचट गई थी। दशरथ को ऐसा लग रहा था कि उनके कारण ही पहाड़ी बाबा की हत्या हुई है। अच्युतानंद के खिलाफ योजना दशरथ ने बनाई थी और उसका फल पहाड़ी बाबा को भोगना पड़ा। लेकिन क्या गलत किया था उन्होंने? कई बार लगता कि वे इस दुनिया के थे ही नहीं। पिंजरी चली गई, यूँ ही नहीं गई, अकाल ने उसे मारा। बैंगा चला गया, यूँ ही नहीं मरा, पुलिस की गोलियों ने उसे मार डाला और अब पहाड़ी बाबा भी चले गए, यूँ ही नहीं गए, मार डाले गए।

तीनों का किसी से कोई विरोध नहीं था।

दशरथ का इन तीनों से आत्मीय रिश्ता था। दशरथ को जब भी कोई उलझन होती, जाकर पहाड़ी बाबा के पास बैठ जाते। पहाड़ी बाबा दशरथ पर एक नजर डालते और चुप हो जाते।

किसी अजीब जादुई आकर्षण में दशरथ गुम हो जाते और पहाड़ी बाबा के बिना कुछ कहे उनको उनकी समस्याओं का समाधान मिल जाता। उलझे हुए सूत के गट्ठर थे दशरथ, पहाड़ी बाबा के सामने आते ही कैसे सुलझ जाते, उनको पता भी नहीं चलता।

भोर पहर जरा-सी झपकी आई और अचानक दशरथ को लगा, जैसे कोई उन्हें जगा रहा है! एक तो देर से नींद आई थी, अभी कच्ची थी, जगने में थोड़ी देर हुई। जगे तो देखा, उनके सामने झौरी खड़ा था। पहली नजर में वे झौरी को पहचान ही नहीं पाए।

"झौरी, तुम... ?"

झौरी जो साधारण-सी धोती और साधारण-सा कुरता पहने घूमता था, अब उसकी देह पर महँगे कपड़े थे। जब वह दशरथ के पास था, थोड़ी दूर पर दो लोग रायफल लिये खड़े उसका इंतजार कर रहे थे। एक गाड़ी भी खड़ी थी।

दशरथ ने गौर किया, झौरी रो रहा था। वह बड़ी मुश्किल से दशरथ से कह पाया—"पहाड़ी बाबा की समाधि को देखने आ गया था।" और फूट-फूटकर रो पड़ा।

पहाड़ी बाबा इस गाँव में दशरथ, छेदी और झौरी को सबसे अधिक मानते थे। झौरी को तो अपना मानस पुत्र कहते थे।

दशरथ ने दुखी होते हुए कहा—"पता नहीं किसने गोली मार दी उन्हें?"

चाहकर भी उनके मन की व्यथा छिपाए न छिप सकी। मन का बोझ हलका करने के लिए कहा—"झौरी, मैं ही कारण बन गया उनकी मौत का।"

"तुम?"

"हाँ, अच्युतानंद को मैंने ही तो..."

झौरी के चेहरे का रंग एकाएक बदल गया, उसने कहा—"इस अपराध-बोध को अपने मन से निकाल दो। मैं जानता हूँ कि पहाड़ी बाबा की हत्या किसने कराई है।"

दशरथ भौंचक होकर झौरी का मुँह देखने लगे—"किसने?"

"झिंगुरी सिंह ने।"

दशरथ ने चौंककर कहा—"झिंगुरी सिंह ने! वे क्यों कराएँगे?"

"मठ की जमीन पर कब्जा करने के लिए।"

दशरथ को याद आया कि बिना किसी सलाह-मशविरा के झिंगुरी सिंह ने मठ का सारा संचालन अपने हाथ में ले लिया था।

"तुम्हें कैसे पता चला?"

झौरी हँस पड़ा—"आज कल यही काम है मेरा। सरकार में मंत्री हैं रामनिवास पासवान, उन्हीं का बॉडीगार्ड हूँ। उनके लिए कई खून करवा चुका हूँ।"

"तुम और खून?"

झौरी ने सिर झुका लिया—"का करें दशरथ, मरता क्या न करता! कहाँ नहीं घूमा मगर कहीं कोई रोजगार नहीं मिला। बस, यही करना बचा था...सूबे में सिरिफ अपराध का रोजगार ही बाकी है...।" सिर उठाया तो उसकी आँखें नम थीं—"निकला था रोजी-रोटी की तलाश में, जो मिला, कर लिया। और अब इतनी दूर निकल चुका हूँ कि वापस नहीं लौट सकता। हो सकता है, जल्दी ही पासवान महासभा का सचिव हो जाऊँ, पूरे बिहार का!"

रात के सन्नाटे में पीपल के पेड़ के नीचे पत्तों के तलमल करने और दो लोगों के सिसकने की आवाज काफी देर तक सुनाई देती रही। दशरथ के मन में जख्म की तरह कई बातें बैठ गई थीं। बहुत दिन बाद झौरी दिखा तो दशरथ के भीतर की आह निकल गई। दो दोस्त लंबे समय बाद एक-दूसरे से अपना दुख बयान कर सहज होते रहे। आसमान में जब शुकवा दिखाई देने लगा तो झौरी उठ खड़ा हुआ और कहा—"चलता हूँ।"

दशरथ क्या कहते!

जाने से पहले झौरी ने कहा—"पहाड़ी बाबा की हत्या झिंगुरी सिंह ने कराई है, इस बात की चर्चा अभी किसी से मत करना। इसका हिसाब होगा और बहुत अच्छे से होगा। तुमको कभी कोई मेरी जरूरत पड़े तो मेरे भतीजे चंदर से कह देना। और हाँ, छेदी से कह देना, अपने बेटे को मेरे पास भेज दे। उसके लिए नौकरी ठीक कर दी है।"

झौरी चला तो उसके पीछे दोनों हथियारबंद लोग भी चल पड़े। सड़क पर एक बड़ी-सी गाड़ी खड़ी थी। गाड़ी में बैठकर जब वे चल पड़े, दशरथ उन्हें जाते देखते रहे। उन्हें यकीन ही नहीं हुआ कि यह वही झौरी है।

पहाड़ी बाबा की मौत के बाद एक बार फिर दशरथ का मन पहाड़ काटने से उचटा मगर उसी पल याद आया कि पहाड़ी बाबा कहते थे—'तुम कर्मयोगी हो दशरथ! इस दुनिया में आना-जाना तो लगा ही रहता है। आदमी के जाने के बाद कर्म ही रह जाता है। पिंजरी नहीं है, उसका कर्म तुम्हारे साथ है। इसी के कारण तुम दुखी हो।' सोचकर दशरथ फिर से कटाई की तैयारियों में लग गए।

31

दशरथ की आग पर गलहौर का पहाड़ सुलगता रहा, कटता रहा और जातीय समीकरणों तथा अपराध की आँच पर बिहार। बीच के दौर में बिहार में जो कुछ हुआ, उसका तफसील से बयान करने की वजह तो है मगर जगह नहीं है।

उसके परिणाम पर गौर करना हमारे लिए जरूरी है।

कोई व्यक्ति तैरना नहीं जानता हो और उसे एकाएक पानी से लबालब भरी नदी में फेंक दिया जाए तो डूबना उसकी नियति बन जाती है। बिहार के आम लोगों का बिलकुल यही हाल था। जाति की परंपरा से निकले सारे रोजगार तेजी के साथ टूट गए थे और उसकी जगह करने के लिए जो नया आया था, उसका प्रशिक्षण बहुत कम लोगों के पास था। हाथ थे, पेट था मगर करने के लिए काम नहीं था। जिन लोगों ने ट्रैक्टर और अन्य मशीनों को चलाना सीख लिया था, उनके पास तो कुछ काम था मगर होड़ बहुत थी और मजदूरी बहुत कम। जिन्होंने अपने को इस नई तकनीक से नहीं जोड़ा, उनका हाल इस कदर बुरा था कि बयान नहीं किया जा सकता। रोजगार तथा सुरक्षा की तलाश में भय से भरे आम लोगों का गाँव से शहरों की ओर पलायन होने लगा था। हालात से मजबूर होकर बहुत सारे मजदूर गाँव छोड़कर कलकत्ता, दिल्ली और मुंबई जैसे शहरों में चले गए और यह क्रम अभी बदस्तूर जारी था।

गाँव के बाकी मजदूर पास के किसी शहर में जाकर किसी दलाल के यहाँ हाजिरी देते और कमीशन देकर किसी मकान-निर्माण और किसी सरकारी ठेके में काम करते। वहाँ भी

उनके रोज के काम की कोई गारंटी नहीं होती, कई लोग खाली हाथ वापस आ जाते। एकाएक आए इस परिवर्तन ने लोगों के जीवन को जटिल बना दिया और उनके भीतर गुस्से को जन्म दिया जिसका राजनीतिक दलों ने सर्वाधिक मनमाना इस्तेमाल किया।

राजनीतिक दलों ने महज सत्ता की कुर्सी पर काबिज होने के लिए वर्तमान और भविष्य की परवाह किए बगैर वहाँ के जनमानस को जाति-धर्म जैसी इतिहास की एक ऐसी लड़ाई में झोंक दिया जो उनके लिए रोटी का इंतजाम नहीं करती बल्कि उनके अहम और उनके गुस्से को तुष्ट करती थी। इसका सबसे बड़ा असर यह हुआ कि विभिन्न जातियों के बीच अपना वर्चस्व साबित करने के लिए होड़-सी मच गई। सरकार के संरक्षण में लगभग हर जाति के संघ, महासभा और सेना बनवाई गई। कई भयानक नरसंहार भी हुए जिसमें एक-आध अपवाद छोड़कर सिर्फ गरीब लोग ही मारे गए। लूट-पाट की घटनाएँ तेजी से बढ़ीं, चारों ओर असुरक्षा का माहौल बन गया।

सरकारी ठेकों और आय के हर साधन पर कब्जा जमाने की होड़ आरंभ थी। ताकत और पैसा जीवन के केंद्र में आ गए थे। पारंपरिक जीवन-मूल्य तेजी से टूट रहे थे। अगड़ा-पिछड़ा के नाम पर लड़ाई आरंभ हुई और जातीय गोलबंदी के प्रभाव से बिहार की सत्ता पिछड़ों के हाथ आ गई। ऊँची जाति के नक्शे-कदम पर पिछड़ी जाति के कुछ अमीर लोगों ने इसका भरपूर इस्तेमाल किया और अपना परचम लहराया। शेष लोग क्या करें, यह एक बहुत बड़ा सवाल था।

यह एक ऐसा दौर था जब बड़े अपराधी, घूसखोर अफसर और तस्कर समाज में सम्मान की नजर से देखे जाने लगे थे और पैसा किसी तरह आए, यह सबकी सोच बन गई थी। घर-घर में पढ़े-लिखे लड़के बेरोजगारी का दंश झेल रहे थे। सवर्णों को लगता कि सारी नौकरियाँ पिछड़ों को मिल रही हैं, पिछड़ों को लगता कि हम तो पढ़े-लिखे नहीं हैं। असल बात थी, आरक्षण का क़ानून तो था मगर नौकरी नहीं थी। जब कुछ समझ में नहीं आया और जरूरतें मुँह बाए खड़ी रहीं तो नई पीढ़ी के पास अपराध में रोजगार की तलाश करने के सिवा कोई जगह समाज में नहीं रही।

गलहौर में मशीनों के आने के परिणाम खुलकर आने शुरू हो गए थे। अमीर किसान दिनोंदिन और अमीर होते चले गए थे, गरीब किसान और गरीब। छोटी जोत के किसानों की हालत बिलकुल ऐसी हो गई थी, जैसी अकाल के पहले कुम्हार और लुहार की थी। अंतर बस इतना ही था कि उनके पास थोड़े छोटे जोत थे, इनके पास तकनीक।

गाँव में जिस तरह खेत बिकने लगे थे, इसकी कोई कल्पना भी नहीं कर सकता था। कोई आदमी अपनी लड़की की शादी, किसी की मौत या किसी अन्य मजबूरी में होता तो खेत बेचने के अलावा उसके पास कोई विकल्प नहीं बचता था। सबसे चौंकानेवाली बात यह थी कि लगभग सारे खेत मुखिया जी और झिंगुरी सिंह ने ही खरीदे थे। कोई मुखिया के पास जाता तो वे इतना कम दाम लगाते कि वह वापस झिंगुरी सिंह के पास जाता और वे कुछ दाम बढ़ाकर खरीद लेते और अगर झिंगुरी सिंह के पास जाता तो यही तकनीक मुखिया जी अपनाते। एक सोची-समझी रणनीति के तहत दोनों लोगों ने मिलकर गाँव की लगभग आधी जमीन पर कब्जा जमा लिया था।

गाँव में मजदूरों का हाल तो और बुरा था।

दशरथ ने कभी यह सवाल पूछा था कि इस समाज में माँझी का काम क्या है? अब यह सवाल बिना किसी जोड़-घटाव के गाँव के किसी जाति का कोई भी मजदूर पूछ सकता था। यजमानी-पद्धति, जिस पर यह समाज टिका था, वह अब खेती में नहीं सिर्फ शादी-ब्याह में दिखती थी।

गलहौर में अगड़ी जाति के लोगों का नेतृत्व अब मुखिया का बेटा सुनील करने लगा था। उसने कोई संगठन तो नहीं बनाया था लेकिन झिंगुरी सिंह की सलाह पर औरंगाबाद के लोगों के संगठन में शामिल हो गया था।

इस बीच अपराध की दुनिया में झौरी ने भी बड़ा नाम और पैसा कमाया था। वह अब पटना में रहता था। उसकी शह पर इस इलाके में पिछड़ी जाति का नेतृत्व उसका भतीजा चंदर कर रहा था। दुसाध टोल में ही झौरी का भी पक्का मकान बन गया था और उसने जमीन भी खरीद ली थी। इस वक्त किसी भी मामले में चाहे पैसा हो या प्रभाव, वह मुखिया या झिंगुरी सिंह से कम नहीं था।

लेकिन दशरथ तो किसी और ही माटी के बने थे। गाँव के लोग उनको किसी संत या फकीर की तरह देखते और दुनियादारी के विवाद से उनको पूरी तरह अलग रखते। दशरथ को चंदर से अलग रखने का पहला कारण झौरी था और दूसरा झिंगुरी सिंह, जो पिंजरी की मौत के बाद आज भी उनको बुधुआ के नाम पर मानो मुफ्त का जवरा देते थे और उसी से उनका परिवार चलता था। झिंगुरी सिंह को यह लाभ था कि इस कारण समाज में उनकी नाक ऊँची होती थी। लेकिन दशरथ तो इस तरह अपने काम में लगे थे कि उन्हें पहाड़ के अलावा किसी से कोई मतलब ही नहीं था।

पहाड़ की सड़क एक किलोमीटर से अधिक लंबी थी। ऊँचाई सत्तर फीट के आस--पास थी जो घटकर अब बीस फीट पर आ गई थी। पहाड़ के कटे हुए भाग पर जो पत्थर थे, इस तरह के पत्थर अब तक दशरथ को नहीं मिले थे। ये पत्थर काला और हरा रंग लिये हुए से थे और बहुत ही सख्त थे। उनके ऊपर की सतह एकदम चिकनी थी। बिलकुल ऐसे, जैसे मंदिर में देवता होते हैं। ऐसा लगता, जैसे काले-हरे पत्थरों की सड़क बनी हो जो अपनी आकृति में कई जगह टीले में बदल जाती थी और कई जगह इनका झुकाव दिखाई देता था। इन पत्थरों पर भी हथौड़ा पटकने पर उछल जाता था, आग की लपटें निकलती थीं।

अब तक के पत्थरों में मिट्टी वाले पत्थरों के अंश मिल जाते थे पर ये निखालिस पत्थर थे। दशरथ ने अनुमान किया कि ठनका गिरने का प्रभाव पहाड़ के पूरे दर्रे पर था मगर इन पत्थरों पर जरा भी नहीं था। ये पत्थर अपनी मूल अवस्था में थे और पहाड़ में चट्टान की शक्ल में भीतर-भीतर बहुत दूर तक पसरते चले गए थे।

दशरथ के लिए अब भी बैंगा की बातें मंत्र की तरह थीं। जब कभी जहाँ भी वे उलझे, अब तक बैंगा की बातों ने ही उनको रास्ता दिया था। उन्होंने नए सिरे से बैंगा की बातों को याद करना आरंभ किया और नए-नए प्रयोग आजमाते रहे, मगर उन्हें कोई सफलता नहीं मिली, कोई सूत्र हाथ नहीं लगा। इसके बावजूद दशरथ को यकीन था कि आज नहीं तो कल उन्हें वह सूत्र हासिल हो जाएगा और वे इस पहाड़ को पूरी तरह काटकर रास्ता बना सकेंगे।

पत्थरों के साथ पूरी तरह रमने का मन बनाकर दशरथ ने बारीकी से पत्थरों की सतह को खुरचना शुरू किया और उनके महीन कणों को इकट्ठा कर पिंजरी की कब्र के पास जमा करने

लगे। उन महीन कणों को बार-बार देखते—पानी में डालकर, आग में डालकर तरह-तरह से अजमाते और उन्हें काटने का कोई नया सूत्र खोजते।

गाँव के बहुत सारे लोग शाम ढलने के साथ रोज ही पिंजरी की कब्र के पास लगे पीपल पेड़ के नीचे आ जाते जो अब काफी बड़ा और छायादार हो गया था। लोग हसरत-भरी निगाहों से दशरथ को देखते और इंतजार करते कि दशरथ कुछ सहयोग करने के लिए कहें मगर दशरथ किसी से कुछ नहीं कहते।

एक दिन जब दशरथ पिंजरी की कब्र के पास पीपल के पेड़ के नीचे बैठे थे, एक बड़ी-सी गाड़ी आकर सामने की सड़क पर रुकी। पहले तो दशरथ को लगा कि झौरी आ गया मगर उतरे तो देखा, झिंगुरी सिंह थे। गाड़ी किसी और की थी। उनके साथ एक और आदमी चल रहा था, जो चादर ओढ़े हुए था। गाड़ी से उतरकर दोनों दशरथ की ओर बढ़ने लगे।

चादर ओढ़कर चल रहे आदमी ने दशरथ के पास आकर चादर हटाई और पूछा—''दशरथ, पहचाना मुझे?''

कुर्ते की झूलती हुई उसकी बाँह देखकर दशरथ को लगा कि इसे उन्होंने कहीं देखा है। याद करने की कोशिश भी की, पर कुछ याद नहीं आया।

''मैं महीपत, जंगल में मिले थे, जब तुम लकड़ी काटने जा रहे थे। मैंने तुमको मधुमक्खियों से बचाया था।''

दशरथ को याद आ गया। उनके चेहरे पर मुस्कान तैर गई—''अरे महीपत, आओ...।''

दशरथ ने एक ओर खिसककर महीपत के बैठने के लिए जगह बनाई। वहीं आकर झिंगुरी सिंह भी बैठ गए। महीपत ने पहले दशरथ की पत्नी के निधन पर शोक जताया और आने का कारण बताते हुए कहा—''इस राह से गुजर रहा था तो सोचा कि तुमसे मिलता चलूँ।''

महीपत का बात करने का तरीका काफी बदल गया था और थोड़ी देर की बातचीत में दशरथ की समझ में आ गया कि अब वह पहले का महीपत नहीं रहा, बहुत बड़ा आदमी बन गया है। कोई बड़ी-सी गाड़ी से दशरथ के पास आया है, यह देखकर वहाँ गाँव के लोगों की भीड़ बढ़ गई। दशरथ के पास पत्रकार अक्सर आते रहते थे और कई बार गाँव के लोगों से भी कुछ पूछ लेते थे और दशरथ के कारण उनके नाम भी अखबार में छप जाते थे। इस कारण जब भी कोई नया आदमी आता, लोगों की भीड़ बढ़ जाती।

दशरथ और महीपत के बीच बातें चलती रहीं। बात-बात में दशरथ ने जब महीपत को बताया कि नीचे के काले पत्थरों का हिस्सा कट नहीं रहा है तो उसने दशरथ से देखने की इच्छा प्रकट की। दशरथ उसे लेकर सड़क की ओर चले गए। साथ में झिंगुरी सिंह भी थे।

पत्थर देखकर महीपत ने कहा—''इन पत्थरों को मैं पल भर में काट सकता हूँ।''

दशरथ ने चौंककर देखा—''कैसे?''

''लकड़ी का काम छोड़ दिया है मैंने। अब यही काम है मेरा।''

''यही काम मतलब?''

''पहाड़ काटना। इसको तो मैं चुटकी में उड़ा दूँगा।''

महीपत की बात सुनकर गाँव के लोगों के चेहरे पर खुशी तैर गई। सबसे अधिक खुशी झिंगुरी सिंह के चेहरे पर थी।

दशरथ ने पूछा—''कैसे काटेंगे?''

महीपत ने दशरथ से कहा—"आप मेरे साथ चलिए और एक बार देख लीजिए कि पत्थर कैसे कटते हैं। अगर आपको पसंद आ गया तो आकर काट देंगे। बस, थोड़ा खर्च आएगा।"

झिंगुरी सिंह ने कहा—"दशरथ, अगर पैसों की जरूरत पड़ी तो हम चंदा करके देंगे। आप जाकर देख आइए।"

चंदर की भी सहमति थी कि दशरथ को जाना चाहिए।

तमाम आंतरिक मतभेदों के बाद भी इलाके में यह सड़क अब सड़क न रहकर सभी लोगों के स्वाभिमान में बदल गई थी। जो लोग पहले दशरथ का विरोध करते थे या उनके प्रति अपनी तटस्थता प्रदर्शित करते थे, अब वे भी बढ़-चढ़कर इसमें रुचि ले रहे थे। जहाँ कहीं उनको मौका मिलता, दशरथ को अपने समय का नायक और दशरथ और पिंजरी के प्रेम को अमर प्रेम बताने से नहीं चूकते थे। गाँव की चौपाल से जिला की कचहरी तक इस बात की चर्चा थी और अब लोग दूर-दराज के क्षेत्रों से पहाड़ के उस कटे भाग को देखने के लिए भी आने लगे थे। इस समय जब दशरथ संकट में थे, लोगों को महीपत की बात बहुत अच्छी और राहत की तरह लगी। उसी दिन गाँव के लोगों की सलाह पर महीपत दशरथ को अपने साथ लेकर चला गया ताकि दिखा सके कि पहाड़ कैसे कटते हैं।

शाम ढल रही थी। महीपत अपनी गाड़ी में दशरथ को लेकर गया से होता हुआ सासाराम के पहाड़ी इलाके में आ गया था। सासाराम पार कर उसकी गाड़ी हाईवे से नीचे उतरी तो आस-पास छोटी-छोटी बस्तियाँ दिखाई देने लगीं। महीपत के अनुसार, आगे नक्सल-प्रभावित और लूट-पाट वाला इलाका था। रात में उधर जाना खतरे से खाली नहीं था।

महीपत ने दशरथ को देखा और कहा—"आज रात यहीं रुकते हैं। कल सुबह यहाँ से पहाड़ पर चलेंगे।"

दशरथ को कोई आपत्ति नहीं हुई। वे तो पूरी तरह से महीपत पर ही निर्भर होकर आए थे।

महीपत ने ड्राइवर से डाकबंगला चलने को कहा और महीपत की गाड़ी सासाराम के बाहर के किसी डाकबंगले की ओर चल पड़ी।

डाकबंगला पहाड़ के ठीक नीचे बना था।

एक बड़ी-सी चहारदीवारी के भीतर दो बड़े-बड़े गेट थे। भीतर क्यारियों में फूल थे और पीछे की ओर बड़े-बड़े आठ-दस कमरे थे। आगे बड़ा-सा बरामदा था। वन विभाग के अधिकारी और बड़े ठेकेदार जब कभी इस इलाके में आते, यहीं पर रुकते थे। डाकबंगला को चारों ओर फूल-पत्तियाँ लगाकर सजाया गया था और वह किसी राजमहल की तरह दिखता था।

महीपत के साथ दशरथ वहाँ पहुँचे तो देखा, पहले से कई गाड़ियाँ खड़ी थीं। कुछ लोग खड़े आपस में बात कर रहे थे। महीपत को देखते ही वहाँ का बूढ़ा चौकीदार दौड़ा-दौड़ा आया और सलामी ठोंकी।

महीपत ने मुस्कराकर चौकीदार से पूछा—"क्या बात है, बड़ी भीड़ लगी है?"

चौकीदार ने विनम्रता से उत्तर दिया—"डुमराव महाराज के बड़े लड़के कमल सिंह आए हैं शिकार खेलने के लिए। देखते नहीं उनकी हिरनिया को?"

महीपत एक ओर देखकर मुस्कराया।

दशरथ की नजर भी अनायास ही उस ओर चली गई जहाँ एक खूबसूरत हिरनी बँधी थी जिसे एक आदमी चारा खिला रहा था।

"आइए।"

दशरथ और महीपत चौकीदार के पीछे-पीछे चल पड़े। चौकीदार ने बरामदे में एक काउंटर से चाभी निकाली और बिना कुछ कहे दशरथ और महीपत के लिए एक बड़ा-सा कमरा खोल दिया।

"कुछ जरूरत हो तो बता दीजिएगा।" कहकर चौकीदार जल्दी से निकल गया क्योंकि बाहर से कोई उसे आवाज दे रहा था।

दशरथ ने गौर से कमरे को देखा। कमरे में दो पलंग लगे हुए थे जिन पर भारी तोशक और महँगे बेड शीट बिछे थे। दोनों के बीच एक टेबल लगी थी। एक ओर बड़ी-बड़ी अलमारियाँ बनी थीं। दशरथ अपने जीवन में कभी ऐसी जगह नहीं रुके थे। इस तरह की व्यवस्था भी पहली बार ही देख रहे थे। उन्हें तो बिस्तर पर बैठने में भी संकोच हो रहा था। मगर महीपत ने यह कहकर सहज कर दिया—"घबराइए मत दशरथ भाई, ई सब दिखावा है।"

एक और दरवाजा था उस कमरे में। दशरथ ने देखकर पूछा—"ये पूजा घर है?"

महीपत हँस पड़ा—"नहीं, शौचालय है।"

उसी कमरे में शौचालय देखकर दशरथ का मन भन्ना गया। पता नहीं, लोग जिस कमरे में रहते हैं, जिस कमरे में खाते हैं, उसी कमरे में कैसे शौच करते हैं! मगर कुछ कहा नहीं।

रात हो चुकी थी।

चौकीदार चाय दे गया था। चाय पीने के बाद दशरथ शौच के लिए बाहर जाना चाहते थे। उन्होंने महीपत से कहा—"मैं बाहर जाऊँगा।"

महीपत ने कहा—"जाकर चौकीदार से एक लोटा और टॉर्च ले लीजिए। इस कमरे में तो सिर्फ प्लास्टिक का जग और गिलास है।"

उसने दशरथ को सावधान रहने के लिए भी कहा क्योंकि इस इलाके में साँप बहुत हैं और जहरीले हैं।

दशरथ बाहर निकल आए। बिजली जा चुकी थी। जेनरेटर की आवाज का शोर सुनाई दे रहा था। दशरथ ने चारों ओर नजर घुमाकर देखा, चौकीदार का कहीं अता-पता नहीं था। एक अजीब-सी उदासी पसरी हुई थी। अचानक उनकी नजर कोने में खड़ी हिरनी की तरफ गई। चौकीदार हिरनी के साथ खड़े एक आदमी से बात कर रहा था। दशरथ उसी ओर चल दिए।

दशरथ को आते देख चौकीदार ने पूछा—"साहब को कुछ चाहिए का?"

"नहीं। मुझे एक लोटा चाहिए। शौच के लिए बाहर जाना है। और टॉर्च भी।"

चौकीदार टॉर्च का नाम सुन हँसने लगा। उसने बताया कि जब महीपत साहब आते हैं, उन्हें देखकर पता नहीं कहाँ से साँप आ जाते हैं!

चौकीदार के साथ खड़ा आदमी, जो हिरनी को सहला रहा था, दशरथ को देख हँसते हुए बोल पड़ा—"समझ गया, आपका भी वही हाल है जो मेरा है।"

चौकीदार मुस्कराया—"डाकबंगला में रहते-रहते हम बुढ़ा गए लेकिन मेरा भी नहीं उतरता।"

तीनों के बीच हँसी की एक लहर बिखरती चली गई और चौकीदार दशरथ के लिए लोटा लाने चला गया।

चौकीदार के जाने के बाद दशरथ ने गौर से हिरनी को देखा।

"क्या मस्त हिरनी है! राजा साहब के बेटे इसे बहुत मानते होंगे, तभी तो साथ लिये घूम रहे हैं!"

दशरथ की बात सुन आदमी हँस पड़ा—"भैया, ये हिरनी नहीं है—शिकारी है, शिकारी। आज की रात यही शिकार करेगी...मेरी हिरनिया..."

दशरथ चौंक पड़े—"ये शिकार करेगी?"

"हाँ, भाई साहब...पाँच सौ से अधिक हिरनों का शिकार कर चुकी है मेरी हिरनिया।"

जब दशरथ को यकीन नहीं हुआ कि यह हिरनी शिकार भी कर सकती है तो उस आदमी ने विस्तार से बताया कि बचपन में ही इस हिरनी को डुमराव के महाराजा साहब जंगल से पकड़कर मँगवाए थे। तीन साल तक मधुबनी के ट्रेनर ने इसको ट्रेनिंग दी और जब सयानी हो गई तो इससे शिकार करवाने लगे। अब एक दूसरी हिरनी को भी ट्रेनिंग दी जा रही है।

दशरथ को उसकी बातों पर अब भी यकीन नहीं हो रहा था। उन्होंने पूछा—"कैसे शिकार करती है ये?"

आदमी ने हिरनी के कान के नीचे एक जगह दिखाई और कहा—"रात को इसे लेकर हम जंगल में जाएँगे और इस हिस्से पर थोड़ी देर तक गुदगुदी करने पर यह उत्तेजित हो जाएगी और रँभाने लगेगी। इसका रँभाना सुन जंगल के हिरन इसके साथ संबंध बनाने के लिए दौड़े आएँगे और हमारे द्वारा बिछाए गए जाल में फँस जाएँगे। इस तरह होता है हिरन का शिकार। अब वह जमाना गया कि बंदूक लेकर जंगल-जंगल भटकते रहें। शिकार मिलने की गारंटी है ये हिरनिया।"

दशरथ भौंचक होकर उस आदमी का मुँह देखने लगे।

दाना डालकर चिड़िया को जाल में फँसाने के बारे में तो सुना था, शिकार का यह तरीका उन्होंने पहली बार सुना था। अगर यह सच है तो कितना भयानक है!

चौकीदार अपने घर से लोटा और टॉर्च लेकर आ गया और दशरथ मन-ही-मन सोचते बाहर चले गए।

लौटकर आए तो महीपत अपने कमरे में नहीं था। गाड़ी में देर तक बैठे रहने के कारण दशरथ की पीठ अकड़ी-सी लग रही थी और वे लेटना चाहते थे। तभी चौकीदार ने आकर कहा—"महीपत साहब आपको बुला रहे हैं।"

"कहाँ हैं?"

"कमल बाबू के साथ।"

दशरथ ने गमछा उठाकर कंधों पर रखा और बिना कुछ कहे चौकीदार के पीछे चल पड़े। कमरे से निकलने के बाद एक बहुत बड़ा बरामदा था। बरामदे में चलते हुए आखिरी छोर पर बने एक बड़े-से हॉल में गए जहाँ बड़ी-बड़ी गद्दोंवाली कुर्सियाँ लगी थीं। वहाँ सभी शराब पी रहे थे। यह शराब बड़ी-बड़ी बोतलों में थी और उसका रंग हल्का पीला था।

एक हाथ से शराब पीते हुए महीपत डुमराव महाराज के बेटे को बता रहा था कि पत्थर की कटाई में कितनी पूँजी लगती है और कितना अधिक फायदा होता है। अगर डुमराव महाराज के बेटे इस बिजनेस में आना चाहते हैं तो महीपत उनकी हर तरह से मदद करेगा।

दशरथ के पहुँचते ही उनकी बातचीत बंद हो गई और महीपत ने महाराजा साहब के बड़े लड़के से दशरथ का परिचय कराया—"यही हैं दशरथ माँझी।"

कमल सिंह ने दशरथ को देख हाथ जोड़ लिये—"आप अपनी बीवी के लिए पहाड़ काटकर रास्ता बना रहे हैं। जानते हैं, आपके इस अभियान के बाद अब तो सबकी बीवियाँ चाहती हैं कि उसे दशरथ जी जैसे ही पति मिले!"

दशरथ को यह जानकर आश्चर्य हुआ कि वहाँ सभी दशरथ के बारे में अच्छी तरह जानते थे। यहाँ तक कि पिंजरी की मौत के बारे में भी उन्हें पता था। कुछ देर तक अनौपचारिक ढंग से बातें होती रहीं और ठहाके लगते रहे। दशरथ को समझ में नहीं आया कि बड़े लोग बिना हँसनेवाली बातों पर भी कैसे हँसते हैं! उन लोगों ने दशरथ के लिए भी गिलास मँगवाया और शराब पीने की पेशकश की मगर दशरथ ने इनकार कर दिया। जब लोगों को यह पता चला कि दशरथ शाकाहारी भी हैं तो महीपत को याद आया कि यहाँ तो दशरथ के लिए कुछ खाने लायक है ही नहीं।

महीपत ने चौकीदार को अलग ले जाकर कुछ रुपए दिये और कहा—"ले जाकर इनको अपने घर खाना खिला दो और कमरे में पहुँचा देना।" चौकीदार से कहने के बाद महीपत दशरथ की ओर मुड़ा—"आप खाना खाने के बाद सो जाइएगा, मैं थोड़ी देर से आऊँगा। कमल बाबू से कुछ जरूरी बातें करनी हैं।"

दशरथ खाना खाकर सो गए। महीपत कब कमरे में आया, उन्हें इसका पता भी नहीं चला।

सुबह जगे तो देखा, महीपत उनसे पहले जागकर तैयार बैठा है। दशरथ भी जल्दी ही तैयार हो गए। नींद खुलने के बाद से ही उनके दिमाग में यह चल रहा था कि रात में हिरनी ने वाकई शिकार किया है या वह आदमी झूठ बोल रहा था? सच बात यह थी कि उन्हें अब भी इस बात पर यकीन नहीं हो रहा था कि कोई हिरनी शिकारी भी हो सकती है।

तैयार होकर जब महीपत के साथ बाहर निकले तो देखकर दंग रह गए कि पाँच-छह लंबे-चौड़े और खूबसूरत हिरन हिरनी के साथ खड़े थे। हिरन के साथ जो आदमी था, वह दशरथ को महीपत के साथ देख कुछ नहीं बोला मगर उनकी ओर इस तरह देखा, जैसे कह रहा हो कि देखिए, ये हैं इसके शिकार!

गाड़ी में बैठते हुए दशरथ ने महीपत से पूछा—"क्या करेंगे कमल बाबू इन हिरनों का?"

"डुमराव महाराज की मेहमाननवाजी का जोड़ बिहार में नहीं है। हर रविवार को हिरन के मांस की पार्टी देते हैं। मंत्री से लेकर बड़े-बड़े अफसर आते हैं। क्या मस्त कबाब होता है हिरन का! एक बार हमको मौका मिला है खाने का।" दशरथ को देख महीपत ने कहा—"खैर, आपको क्या पता, इस अद्‌भुत स्वाद का! आप तो शाकाहारी हैं।"

महीपत जब पक्की सड़क छोड़कर लंबी-लंबी घासों के अंदर कच्ची-सी सड़क पर अपनी गाड़ी लेकर घुसा तो सामने दूर-दूर तक पसरी पहाड़ियाँ और उस पर उगे जंगल साफ-साफ दिखाई दे रहे थे। इलाका रमणीय और हरियाली से भरा था। कुछ दूर आगे बढ़ते ही दूसरी ओर से अंदर की उबड़-खाबड़ सड़क पर दर्जनों की संख्या में ट्रक आते-जाते दिखाई देने लगे। उन ट्रकों पर पत्थर लदे थे और वे कहीं ले जाए जा रहे थे। महीपत ने अपनी गाड़ी साइड में

कर ली ताकि ट्रक जा सकें। जब ट्रक चले गए तो उसने दशरथ को बताया कि ये पत्थर दीवारों में ईंट की जगह लगाए जाएँगे। ये पत्थर ईंट की अपेक्षा सस्ते पड़ते हैं और इनसे बनी दीवारें भी मजबूत होती हैं।

पहाड़ के किनारे के रास्ते से होते हुए अब वे उस ओर जा रहे थे जहाँ महीपत की खदान थी। गाड़ी रुकी और महीपत ने कहा—"यही है अपनी खदान, चलिए।"

दशरथ ने नजर घुमाकर चारों ओर देखा। चारों ओर टूटे हुए पत्थर बिखरे पड़े थे और ट्रकों का आना-जाना जारी था। सैकड़ों मजदूर आस-पास काम कर रहे थे। जगह सुंदर तो थी मगर उसकी सुंदरता के पीछे एक अजीब-सी भयावहता छिपी थी।

महीपत की आवाज से उनकी तंद्रा भंग हुई—"उतरिए।"

चाय पीने के अंतराल में थोड़ी देर तक बातचीत के बाद महीपत ने अपना काम आरंभ कर दिया। सबसे पहले वह दशरथ को एक बड़ी-सी मशीन के पास ले गया। यह एक बड़ा-सा लोहे का संयत्र था जो देखने में राक्षस की तरह लगता था। उसकी ऊँचाई वहाँ के पेड़ों से अधिक थी।

दशरथ ने उस मशीन को देखते हुए पूछा—"ये कौन सी मशीन है?"

"क्रशर मशीन।" महीपत ने इस तरह क्रशर मशीन का उच्चारण किया, जैसे पहाड़ों को बेरहमी से रौंदकर विजयी होने का भाव उसके मन में हो—"इस मशीन से पत्थर को तोड़कर गिट्टियों में बदला जाता है।"

"यह मशीन पत्थर तोड़ती है?"

"हाँ, इधर आइए।"

महीपत ने उन्हें साथ लेकर पास के पहाड़ की थोड़ी-सी चढ़ाई के बाद वह जगह दिखाई जहाँ भारी मात्रा में हथौड़ों से तोड़े गए पत्थरों के टुकड़े जमा किए गए थे। अब भी कई मजदूर पत्थर लाकर जमा कर रहे थे। उसके ठीक बगल में मशीन का वह भाग था जहाँ से पत्थर मशीन में डाले जाते थे। यहाँ पत्थर ठीक उसी तरह डाले जाते थे जैसे मवेशियों के लिए काटे जानेवाले चारा-कल में घास।

महीपत ने कहा—"अब मैं आपको दिखाता हूँ कि ये पत्थर कैसे चूर-चूर होते हैं।"

महीपत के इशारे पर एक आदमी ने मशीन को चालू कर दिया।

एकाएक बहुत तेज शोर उभरा और जहाँ दशरथ खड़े थे, वहाँ के जमा पत्थर नीचे की ओर सरकने और गिरने लगे। धम-धम की आवाजें आने लगीं। दशरथ देख रहे थे कि पत्थर नीचे जा रहे हैं मगर कहाँ जा रहे हैं, इसका पता नहीं चल सका। वे कहाँ जा रहे हैं, यह दिखाने के लिए महीपत दशरथ को दूसरी तरफ ले गया जहाँ चक्के की तरह डीजल पंप जैसी कोई मशीन चल रही थी।

महीपत ने बताया—"यहाँ ये पत्थर छोटे-छोटे टुकड़ों में बदल दिये जाते हैं।"

उसी के बगल में छोटे-छोटे कटोरे वाली रेहट जैसी पत्तियाँ लगी थीं जो पत्थरों को ऊपर ले जाती हैं और वहाँ की मशीनें उन्हें तोड़कर छोटे-छोटे गिट्टियों में बदल देती हैं जिन्हें आकृति के अनुसार अलग-अलग नंबर दिये जाते हैं। एक नंबर, दो नंबर के अलावा पत्थरों की धूल भी निकलती है जिसका इस्तेमाल बालू की जगह किया जाता है। दशरथ ने महसूस किया कि आज भी ये पहाड़ ही अपने बदले रूप में लोगों के घर हैं।

तभी एक दूसरा आदमी आया और महीपत से कहा—"ड्रिलिंग मशीन आ गई है।"

"जाकर फिट करो।"

महीपत ने दशरथ को देखा—"चलिए" और उधर चल पड़ा जिधर पहाड़ काटे जाते थे और जिसे वहाँ की भाषा में लोग 'खदान' कहते थे।

पहाड़ के बीच यह एक कुएँ की तरह अर्धवृत्ताकार जगह थी जिसमें किनारे से पत्थरों को काटकर इस तरह एक गोल रास्ता बनाया गया था जिससे आदमी के साथ ट्रक भी आ और जा सकें। नीचे कई ट्रक लदे थे और कई लादे जा रहे थे। चारों ओर लगभग सौ फीट की ऊँचाई तक पहाड़ तना था और पचास फीट नीचे गहरे जमीन में धँसा था। उसकी कटी हुई परतें साफ-साफ दिखाई दे रही थीं और ऐसा लग रहा था, जैसे ये पहाड़ नहीं, किसी कसाई की दुकान पर खाल उतारकर टाँगा गया बड़ा-सा बकरा हो। क्षण भर के लिए दशरथ को ऐसा लगा, जैसे वे खदान में नहीं, किसी बड़े-से मौत के कुएँ में समा गए हों! उन्हें वह जगह काफी भयानक लगी।

खदान के तल में पहुँचने के बाद दशरथ ने सिर उठाकर कटे हुए पहाड़ को ऊपर से नीचे तक गौर से देखा। पहाड़ के सबसे ऊपरी सिरे पर दो-तीन फीट मिट्टी थी जिस पर जंगल उगा था। उसके नीचे लाल पत्थर थे जो काफी दूरी तक थे। उनके नीचे स्लेटी रंग के पत्थर थे जो जमीन के हिस्से तक बने हुए थे।

महीपत के साथ चल रहे आदमी ने, जिसकी आँखें बड़ी और दाँत पान खाने के कारण काले पड़ गए थे, अजीब-सा चेहरा बनाकर कहा—"ऊपर का सारा हिस्सा खा गए हैं, अब नीचे का खाना है।"

वह जिस तरह से हँसा, दशरथ उसका चेहरा देख काँप गए।

ये आदमी नहीं, पहाड़खोर हैं। ये पहाड़ काटते नहीं बल्कि खाते हैं। दशरथ के चेहरे पर गहरी घृणा फैल गई। उन्होंने महीपत से बाहर चलने के लिए कहा और जल्दी ही बाहर निकल गए।

अब दशरथ महीपत के साथ पहाड़ के उस हिस्से की ओर जा रहे थे जहाँ पत्थरों के नीचे ड्रिलिंग होनी थी। उनके पहुँचने के पहले वहाँ काम आरंभ हो चुका था। पहाड़ के ऊपरी तल की झाड़ियाँ और पेड़ काटकर मिट्टी हटाई जा चुकी थी और लाल पत्थरों की प्यारी-सी परत साफ दिखाई दे रही थी। इन पत्थरों का रंग बिलकुल ऐसा ही था जैसे किसी नवजात शिशु का होता है। बगल में पीले रंग की एक मशीन थी, जिसके सिरे पर नुकीला लोहा था, जिससे हवा का दाब बनाकर ड्रिलिंग की जाती थी। महीपत का इशारा पाकर एक मजदूर ने ड्रिलिंग आरंभ कर दी।

लोहे की पतली छेनी की तरह एक नुकीला भाग पत्थरों को रगड़ते हुए उसके भीतर छेद करने लगा। पत्थरों के रगड़ने से जिस तरह आवाज निकल रही थी, दशरथ को लग रहा था, जैसे हजार-हजार बच्चे एक साथ रो रहे हों! जैसे यह पहाड़ के रोने की आवाज हो!

दशरथ को अच्छा नहीं लग रहा था मगर उनका कोई वश नहीं था।

एक गोलाई में एक-एक कर दस छिद्र पहाड़ के पत्थर में किए गए और दशरथ साँस रोककर उसे देखते रहे। ड्रिलिंग का काम पूरा हो गया और अब उनमें बारूद भरा जानेवाला था। दशरथ को पास जाकर देखने की हिम्मत नहीं हुई। दूर से देखा, छिद्रों में एक लाल रंग

की छड़ीनुमा कोई चीज डाली गई। पहले एक में, फिर एक-एक कर दसों में ऐसी ही छड़ियाँ डाली गईं। छड़ियों में ऊपर की ओर एक पतला तार निकल रहा था, उन तारों को एक साथ जोड़ा गया।

महीपत ने बताया—"बारूद लगाने का काम पूरा हो चुका है।"

उसने एक तार दिखाया जिससे सारे तारों को जोड़ा गया था। एक साथ दसों में विस्फोट होगा तो पता नहीं क्या होगा!

अब महीपत दशरथ को लेकर उन तारों के साथ चलता हुआ काफी दूर निकल आया। आते हुए दशरथ के चेहरे पर भय था। अज्ञात आशंका से उनका दिल घबरा रहा था। कुछ दूर चलकर महीपत ने दशरथ को रुकने का संकेत किया। जहाँ वे रुके, वहाँ एक छोटा-सा बक्सानुमा मशीन थी जिसमें लाल और पीले रंग के दो बटन लगे हुए थे।

महीपत ने दशरथ को बताया—"इसे देखिए। लाल रंग के इस बटन को दबाया जाएगा और ब्लास्ट होगा। पहाड़ का वह हिस्सा जो आप देखकर आ रहे हैं, टूटकर कुएँ में जा गिरेगा।"

दशरथ ने देखा, कई मजदूर रास्ते की ओर भागे जा रहे हैं।

दशरथ ने पूछा—"वे कहाँ जा रहे हैं?"

"पहाड़ तोड़ते समय रास्ते रोक दिये जाते हैं।"

"क्यों?"

"कई पत्थर उड़कर काफी दूरी तक जाते हैं। कहीं कोई खतरा न हो जाए, किसी को पत्थर लग न जाए इसलिए सावधानी के तौर पर ऐसा किया जाता है। अब तक इस खदान पर दर्जन से अधिक लोगों की जान जा चुकी है।" कहकर महीपत चुप हो गया, जैसे कोई अनजाना खौफ उसके भीतर भी आकर बैठ गया हो!

दशरथ ने महसूस किया कि यह कटाई नहीं थी...शिकार था पहाड़ों का। चारों दिशाओं में लोगों का आना-जाना रोक दिया गया...सड़क बंद हो गई।

सबने एक-दूसरे को आवाज देकर पूछा—"सब कुछ ठीक है?"

"ठीक है।" यह आवाज पसरती चली गई।

दशरथ को लगा, जैसे जंगल में शेर का शिकार करने के लिए हाँका पड़ा हो! सब कुछ हो जाने के बाद एक आदमी निकला और बक्से की ओर बढ़ गया।

दशरथ ने पूछा—"ये कौन है?"

"वो सरकारी आदमी है। वन विभाग का। वही ब्लास्ट करेगा।"

वन विभाग का वह आदमी वहाँ पहुँचकर तार को मशीन में अजीब तरह से लपेटने लगा और दशरथ तथा महीपत को वहाँ से जाने के लिए कहा।

महीपत दशरथ को लेकर तेज कदमों से सबसे सुरक्षित जगह की ओर चल पड़ा। वे उस जगह पर पहुँचे जहाँ एक किनारे गाड़ी खड़ी थी। सावधानी के तौर पर महीपत ने दशरथ को गाड़ी के पीछे हो जाने की सलाह दी और खुद भी आ गया। दोनों गाड़ी की ओट में हो गए।

दशरथ ध्यान से वन विभाग के आदमी को देखने लगे जो बटन दबाने के लिए खड़ा था। लाल बटन दबाकर वन विभाग का वह आदमी भी तेजी से भागकर दशरथ के पास आ गया और सभी साँस रोककर धमाके का इंतजार करने लगे।

यह बहुत ही मुश्किल भरा समय था।

दशरथ की निगाह वन विभाग के आदमी के चेहरे पर गई। उसके चेहरे पर कसाइयों वाली नृशंसता और भय था। महीपत भी सहज नहीं था। चारों ओर सन्नाटा पसरा हुआ था। सुतली वाले पटाखे के डोर-सी चिनगारियाँ रेंगती हुई आगे पहाड़ की ओर बढ़ती जा रही थीं। चिनगारियाँ रेंगती हुई उस गड्ढे में समा गईं। सबके चेहरे पर सन्नाटा छा गया। सभी अधीरता से प्रतीक्षा करने लगे। सबकी साँसें थम गईं। पसरा हुआ सन्नाटा इतना भयावह था कि दशरथ का मन हुआ, वहाँ से भाग जाएँ।

उन्होंने जाने की पेशकश भी की मगर महीपत ने उनका हाथ पकड़ लिया।

इसके बाद जहाँ ड्रिलिंग की गई थी, धूल की एक परत ऐसे उठी, जैसे पहाड़ का मन उजबुज हो गया हो और उसी के दूसरे क्षण जब धमाका हुआ तो लगा, जैसे धरती काँप गई हो और पहाड़ गुस्से में चिंघाड़ रहे हों!

दशरथ की आँखें बंद हो गईं।

खुलीं तो देखा, महीपत उनका हाथ पकड़ खींच रहा था और दूसरी ओर ले जा रहा था।

एकाएक दशरथ की निगाह सामने गई और सन्न रह गए। एक बड़ा-सा पत्थर का ढोंका आसमान में उड़ता हुआ उनकी ओर आ रहा था। वह ढोंका कहाँ गिरेगा, इसका अनुमान किसी को नहीं था मगर वह उनकी ओर ही आ रहा था। महीपत, वन विभाग का आदमी और दशरथ उसकी दिशा से बाहर निकलने के लिए बेचैन थे। सबके चेहरे पर राहत का भाव तब आया जब पत्थर का वह ढोंका सीधे आकर गाड़ी के शीशे पर गिरा...शीशा चूर-चूर हो गया और गाड़ी काफी दूर तक पीछे खिसक गई। संयोग था कि महीपत ने दशरथ को अपनी ओर खींच लिया था और इस तरह वे बाल-बाल बच गए थे।

वन विभाग के आदमी के चेहरे पर अब विजय की मुस्कान थी।

अब पहाड़ टूट-टूटकर उस कुएँ में गिर रहा था। बड़ी-बड़ी चट्टानों को टुकड़ों में बदला जाएगा और ईंट के साथ गिट्टी और बालू के रूप में उनका कारोबार होगा।

दशरथ एक बार फिर जाकर उस जगह को देखना चाहते थे जहाँ विस्फोट हुआ था। जाकर देखा तो वहाँ अब कुछ नहीं था। सब कुछ टूटकर बिखर चुका था। नीचे गहरी भयावह खाई थी। झाँकने पर साँस रुकती प्रतीत होती थी।

बरसों पहले उनके इलाके के औरंगाबाद में नरसंहार हुआ था। दशरथ उसे देखने के लिए गए थे। शमशीर सेना के लोगों ने रात में गाँव को घेर लिया था। चालीस लोगों को गाँव के बाहर ले गए थे और हत्या कर दी थी। यह दृश्य उससे भी भयानक था। उन्हें लगा, जैसे कोई उनके भीतर बैठकर सिसक रहा हो।

महीपत ने वन विभाग के आदमी को दिखाकर कहा—''इनको ले चलेंगे।''

दशरथ ने महीपत की बातों का कोई जवाब नहीं दिया।

32

गीता में लिखा है, कुरुक्षेत्र के मैदान में कौरवों और पांडवों की सेना आमने-सामने खड़ी है। अर्जुन कृष्ण से कहते हैं कि हे तात, मेरे रथ को दोनों सेनाओं के बीच ले चलिए ताकि मैं देख सकूँ कि मुझे किसके साथ युद्ध लड़ना है। अर्जुन का आदेश पाकर कृष्ण रथ लेकर

चल देते हैं और दोनों पक्षों की सेनाओं के बीच ले जाकर खड़ा कर देते हैं जहाँ से सब कुछ साफ-साफ दिखाई देता है। अर्जुन देखते हैं, ये भीष्म पितामह जिनकी गोद में खेल कर हम बड़े हुए, ये गुरु द्रोण जिन्होंने सब कुछ सिखाया और ये...स्वजनों को लाशों की तरह बिछे हुए देख अर्जुन का मन बैठ गया। अर्जुन ने रथ पर अपना गांडीव रख दिया—नहीं तात, अब मुझसे युद्ध नहीं होगा।

दशरथ ने अपना छेनी-हथौड़ा रख दिया—"अब मुझसे पहाड़ नहीं कटेगा।"

जीवन की छोटी-छोटी चाहतें हिरनी की तरह रँभाती हैं और बड़े-बड़े हिरन उसके जाल में फँसकर कट जाते हैं। दीकुओं ने रात के अँधेरे में आक्रमण किया और जंगल में रहनेवाले बहादुर माँझियों को मार डाला, बाकी जो बचे किसी तरह जंगल से जान बचाकर भागे और गाँववालों की शरण में आकर मजदूर बन गए। जंगल और पहाड़ों में जब उनकी रक्षा करनेवाले लोग नहीं रहे तो पहले उन जंगली जानवरों का शिकार किया गया जो जंगल के लुटेरों के लिए खतरनाक हो सकते थे और उन जानवरों को पलने-बढ़ने के लिए छोड़ दिया गया जिनसे कोई खतरा नहीं था, जो अपनी देह पर मांस की खेती करते थे। इसके बाद आरंभ हुई पेड़ों की अंधाधुंध कटाई। वह पेड़ याद आया जो दशरथ के पैरों के पास गिरा था, उसके साथ गिरी थी उस पर रहनेवाली चिड़िया और उसका घोंसला।

और उसके बाद पहाड़...

कैसे कहा था उस आदमी ने कि ऊपर का पहाड़ खा गए हैं, अब नीचे का खाना है! हाय रे मनुष्य! कितना बड़ा पेट है तुम्हारा! अब दशरथ से यह न होगा। अब दशरथ से पहाड़ नहीं कटेगा। पैदल जाने भर रास्ता बन गया है। लोग जाएँ-आएँ। जो मन हो, करें, मगर अब और नहीं। इस बार दशरथ के दिल पर बना यह जख्म पिंजरी, बैंगा और पहाड़ी बाबा की मौत से बहुत बड़ा था।

मगर सब कुछ दशरथ के वश में नहीं था।

झिंगुरी सिंह के दरवाजे पर गाँव के लोग जमा थे और खुशी का माहौल था। पिछड़ी जाति के लोगों का प्रतिनिधि झौरी का भतीजा चंदर भी था और अगड़ी जाति का प्रतिनिधि मुखिया का बेटा सुनील भी। दशरथ के आने के पहले सभी आपसी तनाव भूलकर यह योजना बना चुके थे कि जिस दिन गलहौर में पहाड़ पर ब्लास्ट होगा, उस दिन पूरे इलाके को जमा करके उत्सव मनाया जाएगा।

ऐसा उत्सव जिसे इस इलाके में न तो किसी ने कभी देखा हो, न सुना हो।

अकाल के दिनों में दशरथ के अनुशासन के कारण इलाके में जिस तरह गाँव का सम्मान बढ़ा था, पहाड़ की सड़क बन जाने के बाद उस पर ऐसी मुहर लग जाएगी जिसे मिटा पाना गया जिले के इतिहास के लिए भी आसान नहीं होगा। इसी कारण तमाम विरोधों को भुलाकर इस बार अगड़े और पिछड़े एक साथ हो गए थे।

आम सहमति के साथ तय हो चुका था कि इस सड़क का नाम 'पिंजरी पथ' रखा जाएगा और इसका अनावरण बिहार के मुख्यमंत्री के हाथों कराया जाएगा। हो सकता है, पहाड़ की इस सड़क को देखकर मुख्यमंत्री खुश हो जाएँ और गाँव में भी पक्की सड़क का अनुदान दे दें, स्कूल और अस्पताल दे दें। इस घटना से गाँव के चौतरफा विकास का रास्ता खुल जाएगा। कहीं बिहार में आदर्श गाँव के रूप में गलहौर की घोषणा हो गई तो फिर क्या कहना!

गाँव के कई लोगों को यह बात बहुत पहले से मालूम थी कि पहाड़ों और कोयला की खदानों में कैसे पत्थरों की कटाई का काम होता है। अब वे मन-ही-मन पछता रहे थे कि आज से पहले यह बात उनके दिमाग में क्यों नहीं आई। अगर आई होती तो बेचारे दशरथ को इतना परिश्रम नहीं करना पड़ता और अब तक सड़क का काम पूरा हो चुका होता। देर से ही सही, मगर दुरुस्त रास्ता मिल गया था। अब पहाड़ के कट जाने में और सड़क बनने में किसी को कोई संदेह नहीं था। सभी जल्दी से किसी तरह पहाड़ को काटकर सड़क बना देने के लिए बेताब हो गए थे और दशरथ की प्रतीक्षा कर रहे थे।

दूर से दशरथ आते दिखाई पड़े तो झिंगुरी सिंह के दरवाजे पर बैठे लोगों के चेहरे खिल गए। यह सपनों के सच होने का समय था।

दशरथ आए तो सबने महानायक के रूप में खड़ा होकर उनका स्वागत किया। उनको बैठने के लिए कुर्सी दी। सबसे पहले खुद झिंगुरी सिंह ने गर्व से अब तक की हुई तैयारियों का ब्यौरा दिया और इस तरह अधिकार से कहा जैसे उन्हें पूरा यकीन हो कि दशरथ उनकी बात नहीं टाल सकते।

"कब का दिन तय किए दशरथ?"

दशरथ के भीतर भय की एक लहर उठी और सिहरन बनकर पूरे शरीर में रेंग गई।

पहले उन्हें लगा कि साफ-साफ कह दें कि 'बाबू साहब, अब मैं अपना संकल्प भूल चुका हूँ' मगर तुरत खयाल आया कि अगर वे इस समय पहाड़ नहीं काटने की बात करते हैं तो लोगों को रास्ता मिल जाएगा। रास्ते में महीपत ने बताया था कि वह गलहौर अपनी इच्छा से नहीं आया था बल्कि उसे झिंगुरी सिंह ने बुलाया था। वे महीपत को बुला लेंगे और उनके इस पहाड़ के साथ वही सलूक होगा जो अभी-अभी सासाराम में देखकर आए थे।

उनकी समझ में आ गया कि हिरनी रँभा रही है। जाल बिछाया जा चुका है। अब तक यह पहाड़ उनका था, अब उनका नहीं रहा। बहुत बड़ा असमंजस था, क्या करें?

दशरथ ने बहुत ही विनम्रता के साथ कहा—"देखकर आया हूँ, मगर बाबू साहब, महीपत के पहाड़ काटने का वह तरीका मुझे बिलकुल पसंद नहीं आया। हम वैसा नहीं कर सकते। वे लोग पहाड़ काटते नहीं बल्कि पहाड़ खाते हैं।"

"मतलब?"

"जैसे अब तक किया है, मैं वैसे ही पहाड़ की कटाई करूँगा।"

दशरथ की बात सुन सबके चेहरे उतर गए।

झिंगुरी सिंह को लगा कि पहाड़ की कटाई में खर्च आएगा, इस वजह से दशरथ पहाड़ काटने से इनकार कर रहा है। उन्होंने जोर देकर कहा—"पैसा की चिंता मत करो दशरथ, उसका हम इंतजाम कर लेंगे।"

दशरथ ने संयत स्वर में कहा—"पैसे की बात नहीं है मालिक! जो कुछ मैं देखकर आ रहा हूँ..."

और दशरथ वहाँ जो कुछ देखकर आए थे, बड़े विस्तार से और बड़े ही मार्मिक अंदाज में वहाँ जमा हुए लोगों को समझाया। पहाड़ की कटाई और तकनीक की भयावहता को भी समझाया मगर उन लोगों पर इसका कोई प्रभाव नहीं पड़ा और वे उलटे दशरथ को समझाने की कोशिश करते रहे। अंत-अंत तक न तो गाँव के लोग अपनी बात दशरथ को समझा पाए

और न दशरथ उन लोगों को। दशरथ विस्फोट कर पहाड़ उड़ाने के उनके प्रस्ताव को पूरी तरह खारिज कर वापस आ गए।

जो लोग अब तक दशरथ को अपना आदर्श और नायक कह रहे थे, वे अब मन-ही-मन यह कहने लगे कि दशरथ मेहनती हैं, धुन के पक्के हैं मगर जरा भी शिक्षित होते तो उनके विचारों में यह संकीर्णता नहीं होती और वे महीपत के प्रस्ताव को बिना सोचे-समझे मान लेते। मुख्य सवाल था कि अब क्या किया जाए?

इस बार दशरथ को अलग करके पहाड़ काटने की बात चल पड़ी।

गाँव के लोग दशरथ के पुरातनपंथी विचार से सहमत नहीं थे कि आगे काटने के लिए उनको कोई और रास्ता मिल जाएगा। आखिर वे कब तक दशरथ द्वारा रास्ता खोजे जाने की प्रतीक्षा करेंगे? कोई जादू तो होगा नहीं। विज्ञान के जमाने में इस तरह की सोच रखना कहीं से अक्लमंदी नहीं है। आदमी आदमी का ही काम कर सकता है, मशीनों का नहीं। जाने कितने बड़े-बड़े पहाड़ों को काटकर रेल की लाइनें गुजरी हैं, सड़कें बनी हैं।

आखिर यह तय हुआ कि दशरथ बहुत महान हैं, पिंजरी से उनका प्यार अविस्मरणीय है, हम उनका सम्मान करते हैं मगर उनको जितना करना था, कर दिया, अब पहाड़ को काटकर समतल सड़क बना देना सिर्फ दशरथ की ही नहीं, उनकी भी जिम्मेदारी है और इस पर नए सिरे से पहल किया जाना चाहिए। चंदर को विश्वास में लेकर पहल करने की जिम्मेदारी मुखिया के बेटे सुनील सिंह को दे दी गई।

अगले दिन ब्लॉक से लौटकर चंदर के साथ सुनील गाँव आया तो लोगों के चेहरे खिल गए। गाँव के लोगों के हस्ताक्षर के साथ ब्लास्ट कर, पहाड़ को उड़ा, जन सहयोग से सड़क का काम पूरा करने की अनुमति के लिए एक आवेदन प्रखंड के बीडीओ से होता गया के डीएम तक पहुँचा और देखते-देखते स्वीकृत होकर वापस भी आ गया। कुछ खिलाने-पिलाने के बाद वन विभाग के उन अधिकारियों की प्रतिनियुक्ति का कागज भी आगे बढ़ गया जिनकी देख-रेख में ब्लास्ट होनेवाला था।

लोग महीपत से मिले तो वह भी तैयार हो गया। काटने की रकम तय हो गई। इसके अलावा उसने यह भी शर्त रखी कि कटे हुए पत्थर भी वही ले जाएगा।

झिंगुरी सिंह ने कहा—"पत्थर क्या, साला पूरा पहाड़ उड़ाकर ले जाए।"

चंदर और सुनील के नेतृत्व में लगे गाँव के युवकों को इस बार चारों ओर से शाबाशी भी मिली क्योंकि सबको यह पता था कि वे दशरथ के अधूरे काम को पूरा करना चाहते हैं। दूसरी सबसे बड़ी और उल्लेखनीय बात यह थी कि जिस दौर में पूरा बिहार जातीय उन्माद में जल रहा था, वहाँ अगड़ी और पिछड़ी जातियाँ मिलकर सड़क बनाने का एक नया प्रतिमान कायम कर रही थीं। अखबारों में उनके नाम और फोटो भी छपने लगे। बात-बात में आरंभ हुई उनकी छोटी-सी योजना महत्त्वाकांक्षी योजना में बदल गई और इलाके में ब्लास्ट करने और मुख्यमंत्री को बुलाने के नाम पर चंदा भी इकट्ठा किया जाने लगा।

चंदे की बात चली तो मामला सार्वजनिक हो गया। दशरथ को जब इस बात का पता चला तो उन्हें यकीन ही नहीं हुआ कि लोग ऐसा कर सकते हैं। मगर यकीन नहीं करने का कोई कारण

नहीं था और वे भागते हुए मुखिया के लड़के सुनील से मिलने गए। यह महज संयोग था कि वहाँ चंदर भी था और वे दोनों मुख्यमंत्री से मिलने की योजना बना रहे थे।

दशरथ को सुनील ने विनम्रता से अभिभावक की तरह सम्मान दिया, बातों-बातों में न जाने उनके कितने गौरव का बखान किया मगर जब पहाड़ की कटाई की बात आई तो सीधा पलट गया और कहा—"हम कहाँ कुछ कर रहे हैं। अकाल के समय राहत सामग्री के लिए बनी योजना के तहत सरकार की फाइलों में यह साफ-साफ लिखा था, यह तो सरकार की योजना है।"

दशरथ चौंके—"सरकार की योजना?"

"हाँ, सरकार तो इसे काटने के लिए टेंडर निकाल रही थी और यह काम किसी ठेकेदार को दे रही थी। हमने तो इतना ही कहा कि यह हमारे गाँव की इज्जत का सवाल है। हमारे दशरथ बाबा ने इतना काम बिना किसी सरकारी सहयोग और बिना पैसे के किया है, इसलिए हम सरकार से इसके लिए एक पैसा नहीं लेंगे...। कागज में तो आपने भी यही लिखा था कि अकाल में इस योजना की शुरुआत हुई है और अब सरकार इस अधूरी योजना को पूरा करना चाहती है।"

दशरथ को समझ में नहीं आया कि क्या कहें।

यह गाँव उनके लिए सबसे बड़ा पहाड़ रहा है...हर बार नए रूप में सामनेआकर खड़ा हो जाता है और हर बार काटने के लिए नए छेनी-हथौड़े का संधान करना पड़ता है।

तब भी यह गाँव दशरथ के लिए पहाड़ था जब दशरथ की शादी नहीं हुई थी और उनको कामचोर कहा जाता था। तब भी यह पहाड़ था जब भाई से अलग कर देने के बाद पिंजरी गाँव में काम करने के लिए निकली थी और उसकी कीमत उसे अपनी जान देकर चुकानी पड़ी थी। आज फिर वही पहाड़ रक्तबीज बनकर दशरथ के सामने आकर खड़ा हो गया था।

वे सीधा गलहौर की पहाड़ी पर आ गए।

पहाड़ पर आते ही उनके पूरे बदन में सिहरन-सी फैल गई। पत्थरों को देखा तो उन्हें ऐसा लगा, जैसे पहाड़ को इस घटना की खबर पहले ही मिल गई हो! लगा, जैसे पहाड़ के पत्थर उन्हें देख डर गए हों और चीख-चीखकर कह रहे हों कि दशरथ, हमारे साथ वैसा सलूक मत करना जैसा तुम वहाँ देखकर आए हो। दशरथ की आँख भर आई। लगा, जैसे पहाड़ का जर्रा-जर्रा आज उनको संदेह और नफरत की दृष्टि से देख रहा है। दिल पर नफरत का बोझ और मन में 'नहीं काटने देंगे' का संकल्प लिये पहाड़ से उतरकर दशरथ गाँव में आ गए।

पहले दशरथ को लगता था कि ब्लास्ट न करने के लिए लोगों को राजी कर लेना उनके लिए आसान होगा मगर यह काम सबसे चुनौतीपूर्ण बन गया था। चारों ओर घूम लेने, हर जोर आजमा लेने के बाद जब कहीं उनको सफलता नहीं मिली तो दशरथ विक्षिप्तों की तरह घूमने लगे।

जो भी मिलता, हाथ जोड़कर कहते—"आप लोग मुझ पर भरोसा कीजिए। जब इतना किया है तो आगे भी मैं पहाड़ काटने का कोई-न-कोई रास्ता जरूर निकाल लूँगा। लड़कों को आप लोग रोकिए। इस पहाड़ के साथ हमारा बचपन बीता है, हम सब वहीं खेलकर सयाने हुए हैं। रास्ता के लिए ब्लास्ट करें—हमें इतना क्रूर नहीं होना चाहिए। आप लोग जाकर उनको रोकिए।"

लोगों पर दशरथ की इन बातों का उलटा असर होने लगा।

लोग सोचने पर मजबूर हो गए कि कहीं दशरथ सचमुच पागल तो नहीं हो गए हैं?

दशरथ के अब तक के जीवन में बहुत-सी कठिनाइयाँ आई थीं, मगर उन्होंने कभी उसका सामना इस तरह नहीं किया था क्योंकि पिंजरी उनके साथ थी। हर संकट के आगे वह दीवार बनकर खड़ी हो जाती और उसकी आँच भी दशरथ के पास नहीं आने देती थी। मगर इस बार दशरथ न सिर्फ अकेले पड़ गए थे बल्कि भीतर से बुरी तरह टूट भी गए थे। कभी गाँव में सभी लोग उनसे बात करने के लिए लालायित रहते थे, अब लोगों ने बात करना छोड़ दिया था। दशरथ दूर से आते दिखते तो लोग रास्ता बदल लेते।

पहाड़ पर जाते तो लगता कि पहाड़ियाँ नाराज होकर कह रही हैं कि दशरथ, हमारा जो हाल होनेवाला है, इसके लिए जिम्मेदार तुम हो। अगर महीपत के साथ तुम नहीं गए होते तो ऐसा समय नहीं आता।

इसका असर हुआ कि दशरथ ने पहाड़ पर जाना ही छोड़ दिया। जाकर कौन-सा मुँह दिखाएँगे पत्थरों को! दिनोंदिन अजीब-सी पीड़ा से भरते चले गए।

लाख प्रयासों के बाद जब कोई रास्ता नहीं मिला तो मन में एक निर्णय स्थिर कर पहाड़ पर गए, चट्टानों को देखा, और उन्हें महसूस हुआ कि वे भी एक चट्टान हैं, जिसे काटने के बाद ही अपना रास्ता बनाएँगे गाँववाले। 'मैं लोगों को तो नहीं रोक सकता पर जिस दिन इस पहाड़ पर ब्लास्ट होगा, वह मेरी जिंदगी का आखिरी दिन होगा। मैं भी तुम्हारे पत्थरों के साथ यहीं कहीं चिथड़ा-चिथड़ा पड़ा रहूँगा, इससे अधिक अब मैं कुछ नहीं कर सकता।'

गलहौर के पुरखे कहते थे कि इन पहाड़ियों पर खड़े होकर आसमान की ओर मुँह करके दिल से कोई बात कही जाए तो मन्नत की तरह पूरी हो जाती है। दशरथ को तो पता भी नहीं था कि वे पहाड़ से कुछ कह रहे हैं मगर लगा, जैसे पहाड़ ने उनकी सुन ली और रास्ता निकाल दिया।

राजबरन पासी जो पहले ताड़ के पेड़ से ताड़ी उतारता था, अब दारू की भट्ठी चलाता था। कई साल पहले जब गलहौर में सरकारी शराब की भट्ठी का ठेका निकला तो झिंगुरी सिंह ने डीएम से मिलकर उसे अपने किसी आदमी के नाम करा लिया। बननेवाले पुल की शटरिंग के लिए किसी ठेकेदार को बुलाया और गाँव के लोगों की बैठक कर खेत की सफाई के नाम पर सारे ताड़ कटवा लिये। ताड़ कटने के बाद दिनोंदिन राजबरन की माली हालत खराब होने लगी।

राजबरन को जब कोई रास्ता नहीं दिखा तो वह झौरी से पटना जाकर मिला और अपनी मजबूरी बताई। झौरी झिंगुरी सिंह का विरोधी था। उस समय तो कुछ नहीं कर सका मगर जब सरकार बदल गई तो दूसरी बार ठेका अपने भतीजे चंदर के नाम ले लिया और राजबरन पासी को चलाने के लिए दे दिया। राजबरन पासी की अब उम्र हो गई थी और नई पीढ़ी के पीने-खाने का अंदाज भी बदल गया था इसलिए उसका भतीजा बुबना भट्ठा चलाता था, जो चंदर का दोस्त था।

बुबना पिछले तीन महीने से बीमार था।

गया से पटना तक के डॉक्टरों ने जवाब दे दिया था। गाँव में दवा से लोग हार जाते हैं, दुआ से नहीं हारते। दवा के साथ गाँव और इलाके में जितने देवी-देवता थे सबके यहाँ उसके लिए मन्नत मानी जाने लगी। बबुना के लिए पूजा-पाठ का अनवरत सिलसिला चल पड़ा। गौरैया

बाबा का स्थान पहाड़ी के उस पार था। सड़क जहाँ दूसरी ओर उतरती थी, ठीक उसके दाहिनी ओर। उनके बारे में पहले से मान्यता थी कि बाबा भूत-प्रेत और हर बाहरी आक्रमण से गाँव की रक्षा करते हैं और सदियों से करते आ रहे हैं।

एक रात बुबना ने सपना देखा कि पहाड़ के दूसरी ओर से चलते हुए गोरैया बाबा उसके पास आए। सिर पर हाथ रख कहा—'तुमको तो मैं ठीक कर देता हूँ पर यह गाँव छोड़कर जा रहा हूँ। आगे से तुम जानो, तुम्हारा काम जाने।'

'क्यों बाबा?'

'तुम लोग बारूद से मुझे उड़ाना चाहते हो, अब मैं यहाँ नहीं रह सकता।'

बुबना का सपना टूट गया और उठकर बैठ गया और लगा, जैसे उसकी देह में ताकत ही न हो। घर में रोना-पीटना मच गया। रात में ही उसे गया ले जाने की तैयारी होने लगी। तभी उसके पेट में मरोड़ उठी और अतिसार की तरह शरीर से काला शौच हुआ। सुबह होते-होते वह अपने को बीमारी से मुक्त और सहज भी महसूस करने लगा।

अगली सुबह बबुना की यह बात कानोंकान पूरे गाँव में फैल गई।

कुछ लोग जिन्हें गोरैया बाबा पर विश्वास था, वे इसे सच मानते और कुछ लोग महज अंधविश्वास। मगर उसकी बीमारी के बारे में सबको पता था। दूसरे ही दिन बबुना ने चंदर के सामने अपनी माँ से माँगकर माँड़-भात खाया और पाँचवें दिन धीरे-धीरे टहलता हुआ घर से बाहर निकल भट्ठी पर चला गया। डॉक्टर भी उसे देख चकित थे। उसके ठीक होने की सूचना ने सबको अनजाने ही गोरैया बाबा के इस चमत्कार पर यकीन दिलवा दिया था और भय से भी भर दिया था कि बाबा गाँव छोड़कर चले गए तो लोगों का क्या होगा?

गोरैया बाबा देवता तो थे मगर दलित जातियों के, इसलिए बड़ी जाति के लोगों पर इसका कोई प्रभाव नहीं पड़ा। खुद चंदर को भी इस तरह के अंधविश्वास पर यकीन नहीं था। उसका मानना था कि अंधविश्वासों के कारण ही पिछड़ी जातियाँ और पिछड़ती जा रही हैं। मगर यह बात ऊँची जाति के लोगों से होती हुई जब सुनील के पास गई तो उसने चंदर के सामने ही गोरैया बाबा का मजाक उड़ाने के लहजे में कहा—"बाबा अगर गाँव की रक्षा कर सकते हैं तो अपनी रक्षा भी कर लेंगे।"

सुनील की यह बात चंदर को बुरी लगी मगर उसने कुछ नहीं कहा। पहाड़ उड़ाने का उनका फैसला यथावत रहा। झिंगुरी सिंह की तय योजना के मुताबिक जब महीपत अपने लोगों को लेकर पहाड़ की नाप करने गलहौर आ गया तो वहाँ चंदर भी था और सुनील भी। सारा कुछ तय हो जाने के बाद महीपत को अपने साथ ले जाकर चंदर ने बाबा का स्थान दिखाकर पूछा—"इन्हें बचाया जा सकता है कि नहीं।"

महीपत ने गौर से चट्टान का निरीक्षण किया। दशरथ के काटे गए चट्टानों के बीच से एक ही चट्टान भीतर तक पसरी चली गई थी जो बाबा के स्थान तक जाती थी।

महीपत ने कहा—"अगर इस चट्टान में ड्रिल करके डायनामाइट लगा तो यहाँ से वहाँ तक पूरी चट्टान उड़ेगी। इसे नहीं बचाया जा सकेगा।"

महीपत की बात सुन चंदर का मन डोल गया—पता नहीं, कुछ हो गया तो क्या करेंगे? उसने सुनील से साफ-साफ कह दिया—"अब इस पहाड़ को दशरथ बाबा ही काटेंगे।"

सुनील को यकीन ही नहीं हुआ।

इतने दिनों से चंदर इस मसले पर उसके साथ रहा था। साथ–साथ बयान दिये थे। साथ–साथ अखबारों में फोटो छपे थे। पहाड़ काटने के मसले पर बातचीत में दोनों के बीच मतभेद उभरे तो तय हुआ कि झिंगुरी सिंह के सामने इस पर एक बार फिर बातचीत होगी।

पूरे गाँव के लोगों की बैठक झिंगुरी सिंह के दरवाजे पर हुई, जिसमें दोनों पक्षों के लोगों ने भाग लिया। चंदर का कहना था कि अगर पहाड़ को दशरथ बाबा के कहे के अनुसार हाथ से काटा जाए तो गौरैया बाबा के स्थान को कटने से बचाया जा सकता है, मगर ब्लास्ट किया गया तो पता नहीं, उसका असर कितनी दूर तक और किस तरह होगा। हम अपने देवता के स्थान पर विस्फोट करने की इजाजत नहीं दे सकते।

सुनील का कहना था कि देवता को तो स्थान हम देते हैं, मंदिर तो हम बनाते हैं। थोड़ा पीछे खिसकाकर वहाँ गौरैया बाबा का मंदिर बनवा दिया जाएगा।

पहले कुछ देर तक बात अनुशासित ढंग से चली मगर धीरे–धीरे अन्य स्थानीय मुद्दे जो राख में आग की तरह लंबे समय से दबे थे, हावी होने लगे। बहस गरम हो गई और अगड़े–पिछड़े के बीच का वह आग्नेय विवाद जिससे पहाड़ काटने के मुद्दे ने ठंडा कर दिया था, एक बार फिर पहाड़ ने ही उभारकर बेकाबू कर दिया। जब तय हो गया कि चंदर किसी कीमत पर नहीं मानेगा तो सुनील के बजाय झिंगुरी सिंह ने चुनौती देने के अंदाज में कहा—"चंदर, तुम मानो या न मानो, यह पहाड़ तो कटेगा ही।"

चंदर ने भी उसी अंदाज में चुनौती देकर कहा—"तारीख बता दीजिए?"

उसी तैश में झिंगुरी ने बिना सोचे–समझे तारीख बता दी—"अगले बारह तारीख को, और सुन लो, सब गरमी झाड़कर रख देंगे।"

चंदर ने गुर्राकर कहा—"लाश बिछ जाएगी झिंगुरी..."

झिंगुरी सिंह को इस तरह अपमानित करने के अंदाज में जवाब देते देख सुनील ने चंदर का कालर पकड़ लिया और कहा—"साले, का समझता है, चूड़ी पहनकर बैठे हैं?"

'साला' शब्द सुनते ही चंदर जैसे पागल हो गया। उसने ऐसा घूँसा सुनील को मारा कि नाक से खून गिरने लगा। झिंगुरी सिंह के बॉडीगार्ड ने चंदर पर रायफल तान दी तो चंदर के साथ आए बबुना ने झिंगुरी सिंह पर पाइप गन। हालत ऐसी थी कि यहाँ कोई किसी से कम नहीं था और कोई पीछे हटने के लिए तैयार नहीं था। चंदर ने बारह तारीख की उनकी चुनौती स्वीकार कर ली और पटना में रह रहे झौरी को इसकी सूचना देकर तैयारियों में लग गया।

पहले चंदर की समझ में यह नहीं आ रहा था कि झिंगुरी सिंह को आखिर पहाड़ को डायनामाइट से उड़ाने की इतनी बेताबी क्यों है। जरूर कुछ और बात है। जल्दी ही उसे असली कारण समझ में आ गया।

पहाड़ के दूसरी ओर की जमीन आवागमन का साधन नहीं होने के कारण पहले बहुत सस्ती थी। जब लोगों को यकीन हो गया था कि दशरथ के प्रयास से यह सड़क जरूर बन जाएगी तो गाँव के कुछ किसानों ने उस पार की जमीन को बहुत कम दर पर खरीद लिया था। पचास बीघा झिंगुरी सिंह ने, तीस बीघा मुखिया जी ने और जाने कितने किसानों ने दो–दो, चार–चार बीघा करके जमीन खरीदी थी। इसलिए वे सभी चाहते थे कि जितनी जल्दी हो सके, यह सड़क

बन जाए ताकि कटाई के बाद उनके ट्रैक्टर उधर जा सके, वहाँ भी खेती आरंभ हो सके और उधर से गाड़ियों और ट्रैक्टर पर अनाज और भूसा घर तक आ सके।

झिंगुरी सिंह ही नहीं, उनके दरवाजे पर बैठे लोगों की निगाहों में कई साल पहले से पहाड़ के पार के खेतों में उनके ट्रैक्टर चलते दिखाई दे रहे थे। धान और गेहूँ की लहलहाती फसल दीख रही थी। खेत खरीदे कई साल हो गए थे और उनका घाटा दिख रहा था। और अब वे किसी भी कीमत पर इस घाटे को बंद करना चाहते थे।

दशरथ के बेटे को इसी कारण झिंगुरी सिंह अब तक जवरा देते आ रहे थे कि घर के झंझटों में पड़कर दशरथ पहाड़ काटने का काम छोड़ न दें।

चंदर ने जैसे कसम खा ली कि अब यह पहाड़ किसी कीमत पर उड़ाया नहीं जाएगा, इसके लिए चाहे जो हो जाए।

झिंगुरी सिंह ने बारह तारीख की चुनौती के लिए भोजपुर जिले की शमशीर सेना के कमांडर को न्योता भेजा जो भाकपा माले के विरोध में दर्जनों नरसंहार कर काफी नाम कमा चुका था। इसके अलावा बिहार के अलग-अलग हिस्सों से ऊँची जाति के ऐसे लोग जिनका अपराध में नाम था, सबको हथियार के साथ बुलाया। उनका आमंत्रण पाकर आधुनिकतम हथियारों से लैस होकर पूरे बिहार के अपराधी गलहौर आने लगे। खाना बनाने के लिए झिंगुरी सिंह के यहाँ हलवाई लग गए।

महज कुछ दिनों में इलाके के मुर्गों और बकरों का सफाया हो गया।

वही बुबना की भट्ठी का हाल था। झौरी स्वयं पटना से आकर सब कुछ नियंत्रित कर रहा था। उसने बड़े-बड़े बाहुबलियों को पानी पिलाकर बिहार की राजसत्ता में अपनी पैठ बनाई थी। उसने जिले के सभी रसूखदार स्वजातीय लोगों को बुला लिया था। कोई किसी से कम नहीं था।

गलहौर जो कभी दशरथ और पहाड़ की कटाई के कारण चर्चा में था, अब झिंगुरी सिंह और झौरी के वर्चस्व की लड़ाई के कारण चर्चा के केंद्र में आ गया था।

अखबारों में लगातार इस लड़ाई और उसकी तैयारी की खबरें आ रही थीं। माना जा रहा था कि इस लड़ाई में जो जीतेगा, उसी का बिहार में वर्चस्व होगा। बारह तारीख को क्या होगा, इसकी कल्पना भी करने से लोग डरने लगे थे। इसका असर यह हुआ कि गलहौर गाँव में चारों ओर सन्नाटा पसर गया। छोटे किसानों ने खेतों में जाना बंद कर दिया। मजदूरों ने काम पर जाना बंद कर दिया। गाँव की औरतें शौच के लिए निकलने से डरने लगी थीं। यह सब देख दशरथ सबसे अधिक परेशान थे।

वे झिंगुरी सिंह के पास गए। उनके पैर पर गमछा रखकर कहा कि ऐसा कुछ भी करने से पहले मुझे मार डालिए मगर झिंगुरी सिंह पर इसका कोई असर नहीं हुआ।

दशरथ झौरी के पास गए। अपनी दोस्ती का हवाला दिया मगर प्रतिशोध की आग में जल रहे झौरी पर भी दशरथ की बातों का कोई प्रभाव नहीं पड़ा। वह तो इसी बहाने पहाड़ी बाबा की हत्या और अपने ऊपर लगाए गए चोरी के इल्जाम का बदला लेने पर उतारू था। दशरथ समझ गए, यह वह झौरी नहीं था जो कभी उनका मित्र हुआ करता था।

मायूस होकर दशरथ वापस लौट आए।

छेदी ने कहा कि सरकार कुछ क्यों नहीं करती तो एकाएक दशरथ को खयाल आया कि कोई कुछ नहीं कर सकता, सरकार तो कर सकती है। अगर पहाड़ पर और गाँव में पहले से पुलिस की तैनाती हो जाए तो यह सब कुछ रुक सकता है। सोचकर दशरथ को नई राह मिल गई और वे एसपी से मिलने गया पहुँच गए। वहाँ जाकर खुश हो गए क्योंकि जो दरोगा पहली बार पहाड़ की कटाई रोकने आया था, वही अब यहाँ का डीएसपी बन गया था।

दशरथ ने रो-रो कर सारा हाल सुनाया और हाथ जोड़कर कहा—"कुछ कीजिए।"

डीएसपी काफी देर तक उनकी बात सुनता रहा और अंत में कहा—"बाबा, बारह तारीख तक मैं आपको जेल में बंद कर देता हूँ।"

"मुझे?"

"हाँ। जो होना है, हो जाने दीजिए। उसके बाद आपको छोड़ दूँगा।"

"ये क्या कह रहे हैं आप? लोगों की रक्षा की जिम्मेदारी आपकी है!"

डीएसपी थोड़ी देर के लिए चुप हो गया—"बाबा, कैसे समझाएँ आपको...मुझे सब मालूम है। शमशीर सेना और पूरे बिहार के जितने लोग आपके गाँव में आ चुके हैं और झौरी के साथ जितने लोग हैं, उतनी संख्या में तो पूरे जिले में पुलिस के जवान भी नहीं हैं और न उनके जैसे हथियार पुलिस के पास हैं। आप ही बताइए, हम क्या करें?"

दशरथ ने अधीरता से कहा—"आप ऊपर खबर कीजिए।"

"खबर तो रोज अखबार में छप रही है और आपके आने के कई दिन पहले मैंने इसकी सूचना ऊपर देकर केंद्रीय बल से जवान मँगवाने की अनुशंसा भी की थी, जिसे उन लोगों ने खारिज कर दिया है। हमारे नेता चाहते हैं कि यह फैसला गलहौर के मैदान में हो। अब बताइए, मैं क्या करूँ?"

दशरथ के पास इस सवाल का कोई जवाब नहीं था।

"इसलिए मैं कहता हूँ कि बारह तारीख तक आप चलकर मेरे घर पर रहिए। वहाँ आपको कोई परेशानी नहीं होगी। मेरी पत्नी खुश हो जाएगी। वह आपका बहुत सम्मान करती है।"

दो दिनों बाद बारह तारीख थी।

गाँव में गहमागहमी चरम पर थी। कई अफवाहें हवा में तैर रही थीं। दशरथ खुद को बुरी तरह हताश और पराजित महसूस करते हुए वापस गलहौर आ गए। किसी से कुछ नहीं कहा, किसी से नहीं मिले। चुपचाप पहाड़ के बीचोबीच आकर बैठ गए। शाम तक जब घर नहीं गए तो सनीचरी परेशान हो गई। जब किसी ने बताया कि वे पहाड़ पर बैठे हैं तो माहौल की परवाह किए बगैर सनीचरी उनका खाना लेकर पहाड़ पर आ गई। दशरथ ने सनीचरी को देखा और भरे मन से कहा—"बेटी, खाना नहीं खाऊँगा।"

"क्यों बाबू?"

जवाब में दशरथ की आँखें भर आईं। प्यार से सनीचरी के सिर पर हाथ फेरा और माफी माँगते हुए कहा—"ए सनीचरी!"

"का बाबू?"

"आज पिंजरी की बहुत याद आ रही है रे..."

सनीचरी ने कुछ नहीं कहा। दशरथ फूट-फूटकर रोने लगे—"इस जीवन में न तो पति का फर्ज निभा सका, न पिता का। तुम लोगों को भी तो कोई सुख नहीं दे सका। हो सके तो मुझे माफ कर देना। बुधुआ से भी मेरी ओर से माफी माँग लेना।"

"ई सब का कह रहे हैं बाबू?"

"सच बोल रहा हूँ सनीचरी। ये लड़ाई मैं नहीं रोक सकता पर अपनी पिंजरी के रास्ते पर खून बहता कैसे देख सकता हूँ? आज से मैं अन्न-जल कुछ ग्रहण नहीं करूँगा। जाकर सबको बता देना और यह भी कह देना कि किसी को मेरे पास आने की कोई जरूरत नहीं। तुम्हारी माँ मरी थी तो मैंने छाती पर पत्थर रख लिया था, तू मेरे जिंदा रहते रख ले और जा।"

सनीचरी फूट-फूटकर रोने लगी—"नहीं बाबू, ऐसा मत करो!"

सनीचरी ने बार-बार दशरथ से घर चलने और खा लेने का आग्रह किया मगर दशरथ अपने संकल्प से नहीं डिगे तो वह रोती हुई वहाँ से चली आई।

उसी रात कानोंकान गाँव में चर्चा फैल गई कि दशरथ ने अन्न-जल छोड़ दिया है और अब पहाड़ पर ही रहेंगे। चारों ओर हंगामा पसर गया। छेदी ने सुना तो उससे रहा नहीं गया। लड़के की नौकरी झौरी ने लगवा दी थी। अक्सर उसे लगता कि अब इस दुनिया में उसकी कोई जरूरत नहीं रही। जिया दशरथ के साथ, मरेगा दशरथ के साथ। वह भी दशरथ के संग बैठने के लिए पहाड़ की ओर चल पड़ा। जब पहाड़ पर पहुँचा तो दशरथ ने पूछा—"कौन?"

"मैं, छेदी।"

"तुम?"

"मुर्दा लाश की तरह रहने का क्या फायदा दशरथ! सोचा, तुम्हारे संग जीवन बीता, मौत भी तुम्हारे साथ ही हो," और दोनों गले मिलकर रोते रहे।

जाने कैसे अखबार वाले आ गए। दशरथ अखबार वालों से भी नहीं मिले। लेकिन पहाड़ के चित्र और गाँव वालों के हवाले से पहले पेज पर यह खबर छपी कि 'दशरथ ने अपने सामने दो पत्थर रख लिये हैं, और कहा है कि यह सड़क नहीं, मेरी पिंजरी का प्यार है। यहाँ एक भी गोली चली तो पत्थर से मार-मारकर अपना सिर तोड़ लेंगे और पहली जान मेरी जाएगी।' लगातार इस आशय की खबर छपने का असर हुआ और इलाके में झौरी और झिंगुरी सिंह की चर्चा से बड़ी चर्चा दशरथ और छेदी बन गए।

दो दिन-दो रात बीत गए।

न तो दशरथ ने कुछ खाया, न छेदी ने। किसी से बात तक नहीं की। जब कोई उनके पास आता या आने की कोशिश भी करता तो पत्थर दिखाकर कहते कि पास आ गए तो बारह तारीख के पहले ही जान दे देंगे और लोग डरकर चले जाते। इलाके में हंगामा पसर गया। जो यह खबर सुनता, पहाड़ की ओर भागता। पहाड़ के नीचे गाँव ही नहीं, इलाके के लोगों का इतना बड़ा जमावड़ा लग गया जिसकी किसी ने कल्पना भी नहीं की थी। इन सूचनाओं का दबाव बना और ग्यारह तारीख की शाम को डीएसपी एक बटालियन के साथ गलहौर आ गया।

बारह तारीख का सूरज जब आसमान में निकला तो ऐसा लगा, जैसे पूरी तरह खून में नहाकर निकला हो! दो दिन के उपवास के कारण दशरथ और छेदी बहुत अशक्त हो गए थे मगर योद्धा

की तरह अपने संकल्प पर खड़े थे—पहाड़ के पास अगर एक भी गोली चली तो पत्थर से एक-दूसरे का सिर फोड़कर मर जाएँगे।

सुबह का सूरज धीरे-धीरे सफेद हो गया और दिन भर तरह-तरह की चर्चाओं और अफवाहों के साथ तपता रहा और शाम होते ही जब पहाड़ से नीचे उतरा, पूरे गाँव के लोग खुशी से झूमते-नाचते-गाते दशरथ और झौरी के लिए पानी और खाना लेकर पहाड़ पर पहुँच गए। बताया कि शमशीर सेना का कमांडर भी गाँव से चला गया है और झौरी भी।

दशरथ की आँख भर आई।

लगा, जैसे पहाड़ियाँ मुस्करा रही हैं। उनके चेहरे की रंगत बदल गई है और गलहौर के पहाड़ का हर कण उनके साथ जश्न मना रहा है!

33

समय के प्रवाह को समझ पाना आदमी के लिए हमेशा जटिल और चुनौतीपूर्ण रहा है। कब वह हमारे भीतर घटित होता है और कब हम उसके भीतर, पता नहीं चलता। कल्पना कीजिए, यह समय जिसमें इस वक्त हम जी रहे हैं, जिसमें मैं लिख रहा हूँ या आप पढ़ रहे हैं, कहाँ से आया था और अभी-अभी कहाँ चला गया, इसका कभी पता नहीं चलता। वर्ष, महीना, दिन, रात, घंटा, मिनट, सेकंड और तारीखों के उसके पैमाने में हम अपने वर्तमान का अहसास कर लेते हैं, अपने अतीत को भी याद कर लेते हैं मगर उसके पहिए के निशान नहीं ढूँढ़ पाते।

कहनेवाले कहते हैं कि ब्रह्मांड को निरंतर विस्तारित करता वर्तुल की तरह वह गोल-गोल घूमता है और उसकी गति से समय बनता है। मगर कहाँ, किसकी धुरी पर, हमें कभी यह पता नहीं चल पाता। हमें तो यह भी पता नहीं चलता कि आदमी ही नहीं, धरती की तमाम जीवित चीजें अपनी जिंदगी पूरी कर आखिर कहाँ चली जाती हैं।

समय के साथ कितना कुछ रीत जाता है, कितना कुछ बीत जाता है और कितना कुछ नया होकर जीवन में शामिल हो जाता है! हम और हमारे जैसे लोगों को साक्षी बनाकर बस इस बात की पड़ताल तो करनी होती है कि जो कुछ हुआ, उसमें क्या अच्छा हुआ और क्या बुरा। अच्छे और बुरे का पैमाना आखिर कौन तय करता है?

धरती के मुकुट हैं पहाड़, अनवरत कटते चले जा रहे हैं।

धरती की साँस हैं पेड़, कटते चले जा रहे हैं।

धरती की आत्मा हैं जल, डीजल पंप लगातार उलीच रहे हैं खेतों में।

गया की जिस फल्गु नदी की हहराती धार से सारा इलाका डरता था, वह आज एक बूँद पानी के लिए तरस रहा है। पिंडदान करने के लिए लोग अब जमीन के अंदर से खोदकर पानी निकालते हैं। आखिर क्यों हुआ ऐसा?

आखिर किसने किया यह सब?

लोगों को पहाड़ पर रहना रास नहीं आया, मगर पहाड़ के पत्थरों को तोड़कर उससे दीवारें बनाईं, छत बनाया और एक मरे हुए पहाड़ की खिड़की वाली गुफा बनाकर उसे घर कहने लगे। पेड़ और उनके मीठे फल रास नहीं आए तो उसकी लकड़ी को चीरकर दरवाजे बनाए ताकि

सुरक्षित रहें। जंगल नहीं, जंगल के जानवर नहीं, आखिर किससे डरता है आदमी? इतनी क्रूरता क्यों है आदमी के भीतर?

आखिर जीवन में क्या पाना चाहता है आदमी?

प्रकृति की इस प्रणाली को जिसमें उसका जन्म हुआ है, विजेता बनकर उसे छिन्न-भिन्न कर वह अपनी राह क्यों तलाशता है?

आदमी को जो कुछ मिला है, उसमें कुछ भी तो उसका अपना नहीं, कोई सृजन नहीं! बस, रूप बदलकर इतरा रहा है और अपनी खुशी, अपने सुख के लिए सब कुछ खा जाने पर तुला है।

लेकिन कब तक चलेगा यह?

अगर ऐसा ही चलता रहा तो आखिर इस दुनिया का क्या होगा?

दरवाजों पर बँधे बैल जिन्हें महादेव का दर्जा दिया गया, अनाज पैदा करने में वे न जाने कब से आदमी के साथी थे, ट्रैक्टर के आने के बाद कसाइयों के हाथ बिके और बाहर ले जाकर बेरहमी से काटे गए ताकि उनकी चमड़ी से जूते बनाए जा सकें।

मतलब?

जानवरों का भी वही हाल हुआ जो पहाड़ों का हुआ।

पहाड़ों का वही हाल हुआ जो पेड़ों का हुआ।

और किसना का भी तो!

पहले जंगल, फिर जानवर, पहाड़ और अब आदमी!

महज एक जून के चावल के लिए पिंजरी चली गई!

अपनी शर्तों पर जिंदा रहने की ललक लिये बैंगा चला गया!

खून से सना कच्चा चावल खाकर जितिया माँझी चले गए!

और गोली खाकर पहाड़ी बाबा!

हर दिन कोई-न-कोई किसी राह गुजर जाता है, हर दिन कोई-न-कोई जन्म लेता है। आखिर क्या मतलब है और क्या मकसद है आदमी के जीवन का? कोई शिकारी बनकर जन्म लेता है, कोई शिकार बनकर?

गलहौर गाँव में सबसे हाशिए पर बने एक घर में जन्म लिया था दशरथ ने। उस समय वहाँ के समाज में माँझी के लिए मजदूरी के सिवा कोई काम नहीं था। अब तो जवरावाली यजमानी पद्धति ही खत्म हो गई। मालिक और परजा के बीच सारे संबंध ही खत्म हो गए। न बैल बचे, न हलवाहे, न चरवाहे। न कुम्हार, न बढ़ई, न लोहार। सारी जातियाँ अपने पारंपरिक पेशे से अलग हो गईं और अब रोजी-रोटी की तलाश में शहरों की ओर भाग रही हैं। जिन सवालों के जवाब दशरथ को बेचैन करते थे, उनका कोई हल, कोई समाधान नहीं निकला। वे सारे सवाल ही सिरे से खत्म हो गए। और अब तो यह गाँव ही जंगल की तरह कटने लगा है। आज जो गलहौर में रहते हैं—चाहे किसी भी वर्ग और वर्ण के हों, उनकी हालत तब के माँझी जैसी ही है।

समय के इसी प्रवाह में एक दिन गाँव के किसानों को भी अहसास हुआ कि खेती तो मजदूरी से भी गई-गुजरी चीज है, असल कमाई तो शहरों में है। धरती घूम गई है और शहर की ओर मुँह करके खड़ी है। जीवन का असल सुख तो शहरों में ही है।

कोई बारिश नहीं, कोई सूखा नहीं।

स्कूल, अस्पताल, सड़क, बिजली और अच्छा जीवन—सब कुछ तो शहरों में ही है!

पाँच बीघा जमीन के जोतदार से पान की एक दुकान लगानेवाला या चपरासी की नौकरी करनेवाला अधिक सुखी है।

झिंगुरी सिंह, मुखिया जी ही नहीं, पाँच-पाँच बीघा तक के जोतदारों ने गलहौर की जमीनें बेच गया में अपने घर बनवा लिये, अपना कारोबार जमा लिया। आज किसी के पास अपना पेट्रोल पंप है तो किसी के पास होटल। जिस तरह कभी गाँव का खेत खरीदने की बेताबी थी, आज उन्हें बेचने की ललक है।

मुखिया जी की मौत हो चुकी है।

उनका बेटा सुनील कभी-कभी मोटरसाइकिल से गाँव आता है और खेतों को औने-पौने दाम पर बंदोबस्त कर शहर चला जाता है। झिंगुरी सिंह भी साल में एक बार बंदोबस्ती के लिए ही आते हैं। वे भी अपनी जमीन को बेचना चाहते हैं क्योंकि उनका बेटा गाँव आना ही नहीं चाहता। मगर किसे बेच दें जमीन? अब उनको कोई खरीददार ही नहीं मिलता।

छेदी की लोहारी का काम अब एकदम ठप्प पड़ गया है।

पहले वह घर से हँसिया-खुरपी बनाकर बेचने के लिए पिंजरी के पीपल पेड़ के नीचे बैठता था। कभी कोई ग्राहक मिल जाता था, कभी नहीं मिलता, इस कारण हारकर बंद कर दिया।

झौरी ने अपने राजनीतिक समीकरणों का लाभ उठा चंदर को विधानसभा का टिकट दिलवा दिया। उसका भतीजा चंदर चुनाव जीतकर अब विधायक बन चुका है। झौरी का मन जल्दी ही हिंसा से उचट गया और संन्यास लेकर इस समय वह पहाड़ी बाबा की जगह मठिया का महंत बन गया है और मठिया के खेत के लिए झिंगुरी सिंह से मुकदमा लड़ रहा है।

कुदन कुम्हार की तबीयत खराब रहने लगी तो उनको उनके बेटे आकर गलहौर से वापस अपने गाँव ले गए।

राजबरन पासी की अब कोई पूछ नहीं। दिन भर दरवाजे पर बैठे खाँसते रहते हैं। उनका अपना बेटा भी उनको महत्त्व नहीं देता। कहता है कि जीवन भर सब कुछ भतीजे के लिए किया और अंत में उसकी गर्दन से लटक गए।

रमिया भौजी का बेटा रोजी की तलाश में कलकत्ता चला गया और बोरा बनानेवाले एक चटकल में नौकरी करता है। कुछ दिन तक वह गाँव में पैसा भेजता रहा और कुछ दिनों बाद रमिया भौजी भी वहीं चली गई। जाने के बाद से उसकी कोई खबर नहीं मिली।

दशरथ की बेटी सनीचरी की शादी हो गई और इस समय वह अपने पति के साथ अपनी ससुराल में है। दशरथ ने विकलांग बेटे बुधुआ की शादी उसी तरह की एक विकलांग लड़की से कर दी है और दशरथ अब अपने घर में नहीं, पिंजरी के उसी पीपल पेड़ के नीचे झोंपड़ी लगाकर

अकेले रहते हैं जो पूरी तरह जवान हो चुका है। पीपल के नीचे एक चापाकल लग गया है और अब भी वह गाँव के लोगों के लिए सार्वजनिक स्थल है।

दशरथ के लिए यह गाँव पहाड़ की तरह था और वे महज जिंदा रहने के लिए एक रास्ता बनाना चाहते थे। रास्ता बनाने के लिए ही पहाड़ काटना चाहते थे मगर अब समय ने गाँव को इस तरह काट दिया था कि वह खुद दयनीय हालत में था। उसकी जगह जो नया गाँव बना था, उसके बारे में कुछ भी समझ पाना मुश्किल था।

सुविधाओं की हिरनी जोर-जोर से रँभा रही थी, गाँव के हिरनों को शहर बुला रही थी। अब इस गाँव में वही रह गए थे जिन्हें शहर ने नकारा साबित कर ठुकरा दिया था।

जैसे एक लेखक रोज सुबह लेखन का रियाज करता है, जैसे एक गायक गायन का रियाज करता है, वैसे ही दशरथ सुबह होते ही अपनी झोंपड़ी से निकल पहाड़ पर पहुँच जाते और दिन भर कुछ न कुछ करते रहते। दशरथ की दिनचर्या और संकल्प में कोई फर्क नहीं आया था। पहाड़ काटने के लिए इतना बवाल हुआ मगर अब सब कुछ शांत हो चुका था। न तो कहीं किसी का जोर था, न तो किसी का कोई आग्रह था। कोई नहीं कहता कि पहाड़ काटो, मगर पिंजरी को दिये वचन से दशरथ उसी तरह बँधे थे।

दशरथ के लगाव को इस बात से समझा जा सकता है कि गलहौर की पहाड़ी पर सड़क का वह भाग जहाँ दशरथ ने कटाई की थी, इस वक्त साफ-सुथरा चिकना और चमक रहा था, जैसे आँगन हो! किसी नदी में जल की तरह काले और हरे पत्थरों का चिकना सिलसिला इस छोर से आरंभ होता और उबड़-खाबड़ ही सही, रेंगता हुआ दूसरे छोर तक दिखाई देता। कटा हुआ भाग इतना सुंदर लगता कि लोगों के लिए दर्शनीय बन गया था।

जैसे नदी के तीर पर बैठकर लोग बहते हुए पानी को देखते हैं, गाँव के लोग उसी तरह सड़क के कगारों पर बैठकर कटे हुए पत्थरों को, आते-जाते लोगों को और दशरथ को काम करते देखते। जैसे पिंजरी रोज सुबह घर की सफाई करती थी, दशरथ सड़क की सफाई करते।

कटाई अब भी चल रही थी मगर उनका नया तरीका ऐसा था, जैसे खेत से घास निकाली जाती है। दशरथ ने पहाड़ के इस छोर से उस छोर तक पत्थरों को जाँता टूँगने वाली छेनी से ठोंक-ठोंक कर देख लिया था। पहाड़ के भीतर की तहों में किस तरह के पत्थर हैं, दशरथ ने इसका अनुमान आवाज के सहारे किया और तोड़े जा सकनेवाले पत्थरों को पूरी तरह तोड़कर समतल कर दिया था। अब पतली छेनियों का इस्तेमाल कर पहाड़ में जगह-जगह इस तरह गहरी कटाई कर रहे थे, जैसा लोग धरती पर मवेशी बाँधने के क्रम में खूँटा गाड़ने के लिए गड्ढा बनाने में करते हैं।

उन्हें यकीन था कि पत्थर के भीतर जाने पर कहीं कोई दरार या ऐसा कुछ सुराग मिल जाएगा जहाँ से कटाई के लिए पहाड़ में अंदर घुसना मुमकिन हो सकेगा। मगर अभी तक ऐसा कुछ नहीं मिला था। एक जगह दरार जैसा कुछ मिला, उत्साह के साथ कटाई आरंभ की मगर उसके नीचे या अगल-बगल पहुँचने के बाद पत्थरों का वही अनवरत सिलसिला कायम था। दशरथ ने सड़क पर एक फुट से अधिक गहरे दो दर्जन से अधिक गड्ढे बना उन्हें मिट्टी से भर दिया था ताकि उस राह से आने-जानेवालों को कोई असुविधा न हो।

पहाड़ के साथ दशरथ का अजीब-सा गहरा रिश्ता बन गया था।

पहाड़ के बगैर उन्हें अब कुछ अच्छा नहीं लगता। घर में, गाँव में या कहीं और घंटे-दो घंटे भी रहना मुश्किल हो जाता। धूप बहुत तेज होती या भोजन करना होता तो पिंजरी के पीपल के नीचे जाते अन्यथा अधिकतर समय पहाड़ पर ही रहते। पहाड़ पर उनकी कल्पनाशीलता जाग्रत रहती, कुछ-न-कुछ उनके जेहन में आता और उसी के अनुसार आचरण करते रहते। कहीं कोई बात होती या उनके मन में कुछ आता तो वे अपना काम करते हुए पहाड़ से इस तरह बतियाते, जैसे वह किसी आदमी से बात कर रहे हों!

पहाड़ के साथ रहते हुए उन्हें लगता कि वहाँ कोई है जो उनको सुन रहा है, कोई है जो उनसे कुछ कह रहा है। पहाड़ से उनका यह रिश्ता जब दिनोंदिन और गहरा होता चला गया तो देखकर लोगों को आश्चर्य हुआ। कुछ दिन और बीते तो लोगों के बीच धीरे-धीरे यह बात पसरने लगी कि जिस तरह दशरथ कर रहे हैं, इस तरह कोई सामान्य आदमी भला कैसे कर सकता है?

एक दिन गाँव का मँगरू पहाड़ से गुजर रहा था, देखा कि दशरथ पहाड़ के गड्ढे में मुँह लगाकर कोयल की तरह 'कू ऽऽ कू ऽऽऽ' बोल रहे हैं और फिर कान लगाकर सुन रहे हैं तो उसे हँसी आ गई। वह धीरे-धीरे बढ़ता हुआ दशरथ के पास गया—"ई का कर रहे हैं बाबा?"

दशरथ ने गड्ढे से मुँह निकाला और हँसते हुए मँगरू से कहा—"जाओ...ये तुम्हारी समझ में नहीं आएगा।"

मँगरू ने यह बात जाकर मजा लेने के अंदाज में गाँववालों को बताई।

अब गाँव के कई लोग यह देखने और मजा लेने के लिए पहाड़ पर आने लगे कि दशरथ बाबा वहाँ क्या करते हैं। धीरे-धीरे दशरथ की गड्ढे में 'कू ऽऽ' बोलने और उसे सुनने जैसी अनगिनत क्रियाएँ गाँव में चर्चा बन पसरने लगीं। किस्से-कहानी और लोकोक्तियों की तरह पहाड़ और दशरथ की क्रियाओं की मनोरंजक पैरोडी होने लगी।

लोग कहते कि दशरथ बाबा तो आजकल आदमी नहीं, चिड़ियों और जानवरों की भाषा बोलते हैं। कोई कहता, मैंने उन्हें बाघ की तरह दहाड़ते हुए सुना है। कोई कहता कि हाथी की तरह चिंघाड़ते हुए सुना है। उनकी क्रियाएँ गाँव के लोग देखते तो वापस जाकर अपने नजरिए से लोगों के बीच सुनाते और वे बातें अलग तरह से गाँव की चर्चा में मजाक बनाकर दुहराई जातीं, बात को रोचक बनाने के लिए लोग उसमें अपनी कल्पना भी जोड़ने लगे।

एक दिन शाम को जब दशरथ पहाड़ से उतरकर पिंजरी के पीपल के नीचे आए और झोला रखा तो देखा कि छेदी और झौरी पहले से आकर उनकी झोंपड़ी में जमे हैं। उनके बीच औपचारिक बातों का जब अंत हो गया तो छेदी ने दशरथ से कहा—"जानते हो, गाँव के लोग यह समझ रहे हैं कि तुम पागल हो गए हो?"

"पागल?" दशरथ सुनकर चौंक गए—"क्यों...?"

झौरी ने हँसते हुए कहा—"क्या तुम जानवरों की भाषा बोलते हो?"

"जानवरों की भाषा...?" दशरथ जल्दी ही झौरी की बात समझ गए और मुस्कराते हुए कहा—"मैं समझ गया कि तुम कहना क्या चाहते हो!"

"क्या समझ गए?"

"मँगरू ने कहा होगा।"

"हाँ, मगर ऐसा क्यों करते हो?"

कुछ पल के लिए दशरथ चुप हो गए, जैसे समझ नहीं पा रहे हों कि झौरी और छेदी को कैसे समझाएँ, फिर बोले—"देखो, पत्थरों से आनेवाली आवाज की चर्चा बैंगा ने की थी। पत्थर काटने के क्रम में मैंने कई प्रयोग करके देख लिया था मगर कोई सफलता नहीं मिल रही थी। एक दिन मन में आया कि कटे हुए गड्ढों में कान लगाकर सुना जाए कि उससे कैसी आवाज आती है। मैंने एक गड्ढे के भीतर से मिट्टी निकालकर कान लगाया, पर कोई आवाज सुनाई नहीं पड़ी। एकाएक मन में न जाने क्या आया कि मुँह लगाकर कोयल की तरह कू ऽऽ बोल दिया और कान लगाकर लौटनेवाली आवाज को सुना। दूसरे गड्ढे, तीसरे गड्ढे में जाते-जाते लौटकर आनेवाली आवाज की भिन्नता महसूस करने की कोशिश कर रहा था।"

"उसका कोई फायदा हुआ?"

"हुआ न!"

"क्या?"

"लोग पागल कहने लगे!"

इस बार तीनों दिल खोलकर हँसे। बात हँसी में उड़ गई। झौरी ने गंभीरता से कहा—"तुम जो कहो, लेकिन यह सच है कि काम करते समय तुम पहाड़ से बात तो करते हो। क्या कोई साधारण आदमी ऐसा कर सकता है?"

कई बार जोर देकर कही गई बड़ी-बड़ी बातें कोई असर नहीं छोड़तीं और कई सामान्य-सी बातें जीवन की दिशा बदल देती हैं।

दशरथ ने झौरी की बात का कोई जवाब नहीं दिया मगर उनके जाने के बाद विचार किया तो समझ में आया कि दशरथ सचमुच पहाड़ से बात करते हैं। यह उनके लिए सर्वथा मौलिक बिलकुल नई बात थी। हाँ, वे सचमुच पहाड़ से बात करते हैं और पहाड़ की प्रतिक्रिया भी उनकी समझ में आती है। पहली बार जब पहाड़ को विस्फोट कर उड़ाने की बात चली थी तो उन्हें ऐसा लगा था कि पहाड़ बहुत डरे हुए हैं और उनसे कुछ कह रहे हैं...। पहाड़ नहीं कटने की सूचना देने के बाद लगा था कि पहाड़ मुस्करा रहे हैं।

अब तक पहाड़ के साथ हुई एक-एक बात उनके जेहन में घूमने लगी और अनजाने इस नए काम में उनको मजा आने लगा। उन्होंने सिरे से याद करना आरंभ किया कि कब उन्होंने पहाड़ से कौन सी बात कही थी और प्रतिक्रिया क्या थी।

इस क्रम में तब और रोमांचित हो गए जब उन्हें बैंगा की बातें याद आईं—'देखो दशरथ, पहाड़ों की खासियत है कि जब तक इनके पत्थर खुद कटने के लिए तैयार न हों, तुम उनको नहीं काट सकते। इसलिए तुमको पहाड़ काटने के बारे में नहीं, विनम्रता से रास्ता माँगने की बात सोचनी चाहिए...। इसके लिए तुम्हें उनकी भाषा समझनी होगी...।'

क्या दशरथ अब पहाड़ की भाषा को समझने लगे हैं?

अगर समझने लगे हैं तो कटाई के बारे में पहाड़ के क्या विचार हैं?

उन्होंने बहुत कोशिश की, पहाड़ पर जाकर पूछा भी, मगर न तो पहाड़ की ओर से, न तो उनके भीतर से इस सवाल का उन्हें कोई जवाब मिला और वे पल भर के लिए मायूस हो गए। लेकिन पता नहीं क्यों, उनके भीतर इस बात का यकीन हो गया कि भले ये पत्थर अभी

कुछ न कहें, मगर कभी-न-कभी यह संकेत जरूर देंगे कि हम कटने के लिए तैयार हैं, तुम काटो। बस, उन्हें इस संकेत को ग्रहण करने के लिए अपने को तैयार रखना होगा।

एक दिन एक गड़ेरिया भेड़ों की रेवड़ लेकर पहाड़ की सड़क से गुजरा।

दशरथ ने गौर किया कि सारी भेड़ें उस गड़ेरिए की भाषा समझती हैं और गड़ेरिया भेड़ों की। गाँव में पालतू पशुओं के साथ भी ऐसा ही होता है। साथ रहते-रहते उनकी क्रियाओं के अभ्यास से संकेत बनने लगते हैं और फिर धीरे-धीरे भाषा बन जाती है। अब सवाल यह था कि पहाड़ के संकेतों को पूरी तरह समझने के लिए उन्हें आखिर किस तरह के अभ्यास की जरूरत होगी ? पहाड़ की क्रियाएँ अगर दिखतीं तो वे जरूर अनुमान लगाते, मगर पहाड़ की अपनी क्रियाएँ क्या हैं ?

इस नए सवाल ने नई उम्मीदों को जन्म दे दिया और अब उत्साहित होकर वे सुबह, दोपहर, शाम को और चाँदनी रात में अलग-अलग समय में पहाड़ को गौर से देखते और महसूस करने की कोशिश करते कि उसके बीच आखिर क्या अंतर आया है, क्या परिवर्तन आया है। जो अंतर आया होगा, वही उसकी क्रिया होगी। पहाड़ों की क्रिया समझने में समय लगेगा मगर एक-न-एक दिन वे जरूर सफल होंगे। दशरथ यह सोचकर रोमांचित हो जाते कि वह दिन कब आएगा जब पहाड़ के संकेत उन्हें समझ में आने लगेंगे।

पहाड़ की ध्वनि कैसी होगी ?

क्या वे अपने कान से उसे सुन पाएँगे ?

लंबे समय तक कोई परिवर्तन उनकी समझ में नहीं आया पर बारीकी से एक-एक चीज का निरीक्षण करने के क्रम में उनके भीतर पूरे पहाड़ की शक्ल ही बदलती चली गई। उन्हें लगता कि पहाड़ चाँदनी रात और बारिश के मौसम में सबसे खुश दिखते हैं। रात में जब तेज हवा चलती है, उनके साथ पहाड़ गाते हैं। अलग-अलग मौसम में उनके स्वर अलग-अलग होते। कभी उनका स्वर सोहर गीतों की तरह लगता, कभी देवी गीतों की तरह और कभी चैता की तरह। पहाड़ के साथ एक बार फिर उनकी दिनचर्या पूरी तरह बदल गई थी और उन्हें मजा आने लगा था।

अब उन्हें पहले की तरह पहाड़ काटने और रास्ता बनाने की चिंता नहीं थी। छेनी और हथौड़ियों की चिंता नहीं थी। पत्थरों पर बैठे रहना, चुप रहकर कुछ सोचते रहना और गौर से निरीक्षण करना उनके स्वभाव का अभिन्न अंग बन गया। उनकी समझ में आया कि जंगली जानवरों, चिड़िया, हवा तथा मौसम जैसी चीजों के साथ तो पहाड़ का पुराना रिश्ता है। अब वे उनके सहारे पहाड़ को समझने की कोशिश करते।

गाँव का कोई आदमी पहाड़ पर आकर उनसे बात करना चाहता तो वे हाँ या ना की भाषा में उनका जवाब देते या बात करने से बचना चाहते लेकिन कोई चिड़िया आकर पहाड़ पर बैठती या कोई घास ही दिख जाती तो उनकी क्रियाओं से पहाड़ के साथ उसके रिश्ते की पड़ताल करते। पहाड़ के पत्थरों को बच्चे की तरह सहलाते। कई बार उनके साथ इस तरह रम जाते कि उन्हें कबीर की साखियाँ गा-गाकर सुनाते। पहाड़ अब उनके लिए तोड़ने की चीज नहीं, प्यार करने और एक अनजाने रहस्य को समझने की वस्तु में तब्दील हो गया था। वहाँ की हर एक चीज से उनका लगाव बढ़ गया था। इस क्रम में रोज उनकी आँखों के सामने कोई ऐसा रहस्य उद्घाटित होता जिसे देखकर वे विस्मय से भर जाते।

एक दिन झौरी किसी सत्संग से लौटकर दशरथ के पास आया और दशरथ से उसने कबीर साहब की साखी के बारे बताया :

पाँच तत्त गुन तीन के,
आगे मुकित मुकाम

पहाड़ी बाबा की यह प्रिय साखी थी।

दुनिया की सारी चीजें पाँच तत्त्वों से बनी हैं : मिट्टी, जल, आग, हवा और आकाश। अलग-अलग मात्रा के कारण दुनिया की हर चीज का अलग-अलग रूप है और एक-दूसरे से अलग हैं। उन तत्त्वों की मात्रा के कारण मौसम बदलते हैं। मात्रा के कारण ही हम उनसे जुड़ते हैं और उनको समझते हैं।

मगर झौरी ने दशरथ के पहाड़ की कटाई से जोड़कर उस दिन उसकी अलग ही व्याख्या की। उसने बताया कि 'दशरथ, यह कैसा संयोग है कि सबसे पहले तुमने पहाड़ के ऊपरी भाग को बैंगा के कहने पर मिट्टी मानकर तोड़ दिया। उसके बाद काटने के लिए पहाड़ पर पानी रोका। उसके बाद आग जलाई। पहाड़ को तो तुमने तत्त्वों के सहारे ही तोड़ा है। अब अगर इस बात का पता चल जाए कि पहाड़ के इन पत्थरों में किस तत्त्व की मात्रा अधिक है तो यह काम आसान हो जाएगा।'

दशरथ के लिए अब तक की सबसे नवीन और मौलिक बात थी यह।

उनके चेहरे पर खुशी की लकीरें तैर गईं।

पहाड़ी बाबा कहते थे कि आकाश (ध्वनि) तत्त्व से अग्नि तत्त्व का निर्माण हुआ है, अग्नि से पृथ्वी तत्त्व का, पृथ्वी से वायु तत्त्व का, वायु से जल का और फिर जल से आकाश तत्त्व बना है। जीवन की प्रणाली में जिस तरह एक तत्त्व से दूसरे का निर्माण करते हैं, इसी तरह एक तत्त्व दूसरे का ध्वंस या दूसरे को शांत भी करते हैं। जल तत्त्व अग्नि तत्त्व को, अग्नि वायु तत्त्व को, वायु आकाश तत्त्व को और आकाश पृथ्वी तत्त्व को शांत करता है। मिट्टी, जल और अग्नि तत्त्व का कटाई में इस्तेमाल हो चुका था, मतलब पहाड़ को तोड़ने का सूत्र अब वायु और आसमान यानी ध्वनि तत्त्व के पास होगा। उनकी समझ में आ गया कि वे सही रास्ते पर चल रहे हैं। चारों ओर से सिमटकर वायु और ध्वनि तत्त्व पर उनका मन केंद्रित हो गया।

दशरथ खाना खाने के बाद पीपल के पेड़ के नीचे बैठे थे। बाहर धूप बहुत तेज थी। हवा के कारण थोड़ी राहत थी मगर उमस बहुत थी। अचानक उनका ध्यान ऊपर गया। हवा के प्रभाव से पीपल के पत्ते तलमल करते आपस में जैसे बात कर रहे थे। आस-पास की ध्वनियों के संकेत समझने का काम वे कई दिनों से कर रहे थे। उन्होंने गौर किया था कि सुबह में पीपल के ये पत्ते जब आपस में टकराते हैं तो अलग किस्म की आवाज होती है...दोपहर की धूप में अलग और रात में अलग...दशरथ ने ध्वनि-तत्त्व से यह समझने का प्रयत्न किया कि इस वक्त ये पत्ते क्या कह रहे हैं। उन्हें लगा, अभी जो आवाज आ रही है, ये सबसे अलग है और लग रहा है कि पत्ते बहुत खुश हैं। उन्होंने गौर से पत्तों को देखा...आवाज भी सुनी...और सोचते रहे।

एकाएक उनके मन में आया कि कहीं पत्ते ये तो नहीं कह रहे हैं कि आज बारिश होगी? आगे आनेवाली ध्वनि साफ होने लगी और उन्हें यकीन हो गया कि वे बारिश के बारे में ही बात कर रहे हैं। उन्होंने आसमान की ओर देखा...साफ था...बारिश के कोई लक्षण नहीं थे और

निराश हो गए। मगर वे तब चकित रह गए जब आधे घंटे के भीतर एकाएक तेज हवा चलनी आरंभ हुई, जाने कहाँ से आकर काले-काले बादलों ने आसमान छोप लिया और जमकर बारिश हुई।

दशरथ को बहुत खुशी हुई कि उन्होंने पत्तों की भाषा समझ ली थी मगर यह बात उन्होंने किसी को नहीं बताई।

इस घटना के महीनों बाद एक और ऐसी ही घटना हुई।

रात का समय था। पहाड़ के जर्रे-जर्रे पर चाँदनी बिछी थी। दशरथ पीपल के नीचे अपने कंबल पर सो रहे थे। नींद से उनकी आँखें अलसायी हुई थीं तभी एक सियारिन के फेंकरने की आवाज आई—हुँआ...आ...हुँआ...

आवाज में अजीब-सी कसक, अजीब-सी पीड़ा थी।

दूसरी बार आवाज आई तो उनको लगा, जैसे किसी की मौत के दुख से उपजा विलाप हो यह! उनसे रहा नहीं गया। वे आवाज की दिशा में चल पड़े। पहाड़ के दूसरी ओर ढलान के पास से आवाज आ रही थी।

दूर से उनको आता देख एक सियारिन भाग गई मगर वहाँ जाकर दशरथ यह देखकर चौंक गए कि एक सियार मरा पड़ा है। उन्हें बहुत खुशी हुई और लगा कि अब वे कुछ-कुछ उनकी भाषा समझने लगे हैं। मगर असल तो पहाड़ है। उनके संकेत और भाषा तक पहुँचने का सफर उन्हें अभी तय करना है।

मनुष्य की सफलता अंतरंग लोगों के जीवन में शरीक हो श्रम का सम्मान चाहती है।

इस बार दशरथ से रहा नहीं गया। न चाहते हुए भी सियारिन और पेड़ के पत्तों की भाषा को समझने की बात उन्होंने झौरी और छेदी को बता दी। उनकी यह बात देखते-देखते एक कान से दूसरे कान तक होती पूरे गाँव में प्रचारित हो गई और सबको यकीन हो गया कि दशरथ के साथ कुछ जरूर गडबड़ है।

लोगों के सोचने के अपने कारण भी थे।

जब से दशरथ महीपत के खदान से लौटकर आए थे...पहाड़ काटने के लिए गड्ढानुमा जो कुछ किया था, उसे कटाई के मामले में कोई उपलब्धि नहीं मानी जा सकती थी। इसके अलावा जिस तरह से दशरथ ने ब्लास्ट कर पहाड़ को काटने का विरोध किया था, यह बात तब भी लोगों के गले से नीचे नहीं उतरी थी। गौरैया बाबा के विवाद के कारण भले पहाड़ नहीं कटा लेकिन उनके द्वारा किए गए प्रयास भी कितने अजीबोगरीब थे! इस कारण लोगों ने कहीं-कहीं कानोंकान और कहीं खुलकर कहा कि दरअसल पत्नी के मरने के बाद से ही दशरथ का दिमाग फिर गया था, इतने दिनों से समझ में नहीं आ रहा था मगर अब वह धीरे-धीरे सामने आ रहा है। लोगों के लिए संतोष की बात यह थी कि कई लोग पागल होने के बाद वाचाल और आक्रामक हो जाते हैं मगर दशरथ उसकी जगह चुप और शांत हो गए हैं जिससे वहाँ के समाज को कोई खतरा नहीं है।

भारतीय किसानों के जीवन में व्यंग्य और किसी का मजाक उड़ा मजा लेने की एक अलग और खास तरह की विनोदी प्रवृत्ति होती है। इसे वही समझ सकता है जो किसानों के जीवन को बहुत करीब से जानता हो।

दशरथ के प्रति लोगों के मन में आदर था, सम्मान था, सहानुभूति थी मगर उनके साथ आंशिक तौर पर पागल का विशेषण नए सिरे जुड़ चुका था। जब कभी मौका मिलता तो गाँव के कई लोग मजा लेने के लिए उनका मजाक उड़ाने से नहीं चूकते।

कोई कहता—"दशरथ बाबा, आप तो संत हो गए हैं।"

दशरथ पूछते—"संत... ?"

"हाँ, बाबा, प्राचीन काल के हमारे संत पशु-पक्षियों की भाषा समझते थे।"

दशरथ तो अपनी धुन में रमे थे। उनके लिए क्या सच और क्या मजाक। कई बार उनकी बात सुन कुछ कह देते। कई बार चुप रह जाते, कई बार अपने अनुभव से जुड़ी घटनाएँ सुनाने लगते। कई बार कहते कि 'सच कहता हूँ, मुझे किसी की भाषा समझ में नहीं आती लेकिन सुनने के बाद भीतर से इस बात का हल्का-सा आभास मिलता है कि वह क्या कह रहा है और कई बार वह आभास ही सच हो जाता है।'

पहाड़ काटने की शुरुआत के बीस साल बीत गए थे और इस बीच जो नई पीढ़ी जवान होने की ओर अग्रसर हो रही थी, उसने सिर्फ कहानी की तरह दशरथ का इतिहास सुना था। वे उनकी बातों को सुनकर सबसे अधिक मजा लेते और मजाक उड़ाते हुए चिढ़ाने के अंदाज में पूछते—'बाबा, वो चिड़िया क्या बात कर रही है ?'...'बाबा, वो पेड़ क्या कह रहा है ?'

अगर लड़के ज्यादा परेशान करते तो झल्ला जाते और कई बार मारने के लिए दौड़ते।

गाँव में कई बार अब ऐसा भी हुआ कि दशरथ आगे जा रहे हैं और कोई लड़का पीछे से उनकी धोती का पछुआ खींचकर भाग गया। किसी ने उनकी देह पर बाल्टी का पानी फेंक दिया। ऐसे में हर पागल से यह उम्मीद की जाती है कि वह गालियाँ बकेगा, मारने के लिए दौड़ेगा। मगर दशरथ चिड़चिड़ाकर रह जाते। हालाँकि ऐसा करनेवाले लड़के हमेशा भयभीत भी रहते कि किसी बड़े-बुजुर्ग ने देख लिया तो डाँट या पिटाई तय है। मगर दशरथ पहाड़ पर आते ही सब कुछ भूल जाते कि उनके साथ क्या हुआ था, और अपने रंग में रँग जाते।

एक दिन दशरथ सड़क के पास टीले पर बैठे भूँजा फाँक रहे थे। पहाड़ की सड़क से कुदन कुम्हार के बेटे उनको गलहौर से वापस लेकर जा रहे थे। कुदन को जब भी मौका मिलता या बेटे-बहुओं से नाराज होते, भागकर सीधे गलहौर आ जाते और राजबरन पासी के साथ रहते। उनकी उम्र काफी हो गई थी, स्वभाव में चिड़चिड़ापन आ गया था। दशरथ को बैठे देखा तो पास आकर बैठ गए और हालचाल के बाद अपनी बहुओं की आलोचना करने लगे। लगे हाथ अपने बेटों को भी कोसते रहे कि सब अपनी बीवियों के भड़ुवे हो गए हैं।

दशरथ ने उनके बेटे से समझाने के अंदाज में पूछा—"ऐसा क्यों करते हो भाई, पिता का बुढ़ापे में सम्मान करना चाहिए।"

"का बताएँ दशरथ काका, आप तो जानते हैं कि बूढ़े और बच्चे एक जैसे होते हैं। बाबू ऐसी-ऐसी जिद करते हैं कि उसे आदमी क्या, भगवान भी पूरा नहीं कर सकता।"

थोड़ी देर रुकने के बाद बच्चे कुदन को लेकर चले गए। उनके जाने के बाद दशरथ को अचानक खयाल आया कि यह पहाड़ भी तो बूढ़ा हो गया है, क्या इसका स्वभाव भी बच्चे की तरह हो गया होगा ?

आखिर कैसा होगा स्वभाव ?

कैसा होगा इसका बचपन ?

और इस नई कल्पना में भीतर तक भीग गए। अब उनके सोचने का तरीका एक नई दिशा में मुड़ गया। दशरथ अपने-आपको भूल गए। पिंजरी को भी भूल गए। अपने गाँव गलहौर को भी भूल एक ऐसे अकेलेपन में डूब गए जिसमें उनके सामने था एक काला और हरे रंग का पत्थर, जो अभी जन्म ले रहा था। रात-दिन पूरे उस दौर की यात्रा करते जब पत्थरों का जन्म हुआ था, जब पत्थर विकसित हुए थे और जब पत्थरों ने इस धरती पर अपनी पूरी कायनात रची थी।

इस तरह कितना समय बीत गया, उन्हें इसका पता भी नहीं चला।

एक दिन उनकी नजर पहाड़ की सड़क पर एक हलकी-सी दरार जैसी जगह पर गई। दशरथ ने देखा कि दरार के कोने पर एक बिलकुल सफेद महीन रेखा-सी कोई लतर निकली हुई है और हवा में सिर उठा हँस रही है। जाकर उस जगह को गौर से देखा, वह एक दूब थी।

दूब के बारे में कहा जाता है कि वह अमर है। उसे हजारों साल तक सुखा दो, जरा-सी नमी मिले तो बाहर निकल आएगी। दूब का रंग हरा नहीं, सफेद है। इसका मतलब कि यह दूब बाहर से नहीं, पहाड़ के भीतर से निकली है। पुरानी है, इसका अनुमान कर खुश हो गए।

वहाँ के आस-पास के पत्थर को बारीकी से काटकर दशरथ उस दूब की जड़ों तक गए, प्यार से सहलाया, बाहर निकाला तो एक सफेद लतर जड़ समेत निकली और टूट गई। वहाँ हथौड़ा मारा तो पत्थर भक से फूट गया। अब दशरथ को वह बात भी समझ में आ गई कि पहाड़ के भीतर हवा कैसे पहुँचाई जा सकती है। लगा, जैसे नया रास्ता मिल गया हो!

उनकी आँखों में नई चमक भर गई।

उसके बाद दशरथ ने सड़क पर जहाँ अंदर के पत्थर को समझने के लिए गड्ढे किए थे, उसमें से एक के भीतर पानी डाला। घंटे भर के भीतर जब पानी सूख गया तो उनकी समझ में आ गया कि अब रास्ता मिल गया।

जब इन पत्थरों में पानी जा सकता है तो हवा भी जाएगी।

जितने गड्ढे उन्होंने काटे थे, उन्हें एक बार और चौड़ा किया ताकि कम-से-कम एक बाल्टी पानी समा सके। और वैसे ही बहुत सारे गड्ढे बारिश के मौसम तक बनाते रहे। बारिश आरंभ हुई तो उन गड्ढों की मिट्टी निकाल एक बार फिर उनके भीतर पानी भरने के लिए छोड़ दिया और पूरी बारिश पहाड़ को पानी पिलाया। सब में एक टहनी डाल देते कि आने-जानेवाले लोगों को इस बात का पता चल जाए कि वहाँ गड्ढा है और पैर न धँसे।

बारिश का मौसम समाप्त होने के बाद फिर से उन गड्ढों में मिट्टी भरकर दूब लगा दी। दूब की खासियत होती है कि जितना नीचे की ओर बढ़ती है उतनी ही ऊपर की ओर।

दूब तेजी से पसरने लगी।

एक दिन अजीब-सा अचंभा हुआ। दशरथ सड़क के बीचोबीच बैठे थे। शाम होनेवाली थी। दिन भर की थकान से बोझिल उनकी आँखें बंद हो गई थीं और बैठे-बैठे वे लगभग सो रहे थे। नींद में एकाएक उन्हें लगा, जैसे उनके कानों में कोई आवाज आ रही हो!

उनकी आँख खुल गई।

उन्होंने गौर से आवाज को सुनने का प्रयत्न किया तो सन्नाटा छा गया। एक महीन और पतली सीटी-सी आवाज। दूसरी बार उन्हीं पत्थरों के पास कान लगाया तो कुछ सुनाई नहीं पड़ा। पत्थरों को देखकर उन्हें लगा कि वे उनसे कुछ कहना चाहते हैं, ठीक उसी तरह, जैसे

पिंजरी उनसे कुछ कहना चाहती थी। ठीक उसी तरह, जैसे पत्ते कुछ कहना चाहते थे। दशरथ को लगा कि पहाड़ कुछ संकेत दे रहे हैं...।

आखिर वे दशरथ से क्या कहना चाहते हैं?

कहीं वे काटने का संकेत तो नहीं दे रहे?

एक सप्ताह के बाद फिर उन्हें वही आवाज सुनाई पड़ी।

इस बार आई हुई आवाज पहले की आवाज से ज्यादा स्पष्ट थी। गौर से सुना तो यह एक चिड़िया के चहचहाने की पतली और सीटी-सी आवाज थी। दशरथ का चेहरा खुशी से खिल गया। उन्हें याद आई बैंगा की बात—'ध्यान से सुनोगे तो इस पत्थर में तुम्हें चिड़ियों की आवाज सुनाई देगी।'

उन्होंने पत्थर को सूँघा। एक ऐसी ही गरम साँस उनके नथुनों में समा गई, जैसी पिंजरी की साँसें थीं। ध्यान से देखा तो पत्थरों का रंग भी बदला-सा लग रहा था। दशरथ पागलों की तरह उन्मत्त हो चिल्लाने लगे—'पत्थरवाली चिड़िया की आवाज है ये!'

लगा, जैसे पहाड़ दशरथ से कह रहा हो कि अब कटाई करो।

दशरथ की खुशी का ठिकाना नहीं था। उन्हें उस पत्थर की याद आई जिसे बैंगा ने दिया था। काफी दिनों तक गुम रहने के बाद एक दिन वह पोटली मिल गई थी, जिसे उन्होंने घर में धरन पर रख दिया था। अब आवश्यक था कि उस पोटली को लाकर उन पत्थरों से इन पत्थरों का मिलान करना। अगर मिल जाते हैं तो कटाई आरंभ।

दशरथ दौड़ते हुए पहाड़ से नीचे उतरे और गाँव की ओर चल पड़े। उनके भीतर खुशी इतनी अधिक थी कि राह में जो भी मिलता, उससे कहते—"अरे भाई, बहुत खुशी की बात है।"

"क्या हुआ?"

"पहाड़ ने कह दिया है कि काटो।"

लोग चौंककर पूछते—"पहाड़ ने कह दिया?"

"हाँ, अब पहाड़ की कटाई शुरू हो जाएगी।"

दशरथ को इस तरह कहते हुए मँगरू ने सुना, सुगना ने सुना और पूरे माँझी टोल ने सुना। दशरथ ने बहुत पहले से घर आना छोड़ दिया था और आज घर जा रहे थे। यह भी एक नई बात थी।

उनके दरवाजे के पास नीम के पेड़ के नीचे लोगों की भीड़ थी। उनकी बात सुनकर इससे पहले कि वहाँ बैठे लोग कोई राय बना पाते, वे घर में समा गए।

दशरथ को याद था कि उन्होंने वह पत्थर धरन पर रखा था। वे उन्मत्त होकर उछलते हुए खाट पर चढ़ गए और हाथ लगा धरन पर देखा। पोटली उतार जमीन पर रखी और उसे खोलकर देखा। कई पत्थरों के बीच वह पत्थर भी था। हाथ में लेकर देखा, उसका रंग हरापन लिये काला था...हाँ, यह वही पत्थर है...बिलकुल वही पत्थर...दशरथ ने उसे सूँघा—बिलकुल वहीं गंध...कान से लगाया—वही चिड़ियों-सी सीटियों की आवाज...वही आवाज...दशरथ की खुशी का ठिकाना नहीं रहा। और जैसे आए थे, वैसे ही बाहर निकल गए।

पहाड़ पर आने के बाद छेनी-हथौड़ों और अन्य औजारों पर नजर पड़ी तो याद आया कि बहुत दिनों से ये उपयोग में नहीं आए हैं। इसे जल्दी से छेदी के पास पहुँचा देना चाहिए। छेदी अब पहले की तरह रोज भाथी नहीं जलाता। अगर आज ही ले जाकर उसके पास पहुँचा दें तो सुबह-सुबह वह भाथी जलाकर छेनियों पर धार चढ़ा देगा और हथौड़ों के बेंटों को दुरुस्त

कर देगा। इस तरह कल से ही कटाई का काम आरंभ हो जाएगा। दशरथ ने पिंजरी के गुदड़े वाले बोरे में सबको समेटा और कंधों पर लेकर चल पड़े।

मगर गाँव में हालात पूरी तरह बदल चुके थे। दशरथ के बारे में सबकी राय बदल चुकी थी। जब बहू घर में आ जाती है तो घर में प्रवेश करने का एक अनुशासन बन जाता है। उसका पहला नियम है कि घर में समाने के पहले दस्तक दें। दशरथ इस तरह खुश थे कि उनको उन्हें जीवन के किसी अनुशासन का कुछ खयाल ही नहीं रहा। दरवाजा खोल जब वे कमरे में गए थे तो बुधुआ और उसकी पत्नी असामान्य अवस्था में थे। न तो बुधुआ को यकीन हुआ, न ही उसकी पत्नी को कि दशरथ इस अवस्था में कमरे में बिना दस्तक दिए आ सकते हैं। जल्दी-जल्दी में उसकी पत्नी ने साड़ी ओढ़कर अपनी देह को छुपाया। बुधुआ ने भी बिजली की गति से धोती लपेट ली थी।

गाँव के लोग यह तो पहले ही मान चुके थे कि दशरथ पागल हो चुके हैं। मगर यह सोचकर निश्चिंत थे कि वे कुछ बोलते नहीं थे। आज जो कुछ सुना और जो कुछ दिखा, लोग समझ गए कि उनका पागलपन अब उस अवस्था में पहुँच गया है जब आदमी चिल्लाना शुरू कर देता है। अब इंतजार करना खतरे से खाली नहीं। इसके बाद आक्रामकता आएगी। इसका मतलब कि कुछ-न-कुछ उपाय करना ही होगा। अभी यह चर्चा चल ही रही थी कि बुधुआ की पत्नी की बात कानोंकान पूरे माँझी टोल से होते हुए गाँव में पसर गई।

किसी ने न तो उसका कारण समझने की कोशिश की, न ही उनसे बात करने की जरूरत महसूस की। दशरथ के पागल होने की बात में किसी को कोई संदेह नहीं रहा था। नीम के पेड़ के नीचे माँझी टोल के लोग जमा हो गए। लोगों में जूना भी थे और बुधुआ भी। सबने महसूस किया कि जितनी जल्दी हो सके, दशरथ को ले चलकर गया में या कहीं और किसी अच्छे डॉक्टर को दिखा देना चाहिए। मगर सबसे बड़ा सवाल था कि आखिर दशरथ को अस्पताल कैसे ले जाया जाए?

इस गाँव में छेदी और झौरी ही दशरथ को डॉक्टर के पास ले जा सकते हैं।

माँझी टोल के लोग जिसमें बुधुआ भी था, छेदी के पास गए और विस्तार से एक-एक बात बता कर करुणा के साथ कहा कि वे किसी तरह दशरथ को अस्पताल जाने के लिए राजी करें। छेदी को उनकी बातों का यकीन ही नहीं हुआ। किंतु जब बुधुआ के साथ हुई घटना का पता चला तो कुछ पल के लिए वह भी सोचने के लिए मजबूर हो गया और कहा—"आप लोगों की बातें सुनकर नहीं, मैं खुद उनकी पड़ताल करूँगा और अगर सच हुआ तो हम जरूर उसको अस्पताल ले जाएँगे।"

सबने छेदी की बात मान ली।

अभी छेदी तय नहीं कर पाया था कि क्या करे तभी बाहर सड़क की ओर किसी के चिल्लाने और गाली बकने की एक तेज आवाज सुनाई दी। आवाज का अनुमान करते सभी दौड़ते हुए गली की ओर निकल गए। सभी देखकर भौंचक रह गए कि औजारों वाला झोला गली में गिरा हुआ है और दशरथ एक लड़के के पीछे तेज-तेज गालियाँ बकते भागते जा रहे हैं। कुछ दूर जाने के बाद दशरथ ने लड़के को पकड़ लिया और चट से दो तमाचे जड़ दिए—"बोल, काहे पछुआ खींचकर भागा?"

इसके पहले कि लड़का कोई जवाब दे, गाँव के लोग उनके पास पहुँच गए।

किसी तरह लड़के को खींचकर अलग किया मगर दशरथ उसी तरह चिल्लाते रहे—"तेरे बाप की हिम्मत नहीं होगी कि मुझसे आकर बात कर सके।"

लोग समझ गए कि दशरथ की मानसिक हालत अब बहुत बिगड़ चुकी है, वह अब आक्रामक भी होने लगे हैं।

किसी तरह छेदी दशरथ को लेकर अपने दरवाजे पर आया। औजारों को ठीक करने की बात चली तो दशरथ तुरत ही सहज हो गए और भूल गए कि अभी-अभी उनके साथ क्या हुआ था।

लड़के की पिटाई की बात नए सिरे से गाँव में फैल गई। अगली सुबह गाँव के लोग छेदी के पास आकर जम गए। दशरथ अपने औजार ले जाने के लिए आते दिखे तो सभी खामोश हो गए।

आते ही दशरथ ने बच्चे की तरह खुश होकर कहा—"छेदी, पहाड़ ने कह दिया कि काटो...अब मन शांत हो गया है।"

छेदी ने दशरथ को अच्छी तरह समझने की गरज से कहा—"कब कहा?"

"अरे छेदी, वो तो सात दिन पहले से कह रहा है कि काटो, मैं ही नहीं समझ पा रहा था।"

"तुमने अपने कानों से सुना?"

"सुना नहीं, अभी-अभी सुनकर आ रहा हूँ। बेचारे सारे पत्थर परेशान हैं कटने के लिए और अब वे मेरा ही इंतजार कर रहे हैं।"

दशरथ की बात सुन छेदी की आँख भर आई। बचपन से अब तक छेदी और दशरथ के बीच इतने आत्मीय और इतने अंतरंग संबंध थे...क्या हाल हो गया दशरथ का! छेदी ने कहा—"झौरी से नहीं बताई ये बात?"

"नहीं, तुम बता देना।"

छेदी ने अपनी आँखों में झिलमिला आई आँसू की बूँदों को पोंछकर कहा—"बहुत खुशी की बात है दशरथ...तुम एक काम करो।"

"क्या?"

"झौरी के यहाँ चले जाओ और नए सिरे से कटाई की शुरुआत करने के पहले कम-से-कम एक बार पहाड़ी बाबा को प्रणाम तो कर लो। पहले उनका आशीर्वाद ले लो। तब कटाई की शुरुआत करना।"

यह एक अदृश्य जाल था जो दशरथ के आस-पास लोगों ने मिलकर बिछाया था। इसमें उनका दोस्त छेदी, भाई जूना और उनका बेटा बुधुआ भी शामिल थे।

पहाड़ी बाबा का वे बहुत सम्मान करते थे। दशरथ को छेदी की राय अच्छी लगी और उत्साह के साथ कहा—"अभी जाता हूँ," कहकर छेनी-हथौड़े का झोला छेदी के पास छोड़कर झौरी के यहाँ जाने के लिए निकल गए।

जब वे निकल गए तो छेदी ने कुछ लोगों को साथ जाने के लिए कहा ताकि रास्ते में कहीं कुछ गड़बड़ न हो जाए।

दशरथ पहाड़ी बाबा की मठिया की ओर जा रहे थे, उनके पीछे कई लोग थोड़ी दूर पर और बिना दिखे इस तरह जा रहे थे, जैसे सुरक्षा का घेरा बनाकर चल रहे हों! सबको लगता था कि गाँव में ऊँची जाति के टोले में दशरथ ने कहीं कुछ कर दिया या कह दिया तो बिना

मतलब के नई मुसीबत खड़ी हो जाएगी। इससे अलग अब दशरथ के साथ क्या होनेवाला है, इसे तमाशा की तरह देखने के लिए भी बहुत सारे लोग अपने घरों से निकल गए थे।

दशरथ के पागल होने पर झौरी को तो बहुत पहले से ही यकीन था।

दशरथ अब आक्रामक होकर मार-पीट करने लगे हैं। बेटी-बहू नहीं पहचानते, यह सुनकर झौरी बहुत दुखी हुआ। पहाड़ी बाबा जिस कमरे में रहते थे, उसी कमरे में पहाड़ी बाबा का पिंड स्थापित कर दिया गया था। योजना यह बनी थी कि दशरथ पहाड़ी बाबा के कमरे में घुसेंगे और बाहर से दरवाजा बंद कर दिया जाएगा। टोले के जवान लड़कों के साथ उन्हें लेकर छेदी और झौरी इलाज के लिए गया लेकर जाएँगे।

जब सामने से दशरथ आते दिखे तो झौरी बहुत उत्साहित हुआ और जरा भी यह भनक नहीं लगने दी कि उसके मन में क्या चल रहा है। उसी उत्साह से पूछा, जैसे सब कुछ सामान्य हो—''का हाल है दशरथ? बड़े दिन बाद मठिया की याद आई!''

दशरथ ने मुस्कराकर कहा—''पहाड़ी बाबा को प्रणाम करने आए हैं।''

''कोई खुशी की बात है क्या?''

''बहुत खुशी की बात है झौरी...पहाड़ ने कह दिया कि काटो।''

''अच्छी बात है...बहुत खुशी की बात है, चलो!''

तय योजना के अनुसार झौरी लोगों को इशारे से कुछ समझाकर दशरथ को पहाड़ी बाबा के कमरे में ले गया। जब दशरथ पहाड़ी बाबा के पास हाथ जोड़े खड़े पहाड़ काटने का आशीर्वाद माँग रहे थे, बाहर निकल जल्दी से झौरी ने दरवाजा बंद कर दिया।

एकबारगी दरवाजा बंद होते देख दशरथ को समझ में ही नहीं आया कि यह अचानक क्या हो गया! कमरे में सामने एक खिड़की थी। खिड़की के पास आकर दशरथ ने कहा—''अरे मुझे बंद क्यों कर दिया झौरी?''

खिड़की के पास आकर झौरी ने विनम्रता से कहा—''देखो दशरथ, तुम्हारी तबीयत ठीक नहीं है...''

दशरथ को कुछ समझ में नहीं आया—''क्या हुआ मेरी तबीयत को? मैं बिलकुल ठीक हूँ।''

''देखो, कल हम लोग तुमको डॉक्टर से दिखाने के लिए गया ले चलेंगे। आज आराम करो, सब कुछ ठीक हो जाएगा।''

दिमाग पर जोर दिया तो दशरथ को समझ में आ गया कि गाँव के लोग शायद उनको पागल समझ रहे हैं इसलिए कमरे में लाकर बंद किया है। कई बार पहले भी इस तरह की बात हुई थी और झौरी ने इलाज के लिए भी कहा था।

दशरथ ने बार-बार झौरी और वहाँ खड़े लोगों को समझाने की कोशिश की मगर कोई भी कुछ समझने के लिए तैयार ही नहीं था। दशरथ के भीतर पहाड़ को काटने की खुशी जाने कहाँ गुम हो चुकी थी। थोड़ी देर तक वे समझाने की कोशिश करते रहे मगर एक हद के बाद गाँव के लोगों पर एक गुस्सा भीतर बस गया और अब किसी उन्माद में वे चिल्ला-चिल्लाकर दरवाजा खोलने के लिए कह रहे थे—''दरवाजा खोलो झौरी...नहीं तो तोड़ दूँगा।''

किसी भी सामान्य आदमी को पागल करार देकर बंद कर दिया जाए तो ऐसा गुस्सा आना स्वाभाविक ही होगा। जब उनकी बातों का, उसके बाद उनको गालियों का किसी पर कोई प्रभाव

नहीं हुआ तो दशरथ ने समझ लिया कि अब इन लोगों को समझाना आसान नहीं होगा। वे कोने में बैठकर सोचने लगे कि ऐसे में उनको क्या करना चाहिए।

रात को जब बाहर से दरवाजा खुलने की आहट मिली तो चौकन्ना होकर ओट में खड़े हो गए। झौरी दशरथ के लिए खाना लेकर आया था। अपनी तय योजना के मुताबिक दशरथ झौरी को धक्का देकर कमरे से निकल भागे और रात के अँधेरे में कहाँ खो गए, यह किसी को पता नहीं चला।

गाँव में जैसे आग लगने की खबर पसरती है, जैसे साँप निकलने की खबर पसरती है, चारों ओर उनके भागने की खबर से हंगामा पसर गया।

कुछ साल पहले गाँव का मँगरू भी पगलाया था, वह किसी अनजानी-सी जगह पर ईंट का अद्धा लेकर बैठा रहता था और एकाएक किसी आते हुए आदमी पर आक्रमण कर देता था। उसका उदाहरण आया तो जो लोग बाहर निकलकर सोते थे, अंदर चले गए। औरतों ने बच्चों पर निगाह रखना आरंभ कर दिया और जवान लड़कों की टोली हाथ में लाठी और टॉर्च लेकर उनकी तलाश में निकल गई। पहले गाँव में दशरथ की तलाश की गई। कहीं नहीं मिले तो लोगों ने सोचा—हो सकता है पहाड़ पर गए हों?

इसके बाद लोगों ने पहाड़ का रुख किया।

दशरथ पहाड़ पर बैठे सोच रहे थे कि किस्मत उनके साथ कौन-कौन से खेल खेलती रही है और अभी न जाने कौन-कौन सा खेल बाकी है।

एक बार फिर गाँव पहाड़ बनकर सामने आ गया था।

पिंजरी को दिये गए वचन के लिए पहाड़ काटना जरूरी है। पहाड़ के पत्थर कटने के लिए तैयार हो गए हैं मगर कैसे वे इन लोगों को समझाएँ कि वे पागल नहीं हैं? गाँव के लोगों को समझाने के लिए उनको कुछ-न-कुछ करना ही पड़ेगा। सोचकर दशरथ की आँखें भर आईं। पहाड़ से बात करना तो उनकी दिनचर्या बन गई थी। उन्होंने भाव-विह्वल होकर पहाड़ से कहा—''अब तक तुमने मेरी हर बात मानी है। बस, एक बात और मान लो। गाँव के लोगों को बता दो कि तुम कटने ले लिए तैयार हो गए हो।''

जब वे यह बात पत्थरों से कह रहे थे तब आस-पास खड़े दर्जनों लोग आकर उनकी बात सुन रहे थे। लोगों को आया देख दशरथ दहशत से भर गए और कहा—''तुम लोग मेरी बात का यकीन करो। मुझ पर यकीन न हो तो पहाड़ से ही पूछ लो। वह कटने के लिए तैयार है।''

लोगों ने उनकी एक नहीं सुनी और जबरन ले जाकर फिर से मठिया के उसी कमरे में बंद कर दिया। पिछली बार भागने का असर यह हुआ कि अब उन्हें खाना-पानी भी खिड़की से दिया जाता और अस्पताल ले जाने की तैयारी ने जोर पकड़ लिया।

गाँव में किसी पागल को अस्पताल ले जाने के नियम भी तब अजीब से थे।

जब कोई व्यक्ति पागल हो जाता तो उसके दोनों हाथों और पाँवों में लोहे का पैकड़ लगा दिया जाता ताकि वह कोई असामान्य हरकत नहीं कर सके। बिना पैकड़ के डॉक्टर भी पागल मरीज को देखने से इनकार कर देते थे।

दशरथ को दिलोजान से चाहनेवाले छेदी ने कई दिनों बाद भाथी जलाई। उसे क्या पता था कि जिस भाथी से उसने पहाड़ काटने के लिए दशरथ के लिए रात-दिन मेहनत करके

छेनी और हथौड़े बनाए थे, उसी भाथी में उसे एक दिन उसी दशरथ को बाँधने के लिए पैकड़ बनाना पड़ेगा! तीन दिन की मेहनत के बाद जब पैकड़ बनकर तैयार हुआ और कल्पना में पैकड़ के साथ दशरथ की तस्वीर कौंधी तो अपने पर काबू नहीं रख पाया छेदी और फूट-फूटकर रो पड़ा।

दशरथ ने अपने-आपको नियति के सहारे छोड़ दिया था। अब तक जाने कितने लोगों के सामने जाने कितनी बार गिड़गिड़ाकर, रोकर, गालियाँ देकर अपनी बात कह चुके थे मगर उनकी बात समझने के लिए कोई तैयार ही नहीं था। उल्टे वे लोगों को जितना ही समझाने की कोशिश करते, लोगों का उनके पागल होने पर यकीन उतना ही बढ़ता जाता।

दशरथ को दुख था कि गाँव में आज तक उनको किसी ने नहीं समझा।

आज अगर पिंजरी जिंदा होती तो जरूर समझ जाती। पहाड़ी बाबा भी होते तो समझ जाते, तब उनका यह हाल नहीं होता। छेदी मिलने भी नहीं आता। झौरी मोटे दिमाग का है, कहने पर भी कुछ सुनता ही नहीं। अब किससे कहें, क्या करें, दशरथ को कोई रास्ता नहीं सूझ रहा था। मन-ही-मन पहाड़ से कहते कि 'अब तुम ही मेरे लिए कुछ कर सकते हो।'

जब पैकड़ बनकर तैयार हो गया तो कई नौजवान लोगों की उपस्थिति में दशरथ का कमरा खोला गया। दशरथ यह जताने के लिए कि वे पागल नहीं हैं, अपने आप निकलकर बाहर आ गए और पूछा—"क्या करना है?"

"यहाँ बैठिए।"

दशरथ वहाँ जाकर बैठ गए।

दशरथ ने जान-बूझकर कहा था ताकि लोग समझें कि वे पागल नहीं हैं। दशरथ समझ गए थे कि इनसे और किसी तरह मुक्ति संभव नहीं है। उन्हें अस्पताल ले जाया जाएगा, बिजली के झटके दिए जाएँगे जैसी बात सुनी तो पूरे बदन में भय की सिहरन दौड़ गई। उसके बाद जैसे बैंगा झिंगुरी सिंह के नाती के साँप का जहर निकाल रहा था और लोग उसे पकड़े हुए थे, उसी तरह दशरथ मठिया की पंचवटी में लेटे थे। उनके दोनों हाथ, दोनों पैर और सिर अलग-अलग लोग दबाकर बैठे थे। जब छेदी पैकड़ लेकर दशरथ के पास आया तो बिलखते हुए दशरथ ने कहा—"बचपन के दोस्त हो छेदी, मेरा यकीन करो, मैं पागल नहीं हूँ..."

छेदी रोने लगा, मगर रुका नहीं।

दशरथ ने झौरी की ओर देखा—"झौरी, तुम तो यकीन करो..."

जूना नजर आए तो बिलखकर कहा—"जूना भैया, आपने मुझे गोद में खिलाया है। आप तो यकीन कीजिए।"

और जब किसी ने नहीं सुना तो पिंजरी की याद आ गई—"अरी पिंजरी रे पिंजरी...तू होती तो मेरा ये हाल नहीं होता रे पिंजरी!" कहकर बिलख-बिलखकर रो पड़े।

उनकी बात सुन वहाँ अजीब-सा माहौल बन गया था। छेदी भी रो रहा था, झौरी भी। जूना की तो रोते-रोते हिचकी बँध गई थी। बुधुआ किनारे हटकर रो रहा था। सबकी आँखों में करुणा थी मगर परिणाम वही हुआ जो होना था। सबने दशरथ को जबरन पकड़ जमीन पर लिटा जानवरों की तरह हाथ और पाँव में पैकड़ पहना दिया।

मुखिया जी के बेटे सुनील ने दशरथ को गया तक ले जाने के लिए अपना ट्रैक्टर दिया था। दशरथ के इलाज के लिए पूरे गाँव में चंदा इकट्ठा किया गया। झौरी का भतीजा चंदर

जो विधायक था, पटना से गया आकर उनका ही इंतजार कर रहा था। तय हुआ था कि पहले उनको गया के अस्पताल में दिखाया जाएगा और वहाँ के डॉक्टर से सलाह के बाद कहा जाएगा कि इनको राँची के काँके अस्पताल, जो बिहार में पागलों के नामी अस्पताल के रूप में जाना जाता है, भेज दिया जाए ताकि जल्दी ठीक हो सकें। चंदर अपने साथ उनको लेकर काँके जाएगा।

दशरथ को ट्रैक्टर पर बिठाकर उनके दोनों ओर किसी भी असामान्य हालत से निपटने के लिए दो जवान-जवान लड़के बिठा दिये गए तो गाँव में दशरथ को देखनेवालों की भीड़ लग गई।

एक समय था जब दशरथ नायक थे गाँव के।

अब भी लोगों के मन में दशरथ के लिए अपार सहानुभूति थी। सभी यह महसूस कर रहे थे कि पिंजरी की मौत का सदमा दशरथ सह नहीं सके। किसी को ऐसा प्यार विरले ही मिलता है—कहते हुए कई लोगों की आँखें भर आईं।

दशरथ ने समझ लिया था कि इस हाल में कुछ भी कहने या करने का कोई फायदा नहीं। अब एक ही आस थी कि जब वे डॉक्टर के पास पहुचेंगे, डॉक्टर जाँच करने के बाद जरूर बता देंगे कि वे पागल नहीं हैं। यह सोचकर वे कई बार डर भी जाते कि कहीं डॉक्टरों ने उन्हें पागल करार दे दिया तो क्या करेंगे! वे इस हालत में पहुँच गए थे कि कुछ कर पाना उनके वश में नहीं था।

ट्रैक्टर दशरथ को लेकर चल पड़ा तो गाँव में अपने-अपने दरवाजों, खिड़की और छत से लोग भरी आँखों से उनको जाते देख रहे थे।

ट्रैक्टर गाँव से निकल सड़क पर आया तो पहाड़ को देख दशरथ का दिल भर आया। पिंजरी के पीपल के बगल में जब ट्रैक्टर आया तो सचमुच दशरथ की आँख भर आई और मन-ही-मन कभी पिंजरी को तो कभी पहाड़ को इस तरह गोहराने लगे, जैसे कह रहे हों कि बचा लो मुझे!

तभी एकाएक किसी की तेज चीख सुनाई पड़ी।

यह चीख पहाड़ के उसी भाग से आ रही थी जिधर सड़क थी। दशरथ को पता नहीं क्यों राहत-सी महसूस हुई। उन्हें लगा कि पहाड़ ने आवाज देकर लोगों को रोक दिया है।

जो आवाज दशरथ ने सुनी थी, सबने सुनी।

ट्रैक्टर को पिंजरी के पीपल की छाया में रोक दिया गया। दो नौजवान ट्रैक्टर से उतरे और दौड़ते हुए पहाड़ पर यह देखने के लिए चढ़ गए कि ये आनेवाली आवाज कैसी है। दोनों लड़के तेजी से पहाड़ पर चढ़ते जा रहे थे और चीख अब भी बदस्तूर सुनाई दे रही थी। आवाज भी जानी-पहचानी लग रही थी। लड़के जब पहाड़ पर पहुँचे तो उन्हें यह देखकर हँसी आ गई कि कुदन कुम्हार का पैर किसी दरार में फँस गया था और अब वे दशरथ को गालियाँ दे रहे थे—"जान ले लिया दशरथवा...!"

लड़कों को देखकर कुदन की जान में जान आई—"का हुआ कुदन काका?"

"ई पहाड़ पर गड़हा काटकर जान संकट में डाल दिया ससुरा दशरथवा।"

लड़कों ने पैर निकालने का यत्न किया तो दूसरे ही क्षण उन लड़कों की नजर दरार पर गई और उनकी आँखें फटी रह गईं—"अरे, कल तक तो ये दरार नहीं थी?"

"हाँ!"

कुदन कुम्हार का पैर निकालने के बाद उन्होंने गौर से दरार को देखा और दिखाने के लिए दशरथ के साथ जा रहे तमाम लोगों को बुला लिया।

सभी यह देखकर भौंचक थे कि इस छोर से उस छोर तक पहाड़ में दशरथ के काटे गए गड्ढों से होती एक लंबी दरार बन गई थी, मतलब पहाड़ खुद ही बीच से फट गया था।

दशरथ की बातों का लोगों ने यकीन नहीं किया था लेकिन अब तो खुद पहाड़ ने ही दशरथ की बात को सही साबित कर दिया था।

पहाड़ के बीच से फटने की बात सुन दशरथ ने छेदी से कहा—''छेदी, अब तो यकीन करो मेरा!''

अब किसी के पास कहने को कुछ नहीं बचा था। सबके चेहरे शर्म से झुक गए। जब पिंजरी के पीपल के नीचे छेदी दशरथ के पैकड़ खोल रहा था, सभी दशरथ को इस तरह देख रहे थे, जैसे वे क्षमा माँग रहे हों। और दशरथ अपनी साँस के हर स्वर से पहाड़ को धन्यवाद दे रहे थे।

34

कहानी सुनने के अपने कुछ नियम होते हैं।

कथावाचक कहते हैं कि कहानी सुनने के पहले आप जो होते हैं और कहानी सुनने के बाद जो हो जाते हैं यानी कहानी सुनने के बाद आपके भीतर जो बदलाव आता है, वही कहानी का असल प्रभाव होता है। इस प्रभाव को जाँचने के लिए कई बार कुछ प्रश्न भी पूछे जाते हैं ताकि कहानी के असर को परखा जा सके।

बिहार की राजधानी पटना में मुख्यमंत्री के प्रधान कक्ष में सब कुछ वही था, वही कुर्सी, वही मेज, वही लोग मगर सब कुछ जैसे सिरे से एक अंतहीन सन्नाटे में बदल गया था। कहानी आरंभ हुई थी दशरथ और उनकी पत्नी पिंजरी से मगर अब दशरथ भी महसूस कर रहे थे कि वह उनकी नहीं रह गई थी। पिंजरी का प्यार पसरता हुआ व्यापक आकार ग्रहण कर चुका था और इसे सभी भली भाँति समझ रहे थे।

वह पहाड़ जिसे दशरथ ने छेनी और हथौड़े से, अपने हाथ से काटा था, उसके समानांतर समय और समाज के कई बड़े-बड़े पहाड़ अगल-बगल कटे हुए दिखाई दे रहे थे। उन पहाड़ों के बीच कटी हुई कई सड़कें गुजरती दिखाई दे रही थीं। अब यह दूरी महज गया जिले के गलहौर और वजीरगंज के बीच की दूरी नहीं थी, इन सड़कों के पार दूर शताब्दियों तक मनुष्यता के रास्ते भी खुलते नजर आ रहे थे।

बीसवीं सदी के छठे दशक से इस कहानी की यात्रा आरंभ हुई थी और इक्कीसवीं सदी के पहले दशक तक चलती रही थी। इस दौर में कई-कई हैरतअंगेज राहों पर चलती हुई इस कहानी ने अपना मुकाम हासिल किया था और एक नए सफर की शुरुआत के साथ यहाँ पहुँची थी। यही वजह थी कि अपनी कथा समाप्त कर जब दशरथ रुके तो उनके चेहरे पर विजय और पहाड़ काटकर सड़क बना देने के गर्व से भरी मुस्कान थी और उपस्थित लोगों के चेहरे पर गहरी श्रद्धा।

मुस्कराते हुए दशरथ ने एक नजर वहाँ खड़े लोगों पर डालकर कहा—''पानी मिलेगा?''

चार दशक की लंबी प्यास थी यह, जैसे जेठ की गर्मी में तपी पृथ्वी की प्यास।

दशरथ की आवाज सुन एक साथ कई लोग दशरथ को पानी देने के लिए लपके।

मुख्यमंत्री ने सबको रोका और खुद उठकर आदर के साथ दशरथ को गिलास में पानी इस तरह दिया, जैसे पुण्य कमाने का अवसर छोड़ना नहीं चाहते हों।

पानी पीने के बाद दशरथ का मन थिर हुआ। जैसे चित्त हल्का हो गया हो! उनके चारों ओर अब भी गहरा सन्नाटा था। लोग अभी भी उस यात्रा से बाहर नहीं निकल पाए थे। न तो किसी के पास अब कुछ कहने के लिए रह गया था, न ही कुछ सुनने के लिए। एक मंत्री ने खामोशी तोड़ने की गरज से पूछा—"बाबा, उसके बाद कितना समय लगा पहाड़ के कटने में?"

दशरथ मुस्कराए, जैसे पूछ रहे हों कि किस पहाड़ के बारे में पूछ रहे हैं, पहले यह तो बताइए, फिर बच्चों सी सरलता से कहा—"तीन साल।"

"बाबा, यह तो चमत्कार था।"

"नहीं, कुछ भी चमत्कार नहीं होता। हर काम के अपने कारण होते हैं। पहाड़ पर जो बिजली गिरी थी, उसने ऊपर के भाग को प्रत्यक्ष रूप से प्रभावित किया था, जिसके कारण वह दर्रा बना था। मुझे इस बात का यकीन था कि उसका प्रभाव जरूर अंदर तक होगा। जहाँ तक वह प्रभाव होगा, वहाँ तक के पत्थर कमजोर होंगे। जब मैंने गड्ढों में दूब लगाया तो अपने चरित्र के अनुसार दूब अपने को जिंदा रखने के लिए, जड़ों को पसारने के लिए भीतर हवा को ले गई होगी और उसे बाहर निकालने के प्रयास में पहाड़ फट गया। पहाड़ भी धरती के पेड़ ही होते हैं। जैसे आँधी में पेड़ की शाख टूट जाती है मगर पेड़ से लग कर झूलती रहती है। न हरी रह पाती है, न सूख पाती है। इस दर्रे के पत्थर अंदर से बिलकुल ऐसे ही थे। वे पहाड़ से पूरी तरह जुड़े भी नहीं थे और अलग भी नहीं थे इसलिए ऐसा हुआ।"

दशरथ की यह बात अब सबकी समझ में आ गई थी।

मुख्यमंत्री लगातार यह सोच रहे थे कि आखिर दशरथ माँझी के यहाँ पटना मेरे आवास पर आने का प्रयोजन क्या है? कुछ प्रयोजन तो जरूर होगा। अभी वे कुछ कहने का मन ही बना रहे थे कि किसी मंत्री ने पूछा—"बाबा, आप यह बोरा, मेरा मतलब खादी कब से पहनने लगे?"

मंत्री के बोरा और खादी कहने में जिस तरह की झिझक थी, सबके चेहरे पर मुस्कान बन थिरक गई। दशरथ भी मुस्कराए बिन नहीं रह सके—"यह भी एक घटना है।"

"कब की?"

"पहाड़ कटने के दो साल बाद की।"

कहकर दशरथ रुके तो एक बार फिर निगाहों ने उनको घेर लिया।

"एक दिन मैं पिंजरी के पीपल के नीचे बैठा हुआ था। शाम का वक्त था। हवा बड़ी तेज चल रही थी। अचानक गाँव की ओर से एक लड़का आया और कहा कि दशरथ बाबा, मौला माँझी आपको बुला रहे हैं।

मैंने कहा—'जाओ, शाम को आऊँगा।'

लड़के ने कहा—'अभी चलिए, बहुत जरूरी काम है।'

लड़के की बात सुन मैंने अपनी झोंपड़ी का दरवाजा भी बंद नहीं किया और उठकर चल पड़ा। माँझी टोल से गुजरते जब मैं उसके घर पहुँचा तो मौला को देखा, वह धोती की जगह प्लास्टिक का बोरा पहने हुए था। मुझे देखकर उसकी आँख भर आई।

'क्या बात है मौला?'

मौला के मुँह से काफी देर तक शब्द ही नहीं निकले। वह लगातार मुझे देख रोता रहा। मैंने किसी तरह उसे चुप कराया और पूछा—'बताओ, बात क्या है?'

काफी देर बाद शांत होकर उसने मुझसे कहा—'क्या बताऊँ दशरथ, मेरे पास कपड़े नहीं हैं इसलिए मैं कहीं बाहर काम की तलाश में नहीं जा पा रहा हूँ। घर का बुरा हाल है। दाने-दाने के लिए मोहताज हैं। आप किसी तरह मेरे लिए फटा-पुराना ही सही, एक कपड़ा का इंतजाम कर दीजिए ताकि बच्चों के लिए बाहर कहीं काम करने जा सकूँ। आपका बड़ा अहसान होगा।'

कहकर मौला ने हाथ जोड़ लिये।

मौला की बात सुनकर मैं सन्न रह गया। पहले तो मेरी समझ में नहीं आया कि क्या करूँ, किससे कपड़ा माँगकर ले आऊँ। एकाएक मेरे दिमाग में कुछ आया और मैंने उसे अपना गमछा देकर कहा—'खादी खोल के ये मेरा गमछा पहनो पहले।'

पहले वह झिझका फिर उसने मेरा गमछा लेकर पहन लिया। उसके बाद मैंने उसकी खादी पहन ली और अपने सारे कपड़े उतारकर उसे दे दिये। उसी के बाद मैंने तय कर लिया कि आज के बाद कपड़ा नहीं पहनूँगा और ये खादी पहनने लगा।"

उनकी बात समाप्त हुई तो दूसरी बार वही सन्नाटा छा गया। इस बीच मुख्यमंत्री ने मन-ही-मन तय कर लिया था कि अब उनको क्या करना है।

मुख्यमंत्री अपनी कुर्सी छोड़ सामने आए और विनम्रता से दशरथ से पूछा—"बाबा, आप गलहौर से चलकर पटना आए हैं। आपके यहाँ आने का कुछ उद्‌देश्य तो जरूर होगा?"

मुख्यमंत्री की बात सुन दशरथ के चेहरे पर वही मुस्कान उभरी जो अमूमन शिकार को अपनी ओर बढ़ते देख शिकारी के चेहरे पर उभरती है।

मुख्यमंत्री ने अपनी बात जारी रखते हुए कहा—"बाबा, आप बिना किसी संकोच के अपनी बात बताइए। हमें और हमारी सरकार को आपका काम करके बहुत खुशी होगी।"

दशरथ ने हँसते हुए कहा—"मुझे अच्छा लगा कि आपने यह सवाल पूछ लिया। अब मैं बताता हूँ कि मैं यहाँ किस काम से आया हूँ। दो महीने पहले की बात है। शाम को मैं पहाड़ के रास्ते पर टहल रहा था। एकाएक खयाल आया कि इतना लंबा, इतना चौड़ा और इतना ऊँचा पहाड़ मैंने काटा और रास्ता बनाया, पहाड़ से जो कटा हुआ पत्थर निकला था, ऊ सब आखिर कहाँ चला गया?" कहकर दशरथ एक पल के लिए रुके। "उसके बाद कई दिन तक जब अकेला होता, लगातार यही सोचता कि कहाँ गए इतने सारे पत्थर? मगर मुझे मेरे सवाल का जवाब नहीं मिला। कल रात जब मैं अपनी झोंपड़ी में सोया था तो अचानक उसी तरह आकाशबानी हुआ जैसे पहाड़ काटने के समय हुआ था। कोई कह रहा था—ए दशरथ, जागो, हम तुमको बताएँगे कि बाईस साल तक तुमने जो पत्थर काटा है सब कहाँ चला गया है। मैंने हाथ जोड़ लिया और कहा—बताइए प्रभु! और उसके बाद जो कुछ बताया उसने, मुझे विश्वास ही नहीं हुआ।"

वहाँ खड़े मंत्रियों की जिज्ञासा चरम पर थी। एक ने पूछा—"क्या बताया?"

दशरथ उसकी ओर देखकर मुस्कराए और बोल पड़े—"हो सकता है कि मैं बताऊँ और आप सबको यकीन नहीं हो। लेकिन बताना तो पड़ेगा ही। आकाशबानी हुआ कि ए दशरथ, तुम्हारा काटा हुआ सारा पत्थर बिहार की राजधानी पटना में जाकर सचिवालय का फाइल बन गया है।"

बात बहुत गहरी थी। एक-एक सीने को तरीके से बेंध दिया तो सबके चेहरे पर इस तरह सन्नाटा छा गया, जैसे जूते से पिटाई हुई हो! मुस्कराते हुए दशरथ ने बात बढ़ाई—"मैंने विरोध किया और कहा कि प्रभु, ई कैसे हो सकता है? फिर आकाशबानी हुआ। इस बार उस आवाज में नाराजगी थी—मेरी बात पर संदेह करते हो? मैंने कहा—संदेह नहीं मगर ये... ?" दशरथ सुनाते जा रहे थे—"आकाशबानी ने कहा—तो अब एक काम करो, सुबह पटना जाके मुख्यमंत्री से पूछ लो, तब तुमको यकीन हो जाएगा।"

इस बार दशरथ ने जैसे यकीन दिलाते हुए कहा—"हमको तो अभी भी भरोसा नहीं है इसलिए पूछने के लिए आपके पास आ गए कि सच्चाई क्या है...मुख्यमंत्री जी।"

मुख्यमंत्री सहित सभी मंत्री भौंचक होकर दशरथ का मुँह देखते रहे। जो हालात थे, किसी को भी समझ में नहीं आ रहा था कि क्या कहें और क्या करें। मुख्यमंत्री भी जैसे सदमे में थे। किसी को इस तरह के सवाल की उम्मीद ही नहीं थी।

आखिर में मुख्यमंत्री आगे बढ़ते दशरथ के पास गए और हाथ जोड़कर कहा—"बाबा, आइए!"

"कहाँ?"

आगे बढ़कर मुख्यमंत्री ने दशरथ का हाथ पकड़ा, आदर के साथ ले जाकर उनको मुख्यमंत्री की उस कुर्सी पर बिठा दिया जिस पर वे स्वयं बैठते थे, और वहाँ खड़े सभी भौंचक होकर देखते रहे।